Zoete n

Ander werk van Thomas Rosenboom

De mensen thuis (verhalen, 1983) Lucy B. en
C. W. van der Hoogtprijs 1984
Vriend van verdienste (roman, 1985)
Gewassen vlees (roman, 1994) Libris Literatuur Prijs 1995;
Dirk Martensprijs 1997
Publieke werken (roman, 1999) Libris Literatuur Prijs 2000
Aanvallend spel (lezingen, 2002)
De nieuwe man (roman, 2003)
Spitzen (novelle, 2004) Boekenweekgeschenk
Denkend aan Holland (pamflet, 2005) Kellendonklezing
Hoog aan de wind (verhalen, 2006)

Hertaald door Thomas Rosenboom

Willem IJsbrandtsz. Bontekoe *Het Journaal van Bontekoe* (2001)
Het einde van Johan van Oldenbarnevelt (2005)

Thomas Rosenboom

Zoete mond

AMSTERDAM · ANTWERPEN
EM. QUERIDO'S UITGEVERIJ BV
2010

Eerste, tweede, derde en vierde druk (e-book), 2009;
vijfde en zesde druk, 2010

Omslag Anneke Germers
Omslagbeeld Corbis
Foto auteur Allard de Witte

ISBN 978 90 214 3717 0 / NUR 301
www.thomasrosenboom.nl
www.querido.nl

INHOUD

PROLOOG

Wit wild water

De mannen die hem vingen waren vissers, maar ook jagers, want hij was een vis, maar ook een zoogdier – een walvis, wit en klein, een beloegadolfijn.

Bij eb waren de palen geplaatst, bij vloed was hij over de banken gekomen, en toen het water weer daalde kon hij niet meer terug: de mui was afgezet. Nog iets later, met het verder aflopen van het tij, raakte hij de grond, kwam hij vast te zitten, en waadden de mannen op hem af. Zo hadden ze hem gevangen, op de manier van de eskimo's, alleen hadden ze geen bijlen bij zich maar trok de achterste een sloep mee – de Engelse dierentuin die hem besteld had wilde hem levend en gaaf.

'Een prachtexemplaar!' riep een van de jagers.

'Jong nog!' zag een ander.

'Maar toch al helemaal wit!' riep de derde.

'En die ogen, zo rood... alsof hij heeft gehuild!' zei de vierde.

'Nu, inpakken en opsturen maar!' lachte de man met de sloep.

De stemmen klonken hard door tot op de kustweg, waar de eerste toeschouwers zich verzamelden, sommige in overhemd. Het was eindelijk voorjaar, een kraakheldere dag, en volkomen windstil. Loom sabbelde de branding aan het strand, verder lag de zee plat en roerloos onder de lucht, tot iemand opeens naar een plek wees ver voorbij de platen. Daar spatte het water zomaar op, daar werd het woelig, daar was het een moederdolfijn die, omdat ze haar kind miste, samen met de familie en kudde heel die spiegelende, onbewogen vlakte aan scherven sloeg.

Dichterbij, terwijl de mannen nu bijna bij hem waren, sloeg de witte dolfijn ook met zijn staart op het water. Het was het enige wat hij, steeds zwaarder op het zand, te zwaar zelfs om zijn kop nog te kunnen bewegen, nog kon. Waarom hij bij zijn moeder en uit de kudde weggezwommen was? Dat deden die jonge dieren toch nooit? Dat mochten ze toch ook niet? Hij moest wel bijzonder nieuwsgierig zijn, en ondeugend bovendien, om zo vaak, altijd als er even niemand oplette, helemaal alleen op avontuur te gaan en behoedzaam de ondiepe baai in te zwemmen – maar hij was niet behoedzaam genoeg geweest, en omringd nu door de mannen bevond hij zich meer alleen dan ooit. O ja, ze hadden hem hier al eerder gezien, daarom ook wel gedacht dat hij terug zou komen, maar dat het al dadelijk vanmiddag zou zijn, de eerste keer, de eerste vloed dat de palissade stond...!

De stemming was uitstekend; af en toe zwaaiend naar de kustweg, waar nu ook een moeder met een kind op de arm stond te kijken, bleven de mannen rond de half drooggevallen, onmachtige vis staan, klopten ze hem goedmoedig, zelfs joviaal op de schouders, alsof hij een vriend was die ze een goede poets hadden gebakken, en die ze nu met hun eigen vrolijkheid dwongen om mee te lachen, de zaak sportief op te vatten en een beetje van de humoristische kant te bezien. Zo ging het enige tijd door, tot de sloep langszij werd gelegd, gekanteld, en de witte dolfijn, tegelijk met het binnen gutsende water, aan boord werd geduwd, gerold en, toen de boot zich weer rechtte, uiteindelijk geschept. De vlonders waren eruit gehaald; het bolle van zijn buik paste precies in het holle van de bodem, en zo, in een oogwenk, met de kop klem onder de roeibank, lag hij muurvast in de sloep, *was hij uit zee gehaald.*

Opnieuw zwaaide een visser naar de kijkers op de kant, een ander hield zijn ene hand in de vorm van een telefoonhoorn naast het hoofd en draaide met zijn andere hand een denkbeeldige kiesschijf rond. Daarna, heel bedaard, wadend weer door het water met de buit tussen hen in, zetten ze zich in beweging, eerst de mui uit, tussen de staken door, daarna langs de vloedlijn naar de hellingplaats aan de overkant van de baai. Op de kustweg pakte de moeder het armpje van haar kind en wuifde ze daarmee het gezelschap na. 'Zeg maar dag... dág grote vis!'

De bestelde voertuigen moesten dadelijk uit de stad zijn vertrokken: de sloep lag nog niet onder aan de helling of daar verscheen al de takelwagen, die achterwaarts, met kleine rukjes, naar beneden kwam; de lege zandwagen bleef boven. Tegen beschadiging kreeg de dolfijn een rubbermat om zich heen, daarna twee banden, en het volgende moment zweefde hij in de lucht, was het alsof hij voor de tweede keer uit zee werd gehaald, meer nog dan de eerste keer. Ronkend ging het de betonnen strook weer op, tot naast de zandwagen. Na het neerlaten in de laadbak, daarna het losmaken en bijgieten van een paar kuub water, werd er nog een sigaret gerookt, toen was het hier gedaan. Tijdens het terugroeien hielden de mannen de blik vastgeslagen op de zandwagen, die heel langzaam de andere kant op reed, richting stad, ook terug. Maar de dolfijn ging steeds verder.

Het was een stenige, zacht glooiende kust, de oostkust van Canada. Niets herinnerde nog aan de winter die een halfjaar had geduurd, de oneindige sneeuw, de sporen van ijsberen en poolvossen – het grauwe gras stond vol bloemen, vogels werkten aan het nest. Terwijl rechts het land voorbijgleed en links de zee, doemde recht vooruit de stad op, eigenlijk het dorp, hoe industrieel het walvisbedrijf hier ook beoefend werd. De walmende schoorstenen werden steeds hoger, en nu kwamen ook de opstallen te zien van al die kokerijen, rokerijen en zouterijen rond de haven in het midden. Bij de eerste bebouwing verdween de takelwagen met een claxonstoot om een hoek, iets later draaide de zandwagen de kade op, de drukte in. Overal lagen walvisvaarders, kleinere kotters, kolen- en koopvaardijschepen ook; overal schreeuwden meeuwen en schitterde de roest. Stapvoets nu ging het verder, nog een paar kranen voorbij, toen werd er achter een loods geparkeerd. Vier dagen zou de zandwagen daar blijven staan.

De volgende ochtend al liep er een schip binnen met als volgende bestemming Engeland, maar het laden kon pas beginnen na het lossen. Intussen werd er in allerijl een achtkantig bassin op het voordek gelast, borsthoog, verstevigd en afgedekt door een liggend wiel van stalen spaken vanuit een holle pijp in het midden, toen vol water gepompt. Hierin zou de dolfijn vervoerd worden – hij ging mee als deklast. Toen het ruim vol zat met traan, stokvis, balein en asbest werd hij als laatste te scheep gebracht. De zandwagen stopte onder de kraan, opnieuw zweefde hij door de lucht, hoger nog dan de eerste keer, wederom werd hij uiterst voorzichtig neergelaten, ingeladen, opgevangen, ontvangen bijna door de twintig uitgestrekte handen van de bemanning, die hem onmiddellijk Moby Dick noemde. Omdat hij uiteraard niet de witte walvis uit het boek was, vond de kok dat geen naam maar een bijnaam. De anderen rond het bassin, waarin de walvis, helemaal ondergedompeld nu, zich dadelijk uit de banden wrong, knikten instemmend en vol bewondering, hadden zoveel redekunde van hun kok niet verwacht, maar de kapitein zei dat een dier dat geen naam van zichzelf heeft, ook geen bijnaam kon hebben – een bijnaam was iets naast of in plaats van de echte naam, die er dus wel moest zijn.

Een boom gaf je toch ook geen bijnaam? Een naam wel, dat kon nog, indianen deden dat, en daarna, als die naam er eenmaal was, dan zou een bijnaam natuurlijk weer wel kunnen...

Terwijl de kapitein er nog hardop over verder dacht begon Moby, die hoe dan ook zo heette omdat ze hem zo noemden, aan zijn eerste rondje om de middenpijp. Hij zwom tegen de klok in, en zou dat gedurende de oversteek blijven doen: het bassin was groot, maar voor de ruim vier meter lange dolfijn te klein toch om te keren. Evengoed kregen de mannen geen genoeg van de eenvormige beweging – zoals hij zwom, keek en levend was, ze konden het nauwelijks bevatten, bleven er maar naar kijken, tot de kapitein hen aan het werk zette.

Diep in de machinekamer sloeg de motor aan, hoog te brug werden de laatste formaliteiten verricht, de vrachtbrieven gedagtekend, het logboek geopend. Het was 22 april 1966 toen het schip op het middaguur uitvoer, windkracht 1, zee onveranderd glad. Op het laatst waren er nog een paar kisten kabeljauw aan boord gebracht, voor Moby, en het duurde niet lang of hij kreeg zijn eerste maal toegegooid, werd voor de eerste keer over het voorhoofd geaaid en aangesproken. Zo ging het verder, steeds verder weg van de zinkende kust, waar de kudde nog wachtte, de moeder misschien wel zocht.

Na een paar dagen lieten ze de koude golfstroom achter zich, liepen ze een zachtere zee binnen. Het verschil was in de immense vlakte niet te zien, maar de mannen merkten het bij het spuiten, de spatten waren niet meer zo ijzig. Wie maar even gelegenheid had pakte de voorste brandslang om het bassin te verversen. De meest geliefde bezigheid daar bleef het voeren, maar ook werd de ontlasting met een blikje uit het water geschept. Intussen ging er geen maaltijd meer voorbij zonder dat ze het over hem hadden, zozeer was hij eenieder nu na gekomen, niet als vis maar als zoogdier, warmbloedig en ademend, met een ruggengraat die net zo boog als die van hen, bij het bukken of paren, op en neer zoals hij ook zwom, golvend, niet heen en weer op de manier van vissen en reptielen. En dan die huid, zonder schubben, zelfs zonder haar, en zo glad en wit – die huid was menselijker dan die van welk ander dier ook, echt menselijk, net als zijn gezicht, dat nooit veranderde maar wel steeds anders keek, soms vragend, dan weer begrijpend. Iedereen die bij het bassin kwam begon dan ook prompt tegen hem te praten, aanvankelijk alleen als er geen anderen bij waren, maar later verdween de gêne en gebeurde het wel dat er drie of vier mannen tegelijk aan de rand stonden, in kinderlijke beurt pratend tegen de dolfijn, vaak in aansluiting op de voorganger, en zo ook pratend met elkaar.

Halverwege de reis, die nooit zou eindigen, kon niemand zich meer voorstellen dat de dolfijn ooit nameloos aan boord gekomen was, en dat zijn naam in het begin maar een verzinsel was geweest, misschien niet meer dan een bijnaam – vanaf dat moment heette hij niet alleen meer Moby, maar was hij waarlijk Moby geworden. En dan hadden zich nog al die andere veranderingen aan hem voltrokken, zonder dat hijzelf in het minst, met nog geen schrammetje, veranderd was: hij behoorde niet meer tot het wild van de zee, al had niemand hem getemd; hij had een naam gekregen, maar was zijn familie kwijt; hij was gestolen, al was er voor hem betaald; hij werd ontvoerd en vervoerd door mensen die dol op hem waren, toch was hij vrachtgoed geworden, een toekomstig bedrijfsmiddel – tot de zee het niet langer kon aanzien en ingreep.

Na vierduizend mijl en zeventien etmalen zat de oversteek er bijna op. In een ruime boog voeren ze Het Kanaal in, door het Nauw van Calais de kalme Noordzee op. Toen, voor het eerst sinds de afvaart, tegen vier uur in de namiddag, betrok de hemel, kleurde het water donker, en begon het schip te slingeren op de deining van een storm die niet ver weg meer kon zijn, die in stilte naderde en naar hen zocht, en spoedig ook vond, wild van vreugde: van het ene op het andere moment woei het hard, daarna nog harder, uit het zuidwesten, kracht 9, kracht 10, even een volle 11, orkaansterkte. Overal liepen er nu witte schuimstrepen over het zwarte water, de ene golf leek wel op de opbollende spier van een enorme, doorregen riblap, en een andere, die oversloeg en op het dek vergruizelde, van marmer. Zo zwaar was het schip intussen gaan rollen op de dwars inkomende zeeën, dat Moby, hoe traag de bewegingen ook waren, wel volslagen dol moest worden in zijn klotsende, kolkende kooi op het voordek. Uit vrees dat de lading zou gaan schuiven werd besloten de koers te verleggen en schuin voor de storm uit te lopen, recht naar de Engelse kust. Toen dat niet hielp en ze in ondiep water raakten restte alleen nog de tegenovergestelde maatregel, pal tegen de wind in sturen en de golven op de kop nemen.

Het bevel was nog niet gegeven, de zwenking nog nauwelijks ingezet, of iedereen draaide zich al om naar de storm. Pas nu ze de golven recht op zich af zagen komen bleek ten volle hoe hoog ze waren en hoe verbolgen de zee stond. Ademloos keken ze naar de overstortende kammen, naar het schuim dat domweg uit het oppervlak werd geblazen, naar het woedende water dat inmiddels geheel wit was geworden, en met die vlagende nevels erboven wel leek te koken, te roken.

Overhellend nog kwamen ze uit de draai, waarna de eerste golf recht van voren aankwam als een volle directe op de neus, te hard, te plotseling ook voor het minste meegeven: zonder omhoog te komen ving het schip de klap op, brak het dwars door de uiteenbrokkelende watermuur heen, en was het voordek even helemaal weg. Toen moest het gebeurd zijn.

Na de dreun, gevolgd door een korte wankeling, richtte het schip zich daas en beduusd weer op. Niet veel later luwde de storm en waagden de eersten zich naar buiten, naar voren, naar het bassin. Het was leeg. Met de hand boven de ogen speurden ze de zee af, maar die was nog veel te wit om Moby erin te kunnen zien.

Toch was het gebeurd: de zee had Moby teruggenomen, nog net op tijd, en niemand die gezien had hoe hij in die schuimfontein, doodmisselijk vast van het schommelen, door de spaken heen was geglipt en ondergedoken in de rust onder de golven. Toen hij onzichtbaar bleef wisten de mannen niet of ze moesten lachen of huilen. Zwijgend kwamen ze terug op de brug, tot een van hen door zijn tranen heen begon te lachen, zei dat Moby ook wel gemengde gevoelens zou hebben, en vervolgens het logboek bijwerkte d.d. 9 mei 1966: 'Moby verloren'.

Ja, hij had zijn vrijheid terug.

Maar hij was alleen.

Deel 1

Aan de Rijn

HOOFDSTUK 1

Opname

De dag voor de storm werd er iets na zessen aangebeld bij dierenarts Rebert van Buyten. Hij zat net aan zijn avondmaal, met een pipet in de mond gebogen over een flacon met narcosevloeistof uit eigen apotheek, omringd door de stilte van de klok. Het bord warm eten voor hem was nog onaangeroerd, eerst moest hij zijn wijn versterken. Omdat deze routinehandeling niet te onderbreken viel ging hij ermee door: hij zoog een kleine hoeveelheid op, zwaaide het buisje over het bord tot boven het glas rode wijn daarnaast, telde de druppels hypnine die hij erin liet vallen, sloot de flacon af met de porseleinen stolp. Tot nu toe was het na het aanbellen volkomen stil gebleven, toen begon de klok weer te tikken en stond hij op.

Bij het opendoen was het of hij zich brandde. Pal voor hem, ineens en helemaal, stond Laura Banda. Zijn blik trof de hare op slag, schroeide er prompt aan vast maar sprong dadelijk ook weer weg. Toen pas, bij het losscheuren en afslaan van zijn ogen, zag hij haar dochter Lieneke naast haar, die omlaag staarde naar een halfvolle kom water voor haar buik. In die kom dreef een helder oranje, maar dode goudvis. Heel even nog doorgloeide hem de heerlijkheid van Laura, daarna werd zij mevrouw Banda, omdat zij haar kind bij zich had, en hervond hij zijn doctorale rust, stelde hij haar evenzo gerust toen zij vroeg of ze niet stoorden: o nee, allerminst, het late uur gaf niets, hij zat nog niet aan tafel, verontschuldigingen waren nergens voor nodig

– en reeds, terwijl ze nog in de deuropening stonden, boog hij zich glimlachend over de kom, stelde hij de vraag zoals hij die altijd stelde als er een kind met een nieuwe patiënt kwam, zonder het kind aan te kijken, zich volledig richtend op het dier om het kind niet nog verlegener te maken.

'Zo, en wie hebben we hier?'

Het was Ranja; bijna onhoorbaar mompelde Lieneke de naam; nog steeds hield zij het gezicht omlaag.

'Juist, Ranja,' zei Van Buyten. Na een paar keer knikken ging hij voor naar de spreekkamer, wees hij naar de stoelen voor zijn bureau, nam hij er zelf achter plaats. Het verschil tussen de twee tegenover hem kon niet groter zijn: zo diep als het meisje het hoofd nog aldoor liet hangen naar de kom op haar schoot, zo rechtop gezeten begon haar moeder het geval nu uiteen te zetten. Maar de voorgeschiedenis kende Van Buyten al, die had hij gisteren nog van Lieneke gehoord toen zij met haar konijn Snuf en een vriendinnetje aan de deur was geweest: ze zou vandaag jarig zijn en had maar één ding gevraagd, een dier, een hond of een poes.

Langzaam knikkend weer, in zoete verdoving, het gezicht half afgewend, hoorde hij al deze bekende gegevens aan. Laura vertelde ze op de haar eigen, montere toon, met haar altijd vurig rood gestifte mond die danste als een vlam in zijn ooghoek, en toen ze uitlegde dat zo'n groot dier haar wel wat gevaarlijk leek voor Snuf, en in het algemeen ook nogal bindend, reden waarom het uiteindelijk een goudvis was geworden, zag hij ineens weer voor zich hoe zij gistermiddag onder schooltijd in haar Lancia langs hem was gereden, ongetwijfeld naar de dierenwinkel in Zevenaar. Niemand in het dorp had zo'n auto, zij was ook de enige vrouw in Angelen die met versnelling rijden kon, de enige volwassene ook van wie hij de voornaam kende, en zij die van hem.

Terwijl het meisje roerloos de kom op schoot hield brak nu het gedeelte aan dat Van Buyten nog niet kende. Zonder meer te knikken luisterde hij naar het vervolg van het voor Lieneke allengs pijnlijker wordende relaas, dat Laura evengoed deed zonder enig verwijt of troost in haar stem, met de onwankelbare blijmoedigheid waarmee zij alle feiten en feilen des levens tegemoet trad en aanvaardde, en waarop elke poging om haar te verleiden wel moest afketsen als een pijl op de rondingen van een gladde, glanzende wapenrusting – hoe was haar man, die Schot, zeeman ter koopvaardij, vaak maandenlang afwezig op de wilde vaart, zo had Van Buyten zich in het begin nog vaak afgevraagd, hoe was die er in hemelsnaam ooit in geslaagd, tijdens een of andere vakantie van misschien twee, hooguit drie weken, om in zo'n korte spanne tijds het tl-licht van haar opgewekte nuchterheid uit te doen en er de vlagende flakkering van de roes voor in de plaats te ontsteken?

De goudvis was vanochtend een groot succes geweest, en onmiddellijk na het bedenken, toch weer veranderen, toen definitief vaststellen van de naam had Lieneke hem uit het water gehaald om hem te aaien, tegen hem te praten en te zeggen hoe hij heette. Uiteraard moest ze hem gelijk terugzetten en beloven dat nooit meer te doen, ook niet op school, waar ze hem mee naartoe ging nemen, maar vanavond na het partijtje, alleen met de vis op haar kamer, had ze haar gevoel toch weer niet kunnen bedwingen.

'En nu is dit het resultaat, dokter,' besloot Laura opgeruimd, er nog aan toevoegend dat de toestand haar hopeloos scheen, om niet te zeggen volkomen duidelijk, maar dat Lieneke toch, hoe dan ook, met de vis naar de dierenarts had gewild.

Dat laatste verbaasde Van Buyten niets: met Snuf kwam ze immers ook geregeld langs, zelfs als die helemaal niets mankeerde, maar dan zonder haar moeder, net zoals de andere kinderen van het dorp dat deden, en zo ernstig als ze hun blakende cavia, kip of konijn dan uit de poppenwagen tilden, zo ernstig, in witte jas en met zijn stethoscoop, die in de diergeneeskunde fonendoscoop werd geheten, om de hals, bekeek hij de patiënt dan in de behandelkamer of buiten voor de deur. Voor hem had het niets bijzonders meer om kerngezonde dieren te onderzoeken, maar nu moest hij zich over een dode vis ontfermen. De overbodigheid was in medisch opzicht hetzelfde, de betekenis in menselijk opzicht ook, voor de rest was alles anders. Daarom was Laura er ook bij.

Het leek intussen wel een omhelzing zoals het spichtige meisje zich gedurende de uiteenzetting nog dieper over de kom was gaan krommen. Haar armen en benen waren dun en recht als stokken, haar gezicht hing onzichtbaar boven het water, en toen pas zag Van Buyten de papieren vleugels op haar rug, overblijfsel van het feest zeker waarop de kinderen dieren waren geweest, zij een vogel, of een vis als het vinnen waren.

Toch weer knikkend, maar nu alsof hij diep nadacht, liet hij de toedracht enige tijd tot zich doordringen.

'Dus jij bent het bazinnetje van Ranja, het vrouwtje?' stelde hij vragend vast.

Ook Lieneke knikte, zij het oneindig veel dieper dan hij daarnet, net zo diep als haar schaamte en spijt.

'Nu goed, laten we hem dan eerst maar eens inschrijven... Lopen jullie mee naar de balie?'

De balie was een hoek in de wachtkamer, half afgescheiden door een borsthoog loket met daarin een luik. Terwijl moeder en dochter nieuwe stoelen uitzochten liep Van Buyten door de opening naar de andere kant van het loket, legde hij het patiëntenboek voor zich neer en begon hij, gadegeslagen door het tweetal tegenover hem, staandebeens te schrijven, elk woord dat hij noteerde in datzelfde, trage schrijftempo ook hardop zeggend, lettergreep voor lettergreep, zonder op te kijken, net alsof hij een kind was, of alleen: 'Ranja... goudvis... Carassius auratus auratus... bazin Lieneke Banda... adres Swartenhondtstraat 25, Angelen...'

Toen hij weer door de opening stapte leek Lieneke iets rechter te zitten; toen hij haar vervolgens met haar verjaardag feliciteerde en vroeg of het goed was gegaan vanochtend, tussen het konijn en Ranja, of Snuf tenminste even was komen kijken, leek ze zelfs iets te lachen terwijl ze ja knikte. Het water begon als wijn te walsen in de kom.

'We hebben ze meteen aan elkaar voorgesteld, hè Lien?' deed Laura er het verhaal bij. 'De kom op de grond, hok open, en daar kwam hij al aangehuppeld, zeer geïnteresseerd hoor, ik kan niet anders zeggen... Hij heeft zelfs nog een slokje water genomen, die Snuf... uit de kom van Ranja!'

'Dat kan geen kwaad,' vergoelijkte Van Buyten, en omdat Lieneke de kom niet langer afdekte met haar hoofd zag hij nu dat er, behalve de goudvis, ook een paar bloemetjes in dreven, maar omgekeerd, met het groen naar boven; ongetwijfeld had Lieneke ze zo, de kort afgeknipte steeltjes tussen duim en wijsvinger, in het water laten zakken, opdat Ranja ze van onderaf in het hart kon kijken. Hij glimlachte even, vertederd of ter verontschuldiging nog van het konijn, en keek toen weer ernstig, steeds ernstiger naar de goudvis die op de golven deinde. 'Maar goed, dan moeten we hem maar eens gaan onderzoeken.'

Opeens ging alles sneller: Van Buyten nam de viskom van Lieneke over en liep, de twee zonder nog een woord achterlatend in de wachtkamer, en zonder een van de deuren te sluiten, de gang op en de behandelkamer binnen. Als eerste draaide hij de kraan voor enige ogenblikken helemaal open; schuimend bruiste de straal in de stalen spoelbak; het was een hygiënisch, al bijna medisch geluid, vond hij. Daarna was het stil, tot er uit de verte een heerlijk geluid van stemmen begon door te klinken, Lieneke die telkens uitbarstte in hoopvol geklets, Laura die dan met een paar woorden vlakaf antwoordde – maar op zijn terugkeer met de vis in de wachtkamer zwegen ze beiden op slag.

Maar hoe anders, helemaal in staat gebracht, zag hij er nu ook niet uit: met zijn witte jas aan, en de fonendoscoop nonchalant om de hals, als een losse vlinderdas, keek hij enige tijd beurtelings omlaag naar de kom in zijn handen en naar de wijd open ogen en mond van het meisje tegenover hem.

'Hartslag zeer zwak,' sprak hij eindelijk. 'Ik weet nog niet precies wat hij heeft, maar het is in ieder geval iets... nou ja, iets ichtyologisch. Hoe dan ook, ik heb hem gestabiliseerd... hij rust nu.'

Hij kuchte, keek toen ook naar Laura, die de blik al op hem gevestigd hield en begrijpend, zij het met opgetrokken wenkbrauwen, begon te knikken.

'Ranja rust zacht,' zei ze.

Opnieuw schraapte Van Buyten de keel, hoestend, proestend bijna, waarna hij verderging over antibiotica en sulfa, nog eens de ernst van de toestand benadrukte, en besliste dat de vis vandaag zeker niet mee naar huis kon, dat hij onmiddellijk opgenomen moest worden.

'Als jij hier nog even wacht met je moeder, dan breng ik hem nu gelijk naar de opname.'

Zonder de kom te hebben neergezet liep hij er de wachtkamer weer mee uit, opnieuw de gang op, al die deuren weer langs. Nog voor de eerste deur hoorde hij het getik van hakken achter zich, nog voor de tweede haalde Laura hem in.

'Rebert, zo maak je het alleen maar erger!' fluisterde ze

hard, maar zo zacht ze kon – doordat ze hem bij de voornaam noemde, en zonder Lieneke er nog bij, stond ze niet meer als moeder maar ten volle als vrouw tegenover hem. 'En waarom? Ik bedoel, er is een vis doodgegaan... Lieneke moet leren dat zoiets gebeuren kan... Je gaat nu echt te ver, Rebert, hou hier toch mee op, dit leidt nergens toe!'

Ook de dood van de vis behoorde kennelijk tot de levensfeiten die zij zonder omhaal of verzet placht te aanvaarden, maar haar oproep tot die aanvaarding deed ze deze keer zonder de haar kenmerkende blijmoedigheid, met meer klem dan ze hem ooit had toegesproken.

Maar ook Van Buyten ervoer nu een drang die hem vreemd was, een niet langer dienstwillige drang voorwaarts.

'Ik moet het proberen,' zei hij eenvoudig, en zonder de pas in te houden of zelfs maar opzij te kijken liep hij door naar de deur van de opname, de kelderdeur. Bovenaan draaide hij de lichtschakelaar om, en terwijl het getik van hakken zich achter hem terugtrok ging hij de trap af.

Beneden waren er drie konijnen in opname, allemaal goed gezond, elk in een afzonderlijk hok. De overgang van volkomen duisternis naar het licht, van veilig onder elkaar naar mogelijk een prooi worden van de vleesetende binnendringer moest enorm voor ze zijn; toch, of juist daarom, bleven ze op zijn verschijnen volstrekt roerloos zitten, koortsig trachtend zich op die manier zo onzichtbaar mogelijk te maken in datzelfde licht, voor diezelfde indringer, zonder andere dekking dan die van de tralies van hun hok. Nadat Van Buyten de kom ergens op een schap had gezet onderging hij even de gewogen grondstilte, die door de dieren nog versterkt werd doordat zij, terwijl zij niets deden, toch een even geweldige als vergeefse inspanning leverden, toen klonk vanuit de verte weer het hoopvolle gekwebbel op van Lieneke. Ditmaal strooide Laura daar geen nuchtere woorden tussendoor, alleen maar een nurks zwijgen. Verheugd ging hij de trap weer op, want hij wist: zij zweeg tegen hém.

Nu diende alleen nog het opnameformulier te worden ingevuld. Heel bedaard verzocht Van Buyten de twee hem te volgen, terug naar de spreekkamer, waar hij opnieuw naar de twee stoelen voor zijn bureau wees terwijl hij er zelf achter ging zitten. Het volgende moment had hij een kassaboek met carbons voor zich en begon hij te schrijven, net zoals bij de inschrijving, langzaam en hardop pratend bij elk woord, zonder enige notitie te nemen van de beide bezoekers tegenover hem. Toch had hij wel gezien dat Lieneke nog weer verder was opgeveerd, en dat Laura haar montere oogopslag terug had. Evengoed maakten beiden geen enkele beweging of geluid terwijl hij verderging:

'Ranja... goudvis... bazin Lieneke Banda...'

Maar helemaal hetzelfde als de inschrijving was het toch ook niet, want de reden van opname, de klacht, diende ook vermeld.

'Klacht...' Even haperde hij, toen wist hij het al: 'Bewusteloosheid,' sprak en schreef hij, waarmee hij toekwam aan het allerlaatste onderdeel, het laatste verschil ook met de inschrijving.

'Datum...'

Na het zeggen en schrijven bleef het stil.

'Datum...?' zei Van Buyten nog eens, luider, meer vragend ook, en met een steelse blik naar Laura.

Nu begreep ze zijn opzet; ze fluisterde iets in het oor van haar dochter, toen klonk Lienekes stem, voor het eerst vanavond: '8 mei 1966.'

'8 mei... 1966...' herhaalde Van Buyten haar antwoord terwijl hij het noteerde, daarna scheurde hij de doorslag los en overhandigde hij die, bij wijze van reçu, over het bureaublad heen aan Lieneke, met de woorden: 'Morgen tussen de middag kunnen jullie terugkomen voor de uitslag.'

Om het formulier aan te nemen was Lieneke dadelijk opgestaan. Voldaan in haar plaats keek Van Buyten haar even aan: mocht Ranja het halen, dan zou zij, door de datum te hebben genoemd, toch een eigen aandeel in de heilzame opname gehad hebben.

Het was gedaan; een paar stappen door de gang nog en een paar woorden van afscheid, toen draaiden moeder en dochter zich om en kon Van Buyten ze vanuit de deuropening alleen nog maar nakijken. De vleugels van Lieneke fladderden met nieuwe kracht op haar rug, terwijl de afstand tussen hem en de twee steeds groter werd, hun onderlinge afstand daarentegen steeds kleiner, en Laura met het weglopen steeds meer terugveranderde in mevrouw Banda. Er was verder niemand op straat, en er klonk geen enkel geluid buiten; het dorp zat aan tafel; zij zo dadelijk ook.

Wat later had hij zijn eerste glas versterkte wijn op en was zijn avond begonnen.

HOOFDSTUK 2

Arnhem-Wageningen

Voor Angelen had Rebert van Buyten altijd in Arnhem gewoond; voor hij diergeneeskunde in Utrecht ging studeren had hij aan de Landbouwhogeschool van Wageningen gestudeerd – maar altijd vanuit Arnhem. Vanuit daar kon dat met de trein en hoefde hij niet op kamers, hoe graag hij ook op kamers wilde. Er waren ook helemaal geen kamers, alleen maar puinhopen nog, achter elke schutting in de stad.

Door omstandigheden van de oorlog was hij al twintig toen hij in 1950 dan eindexamen deed en zich inschreef voor Wageningen. Nu was kort daarvoor, door overlijden van de oude huurster, de verdieping vrijgekomen boven de kapperszaak van zijn oom, vlak bij park Sonsbeek. Daar zagen zijn ouders een mogelijkheid. Ze nodigden de oom uit voor overleg: had hij al een nieuwe huurder? Hij zou, bij losse kamerverhuur, als de schuifdeuren werden afgesloten, zelfs nog een tweede huurder kunnen nemen. Zo ging het beraad verder, men kwam een huur overeen die voor beide partijen voordelig was, de oom maakte een grap, toen werd Rebert erbij geroepen en ontstak men eensgezind in nog grotere geestdrift: de verbinding Arnhem-Wageningen was uitstekend, de reistijd beliep hoogstens drie kwartier, en dat met het station op loopafstand, iedere student zou wel zo dicht bij Sonsbeek en de binnenstad tegelijk willen wonen, kon hij tóch op kamers, natuurlijk had hij de leeftijd om uit huis te gaan – of was dit soms nog niet op kamers genoeg? De hele bovenverdieping stond leeg, hij kon zelfs kiezen, als hij snel was tenminste: de andere kamer zou ook verhuurd worden, dat werd nog een echt studentenhuis!

Hij koos de voorkamer, omdat die een balkon had, boven op de erker, tevens etalage van de kapsalon. Een aansluiting voor de draadomroep had deze kamer ook: Rebert hing de bakelieten doos met luidspreker op, draaide de knop om, timmerde een plaat zachtboard tegen de schuifdeuren, en begon te schilderen en behangen. Heel de verdere zomervakantie bleef hij daarmee bezig, terwijl van beneden soms gelach doordrong wanneer zijn oom weer een grap had gemaakt. Na drie weken was zijn kamer klaar en trok hij erin; nog weer een week later had hij zijn eerste college en was hij student geworden.

Maar een studentenleven had hij niet.

Dat was in Wageningen.

Aanvankelijk maakte het niet eens zoveel uit. Iedereen moest elkaar nog leren kennen, en geregeld sloot Rebert zich aan bij een groepje dat bij iemand ging eten, meestal bonenschotel. Maar tegen de tijd dat het gezelschap zich naar de kroeg of een feest verplaatste moest hij de trein halen, en rende hij, zonder afscheid te nemen, om zich niet te verraden als vreemde, en later omdat hij als vreemdeling al niet meer tot afscheid nemen gerechtigd was, met zijn abonnement in de hand naar het station, kromgebogen, altijd in haast, maar nauwelijks vooruitkomend tegen de storm van spijt in, want ook al studeerde er geen enkel meisje in Wageningen, naar verluidde zou het er 's avonds laat toch van wemelen.

Naarmate zijn jaargroep zo steeds hechter werd viel hij er meer en meer buiten en raakte hij hopeloos achter, tot hij geen enkele grap meer begreep, niemand hem nog iets vertelde, en hij nergens meer naar durfde vragen. Eind oktober gaf hij het op, waarschijnlijk zonder dat iemand het merkte, en at hij zijn bonenschotel voortaan thuis, zat hij de laatste mooie herfstavonden op zijn balkon, met het geluid van de draadomroep uit de open deur. Niemand had zo'n balkon in Wageningen, in plaats daarvan hadden ze er plezier.

Intussen was de achterkamer allang verhuurd, maar veel merkte Rebert daar niet van. Zijn oom had dat ook voorspeld, een keer beneden in de gang: het ging om een marinier, iemand uit de cliëntèle, heel vertrouwd dus, een ideale huurder bovendien omdat hij vaak op zee zou zijn, voor oefeningen, en in zijn vrije tijd bij zijn verloofde. 'Lekker rustig... tenminste, voor jou dan!' besloot zijn oom, die even zijn wijsvinger op zijn jukbeen legde, toen lachend terugliep naar de tussendeur.

In het begin had Rebert nog wel enig contact met de marinier, die behalve zijn huisraad ook een oude kat meebracht, Kloris. Zo gebeurde het een paar keer, op vriendelijk verzoek, dat hij de kat te eten gaf. Later kwam die ook wel op zijn kamer, waar hij soms zelfs bleef slapen. Dan luisterde Rebert naar de droge, hijgende ademhaling ergens in het donker tot hij zelf ook sliep.

Na een halfjaar begon de dagelijkse gang naar Wageningen hem bepaald tegen te staan, maar zo groot was die afkeer niet of zijn weekeinden in Arnhem vielen hem nog veel zwaarder. Op zaterdagen was het veruit het drukst in de kapsalon. Van 's ochtends vroeg af steeg de ene na de andere mannelijke lachgolf omhoog, met als krullende schuimkop daarbovenop het gebulder van zijn oom met de pointe. Terwijl Rebert nog probeerde uit te slapen, om de dag te bekorten, werd hij er geleidelijk aan zeeziek van, alsof zijn bed een boot in de storm was. Wanneer wat later ook de sigarenrook van beneden door de vloer naar binnen drong hield hij het niet meer uit; dan stond hij op en ging hij zonder koffie of ontbijt naar buiten; lopen, eindeloos door de benedenstad met alle schuttingen en het puin daarachter, onderlangs de Rijn, daarna terug omhoog, naar Sonsbeek, door het park, om het kasteel en langs de waterpartijen, waarna hij steevast eindigde midden op een brug, de ellebogen op de brede, bolle, zandstenen rand van de leuning, een voet tussen de bolle balusters daaronder, omlaag starend naar het stilstaande water onder hem – het was het laatste wat hij nog doen kon voor hij toch weer terug naar zijn kamer moest. Op zondagen deed hij hetzelfde, alleen was het dan niet de drukte maar de rust die hem voortdreef.

Na het eerste jaar wist hij niet meer waarom hij ooit landbouwkunde had gekozen. Toch ging hij ermee door, trouwhartig, willoos, omdat er niets was waartegen hij zich af kon zetten, niets anders ook dat hem aantrok. Als enige van zijn jaar had hij geen college of practicum overgeslagen, hij was er altijd, al hoorde hij er het minst van allen bij – hij was er nou eenmaal.

Na het tweede jaar kon hij de aanblik van zijn treinabonnement niet meer verdragen. In plaats van in zijn portefeuille, waar hij het bij iedere boodschap onder ogen kreeg, droeg hij het nu ten diepste opgeborgen in de afgesloten binnenzak van zijn jas, maar waar hij het ook droeg, hij droeg het als een brandmerk en had het altijd bij zich. Het was een pas die geen toegang gaf maar hem juist van alles buitensloot, die hem beroofde van alles wat hem ooit had gekenmerkt en gekleurd, en die hem van binnenuit maar bleef kaal schuren en almaar meer verbleekte, verouderde, vervormde en vermomde. Oude bekenden zouden hem niet meer herkennen zoals hij op zaterdagen en zondagen roerloos op de bolle brug stond, maar die waren er ook niet meer: iedereen van de hbs was naar een opleiding elders vertrokken, hij kon nooit iemand groeten, hij was naar Wageningen gegaan maar in Arnhem achtergebleven.

Na het derde jaar, aan het begin van de zomervakantie, ging de marinier trouwen. Omdat zijn vrouw niet tegen kattenharen kon liet hij Kloris achter. Afgezien van de mand die hij erbij kreeg maakte het voor Rebert geen verschil; ook toen de kat nog niet van hem was lag die al meestal op zijn kamer.

De nieuwe huurder zou wel een groot verschil kunnen gaan maken.

Omdat er vanuit de cliëntèle geen belangstelling kwam werd er een advertentie geplaatst. Ditmaal mocht Rebert kiezen. 'Jij moet ermee leven, kies maar een leuke juffrouw uit!' zei zijn oom, toen hij hem beneden in de gang een pak brieven overhandigde, daarna lachend door de tussendeur verdween.

Boven op zijn kamer, terwijl het gelach nog doordrong, ontdekte Rebert dat alle reflectanten man waren; het was weer een grap geweest; zijn oom had een voorselectie gemaakt, of al in de advertentie dames uitgesloten. Evengoed moest hij kiezen, en na een kort moment van verdovende ontgoocheling vond hij toch een brief die hem aansprak, vanwege de jeugdige leeftijd, de aanstaande studie, en bovenal de naam van de kandidaat: hij koos Marc van Aldegonde. Ook toen het gelach beneden allang was opgehouden keek hij nog naar de afzender. Die naam was zacht als zalf, vond hij.

Een paar dagen later klonk er gestommel op de trap. De oom had laten weten dat de kandidaat de kamer kwam bezichtigen, en na overeenkomst wellicht dadelijk kennis zou komen maken; in zijn eigen kamer luisterde Rebert gespannen naar de naderende voetstappen, nu al in de gang; alles was aan kant, hij had nog nooit visite gehad. Achtereenvolgens hoorde hij hoe de deur van de achterkamer openging, er daar heen en weer werd gelopen, hoe zijn oom de formaliteiten meedeelde, de gang weer op kwam en de trap af liep. Even bleef het helemaal stil, toen klonk er een andere voetstap op, steeds luider, steeds dichterbij, tot die pal aan de andere kant van de deur ophield... en er werd aangeklopt.

Rebert telde tot vier, deed open.

In de schemer van de deuropening stond een lange jongeman. Met krachtige, welluidende stem verklaarde hij de nieuwe buurman te zijn; hij wilde zich even komen voorstellen. Glimlachend stak hij zijn hand uit, noemde hij zijn naam: 'Marc van Aldegonde.'

Na de handdruk, en het ook zijnerzijds noemen van de naam, stapte Rebert achteruit, maakte hij een uitnodigend gebaar. De jongeman werd nog langer toen hij vanuit het halfdonker binnenkwam.

'Dus... u neemt de kamer?'

Ze stonden tegenover elkaar. Ofschoon zelf niet klein keek Rebert schuin tegen hem op. Hij had zwarte krullen, een regelmatig gezicht, en vertoonde nu zijn spierwitte tanden:

'Natuurlijk! Een prachtige kamer... maar u heeft zelfs een balkon... en een kat! Ik ben dol op katten!'

Rebert volgde de blik van de ander naar de openstaande balkondeur, naar Kloris in zijn mand, keek hem weer recht aan.

'En u... gaat studeren?'

De nieuwe buurman sloeg zijn ogen neer, glimlachend weer, maar nu alsof hij te verlegen of bescheiden was om erover te beginnen. Na een zoemende kreun bij wijze van opmaat vertelde hij toen dat hij op de kunstacademie was aangenomen, oorspronkelijk uit Breda kwam, en zich juist voor Arnhem had opgegeven vanwege de onlangs opgerichte afdeling modetekenen en modeontwerpen, uniek in

Nederland, heel bijzonder, hij kon nauwelijks wachten tot de zomervakantie voorbij was – maar nu had hij al veel te lang over zichzelf gepraat: 'En u, volgt u nog een opleiding, of werkt u al?'

'Ik studeer... landbouwkunde. In Wageningen.'

'Dat is vlakbij, met de trein,' suste Van Aldegonde onmiddellijk. 'En zijn daar ook bepaalde richtingen of afdelingen?'

Rebert knikte ja en nee, hij wist het niet meer; volkomen overdonderd, verweekt haast door zoveel wellevendheid ineens, waarvan hij niet wist dat die bestond, zocht hij naar een antwoord, maar reeds bevrijdde Van Aldegonde hem uit de opgelatenheid, stak hij hem andermaal de hand toe, nu ten afscheid: hij wilde niet langer storen, het was een aangename kennismaking geweest, ze zouden elkaar snel terugzien. Als een ware kunstenaar van goede manieren rondde hij zijn bezoek af door Rebert, onder intense blik, op melodieuze toon en volkomen accentloos te bedanken, met een stem kortom die je verder alleen op de radio hoorde.

Een paar dagen later al kwam hij terug, met drie vrienden om te helpen. Het schuren, schilderen en behangen ging het hele weekeinde door, ononderbroken hoorde Rebert ze werken, praten en lachen. Telkens als hij naar de keuken liep was de deur van de achterkamer dicht, ongetwijfeld tegen het stof en de verflucht. Toch kwam hij zijn buurman herhaaldelijk tegen op de gang, en vanaf de keer dat hij zich verstoutte om koffie aan te bieden noemden ze elkaar, op voorstel van Marc, bij de voornaam.

De feitelijke verhuizing vond plaats op maandagochtend. Vanuit het keukenraam zag Rebert beneden voor de deur een busje stoppen. Marc stapte als eerste uit, daarna zijn vrienden. Het volgende moment al begonnen ze de boedel naar binnen en de trap op te dragen, stommelend, lachend, roepend. Opnieuw bood Rebert koffie aan, en toen hij er de achterkamer mee binnen kwam hadden ze net alles boven. Na kort aandringen stemde hij toe een kopje mee te drinken, wat hij de vorige keer nog niet had gedaan. Het merkwaardigste in de wirwar van dozen, meubels, schilderijen en zakken was een oud maar kleurig carrouselpaard van de kermis, helemaal verdwaald zo zonder draaimolen. Verder zag hij een antieke hutkoffer en een naaimachine, een Singer met gietijzeren onderstel.

'Van mijn moeder gekregen,' verklaarde Marc even trots als liefdevol.

Nu begon het inrichten. Terug op zijn eigen kamer, door de zachtboardplaat heen, hoorde Rebert ze schuiven. Allerlei opstellingen werden geprobeerd, besproken, verworpen en vervangen door andere, tot het na twee uur ophield. Even bleef het helemaal stil, toen werd er, een droge tik, ontstellend veel dichterbij ineens, aangeklopt.

Het was Marc; hij kwam afscheid nemen; hij ging nu voor twee weken op vakantie, naar Frankrijk, met zijn vrienden, allemaal in het busje, zolang het nog kon voor de academie zou beginnen.

'Tabee,' besloot hij eenvoudig, terwijl hij zijn hand weer uitstak.

'Tabee,' zei Rebert; het was de eerste keer dat iemand dat woord tegen hem zei, de eerste keer ook dat hij het zelf gebruikte.

Iets later zag hij ze vanuit het keukenraam wegrijden; nog wat later ging hij zelf ook naar buiten, lopen maar weer, door de binnenstad, langs de schuttingen en de Rijn, daarna terug omhoog naar Sonsbeek, heen en weer door het park tot hij uiteindelijk bleef stilstaan op de bolle brug, zijn ellebogen op de leuning, een voet tussen de balusters, omlaag starend naar het stilstaande water.

In ijle ledigheid sleepte de zomer zich zo verder, dag

na dag, met als enige onderbreking een bezoek met Kloris aan de dierenarts, waarna de eenzelvigheid van alledag hem opnieuw beving. Soms kwam hij thuis zonder te weten waar hij geweest was; soms twijfelde hij 's avonds laat of hij wel gegeten had; soms verlangde hij zelfs naar het nieuwe studiejaar.

Marc kwam terug op een vooravond; ineens stond hij naast Rebert in de keuken, waar die net zijn bonenschotel had gemaakt. Hij boog zijn lange lichaam over de pan, snoof neuriënd de geur op, zei dat hij er opeens enorme honger van kreeg.

'Echt studenteneten zeker?'

In een bescheiden gebaar trok Rebert zijn schouders op. 'Maar als je ook wat lust...'

Marc had weinig tijd, nam zijn uitnodiging toch graag aan. Het volgende moment zaten ze samen op zijn balkon, elk met een bord op schoot. Nooit tevoren had Rebert zich zozeer student gevoeld, en dan nog de onderwerpen die ze bespraken: Marc stelde voor om een papier onder de deurbel te plakken met 'R. van Buyten 1xbellen' en daaronder 'M. van Aldegonde 2xbellen'; in wekelijkse wisselbeurt zouden ze de trap, keuken en gang schoonmaken; en was het geen goed idee om gezamenlijk telefoon te nemen? Hoewel Rebert nog nooit getelefoneerd had, en ook niet zou weten wie hij of wie hem zou kunnen opbellen, stemde hij onmiddellijk toe, waarop Marc hem de hand schudde, op een schitterende manier begon te lachen, en daarna opstond.

De kunstacademie was begonnen, het papier hing onder de deurbel, Rebert ging weer dagelijks naar Wageningen. Marc zelf zag hij enige tijd niet meer, wel merkte hij aan het vele aanbellen 's avonds en de drukte in huis dat er steeds meer bezoek kwam, soms tot midden in de nacht – zo raakte hij eindelijk gewend aan het geluid van zijn eigen bel, al werd er nooit voor hem gebeld, was het altijd 2x.

Maar op een zaterdagmiddag trof hij hem toch weer in den lijve toen hij naar de keuken liep; met volle boodschappentassen kwam hij net de trap op; hijgend van inspanning sprak hij hem aan: hij gaf een etentje vanavond, voor vrienden, of Rebert niet ook wilde komen. 'Heb je in ieder geval geen last van het geluid... Of juist dubbel, natuurlijk! Ha, ha! Maar kun je nog?'

Rebert kon nog.

Marc zou wel kloppen.

Hij klopte pas om half acht. Urenlang al rook het tot in de voorkamer naar gestoofd vlees; het laatste uur was er voortdurend aangebeld, mengden de geluiden zich met de geuren; opgelucht dat hij niet vergeten was liep Rebert achter Marc aan.

Sinds de eerste keer met de koffie was de kamer onherkenbaar veranderd. Overal brandden kaarsen, de grote tafel was wit gedekt, het leek wel een restaurant, ook door het gepraat van zoveel stemmen door elkaar. Zeven of acht gezichten keken hem aan, vrienden van Marc allemaal, maar andere vrienden, nieuwe vrienden, studievrienden – in een flits zag hij dat er tussen al die modestudenten geen enkele vrouw zat, wat hij toch wel zou verwachten.

Marc stelde hem in één keer, aan iedereen tegelijk, bij zijn naam en studie voor, verdween de gang op, en kwam glorieus terug met een schaal met daarop een heel konijn, bereid à la Provence, waarheen de vakantie was geweest, en vanwaar hij de kruiden en de rode wijn van vanavond had meegebracht – na de uitleg werd er geklapt, door een enkeling geroepen.

Duizelig van al die nieuwigheden ineens, de wijn, de gezelligheid en de takjes tijm op het vlees, wist Rebert soms niet waar hij moest kijken; om bij te komen liet hij zijn blik dan gewoon maar rusten op het kermispaard, tot ook de vreemdheid daarvan hem plotseling deed opschrikken en hij zijn gedachten uit alle macht weer richtte op het gesprek. De vrienden bleken al evenzeer voor hun studie gemotiveerd als de gastheer, want tegen tienen spraken zij nog steeds over niets anders dan kleren, patronen, de naaimachine van Marcs moeder, en of het niet mogelijk zou zijn om aan dunne tentstof te komen. Toen was het tijd om naar het café te gaan, en voor hij er erg in had werd hij opnieuw uitgenodigd en liep hij mee naar de binnenstad.

Café Meijers was het enige kunstenaarscafé van Arnhem, niet groot, maar altijd vol. 's Zomers droeg men er zwarte zonnebrillen, 's winters zwarte coltruien, uit de grammofoon schalde jazzmuziek, achter de bar stond een neger uit Amerika.

Bij binnenkomst sprongen Rebert de tranen in de ogen van de dichte sigarettenrook, en pas na drie keer, door het lawaai, begreep hij dat Marc vroeg wat hij wilde drinken. Hij volgde de groep door het gedrang naar een rustiger plaats, kreeg zijn glas in handen gedrukt, en opnieuw stelde Marc hem bij naam en studie aan allerlei mensen voor, nog meer nieuwe vrienden van hem, van de kunstacademie weer, maar ook van het conservatorium, en een paar meisjes die ballet deden.

Met zalige gulzigheid dronk hij zijn bier op en begon hij zich, na de eerste schroom, te voldoen aan alles om hem heen wat hij nooit eerder gezien en gehoord had, de jazzmuziek, de neger, de jonge ballerina's, het dreunende geroezemoes, al die zonnebrillen, gewoon 's avonds, en binnen, en aan al dat talent om hem heen, dat iedereen hier bezat omdat je anders niet op zo'n kunstopleiding werd toegelaten, terwijl je voor Wageningen of een universiteit alleen maar je schooldiploma hoefde te hebben, oftewel je huiswerk moest hebben gemaakt, oftewel alleen maar hoefde te kunnen stilzitten – ja, aan heel het café verzadigde hij zich, nu ook aan de rode muren, en met het hoofd in de nek op het laatst ook aan het bruine plafond dat glinsterde van condens.

Toen hij weer voor zich keek stond hij in een andere, een vreemde kring. Omdat hij de oorspronkelijke groep nergens meer zag, alleen maar hier en daar verspreid een vriend van Marc, kon hij geen rondje meer geven; hij bestelde voor zichzelf, dorst niet terug naar zijn oude plaats, ging tussen de jassen staan en genoot van daaruit verder.

Hoe laat het ook was, de kunst werd niet vergeten, soms zelfs nog geoefend: vlak bij hem draaide een meisje, van wie hij de naam niet meer wist maar nog wel dat zij de dansopleiding volgde, plotseling haar heupen in het rond; een conservatoriumstudent die net besteld had roffelde onder het wachten met vijf vingers snel en krachtig op de bar; er kwam nog een jongen binnen met een grote map onder de arm, stellig een student van de kunstacademie die de hele avond had doorgewerkt. Na een poosje ontwaarde hij ook Marc weer, aan de overkant, in gesprek gewikkeld met nog weer een andere vriend – had zijn buurman zich thuis al nooit over vrouwen uitgelaten, waarschijnlijk om hem te ontzien, met bewondering voor zijn onwankelbare zelfbeheersing zag Rebert hoe weinig hij zich zelfs ook hier als rokkenjager gedroeg, terwijl hij, met die stem, die lach, die krullen en zijn rijzige gestalte, waarmee hij boven iedereen uitstak, tegenover de ballerina's een voortreffelijke figuur zou maken en beslist mogelijkheden had. Overigens twijfelde hij niet of Marc had, net achttien misschien, al heel wat meer vrouwengeschiedenissen beleefd dan hij nu op zijn drieëntwintigste – minder kon in elk geval niet.

Pas na het afroepen van de laatste ronde kwam Marc naar hem toe. Om snel nog iets te bestellen greep Rebert al naar zijn portefeuille, maar daarom ging het niet: ze gingen nog ergens anders heen, een feest, maar daar zou hij zich waarschijnlijk niet zo op zijn plaats voelen, tabee dus maar.

'Alsof ik híér op mijn plaats was!' riep Rebert lachend boven het kabaal uit. 'Nee, nóg niet, maar wat wil je, zo'n eerste keer? Maar natuurlijk, een feest, nee, uitstekend... tabee! Tabee!'

Nooit eerder had hij iemand op de schouder geklopt zoals hij nu deed bij Marc, nooit eerder had hij zoveel gedronken, en nooit eerder kwam hij zo laat en zo gelukkig thuis. Hier en daar had Kloris wat braaksel uitgespuwd, zoals wel vaker de laatste tijd; uit pure baldadigheid veegde hij het op met zijn treinabonnement.

In de weken die volgden kwam het nog een paar keer zo uit dat Rebert mee naar Meijers werd gevraagd, maar hoe opgetogen hij er telkenmale ook binnenging, aansluiting kreeg hij er niet: de kunstenaars hadden geen belangstelling voor landbouw, de ballerina's ook niet. Toen hij in oktober vierentwintig werd geviel het weer wel dat Marc zijn vrienden over de vloer had en hij mee kon eten. Om niet alleen te zijn nam hij het aan, maar aan tafel durfde hij niet te zeggen dat hij jarig was, schaamde hij zich dat hij in gezelschap van Marcs vrienden verkeerde in plaats van met eigen vrienden te zijn, tot de jongens aanstalten maakten om naar Meijers te gaan, hij niet werd meegevraagd, en een andere schaamte hem bekroop.

Ze probeerden het niet meer met hem, hij kreeg geen herkansing meer, en toen hij ook de laatste hoop daarop verloor viel hij loodzwaar terug in zijn oude bestaan, zakte daar zelfs nog dieper in weg, omdat hij opgetild was geweest en van zo hoog kwam. Zo verstreek de herfst, werd het winter, en restte er niets dan het heen en weer van Wageningen. 's Ochtends stapte hij bij donker in de trein, 's avonds kwam hij in het donker terug, terwijl zijn ziel tussendoor verduisterd bleef door verlangen, niemand hem ooit aankeek, behalve in de winkel als hij aan de beurt was, en er een stilte in hem ontstond die ook door de grootste drukte op de gang niet meer verbroken werd.

Inmiddels was de telefoon aangesloten, hing het toestel in de gang naast het trapgat, en was Marcs naaikransje, zoals hij het zelf noemde, er daadwerkelijk in geslaagd om aan tentdoek te komen. De dunne, oranje stof bleekten ze in een ketel op het fornuis, daarna maakten ze er broeken van die van onderen zo wijd waren dat ze op jurken leken. Avonden lang klepperde het deksel in de keuken, en als ze er niet waren kwamen ze midden in de nacht toch weer om kleren te maken. Aan de uitroepen in de achterkamer hoorde Rebert dat daar ook bij werd gepast: 'Draai je eens om...' 'Niet te strak?' 'Leuk!' Alleen op zaterdagavonden bleef het altijd stil; als in Meijers dan de jazz uit de grammofoon schetterde luisterde Rebert naar de draadomroep, na het laatste programma naar het hijgen en krabben van Kloris.

De krokussen kwamen uit, het werd voorjaar. Elke zaterdag en zondag liep Rebert weer door de benedenstad, langs de Rijn en terug omhoog naar Sonsbeek, rond het kasteel en de vijvers, precies zoals vroeger, vóór Marc en Meijers, alleen kon hij nu, als hij ten laatste in de zon bleef stilstaan op de bolle brug en het park leegstroomde, moeiteloos de onderscheidene kunststudenten herkennen: die van de kunstacademie aan de mappen onder de arm; die van het conservatorium aan geneurie waarmee ze hem passeerden, zich daarbij met lange, lenige vingers begeleidend in de lucht; de ballerina's aan het been dat ze zomaar even op de brugleuning legden, en later, toen Arnhem ook nog een toneelschool kreeg, de jonge acteurs aan hun onderlinge plezier.

Zelf was Rebert nu volkomen onherkenbaar, zelfs vrijwel onzichtbaar geworden. Door het gebrek aan vreugde of ook maar hoop was er zo'n groot spanningsverschil tussen het verlangen in hem en de leegte om hem heen, en dat al zo lang achtereen, dat hij uiteindelijk was gaan lekken, dat de onderdruk alles uit hem wegzoog wat hem ooit getekend had, zijn aandriften, zijn interesses, en op het laatst ook zijn verlangen. Hij kon zich zijn karakter nauwelijks meer herinneren.

HOOFDSTUK 3

Overgang

In de late namiddag kwam hij van de markt. Hij had een vis gekocht, een wijting, zojuist voor hem schoongemaakt en gewikkeld in een krant. Terwijl hij de hoek van zijn straat om sloeg hield hij hem op twee handen voor zijn buik, als een geschenk; hij dorst er niet in te knijpen.

De fiets van Marc stond er niet; het hatelijke bordje met 1xbellen 2xbellen stak in zijn ogen; hij draaide de sleutel om. Binnen begon de vis onmiddellijk te rieken door de wikkel heen. Vanuit de kapsalon klonken stemmen, steeds zwakker bij het beklimmen van de trap. Boven liep hij dadelijk door naar de keuken, zonder zijn jas uit te doen. Hij deed de wijting in een blikken pannetje, draaide de kraan open, en zag het water roze kleuren uit de wonden. Eenmaal op het vuur gaf de vis een lucht af die hem de adem benam.

Het moest ook op zijn kamer al te ruiken zijn, want waar Kloris de laatste tijd gewoon doorsliep als hij thuiskwam hoorde hij hem nu, de hand aan de kruk, opgewonden miauwen aan de andere kant van de deur. Zodra de kier breed genoeg was voor zijn opgezwollen romp schoof hij dadelijk langs hem heen de gang op, zo sterk aangetrokken door de vislucht die hij nog nooit geroken had dat hij halverwege, bij de telefoon, zelfs overging van stap in draf. Even nog keek Rebert zijn kat na, hoe die op stramme poten door het halfdonker naar de keuken hobbelde, toen stapte hij de drempel over en liet hij zijn blik werktuiglijk over de vloer gaan.

Elke dag vond hij tegenwoordig braaksel op de vloer, vandaag lagen er zeven hoopjes, regelmatig gevormde soezen, als uit een slagroomspuit. Kloris was zeer ziek nu, zowel aan het ingewand als aan de huid. Nopens het steeds zwaardere hijgen, het voortdurend verharen en uiteindelijk ook braken was Rebert, na het eerste bezoek aan de dierenarts vorig jaar zomer, nog een paar keer met hem terug geweest. Er waren meer dierenartsen aan de kliniek verbonden, maar hij had telkens een afspraak met de oude dokter Beckers. Die schudde dan het hoofd, omdat hij niet meer kon doen dan een middel tegen het verharen meegeven. Zo verloor de kat allengs zijn kracht en eetlust, en zelfs het dagelijkse gejank voor de provisiekast begon minder dwingend te klinken, met navenant minder ergernis voor Rebert, elke dag als hij uit Wageningen kwam: steevast om zeven uur kreeg Kloris zijn eten; tegen zessen begon hij erom te janken in de keuken, zo snijdend dat het doordrong tot in de voorkamer, waar Rebert zich, starend naar de klok, getergd bleef verbijten – doordat hij nooit toegaf, nog geen minuut, moest de kat toch ooit de zinloosheid van zijn gepiep gaan inzien? Of bereikte hij juist het tegendeel, en dacht Kloris, als hij klokke zeven dan eindelijk zijn voer kreeg: maar goed dat ik al een uur geleden begonnen ben met janken, anders zou het nu nog een uur gaan duren – erg snel van begrip is de baas trouwens niet. Toch gaf de kat niet alleen maar ergernis, want soms blies hij, met zijn amechtig gehijg, een gloed van mededogen aan in de doofpot die het hart van Rebert geworden was, waarin zijn smeulende gemoed steeds meer verstikte, uitdoofde en afkoelde. Op zulke momenten voelde hij weer even iets, al was het maar onmacht, dezelfde onmacht die hem beving wanneer hij zag dat Kloris almaar minder at, toch steeds dikker werd, maar tegelijkertijd vermagerde. Wezenloos gleed die zo de dagen door, alleen wanneer hij zich plotseling moest krabben en bijten tegen de jeuk was hij even weer vinnig als een snavel, of de schaar van de kapper. Het was een lijden zonder meer, maar daar zou, moest en ging een einde aan komen: Rebert had, de laatste keer in de kliniek, in nauw overleg met dokter Beckers, voor zijn diertje een verlossing besproken waar mensen soms vergeefs om smeken. Zij werden om zes uur verwacht.

Hij lag nog niet op zijn knieën om het vuil op te vegen of Kloris begon al te janken in de keuken, indringend, gebiedend, verongelijkt dat hij wachten moest; het klonk als in zijn beste dagen, toen hij nog honger had. Toch weer getergd schoof Rebert de eerste toef op het blik, kroop hij naar de volgende, over het zeil en het kleed, onder de tafel, terwijl de aansporingen vanuit de keuken maar doorgingen, steeds dwingender, tot ze opeens stopten en er, na een voorname stilte, een heel ander geluid opklonk, een aangehouden, loeiende toon, als van een jachthoorn, omfloerst en schijnbaar van verre, om het wild niet te verschrikken.

Midden in een beweging was Rebert opgehouden; verstijfd luisterde hij naar het ongewone geluid, zag hij voor zich hoe Kloris voor het fornuis stond te blaten, zomaar, zonder oriëntatie, zonder enig oogmerk meer: het was een volkomen ingekeerde klacht die niet eens meer gehoord wilde zijn. Uit eerbied wachtte hij roerloos tot het weer stil werd, toen fluisterde hij, in vage echo van dokter Beckers, de laatste keer in de kliniek: 'Ja, een wijs besluit.'

Juist toen hij de volgende toef wilde opvegen begon in de keuken het deksel te rammelen op het pannetje. Hij gaf het op, kwam overeind, liep gejaagd en getergder nog naar de keuken, langs de telefoon die hem al even hatelijk in het oog stak als buiten het bordje: nooit werd er voor hem gebeld, wel moest hij altijd voor Marc opnemen als die er niet was, en dan een bericht onder zijn deur door schuiven.

Bij het afgieten van de vis sloeg een hete wasem hem in het gezicht. Hij schudde de kat van zijn voeten en keek op zijn horloge: tien voor zes, geen tijd meer om de dampende wijting te laten afkoelen. Plotseling ten uiterste geprikkeld haalde hij de tenen reismand uit de kast, greep hij Kloris onder de oksels en propte hij hem door het deurtje naar binnen. Het volgende moment stond hij buiten in de schemeravond. Zijn jas had hij niet uit gehad.

De straatlantaarns sprongen net aan, de oranje flikkeringen gingen over in het egale, helle licht van de weg langs Sonsbeek, direct achter het pikzwarte park bevond zich de kliniek. Zo ijlings als Rebert zijn straat uit kwam en overstak, zwaaiend met de mand zoals anders met zijn schooltas, leek het wel of hij de trein naar Wageningen moest halen. Eenmaal in het park werd het snel stiller en donkerder, maar de bolle brug baadde in het licht van enkele kroonlampen. Zonder te vertragen ging hij nu omhoog, het water over, tot hij toch de pas moest inhouden om het mandje in de andere hand over te geven, en het was in die onderbreking dat hij alsnog werd ingehaald en besprongen door een achtergebleven besef, zó sterk dat hij niet dadelijk verder kon. Beschaamd gaf hij zich rekenschap van de gelijkmoedige haast waarmee hij doende was zijn dier ten laatste aan de dokter over te leveren, vervuld slechts van angst om te laat te komen. Midden op de brug bleef hij stilstaan, precies daar waar hij elke zaterdag, zondag, en hele zomers was blijven stilstaan, alleen was hij nu niet alleen. Om Kloris aan te kunnen kijken zette hij de mand op de bolle rand van de balustrade, zijn handen aan weerszijden ervan, en zoog hij zich vol lucht, aangedaan opeens, omdat ze toch eenzelfde, misschien wel hetzelfde leven hadden geleid.

Terwijl hij zich vooroverboog schoot hem onwillekeurig

een tafereel bij de dierenarts te binnen, de laatste keer dat hij daar was: ook toen had hij iets gevoeld, een aandoening die zijn dorre hart kortstondig liet bloeien als een woestijn. Hij zat in de wachtkamer en overwoog hoe zijn finale besluit inzake Kloris straks naar voren te brengen. Het was een delicate kwestie waarmee men gemakkelijk een verdenking op zich trok, daarom: de dokter moest niet denken dat, had toch zelf ook, vorige zomer al, omdat nu eenmaal, welbeschouwd, juist in het belang van, want waarom nog langer – het beste zou nog zijn wanneer de dokter zelf, na innig overleg, waarin het woord niet werd uitgesproken maar ondertussen wel heel duidelijk... Terwijl hij zo zat te peinzen zwaaide er plotseling een deur open in de gang. Een oude, gedrongen vrouw met een hoedje kwam onzeker de drempel over, gevolgd door een wat jongere vrouw van hetzelfde postuur, vermoedelijk haar dochter. Pas toen zag Rebert dat de voorste vrouw, de oudere, vlekken op haar gezicht had en geluidloos huilde. Ondersteund door haar dochter schuifelde zij naar de uitgang, maar andermaal zwaaide de deur open. Nu kwam de dokter te zien, in zijn witte jas. 'Mevrouw!' riep hij, terwijl hij een hondenriem in de hoogte hield. Aan die riem zat geen halsband, maar een tuigje. De dochter nam het aan, gaf het over aan haar moeder. Niet-begrijpend keek de oude vrouw naar het lege, maar nog naar het lichaam gevormde tuig, dat langzaam voor haar voeten heen en weer bungelde. Toen Rebert even daarna in de spreekkamer werd geroepen zat zijn keel nog dicht en had zijn stem precies die verstikte toon die elke gedachte aan onverschilligheid zijnerzijds uitsloot. Stamelend bracht hij de klachten naar voren die verhevigd in Kloris waren teruggekeerd en hoe radeloos hij er, na al dat vruchteloos medicineren, aan toe was. Nu moest de dokter niet denken dat, hij had toch zelf ook, vorige zomer al, omdat nu eenmaal, welbeschouwd, alles in aanmerking genomen, juist in het belang van – even onderbrak hij zich, alvorens aan zijn ultieme suggestie toe te komen, maar dat hoefde al niet meer: gelaten knikkend had dokter Beckers zijn hand op zijn onderarm gelegd, en gezegd: 'U hebt uw besluit genomen. Ik geloof dat het een wijs besluit is, temeer daar ik zie, hoe moeilijk het u valt.'

Slikkend boog hij zich naar het mandje, dat hij straks, misschien al over een halfuur, net zo leeg mee naar huis zou krijgen als eerder die vrouw het tuigje.

'Kloris... mannetje toch!' fluisterde hij hees, ja: hijgde hij, als om de gloed van zijn gevoel nog verder aan te blazen; hij moest het nu zelf doen, omdat het gehijg van Kloris in de openlucht niet te horen was. Nog dieper boog hij zich voorover; hij tuitte zijn lippen, drukte bij wijze van kus zijn mond tegen het gevlochten deurtje, maar op hetzelfde moment dat zijn gezicht de mand raakte deinsde hij ontsteld ook weer achteruit door wat hij in een flits meende te zien. Kloris had hem strak, recht en roerloos door de biezen heen aangekeken, het was of hij sprak met zijn ogen en zei: doe jezelf toch geen geweld aan, ik weet alles, – trouwens, ik heb je nooit gemogen.

Terwijl hij met de rug van zijn hand over zijn mond veegde, alsof hij die verbrand had, staarde hij vanaf het midden van de brug naar het mandje waarin Kloris, alleen gelaten, roerig werd en als een schim ronddraaide achter het vlechtwerk. Er klonk nu ook een gierend gejank op, het mandje begon te schommelen op de bolle rand, en opeens was het verdwenen.

Volkomen verstijfd bleef Rebert stilstaan, de blik gefixeerd op de plek die alleen nog maar een gat in de zichtbare werkelijkheid was, daaraan vastgezogen door een slurpend vacuüm. Enige tijd gebeurde er niets meer, toen, kromgebogen nog steeds, in de houding van iemand die zijn bril niet op heeft, kwam hij naar voren, heel langzaam, de armen uitgestrekt naar de onverhoedse leegte. Hij pakte de balustrade beet, boog zich er overheen, slikte een verblufte giechel weg. Beneden was er niets te zien dan een flauwe kring op het water.

De verdwijning had niet alleen het toneel, maar ook zijn stemming totaal gewijzigd: ineens had hij geen enkele haast meer, zelfs geen doel. Zich rechtend liet hij nog wat tijd verstrijken, daarna begon hij terug te lopen, zo verwezen en krachteloos dat hij nauwelijks tegen de lucht in kwam. Tot aan het begin van de brug liet hij zijn hand over de balustrade glijden, daarna, los, duizelde het hem even, sloot hij de ogen, bleef hij stilstaan in het schijnsel van de eerste lamp. Toen hij weer verder wilde merkte hij dat dat niet kon.

Er stond een lange jongen voor hem. Om langs te mogen zond hij een glimlach naar hem op; om niet onbeleefd te lijken liet hij zijn blik dadelijk weer zakken. Op slag stokte zijn adem, bestierf zijn glimlach tot een streep: de jongen, die hem wijdbeens de doorgang belette, hield de druipende mand met daarin Kloris in de hand. Hij zei niets, stond daar maar, net of hij een koffer droeg.

'Wat wilt u van mij?' stiet Rebert eindelijk uit.

De jongen gaf geen antwoord, zette slechts zijn voeten nog wat verder uit elkaar. Het kon niet anders of hij had alles gezien.

'Wat wilt u toch?' herhaalde Rebert, smekend nu.

Nog aldoor zwijgend keek de jongen kort opzij, waarop er uit de laagte van het hakhout naast de brug nog meer jongens tevoorschijn kwamen. Sommigen hadden waterlaarzen aan, een hield een hengel vast, een ander een emmer; ze hadden zitten vissen. Zonder een woord stelden ze zich als een sikkel op achter de jongen met de mand. Toen Kloris begon te janken bedwong Rebert zich niet meer.

‘Hij herkent mijn stem!’ proestte hij met overslaande stem uit.

‘Hij is bang,’ zei de jongen met de emmer.

‘Hij heeft honger...’ hernam Rebert zich. ‘Geeft u hem toch hier, thuis heb ik een vis.’

Nu boog de lange jongen vlak voor hem door de knieen. Hij zette het mandje neer, richtte zich langzaam weer op, liet uit die beweging vervolgens een razendsnelle trap door de lucht volgen. De schoen die langs zijn hoofd flitste bleef onzichtbaar, kon hij alleen maar horen, en voelen aan de luchtstroom. Zo beheerst had de jongen getrapt, het was Rebert bij al zijn verdovende ontreddering volstrekt duidelijk dat hij hem niet per ongeluk op een haar na had gemist maar integendeel doelbewust had gespaard, vooralsnog dan, zodat het een waarschuwing was, of een aansporing. Hij opende zijn mond, maar zijn keel bleef dicht. Achter de jongens, voorbij het licht, was niets te zien dan duisternis; boven het suizen in zijn hoofd uit was niets te horen dan het vage, verre geraas van het verkeer langs het park.

‘Mijn vriend vindt dat hij wel een beloning verdiend heeft,’ ging de jongen met de emmer vlakaf door.

‘Als hij die kat niet had opgevist was hij nu dood geweest,’ verklaarde die met de hengel.

‘Verdronken, door die mand,’ legde de eerste nader uit.

Eindelijk kon hij wat doen: geld geven, en hij wilde ook niets anders meer. *Natuurlijk* hadden de heren gelijk, *uiteraard* zou Kloris verdronken zijn, *vanzelfsprekend* wenste hij zijn dankbaarheid te tonen – de woorden van instemming welden wel in hem op, maar nog steeds zat zijn keel dicht, kreeg hij ze niet naar buiten. In plaats daarvan begon hij te knikken, zo diep en driftig dat het leek of hij gedurig boog, onderwijl koortsachtig naar zijn achterzak tastend, maar nog voor hij zijn beurs te pakken had schoten de jongens op een sissend woord één hunner schielijk weg de struiken in, onder de krul van de balustrade.

Werktuiglijk zette Rebert een stap vooruit naar het achtergebleven mandje, hij tilde het op, voelde dat het zwaarder was dan eerder, wist verder niets meer. Als een verdwaalde reiziger keek hij alle kanten op, herinnerde zich toen toch weer waar hij heen wilde en draaide zich in de richting waar hij peilloos lang geleden vandaan gekomen was. Pas op dat moment, met vrij zicht nu, zag hij waarom en waarvoor de jongens gevlucht waren.

Met lome slingeringen kwam er een lichtbundel aan over het donkere pad, er klonk geronk op in de stilte, het was een agent op een brommer, vlakbij al. Hij stopte pal naast hem, maar zonder af te stappen, zonder enige aandacht ook voor de haast duwende gebaren die Rebert maakte in de richting van de struiken, zonder zelfs maar de motor uit te zetten of de handen van het stuur te nemen. Zijn leren jas glansde onder de kroonlampen, zijn beide voeten stonden bedaard op de grond, en verder keek hij alleen maar, eerst naar de natte plek waar Rebert middenin stond, daarna naar de druipende mand erboven, daarna naar de drijfnatte kat erin, die hij door aan het stuur te draaien even aanlichtte met zijn voorlamp, en ten slotte in de ogen van Rebert. Langzaam, even snel als het begrip nu in hem doorbrak, hief hij zijn wijsvinger, als een staf, hij wees ermee naar de kat, die zich juist uitschudde dat de druppels in het rond fonkelden, zwaaide de vinger vervolgens verbiedend en waarschuwend heen en weer, om aan te geven hoe verkeerd het was dat Rebert de mand in het water had gegooid en dat hij het niet nog een keer moest proberen, en tikte er tot besluit nog mee tegen zijn voorhoofd. Daarop legde hij de geheven hand weer aan het stuur, schakelde hij in de vooruit, gaf hij gas, en reed hij heel bedaard door, de brug over, waarna hij een rood achterlicht werd en verdween.

De opluchting weer alleen te zijn duurde maar kort; Rebert had nog niet uitgeademd of ineens wist hij zich waargenomen vanuit de struiken; elk moment konden de jongens weer tevoorschijn komen om met hem verder te gaan. Alsof hun blikken hem staken als spiesen, zo snel begon hij te rennen, weg van de brug, door het donker het park uit naar het licht van de weg, zijn straat in, naar huis.

Hijgend, zwetend, terwijl hij beurtelings over zijn schouder keek en naar de sleutel in zijn hand, maakte hij open, wankelde hij binnen, sloeg hij de deur achter zich dicht. Boven liep hij dadelijk door naar de keuken, waar de lucht van vis hem tegen sloeg. Met het pannetje in zijn ene hand, de mand nog steeds in de verkrampte andere, draaide hij zich om, ging hij terug de gang op, naar zijn kamer, langs de telefoon, die juist in het passeren oorverdovend begon te rinkelen. Een wilde angst sloeg door hem heen – maar de jongens konden het niet zijn. De dokter ook niet, die had hij nooit het nummer gegeven, het kon hoe dan ook niet voor hem zijn en toch, terwijl de schrik van hem afliet, moest hij zich bedwingen om niet op te nemen. Toen het weer stil werd en hij verderging was het de eerste keer dat hij niet voor Marc een boodschap had aangenomen en het briefje onder zijn deur schoof.

Het was vrijwel donker in zijn kamer, alleen viel er wat licht van de straatlantaarns binnen. Hij rakelde de kachel op, zette Kloris er in zijn mand naast, op een krant, om te drogen, en liet de lauwe wijting op een bord glijden. Duizelig van weerzin nam hij zelf de eerste hap uit de rafelige romp, waarna hij het feestmaal op de grond zette en het mandje openmaakte. Iets later lag hij uitgestrekt op bed, met zijn jas nog aan en de lampen nog uit, luisterend hoe Kloris de vis opat, toen het vet van zijn lippen likte, zich opeens begon te krabben, en ten slotte alleen nog maar ademde. Roerloos liet Rebert zich wiegen op die hijgende branding, die in vederlichte golven over hem heen spoelde. Wanneer er een auto voorbijkwam dekte het geronk hem verder toe, en verzadigde hij zich aan het beweeg van de koplampen over de muren en het plafond. Eindelijk gewerd hem zo de rust om zijn gedachten af te buigen van het park naar de dierenarts.

‘Een wijs besluit, temeer daar ik zie, hoe moeilijk het u valt.’

‘Zo is het, dokter – zo moeilijk zelfs, dat ik in het geheel niet ben gekomen.’

Eerst was het een zwemende glimlach, die zijn gezicht ontspande alsof iemand hem streelde, toen kwam er geluid bij, ging zijn mond open en brak hij uit in een slappe lach, vervolgens een schaterlach die maar doorging zolang het schijnheilige antwoord dat hij Beckers in gedachten gegeven had door hem heen bleef ketsen. Nog nooit had hij zo hard gelachen als nu om de bedrogen dierenarts, hij had hoe dan ook nog nooit iemand uitgelachen. De tranen sprongen uit zijn ogen, het snot liep uit zijn neus, zijn buik ging op en neer alsof alles eruit werd gepompt, hij lachte door tot hij helemaal leeg was. Toen hij ten leste uitgeput bleef stilliggen was er niets meer van hem over dan dat hij nog leefde, maar hij bestond in zekere zin niet meer, was als het ware opgehouden, en moest iemand anders worden. Om zichzelf niet voorgoed kwijt te raken en geheel te verdwijnen in het donker begon hij dat nu ook te willen, terwijl een nieuw uitzicht voor hem openging, hij bevreemd overeind kwam, een lamp aanstak om in de spiegel te gaan kijken, en een diepe, ootmoedige ernst over hem neerdaalde, ja: hij wist het, hij wilde worden als het mikpunt van zijn hoon, als de dierenarts die hij zo deerlijk had uitgelachen, dierenarts worden –

HOOFDSTUK 4

Angelen

Angelen was een dorp als alle andere dorpen aan de Rijn. Zelfs het enige bijzondere dat het bezat, had het met die dorpen gemeen. Dat was die ligging aan de Rijn.

Maar een haven had Angelen niet, het lag achter de dijk, zonder gemeenschap met de rivier, werd er door die dijk juist van afgesloten. Ingekeerd trok het zich daar samen rond het dorpsplein met de kerk, de winkels en de brievenbus. De burgemeesterswoning lag iets buiten de kern, en nog veel verderop, los in het land, al aan de rijksweg, stond Hotel Oranje met zijn grote feestzaal. Iedereen was daar wel eens geweest, sommigen kwamen er regelmatig, want daar werd getrouwd, daar oefende de turnvereniging aan de ringen, daar speelde de handbalclub zijn wedstrijden op de dansvloer met gele lijnen. Zo behoorde het hotel toch tot het dorp, dat, zonder haven, vooral een boerendorp was, met varkens achter de huizen, kippen in de tuin, en een paar konijnen opgehokt in de schuur. Vaak hadden die konijnen geen naam, soms heetten ze Kerstmis, maar dan nog alleen als de vader die grap maakte.

Maar bij mooi weer liep men toch de dijk op om naar de rivier, de boten en de overkant te kijken. Weids, en met het weer gedurig wisselend, schoof de machtige watermassa voorbij, in voortdurende beweging, maar zonder van zijn plaats te komen. Dammen van basaltblokken staken vanaf beide oevers in het water, om de honderd meter een krib, om de stroom te versmallen, zo te versnellen, en daardoor op diepte te houden. Aan het einde van elke krib stond een hoge paal met een baken, waarop soms een aalscholver zijn vleugels liet drogen; de strandjes tussen de kribben waren afgeboord met wilgen, een rietkraag soms, of anders alleen maar met het gras van de uiterwaard. Daar graasde het goede vee, daar stonden de koeien 's zomers met de poten in het water, terwijl de schepen in eindeloze opeenvolging voorbij voeren, tussen de al even eindeloze oevers aan weerszijden, van boei naar boei, tussen de betonning door ook die met een eindeloos, dubbel kralensnoer de vaargeul aangaf, vanaf de zee tot aan Basel – de groene tonnen, landinwaarts en stroomopwaarts gezien, langs de rechter-, de zuidelijke oever; de rode links langs de noordelijke oever.

Angelen lag aan de noordelijke oever, bijna tegen Duitsland aan, een paar kilometer ten westen van Tolkamer aan de grens. De overkant was Duits. Daar stak Bimmen zijn toren boven de dijk uit, iets meer naar links Keeken, nog wat verder stroomopwaarts Düffelward. Eveneens aan de overkant, maar dan rechts van Bimmen, weer op Nederlands grondgebied, schuin tegenover Angelen, lag Millingen, met drie kerktorens, de kranen van scheepswerf Bodewes, en de pont onder aan de veerstoep. Ook Tolkamer had een scheepswerf die vanaf de dijk te zien was: helemaal links, aan de binnenbocht, pal tegenover Düffelward aan de andere, de katholieke kant, verhieven zich de kranen van De Hoop Lobith. Zo vormde de rivier hier de grens die beide landen scheidde, maar tegelijk ook verbond, omdat ze niet kon worden afgesloten en altijd doorstroomde.

Wie maar af en toe op de dijk kwam zag telkens andere schepen voorbijkomen, zoals er ook steeds ander water langsstroomde, waardoor de rivier, zoals de wijsheid wilde, nooit hetzelfde was, hoewel ook waar was dat het water, eenmaal uitgestroomd in zee, daar verdampte, condenseerde tot wolken, en op de westenwind weer werd teruggeblazen, hoog over Angelen heen naar de bergen, waar het neersloeg als regen en sneeuw, zich verzamelde in de bovenloop en ten slotte opnieuw voorbij stroomde, precies datzelfde water, zoals het uiteindelijk ook steeds dezelfde schepen waren die voorbij voeren, van haven naar haven en dan weer terug, altijd ook weer terug, een aantal zelfs in beurtvaart.

Maar alleen wie vaker op de dijk stond kwam daar geleidelijk aan achter. Die begon de schepen te herkennen, daarna te kennen, bij de naam, nog later aan het gedrag. Ze heetten Animo, Fortuna, Tilly of Hoffnung, sommige voeren vol op en leeg af, bij andere was het juist omgekeerd, maar altijd waren ze bezig iets te halen of te brengen, aan het werk. Wie er zo naar keek zag niet meer zomaar een rijnaak langs varen, maar een schip met een naam en een doel, de Animo die zand ging laden; die kende dat schip zoals je ook een paard kunt kennen; onwillekeurig groette hij het als het weer voorbijkwam, net zoals hij het paard van de schillenboer groette, en raakte hij op hem gesteld, juist door de herhaling van het gedrag, het trekken van de kar, het vervoeren van de vracht, het doen wat nu eenmaal gedaan moet worden.

Zo traag als het opgaande verkeer voorbij voer, van rechts naar links Duitsland in, achtereenvolgens naar Duisburg, met de grootste binnenhaven van Europa, naar Keulen, langs de ministeries van Bonn en verder nog, zo licht en vlot kwam het afgaande verkeer voorbij, gedragen door de rivier die zich iets beneden Angelen, bij de kop van Pannerden, splitste in de Waal naar Nijmegen en de veel smallere aftakking naar Arnhem, die merkwaardigerwijze wel de Rijn c.q. de Nederrijn bleef heten, althans tot die vanaf Wijk bij Duurstede de Lek ging heten, zoals de Waal vanaf Loevestein de Merwede ging heten, eerst Boven-Merwede, dan Beneden-Merwede, waarna al dat Rijnwater, vermeerderd nog met het Rijnwater uit de Lek, als de Nieuwe Maas Rotterdam in stroomde, nog even veranderde in het Scheur, om er als de Nieuwe Waterweg weer uit te komen en bij Hoek van Holland uit te stromen in de zee. Maar al deze namen golden alleen in Nederland – in het buitenland kende iedereen de Rijn, maar had nog nooit iemand van de Waal of de Merwede gehoord, daar dachten ze dat de rivier die als de Rijn Nederland binnen stroomde er ook wel als de Rijn uit zou stromen; in de ogen van de rest van de wereld bleef de hoofdstroom van de Rijn gewoon de Rijn, daar kon men zich helemaal niet voorstellen dat die wereldberoemde naam gescheiden werd van die wereldberoemde rivier, en nog wel door zo'n klein volk, zomin als de mensen in Angelen wisten dat de rivier bij hen, na een kanalisatie, het Bijlandsch Kanaal was gaan heten – ze woonden toch in een dorp aan de Rijn.

Wie vaak op de dijk stond leerde de gedragingen van de schepen op den duur ook te voorspellen. In de buitenbochten was de stroming het sterkst, in de binnenbochten het zwakst, daarom hield het afgaande verkeer de stroomdraad langs de buitenbochten, om sneller te gaan, en voer het opgaande verkeer van binnenbocht naar binnenbocht, om minder langzaam te gaan. Wanneer er beneden Millingen een opgaand schip aankwam duurde het dus nooit lang voor die schuin de rivier overstak en recht op Angelen af kwam, als een magneet aangetrokken door de binnenbocht van Tolkamer. Pas op het laatst draaiden ze dan bij, waarna ze, vlak onder de wal, tergend traag verder omhoog kropen, krib voor krib, van boei naar boei, zo zwaargaans dat het benauwend was om naar te kijken. Bij wijze van verademing verlegde men vervolgens de blik naar de parlevinker van Tolkamer die, iets verder bovenstrooms, in vrolijke tegenstelling tot de lange, vaste lijnen van de vrachtvaart, bedrijvig heen en weer schoot tussen de aken, langszij kwam, ze al varende bevoorraadde, en dan weer, deinend op de golven met zijn kleine romp, naar de volgende schoot, opgetogen als een jonge hond die van boom naar boom rent, altijd vol gas, druk en ordeloos, en zo toch altijd hetzelfde. Daarna kon men de blik nog verder uitweiden, naar de schoorstenen van de steenfabrieken her en der, naar de kop van Pannerden met het fort, naar Nijmegen zelfs, ver achter Millingen op de heuvelrug, alleen te zien bij helder weer, of naar een aalscholver die neerstreek op een baken van een krib.

Maar niet alleen om te kijken kwam men naar de rivier, ook om te spelen. Boven op de dijk stonden notenbomen, waarvan er één dood was. Ooit bezweken onder een last van sneeuw of ijzel had die zich naar de grond gebogen om daarna nooit meer overeind te komen. Verstorven in die buiging had hij eerst zijn schors verloren, daarna al zijn dunnere takken, zodat er uiteindelijk een niet erg hoog maar wel breed skelet met vele gewrongen, gladde armen was overgebleven. Dat was het klimrek van het dorp, daar speelden de kleintjes. De iets grotere kinderen voetbalden op het gras onder aan de dijk, en op warme dagen zwommen ze ook in het stilstaande water tussen de kribben, terwijl hun moeders op een handdoek op het strandje lagen, de Animo of de Tilly voorbijkwam, en soms ook een politieboot of een wit passagiersschip op weg naar de Lorelei. Als de hekgolf op het zand sloeg sprongen de kinderen eroverheen.

Gevist werd er ook. Liepen de kleine jongetjes met hun schepnet langs de sloten binnendijks, de grotere jongens kwamen naar de rivier. Zo groot waren zij dat ze al wel naar een meisje verlangden maar er nog geen konden krijgen. In plaats daarvan zetten ze hun emmer neer aan de kop van een krib, staken ze hun hengel tussen de basaltblokken, en gingen ze ernaast zitten, de handen om de knieën geslagen, roerloos starend naar de dobber in het keerwater, meer wachtend dan vissend. Hele middagen zaten ze daar, zwaar van hart, fel van smart, de mensheid uit te beelden, altijd maar één per krib – omdat ze alleen waren.

Toch speelde het meeste zich af aan de andere kant van de dijk, in het dorp, waar alles al even onontkoombaar terugkeerde als de schepen op de rivier, waar de dagen vervloeiden en verdwenen als golven, voorbijtrokken en oplosten als wolken, waarbij de verschillen tussen de dagen, de golven en de wolken er niet toe deden en er geen enkele werd onthouden – maar alle tezamen waren ze de zee, de hemel, en het leven zoals het nu eenmaal was. Zo zette de kringloop van het water en de wolken zich ook binnen Angelen voort, met de kolenboer die één keer per jaar langskwam, de schillenboer die elke week langskwam, en de mannen die 's ochtends op de fiets naar hun werk gingen, bij de melkfabriek, de douane, een van de steenovens, bij scheepswerf De Hoop Lobith in Tolkamer of bij Bodewes aan de overkant.

Terwijl er op de velden rondom gerooid en gepoot werd, en de bietencampagne weer begon met de kraaien boven de vers geploegde akkers en de meeuwen wit op de zwarte voren, ademde Angelen voort op zijn eigen almanak en kalender, van de grote schoonmaak naar de grote vakantie, van de bruiloften in Hotel Oranje naar de wedstrijden van de handbalclub en de uitvoeringen van de turnvereniging in de feestzaal, van de stilte die inviel als de school openging tot het geroep dat opklonk als ze weer uitging, van de *Margriet* voor de moeders tot de *Panorama* voor de vaders. Vast terugkerend ten slotte was ook de pastoor van Millingen, die elke zaterdagmiddag met de pont overstak om een glas port te komen drinken bij de dominee – deze gewoonte dateerde van al vele beroepingen voor de huidige godsmannen, was bij elke nieuwe beroeping, hier of aan de overkant, doorgegeven aan de opvolger, maar voor de kinderen van Angelen bleef de verschijning van de pastoor in zijn zwarte soutane, op zijn zwarte damesfiets, vanwege diezelfde soutane, elke keer weer een bezienswaardigheid, omdat het telkens andere kinderen waren.

Zo gleed het leven voorbij, gelijkmatig als de rivier, in gedurige vernieuwing die eigenlijk opeenvolging was, of vervanging, zodat er niet veel veranderde. Elk jaar kwamen er nieuwe appels aan de bomen, andere appels, maar het bleven appels; elk jaar stonden er nieuwe lammetjes in de wei, maar het bleven lammetjes, en uiteindelijk gold dat ook voor de mensen, die wel stierven en geboren werden, maar voornamelijk toch hetzelfde bleven.

HOOFDSTUK 5

Arnhem-Utrecht

Wie dierenarts wilde worden moest naar Utrecht, omdat alleen daar een diergeneeskundige faculteit bestond. Rebert van Buyten verkreeg deze inlichting toen hij nog eenmaal in Wageningen was, om zich uit te schrijven. Dadelijk de volgende dag ging hij naar Utrecht, om zich in te schrijven.

Zo was zijn studiewisseling al een voldongen feit nog voordat hij die een week later meedeelde aan zijn ouders. Van pure ontsteltenis grepen die elkaar even bij de hand. Nooit had iemand gevraagd waarom hij ooit voor Wageningen had gekozen, nu wilden ze heel precies weten wat hem er dan niet aan beviel – en besefte hij eigenlijk wel hoe dicht hij al bij zijn afstuderen zat, hoeveel geld het inmiddels had gekost, hoe oud hij was, en dat hij weer helemaal opnieuw vrienden zou moeten maken? Rebert knikte ja, schudde nee, en herhaalde nog eens dat hij dierenarts wilde worden, meer kon hij er ook niet over zeggen. Zijn zwijgen daarna, op de almaar doorgaande vragen, omringde hem als een geluiddichte koepel, kreeg de onaandoenlijke, bijna onthechte of ook roekeloze koppigheid van iemand met een roeping, en wekte ten slotte de vrees dat hij misschien wel nooit meer iets zou doen als het dit niet kon zijn. Daarop begonnen ook zijn ouders te knikken, ja en nee, als hij dan per se, maar hij moest niet denken dat, want juist onder deze omstandigheden, gelet op de kosten, zodat hij, in plaats van in ledigheid, toch ook zelf, nu al, de handen uit de mouwen, het was immers zíjn, dus waarom zouden anderen, terwijl het pas half mei, en daarna de hele zomer nog, kortom: het was goed, maar dan moest hij wel, om althans enige reserves op te bouwen, per onmiddellijk een baantje gaan zoeken, liefst een dat hij straks tijdens zijn nieuwe studie ook in de avonden en weekeinden zou kunnen uitoefenen. Want waarom zou hij dit studiejaar in Wageningen nog afmaken? En een werkstudent was toch ook een student? Of had het vrije studentenleventje nog niet lang genoeg geduurd?

Een week later was hij portier bij Hotel Haarhuis. Gekleed in livrei, met gouden tressen, een gegalonneerde broek, witte handschoenen aan en een hoge hoed op, stond hij naast de rode loper onder de luifel. Haarhuis was het chicste hotel van Arnhem en lag recht tegenover het station. De hoogste fooi kreeg hij als hij speciale gasten van de trein ging halen om de bagage te dragen of, omgekeerd, met de koffers achter ze aan mee de trappen van het perron op liep. Omdat hij eruitzag als een maarschalk in groottenue was het alsof ze met militaire eer werden ontvangen en uitgeleide gedaan, al beoogde diezelfde potsierlijke uitdossing tegelijkertijd ook het tegenovergestelde doel, om hem zo te verlagen dat elke gast zich onwillekeurig even aangenaam opgetild voelde, hoe kort het moment van passeren ook was. Ontdaan van zijn laatste persoonlijkheid diende hij er alleen nog toe om anderen beter te laten uitkomen, als achtergrond of minder nog, helemaal onzichtbaar: dan was hij de stilte voor de muziek, de duisternis voor de film, de leegte om een standbeeld. Verkleed als circusdirecteur, teruggebracht tot een dienstbaar stuk decoratie, als hij al werd gezien, stond hij zo naast de loper, nooit erop, dat mocht alleen als hij een koffer in de hand had, zoals hij ook alleen maar iets mocht zeggen als het een antwoord op een vraag was. Vernederend vond hij het overigens niet, daar had hij de trots niet meer voor, en bovendien: wie zou hem nog kunnen herkennen in Arnhem? Zelfs zonder kostuum werd hij nooit meer herkend, en dit kostuum was niet minder dan een vermomming.

Hoe terecht deze veronderstelling was bleek begin juni. Hij had juist een taxi aangehouden toen hij vlak achter zich de onmiskenbare lach van Marc hoorde, welluidend boven het geraas van het stationsplein uit. Nog voor hij de impuls had kunnen onderdrukken had hij zich al omgedraaid, Marc zelfs naar de ogen gezien. Hun blikken schampten elkaar, even klonk er geen enkel geluid meer, toen was het al over, liep Marc hem voorbij, zag hij hem druk pratend met een vriend om de hoek verdwijnen. Vanuit zijn keel daalde zijn opgesprongen hart langzaam neer, zoals hij ook zelf langzaam neerdaalde vanuit de peilloze hoogte van zijn schaamte – het geraas drong weer tot hem door, de taxichauffeur stapte uit, hij gaf hem de koffer over met een lach, omdat er niemand was tegenover wie hij zich kon schamen.

Intussen paste zijn rol van portier en onpersoon hem uitstekend, net zoals zijn uniform hem als gegoten zat omdat hij ook in lichamelijk opzicht, met zijn gemiddelde lengte en breedte, een perfecte maat 48, geen enkele opmerkelijke eigenschap bezat. Dankzij de praatjes met de conciërge, de liftboy en de receptie had hij meer aanspraak in zijn werk dan voorheen in Wageningen, en verstreek de tijd navenant sneller. Het werd zomer, Marc ging op vakantie, na eerst zeer geestdriftig te hebben gereageerd op het bericht van zijn studiewisseling; Rebert kon de avonddienst erbij nemen en kreeg nu ook fooien van mensen die alleen maar gegeten hadden in het restaurant. De conciërge had dit andere portiers nooit zien presteren, de eters lieten op tafel immers al een fooi achter – hoe deed hij dat toch? Hij was een natuurtalent, een geboren portier!

Nog iets later draaide hij zijn eerste weekenddienst. Hij verheugde zich, hij stond liever voor Haarhuis dan op de brug in Sonsbeek, al was zijn werken vooral ook wachten, op de aanvang van zijn nieuwe studie in september, wanneer alles zou veranderen. Maar voortdurend wist hij waarom hij het deed, wilde hij worden als dierenarts Beckers, dierenarts worden, en alleen al door dat te wensen zette hij de eerste stap, want de dierenarts had dat zelf ook ooit gewenst – reeds de wens die hem vervulde was eigenlijk al van die ander.

Twee weken nog, één week.

Utrecht kon ook met de trein.

Ook in Utrecht studeerden geen meisjes.

Weer was hij de enige die geen college miste.

Weer was hij geen gewone student, maar een werkstudent, die nog ergens anders woonde bovendien.

En weer zou hij de stad uitsluitend 's winters bij donker zien, wanneer de caféramen oplichtten bij het borreluur en hij naar het station liep.

Alleen zijn treinabonnement was niet meer hetzelfde: in plaats van als een brandmerk droeg hij het nu als een insigne.

Terwijl Rebert zich volzoog met eerste indrukken van de eerste colleges hadden de andere studenten het met rode wangen over de zojuist beëindigde groentijd. Wijs geworden door Wageningen had hij zich niet als lid aangemeld bij de Diergeneeskundige Studenten Kring, noch bij een gezelligheidsvereniging. Pas veel later ving hij op dat zulke onaangesloten studenten nihilisten werden genoemd. Ze vormden een zeer kleine minderheid in de groep van zestig eerstejaars, wat zeker een onderlinge band zou geven als ze het maar van elkaar hadden geweten. Zo miste hij zelfs ook de aansluiting met de andere buitenstaanders, en daarenboven al het onweerstaanbare dat Utrecht aan een jonge student te bieden had, honderd keer sterker nog dan Wageningen: het ware studentenleven, met zijn talloze disputen en corpora, sommige speciaal voor veterinair studenten, andere zelfs gemengd.

Maar van de vele colleges en practica op het drukke rooster miste hij er niet één. Spoedig werd hem duidelijk dat hij onverwijld een microscoop diende aan te schaffen, zowel voor de vakken embryologie, cytologie en microscopische anatomie, als later in de studie voor pathologie. De Diergeneeskundige Studenten Kring organiseerde een voordelige verkoop voor haar leden, onder toezicht en met adviezen van een hoogleraar; Rebert kocht na lang aarzelen voor achthonderd gulden een Japanse Olympus bij de firma Laméris, inclusief koffer van bordeauxrood leer met nikkelen hoekstukken. Vanwege het gewicht en volume kon hij zijn microscoop bezwaarlijk elke dag mee in de trein nemen; hij overwon zijn verlegenheid, vroeg op verschillende instituten opbergruimte, verkreeg die uiteindelijk in de Kliniek voor Heelkunde, waar nog een afsluitbare kast vrij was onder de uitstalling van historische hoefijzers. Later, voor zoölogie, kocht hij nog een snijset met prepareernaalden, scalpels en scharen, nog later een fonendoscoop, enige thermometers ook, maar zijn grote trots bleef zijn microscoop: hoe fier liep hij er niet mee van het ene gebouw naar het andere, tussen de middag ook wel langs de letterenfaculteit, als de studentes Frans naar buiten kwamen. Hij liet zich aan zijn microscoop kennen als een kunststudent aan zijn tekenmap, als een muziekstudent aan zijn vioolkist – nog nooit had hij zijn microscoop thuis in Arnhem gehad, maar hoe zou het zijn om die eens mee te nemen naar café Meijers, waar Marc hem dan bij zijn nieuwe studie kon voorstellen? Als ze daar niet meer wisten wie hij was, wat heel goed kon, zou hij een heel andere figuur maken dan eerder met de landbouw.

Hij zag Marc overigens weinig meer, maar nu omdat hij zelf al even zelden thuis was als hij. Driemaal per week had hij avonddienst en liep hij vanuit de trein dadelijk door naar Haarhuis, de andere avonden zat hij boven de boeken en nam hij nog wel regelmatig de telefoon voor hem op. Een keer had hij Wim Sonneveld aan de lijn. Aan het eind van het eerste semester, tegen kerst, ging Kloris dood. Rebert bracht hem naar Beckers.

Waar Arnhem steeds verder afnam, tot een tafel en bed, ging Utrecht almaar verder voor hem open. De vele vakken correspondeerden met evenveel locaties, en zo, lichthoofdig van alle nieuwe kennis, spoedde hij zich van de Kliniek voor Verloskunde naar de stallen van Heelkunde, van de kliniekzaal van Inwendige Ziekten naar het Anatomisch Instituut, van de apotheek naar de proefboerderij, terwijl er al nog maar meer colleges bij kwamen, parasitologie, gynaecologie en hoefkunde, en er behalve kennis op zeker moment ook kunde werd gevraagd, in de practica exterieur, röntgenologie, embryotomie en klinische diagnostiek. Naast zijn verstand diende Rebert nu ook zijn zinnen in te zetten: zijn tastzin, wanneer hij de buik van een hond palpeerde op zoek naar gezwellen of ontstekingen; zijn gehoor, wanneer hij met zijn fonendoscoop hart-, long- en darmgeruisen beluisterde, eerst de normale geluiden, later de afwijkende aan zieke dieren met longwormen of pleuritis; zijn zicht, als hij een miltvuurpreparaat bekeek onder zijn microscoop; zijn reukzin, om aan de adem of mest een zekere kwaal te leren bevroeden; en zelfs ook zijn gevoeligheid voor temperatuur, als hij de hoeven van een paard bevoelde en aan het warmteverschil bepalen moest welke ontstoken was. Hoe meer hij zich zo aan zijn studie geven kon, hoe minder het hem nog deerde dat hij geen studentenleven had.

Maar de anderen hadden dat wel. Soms, wanneer hij langs een geanimeerd pratend groepje liep, kreeg hij er iets van binnen, als een vlaag parfum:

– het kapotslaan van meerdere famora op één avond was tijdens de laatste zangborrel onvermijdelijk geweest;

– de veterinaire rijvereniging De Solleysel had de nieuwe hoogleraar fysiologie naar zijn inaugurele oratie geëscorteerd;

– onder de ouderejaars moest er toch een vrouwelijke student zijn, want in haar speech op de D.S.K.-vergadering zou deze dame hebben opgemerkt dat het een hoogstaand karakter vergde om diergeneeskunde te studeren en toch heer te blijven: ze had nog nooit een veterinair student in de schouwburg gezien;

– buiten medeweten van het bestuur zou er een onreglementaire, absoluut clandestiene dansavond plaatsvinden met een damesdispuut in de Full House;

– het corps studenten-inseminatoren had met negen motorfietsen vijf liter stierensperma ingebracht over de hele provincie en daarna een wegrace gehouden rond het Zocherpark.

Gespeend van dergelijk vermaak bleef hij elke les volgen, en zo gebeurde het eens dat hij de enige was die op het altijd al slecht bezochte college landhuishoudkunde van de oude lector Wind verscheen. Terwijl Rebert in zijn schrift keek, pakte Wind zijn tas uit en schreef hij iets uit zijn dictaat op het bord. Vervolgens zaten ze zwijgend en zonder één blikwisseling tegenover elkaar op de anderen te wachten, tot Wind na een kwartier begreep dat er niemand meer zou komen, zijn hand op een boek sloeg, en zich langzaam naar hem omdraaide.

'Waar is iedereen?' vroeg hij, hem recht aankijkend opeens.

‘Ik weet het niet... werkelijk niet...’

‘En waarom ben jij daar dan niet?’ ging Wind door, te woedend om wat dan ook nog te geloven of zelfs maar te horen. Onder luid gesnuif pakte hij zijn tas weer in, en na nog een laatste minachtende blik verliet hij het lokaal.

Even nog bleef Rebert zitten, toen stond hij op en liep hij ook naar buiten, bevreemd, maar in het geheel niet aangedaan, want niets raakte hem nog direct sinds zijn studie hem bedekte, voedde en verzaligde, als een zacht vlies op zijn huid, tussen hem en al wat hem omringde, zodat het was of hij helemaal onder de zalf zat.

Na drie jaar behaalde hij zijn kandidaatsexamen met een schitterende lijst. Voortbewogen door de drang die hem in alles bewoog ging hij ermee naar Beckers. Sereen, deemoedig en zwijgzaam liet hij hem zijn diploma zien, net als de vorige keer zijn dode kat. Beckers scheen allerminst verbaasd dat hij diergeneeskunde was gaan studeren, zei alleen maar dat hij altijd hulp gebruiken kon.

Die zomer stond hij alleen nog ’s avonds en op zondagen voor Haarhuis, de rest van zijn tijd bracht hij door in Dierenkliniek Sonsbeek. Aanvankelijk werkte hij, onder toezicht van Beckers’ compagnon Heiman, uitsluitend in de apotheek: gekleed in witte jas stampte hij de poeders fijn in de marmeren mortier, loste hij geneesmiddelen op in spiritus of tetrachloor, vulde hij de ampullen, smolt hij ze dicht en bracht hij de datum aan; hij leerde poederpapiertjes vouwen, de pillenplank gebruiken, de voorraden controleren, infusa, lotions en collyria bereiden, en terwijl voortdurend de telefoon ging, er over de gang werd gelopen en de stemmen door de muur drongen, leerde hij geleidelijk aan ook de kliniek zelf kennen.

Wat de gevel niet verried, en hij niet had vermoed, was dat er vanuit de kliniek nog een levendige plattelandspraktijk werd uitgeoefend. De beide compagnons beschikten elk over een auto, en na een spoedeisende oproep konden ze binnen enkele minuten de Rijnbrug over zijn. Het gebied dat ze bestreken strekte zich van daar zuidelijk uit tot aan de Waal en tot Wageningen in het westen, en besloeg zowat heel de Over-Betuwe. Ieder gehucht en elke boerderij kon voor een visite worden opgezocht op de stafkaarten die in de operatiekamer aan de muur hingen. Met deze buitenpraktijk was Beckers uiteraard ooit begonnen, en nog steeds maakte die het merendeel van de omzet, maar met het stijgen van de welvaart was de toeloop van gezelschapsdieren zo toegenomen dat Beckers de begane grond had vrijgemaakt voor de kliniek, daar nu met zijn vrouw boven woonde, en zijn toenmalige assistent Heiman tot compagnon bevorderde. Wanneer de welvaart nog verder steeg zouden er ooit zelfs dierenartsen zijn die zich geheel en al van de huisdieren konden bedruipen, het eerst in de grote steden.

'Honden en katten hebben de toekomst,' zei Beckers, die 's avonds om zes uur de telefoon naar boven doorschakelde en regelmatig nog tot middernacht door boeren werd gebeld, 'maar dat maak ik niet meer mee.'

In gedurige wisseldienst, waarbij de ene compagnon zich boog over de gezelschapsdieren die werden binnengebracht en de andere zich spoedde naar de landbouwhuisdieren die bezocht moesten worden, beheerden zij sindsdien de gemengde en gemeenschappelijke praktijk, Heiman met een voorkeur voor de kliniek, Beckers nog altijd met een voorkeur voor het werk ten platten lande, bevallingen in het algemeen, en paarden in het bijzonder.

In ijle overgave bleef Rebert zich van alle voorkomende werkzaamheden kwijten. Hij bracht de instrumentenkast op orde, waste de auto's en maakte de laarzen schoon, en na een week riep Heiman hem om te komen assisteren in de operatiekamer: een hond had zijn voorpoot uit de kom en hij kreeg hem er niet in terug, hij moest helpen vasthouden. Toen het Heiman maar niet lukte wisselde hij met hem van rol en positie, en schoof hij het bot zomaar op zijn plaats, alsof het een oude sleutel van hem was, de kom het slot dat hij nog kende.

De volgende dag, nadat de telefoon weer gerinkeld had, stak Beckers zijn hoofd om de hoek.

'Meekomen, onmiddellijk... een prolapsus uteri in Elst, ik kan dat niet alleen en Heiman heeft een afspraak... Snel, pak een staljas en je fonendoscoop.'

In wezenloze vertraging kwam Rebert overeind.

'Waar je ook voor wordt opgeroepen, neem altijd je fonendoscoop mee. Dat moet voor een dierenarts een tweede natuur worden, net zoiets als geld bij je steken als je naar de sociëteit gaat.'

Na nog een schielijke blik en een tikkende vinger op de stafkaart beende hij voor hem uit naar buiten. 'Niet weten waar je zijn moet is het ergste in dit beroep. En als je toch moet vragen, nooit zeggen dat je de dierenarts bent, want dan lachen ze er na een jaar nog om!'

De portieren sloegen dicht, de prolaps werd besproken, spoedig reden ze de Rijnbrug op. Met een weids gebaar wees Beckers uit over de landerijen aan de overkant. 'Zie je wel, de hele Over-Betuwe, dat is ons veterinair revier... Maar wat ik zei: als je de prolaps alleen nog maar uit de boeken kent weet je niet wat je zo gaat zien. Die hele baarmoeder, die met het kalf mee eruit is geperst, en die wij weer naar binnen gaan duwen, ligt als een enorme, opgezwollen zak achter de koe, en feitelijk is het dat ook, een broekzak, want precies zoals je soms je broekzak met je hand meetrekt als je er iets uit wilt halen, zo is die uterus met het kalf mee naar buiten gekomen – geen prettig gezicht, overigens. Binnen onze toch al weinig appetijtelijke roeping is de baarmoederprolaps beslist het onsmakelijkste karwei.'

Nooit eerder had Rebert bij hem in de auto gezeten. Pas toen ze de snelweg af waren viel op hoe hard hij reed. De wegen werden steeds smaller, ze draaiden een onverharde oprit in, deinend als een schip kwamen ze op het erf tot stilstand.

'Laarzen aan,' gebood Beckers, die de zijne al vanachter zijn stoel pakte. 'Wat, geen laarzen bij je? Ook goed, als je maar niet uitglijdt. Een dierenarts moet te allen tijde zijn waardigheid behouden en mag nóóit een onhandige indruk maken, dus niet vallen, je niet door die koe laten schoppen of op je voet laten staan, hoe geweldig ons hooggeëerde publiek dat ook zou vinden, en niks laten liggen. Dat is voorlopig het belangrijkste – en vergeet het toneellicht niet.'

Wijdbeens als een zeeman liep Beckers naar de boer in de staldeur; glibberend, eerst over de modder, daarna de drek, kwam Rebert achter hem aan, met in zijn ene hand zijn tas en in de andere een bouwlamp uit de kofferbak. Binnen, in het halfdonker, werd hij voorgesteld als assistent. De koe lag op de grond, het kalf was al weggehaald, de gezwollen baarmoeder glansde zacht waar het diertje gelegen moest hebben. Beckers gelastte hem de lamp aan te steken en alvast de pols op te nemen, vroeg de boer om warm water, lijnolie en een handdoek, en liep de stal weer uit.

Met het versterven van de voetstappen en het invallen van de stilte meende Rebert alleen te zijn. Hij rolde een stuk snoer van de haspel, keek zoekend rond, zag toen een roerloze gestalte tegen de muur staan. Om geen onhandige indruk te maken vroeg hij niet waar het stopcontact was maar liep hij met de lamp de andere kant op, achter de uitgestoken stekker aan alsof die een wichelroede was. Toen hij een tweede figuur voor zich zag keerde hij terug naar de koe, haalde hij zijn fonendoscoop uit zijn tas en bleef hij hurkend, tellend, en met zijn ogen strak op zijn horloge gericht de pols opnemen, net zo lang tot de boer met nog weer een paar anderen uit de keuken kwam en de emmer met warm water en het blik olie naast de koe neerzette. Op dat moment, vlak achter hem, klonk de stem van Beckers:

'Hart goed?'

Hij keek om, kon niets meer zeggen, begon daarom diep en bevestigend te knikken. Beckers moest zich bij de auto verkleed hebben; hij droeg een leren schort zonder mouwen of kraag, met alleen twee banden over de witte, blote schouders.

'Koetje kan een plaatselijke verdoving dus wel hebben?' ging hij door, grabbelend in zijn tas. 'Gelukkig, anders wordt het vechten... Maar ze moet zo dadelijk wel overeind geholpen worden, en kan iemand misschien die lamp aandoen? Nu nog een kruiwagen, en als ik meneer Van Buyten dan aan deze kant verzoeken mag...'

De bouwlamp sprong aan, de huid van Beckers werd dubbel zo bleek, de baarmoeder, die volgens instructie vanuit de kliniek op een met een laken omwikkelde plank lag, dubbel zo bloederig. In één ononderbroken doorgang ging alles nu verder, op de maat van Beckers' aanwijzingen en eigen inzetten: hij vulde de injectiespuit met narcosevloeistof, stak de naald vlak bij de staart in de wervelkolom, drukte de spuit leeg, goot hierna een scheut ontsmettende valvanol in het warme water, boog zich over de emmer tussen zijn voeten en waste zijn handen en armen tot aan de oksel. Terwijl hij Rebert hetzelfde liet doen, maar dan tot aan de elleboog, voelde hij aan de verslapte staart dat de narcose begon te werken—nu was het zaak om, wanneer de koe straks op de been gebracht werd, de plank met dezelfde snelheid op te tillen, opdat de uterus niet los zou scheuren, en dan neer te laten op de eronder gereden kruiwagen.

De uitleg en de orders waren gegeven, twee van de knechten, zonen of buurtlui pakten elk een uiteinde van de plank, twee anderen maakten zich klaar om de koe tegen de achterpoten te schoppen, de boer zelf ging aan kop staan om haar overeind te houden als ze eenmaal stond.

'Ja toe maar, voorzichtig...' zei Beckers, terwijl hij zijn handen en armen oliede.

De koe kwam omhoog, de plank werd geheven, Rebert duwde de kruiwagen eronder – de vleesberg lag goed. Van boven bijgelicht begon Beckers de blauwachtige vliezen van de nageboorte los te trekken, in de ademloze stilte spatte de ene klodder na de andere op de drijfnatte stalvloer, en om ook bij de andere kant te kunnen schoof hij zijn beide armen onder de kloppende, loodzware massa en keerde hij die behoedzaam om.

'En nu samen...' hijgde hij toen hij het laatste vel van zijn hand sloeg.

Zonder de minste onderbreking ging het werk verder, maar voor Rebert, helemaal schoon nog, terwijl Beckers van onder tot boven onder het bloed zat, werd alles anders: vanaf nu waren alle aanwijzingen alleen nog voor hem; de kortbondige orders, vlak naast zijn oor uitgesproken, gehoorzaamde hij stipt alsof die uit zijn eigen wil voortkwamen – iets dieper, meer naar links, toe maar – en terwijl ze zo, schouder aan schouder, in het licht van de bouwlamp en al die ogen, de baarmoeder geleidelijk aan naar binnen werkten en de koe weer heel maakten, de oude op het laatst tot aan zijn schouder in de schede, was het hem te moede of hij een uitwendig deel van Beckers was en zij samen één wezen waren met vier handen.

Diezelfde avond nog hing hij een briefje op voor Marc. Hij stelde een opdracht in het vooruitzicht, vroeg een onderhoud aan, kreeg een briefje terug dat hij aanstaande zaterdagavond na het eten langs kon komen. Met de leren schort van Beckers onder de arm, meegenomen uit de kliniek, klopte hij om half negen aan.

De achterkamer zat vol vrienden, de hele naaikrans was er, een van de jongens zat op het carrouselpaard. Marc vroeg of hij ook koffie lustte, daarna, luider, wat hij bij zich had. Glunderend haast ontrolde Rebert de schort, hij tilde die bij de twee banden op, verklaarde dat deze van de dierenarts was maar dat hij er zelf ook een moest hebben – voor de praktijk.

'Dierenarts?' vroeg een van de vrienden met hoge stem.

'Praktijk?' zei een ander.

Drie jaar studeerde hij nu diergeneeskunde, en Marc had het nog niet aan zijn vrienden verteld – hij deed het nu pas, met overdreven, geveinsde ergernis dat de anderen het vergeten waren. Rebert begeleidde de mededeling met bevestigend knikken, merkte aan de uitroepen wel dat ze het een hele vooruitgang vonden, zeker toen iemand vroeg wat hij daarvoor dan had gestudeerd, en voegde er al knikkend nog aan toe dat hij in zijn doctoraal zat en daarom nu dus ook zo'n leren schort nodig had – voor de praktijk.

'Maar... waarom dan?' vroeg nog weer een ander, met overslaande stem en de handen geheven alsof hij de wiskunde na alle uitleg nog steeds niet begreep.

Met het vriendelijke geduld van een leraar die het onbegrip begrijpt gewaagde Rebert van bloed, inwendige palpatie, gewone kleding die je niet meer schoon krijgt en bescherming: daarom moest de schort van leer zijn, zodat alles er zo van afgeveegd kon worden, en had die geen mouwen.

'Dus... je draagt er niets onder?' begon het te dagen.

Hij hoefde niets meer te zeggen; gelaten glimlachend keek hij in het oog van het carrouselpaard.

Maar nu wilden ze met eigen ogen zien hoe dat stond, anders konden ze er feitelijk niets over zeggen.

Toen Rebert zich iets later had omgekleed en met de leren schort voor zijn blote borst opnieuw de kamer binnen kwam, werd hij begroet met uitroepen en applaus, maar kritiek was er ook.

'Dat oude leer is wel erg stug, het lijkt wel een harnas...'

'Wat we ook kunnen doen: we maken het van rubber... zwart, soepel rubber!'

Het model als zodanig, heel het type kledingstuk viel ook niet in goede aarde: een schort was toch meer iets voor vrouwen, daar hielden ze niet van, het moest veel mannelijker worden, in ieder geval met pijpen.

Rebert knikte, kuchte, merkte toen tot ieders begrip op dat een schort weer wel makkelijk aangetrokken kon worden, heel belangrijk in de praktijk.

'Natuurlijk, zo'n kalfje wacht niet!'

'Dus het moet in ieder geval iets worden dat je snel kunt aanschieten.'

'Maar een schort?'

'Een schort is voor vrouwen...'

'Wacht, ik weet het al: we doen met ritsen! We maken een broek met een vast bovenstuk en dan lange ritsen op de plaats van de buitennaden, dan kunnen die pijpen net zo ver open als je wilt!'

Na een ademloze stilte, waarin het voorstel zich nader aftekende, begon iedereen te klappen: de oplossing was gevonden, de opdracht aangenomen – maar waarom dan niet ook maar dadelijk de maat opgenomen?

'Doe die schort maar uit!'

Rebert wist niet dat er zoveel maten waren: met twee, drie meetlinten tegelijk namen ze zijn borstmaat, heupmaat, namen ze de lengte van zijn benen op en de dikte van zijn dijen, terwijl Marc koffie inschonk, daarna wijn, en het ontwerp alvast werd uitgetekend en van steeds nieuwe lof, commentaar en mogelijkheden voorzien: ze gingen een zwarte, rubberen overall maken zonder mouwen, kraag of gulp, en met zilveren ritsen vanaf het middel tot onder aan de pijpen, ritsen die eruit zouden zien als de galons op de broek van een portier, maar die je bijvoorbeeld ook vanaf de knie open kon laten, zodat de kuit erdoorheen zou bollen – dat was welbeschouwd een split, die je zo diep kon maken als je wilde, een split in een broekspijp, een split voor mannen!

Gekleed in een trui van Marc bleef Rebert er gewoon bij, terwijl de geestdrift aanhield, er nog meer schetsen werden gemaakt, en de jongens van het een op het ander kwamen, net zo lang tot ze naar Meijers gingen en ze Rebert, vlak voor ze de trap af stommelden, nog verzekerden dat ze maandag meteen achter het rubber aan zouden gaan: ze wilden er alles aan doen om de overall nog af te krijgen voordat ze op vakantie gingen.

HOOFDSTUK 6

Jan de Loper

Maar hoe gewoon Angelen ook was, een dorp als alle andere daar aan de Rijn, toch had het één bijzondere, zelfs beroemde inwoner, al woonde die eigenlijk niet meer binnen het dorp maar er twee kilometer stroomafwaarts buiten. Daar, al bijna bij de Kop van Pannerden, stond Huize Angeldycke statig aan de dijk, met een veranda over de gehele breedte aan de voorkant langs de weg, een verdieping op zuilen daarboven, en een vijver, koetshuis, paardenstal en het Museum voor Land- en Volkenkunde in de lagergelegen tuin binnendijks erachter. Hier resideerde de heer Jan Florian van Zuylen Rothaar alias Jan de Loper, geboren 1900.

Ofschoon niet van adel behoorde de familie, die haar dubbele naam eenvoudig door aanhuwing verkregen had, tot de eerste kringen van Arnhem. Nadat het fortuin, generaties geleden al, verdiend was in de suiker- en tabakshandel, met een kantoor ook in Rotterdam en plantages op Sumatra en Java, was het niet meer verwonderlijk dat er een buitenplaats moest komen, maar de gekozen locatie, hoe welgelegen ook, juist daar waar de rivier zich op zijn breedst toonde, was dat wel – de Arnhemse elite hield traditiegetrouw vast aan de bossen, nooit eerder hadden ze aan de Rijn getoefd, nadien ook niet, en zo, zonder navolging, bleef Angeldycke het enige buiten in de geburen.

Maar nog veel origineler was Jan de Loper zelf!

Kort na de dood van zijn vader, toen hij nog maar een

paar maanden oud was, verplaatste zijn moeder het huishouden van Arnhem naar Angeldycke, waar zij bij de opvoeding van Jan hulp kreeg van een huisonderwijzer en, in de weekeinden, vooral ook van de grootvader.

Niet geheel onnodig!

Zijn eerste proeve van eigenzinnigheid leverde hij toen hij, tien jaar oud nog maar, zomaar eens dwars op de weg voor het huis ging liggen. Hoe zijn moeder ook riep en bad, hij hield zich doof en bleef het verkeer de doorgang versperren. Omringd door steeds meer boeren en voerlui, alsook het voltallige huispersoneel, draaide hij zich heel gemoedereerd op zijn rug en vouwde hij zijn handen onder het hoofd, zich kennelijk toen al volledig bewust van het beschermende standsverschil tussen hem en de omstanders, wie het ten enenmale ontzegd was een jongeheer Van Zuylen Rothaar ook maar aan te raken. Aldus hield de versperring aan en werd de rij wachtende wagens steeds langer, tot eindelijk dan de withete grootvader op de dijk verscheen. Met de wandelstok begon die hem een geducht pak slaag te geven, maar ook toen bleef hij eerst nog roerloos liggen en stond hij niet eerder op dan hij zelf wilde. Zijn voldoening moet enorm zijn geweest: natuurlijk had hij ook in de berm kunnen gaan liggen, of gewoon op bed; de afranseling zou zijn uitgebleven, maar de consternatie ook, die nu met elke stokslag juist nog toenam.

Tot in Angelen werd erover gepraat! Zijn biografie zou ermee openen!

Zo groeide Jan verder op, hij werd een echt buitenkind, zwierf op zijn pony door de velden, ging voor de grap achterstevoren in het zadel zitten als hij iemand zag, en voelde zich overwegend blij, al begon hij bij vlagen ook vroege tekenen te vertonen van neerslachtigheid. Toen hij eens drie dagen achtereen niet uit bed kwam, nam zijn moeder hem mee naar een zenuwarts; die sprak van melancholie maar kon verder niets vinden, er ook niets aan doen.

Met hulp van drie opeenvolgende huisleraren, maar zonder ooit één dag te zijn schoolgegaan, behaalde hij uiteindelijk zijn hbs-diploma. Daarmee brak het moment aan waarop hij geacht werd een beroep te kiezen, c.q. zijn loopbaan te beginnen op het kantoor van zijn grootvader. De gedachte aan werk stuitte hem echter zodanig tegen de borst dat zijn melancholische klachten er prompt en nog verhevigd door terugkeerden. Andermaal, maar nu alleen, bezocht hij de zenuwarts, van wie hij terugkwam met een schriftelijke verklaring dat een zeereis, gezien zijn gezondheid, dringend gewenst was. Toen hij vervolgens, zinnend op uitstel, zwaaiend met het attest, het mierzoete voorstel deed om, ter voorbereiding op de suikerhandel, eerst een reis te maken naar Oost-Indië, met het doel de suikercultuur te bestuderen, stemde zijn bezorgde moeder onmiddellijk toe, en kon de machteloze grootvader niet anders meer doen dan introductiebrieven schrijven in het Maleis, Hollands en Javaans, waarmee de jonge reiziger zich voor een ontvangst of zo nodig hulp bij diens zakenrelaties zou kunnen aandienen.

Jan Floris van Zuylen Rothaar vertrok, twintig jaar oud, op 3 april 1920 met het stoomschip Baltimore uit Rotterdam en slaagde erin zijn reis bijna twee jaar te laten duren. Bij terugkeer blaakte hij als nooit tevoren. Wat was er gebeurd?

Hij was gelukkig geweest.

En hij was Jan de Loper geworden.

Onmiddellijk na aankomst op Java meldde hij zich bij een van de suikerfabrieken van zijn grootvader. Binnen een week voelde hij zich voor de rest van zijn leven afdoende gesterkt in zijn voornemen om alles wat met suiker, handel of zelfs maar werk te maken had angstvallig te mijden, en nooit iets te worden in de maatschappij. In plaats daarvan kocht hij een kaart en kompas, stelde hij een Javaanse jongen met de naam Boy aan als zijn bediende, en begon hij aan zijn eerste lange voettocht over het eiland. Hij was klein van postuur maar had een sterk gestel, zodat hij niet moe werd de betoverende tropen te doorkruisen. Barrevoets, op de wijze van de inlanders, ging het van Batavia naar Soerabaja, van Semarang naar Jogja, daarna, op Celebes, van Kema naar Manado, terwijl hij af en toe een aap uit een boom schoot en zijn bediende zijn later beroemd geworden handkoffertje droeg. 's Avonds legden ze zich te ruste bij een familie in de kampong of maakten ze gewoon bivak tussen de bomen, maar waar ze ook sliepen, nooit liet hij een bok voor zich slachten, altijd stelde hij zich tevreden met een bord rijst, een vis, of een zelf geschoten vogel, die Boy dan voor hem braadde in het bos.

Was dat niet bijzonder, voor een rijke Europeaan?

Dat was heel bijzonder!

Hij begon zich te verkneukelen bij de gedachte hoe het in Nederland moest overkomen zoals hij, een heer van stand, met een strooien hoed op, de voeten rood van het stof, geweer en paraplu op de rug, samen met zijn tropenjongen door Indië liep, voor nog geen dubbeltje per dag, terwijl hij zich over elke afstand en de hoogste bergen had kunnen laten dragen... Misschien was er dan tóch iets wat hij wilde worden, ja: bijzonder worden – en opeens zag hij zich al zitten, thuis, op zijn praatstoel, omringd door een schare toehoorders, en ook staan, op een podium voor publiek, en wellicht ook in de krant... Maar dan moest hij zijn indrukken kunnen demonstreren, zijn prestaties kunnen staven!

Vanaf nu kocht hij allerhande messen, maskers, matten, gewaden en schilden, die hij per kist vrachtgoed naar Angeldycke verzond, en op zijn verdere voetreis meldde hij zich na elke dagmars prompt bij het plaatselijke gezag, een vorst of dorpsoudste, om die een gedagtekende verklaring van zijn aankomst en vertrek te laten opmaken.

Hij schreef zijn moeder een brief en vroeg om meer geld.

Zij stuurde een wissel en schreef dat zijn grootvader hem thuis verwachtte.

Hij ging naar Japan, nam Boy mee, bleef er een maand. Vervolgens scheepte hij zich weer in voor een kustreis langs Saigon, Hongkong en Shanghai, ondernam hij van daaruit een zesweekse voettocht door het binnenland van China, en begon hij aan Amerika te denken.

Met dat al nam zijn reis een zodanige wijdte aan dat hij niet meer alleen brieven naar huis stuurde, maar op zeker moment ook een naar de krant. Zijn moeder schreef terug dat er een journalist aan de deur was geweest die om zijn portret had gevraagd, welke foto een week later boven zijn afgedrukte brief in *De Gelderlander* had geprijkt – en dat zijn grootvader nu zijn onmiddellijke terugkeer eiste.

San Francisco maakte diepe indruk op hem: de steile straten, de automobielen, de robben in de baai. Om er te komen had hij van China eerst weer terug naar Japan moeten varen, maar alle moeite en tijd docht hem goed besteed: zijn reis was vanaf nu een wereldreis, hij maakte voor *De Gelderlander* een uitvoerig verslag van zijn bezoeken aan Oakland, Cliff House en de Yosemite Valley, en schreef erboven: 'Jan de Loper in Amerika'. Het was ook in de baai van San Francisco dat hij een buitengewoon rank roeibootje zag met een al even buitengewoon roeimechaniek: waar een roeier normaal met zijn rug naar voren zit, en zo achterstevoren vaart, kon je in dit bootje, krachtens een verdubbeld gewricht bij de dollen en de wet dat negatief maal negatief positief maakt, met je gezicht naar voren zitten terwijl je de riemen naar achteren trok en dan toch voorwaarts voer. Denkend aan het bekijks dat hij er thuis mee zou hebben kocht en verscheepte hij het zonder aarzelen, waarna hij, deels per trein, deels te paard, zijn reis voortzette naar Mexico, Panama en de Caribische kust.

New York was ook schitterend. In het hotel vond hij een wissel en een brief van zijn moeder. Zij schreef dat iedereen het over Jan de Loper had, dat de krant zijn artikelen gepubliceerd had en hem wilde interviewen – en dat zijn grootvader 's nachts hoestbuien had van woede. Stralend stak hij beide stukken in zijn borstzak, hij was met de brief nog blijer dan met het geld, en voor het eerst sinds zijn vertrek bespeurde hij een zekere zin om naar huis te gaan.

Nadat hij ook nog Boston, Philadelphia, Washington en de Niagara-watervallen had bezocht, was het zover: terug in New York telegrafeerde hij zijn verwachte moment van aankomst aan zijn moeder en de krant, en de volgende dag ging hij voor de laatste keer scheep om op 18 maart 1922, nog altijd in het gezelschap van Boy, in Rotterdam te arriveren.

Hij moet de aankomst als in een roes beleefd hebben, met honderden zwaaiende mensen op de kade, de pers die hij glunderend te woord stond, en zijn moeder die zich huilend en stamelend aan zijn borst drukte: ze had hem zo gemist – en zijn grootvader was pas overleden. Alleen door haar langdurig te omhelzen wist hij zijn opluchting te verbergen. Zo goed hij zich al voelde, nu kwam daar ineens nog bij dat hij een fortuin had geërfd, en behalve Jan de Loper ook heer van Angeldycke was geworden. Nooit eerder was hij zo dicht bij het Rotterdamse kantoor van de familiefirma geweest, nooit eerder stond het zo ver van hem af: voortaan hoefde hij alleen nog maar te doen waar hij zin in had.

Terug thuis aan de Rijn begon hij daar dadelijk mee. Hij besloot een automobiel te kopen, de enige en eerste in de wijde omgeving en dat niet alleen: hij kocht een Cadillac met open dak.

Voor alle opgestuurde en inmiddels aangekomen souvenirs moest er een tentoonstellingspaviljoen in de tuin komen: hij besprak het ontwerp en de bouw met de aannemer.

De Amerikaanse roeiboot voldeed bij het oefenen in de vijver uitstekend: tot verwondering en vermaak van de mensen op de dijk roeide hij er daarna geregeld mee rond tussen de kribben voor het huis.

Er kwam steeds meer post van bewonderaars binnen, voor de beantwoording waarvan hij een speciale prentbriefkaart van zichzelf als Jan de Loper liet maken: voor de fotograaf poseerde hij op blote voeten, met zijn strooien hoed op, geweer en paraplu op de rug, zijn sjofele jasje aan, halsdoek om, staand voor Angeldycke met Boy schuin achter zich op de veranda.

De Gelderlander organiseerde een lezing voor hem en publiceerde er een verslag van: gekleed als sultan stond hij, omringd door talloze schilden, krissen en maskers, alsook een opgezette aap, op het podium van een uitverkocht Musis Sacrum, de grootste zaal van Arnhem – tot besluit van zijn optreden, en opwinding van het publiek, maakte hij bekend nog aanstaande herfst een 'loopje' naar Parijs te zullen doen.

Maar de ware Jan de Loper kreeg pas gestalte toen zijn moeder, die verklaarde dat een onafhankelijke, volwassen man van tweeëntwintig een eigen leven diende te leiden, naar het vrijgekomen grootvaderlijke huis te Arnhem verhuisde, waarna niets zijn vrijheid nog begrensde. Het huishouden kwam nu onder het bestier van de forsgebouwde huishoudster Ant, die weliswaar toezicht op hem hield, streng en moederlijk, maar zonder enig gezag. Nadat Jan zomaar eens, in zijn ondergoed, 's ochtends vroeg in de vijver was gesprongen, werd dat een vaste gewoonte van hem waarvoor hij een speciale steiger met een trapje liet timmeren, en die hij voortaan het hele jaar rond zou volhouden, ook 's winters als het vroor en zijn knecht eerst een bijt in het ijs moest hakken.

Origineel?

Nogal – net zoals de schalkse streken die hij begon uit te halen. Hij kon zijn bezoekers daar smakelijk over vertellen, gewaagde er ook graag van in zijn omvangrijke correspondentie, waardoor zijn faam als vrijbuiter een nieuwe glans kreeg en hij nog meer Jan de Loper werd.

Zijn eerste snakerij was nog spontaan ontstaan, toen eens op een zondagmiddag een fietsend echtpaar voor Angeldycke afstapte en plaatsnam aan een van de tafeltjes op de veranda. Juist wilde Ant naar buiten stuiven om ze te vertellen dat het hier geen uitspanning was, al mocht het er met die pilaren misschien op lijken, of Jan hield haar bij de arm tegen en drukte zijn wijsvinger tegen de lippen. Het volgende moment schoot hij zelf tevoorschijn met een uitgestreken gezicht en een theedoek over de schouder, hij nam de bestelling op en bracht de koffie. Na de tweede consumptie wilde het echtpaar afrekenen, maar dat weigerde Jan pertinent.

'Maar beste man... bent u gek?'

'Nee,' zei Jan, 'ik ben de heer van Angeldycke!'

Hij schaterde het uit, het verblufte echtpaar lachte na een poosje ook mee en hij liet ze niet vertrekken voordat ze eerst nog een glaasje champagne met hem hadden gedronken, ditmaal opgediend door een hoofdschuddende Ant.

Voor een nieuwe prentbriefkaart poseerde hij in ondergoed terwijl hij zich vanaf het steigertrapje in de vijver liet zakken. Nadat hij zo'n kaart eens ondertekende met 'uw toege9 Jan de Loper' werd de speelse toepassing van cijfers in woorden zijn handelsmerk, en een onbedwingbare neiging bovendien. Later voegde hij er ook nog tekeningetjes aan toe, hele rebussen soms, en had hij zijn eigen stijl gevonden. Intussen sliep hij niet meer in bed maar op de canapé in zijn kleine, volle werkkamer, waar hij elke nacht tot drie of vier uur aan zijn correspondentie werkte, bij een fles jenever en de enige brandende lamp in de eindeloze duisternis rondom.

Zo ontwikkelde Angeldycke zich steeds meer tot een bonte, ongeregelde menage en menagerie, met voortdurende aanloop van nieuwsgierigen, voortdurende aanvoer van drank, voortdurend oplopende slijtersrekeningen, en met allemaal loslopende dieren in de tuin, kippen, poezen, een ezeltje, het paard en een keeshond, terwijl koetsier Gerrit de pas afgeleverde Cadillac moest leren besturen en daar zware sporen mee trok in het gazon rond de vijver.

Nadat zijn poets als ober in heel Angelen bekend was geworden kon hij er niet meer mee ophouden en begon hij de humor serieus te beoefenen. Hij liet een holle wandelstok vervaardigen met daarin verborgen een smalle pijp cognac en twee glaasjes in de knop. Hiermee gewapend sprak hij argeloze voorbijgangers aan met de vraag waar de dichtstbijzijnde kroeg was, aangezien hij acute behoefte had aan een borrel. Wanneer hij daarop naar het volgende dorp of Hotel Oranje werd verwezen verklaarde hij dat niet meer te halen, en daarom zelf maar wat cognac te gaan toveren. Onder het uitspreken van een toverformule draaide hij dan de knop los, schonk hij in en bood hij de verblufte boer of wandelaar ook een glaasje aan. Nadat ze samen hartelijk om de grap gelachen hadden maakte hij zich bekend en liep hij al pratend nog wat met de ander op.

Omdat hij wel iets artistieks had begon hij ook te schilderen, het liefst in de openlucht, op de dijk, waar hij aanspraak had aan iedereen die een blik op zijn doek wierp. Maar ook hier kon hij het grollen niet laten: hij liet een foto van de Mona Lisa vergroten, plaatste die op zijn ezel, en schilderde de hoeken met ruwe streken wit, net alsof het linnen daar nog blank was en het schilderij nog niet af. Wie nu kwam kijken wist niet wat hij zag, en kreeg ook weinig tijd om zijn verbazing te boven te komen, want reeds vroeg Jan of het al wat begon te lijken en stak hij zijn hand uit om zich voor te stellen: Leonardo da Vinci!

Van het modemagazijn in Arnhem kon hij een viertal paspoppen kopen, zowel mannelijke als vrouwelijke, en alle met scharnierende gewrichten zodat hij ze in elke gewenste houding kon brengen. Zo opzienbarend als zijn aankomst ermee in de Cadillac al was, met de twee mannelijke poppen voorin naast Gerrit bij elkaar op schoot en Jan tussen de twee vrouwelijke poppen op de achterbank, zijn armen over de blote schouders links en rechts van hem geslagen, zoveel opzien baarde dadelijk de eerste grap die hij met zijn nieuwe aanschaf uithaalde. Het was een prachtige dag, hij had een mannelijke pop in een wit zomerkostuum gestoken en stond daarmee op een van de kribben voor zijn huis. Er kwam een plezierbootje met volk aan. Op het moment van passeren duwde hij de pop in het water, dook er zelf achteraan, riep om hulp voor de drenkeling. Het scheepje draaide bij, er werd een reddingsboei uitgeworpen, en wat bleek? Even later zaten ze allemaal op de veranda en werd er nog vrolijk over nagepraat.

Zoals een hond door te kwispelen zijn aangename geur vanonder zijn staart verspreidt, deelt en aanbiedt aan wie hij mag, zo bleef hij al grollend zichzelf verspreiden en aanbieden aan iedereen, tot de herfst inviel en het tijd werd voor Parijs. Omdat hij niet alleen kon zijn, dat nog nooit geweest was, geen dag van zijn hele wereldreis of daarvoor, en Boy ziek was, moest er iemand anders mee.

Daarom liet hij zich het eerste deel van de tocht begeleiden door zijn neef Frits, daarna, vanaf Brussel, door een jonge jurist van het kantoor, mr. Dirk Jager, die zo delen zou in de roem aan de finish en wellicht een vriend zou worden. Onophoudelijk pratend, want zwijgen kon hij ook niet meer, liep hij aldus gesecondeerd, met zijn strooien hoedje op, halsdoek om, ransel op de rug en barometer en kompas bij zich in de vorm van speciale manchetknopen, in negen dagen op leren sloffen naar de lichtstad. Aangekondigd door de pers werd zijn aankomst een intocht, daarna, op de Champs-Elysées, een onthaal. Een juichende menigte stond hem op te wachten; op de vraag van een verslaggever hoe hij zich onderweg had gevoeld antwoordde hij, met zijn kenmerkende en inmiddels tot bedwelmende hoogte opgevoerde woordspeligheid: 'Loopzaam', en voor nog weer een andere reporter haalde hij iets tevoorschijn wat nog veel specialer was dan zijn manchetknopen, te weten een pedometer oftewel schredenteller.

'Negen dagen en een miljoen passen', kopte *Het Volk*; 'De lopende Hollander op zijn sloffen naar Parijs', schreef het *Handelsblad*; de geïllustreerde pers publiceerde zijn levensverhaal met portret, en hij was nog niet terug in Nederland of *De Gelderlander* wilde hem als de Hollandse leeuw fotograferen op een van de gouden leeuwen bij de ingang van Sonsbeek: staand in de Cadillac reed hij vervolgens door Arnhem, door Zevenaar, door Tolkamer en Angelen naar huis, zich met één hand vasthoudend aan de schouder van Gerrit terwijl hij met een van zijn sloffen in de andere hand zwaaide naar de mensen aan de kant.

Hij was nu zo beroemd dat zijn correspondentie er een ander karakter door kreeg. Zo ontving hij nooit meer brieven, uitsluitend nog prentbriefkaarten, omdat hij die zelf ook gebruikte, soms honderden per dag, met als adressering vaak niet meer dan zijn naam, of, in navolging van zijn stijl, een rebus, zoiets als 'Arnhem * Emmerich', omdat daartussenin ongeveer Angelen lag. Het werd al met al een spel met het postbedrijf, dat er zijnerzijds ook aardigheid in kreeg en als een heel spektakel de volle zakken bij de beroemde Rijnbewoner afleverde. Een nog groter schouwspel was het wanneer Jan de volgende dag met een vergelijkbare zak naar de brievenbus liep, temeer nog daar elke andere heer van stand dat door een huisbediende zou laten doen. Iedere middag zagen de inwoners van Angelen hem dan aankomen over de dijk, licht voorovergebogen onder de jutezak op zijn rug. Een keer kwam hij, in pyjama nog, op zijn ezeltje, lijdzaam gekromd onder de zak: dat baarde heel wat opzien! Die nacht was de correspondentie hem wat al te zwaar gevallen, zelfs om maar te dragen, en vanaf dat moment gebeurde het steeds vaker dat hij, in plaats van zijn antwoord op een eigen prentbriefkaart te schrijven, of ook wel op een indrukwekkende rekening van de slijter, de ontvangen stukken zelf retourneerde, voorzien slechts van een enkele opmerking en ondertekend met een van de vele bijnamen die hij zichzelf en zijn gastvrije huis met toegeeflijke vertedering gegeven had: 'De Feest4ende Loper, Villa Altijd Lol', 'De Slingeraap, Huize Inktvreugd', 'Edelman Bedelman, Villa Sherry', 'De Springende Snijboon, Hotel Vrolijke N8', 'Het Mirakel van de Rijn, Huize Vergunning'.

Het paviljoen kwam gereed, werd ingericht, en ging open als het Museum voor Land- en Volkenkunde, met Boy als conciërge. En toen begon men hem ook thuis te bezoeken, even massaal als men hem schreef. Voor Jan werd het ontvangen een dagtaak, spoedig ontving hij hele groepen, een ochtendgroep en een middaggroep, en om ook gezelschappen die per boot wilden komen te kunnen ontvangen en al dadelijk in de stemming te brengen liet hij tussen de kribben voor het huis een speciale aanlegsteiger maken. Hij bedacht en schilderde zelf de rebus die aangaf bij wie en waar men terecht was gekomen, op drie kleurige panelen die het hek zouden vormen: zijn voornaam drukte hij op het linkerpaneel uit als de afkorting van de maand januari, met witte sneeuwvlokken tegen een blauwe hemel en het cijfer 1; op het middelste paneel kwam eenvoudig een rode loper; en omdat angelen een ander woord is voor vissen werd Angeldycke op het rechterpaneel een visser op een dijk. Toen de panelen bij wijze van balustrade waren aangebracht leek de aanlegsteiger nog het meest op een balkon, of een loge in de opera.

Maar meer nog dan voor het museum kwamen de mensen voor hemzelf en zijn dagelijkse leven in huis. Om ze ook hier te kunnen vermaken en verbluffen kocht hij alles wat daar maar bij helpen kon, een ouderwetse grammofoon ('Iedereen vergaapt zich aan mijn Edison en reus8ige platencollectie', schreef hij op een slijtersrekening aan mr. Jager), een beeld van de Amerikaanse president Coolidge, dat een echte sigaar kon roken en grote wolken de kamer in blies, en een retrograde klok, die je kon instellen op je verwachte levensduur en die deze tijdspanne dan achterstevoren aftelde.

En zo begon hij zijn rondleidingen al dadelijk in de hal van Angeldycke, waar een apenstaart hing. 'Kijk, die was van een rode aap die ik op Java uit een boom heb geschoten.' Vervolgens kwamen in de woonkamer zijn beroemde sloffen aan de beurt, het eenvoudige schoeisel van zijn 'loopje' naar Parijs, waarna hij boven zijn al even eenvoudige, oude canapé liet zien. 'Inderdaad, hier schrijf ik mijn correspondentie, altijd 's nachts, ja. En dan kruip ik lekker onder een dekentje op de canapé!' Terug in de woonkamer gaf hij president Coolidge een vuurtje en leidde hij het gezelschap de volgende trap af, naar de keuken aan de tuin. 'En dit is een kris uit Celebes... ik laat Ant er het vlees mee snijden!' Wanneer het paard zijn kop door het open raam naar binnen stak voor een boterham zette hij hem vlug een bolhoed op, waarna het weer verderging, het hele huis door, daarna naar het museum. 'En hier hebben we Boy, we liepen samen, we sliepen in de dessa! Maar wat is dit nou weer?' Razendsnel griste hij een Mexicaans dodenmasker op een stokje van de muur, hij duwde het tegen zijn gezicht en draaide zich om naar de bezoekers achter hem, die het eerst van schrik uitgilden, daarna van pret uitproestten. Zo ging het zonder ophouden door, tot het eten klaar was, ze aan tafel gingen, en hij over zijn snaakse streken begon te vertellen. Hoofdschuddend schonk Ant de glazen in, en zodra ze om de hoek verdween vergeleek hij haar met een nijlpaard – de bezoekers konden hun oren niet geloven: wanneer een werkman nu zoiets deed, maar de heer van Angeldycke! En dan die oude plunje, dat strooien hoedje en die halsdoek – nee, geen wonder dat hij zich ook wel Jan de Bedelaar noemde, van zijn hele reputatie was geen woord gelogen, dat konden ze thuis nu wel bevestigen! Maar voor ze daadwerkelijk op huis aangingen sprong Jan eerst nog in zijn ondergoed de vijver in, tenminste, als hij daar zin in had, want anders liet hij bij de deur zijn retrograde klok nog even zien, waar hij, van alle reizen toch wel filosofisch geworden, tot besluit zijn persoonlijke levensovertuiging aan verbond: 'De tijd duurt eeuwig, maar ons leven niet, dat is het wat deze klok aangeeft, en daarom zeg ik: memento mori, ergo: carpe diem... Nou, tabee dan maar!'

Dankzij de steiger kon nu ook de boot van Sinterklaas Angelen aandoen, wat bij gebrek aan een haven nog nooit mogelijk was geweest. De eerste intocht die hij organiseerde was een groot succes en zou jaarlijks herhaald worden. Alle kinderen van het dorp kwamen naar Angeldycke, het schip met de Sint stoomde op vanaf Pannerden, Jan de Loper was Zwarte Piet en begeleidde de goedheiligman naar binnen, waar hij voor iedereen chocola inschonk en allerlei gekkigheid uithaalde: hij gaf zichzelf met de roe voor de broek omdat hij zo stout was geweest, zette diezelfde roe vervolgens in een vaas en goot er water bij, net alsof het een bos bloemen was. Daarna was er ontvangst bij de burgemeester en ging het in feeërieke stoet door het donker over de dijk naar het dorp, de Cadillac met Sint en Piet voetstaps voorop, daarachter de sliert van kinderen die sinterklaasliedjes zongen en zwaaiden met hun lampions.

Vanaf nu gaf hij ook elke zomer nog een kinderfeest, omdat Sinterklaas pas in december kwam: dan hingen er slingers in de bomen, dan kreeg het paard een puntmuts op, dan waren er wedstrijden en spelen in de tuin zoals stroophappen, zaklopen, gekostumeerd langzaam rijden op de fiets en biggetjes vangen, alles afgesloten met uitslagen en prijzen, uitgereikt door de gastheer zelf, die van 's ochtends tot 's avonds alle feestbedrijven had gadegeslagen, eerst onder een paar glazen champagne, dan witte wijn, dan sherry, dan rood bij het eten, daarna cognac. Bij het uitzwaaien voor het huis wankelde, rolde hij ineens zomaar de dijk af.

Een andere jaarlijkse gewoonte werd het om voortaan elke Pasen naar Londen te gaan, waarbij altijd een van de grote jongens uit het dorp mee mocht, de zoon van de slager of de onderwijzer, zo'n eenzame jongen op een krib, die hij het aan niets liet ontbreken: dan logeerden ze in het Savoy, dan gingen ze 's middags naar de film, 's avonds naar een musical, en kwam die jongen vol verhalen weer thuis. Zijn verjaardagen vierde hij intussen ook met de kinderen: dan liet hij een poffertjeskraam naar het dorpsplein komen, dan strooide hij snoep en centen in het rond en genoot hij zelf nog het meest.

De enige die geen plezier beleefde aan al die vrolijkheid was Boy. Hoe goed hij ook paste in het museum, de ontheemde jongen verkwijnde dermate dat Jan geen andere keuze meer had dan hem te laten gaan. Met pijn in het hart arrangeerde hij de reis, maar ook dat werkte weer verbluffend uit: het werd de allereerste vlucht van de Fokker F7 naar Batavia; aan boord waren alle stoelen bezet door de hoogste vertegenwoordigers van de overheid en het bedrijfsleven, behalve die ene, die hij voor Boy had weten te boeken. *De Telegraaf* kopte: ‘Bediende Jan de Loper als prins terug naar Java’. Op de foto zwaaide hij vanuit de Cadillac naar de zilveren vogel in de lucht, de wangen betraand. Onderschrift: ‘Vaarwel, lieve vriend.’

Hij kon ook geroerd raken wanneer hij in zijn post soms een brief trof waarin hem om geldelijke steun werd gevraagd. Prompt en zonder navraag bood hij die dan, en zo gaf hij zijn geld niet alleen makkelijk uit, maar zeker ook wel weg. Tegelijkertijd zette hij zijn leven als Jan de Loper voort met dezelfde financiële en morele onbekommerdheid als altijd: verkleed als Dajakker ontving hij een gezelschap onderwijzeressen; een rijwielvereniging kwam hulde brengen, net zoals, jaren achtereen al, op uitnodiging, en altijd met een speciaal geschreven huldelied, de mannen van de postafdeling Gelderland, die nog altijd de meest cryptische adresseringen wisten te ontcijferen – laatst hadden ze zelfs een stuk weten te bezorgen waar helemaal niets op stond: een oude zool!

En een voltallig dispuut kwam vanuit Nijmegen in koetsen; de pont van Millingen had drie keer heen en weer moeten varen.

En hij liet zich weer fotograferen voor een nieuwe prentbriefkaart, de meest persoonlijke tot nu toe, waarop hij in zijn hemd voor de spiegel zit en zich scheert; hij stond er niet met één gezicht op maar met twee, ook een in de spiegel!

En hij kwam op de radio; lopend ging hij naar Hilversum.

En er werd een sigaar naar hem vernoemd; weer thuis na de feestelijke presentatie op de Agio-fabriek stak hij er dadelijk een in het hoofd van president Coolidge.

En hij haalde weer een nieuwe streek uit, eens, toen de pastoor van de overkant op zijn damesfiets aankwam voor het zaterdagse glaasje port en de dominee hem tegemoet liep op het drukke plein: gekleed als een boeddhistische monnik sprong hij ineens tevoorschijn, de beide godsmannen wisten even niet hoe ze het hadden, haastten zich vervolgens naar de deur, maar konden niet beletten dat Jan de Loper, boeddhistisch of niet, die aftocht begeleidde met grote, zegenende gebaren in de lucht, het ene kruisteken na het andere, alsof hij de maat sloeg voor de vlucht, net zo lang tot de twee in de pastorie verdwenen waren en hij, glunder om zich heen kijkend, het afgezakte gewaad weer over zijn naakte schouder en arm schikte. Volgens sommige onthutste omstanders leek hij met zijn tenger postuur en zijn gladde, amandelvormige en -kleurige gezicht werkelijk wel iets op een oosterse broeder, maar om daarom nu twee godsdiensten tegelijk...

Zo verstreken de jaren onder de beademing van de jaarlijkse feesten en al die snakerijen, waarover de mensen in Angelen, volgens de latere biografie, maar niet uitgepraat raakten, terwijl Jan de Loper zich voor zijn publiek als een ware artiest binnenstebuiten bleef keren, net als een jongen zijn broekzak, tot de tijd zelf veranderde en geen adem meer had voor vrolijkheid – op 24 oktober 1929 klapten op Wall Street de koersen in elkaar, de echo ervan was tot in Angelen te horen: de Grote Depressie stak de oceaan over, en toen de bestedingen en investeringen stilvielen kwam die verder aanzetten over de Rijn. Bij De Hoop Lobith in Tolkamer werd een al half voltooid vrachtschip niet meer afgebouwd, Bodewes in Millingen ontsloeg de helft van zijn arbeiders, de ene na de andere steenfabriek doofde de ovens en sloot de poort. Zo verloren de mannen van Angelen allengs hun werk en daalde er een benauwende armoe op het dorp neer.

In die geest maakte Jan de Loper een nieuwe grap. Havelozer nog dan anders ging hij op een kruk aan de dijk zitten, met een fietspomp tussen zijn benen en naast zich een kartonnen bordje: 'Band oppompen 5 cents'.

Bijzonder, voor een heer van stand?

Heel bijzonder, maar de mensen hadden geen geld meer voor lucht, hoe groot hun benauwenis ook – ze hadden iets anders van hem nodig, daadwerkelijke steun, en in een flits wist hij dat hij, net zoals hij eerder met de humor gedaan had, zijn voorheen onwillekeurige vrijgevigheid nu moest gaan samenballen tot ware, gerichte en georganiseerde filantropie. Zijn biograaf zou het later een logische stap noemen, hij bezat er immers alles voor: geld, vrije tijd, en een onstilbare behoefte geliefd te zijn.

Binnen een maand vond de eerste culturele benefietavond plaats in Hotel Oranje. Hij had uitnodigingen en programmaboekjes laten drukken, de benodiging was uitgegaan naar de beter gesitueerde families in de omgeving, de feestzaal zat helemaal vol, en om de ernst van de avond te onderstrepen ging hij voor deze keer niet als Jan de Loper maar gekleed in rok. Blijkens het programma zou de opbrengst ten bate zijn van 'enige der behoeftigste huisgezinnen dezer gemeente' en stond de toneeluitvoering 'onder de hoge bescherming van de Weled. Hooggeb. Heer J.F. van Zuylen Rothaar', maar wie er nu bedoeld werd in die geheimzinnige regel daaronder: 'Muziek belangeloos aangeboden door de Heer X...?' Het zou toch niet... ja, wie anders! Tijdens de pauze en na afloop werd het hem wel honderd keer gevraagd, maar telkens wist hij glunderend zijn kaken op elkaar te houden.

Naarmate de werkloosheid in heel het land al nog maar verder steeg nam de aanloop bij Angeldycke navenant af. De mensen hadden andere zaken aan hun hoofd en bleven weg, zodat het steeds vaker gebeurde dat er een hele dag niemand langskwam, soms wel drie of vier dagen achtereen, terwijl hij zich toch ook niet voortdurend met de filantropie kon bezighouden. Waar zijn oude kwaal, sinds zijn beroemdheid met alle drukte van dien, al die tijd als het ware zwevend, onzichtbaar en gewichtloos was gebleven, zoals de zandkorrels in de stromende rivier, sloeg die nu, zonder voldoende woeling meer, onontkoombaar neer in de nieuwe stilte – ofschoon de depressie hem geldelijk niet raakte drong die zo dan toch bij hem naar binnen. Terwijl de jaren verstreken bleef hij soms hele dagen op zijn canapé liggen, doof voor het kloppen van Ant, en dan niet omdat hij daar nu eenmaal zin in had maar juist omdat hem elke zin ontbrak – tot hij het binnen opeens niet meer uithield, toch opstond, en als een geest in dwaalnood zoekzuchtig naar buiten liep. Wat later zag men hem dan verweesd in het Amerikaanse roeibootje tussen de kribben voor het huis drijven, of zat hij met zijn fietspomp of Mona Lisa op de dijk, voortdurend naar links en rechts uitspiedend of er iemand aankwam.

Toch bleef hij voor elke verjaardag de poffertjeskraam naar het dorp halen, nam hij in de bitterkoude winter van '38 beurtelings enige arme gezinnen in huis, die hij met de Cadillac liet ophalen, bij de warme haard voorzag van overvloedige spijzen, drank en verhalen, en de volgende ochtend verblufte met een duik in een wak van de bevroren vijver. Toen ook de latere benefietvoorstellingen weer goede vrucht afwierpen was zijn faam als weldoener gevestigd, en berustte zijn roem niet enkel meer op zijn voettochten en snakerijen, maar op de onwankelbare driepoot van sport, humor en filantropie tezamen.

Maar de ledige tussenpozen bleven hem omlaag trekken. Hij kreeg ook nauwelijks post meer, armzalige stapeltjes die hij 's nachts tegen heug en meug beantwoordde. Toch was het een brief die hem uit zijn onmachtig neerliggen deed opveren. Bij het licht van de lamp las hij de afzender: Het Volkstoneel, Rotterdam. Hij veegde de kaarten aan de kant, opende de enveloppe, boog zich met kloppend hart over het papier. De ondertekening was van de leider van het bekende gezelschap zelf, de heer J. Speeman, die een eenakter over Jan de Loper wilde schrijven en om toestemming en een onderhoud verzocht. Koortsig gleed zijn blik enkele malen over de regels, toen viste hij een imposante slijtersrekening uit alle rommel op tafel en gebruikte hij die, weer helemaal in het bezit van zijn oude geest, voor zijn welwillende antwoord, inhoudende een uitnodiging op Angeldycke.

Het bezoek van Speeman moet even aangenaam als vruchtbaar zijn geweest, want de beoogde eenakter zou nu zelfs een stuk in twee bedrijven worden, en diezelfde avond nog schreef hij opgetogen aan mr. Jager: 'J. Speeman is bezig aan 1 toneelspel... waarvan ik de hoofdpersoon ben: wat 1 lol! 1e bedrijf speelt in de avond als ik 11ige gasten uit de stad verw8. 2e bedrijf stelt een feestje voor. Het slot is 1 afscheidstoneel, waarin ik 1 grote voetreis ga maken.'

Of het nu aan die structuur lag of aan iets anders, feit is dat Het Volkstoneel niets meer van zich liet horen. Kort daarna vaagde de geschiedenis zijn laatste hoop op een uitvoering definitief uit: meer dan ooit kregen de mensen iets anders aan hun hoofd. Te verbitterd om nog op te staan bleef hij op zijn canapé liggen, veertig jaar oud nog maar, en nog altijd een beroemdheid, als de mensen maar niet zo waren afgeleid.

Het was jammer dat het oorlog werd.

HOOFDSTUK 7

Utrecht-Arnhem

Na de zomer bij Beckers begon het vierde jaar met fantoomoefeningen. Bestaande uit een houten frame met daarin een bekkenskelet en een leren zak, bootste het fantoom de geboorteweg en baarmoeder van een koe na.

Aan een dood kalf dat in de baarmoeder werd gelegd konden de verschillende abnormale liggingen gedemonstreerd worden en de repositie geoefend. Rustig liep Rebert tussen zijn opgewonden medestudenten de fantoomzaal binnen. Ofschoon het vrouwelijke geslachtsdeel voor hen ongetwijfeld geen geheimen meer kende, terwijl hij het nog nooit had gezien, was hij de enige die kalm bleef en niet lachte toen de eerste student ginnegappend zijn hand in de kunstmatige koeienschede stak – door zijn zomer bij Beckers.

Elke ochtend was hij stipt om negen uur door het park, over de brug, naar de kliniek gelopen, waar inmiddels zijn zwarte, rubberen overall zonder mouwen en kraag hing. De jongens hadden die nog juist afgekregen voor ze op vakantie gingen; bij het passen prezen ze hem gelukkig dat hij geen schort aan hoefde, maar toen ze weg waren begon hij toch te twijfelen: ondanks de pijpen met de zware, zilveren ritsen op de zijnaden vond hij zijn overall ineens helemaal niet meer mannelijk – *er zat geen gulp in*, al was hij daar ook wel blij om, omdat die anders vast ook van diezelfde onbedekte rits gemaakt zou zijn.

Kort na de prolaps was zijn nieuwe kledingstuk al van

pas gekomen: een koppel biggen moest een ijzerinjectie krijgen tegen bloedarmoede. Omdat Rebert inmiddels had leren injecteren, zoals trouwens ook infuseren en hechten, nam Beckers hem mee. 'Zelf word ik te oud voor die snelle rakkers,' zei hij, terwijl hij de repeteerspuit in zijn tas stopte, 'maar verder is het makkelijk, ik zal er nog wel een paar voordoen. Bereid je wel voor op het publiek dat dit spektakel nu eenmaal trekt, en bedenk goed: een dierenarts mag nooit zijn waardigheid verliezen!'

Het was vlak over de Rijn. Ze draaiden het erf op, de boer kwam aanlopen, en het volgende moment, binnen in de keuken, terwijl Beckers simpel zijn schort omdeed, wendde Rebert zich met ontbloot bovenlijf af en begon hij zich in zijn rubberen pak te wringen. De pijpen zaten zo strak dat hij de ritsen tot aan de dijen moest openlaten, en het zweet liep hem langs het gezicht toen hij zich eindelijk rechtte en naar de anderen omdraaide. Nooit eerder had Beckers hem in zijn overall gezien, maar hij zei er niets van, knikte alleen maar even.

Was de prolaps het onsmakelijkste onderdeel van de buitenpraktijk, dan de biggenenting de vernederendste. De stal was halfdonker, van overal klonk geknor, en inderdaad stond er al een hele groep rond het biggenkot toen ze binnenkwamen, de boer en Beckers voorop, Rebert met de bouwlamp erachteraan. Vrijwel onopgemerkt nog rolde hij de haspel af, maar dat veranderde volledig toen hij een stopcontact vond en met de brandende lichtbak boven zijn hoofd kwam teruglopen, zijn huid wit en het rubber zwart glanzend in het felle schijnsel dat hij over zichzelf uitstortte. Niet zodra zag men hem komen of het doffe geknor werd volledig overstemd door uitroepen van ontzetting, korte lachstoten en het gehuil van kinderen. De enige die onverstoorbaar bleef was Beckers, die bij het nieuwe licht de revolverspuit vulde met fe-dextraan, iemand de lamp liet overnemen, en toen door een smalle kier het kot betrad, gevolgd door Rebert, die het hek angstvallig achter zich sloot.

Zeker vijftien biggetjes bevonden zich in de borsthoog opgemetselde rechthoek, misschien ook nog een koppel van de buren. Ze waren watervlug en aalglad, maar met zijn ervaring had Beckers er dadelijk een te pakken. Hij deed de injectie rustig voor, spoot het beestje achter het oor en gaf het toen aan de boer, die het verder over het muurtje tilde en weer neerliet in het lege kot naastaan. Door elke big na de inspuiting zo prompt over te hevelen zouden ze allemaal aan de beurt komen zonder dat er één vergeten of dubbel geïnjecteerd werd.

Maar zover was het nog niet.

Na drie biggen vond Beckers dat hij er genoeg had voorgedaan en liet hij Rebert alleen achter in het kot. Had hij met de waardigheid van zijn jaren, karakter en beroep die eerste uitbraak van hilariteit spoedig doen bedaren, nu hij de ring verliet en men hem zelfs samen met de boer de stal uit zag lopen, maakte een nieuwe spanning zich van de mensen meester. Met de ellebogen op de wering keek men grijnzend van verwachting neer op Rebert, die nu zelf achter de biggen aan moest.

De stenen vloer was spekglad van de drek, misschien had een grappenmaker er nog wat olie extra over uitgegoten, in ieder geval lag er geen stro – zo had het publiek, dat ook al de verlichting deed, voor de komedie zelf het decor bepaald.

Het duurde dan ook niet lang of men kreeg zijn tweede lachgolf.

Hij gleed uit, lag languit in het vuil, kroop over de vloer verder en hoorde niet meer het verschil tussen de biggen die krijsten van angst en de kinderen die krijsten van pret. Eindelijk wist hij er een in een hoek te drijven, hij greep hem beet, drukte hem krachtig aan de borst, reikte hem na de injectie ter overzetting over aan iemand die zijn handen al behulpzaam uitstak, maar schijnbaar per ongeluk liet die de big weer terugvallen in het volle kot, waarmee nu ook de regie was overgenomen en de komedie een klucht werd. Even nog meende hij het diertje te herkennen tussen de andere, razendsnel probeerde hij het weer te grijpen, maar daardoor ging hij opnieuw onderuit. Toen hij na een korte duizeling weer om zich heen keek wist hij niet meer welke big hij al geïnjecteerd had en welke nog niet. Toch moest hij om dubbele injectie te voorkomen allereerst het ingeënte dier uit het hok zetten.

Maar nu bleken de toeschouwers het nog wel te weten, en hij moest snel zijn voor zij het in het gekrioel ook niet meer wisten. Aan aanwijzingen ontbrak het hem intussen niet.

'Daar!'

'Die!'

'Achter je!'

Op elke kreet gehoorzaamde hij met een zoekende ruk naar links of naar rechts, nog aldoor liggend in de mest. Opstaan had geen zin meer, de biggen glipten zo tussen zijn benen door, zijn enige kans lag erin het aangewezen dier met gespreide armen te omvatten, waarbij de aanwijzingen intussen steeds dwazer werden.

'Die kleine!'

'Die roze!'

Maar andere aanwijzingen had hij niet, daarom bleef hij ze maar opvolgen, kruipend en kronkelend door de drek. Nu zijn besmeurde armen, schouders en wangen al net zo zwart waren als zijn rubberen pak moest hij van bovenaf wel op een kikvorsman lijken, ook zoals hij bewoog, draailings tijgerend achter de revolverspuit aan, terwijl de verblindende bouwlamp van hand tot hand ging en van alle kanten gretig naar hem omlaag werd gestoken, net alsof die een camera was en iedereen een nog grotere close-up van hem wilde maken: nog nooit hadden ze een zo kostelijke inenting meegemaakt; als hij omhoogkeek zag hij niets dan stralende gezichten over het muurtje steken. Wat gaf het? Waarom zou hij erboven moeten staan? Had hij, de hulp, niet ooit de dierenarts zelf uitgelachen? Verzaligd gleed hij weer achter een big aan, en ook al wist niemand meer of het de goede was, hij zou ermee doorgaan tot Beckers hem hier uit kwam halen...

Twee dagen later werd hij opnieuw meegenomen. Het ging om een steegs, kreupel paard, dat door de pijn geen pas meer kon verzetten en al een week op dezelfde plaats in de wei stond. Beckers was er al een paar keer geweest, gisteren nog, maar ook het weken van de hoef in ijswater had niet geholpen – de boer had net gebeld.

‘Kreupelheid is altijd lastig te diagnosticeren,’ zei Beckers, terwijl hij driftig zijn tas inpakte en er nog een stuk touw bij deed, ‘maar nu sta ik werkelijk voor een raadsel, alles geprobeerd, op één ding na, en dat moet dan maar het laatste redmiddel worden. Zo, en nu nog een flinke hoeveelheid hypnine mee, want als het niet werkt wordt het euthanasie – als dierenarts moet je je beperkingen kennen, en mag je een dier nooit onnodig laten lijden. Waarover ik het heb? Over de aloude aderlating, jongeman! Dat zullen ze in Utrecht wel niet meer onderwijzen, maar ik herinner me van vroeger een geval waarin het hielp. Waarom? Geen idee, maar soms helpt iets ook als de dierenarts het niet begrijpt!’

Geagiteerd toonde Beckers zijn laatmes alvorens hij ook dat in de tas stopte; hij trok zich het lot van het paard zeer aan, vertelde dat het ’t lievelingsdier was van het dochtertje van de boer, dat dat kind nu al een week lang elke dag een kruiwagen hooi naar het paard reed en dat hij dat gisteren, vanaf een afstand, toen hij onaangekondigd kwam aanrijden, met eigen ogen had gezien – en sodeju, het leek wel of het ineens was gaan misten. Nee nee, rubberpak niet nodig, alleen laarzen.

Onderweg reed hij nog harder dan anders. 'Zo, een beetje opschieten maar, want dat dier heeft pijn. Maar soms ook moet je snel zijn alleen maar om de patiënt nog te kunnen laten slachten voordat die uit zichzelf al doodgaat. Waarom dat belangrijk is? Een boerderij is een bedrijf, een boer roept ons alleen als we meer voor hem kunnen opleveren dan we kosten, en zo red je tenminste nog het vlees voor hem, als het door de keuring komt, terwijl een kadaver helemaal niets meer oplevert, zelfs de huid niet, al maakt de destructor er nog van alles van, technisch vet, lijm, noem maar op. Onthou dus goed: een dierenarts heeft altijd haast!'

Zo dwaas als de inenting, zo sereen verliep de aderlating. Zonder zich te melden bij de boerderij achteraan liepen ze de wei in. Het paard stond roerloos in het midden, een gevlekte merrie van bescheiden stokmaat, pas toen ze er vlakbij waren keek ze om. Het gras rondom was kaal gegraasd zover ze had kunnen komen, net buiten haar bereik lag wat hooi, weggewaaid zeker, of gemorst bij het kauwen. Waar Beckers elke patiënt anders eerst met wat praten en strelen geruststelde, begon hij nu zwijgend zijn tas uit te pakken; in zijn plaats aaide Rebert de merrie over de neus, waarna hij de aangewezen plek op de hals onthaarde en desinfecteerde, en Beckers de strop aanlegde. Alles was klaar.

Rebert trok het touw strak om de hals.

Beckers zette het mes aan – een snelle klap op het lemmet – de huid scheurde open – het bloed spoot in een volle straal op de grond – toen iets later het touw werd losgemaakt hield het bloeden op en was het gebeurd.

Rebert hechtte de wond, desinfecteerde opnieuw, bracht in dezelfde slagader de naald aan voor de infusie, tilde de trechter met Suisan boven zijn hoofd. Beckers zei nog steeds niets, keek alleen maar strak toe. Van zijn bravoure bij het vertrek en onderweg was niets over.

En toen zette het paard een stap. Rebert zag het 't eerst aan het oplichtende gezicht van Beckers, die hem bij de tweede stap stralend toelachte en daarna, nog steeds zonder een woord, met grote stappen op de boerderij af ging.

Terwijl het paard begon te grazen en de Suisan langzaam door de gummislang zakte zag Rebert ineens een meisje naar buiten komen. Ze rende Beckers tegemoet, liet zich door de neerhurkende man iets vertellen, keek met zijn achterwaarts wijzende arm mee in de richting waar hij vandaan kwam, en zette zich opnieuw in beweging. De trechter nu als een fakkel boven zijn hoofd houdend, zag Rebert haar met dansende vlechten naar hem toe hollen en voelde hij zijn ogen branden.

Was de prolaps het onsmakelijkste karwei, de biggenenting het vernederendste, dan de embryotomie het naarste. Dan lag het kalf verkeerd, zat het vast, en als het door repositie niet levend afgehaald kon worden moest het, om de moeder te redden, binnen in de baarmoeder met de draadzaag aan stukken worden gesneden die, de een na de ander, gedurende anderhalf uur zwoegen in den blinde, naar buiten werden gehaald, de kop het eerst, dan de rechtervoorpoot met schouder en borstbeen, dan een handvol buikorganen, en het bekken als laatste – elke dierenarts had er een hekel aan.

Maar het kwam ook voor dat een vrucht, zoals bij een slechte ontsluiting, manueel niet bereikbaar was en dan bood alleen de keizersnede nog uitkomst. Voor Beckers was dat de mooiste ingreep die een veearts kon verrichten.

Waar het gevaar van infectie vroeger te groot was, werd de operatie sinds de oorlog en het beschikbaar komen van antibiotica steeds vaker uitgevoerd. Beckers liep hierin voorop, en dankzij de hoog opgelopen kalverprijs kozen de boeren thans algemeen voor de keizersnede als embryotomie ook nog mogelijk was: de meerwaarde van het levende kalf boven het dode overtrof het verschil tussen de lagere doktersrekening voor het uitzagen en de hogere voor de keizersnede, welke laatste daarom zo hoog moest zijn omdat Beckers de operatie niet alleen kon uitvoeren, zodat Heiman er altijd bij kwam en er twee dierenartsen betaald moesten worden – was een boerderij een bedrijf, de kliniek ook. Maar als Rebert wilde zou hij kunnen leren assisteren.

Rebert wilde niets liever. Bij de speciale kist, waarin alle benodigdheden werden bewaard, kreeg hij onderricht in de theorie en het instrumentarium, en vanaf dat moment nam Beckers hem mee naar ieder vastzittend kalf. Meestal viel er weinig voor hem te doen en kwam het af met repositie. Waarom Rebert dan toch altijd meereed? Hij moest wel: als het toch op een keizersnede uitdraaide en Beckers voor assistentie belde, zou hij de boerderij niet kunnen bereiken omdat hij geen auto reed.

Vrijwel dagelijks zat hij nu met Beckers in de auto, terwijl hij eenzelfde voorliefde voor bevallingen ontwikkelde als hij, hij zijn handen en armen even kordaat leerde wassen als hij, en hij met al het andere dat hij onderweg van hem opzoog en overnam ook steeds meer werd zoals hij.

‘Wees altijd maar zacht voor zo’n koetje waar het kalf niet uit wil... Voor ze ons bellen hebben ze eerst zelf staan trekken, om de kosten uit te sparen, bij die prolaps vast ook, misschien wel met z’n drieën aan een stuk touw, geen wonder dat de baarmoeder dan meekomt. Een keer kwam ik een stal binnen, wilde de boer net het paard ervoor spannen om het zo eens te proberen... Die koe was voor het eerst drachtig, een vaarsje nog. "Niet trekken!" dat is het eerste wat je moet zeggen als er gebeld wordt voor een kalf dat vastzit, of beter nog: "Ophouden met trekken!" En dan, als je binnenkomt: "Flink getrokken, zeker?" Maar ze zullen het nooit toegeven. Dat die aderlating werkte zou trouwens wel eens door de drukvermindering kunnen komen... maar dan had dat ijswater toch ook moeten helpen!'

Waar de opleiding pas vanaf het vijfde jaar in handelingen aan levende dieren zou voorzien, en hij tot de zomer slechts nog aan stinkende, in formaline geconserveerde delen van dieren had geopereerd, daar stak hij nu, wanneer Beckers hem ook wel eens liet voelen, zonder aarzeling zijn arm in een koeienschede, en een maand voordat de fantoomoefeningen zouden beginnen slaagde hij er voor het eerst in een kalf goed te leggen en eigenhandig ter wereld te brengen. De voorpootjes waren gestrekt, het kopje vroom gebogen, en zo, in gebedshouding, misschien wel in gebed, gleed het glanzende kalf in zijn armen. Hij wreef het met stro, kuste het, kon zich geen vorige kus meer herinneren.

Na elke ingreep werd er steevast een borrel geschonken en ging Rebert, als er kinderen bij waren geweest, altijd met ze mee om naar de konijnen te kijken. Zo leerde het boerenvolk hem geleidelijk aan steeds beter kennen, en op den duur ook waarderen: hij zei weinig, hij kon tegen een grapje, hij was goed met de beesten, hij was goed – en bij dat al ging het hem ook goed: hoe doelgericht en veerkrachtig liep hij niet elke ochtend over de brug waarop hij vroeger zo vaak had stilgestaan!

Naarmate Rebert minder aanwijzingen nodig had verliep de keizersnede intussen steeds sneller, op het laatst binnen een uur en een kwartier. Terwijl Beckers nog een praatje met de boer maakte diende hij de verdoving toe, leidde hij de helpers bij het op de rechterflank doen neerliggen en vastbinden van de koe, schoor hij het operatieveld tot in de lieshoek kaal met de tondeuse, waste hij het met zeep, smeerde hij het in met jodium, spreidde hij het operatielaken uit. Dan begon Beckers te snijden, eerst door de huid, dan door de peesplaat en het buikvlies, tot hij uiteindelijk de baarmoeder opende en het kalf geboren werd in een golf van vruchtwater en een zucht van de kijkers rondom. Vanaf de eerste snede waren er dan nog maar zes minuten verstreken, de rest van de tijd hadden ze nodig om de koe weer heel te maken, waarbij de messen en scharen vervangen werden door naald en catgut. Zwijgend hechtte Beckers de baarmoeder dicht; zonder een woord duwde Rebert een wit antibioticumtablet in de laatste opening voor de afsluiting, veegde hij het orgaan schoon en bestrooide hij het, alvorens het werd teruggewenteld, met penicillinepoeder. Daarna werd het buikvlies er als een strak vest over dichtgetrokken en vastgehecht, en werkten ze zich in stille eendracht verder terug naar buiten. Het dichthechten van de huid ten slotte mocht Rebert na een paar keer al zelf doen. Alleen overgebleven in de stal, als Beckers zich met de boer voor de borrel in de keuken had teruggetrokken, haalde hij met krachtige, regelmatige steken de kromme naald door het levende leer, waarbij de koe hem af en toe over de schouder aankeek en hij zich allerminst van Beckers afgesloten voelde maar juist nog meer met hem verenigd, omdat hij nu daadwerkelijk zijn plaats innam, hem onmiskenbaar tijd bespaarde door te doen wat hij anders zou doen, en hij zo al even was wie hij worden zou.

Zo ging de zomer voorbij, met de keizerskist door de Over-Betuwe, van stal naar stal, van kopziekte naar melkkoorts, en bij aanvang van het nieuwe studiejaar had hij intussen zo vaak met zijn arm in een koe of paard gezeten, zowel rectaal als vaginaal, dat hij de lach al ver voorbij was toen de anderen nog stonden te ginnegappen achter het fantoom.

Met de hervatting van de studie kwam ook al het andere weer terug zoals het was, elke dag de trein naar Utrecht, driemaal per week avonddienst bij Haarhuis, het geloop van de jongens op de gang als hij daarna thuiskwam, en de telefoon die dan nog geregeld overging, altijd voor Marc, die ook allang weer terug was. Om de overlast voor hem zo gering mogelijk te laten zijn nam die altijd zeer snel op, waarna zijn welluidende stem evengoed nog minutenlang in de voorkamer te horen was – tot het op een keer bij een paar korte woorden bleef.

Rebert hoorde het door de radio heen, daarna de voetstappen die dichterbij kwamen, daarna, terwijl hij al half overeind kwam uit zijn stoel, de klop op de deur.

'Telefoon voor je, ik verstond niet wie.'

Op slag stijf en voornaam, alsof hij zijn portiersuniform nog aanhad, liep hij langs hem heen naar het toestel. Het was Beckers, of hij kon komen, er zat een kalf vast in Valburg.

Hij kon eerst alleen maar knikken, zei toen dat hij er aankwam, draaide zich vervolgens in ijle vertraging om. Marc stond er nog.

'Toch niets ernstigs?' vroeg hij bezorgd, misschien zelfs wel zorgzaam.

'Er zit een kalf vast in Valburg,' verklaarde Rebert eenvoudig, waarna zijn ontledigde gemoed volstroomde met haast, hij zijn jas greep en zonder nog een woord de trap af rende.

Vanaf nu was Marc niet meer de enige voor wie er nog zo laat werd gebeld en die dan ook nog uitging, al was het niet naar Meijers. Meestal gebeurde het zo tegen twaalven dat er bij Beckers nog een oproep binnenkwam; dan hadden de boeren al uren staan trekken en durfden ze met het geval de nacht niet in. 'Dus om zelf te kunnen slapen bellen ze dan de dierenarts maar wakker!'

De volgende keer dat Marc aanklopte was het met de vraag of hij het rubberen pak kon lenen: hij had een speciaal feest, een soort bal masqué. Rebert voelde zich gevleid dat hij als dierenarts wilde gaan en stemde onmiddellijk toe. De volgende dag had hij het pak opgehaald van de kliniek; Marc paste het aan; de pijpen waren te kort maar dat gaf niet; hij zou er dwarsgestreepte kousen onder dragen.

Een maand later verhuisde Marc – hij ging in een studentenhuis wonen.

Het deerde Rebert nauwelijks nog, hij haalde het bordje met 1xbellen 2xbellen van de deur en bleef zich op zijn studie richten als een bloem naar de zon. Zo makkelijk als de fantoomoefeningen hem waren afgegaan, zo regelmatig en snel werkte hij ook de overige onderdelen van het curriculum af. De colleges schoten aan hem voorbij als de bomen wanneer hij bij Beckers in de auto zat, het hele vierde jaar zag hij langstrekken als het golvende landschap vanuit de trein in de ochtendnevel, half vertrouwd en half vreemd, en 's avonds laat las hij in *Dokter Vlimmen*, een boek in drie delen over een dierenarts in Brabant. Het was het zeer gepaste afscheidscadeau dat Marc nog voor zijn deur had gelegd, Beckers kende het wel – die had het dus ooit ook gelezen zoals hij het nu las.

Ook die zomer werkte hij weer in de kliniek. Beckers vond dat hij rijles moest nemen. Vlak voor de aanvang van het nieuwe studiejaar kreeg hij zijn rijbewijs. Bij de eerstvolgende nachtelijke bevalling kwam het al van pas. De borrel had kennelijk een glas of vier, vijf beslagen, want toen hij na het afhechten in de keuken kwam gaf Beckers hem de autosleutels over en kroop hij zelf met zijn doodvermoeide, oude lichaam naast de keizerskist op de achterbank. In behoedzame ernst reed Rebert hem door de duisternis naar huis. Toen hij in de spiegel zag dat Beckers sliep en zijn tegenwoordigheid verloren was, nam zijn eigen aanwezigheid op diens plaats met elke zucht verder toe.

En de volgende keer dat hij achter het stuur zat was Beckers er zelfs helemaal niet meer bij – waarom zou hij ook meegaan, als alleen maar het gips van een kalverpootje verwijderd hoefde te worden? Na een laatste blik op de stafkaart en nog een reeks vermaningen – 'Niet verdwalen!', 'Koffie beleefd aannemen!', 'Niks laten liggen!', 'Voorzichtig met de auto!' – stapte hij in en reed hij weg. Boven op de Rijnbrug lachte hij de Over-Betuwe toe; hij had nog nooit alleen gereden, zich nog nooit zo licht gevoeld, en daarbij: hij nam nu volledig Beckers' plaats in.

Terug in Utrecht had hij, door alle ervaring in de kliniek en buitenpraktijk, geen enkele moeite meer met de coschappen waarmee het vijfde jaar begon en die zich tot in het zesde en laatste jaar voortzetten. Hij behaalde zijn doctoraal-I, daarna zijn doctoraal-II, en toen hij, daarvoor allang klaargestoomd tijdens de vele ritten door het revier, vervolgens ook slaagde voor het dierenartsexamen was hij werkelijk geworden als Beckers: dierenarts.

Voor de laatste keer zat hij in de trein van Utrecht naar Arnhem, met zijn microscoop naast zich en zijn bul op schoot. Het was juni 1960.

Beckers had met Heiman gesproken; ze namen hem in vaste dienst. Hij was nu volassistent, zegde zijn werk bij Haarhuis op en kocht dadelijk een auto, een oude, kleine Morris.

De zomer hield niet meer op, want ook die winter bleef zijn leven zoals het al die voorbije zomers was geweest, met als enige verschil dat hij voor zijn handelen nu ten volle verantwoordelijk en er volledig toe bevoegd was, en de boeren voortaan alleen bereisde. Hij hield net als Beckers van de buitenpraktijk, maar net als Heiman hield hij ook van de kliniek, en in wezen hield hij nog het meest van het heen en weer tussen beide, de thuiskomst na een karwei te stal, en dan weer het uitrijden op een spoedoproep of met de visitelijst: hoe vergenoegd zat hij dan niet in de Morris, als het regende veilig verdoken achter de vegende ruitenwissers, bij mooi weer met alleen zijn rechterhand aan het stuur terwijl hij zijn linkerelleboog uit het open raampje stak.

Nog nooit en voor het eerst – in die terugkerende termen tekende zijn toenemende ervaring zich ten scherpste af, ook al was er één ervaring die nog steeds ontbrak als een al even scherp gemis. Maar wat was inniger tussen man en vrouw dan een samenzijn waarin de man vocht voor het leven van haar geliefde dier?

Ze was ongeveer van zijn eigen leeftijd, slank en donker, en stond in het afsprakenboek vermeld als juffr. T. Spaans. Haar kat heette Lou. Ze was al vaker met hem langs geweest, gisteren voor het laatst. Lou had een enorm dikke buik maar een magere borst, braakte voortdurend en was, omdat hij nauwelijks nog at, moribund, net als Kloris indertijd. Maar waar Beckers het braken toen niet had kunnen herleiden, laat staan verhelpen, en na vergeefs medicineren volledig instemde met euthanasie, dat zelfs in feite voorstelde, daar had Rebert een vermoeden, en sinds gisteren wist hij het zeker. Hij had juffrouw Spaans een hoeveelheid van het braaksel laten meebrengen, het onderzocht, eraan geroken, en toen vastgesteld dat het geen braaksel was maar ontlasting: de opgezwollen kater leed aan obstipatie, zat helemaal vol stront die er van achteren niet uit kon en daarom nu aan de voorkant werd uitgebraakt. In de boeken kon hij er niets over vinden, met Beckers wilde hij er niet over praten, wel besprak hij de enige oplossing die hij nog zag met juffrouw Spaans: hij wilde eenvoudig de dikke darm weghalen, waardoor die geen vocht meer aan de ontlasting onttrekken kon; de obstipatie moest hier wel door verdwijnen, maar vermoedelijk zou Lou dan voortaan wel diarree hebben – was dat een bezwaar?

Dat was allerminst een bezwaar! En natuurlijk kon ze dadelijk de volgende dag komen!

Er viel niets te assisteren, toch stond juffrouw Spaans erop bij de operatie aanwezig te blijven. Het was geen spreekuur, Beckers en Heiman waren weg, onder niets dan doodse stilte en de angstige blik uit haar donkere ogen spoot hij de hypnine in, spreidde hij het groene laken uit, legde hij de buik open, nam hij de dikke darm weg. Nooit eerder had hij dit gedaan, voor zover hij wist had nog nooit iemand dit gedaan, maar wat deden deze nieuwigheden er nog toe vergeleken bij het nieuwe dat hierna gebeurde?

Transpirerend van spanning en concentratie hechtte hij de buik weer dicht, hij strooide penicillinepoeder over de naad en durfde toen pas opzij te kijken. Zijn blik sloeg vol in de donkere, nog steeds angstige ogen van juffrouw Spaans.

Hij glimlachte, knikte haar geruststellend toe.

Zij begon ook te glimlachen, keek hem nog dieper aan.

Terwijl alles begon te vervagen zag hij nog net hoe zij zich traag naar hem toe boog, licht haar hoofd afwendde, haar mond opende; in ijle bedwelming deed hij hetzelfde en zo, bij al het andere dat hij nooit eerder had gedaan, kwam nu dan eindelijk het grootste: hun lippen raakten elkaar, hun monden versmolten, en waar anderen, eerst gemasseerd door muziek, de grens van de betamelijkheid naar de lichamelijkheid niet anders over durfden te steken dan onder dekking van drank, drukte en halfdonker, daar zoende hij T. Spaans recht onder de operatielamp, in klinische stilte, terwijl Lou nog moest bijkomen op de stalen tafel tussen hen in en hij nog niet eens wist wat haar voornaam was.

Die zaterdag gingen ze naar de film.

Hij had verkering.

HOOFDSTUK 8

A-Z

Tine was onderwijzeres. In het jaar voorafgaand aan het huwelijk leerde Rebert al veel van haar vele vrienden kennen, met name Josje en Diederik. Josje kende ze van de kweekschool, Diederik was advocaat, het jonge echtpaar had een dochtertje van vier, Lonnie. Rebert ging graag met Tine bij ze eten; wanneer Lonnie eenmaal op bed lag richtte Diederik zich in vrijmoedige terzijdes ook wel alleen tot hem, sprekend als levenskunstenaar en vrouwenkenner. Hij had een zeiljachtje in Volendam liggen, maar ging even gemakkelijk met zijn gezin op vakantie in het buitenland.

De eerste keer dat hij bij ze kwam was Diederik jarig. Ze waren de enige visite, kregen ook een papieren hoedje op, hoorden van Josje dat Lonnie zelf een cadeautje voor haar vader had mogen uitkiezen. Dat was de krant geworden, omdat hij die altijd zo graag las. Onder het eten sloeg Diederik die zomaar weer even open, na tafel knipte hij er nog een mooie foto uit, toen moest Lonnie naar bed en ging Tine ook mee naar boven.

'Zo, beste vriend, je bent dus dierenarts, vertel eens.'

Ze stonden in de keuken, hadden afgeruimd, en terwijl Rebert over zijn beroep begon goot Diederik de koffie op. Tot zijn grote genoegen kwam die al snel tot de conclusie dat ze meer gemeen hadden dan op het eerste gezicht mocht lijken.

'Ook in mijn vak word je alleen maar ingeschakeld als

het niet anders meer kan. De mensen hebben het liefst helemaal niets met je te maken, en hoe je het ook doet, ze vinden het altijd duur en zonde van het geld.'

'Daarom bellen ze ook altijd pas op het laatst!' riep Rebert.

De dames kwamen terug, Diederik schonk de cognac in, en toen ze het volgende moment gevieren rond de salontafel zaten, ieder nog steeds met een papieren hoedje op, boog die zich met een geheimzinnige glimlach en een nieuw onderwerp naar Tine.

'En nu wil ik alles weten van jullie eerste kus. Toe maar, de waarheid en niets dan de waarheid.'

Tine begon hevig te blozen maar had tegen de nauwkeurige ondervraging geen verweer. Stukje bij beetje bracht zij de gang van zaken aan het licht, stralend door haar verlegenheid heen, en toen de gehele toedracht was verteld zat ook Rebert te gloeien van genot. Half bedwelmd al door alle vrijheid en vriendschap nam hij nog een slok, terwijl de trots die als een vlam in hem was opgelaaid nu nog verder werd aangeblazen door het verblufte onbegrip bij de anderen. Aan de ontstelde uitroepen van Josje merkte hij intussen wel dat ook zij het nu voor het eerst hoorde.

'Tine! Een wildvreemde man! Dat jij... ik dacht...'

Waar zij er gewoon niet bij kon hoe Tine het had kunnen doen, daar begreep Diederik na zijn laatste vraag werkelijk niet hoe Rebert het voor elkaar had gekregen, zo snel, en zonder enige inspanning: hij sprak van een waar huzarenstuk, had zelf met Josje toch wel een paar uur nodig gehad, en hoofdschuddend bleef hij de verkregen informatie maar recapituleren.

'Dus onder dat felle licht, iemand die je nog absoluut niet kende, met een bewusteloze kat erbij' – Rebert twijfelde niet of Diederik kon op dit gebied ook op menig staaltje bogen, maar nu scheen die toch werkelijk zijn meerdere in hem te moeten erkennen – 'in die kale operatiekamer, geen muziek, geen drankje, als het ware zonder verdoving, en dan, zomaar uit het niets, uit stand om zo te zeggen...'

Glunderend van oor tot oor zag Rebert hoe Diederik zich nu half van hem afwendde, maar, met zijn duim over zijn schouder, gebarend als een lifter, wel naar hem bleef wijzen, terwijl hij tegenover de twee giechelende vriendinnen nu tot zijn slotoordeel kwam.

'Dames... die man daar... en let wel: onder de ál-lermoeilijkste omstandigheden... een natuurtalent!'

Rebert spreidde zijn armen, hief zijn handen in hulpeloze onschuld – wat kon hij anders doen?

*

Door alle vrienden van Tine werd de bruiloft een groot feest. Voor Rebert kwamen alleen zijn ouders, zijn oom, Beckers en Heiman. Na raadpleging van het telefoonboek had hij ook Marc nog uitgenodigd, maar die liet weten verhinderd te zijn en stuurde een fles champagne. Tine had al eerder begrepen dat hij weinig vrienden had, toch toonde ze tijdens de receptie ineens, zonder enige aanleiding, nogmaals haar begrip, met haar hand aan de mond om boven het kabaal uit te komen.

'Ik ben altijd in Arnhem gebleven, maar jij, met Wageningen en Utrecht... En na zo'n opleiding valt alles natuurlijk uit elkaar! Dan zwermen je studievrienden uit over het hele land en moet je weer helemaal overnieuw beginnen!'

'Het begon al na de hbs!' riep hij terug.

Overigens zat hij er allerminst mee, integendeel. Nooit eerder in zijn leven was hij zo vaak naar de film of naar een feest geweest als juist de laatste maanden, en ook al waren de mensen die hij dan tegenkwam niet zijn vrienden maar die van Tine, met hoeveel van hen ging hij evengoed niet als vrienden om? Na afloop van de bruiloft bleek hij dan ook nog heel wat cadeaus te hebben gekregen, de champagne van Marc natuurlijk, maar van de vrienden van Tine ook nog het een en ander: een theepot bij wijze van grap, een hark en een jong boompje voor in de tuin van het nieuwe huis, en dan nog zo'n zes of zeven keer *Dokter Vlimmen*. Diederik had ook iets voor hem, maar dat was zo bijzonder dat hij het niet gewoon tijdens de receptie bij de cadeautafel overhandigde maar weer in zo'n meesterlijk terzijde, op de gang, waar hij hem een in bruin papier verpakte doos in handen drukte.

'En, al enig vermoeden? Het komt van de NVSH, de Nederlandse Vereniging voor Seksuele Hervorming, voorheen de Malthusiaanse Bond, en die bond streed tegen de overbevolking... er zit ook een brochure bij, maar daar gaat het vanavond niet om...'

Eindelijk kreeg Rebert de doos open. Op het deksel stond 'preservatieven', er zaten vijftig stuks condooms in. Met een beate grijns keek hij van het cadeau op naar de gever, niet omdat hij wist wat het was, maar omdat hij nog steeds niet wist was het was.

'Kijk hem eens lachen...' zei Diederik, zelf ook grijnzend nu. 'Nee, ik hoef jou niks meer te vertellen, dat zie ik wel, maar ik dacht: je zult op je huwelijksnacht maar zonder zitten... Overal aan gedacht, alles geregeld, en dan geen kapotjes... Kom, we gaan terug!'

Even achteloos als Diederik hem mee de gang op had genomen leidde hij hem bij de schouder terug de drukte in. Blozend van verlegenheid en vriendschap tegelijk zette Rebert de doos onder de cadeautafel – kapotjes!

Toen hij zich weer oprichtte stond Beckers voor hem. Hij stak hem een dubbelgevouwen enveloppe in zijn borstzak en schikte die met kennersblik nog even boven de rand, als een tweede pochet.

'Thuis pas openmaken,' gebood hij, waarna hij zich met een enkele hoofdknik verwijderde naar de vestibule.

Het werd later. Steeds meer ouderen gingen weg, de jongeren bleven over. Het geroezemoes verbond zich met de muziek tot een steeds bedwelmender fluïdum; niemand kon meer ademen zonder het binnen te krijgen; de lachgolven rondom de sketches versterkten het nog als scheuten rum de sangria. Nog later dansten Rebert en Tine als vlammen door elkaar heen, tot ze zo ongemerkt mogelijk uit het feest verdwenen.

Het nieuwe huis stond in de wijk Monnikenhuizen, vlak bij het stadion, vlak bij de feestzaal ook, maar eerst kreeg Rebert de Morris niet aan en daarna reed hij verkeerd, zo beroesd dat hij niet meer wist waar zijn geluk woonde en Tine hem straat voor straat naar de deur moest leiden. Bruisend van kracht evengoed droeg hij haar de drempel over, waarna ze, plotseling verstild, de gang in keken, hun gang. Het rook naar verse verf, en de trap achteraan had hij vanmiddag nog, ten laatste, als verrassing, laten bekleden met een rode loper en koperen roeden.

'Wat mooi,' fluisterde Tine, 'straks gaan we daarover naar boven.'

In de woonkamer rook het ook nog naar verf. Vrienden hadden de cadeaus al gebracht, in het midden uitgestald, en de kachel opgerakeld. Nu bleek Tine ook een verrassing te hebben. Terwijl Rebert de champagne van Marc openmaakte haalde zij een paar pakken theelichtjes uit de vaste kast en verspreidde zij die over het dressoir, de vensterbanken, de tafel en de vloer. Het volgende moment waren de lampen uit en dronken ze elkaar toe in het halfdonker van de tientallen pitjes om hen heen.

Eerst konden ze alleen nog maar heel zacht praten. Hun stoelen hadden ze zo dicht tegenover elkaar geschoven dat hun knieën elkaar raakten en hun hoofden soms ook, als ze die overweldigd even lieten hangen boven hun verstrengelde handen. Maar dan keken ze weer de kamer rond, waar hun afzonderlijke spullen, nog maar pas samengebracht, zich al net zo begonnen te verbinden en verenigen als hun vingers, die zich maar bleven vermengen tot één vlees, een dubbelhand van hen allebei.

'Mooi, hè?' fluisterde Rebert.

'Mooi,' fluisterde Tine.

Maar toen, door alle sereniteit heen, borrelden de herinneringen aan de avond toch weer in hen op, als de belletjes in de champagne.

Ze gingen bij de cadeaus staan, wisten weer wie wat gegeven had, lachten om de doos van Diederik.

'Hij heeft altijd van zulke grappen!' zei Tine.

'En dan die sketch van hem!'

'O ja! Hoe ging die ook weer... O ja!'

Terwijl Tine het stuk in flarden begon na te vertellen zag Rebert het spel weer in vloeiende volledigheid voor zich.

'Dat bord met die titel alleen al!' herinnerde Tine zich als eerste.

Het verhaal, waarin het onbegrijpelijke toch begrijpelijk werd gemaakt, ging helemaal zonder woorden. Het enige rekwisiet was een kale tafel met daarop een reusachtige spuit van papier. Diederik kwam alleen op, gekleed in een witte doktersjas, en bij wijze van begin hield hij even een bord omhoog waarop in grote letters geschreven stond: 'De eerste kus'. Dat gaf al de eerste lach.

'En die jurk had ze van me geleend omdat ze zogenaamd naar een bruiloft moest!'

Daarna kwam Josje op, gekleed in die lievelingsjurk van Tine, met een donkere pruik op en Lonnie op de arm, die in een oranje poezenpak ook meedeed, als de dikke kater Lou.

'Volgens mij zoenden ze trouwens echt... met Lonnie er pal naast!'

Lou werd op de tafel neergezet, de dierenarts gaf de juffrouw een beleefde hand, ten bewijze dat ze elkaar nog helemaal niet kenden, en draaide zich toen naar de kater, die heel levendig rondkroop over de tafel, tot de dokter ineens die enorme spuit greep en de punt in de nek zette. Op slag bleef de kater roerloos liggen: volledige narcose.

'Ik vond het nog best eng ook... die tweede keer dat hij spoot! En die zoen ook!'

De juffrouw boog zich bezorgd over Lou; achter haar rug hief de dokter opnieuw de spuit, grijnzend als Dracula keek hij in het publiek, toen stak hij andermaal toe, drukte hij de spuit helemaal leeg. Ook de juffrouw werd in de hals getroffen, en na een halve draai lag zij het volgende moment ook roerloos op de tafel, ruggelings vlak naast Lou, de armen machteloos opzij: totaal verdoofd ook.

'Maar het was wel een succes! Lachen!'

Nu had de dokter vrij spel, maar eerst pakte hij het bord weer van de grond en liet hij het opnieuw aan het publiek zien, het in alle richtingen triomfantelijk boven zijn hoofd schuddend: 'De eerste kus'. Onder oorverdovend gejoel en gelach boog hij zich vervolgens over de bewusteloze juffrouw en zoende hij haar zeker een minuut met kauwende kaken vol op haar mond.

'En dan dat einde! Weet je nog?'

Eindelijk richtte de dokter zich weer op. Met de rug van zijn hand veegde hij zijn lippen af, waarna hij de lege spuit opnieuw in de hals van Lou zette. Maar ditmaal spoot hij niet iets met een drukkende beweging naar binnen, nu schoof hij de lege spuit integendeel als een trombone uit elkaar, tot alle narcosevloeistof uit de kater was teruggezogen en Lou onmiddellijk weer over de tafel begon te kruipen. Nadat hij op dezelfde wijze ook de juffrouw weer tot bewustzijn had gebracht gaf hij haar opnieuw een hand, drukte hij haar de kater in de armen en geleidde hij haar, bedolven onder een uitbarsting van applaus, geschater en gefluit, heel beleefd het podium af.

'Maar weet je waarom ik het vooral de meest bijzondere van alle sketches vond?' Opeens weer ernstig keek Tine hem aan. 'Dit was het enige stuk dat niet over mij ging, maar juist over jou... terwijl Diederik mij toch veel beter kent dan jou...'

Rebert knikte, slikte, sloeg zijn ogen af, en terwijl alles begon te vervagen zag hij nog net het bord met 'De eerste kus' uit de berg van cadeaus steken. Hij hurkte neer, raapte het op, drukte het tegen zijn gezicht, terwijl zich bij alles waar zijn gemoed al vol van was ook nog een tintelende trots voegde: meer nog dan de eerste keer had hij het stuk daarnet ondergaan als een blijk van waardering, al bijna vriendschap, maar nu, na Tines woorden, kon hij ineens niet meer bevatten hoe iemand zoals Diederik iemand zoals hij, hoe speels en spottend ook, maar daardoor juist des te vriendschappelijker, terwijl hij evengoed, maar toch, hoe dan ook, zich in hem verplaatst, zelfs zijn rol... ja, hij was het onderwerp van een toneelspel geweest!

Het was een prik in zijn hals die hem uit de duikerklok van sentiment haalde.

'Maar even de verdoving eruit zuigen?'

Stralend door haar Dracula-grijns heen dreigde Tine hem met de papieren spuit.

Stralend door zijn tranen heen kwam hij achter het bord vandaan, liet hij zich vanuit zijn zalige diepte door haar omhoogtrekken, terug naar de zaligheid van de kamer. In de stilte dansten ze op de stilte, bijna zonder te bewegen, toch kwam met elke trage draai het toverachtige schijnsel om hen heen in beweging en wuifde het over de muren als graan.

'En wat heb je daar, dokter? Ik zag je nog even met Beckers praten, vlak voor die wegging.'

Tine had hem iets van zich afgeduwd en tikte tegen zijn borstzak; onmiddellijk ontnuchterd haalde hij de enveloppe van Beckers eruit.

'Bijna vergeten. Mocht ik thuis pas openmaken.'

Met een van de briefopeners die ze gekregen hadden sneed hij de wikkel los. Er zat een koperglanzend plaatje in. Om te kunnen lezen wat erin gegraveerd stond hield hij het bij een van de theelichtjes.

Dierenartsen
Beckers
Heiman
Van Buyten

Zonder iets te begrijpen las hij de namen een paar keer voor. Met opgetrokken wenkbrauwen draaide hij zich naar Tine.

Zij begreep het wel. Terwijl zij haar grote ogen nog wijder opensperde bracht ze beide handen heel langzaam naar haar open mond.

'Wat is er?'

'Wat er is? Ree, hij maakt je compagnon... Daarom gaf hij het niet eerder en mocht je het thuis pas openmaken... om niet over zaken te hoeven praten... om jou geen uitvoerige dank af te dwingen... Wat natuurlijk wel op zijn plaats zou zijn geweest, want dit is iets anders dan een briefopener... Rebert!'

Nog eens keek hij naar het plaatje in zijn handen, toen zag hij het ook: '*Dierenartsen* Beckers Heiman Van Buyten'. Als een warme golf brak het begrip in hem baan, vloeide het door heel zijn lichaam uit, vermengde het zich met zijn bloed en blijdschap zoals hun meubels zich nog aldoor met elkaar vermengden, hun vingers nu ook weer, hun ogen en de adem uit hun ronde monden.

Ze spraken niet meer, waren gaan zwijgen, terwijl de volheid van de avond in hen ging liggen als een wind en alle afzonderlijke indrukken langzaam versmolten tot niets dan ijle vreugde, en pas toen de allerlaatste gasten, na eerder uit hun nabijheid, uiteindelijk ook uit hun gedachten waren verdwenen, waren ze voor het eerst werkelijk alleen, samen.

*

Parijs was schitterend. De huwelijksreis duurde een week, daarna hervatte het leven zich zoals het was met toevoeging van al het goede dat er nog bij kwam.

Op zondagmiddagen lagen ze soms nog in bed als Vitesse gescoord had en het wolkende, verwaaide gejuich uit het stadion door het open slaapkamerraam naar binnen dreef.

Tine nam autorijles; Rebert vond dat ze dat moest doen, hield haar voor hoe bijzonder het zou zijn, had nog nooit zoiets bijzonders bedacht, en hielp haar zo over haar eerste weerstand heen. Zelf ging hij op tennisles – Diederik tenniste elke zaterdag met een groep vrienden; na een les of tien zou hij zo mee kunnen doen; hij kocht een racket, tennisschoenen, een wit shirt en een lange, witte broek van flanel.

Met Beckers en Heiman was hij bij de notaris geweest om zich te associëren; naast de deur van de kliniek hing nu net zo'n bord als hij op de bruiloft had gekregen, maar dan in het groot.

Elke avond dronken ze een fles rode wijn, zoals ze dat in Parijs hadden gedaan, waarna Tine nog wat aan de eettafel ging zitten werken, hij de krant las, en hun vuile kleren bij elkaar in de wasmand zaten.

Tine zakte voor het rijexamen, had een hekel aan de lessen, angst voor het verkeer, en toen hij haar eens in het bos achter het stuur liet zitten om te oefenen kregen ze ruzie. Thuis zei ze tegen Lou dat de baas heel gemeen was geweest.

Eens dat hij het gras maaide had Tine de telefoon voor hem opgenomen. Met het zakboekje kwam ze de tuin in, plechtig lachend las ze de boerenboodschap voor: 'Knobbel in keel bij Meuvers op de Zandhoek. Gauw komen, anders koei dood.' Ze ging mee, aaide de koe, dronk na afloop ook een glas jenever. In de auto terug naar huis liep ze nog over van indrukken:

'Zoals die koe je aankijkt, vanuit welke verte wel niet, voor zo'n dier is alles anders, die leeft in een heel andere wereld, die begrijpt niets maar verbaast zich ook nergens over... Die blik, zo rustig, zo vertrouwd, een oog uit het heelal, ik verdween er bijna in, kon op het laatst haast niet meer terugkijken... Mag ik ook een keer mee naar een bevalling?'

Tine slaagde voor het rijexamen. Om het te vieren spraken ze met Diederik en Josje af in het restaurant van Haarhuis. De conciërge herkende hem niet meer, omdat hij niet alleen was. Hij herkende zichzelf ook niet meer, kon zich zijn leven boven de kapperszaak nauwelijks meer herinneren, zoals hij zich toen zijn karakter nauwelijks meer kon herinneren en dat daardoor ook helemaal niet meer had. Nu had hij weer karakter genoeg, maar twijfelde hij soms of het eigenlijk wel het zijne was, of alles wel van hem was, zijn leven, zijn tennisspullen, de Morris en zijn huwelijk – mogelijk was het allemaal maar in leen, of gevonden, en moest hij het teruggeven. Maar hoe kon hij daarover nadenken, met gedachten die misschien niet eens van hem waren?

Diederik en Josje waren er al, zwaaiden vanaf hun tafeltje bij het raam. Alleen al het gedempte geroezemoes maakte een uiterst verfijnde indruk op hem, als portier was hij hier nooit geweest, daarna ook niet, maar Tine had voor deze gelegenheid nu eenmaal naar het beste restaurant van Arnhem gewild. Hij volgde haar over het tapijt, zag toen ineens Beckers met zijn vrouw in een hoek zitten en boog onmiddellijk naar hen af, begroette ze met een hand, wat op de kliniek nooit gebeurde maar hier, buiten het werk, onder de kroonluchters, vanzelfsprekend was als tussen vrienden.

'Met je vrouw hier?' vroeg Beckers vanachter zijn servet.

'En nog wat vrienden...'

'Heel goed. Uitstekende keus ook, om hier te gaan eten, wij zitten hier zeker een keer per maand – als antidotum. Het valt nu eenmaal niet mee, jonge vennoot, om dierenarts te zijn en heer te blijven!'

Lachend nog voegde Rebert zich het volgende moment bij zijn gezelschap aan het raam.

'Vrienden?' begreep Diederik prompt, met een hoofdgebaar naar de hoek waar hij vandaan kwam.

'Van het werk...'

Diederik bestudeerde de wijnkaart.

Josje bekeek het rijbewijs.

Ze hadden het over het examen, over Parijs, over Lonnie die voor het eerst bij een vriendinnetje logeerde, over de school van Tine en over Fair Isle, waar Diederik en Josje voor hun huwelijksreis geweest waren. Dat was een klein Schots eilandje tussen de noordkust van Schotland en het nog noordelijker gelegen Shetland, een parel in de woeste wateren waar de Noordzee en de Atlantische Oceaan samenkwamen. De bevolking telde slechts een paar dozijn huisgezinnen, de enige accommodatie was een eenvoudige kamer in het vogelobservatorium, door de schrale winden en de noordelijke ligging groeide er geen enkele boom, nog geen struik, het gras lag als een groen laken over de heuvels, kort gehouden door de talloze schapen en konijnen, de kliffen voor de kust waren roze van bloeiend standkruid, de andere gasten van het observatorium waren allemaal vogelaars die je de ornithologische rijkdom van Fair Isle graag uitlegden aan de hand van hun veldgids, waarna je zelf op zoek ging naar de talloze papegaaiduikers op de kliffen, de noordse stern, de kuifaalscholvers en de alken, dwalend over de groene glooiingen waar geen paden waren, alleen maar vertreden schapensporen als linten op het gras, enzovoorts – de herinnering aan hun huwelijksreis joeg een gloed over de wangen van Josje, Diederik greep haar hand toen hij er eindelijk in slaagde te zwijgen, Tine draaide zich met een blos naar Rebert en zei dat ze ook naar Fair Isle wilde.

'Goed,' glimlachte hij, 'goed... van de zomer.'

Maar die zomer gingen ze toch weer naar Parijs, te vol nog van hun eigen huwelijksreis. Het jaar daarna boekten ze wel voor Fair Isle.

*

Scherp rinkelde de telefoon door de stilte van de slaapkamer op zondagochtend. Hij was de afgelopen nacht tot twee uur met Beckers onderweg geweest; verdwaasd van slaap en moeheid greep hij naar het doorgeschakelde toestel op het nachtkastje, zag hij de wekker op acht uur staan, noemde hij zijn naam tegen de angst voor weer een oproep in.

Maar het was geen oproep – of eigenlijk toch wel, maar dan van Diederik: ze lagen met de boot in Hindeloopen, het regende al vier dagen ononderbroken, alles was klam, al die tijd hadden ze niet kunnen zeilen, Lonnie was hoestend wakker geworden, nog een dag in die haven en hij werd gek, kortom: ze hadden er genoeg van en wilden de rest van hun vakantie in Italië opdrogen – maar de boot moest terug naar Volendam, en Josje en Lonnie moesten onmiddellijk naar huis, maar die hadden geen vervoer, de auto stond natuurlijk nog in Volendam, waar ze vertrokken waren, en hij kon daar niet alleen naartoe zeilen, hij had een maat nodig voor de oversteek, en omdat Tine kon rijden...

Klaarwakker opeens zat hij op de rand van het bed. Zo mismoedig en nederig Diederik alle dwangredenen naar voren bracht en tot zijn uiteindelijke verzoek kwam, pleitend als de advocaat die hij was, zo opgewekt en kaarsrecht hoorde hij het aan en gaf hij antwoord:

'We komen er aan!'

Tine had zich in stil protest met de rug naar het gerinkel gedraaid, hoorde nu zijn montere relaas aan, en zweeg stil toen ze begreep wat er gebeuren moest.

'Ze zitten op ons te wachten, dus, dame... uit de veren!'

Neuriënd ging hij de trap af, zette hij water op, smeerde hij het brood. Maar toen Tine eindelijk ook beneden kwam had ze geen honger.

'Nou, dan nemen we de boterhammen wel mee voor onderweg,' besliste hij. 'Jas aan, toe maar.'

Het regende. Bij de auto wilde hij dat Tine zou rijden, om te oefenen – sinds het rijexamen had ze geen enkele keer meer achter het stuur gezeten. Maar ze wilde niet rijden – en pas na herhaald aandringen zijnerzijds en nieuw zwijgen van haar kant kwam het hoge woord eruit: 'Ik durf niet... ik ben bang...'

'Bang?' herhaalde hij op luchtige toon, terwijl zijn opgewektheid zich begon te mengen met ongeduld – het liep al tegen negenen, Hindeloopen was misschien wel twee uur rijden, nu al zaten ze daar een uur te wachten in de nattigheid terwijl zij nog moesten vertrekken. 'Bang? Maar je hebt je rijbewijs! Er is echt niks veranderd op de weg, hoor! Wees blij dat je rijden kúnt! Diederik had echt wel een andere vriend kunnen vragen, maar niemand heeft een vrouw die kan rijden!'

Tine keek naar de grond.

Hij opende het portier aan de bestuurderskant, leidde haar er bij de schouder heen.

'Ga nou maar zitten. Op de heenweg ben ik er nog bij, en met Josje en Lonnie zul je toch terug moeten rijden. Josje kan dat niet!'

Vermurwd stapte ze in.

Met haastige zwier liep Rebert naar de andere kant, één hand dansend op de motorkap. Hij gooide de tas achterin, ging naast haar zitten, gaf de sleuteltjes aan, staarde door de voorruit verlangend uit naar wat de eerste vriendendienst in zijn leven ging worden.

Het starten lukte pas na vijf keer proberen. Hortend en springend kwamen ze in beweging. Ze kon de ruitenwissers niet vinden. Toen Rebert zich ernaartoe boog trapte ze op de rem.

De stad was nog leeg, maar op de grote weg reed al wel enig verkeer. Beurtelings keek Rebert naar de snelheidsmeter en in de achteruitkijkspiegel. Ze werden ingehaald door elke auto die in de verte kwam opdoemen.

'Je kunt wel wat harder, hoor,' zei hij.

Tine zei niets en bleef even langzaam rijden.

Voorbij Zwolle werd de weg smaller, tweebaans. Nog meer gespannen zat Tine over het stuur gebogen; de vegende ruitenwissers en langsschietende bomen moesten haar op de zenuwen werken; om haar wat af te leiden begon Rebert over Fair Isle. De laatste drie weken van de schoolvakantie zouden ze er dan eindelijk heen gaan, met het vliegtuig – ze hadden nog nooit gevlogen.

‘Misschien is het nog wel het mooiste als het dan regent. Opstijgen, door de wolken heen, en dan ineens: stralend blauwe lucht! Nu ook, hoor – boven deze grijze lucht schijnt gewoon de zon! Die schijnt altijd! Maar dat eilandje wil ik nu wel eens zien...’

Het kostte hem moeite om zo opgeruimd te praten, toch haalde hij adem en ging hij weer verder, tot Tine hem midden in een zin opeens snijdend onderbrak:

‘Rebert, ik ben aan het ríjden!’

Ze waren al in Friesland toen ze voor het eerst achter een voertuig kwamen te zitten dat nog langzamer reed dan Tine – een landbouwvoertuig. Omdat het nu niet harder meer ging dan veertig duurde het niet lang of zij kregen op hun beurt ook auto’s achter zich. Maar die begonnen in te halen, terwijl Tine achter de hooiwagen bleef hangen.

Nauwelijks nog in staat om zijn ongeduld te verbergen hield Rebert zijn mond: de druk om in te halen was al groot genoeg en nam in de kleine ruimte alleen nog maar verder toe naarmate er meer auto’s voorbijschoten.

Rebert draaide het raam een stukje open.

Tine zwenkte nu telkens wat naar links om langs de hooiwagen te kunnen kijken of er tegenliggers aankwamen – ze wilde inmiddels zelf ook duidelijk inhalen, richtte zich volledig op het tegemoetkomende verkeer, en zag eindelijk haar kans schoon. De motor ronkte, de Morris versnelde, de draai werd ingezet.

Rebert kon niet zien hoeveel vrije baan er voor hen lag, maar het moest een goed moment zijn geweest om in te halen – want op datzelfde moment werden ze juist zelf gepasseerd.

Het linker voorwiel was de middenstreep nog niet over toen de auto achter hen onverhoeds opdook en in wezenloze vertraging langszij kwam, als een schip. De zwarte wagen maakte kort slagzij bij het uitwijken, daarna drong de claxonstoot van vlakbij met volle kracht naar binnen. Met een ruk draaide Tine het stuur terug, de Morris schoot door tot in de berm, stuiterend kwamen ze tot stilstand. De motor sloeg onmiddellijk af, maar de ruitenwissers bleven in de plotselinge stilte wezenloos heen en weer strijken.

Ze was uitgestapt en liep naar een boom. Rebert stapte ook uit en drukte haar onder het ruisende blad tegen zich aan. Het woei hard en heerlijk, het was of de wind alle benauwenis langzaam wegnam en ademde in hun plaats, en alsnog alle adem uitblies die zij zo lang hadden ingehouden. Tine had de kracht niet meer om haar armen om hem heen te slaan, liet ook het hoofd hangen, en zou in elkaar zakken als hij haar niet overeind hield. Zo bleven ze een poos staan, terwijl de wind door de takken raasde, de ruitenwissers verderop maar door bleven vegen, de regen viel, er af en toe een schok door Tine heen voer, en er geen enkele auto meer voorbijkwam. Toen ze weer verdergingen hadden ze van plaats gewisseld en zat Rebert achter het stuur.

'En het ging zo goed!' zei hij nu hij niet meer hoefde te zwijgen. 'En zo lang achter elkaar, die hele afstand, je rijdt nu weer even goed als bij het examen, of nog beter! Ik denk dat je wel honderd of honderdvijftig kilometer gereden hebt! Moet je kijken: Lemmer!'

Zonder enige haast meer reed hij langs het Tjeukemeer en verder naar Galamadammen. Pas nu hij zelf chauffeerde voelde hij de wind soms aan het stuur trekken; Tine moest dat ook gevoeld hebben, denkend dat het aan haar lag.

'En dat bij die regen en die wind! Je hebt hem goed in het spoor gehouden, hoor! Alleen dat inhalen... Maar weet je wat het is? Je hoeft helemaal niet in te halen! Al zit je de hele terugweg achter zo'n sukkelaar, je komt er toch wel! Waarom zou je inhalen? Je hebt straks alle tijd van de wereld! Wij zijn er voorlopig toch niet!'

Opgewekt ging hij zo verder, tot alle schrik verdreven was en Tine, vlak voor de brug van Galamadammen, zelfs even glimlachte.

'Vond je echt dat ik goed reed?'

'Natuurlijk! En eigenlijk vind ik ook...'

Zonder nog aan zijn voorstel toe te komen, maar al wel met opgetrokken schouders het hoofd schuddend, als iemand die geen enkel bezwaar kan bedenken, reed hij de brug over. De regen was opgehouden, hij zette de ruitenwissers uit en wees naar een kerktorentje aan het einde van de smalle, stille, kaarsrechte weg.

'Daar moet het zijn. Maar wat ik zeggen wilde, eigenlijk vind ik... jij weer het laatste stuk?'

Ze knikte, vond het goed.

Hij stopte onmiddellijk en rondde de motorkap nog vrolijker dan bij het vertrek. Bij het kruisen halverwege kuste hij Tine op het voorhoofd.

Hindeloopen was prachtig. Aan de masten boven de lage huisjes uit zagen ze dadelijk waar de haven moest zijn. Ze reden het terrein op, over de steiger kwam Diederik al zwaaiend aanlopen, ze stapten uit.

'Vrienden! Bevrijders!' riep hij, terwijl hij ze met gespreide armen allebei tegelijk tegen zich aan drukte. 'Kom mee, Josje is zo blij dat jullie konden komen!'

Ze volgden hem terug de steiger op. De wind floot door het opgaande want rondom, overal wapperden vlaggen en wimpels, alles bewoog en kraakte, in een korte, nerveuze uitbarsting begon er iets indringend te tikken, een val tegen een mast, daarna nog een, nog harder, nog sneller.

De Otter was een houten zeilscheepje van zowat acht meter. Diederik klom het eerst aan boord, Josje stak haar hoofd omhoog door het luik, de volgende begroeting vond plaats in de kuip.

‘Wat geweldig dat jullie er zijn!’ brak Josje onmiddellijk in dank uit. ‘En wat een geluk toch dat je kunt rijden, Tine! We hebben het zo gehad hier!’

‘Maar eerst koffie,’ besliste Diederik. ‘Tine heeft ook al de heenweg gereden, dus die moet eerst even bijkomen!’

Ze kropen het halfdonker van de kajuit binnen. Lonnie zat hoestend met haar poppen op het dubbelbed in het vooronder, de tassen stonden al gepakt op de bankjes, Diederik schonk in en reikte de mokken uit. Rebert genoot; hij was nooit eerder op een boot geweest, niet eens in een jachthaven.

Na een kwartier kreeg Lonnie een warme jas aan en waren ze vertrekkensgereed. De bagage werd vanaf het voordek aangegeven aan de dames op de steiger, het kind als laatste, daarna klommen ook de mannen van boord en liepen ze gezamenlijk naar de auto. Josje zette Lonnie naast de tassen op de achterbank en draaide zich om naar Diederik, Rebert wilde Tine tegen zich aan drukken maar zij stapte al in, startte.

‘Goede reis!’ riep Diederik.

‘Jullie ook!’ riep Josje, en daarna Diederik weer:

‘We bellen als we er zijn!’

Hobbelend over het karrenspoor reed Tine het terrein af; zwaaiend keken de mannen de auto na tot die aan de andere kant van de dijk verdween, daarna keken ze elkaar aan. Diederik lachte, Rebert straalde: meer nog dan in die schalkse terzijdes zou hij met hem samen zijn.

Terug op de Otter keek Diederik op zijn horloge. Het was twaalf uur, hij schatte dat ze er zo’n zes uur over zouden doen, daarna was het vanuit Volendam nog zeker twee uur rijden naar Arnhem.

‘Maar voor negenen zullen we niet thuis zijn, want voor we in de auto zitten gaan we natuurlijk eerst een biertje drinken. We moeten toch naar de kroeg, voor de telefoon!

We hebben beloofd om te bellen!'

Diederik dook de kajuit in, stouwde alles wat loszat in de kastjes, kwam in zijn zeilpak weer naar buiten en ging verder met zeilklaar maken: hij sloeg de fok aan op het voordek, haalde de huik van de giek, borg die samen met de zeilzak op in de bakskist.

Terwijl de wind tussen de masten door gierde trok Rebert het oliegoed van Josje aan. Het rusteloze, alarmerende getik en geklepper overal wond hem op, meeuwen scheerden schreeuwend door de lucht, het wolkendek woei uiteen, een zonnestraal streek even over de haven. Ook op andere boten waren mensen, zomerzondag immers, maar nergens maakte men aanstalten om uit te varen, of nee, ja, toch: onhoorbaar in het geraas schoof een groen zeiljacht voorbij richting zeegat.

Na nog een laatste blik op de kaart kwam Diederik opnieuw de kajuit uit. Ze moesten min of meer naar het zuidwesten, de wind was ook zuidwest, dus het zou kruisen worden, maar goed: alles was klaar, alleen twijfelde hij nu hardop of hij geen rif moest zetten.

'Rif?' vroeg Rebert. Om geen onhandige indruk te maken was hij wijdbeens naast Diederik gaan staan, hoorde van vlakbij de toch al bijna verwaaide uitleg: als het hard woei kon je het grootzeil verkleinen door de onderste baan met de reeflinten op de giek te binden, oftewel te reven.

'Het waait zeker flink,' zei Rebert.

Dat was genoeg om Diederik te verlossen van zijn twijfel.

'In de haven lijkt dat altijd veel erger dan het is, door dat kabaal!' riep hij, waarna hij hem lachend op de schouder klopte. 'Daarom heb ik ook gewoon de grote fok aangeslagen en niet de stormfok. En dan nu reven? Kom, we gaan!'

De motor sloeg hakkelend aan; Rebert voelde het meer aan het getril dan dat hij het kon horen door het tikken en gieren heen. Hij maakte voor los, hielp mee de Otter naar achteren te duwen en hield links en rechts af terwijl ze de box uit dreven. Na het draaien schakelde Diederik in de vooruit, liet hij zien hoe de boot op het roer reageerde, gaf hij de helmstok over: Rebert moest leren sturen, moest straks de boeg op de golven houden als hij de zeilen hees, nu kon dat nog niet, hadden ze de wind nog te veel achter.

Langzaam gleden ze tussen de boten door, voorbij de bocht waar de vaart zich verbreedde en Diederik meer gas gaf. Nog bleef het water glad terwijl de wind wild om hun hoofden joeg – in die onwezenlijke rust ging het verder, tot ze eindelijk dan de kop van de pier bereikten, uit de luwte kwamen, en op slag alles veranderde.

De boeg van de Otter werd het eerst gegrepen, door de wind en de golven tegelijk, en nog voor Rebert er erg in had hoe snel die afdraaide greep Diederik de helmstok beet en gaf hij er een krachtige ruk aan.

'Die kant op!' schreeuwde hij, zonder hem nog aan te kijken, de blik strak voorwaarts gericht, waar de schuimende golven vandaan kwamen.

Zo hevig danste de boot ineens op de deining dat Rebert zich even aan hem vastgreep om niet te vallen, toen kreeg hij het roer weer van hem terug en gaf Diederik nog meer gas.

'Die kant op!' schreeuwde hij weer, nu ook naar voren wijzend. 'Recht tegen de wind in! De kop op de golven houden!'

Terwijl het buiswater hem in het gezicht sloeg en Diederik naar het voordek kroop, stond Rebert met beide handen aan de helmstok, waar hij zich onder het constante bijsturen tegelijk ook aan steunde. Langzaam kreeg hij de slag te pakken, werden de uitslagen naar links en rechts kleiner, voelde hij alleen al aan het bewegen van de boot en de wind op zijn huid welke kant hij op moest en kon hij vrijer om zich heen kijken.

De ruimte was enorm, zo groot als de lucht en even grijs. Ondanks het zware weer ontwaarde hij toch nog heel wat zeilen op het water, sommige wit, andere bruin, steeds meer naarmate hij langer rondblikte. Een daarvan moest het groene jacht zijn dat eerder was uitgevaren, maar zo verspreid in de verte hadden de boten geen kleur meer en ook geen vorm. De overkant was niet te zien, wel meende hij rechts achteraan de Afsluitdijk te zien, een streep, een plint slechts, volkomen nietig in al die ruimte die hij met diepe zuchten begon in te ademen.

Een plotseling, nijdig geklapper deed hem met een ruk weer naar voren kijken. Als een vlam schoot de half opgetrokken fok verder uit boven Diederik, die met de rug naar hem toegekeerd neergehurkt zat op het kajuitdak bij de mastvoet. Toen even later ook het grootzeil fladderend omhoogging verdubbelde het lawaai zich nog, tot Diederik terug in de kuip kwam, de fokkenschoot aanhaalde en vastzette, daarna de grootschoot, en met een kleine beweging van het roer de boot iets liet afvallen. De zeilen vulden zich met wind, het klapperen hield op, en toen Diederik vervolgens de motor uitschakelde klonk er niets meer dan het weldadige bruisen van het water en het suizen van de wind.

'Lekker hè?' lachte hij, terwijl hij op de stuurmansplaats op het bankje te loef ging zitten. De Otter was dadelijk zwaar gaan overhellen, lag door de druk ook vaster in het water – ze zeilden.

'Fantastisch!' riep Rebert zonder om te kijken terug. Hij zat ook aan de hoge kant, staarde verrukt uit over de onafzienbare vlakte en bewoog na verloop van tijd vanuit zijn heupen stuwend mee op het bewegen van de boot als een ruiter op een paard.

Maar zo schuin als ze gingen, erg snel ging het niet: omdat ze tegen de wind in moesten was het zaak om de golven scherp aan te snijden, waardoor de boeg telkens een klap kreeg en de vaart door het stampen voortdurend gebroken werd. Daarbij werden ze door de steile golfslag voortdurend naar lij verzet, zodat ze in werkelijkheid, over de grond, veel minder tegen de wind in kwamen dan het leek – wanneer ze bij al dat verlijeren uiteindelijk maar vijfenveertig graden haalden zouden ze niets dichter bij de bestemming komen en ging het alleen maar heen en weer.

Ze hadden al een paar streken gemaakt en nog steeds was het baken op de pier van Hindeloopen duidelijk te zien.

'Al dat overstag gaan heeft geen zin!' riep Diederik toen ze weer gewend hadden. 'Dan drijf je alleen nog maar meer af. Vanaf nu blijven we over stuurboord varen, helemaal tot aan de overkant. Daar staan misschien ook minder golven!'

Bij elke vlaag moest hij oploeven om niet te kapseizen; met fladderende zeilen ging het dan even recht tegen de golven in, wonnen ze wat hoogte, maar kwamen ze ook vrijwel stil te liggen. Bij het afvallen daarna werd eerst de grootschoot gevierd en vervolgens, om de boot de volgende golf over te jagen, weer aangetrokken. Allengs begon het zeilen op een gevecht te lijken, waarbij de wind nog scheen aan te wakkeren en Diederik voortdurend bezig bleef met het roer en de door katrollen vertraagde grootschoot. De fokkenschoot intussen, zonder vertraging, zat onveranderlijk vast op een kikker en stond veel te strak om nog te kunnen lossen. Zo kon Rebert niets anders doen dan zijn gewicht als tegenwicht aan de hoge kant geven, maar overbodig voelde hij zich allerminst: zonder hem had Diederik onmogelijk kunnen uitvaren.

De monotonie van het op en neer en de eindeloze zwiepers tegen de golven in werd langzaamaan bedwelmend. Gewiegd door het geweld voelde Rebert zich slaperig worden, de nacht was ook zo kort geweest, en in steeds snellere opeenvolging moest hij een geeuw wegkauwen, het hoofd afgewend opdat Diederik niet zou denken dat hij zich verveelde waar hij alleen maar genoot.

Na twee uur kreeg hij aan lij opeens de Afsluitdijk weer in het oog, dichterbij nog dan bij vertrek. Tine moest allang thuis zijn. Het water was donkerder geworden, de lucht ook, af en toe regende het kort en fel, dan joeg de bui met het buiswater hen van voren tegen het oliegoed.

En toen kwam er een andere vlaag, een vlaag waaruit de Otter zich nauwelijks meer oprichtte.

Weer loefde Diederik op, weer viel hij af en trok hij, om opnieuw vaart te maken, de grootschoot aan, maar de vlaag hield nog aan zodat hij die dadelijk weer moest laten vieren. Onder wild geklapper kwam de Otter even overeind uit de kanteling, maar zonder druk van het grootzeil op het achterdek meer, terwijl het voorzeil vastzat en aan de boeg bleef trekken, viel de boot weer af, tot de wind pal dwars in de fok blies. Nog dieper helde de Otter over, maar heel langzaam nu, en langdurig, als in een wurggreep.

'Fok los!' schreeuwde Diederik.

Maar die zat vast.

Om de wind uit de fok te krijgen probeerde hij andermaal op te loeven, duwde hij de helmstok helemaal naar lij.

Maar dat hielp niet – ze hadden te weinig vaart, te weinig druk op het roer.

Toen de Otter zich eindelijk rechtte staarde Diederik strak naar de fok: ook zonder grootzeil kon die de boot in deze wind doen kapseizen.

'Die fok is gevaarlijk!' riep hij. 'Ik haal 'm eraf en zet de stormfok ervoor in de plaats! Zonder fok komen we helemaal niet vooruit!'

'En een rif misschien?' opperde Rebert.

'Een rif? Nu een rif zetten?'

Het woei te hard om nog te reven.

Diederik startte de motor, gaf het roer aan Rebert.

'Recht tegen de wind in! Recht vooruit weer! En de fokkenschoot losmaken als ik 'm naar beneden heb!'

Voor het eerst waren het nu allebei de zeilen tegelijk die vrij heen en weer sloegen. Het woedende geklapper deed de hele boot trillen, het getril van de motor kwam daar nog bij en zonder de druk van het zeil meer nam het stampen nog toe. Boven het geraas uit klonk er vanuit de kajuit opeens een knal. Terwijl hij het roer achter zijn rug vasthield keek Rebert naar binnen. Er was een pot suiker uit een kastje gevallen, de vloer lichtte wit op in het halfdonker. Toen hij de blik weer naar voren richtte begon Diederik, neergehurkt op het dansende voordek, juist met graaiende bewegingen de fok omlaag te trekken, terwijl hij zich met de andere hand vasthield aan de preekstoel. Tussen twee halen door schoot het wilde, witte zeil telkens weer omhoog, zodat het wel een vuur leek dat onder het blussen steeds weer oplaaide en zich pas overgaf toen Diederik de laatste, flakkerende bovenpunt smoorde met zijn lichaam.

Alleen de bovenste slag was moeilijk los te krijgen, daarna liet de fokkenschoot zich makkelijk van de kikker wikkelen. Intussen kwam Diederik met het tegen zijn borst in elkaar gepropte zeil teruggekropen naar de kuip, hij gooide de baal op de vloer, klom er zelf achteraan. Op dat moment zag Rebert dat de twee ijzerdraden die de mast overeind hielden niet meer strak stonden, zag hij de mast heen en weer zwiepen tussen de losse stagen.

Zonder de grote fok eerst op te bergen haalde Diederik de stormfok uit de bakskist, begon hij die op zijn knieën uit de zeilzak te trekken.

'Gas bijgeven als de kop afwaait!' riep hij zonder opkijken.

De kop woei af; Rebert duwde de gashendel verder naar voren, tikte Diederik op zijn schouder, wees naar de top van de mast toen die hem eindelijk aankeek. Zijn gezicht was vuurrood – met een ruk draaide hij het de andere kant op, keek hij mee in de richting van Reberts arm, draaide hij het weer terug.

'Wat is er?' schreeuwde hij.

'De mast zwaait heen en weer... die draden zitten los!'

Opnieuw wendde Diederik zich van hem af, keek hij naar voren en omhoog, verstijvend onder de ogen van Rebert, die van achteren op hem neerkeek, tot het volle begrip in hem baan brak en hij zich langzaam oprichtte.

'Erg?' vroeg Rebert.

'Erg? We kunnen niet meer zeilen, dan varen we de mast overboord!'

'Wat nu?'

'Wat nu? We moeten terug! Motoren! Met de wind mee! Op de motor komen we helemaal niet tegen de wind in! Ik strijk het grootzeil! Jij houdt de kop weer op de golven!'

Terwijl Diederik terug naar voren klom voelde Rebert aan het tikken van de motor dat het toerental terugliep; hij gaf meer gas. Staand op het kajuitdak, met één arm om de mast, slaagde Diederik er langzaam in het zeil omlaag te krijgen, maar tegelijkertijd liep het toerental opnieuw terug; Rebert duwde de gashendel nu helemaal naar voren, kreeg genoeg druk om de kop op de golven te houden, keek met open mond om zich heen.

Nergens waren nog zeilen op het water, ze waren de enigen. Lange schuimbanen lagen als golvende linten op de grauwe, lege vlakte, alleen een boei tekende zich op een meter of honderd zwart af tegen het grijs dat hen in alle schakeringen van zilver tot bruin omringde, al naar de wolken die overjoegen. De Friese kust achter hen was niet meer te zien, wel ontwaarde hij nu, recht vooruit, de kust van Noord-Holland, heel vaag nog in de verte, ook grijs, terwijl de Afsluitdijk rechts weer wat donkerder, strakker en dichterbij leek.

Eindelijk was het zeil gestreken, maar Diederik bleef nog voorop om het vast te binden op de giek. Met het ophouden van het laatste geklapper werd de motor opeens goed hoorbaar, maar daarmee ook dat het toerental opnieuw terugliep. Hoe Rebert ook stuurde, de boeg woei af, de Otter kwam dwars op de golven te liggen en begon hevig te rollen. Koortsachtig probeerde hij meer gas te geven, maar de hendel liet zich niet nog verder naar voren duwen en het volgende moment sloeg de motor helemaal af, werd het nog rustiger in het geraas.

'Gas!' schreeuwde Diederik. Hij was halverwege de giek nu, nog steeds doende het zeil op te binden, maar nauwelijks meer in staat zich tegelijkertijd vast te houden aan het slingerende rondhout op de slingerende boot.

Rebert hief zijn armen in onmacht. Het roer vasthouden had geen zin meer, in plaats daarvan begon hij de grote fok in de bakskist te duwen, propte hij vervolgens de stormfok terug in de zeilzak.

'Wat doe je?' riep Diederik toen hij terug in de kuip klom. 'De motor is uit!' In één beweging door probeerde hij te starten, gaf hij een ruk aan het roer, draaide hij opnieuw het sleuteltje om – alles vergeefs: de Otter bleef zijlings op de golven rollen, de motor bleef uit. Met een blik van ontzetting keek Diederik hem uiteindelijk aan: 'Hij doet het niet meer!'

Ze konden niet meer zeilen, maar ook niet meer motoren.

Ze konden niet meer verder, maar ook niet meer terug.

Ze konden alleen nog ankeren.

Diederik opende de bakskist die Rebert juist gesloten had; op zoek naar het anker haalde hij de zeilen eruit die Rebert er net in had gedaan; diep graaiend wist hij het uiteindelijk op te brengen en begaf hij zich ermee terug naar het voordek, kromgebogen over het gangboord, de ankerlijn half losgeschoten achter zich aan.

Om een eind te maken aan het zwaaien van de giek trok Rebert de grootschoot strak; met dezelfde lijn bond hij vervolgens ook dat deel van het zeil op de giek vast dat Diederik nog niet had gedaan, toen kon hij niets anders meer doen dan zich vasthouden en om zich heen kijken.

Het zicht was nu zo slecht dat de Hollandse kust weer verdwenen was. Het water strekte zich in onbegrensde grauwheid uit van horizon tot horizon, alleen niet als hij met de wind mee keek, want daar lag de Afsluitdijk, donkerder en dichterbij weer dan tevoren. Even ging er een geruststellende werking van die onbeweeglijke aanwezigheid in de golvende leegte uit, toen drong langzaam tot hem door dat de Otter misschien al binnen een uur op de basaltblokken aan stukken zou slaan als ze niet ankerden. Hoe ze ook tegen de wind in hadden geworsteld, ze bevonden zich toch aan lager wal, de Afsluitdijk wás de lage wal, leek wel een streep onder een rekening, en ineens zag hij daar, heel even, tegen die donkere lat, het licht van een koplamp opspringen – het was drie uur en het schemerde...

Het slingeren nam af, de kont woei achter de kop, nu was het 't anker dat de Otter met de neus in de wind hield – maar het moest hem ook op de plaats houden. Terug in de kuip keek Diederik onmiddellijk uit naar de Afsluitdijk, er volledig van doordrongen dat het gevaar nu niet meer van de wind en het water kwam, maar alleen nog van het land: met de ballast van de kiel en de motor onderin was de boot slechts nog een tuimelaar, een dobber die zich altijd weer zou oprichten. Toen er aan de dijk niets meer te ontwaren viel spiedde hij de zee rondom af.

'Zie jij ergens een boei?' riep hij. 'Ik heb een vast punt nodig!'

Rebert wees hem de zwart afgetekende boei.

Neergehurkt bleef Diederik de bol in de verte fixeren. Zonder ijkpunt daarachter was het moeilijk vast te stellen of ze bewogen of niet, maar na tien minuten van zwijgend viseren wist hij het zeker:

'We drijven achteruit! De hoek verandert! Het anker houdt niet! Het krabt!'

Hij stond op, keek machteloos naar achteren en naar voren, zag toen toch nog een mogelijkheid:

'Er ligt nog een heel stuk ankerlijn op het voordek. Ik had het verder moeten uitvieren. Hoe langer de lijn, hoe vlakker de inval, hoe beter het anker zich in de bodem kan vastbijten. Het is het laatste wat we nog kunnen doen!'

Hij draaide zich al af om weer naar voren te gaan, maar Rebert hield hem tegen bij de schouder.

'Ik ga wel!' riep hij. 'Ik heb nog niks gedaan!'

Diederik knikte, hijgde, wiste zich het met water vermengde zweet van het voorhoofd.

'Goed! Losmaken, tot het einde uitvieren, vastzetten! Niet laten schieten!'

Het was voor het eerst sinds de afvaart dat Rebert naar voren ging of zelfs maar de kuip uit kwam. Voorovergebogen, zich vasthoudend aan de handgreep op de kajuit en de reling rechts, bewoog hij zich over het gangboord, passeerde hij het losse stag en de zwiepende mast, kroop hij verder over het voordek naar de uiterste punt. Inderdaad lag er nog een flink kluwen lijn rond de bolder waar het anker op belegd was. Hij schoof het tussen zijn knieën door naar achteren, wilde met losmaken beginnen, moest zich toen vastgrijpen aan de preekstoel. Terwijl het dek onder hem wegviel klonk van achteren opnieuw de stem van Diederik:

'Niet laten schieten!'

De bewegingen van de boot waren hier, zo ver naar voren, onvergelijkelijk heviger, en veel groter in uitslag ook, dan achter in de kuip. Het eerdere heen en weer van het slingeren was volledig overgegaan in het op en neer van het stampen, stuiteren en steigeren aan de lijn. Wanneer de boot in een golfdal dook daalde het dek zo snel dat hij even leek te zweven, waarna hij er bij het stijgen op de volgende golf juist weer op werd neergedrukt – zo verbond het op en neer zich met het beurtelings lichter en zwaarder worden tot een doorgaande draf die hem allengs deed duizelen.

De lijn was los van de bolder, uiterst geconcentreerd vierde hij die vanonder zijn lichaam, tussen zijn knieën door, hand voor hand uit in het water. Er stond minder spanning op dan hij in het geweld had verwacht, misschien omdat het anker krabde, misschien ook door het uitvieren zelf. Heel kalm, terwijl zijn arm zich strekte, liet hij de hand waarmee hij de lijn vasthield meetrekken tot boven de punt, met zijn andere hand de lijn alweer op een volgend punt vastpakkend, blind tussen zijn kuiten. In ijle regelmaat ging het zo verder, tot zijn vrije hand ineens mistastte en niets meer vond onder zijn lichaam. Hij keek onder zijn borst door: daar was geen lijn meer, het kluwen was op; hij tilde zijn hoofd weer op, keek langs zijn uitgestrekte arm: het uiteinde van de lijn stak uit zijn hand, bungelde voor zijn ogen heen en weer...

De verandering was totaal: wat hij vasthield was niet meer de lijn, maar het uiteinde van de lijn, en hij hield die nog maar met één hand vast. Niet meer bedwelmd maar verbeten klemde hij zijn vingers er strakker omheen, wanneer hij losliet zou de boot onontkoombaar op de dijk kapot slaan, hij moest wel vasthouden maar de spanning werd zoveel groter ineens, de lijn stond veel strakker nu hij niet meer kon uitvieren en toegeven aan de kracht van de wind en de golven, dezelfde kracht die zich samenbalde in de lijn en hem het uiteinde uit de hand probeerde te rukken.

Toen de neus weer omlaag zakte slaagde hij erin de lijn zo ver naar zich toe te trekken dat hij die ook met zijn andere hand kon vastgrijpen. Moeizaam bracht hij zich in betere positie, liet hij zich op zijn achterwerk zakken, zette hij zijn voeten schrap tegen de poten van de preekstoel, leunde hij achterover met allebei zijn armen tussen zijn opgetrokken benen door naar voren. Telkens als de boot in de diepte dook bruiste de gekliefde golf aan weerszijden van de boeg omhoog, en dan was het alsof de lijn niet meer onder water aan het anker vastzat maar aan een geharpoeneerde walvis, die de Otter met woedende kracht en grote vaart meesleurde als een sloep, recht tegen de wind en de aanrollende brekers in.

Bij het constante op en neer van het stampen en het lichter en zwaarder worden van zijn lichaam kwam nu ook nog de afwisseling van het strakker en slapper staan van de lijn, strakker bij het stijgen op een golf, slapper bij het dalen – en alleen dan, als het water weer langs schuimde, viel er aan inhalen te denken, dan sloeg hij de ene hand voor de andere en trok hij achteroverleunend de loos uit de lijn, de boot naar het anker, net zo lang tot hij voldoende lengte binnen had en hij, weer bij het dalen, de eerste lus om de bolder kon slaan, gevolgd door een tweede, een derde, en daarna nog wat knopen – de lijn was uitgevierd en opnieuw vastgezet, hij was klaar.

IJlhoofdig van voldoening kwam hij terug in de kuip, lachend, maar nog voor hij kon vertellen dat alles was gelukt wees Diederik opzij. Pas na ingespannen turen in de aangegeven richting zag hij wat hem werd aangewezen: in de verte, vaag nog tegen de schaduwkleurige achtergrond van het water en de lucht, doemde een zwart schip op met een hoog oprijzende boeg. Het was toch niet zo ver weg als het door de schemer aanvankelijk leek, en kwam dreigend, blind en donker recht hun kant uit.

'Een berger!' riep Diederik van opzij in zijn oor.

Zijn lach bestierf op zijn gezicht, met snelle hoofdbewegingen keek hij afwisselend naar de steeds hogere boeg en Diederik naast hem, en intussen twijfelde hij niet meer of het naderende vaartuig had het op hen voorzien: in heel de onmetelijke ruimte kwam het uitgerekend recht op hen af, lag het ontegenzeggelijk op ramkoers, terwijl ze niet aan de kant konden...

'Ja hoor, altijd die bergers!' ging Diederik door. 'Als het stormt schuimen die als aasgieren het water af, op zoek naar boten in moeilijkheden. Tegen forse betaling slepen ze je dan naar binnen... we hebben geluk!'

Alle schrik, spanning en inspanning waren voor niets geweest en lieten tintelend van hem af: zelfs zonder anker zouden ze nog gered zijn, hoe volledig ontredderd ze er daarnet ook nog aan toe waren. Hij begon van verblufte opluchting opnieuw te lachen, terwijl Diederik nu ook in lachen uitbrak, hem op de schouder sloeg, en plagend vroeg of het anker wel goed vastzat – dat moest weer los!

De zwarte sleepboot was tot op vijf meter langszij gekomen. Vanaf het lage achterschip werd op verlokkelijke wijze een tros omhooggehouden. Diederik accepteerde de sleep.

'Haven?' riep de man met de tros.

'Volendam!' riep hij terug, waarna hij naar voren klom en het anker begon in te hieuwen.

Rebert klauterde achter hem aan, nam de opgehaalde last van hem over en droeg die terug naar de kuip, waar hij de modder van de bladen spoelde, de ankerlijn netjes oprolde, en alles opborg in de bakskist bij de zeilen.

De sleeptros kringelde door de lucht.

Diederik ving hem op, belegde hem voor op de bolder, kwam terug naar achteren.

De sleper maakte langzaam vaart, schoof statig voorbij terwijl de tros vanaf het achterdek verder werd uitgevierd en de Otter weer dwars op de wind lag te slingeren, tot de lijn zich spande, over de hele lengte uit het water kwam, en de neus zich met een ruk terug op de golven keerde – voor de tweede keer was de oversteek begonnen.

'Niet terug, maar helemaal naar Volendam?' vroeg Rebert bewonderend toen Diederik naast hem kwam zitten en het roer nam. 'Dat zal een flinke rekening worden!'

'Wat maakt dat uit? Daar staat de auto! Nu gaat het toch nog lukken vandaag! Wie had dat gedacht? En ik heb al een cliënt in gedachten die ik precies zo'n rekening ga sturen!'

Van achteren gezien was de sleepboot alleen nog maar een zwart vierkant. Eenmaal op snelheid voer die als een egaliserende bulldozer voor hen uit, de golven brekend met de kop en nog verder vermorzelend met de schroef, zodat het kielzog hen tegemoetkwam als een brede, heuvelige rijbaan tussen de wilde, oneindige bermen aan weerszijden. Na de versnelling was Diederik gaan koffiezetten; met de trillende helmstok in zijn handen keek Rebert als een automobilist strak voor zich uit en hoefde hij er alleen maar voor te zorgen niet van de weg te raken.

'Een bende binnen, joh! De suikerpot is aan stukken gevallen!'

Diederik stak een mok naar buiten, kwam er met een andere mok achteraan. De wind woei door hun drijfnatte haren, ze waren ook tot op hun hemd doorweekt door het water, dat door de kraag van hun zeiljacks naar binnen was gesijpeld, en ook al was het niet koud, nu alle spanning geweken was begonnen ze toch te verkleumen, zelfs met de hete bekers in hun handen – Diederik stelde voor dat als de een stuurde, de ander zich binnen ging warmen.

'Ga jij maar als eerste. Het is er nu nog warm! Ongelooflijk hoe zo'n gasvlammetje de hele boot kan opwarmen, maar het is ook maar een kleine ruimte natuurlijk!'

Rebert klom achterwaarts het trapje af, sloot de deur, en zat het volgende moment in de behaaglijke beschutting van de kajuit op een van de banken, omringd door niets dan lauwe, stilstaande, halfdonkere lucht. Langzaam kwam hij bij van alle wind die hem tot duizelig wordens toe om het hoofd had gewaaid, en zonder indrukken van buitenaf meer richtten zijn gedachten zich geleidelijk aan naar binnen, voelde hij de kracht van de ankerlijn nog naijlen in zijn handen en armen, zag hij het stijgen en dalen van de boeg op de bruisende golven weer voor zich, en verbaasde hij zich erover dat Diederik de lijn ook nog had kunnen houden toen hij die bijna helemaal had ingehaald en de boot zowat recht boven het anker had gelegen – het anker moest toen al los van de bodem zijn gekomen, want geen mens was sterk genoeg om het stijgen van de Otter op een golf tegen te gaan, hoeveel traagte die door zijn eigen gewicht ook had, en hoezeer elke golf ook gespleten werd door de scherpte van de boeg. Maar hoeveel sterker nog zou de opwaartse kracht zonder die twee factoren zijn, bijvoorbeeld op een grote, lichte, plastic bal; hoeveel energie school er eigenlijk wel niet in elke golf, energie die pas voelbaar, maar misschien ook wel winbaar werd als je er iets op liet drijven, energie die hij zelf aan den lijve had ondervonden, nog geen halfuur geleden, toen hij op het voordek zat en koste wat kost de ankerlijn moest vasthouden?

Hij had zijn ogen gesloten, staarde in zijn geest uit naar

wat zich als een ontdekking begon af te tekenen, een nieuwe manier van stroomwinning, en stelde zich een grote, plastic bal voor, nee: honderd, duizend van die ballen, die met een staaldraad aan de onderzijde bevestigd waren aan een onwrikbaar ankerpunt er recht onder, een loodzwaar blok beton – wanneer die draad een zodanige lengte had dat hij precies strak zou staan in een golfdal, maar zonder nog echt aan het drijflichaam te trekken, welk een enorme ruk zou dat ankerpunt bij elke golf niet krijgen! Om alleen al een gewone voetbal onder water te drukken kostte veel kracht, en dan ging het nu om ballen van misschien wel een meter doorsnee, met een onvergelijkbaar, exponentieel groter volume – onmogelijk om zo'n bal onder water te trekken of tegen te houden als die omhoog wil op een golf van misschien ook wel een meter, maar de betonblokken konden dat wel, die zouden elke ruk roerloos doorstaan. Maar om de energie uit de golven te halen moesten de ballen natuurlijk niet aan het beton zelf rukken, maar aan iets wat onder wrijving wel in beweging kwam, met welke beweging de kracht van de golven omgezet werd in elektriciteit, zoals een fietser elektrische stroom opwekte met de dynamo op het voorwiel...

Met zijn vingers tegen de slapen boog hij zich voorover, maakte hij zich een nadere voorstelling van de stroomwinning uit golven: de staaldraad van iedere bal was nu niet meer bevestigd aan de betonblokken zelf, maar gewikkeld om de as of spoel van een dynamo, die zich bevond in een op het betonblok vastgezette, waterdichte stalen doos. Telkens als de bal op een golf rees werd die as door de uitrollende draad aan het draaien gebracht, telkens als hij daalde draaide diezelfde as door een veer weer terug, de draad precies zo ver oprollend als die bij het stijgen was uitgerold, zodat die in het golfdal weer strak stond voor de volgende golf, de volgende ruk aan de dynamo of een vliegwiel. Door het enorme drijfvermogen van de bal zou de wrijving van de as navenant groot kunnen zijn, en daarmee de opgewekte hoeveelheid stroom per golf, die vervolgens door een kabel naar land zou worden getransporteerd. En hoeveel van die plastic ballen konden niet uitgezet worden? Ze zouden de kostprijs hebben van een stuk speelgoed, het beton kostte ook niets en was onbeperkt beschikbaar, en het mechaniek in de stalen doos leek hem ook niet al te kostbaar – het moeilijkste zou misschien nog zijn om de toegang van de constant bewegende draad tot de stalen doos waterdicht te maken, maar daarover, zoals ook over het mechaniek, zou de wetenschap zich wel buigen – die had waarachtig wel grotere werken verricht: de ruimtevaart, de televisie, de atoombom...

Hij dacht niet meer aan de technische bijzonderheden, trachtte alleen nog maar de onmetelijke potentie van de nieuwe stroomopwekking te bevatten – alleen al op het IJsselmeer konden er moeiteloos duizenden ballen gelegd worden, die zonder ophouden evenveel dynamo's zouden aandrijven, dag en nacht, met elke golf een nieuwe ruk. En hoeveel golven waren er wel niet? Miljoenen, nu, en over vijf seconden weer miljoenen andere, steeds weer nieuwe, allemaal ongebruikt: welbeschouwd was er niets in vergelijkbare overvloed op aarde als golven, zelfs zand niet, want ook de grootste woestijn zou eens opraken als er iedere dag een hoeveelheid van werd weggenomen, terwijl de golven elkaar bleven opeenvolgen zolang het maar waaide, in onvoorstelbare aantallen, en hoeveel energie de mens er ook uit zou halen, nooit zou er één golf door worden gemist – schonere energieopwekking was ondenkbaar, de wereld werd er niets door afgenomen; vreemd dat geen enkele wetenschapper hier ooit aan had gedacht – maar geen enkele wetenschapper had ook ooit zo direct de kracht van de golven op een drijvend lichaam ervaren als hij, toen hij op het voordek zat, de Otter omhoogkwam, en hij niet mocht loslaten...

Een klop tegen de deur wekte hem op uit de suizelende diepte van zijn overdenkingen: Diederik wilde wisselen. Met het hoofd nog vol lichternis klom hij naar buiten.

Het woei nog hard, maar de lucht was onmiskenbaar opgeklaard, al scheen de zon nog niet. Ze voeren tamelijk dicht onder de kust van Noord-Holland; nog dichterbij, ook aan de landzijde, staken er tientallen stokken uit het water, allemaal met een rafelig, donker lint aan de top. Een stadje verhief zich met wat daken en torens boven de dijk, lachend wees Diederik het met zijn rechterarm aan.

'Medemblik!' riep hij. 'En daar, recht vooruit, kun je de Drommedaris van Enkhuizen al zien! Als we daar zijn, zijn we op de helft!'

Hij spiedde met Diederik mee naar voren, ontwaarde rechts van de sleepboot de vage, door de verte toch weer grijze knobbel van wat de Drommedaris moest zijn, knikte nadrukkelijk, en vroeg toen wat die stokken waren.

'Daar zitten fuiken aan vast, dat is een visveld, voor paling. Zo gauw we in het café zitten nemen we een broodje paling, maar eerst een biertje natuurlijk!' Hij lachte opnieuw, stond op, rilde, verdween in de kajuit en trok het deurtje achter zich dicht.

Voor het eerst zonder nog gecorrigeerd of zelfs maar gecontroleerd te kunnen worden zat Rebert aan het roer, vervuld van de verantwoordelijkheid die hij droeg en het vertrouwen dat hij kreeg, zoals eerder ook van Beckers – hij vond het schitterend om alleen aan dek te zijn terwijl Diederik zich binnen warmde, en doorgloeid van alles wat hem gewerd staarde hij in verrukking uit over de loper van schroefwater die de sleepboot maar bleef uitrollen over het knobbelige water links en rechts.

Een visveld met fuiken – dat zou ook een elektriciteitsveld met ballen kunnen zijn: heel Medemblik zou van stroom voorzien zijn, met een vak ter grootte van een voetbalveld, of een half, of alleen het doelgebied, want de ballen konden vlak naast, bijna tegen elkaar aan liggen, met hun altijd strakke draden verankerd aan één, groot zinkstuk van beton – het zou lijken of er een onderwaterleger van reuzen aan het werk was, elke bal een enorme helm, een compleet garnizoen van vrijwel onzichtbare titanen die constant door de knieën gingen voor weer een volgende, machtige slinger aan het vliegwiel. Maar als dat hier al kon, in deze uithoek van het IJsselmeer, hoeveel uitgestrekter en gunstiger nog waren de mogelijke wingebieden elders dan wel niet? De golven in het Marsdiep liepen vermoedelijk veel hoger op, hij dacht aan de zeegang voor de hele Nederlandse kust, aan Californië en Hawaï met die gigantische branding, aan de woelige zeeën rond Schotland en Engeland, voor Normandië en Bretagne, Canada en Brazilië, aan de complete kustlijnen van Afrika en Australië, van de Golfstaten zelfs, die hun eindige olievoorraad niet meer hoefden te laten verstoken in westerse auto's en elektriciteitscentrales, maar voortaan zouden beheren als kostelijke grondstof voor plastic –

Opeens viel zijn oog op een touw dat vanuit de bakskist, vanonder het deksel, over het gangboord liep en verdween onder het achterschip. Het moest de fokkenschoot zijn; om die op te bergen gaf hij er een rukje aan, maar het uiteinde bleef onder water vastzitten, ergens bij het roer. Na nog een paar keer vergeefs trekken ging hij weer zitten en zag hij op korte afstand Enkhuizen voorbij glijden, voldeed hij zich na al het grijs aan de heldere kleuren van de groene dijk, de rode daken die erachter opstaken, een stukje blauw in de lucht, en de witte zeilen die als nieuwsgierige meeuwen, vrolijk hellend, om de Otter scheerden bij het passeren van de stad – de wind was inmiddels zo ver afgenomen dat er voor de haven toch weer wat boten op het water waren.

'Het waait zeker niet meer zo hard!' riep Diederik, wijzend naar de jachtjes, dadelijk nadat hij de kajuit uit gekomen was.

Rebert knikte, gaf toen een demonstratief rukje aan de fokkenschoot, zei op zorgelijke toon dat die vastzat.

Diederik boog zich over het gangboord, keek hoe de lijn langs het achterschip onder water verdween, gaf er zelf ook nog een paar rukken aan.

'Die zit goed vast!' verklaarde hij op montere toon, zich lachend weer naar Rebert terugdraaiend. 'We hebben de schoot in de schroef gekregen! De motor is dus niet kapot, alleen maar afgeslagen omdat de as niet meer kon draaien!'

Na de wissel, terug in de kajuit, kreeg Rebert geen greep meer op zijn eerdere voorstellingen van oneindige stroomvelden en de talloze helmen van onvermoeibare werklegers, onophoudelijk pas op de plaats makend, maar het belang, de reikwijdte ervan scheen hem intussen nog groter, zelfs alomvattend toe. Hoewel de wereld door de stroomwinning uit golven in het geheel niet zou veranderen, zou die, door de overvloedige beschikbaarheid van goedkope stroom, tegelijk ook weer wel veranderen: de verbrandingsmotor werd alom vervangen door de accu, de elektrieke tractie van de vroegste vierwielers keerde terug in nieuwe, elektrische auto's, bakstenen konden voortaan in elektrische ovens gebakken worden, nergens bliezen schoorstenen nog zwarte wolken de lucht in, zelfs de olie zelf zou, zonder enige vervuiling meer, met elektriciteit tot allerlei kunststoffen verwerkt kunnen worden.

En nog los van deze veranderingen zou de wereld alleen al een stuk schoner worden en een enorme hoeveelheid brandstof besparen doordat de nieuwe stroom zelf geen enkele verbranding vergde, derhalve helemaal schoon was in de opwekking, en er vanaf de invoering geen ouderwetse energiecentrales meer nodig waren voor de reeds bestaande elektrische apparaten en toestellen die in steeds toenemende mate de huishoudens binnen drongen, voor al die talloze koelkasten en centrifuges, straalkachels en grammofoons, scheerapparaten en droogkappen, de radio en de alom oprukkende televisie, die nu nog, hoe reukloos en schijnbaar schoon in het huiselijke gebruik ook, in feite, via de bloedbaan van een onderhuidse bekabeling, achtereenvolgens door fijne haarvaten, dan steeds dikkere aderen, en ten slotte slagaders, aangesloten waren op het hart van een energiecentrale kilometers verderop, dat ze onverzadigbaar leegzogen, en binnen de kortste keren zouden doen stoppen als er geen ononderbroken toevoer van brandstof in werd verstookt, onder een al even ononderbroken roet uitbrakende schoorsteen – uiteindelijk draaide elke radio op olie of kolen; geen televisie of er zat een uitlaatpijp aan...

Zo denkend, niet meer zozeer over de techniek als wel over de immense omvang van de toepassing, terwijl de boot hem wiegde en het water langs de boeg bruiste, raakte hij in een nieuwe roes, deed zijn uitvinding hem huiveren van opwinding, en dacht hij ineens ook aan patenten en octrooi, want ook al was er maar een fractie waar van wat hij stralend voor zich zag, dan nog waren de belangen enorm – nee, zolang zijn uitvinding nog niet gebrevetteerd was mocht hij er met niemand over praten, alleen met vrienden, met Diederik een keer, niet nu, want deze dag was van hem, maar misschien een keer na het tennissen, en met een welzalige zucht stelde hij zich zo'n terzijde met hem voor, deze keer, voor het eerst, van hém uitgaand, als hij hem apart nam en op die echt mannelijke wijze aansprak:

‘Zeg, ik geloof dat ik iets in mijn hoofd heb dat wel eens wat zou kunnen worden, ik vertel je straks wel wat, maar misschien kun jij, als jurist, me een paar tips geven over patent en zo... Het hoeft niet nu direct, we kunnen ook een keer in het café afspreken, ik denk dat het je wel interesseert, het is iets natuurkundigs, en omdat ik daar zelf geen verstand van heb zal ik het vroeg of laat aan een deskundige moeten voorleggen, maar voordat ik dat doe wil ik me eerst beschermen, dat zo’n man er niet zelf mee aan de haal gaat als er wel wat in blijkt te zitten, als je mijn verhaal gehoord hebt zul je het daar wel mee eens zijn, maar goed, het gaat dus over elektriciteit, de opwekking van stroom uit golven, ik kreeg het idee toen we met de Otter overstaken van Hindeloopen naar Volendam, weet je nog, die storm, en dat ik toen, op een gegeven moment, op dat voordek zat, en de ankerlijn moest vasthouden terwijl die boot maar op en neer ging? Nou, toen kwam ik er eigenlijk op, vanuit die ervaring, maar de rest vertel ik wel als we rustig aan het bier zitten... ken je café Meijers? Dan moeten we niet te laat afspreken, want dan is het er te druk... ja, ik kwam er vroeger wel, als student... ik had toen een buurman die op de kunstacademie zat, vandaar... wel een apart type trouwens...’

Andermaal was het een klop op de deur die hem uit zijn peinzerijen deed opschrikken. Hij klom naar buiten, knipperde met zijn ogen: de zon scheen; Diederik wees naar een groen-wit vissersplaatsje recht vooruit.

‘Volendam! Nog tien minuten!’

De sleper minderde vaart, voor het afmeren hingen ze alvast de stootwillen buitenboord, en het volgende moment gleden ze de rust van de havenkom binnen. Op het voordek maakte Diederik de sleepkabel los, en even later werd de Otter heel voorzichtig tegen de kade gedrukt, waarna de sleepboot de hoge kop afdraaide, met het lage achterschip nog even langszij kwam, en vervolgens, nadat Diederik een overhandigd formulier had ingevuld en teruggegeven, weer bedaard de haven uit stoomde – de reis zat erop.

'Prachtig!' zei Diederik met een blik op zijn horloge. 'Zes uur! Dat hadden we zelf niet beter kunnen doen! Nu even afmeren, en die schoot lossnijden, en dan kunnen we naar het café, een biertje drinken en de dames bellen! Josje zal al wel gepakt hebben!'

Rebert wist niet wat Tine gedaan had, maar het zou hem niet verbazen als ze na het vroege opstaan weer terug naar bed was gegaan – misschien, als Vitesse gescoord had, had ze het gejuich van Monnikenhuizen nog door het open raam gehoord.

De Otter was naar zijn vaste ligplaats verhaald en vastgelegd; in zijn zwembroek en met zijn opengeklapte zeilmes in de hand ging Diederik de schroef vrijmaken. 'Ave Caesar, morituri te salutant!' grapte hij, alsof hij een gladiator voor de strijd was en de keizer groette, daarna stapte hij over de achterreling en liet hij zich met veel misbaar in het water zakken. Toen hij wat later weer aan boord klom, het mes tussen de tanden, de haren drijfnat, het afgesneden en losgewikkelde uiteinde van de fokkenschoot in de hand, kwam Rebert juist de kajuit uit, waar hij de troep van de kapot gevallen suikerpot had opgeruimd.

'Zo, operatie geslaagd, nu eens kijken of hij weer kan lopen!'

Diederik startte; de motor sloeg aan; hij zette hem weer uit.

'Zie je wel? Niks aan de hand! Alleen die stagen...'

Met betrokken gezicht opeens keek hij naar de mast, waarna hij het gangboord op stapte en naar het rechter stag liep. Vanuit de kuip zag Rebert hem aan een stalen verdikking voelen ter hoogte van het kajuitdak, hij draaide er met zijn hand aan, kroop toen over het dak naar het andere stag, draaide ook daar aan de verdikking, stak vervolgens de priem van zijn zeilmes in een opening en gaf nog een paar slagen.

'Opgelost!' riep hij, voelend hoe strak de lijn stond, en daarna, terug in de kuip: 'De spanners waren alleen maar losgedraaid, door dat trillen met die klapperende zeilen! Ik had ze zó kunnen aandraaien... gewoon niet aan gedacht!'

'Dus de mast staat weer stevig?'

'Net als voor vertrek! De Otter kan weer zeilen... én motoren! Maar nu krijg ik het koud!'

Terwijl Diederik zich binnen aankleedde maakte een nog grotere voldoening dan alleen die om de behouden vaart en tijdige aankomst zich van Rebert meester: er was niets kapotgegaan met hem als maat; ze waren helemaal schadevrij, zonder averij... Hij trok zijn oliegoed uit, dacht toen ook weer aan zijn uitvinding, huiverend haast: na de rijles voor Tine was het zijn tweede originele idee in zijn leven...

Ze gingen van boord, Diederik zette er gelijk de pas in. 'Bier!' zei hij. 'En een broodje paling! En de dames niet vergeten! Bier, brood en bellen!'

Wijdbeens, als een ware matroos, liep Rebert naast hem over de golvende grond, daas langs het felle groen en wit van de huisjes aan de ene kant en de viskotters aan de andere kant, tussen de zondagswandelaars door het rustige café verderop binnen, waar ze na alle wind en ruimte achterin gingen zitten, weg van het licht buiten. Op het betrijpte tafeltje stond een peper-en-zoutstel met een flesje Maggi, het bier werd gebracht, ze proostten.

'Godverdomme, wat een tocht, zeg!' zei Diederik, zich het schuim van de lippen vegend. Normaal vloekte hij nooit, maar in de echo van het doorstane gevaar was het gewoon, kon het niet anders, brak het inwendig opgehoopte geweld zich in een garnituur van krachttermen alsnog naar buiten. 'Ik werd gek van die pokkenplas!'

'Sodeju...!' viel Rebert zuiver in. 'Ik zit nog na te deinen!'

'Want weet je wat het is met dat IJsselmeer? Die golfslag is zo verdomde kort! We kwamen er toch bijna niet tegenin? Allemachtig zeg... En toen moest die ellendige fok er nog af... Die fok heeft ons in feite genekt!'

'Schoot in de schroef... Godsamme!'

'Ja, en daarvoor al, met dat losklapperen van de spanners, toen konden we ook niet meer zeilen! Jezus christus...'

Bij het tweede glas bier kwamen ook de broodjes met paling. Met volle mond bleven ze de oversteek maar recapituleren, als jongens die samen een film hebben gezien en telkens weer nieuwe fases en details naar voren halen: het ankeren! die boei! dat afdrijven! het plotselinge opdoemen van de sleper in de schemering...

'Ik schrok me eerst kapot,' zei Diederik. 'Het leek wel een spookschip in het donker...'

Benoemen was niet meer genoeg, er moest beeldspraak bij.

'Ik dacht dat het nacht werd,' zei Rebert, 'maar de Afsluitdijk kon ik nog wel zien... zo'n zwarte lijn... net een streep onder een rekening!'

'Ha, ja, en elke aanrollende golf dan een kostenpost – want we moesten er iedere keer toch maar overheen, ze allemaal verwerken...'

'En het waren er nogal wat! Miljoenen! Steeds nieuwe! En niet van die kleintjes!'

'O, op zee zijn ze nog wel even hoger... Bij deze wind? Dat kun je je gewoon niet voorstellen...'

'Dat wil ik wel geloven,' zei Rebert, die het zich maar al te goed kon voorstellen, de laatste uren zelfs niet anders had gedaan.

'Het Stortemelk al! Normaal varen wij alleen op het IJsselmeer en het wad, maar als je naar Vlieland gaat voert de geul je toch even de volle zee op, om het Stortemelk... Nou, de golven daar, vanaf een krachtje of vier, vijf... Daar kijk je echt niet meer overheen, niet vanaf de Otter... Moet je nagaan hoe het daar vanmiddag heeft gespookt!'

'Langs de hele kust natuurlijk!' riep Rebert uit, terwijl zijn wangen begonnen te gloeien: pratend over de golven raakte hij opnieuw vervuld van zijn nieuwe patentstroom, de verzoeking die ter sprake te brengen werd almaar sterker, trok aan hem als eerder de ankerlijn, maar net als toen op het voordek mocht hij er onder geen beding aan toegeven, moest hij de druk weerstaan – hij was maar maat vandaag, wilde ook niets anders zijn, wanneer hij er nu over begon zou het lijken alsof de oversteek hem al niets meer deed. 'Daar kun je maar beter niet ankeren, lijkt mij... met die golven...'

'Daar ankeren, bij storm, met een bootje als de Otter? Uitgesloten! Waanzin! Je zou een ankerlijn van een kilometer nodig hebben!'

'Maar stel nu dat je die hebt, en dat je die, na hem eerst helemaal te hebben uitgevierd, langzaam inhaalt, net zo lang tot je bijna recht boven het anker ligt, als een boei...'

'Beste vriend, dan is de bolder allang uit het voordek getrokken! Die krachten zijn enorm... Die boeien liggen niet voor niks met een staalkabel vast aan een stuk beton!'

'Ja, dat had ik zelf ook al gedacht,' glimlachte hij vroom, zonder een spoor van de eerdere grofheid meer. 'Die boei naast ons zat natuurlijk ook vast aan een flink betonblok, en dat was nog maar op het IJsselmeer – moet je je voorstellen langs de kust, de betonning van een vaargeul, hoe die boeien daar tekeergaan... ook nu, op dit moment...'

Diederik knikte, nam een slok.

'En dan zijn er nog veel wildere kusten dan de Nederlandse kust, denk maar aan Schotland, of aan de golven voor Californië, de Atlantische kust van Normandië en Bretagne, noem maar op...'

Hij sprak heel behoedzaam nu, de woorden kwamen uit zijn mond als druppels uit een pipet, met zorgvuldige achterhouding van de katalyserende kern, opdat de reactie, het begrip bij Diederik, nog niet plaatsvond.

'En veel langere kusten heb je ook...' ging hij na een korte stilte door. 'De kust van Afrika, van Amerika, van heel Australië... Hoeveel van die boeien zouden daar alles bij elkaar wel niet liggen, nu al? En allemaal rukken ze ononderbroken aan zo'n betonblok in de diepte...'

Zo rakelings scheerde hij langs het vuur van zijn uitvinding dat hij de hitte aan zijn gezicht voelde. Nog steeds slaagde hij erin het onderwerp niet aan te raken, maar het loslaten lukte ook niet meer; weer verder pratend fladderde hij eromheen als een kraai om een kerktoren.

'En wat ik me nu net opeens realiseer, dat komt er nog bij, dat is dat bijna alle grote steden aan zo'n kust liggen: New York, San Francisco, Hongkong, Tokyo, Sydney, Rio de Janeiro, ga maar door... Parijs niet, Madrid ook niet, maar Barcelona weer wel, en Rotterdam natuurlijk, Amsterdam eigenlijk ook, Kaapstad helemaal...'

'En Kopenhagen niet te vergeten!' keerde Diederik na een schijnbare afwezigheid met volle kracht terug in het gesprek. 'Je hebt helemaal gelijk, geen speld tussen te krijgen! Ik snap er alleen niks van!'

Hij glimlachte hem minzaam tegen, wilde zeggen dat dat nog wel kwam, maar kreeg de tijd niet: Diederik nam de laatste slok, zette het glas op tafel, klopte hem lachend op de schouder en kwam overeind.

'Kom op, we gaan bellen!' besliste hij monter. 'Anders maken ze zich ongerust!'

Innig vergenoegd liep Rebert achter hem aan naar de

bar. De kastelein wisselde een gulden voor kwartjes; samen stapten ze de telefooncel in; Diederik belde als eerste; tegen elkaar aan gedrukt luisterden ze naar het overgaan van het toestel aan gene zijde, heel zacht uit de hoorn die Diederik met schalkse blik tussen hen in hield.

Maar er werd niet opgenomen.

Rebert kreeg wel gehoor.

Het was de politie.

Ongeluk.

HOOFDSTUK 9

Angelen bis

Zo onveranderlijk lag Angelen aan de rivier dat zelfs de oorlog het dorp niet had veranderd. Zoals het erin ging, zo kwam het eruit, zonder dat er een schot gelost was, maar toen kwamen de veranderingen toch, in de jaren vijftig en daarna, en veranderde uiteindelijk ook de rivier.

De bevolking was groter nu, maar toch had iedereen weer werk, omdat ook de bedrijven groter waren geworden, werf Bodewes aan de overkant, werf De Hoop Lobith in Tolkamer, melkfabriek Minerva, de steenfabrieken rondom, en ook verhuisbedrijf Van Haren in Angelen zelf: bediende de oude Van Haren de wijde omtrek nog met een roestige bestelbus, de jonge Van Haren verving die al snel door een gloednieuwe, vuurrode Magirus-truck, een echte vrachtwagen die zo groot was dat hij boven de meeste huizen uitstak en niet in de oude kom geparkeerd kon worden. Maar daarmee was de ondernemingszin van de jonge Van Haren nog niet bevredigd: rijdend door de moderne tijd, van verhuizing naar verhuizing, zon hij op nieuwe mogelijkheden en markten; met een systeem van op vele plaatsen in te hangen buizen, gevoegd bij een paar ventilatieroosters, maakte hij de wagen ook geschikt voor veevervoer, terwijl diezelfde buizen, maar dan hoger ingehangen, evengoed konden dienen als kledingrekken. Hoe groot zijn ondernemingszin was bleek eerst ten volle toen hij erin slaagde een contract af te sluiten voor het vervoer van een grote partij Aziatisch textiel die in Rotterdam, vanuit een zeeschip, aan land was gebracht en naar een distributeur in Duisburg moest. Wekenlang vertrok hij elke ochtend in alle vroegte richting Rotterdam, op het middaguur zag men hem in de verte over de rijksweg voorbijrijden, de andere kant op, naar Duitsland, waarna hij pas tegen negenen in de avond weer thuiskwam – hij had geen verhuisbedrijf meer maar een transportonderneming; hij reed niet meer regionaal maar internationaal; op de rode flanken stond in witte letters *Van Haren Expedities* geschilderd: de truck was de trots van het dorp.

Toen elke vader weer werkte was de schrale tijd voorbij; toen de lonen bleven stijgen begon de welvaart. Waren de eerste auto's in Angelen nog een bezienswaardigheid, spoedig waren het er zoveel dat niemand nog opkeek van al die Volkswagens, Opel Kadetten, Renaultjes 4 en Simca's. De enige auto die nog opzien baarde was die van Jan de Loper – hij had een nieuwe gekocht, weer een Cadillac maar nu een heel andere, een enorme platte slee met vinnen, verwulfde vleugels zelfs, een Cadillac Fleetwood met linnen dak – maar eigenlijk behoorde die niet meer tot Angelen.

En met de welvaart en de auto begon ook de recreatie. Een uitje naar het Drielandenpunt werd heel populair, later maakte men ook dagtochten naar het nieuwe dolfinarium in Duisburg, terwijl sommige gezinnen op zondagen nog wel verder langs de Rijn reden, helemaal tot Bonn aan toe, om naar de regeringsgebouwen aan de kade te kijken. Geleidelijk aan gingen ook steeds meer mensen op vakantie, kamperen op de Veluwe of in het buitenland, en om te controleren of alles nog compleet en heel was werd dan eerst de tent in de tuin opgezet, werden de luchtbedden en de opblaasboot opgepompt – dan hanteerde vader de nog nieuwe rubberhamer, dan vulde moeder de boot bij wijze van badje met water, dan mochten de kinderen die avond alvast in de tent slapen. Bij gezinnen die nog weer beter af waren werd rond die tijd, aan het begin van de zomer, zelfs ook wel een Alpenkreuzer aan de auto gekoppeld, met een luifel die op de plaats van bestemming uitgeklapt kon worden... de opwinding als zo'n laag, wit aanhangwagentje vanuit de winterstalling op straat verscheen, het vuil eraf gewassen werd, en het al dagen voor vertrek steeds verder volgestouwd werd met bagage, iedere avond na het eten nog een beetje meer...

De opgeschoten jeugd intussen beschikte over zijn eigen gemotoriseerde vervoer: de bromfiets, Mobylettes voor de meisjes, een Ferrari-rode Kreidler of zilvergrijze Zündapp voor de jongens. Daarmee scheurden ze naar school in Zevenaar, op zaterdagavonden naar de dancing aldaar, en toen Angelen een snackbar kreeg ook naar Automatiek de Gastronoom, vlak bij de al even nieuwe en moderne wasserette, waar de was chemisch gereinigd werd. Alleen om iets uit de muur te trekken stapten ze even af, voor de rest zaten de knapen wijdbeens en met lopende motor op de duoseat, en wanneer er wel eens een oude man op een Solex of Sparta voorbijkwam boog de brutaalste van het stel zich prompt over de benzinetank om hem even in te halen. Na nog een rondje om de kerk kwam hij dan weer terug, parkeerde hij op een andere plek in het gewoel, en schoot er weer een ander weg, voor een ander rondje, soms met een meisje achterop, of een van de kleine kinderen voorop, heel langzaam dan.

Ook die kleine kinderen ontbrak het aan vervoer noch iets anders. Ze hadden een step en een trapauto, rolschaatsen en snoep, en reeds vanaf '52, vlak na de introductie in Nederland, lazen ze de *Donald Duck*. De zoon van bakker Duk was toen vier. Zoals zoveel kinderen die kort na de oorlog geboren werden kreeg hij een Engelse voornaam, in herinnering of als dank aan de bevrijders, al hadden die nooit in Angelen hoeven zijn. Omdat er al wat Johnnies en Tommies waren wilden zijn ouders iets anders, iets bijzonders, iets met een d: ze noemden hem Donald. Hoe weinig konden ze bevroeden dat er hier jaren later een wereldberoemde strip zou verschijnen met eenzelfde naam als die van hun zoon! Zodra bekomen van de opwinding brachten ze het vrolijke weekblad van de toevalligheid op de hoogte middels een ingezonden brief; die brief werd geplaatst, en in het onderschrift feliciteerde Donald Duck Donald Duk met zijn leuke naam en beloonde hij zijn naamgenoot met een gratis abonnement voor het leven. Hoewel de kleine Donald het nog niet kon lezen begreep hij het toch. Hij vond het prachtig, hij was Donald Duck.

Tegelijk met de komst van de auto en de brommer werd ook het ommeland gemotoriseerd. Waar de tractor verscheen verdween het paard als trekdier van de velden, maar later kwam het weer terug als sportpaard. Vlak bij Hotel Oranje was het boer Kromkamp die als eerste de mogelijkheden zag. Hij bouwde een paardenstal, liet wat rijpaarden grazen op de wei naastaan, deed er nog wat pony's bij en had toen, naast zijn boerenbedrijf, ook een manege, Manege Kromkamp. Op zondagen en zomeravonden was het daar een en al drukte en recreatie, ook daar, door de welvaart weer en de vrije tijd: sommige mensen hadden er een eigen paard op stal staan dat ze gingen verzorgen en berijden, anderen huurden een paard voor een ritje, nog weer anderen namen rijles en ook voor de kinderen, meisjes meest, waren er lessen, op de pony's, die na afloop of vooraf gelaten hun manen lieten vlechten met strikken en kralen erin. Net als de jonge Van Haren, zij het misschien in iets mindere mate, beschikte Kromkamp beslist over ondernemingszin.

Waar de motor overal buiten opgang maakte, daar was het de elektrotechniek die juist naar binnen kwam, elk huis van Angelen in, in de gedaante van almaar meer elektrische apparaten, machines en toestellen, op het laatst nog meer, en van meer verschillende merken, dan er verschillende fruitbomen en gewassen op het omliggende land stonden. De telefoon kwam in de gang, de koelkast in de keuken, en de wasmachine in de bijkeuken, terwijl de woonkamer verrijkt werd met de eerste bandrecorders en pick-ups, later de stereo en de transistorradio, al was die laatste, draagbaar en met batterij, juist weer voor buiten – zo nieuw als de auto nog was, nu kwam daar de autoradio nog bovenop; van de jongens bij de Gastronoom nam er altijd wel één een transistorradio mee; zelfs de jongens op de kribben, onder de bakens, hadden soms een transistor bij zich.

Zo ging het hypnotiserende, groene kattenoog van de zenderknop langzaam dicht, al kwam de grote klap voor de aloude radio niet van de bandrecorder of transistor, maar van nog weer een nieuwe uitvinding, de televisie, die spoedig een grotere rol in het huiselijk leven vervulde dan al die andere apparaten bij elkaar.

De eerste die televisie nam was Jan de Loper, voor de kinderen, daarna kwam Hotel Oranje, voor de gasten – maar dat was nog buiten het dorp. De derde televisieantenne verscheen op het huis van de burgemeester, ook nog buiten het dorp, maar lang niet zo ver als Angeldycke, en precies aan de andere kant van de kom. Na verloop van nog weer enige maanden kreeg Angelen dan daadwerkelijk zijn eerste televisie, maar daarna ging het snel, veel sneller nog dan met de koelkast of telefoon. Het leek of de antennes zomaar uit de daken groeiden, een zilveren filigrein van staven, gekrulde stangen en tuidraden overwoekerde de bebouwing als een lofwerk van de nieuwe tijd, en spoedig was er geen huis meer zonder zicht op de wereld.

Vanaf dat moment zagen de dorpelingen van Angelen

hetzelfde als de stedelingen in Arnhem, Amsterdam, en zelfs Amerika. Men brak zich het hoofd over wat toch de doodsoorzaak kon zijn geweest toen Marilyn Monroe overleed, waarom Lee Harvey Oswald John F. Kennedy had vermoord, en waarom en door wie hij een paar dagen later zelf werd vermoord – ze kwamen er niet uit, zomin als ze de ruimtereizen konden bevatten, maar wel zien, en ze zagen ook Cassius Clay boksen, dansend als een vlinder, stekend als een bij, midden in de nacht, toen de wekker was afgegaan en in elke huiskamer het licht brandde. De Vietnamoorlog kwam ook op de televisie, net als de atoombom, het Kremlin en het Europacupvoetbal op woensdagavonden, wanneer iedereen aan het toestel gekluisterd zat en er geen mens meer op straat liep. Altijd als Ajax of Feijenoord zo'n wedstrijd speelde had bakker Duk een speciale aanbieding, dan heetten zijn tompoezen 'Europacupgebakstukjes' en vroeg hij aan iedereen die wilde betalen: 'En, nog een Europacupgebakstukje?' en dan was er geen moeder die niet voor het hele gezin een Europacupgebakstukje mee naar huis nam. Donald Duk was toen veertien. Op zaterdagmiddagen hielp hij mee in de winkel, daarna ging hij op een krib zitten om zijn naam te vervloeken.

Intussen bleef de bevolking zodanig groeien dat Angelen op zeker moment, begin jaren zestig, zich genoopt zag zelf ook groter te worden. Ditmaal ging dat niet geleidelijk, maar ineens, met een sprong: op last van de burgemeester, of misschien nog wel hoger, provinciaal gezag, werd begonnen aan de aanleg van een nieuwbouwwijk. Die moest verrijzen op de strekking gronds tussen de oude kom en de burgemeesterswoning, evenwijdig aan de dijk. De bovenlaag werd afgegraven, zand ervoor in de plaats gespoten, en toen dat was ingeklonken en uitgezegen kwamen de vrachtwagens, cementmolens, kranen en bouwvakkers. Het constante heien en timmeren overstemde een jaar lang het geronk van de trekkers te velde, het loeien van de koeien en het geschreeuw van de meeuwen en kraaien in de lucht, daarna hield het ineens op en daalde een nieuwe rust neer over de nieuwe huizen. De daken hadden donkerblauwe pannen, de woonkamers grote ramen voor en achter, de stoepen waren heerlijk licht betegeld, en de straten kregen de namen van beroemde zeehelden, de Trompstraat en de De Ruyterstraat, en ook van minder beroemde zeehelden, de Sonooystraat en de Swartenhondtstraat, omdat er zoveel straten waren. Toch was de nieuwbouwwijk met zijn vier blokken in de breedte en twee in de diepte te klein om een wijk te heten, en te nieuw om een buurt te zijn: de volksmond sprak eenvoudig van de nieuwbouw, die nog te nieuwer werd toen er ook nieuwe mensen kwamen te wonen, vreemde mensen, mensen van buiten Angelen, tot uit Zevenaar en Arnhem aan toe – dankzij de auto kon men daar gewoon blijven werken. Toen alles klaar was woonden er zoveel nieuwe kinderen in Angelen dat men besloot dat de oude, zelfs al dode speelboom op de dijk niet meer volstond. Om het werk feestelijk te bekronen werd daarom een nieuwe speeltuin aangelegd, de eerste van het dorp, op de grens van de nieuwbouw, daar waar een klinkerweg het dorp uit liep naar de burgemeesterswoning verderop. Het middelpunt was een rond opgemetselde zandbak, met een schommel en een wip ernaast en nog wat rozenperken, alles omsloten door een hek van gaas opdat de honden en katten het zand niet zouden bevuilen.

Ook Laura Banda kwam met haar man en dochtertje van elders, en ook bij haar in de Swartenhondtstraat stond een auto voor de deur, maar daarmee hielden de overeenkomsten onmiddellijk op: die auto was een Lancia, zij kon er zelf in rijden, en haar man was een Schot, de grootste vreemdeling derhalve van allemaal, die bovendien ook veel verder weg zijn werk had dan wie ook, over alle zeven zeeën, als machinist op de wilde vaart. Omdat de Lancia zijn grote trots was, en anders dan de andere auto's niet dagelijks voor het werk werd gebruikt, deed de jonge mevrouw Banda er na ieder ritje een beschermende hoes omheen; om haar dochter Lieneke, die door de overwegende afwezigheid van haar vader toch al in een ongewoon gezin opgroeide, niet ook nog met een afwijkende Schotse naam te belasten, bleef zij in het dagelijkse leven haar meisjesnaam gebruiken.

Te midden van al deze ontwikkelingen, of eigenlijk gezegd ernaast, aan de andere kant van de dijk, was het de Rijn die als enige nog hetzelfde scheen te blijven. Nog altijd stroomde die onveranderlijk langs, nog altijd streek de grote, zwarte, visetende aalscholver op de bakens neer om met gespreide vlerken de veren te laten drogen, en nog altijd liepen er mensen de dijk op om naar de boten te kijken, de Animo of de Tilly, de Hoffnung of de Fortuna, die altijd nog onveranderlijk voorbij voeren, leeg of vol, op of af. Maar de nieuwe schepen werden steeds groter, en toen voer opeens de Wasserbüffel voorbij, die niet alleen nog veel groter was, maar ook wezenlijk anders, niet eens meer een rijnaak: de Wasserbüffel was een duwcombinatie. Niet veel later kwam er een schip langs van nog weer heel andere orde, zelfs geen rivierschip meer maar een coaster. Nooit eerder had men vanaf de dijk een zeeschip zien aankomen, en ook al had de Cougar Ace lang niet zoveel laadvermogen als de Wasserbüffel met zijn vier bakken, door zijn zeewaardigheid maakte hij toch veel meer indruk. Wie hem zag passeren dacht onwillekeurig aan de stormen die hij met zijn hoge boeg en kleine patrijspoorten had weten te trotseren, aan het zout dat nog aan zijn huid moest kleven, aan de verre kusten die hij had aangedaan, aan zijn indrukwekkende naam, en dan was het of een exotisch wezen, een dwaalgast, een onbekend zeedier zich het zoete water van de Rijn op werkte.

De almaar groeiende Duitse industrie die stroomopwaarts, in het Ruhrgebied, steeds meer en steeds grotere schepen eiste voor de aanvoer van de grondstoffen en de afvoer van de productie, en zo de scheepvaart deed veranderen, veranderde geleidelijk aan ook het water zelf. Zoveel vuil als al die fabrieken en energiecentrales de lucht in stootten, zoveel zwavel, fosfaat en zware metalen loosden ze tegelijkertijd op de Rijn, de drukst bevaren rivier nu ter wereld. Onzichtbaar losten de chemicaliën op in het water, dat altijd al troebel was geweest van het slib, maar nooit eerder giftig. Toch liet het gif zich op den duur ook gelden voor het blote oog, voor iedereen die in Angelen op de dijk stond: na de ernstigste lozingen stierven de vissen zo massaal dat ze als zilveren herfstbladeren voorbij dreven, tot er geen vis meer over was om nog dood te gaan. Bij gebrek aan voedsel werd de aalscholver allengs een zeldzame verschijning, steeds minder zag men hem nog op de bakens zitten, en toen verdween ook de laatste, van honger, of juist omdat hij toch nog een vis had weten te vangen, die giftig was.

Moderner kon Angelen nu niet meer worden, maar juist door zo te veranderen was het dorp uiteindelijk alleen maar gelijk gebleven aan al die andere dorpen aan de Rijn, waar niet minder televisie werd gekeken en de was ook chemisch gereinigd werd, en ten slotte ook aan zichzelf – want altijd al had het zich in zijn nieuwste tooi getoond, op zijn modernst: toen het de eerste riolering kreeg was het moderner dan daarvoor, toen het straatverlichting kreeg ook, toen het stromend water kreeg ook. Zo, bij alle veranderingen, was Angelen nog steeds een dorp als alle andere aan de Rijn.

HOOFDSTUK 10

Weg

'Het leek wel kiekeboe. Keer op keer kwam ze achter de caravan vandaan, maar telkens als ik haar goed en wel in de achteruitkijkspiegel kreeg dook ze weer terug, ook als er helemaal geen tegenligger aankwam. Het is waar dat ik langzaam reed, omdat het zo hard woei kon ik niet harder dan vijftig, anders ging de caravan te veel slingeren. Ik werd dan ook door de een na de ander ingehaald, alleen die Morris bleef maar achter me zitten. En toen kwam ze opnieuw, uitgerekend voor een bocht waar opeens weer wel een tegenligger uit opdoemde, in de stromende regen. Dat was de laatste keer dat ze terug dook. Van schrik zal ze zijn doorgeschoten de berm in. We konden de klap horen en zijn onmiddellijk gestopt. De Morris stulpte aan allebei de kanten om de boom heen, net of-ie van deeg was. Toen pas zagen we dat er een vrouw achter het stuur zat.'

Toen Rebert en Diederik tegen negenen op het politiebureau verschenen was de verklaring van de ontstelde getuige daar net binnen. De toedracht omtrent het ongeluk werd uiteengezet; het rijbewijs was in orde geweest; de stoffelijke overschotten lagen nog in het ziekenhuis van Zwolle; voor nu was dat alles. Diederik belde iemand op en verliet zonder nog een woord het bureau; iets later liep Rebert verdwaasd naar de kliniek en stak hij ongezien een flesje hypnine en een pipet in zijn zak.

Die avond versterkte hij voor het eerst zijn wijn.

Josje en Lonnie werden het eerst begraven. De kerk zat

vol, Rebert liep achter aan de lange stoet naar de groeve, de kleine kist werd neergelaten op de grote. De bomen ruisten, de mensen huilden, het pak van Diederik was nog zwarter dan dat van de anderen en daarbij droeg hij een zonnebril. Nadat het meisje zo was bijgezet boven de buik van haar moeder verplaatste het gezelschap zich naar de koffietafel. Rebert kende veel gezichten maar niemand keek hem aan. Als laatste in de rij kwam hij eindelijk aan bij Diederik, die nog steeds zijn zonnebril op had. Toen hij hem condoleerde was het of die hem niet meer herkende.

De begrafenis van Tine was de volgende ochtend, 30 juni 1963. Diederik kwam niet, voor het overige was het ongeveer dezelfde groep vrienden die de kerk vulde en aan het graf stond. Maar na de teraardebestelling verdwenen zij meteen, en zo gebeurde het dat Rebert alleen met zijn ouders en zijn oom, Beckers en Heiman, en enige schoonfamilie aan de koffietafel zat, die voor vijftig personen was opgemaakt. Toen ook zij verdwenen en hij alleen was ging hij lopen, net als vroeger op zaterdagen en zondagen, toen hij ook alleen was – hij liep door de benedenstad, onderlangs de Rijn, daarna omhoog, naar Sonsbeek, door het park en om het kasteel, zich steeds vertwijfelder afvragend waarom Diederik niet gekomen was, tot hij uiteindelijk op de bolle brug bleef stilstaan en het bittere antwoord tot hem doordrong: het kon niet anders of Diederik hield Tine schuldig aan het verlies van zijn vrouw en kind, daarom had hij haar de laatste eer, en hem de troost van een vriend onthouden... alsof Tine het ongeluk had gewild... alsof zij het Josje en Lonnie moedwillig berokkend had en zelf nog leefde...

Van woede sprongen hem de tranen in de ogen, balde hij zijn vuisten en bleef hij als versteend op de brug staan, tot schaamte die woede verdreef, de schaamte dat hij woede voelde en niet het verdriet dat hij zou moeten voelen.

Maar toen kwam het verdriet toch, later – het viel over hem als een avond, langzaam, groot, onontkoombaar, en doofde alle kleuren uit. Toen was het nacht.

Evengoed was hij weer gaan werken. Met het geld van de verzekering, vermeerderd met een bedrag uit eigen middelen, had hij een nieuwe auto gekocht, een Opel Rekord. Maar zijn concentratie was weg. Soms kwam hij op een boerderij aan zonder zijn tas en keerde hij onverrichter zake weer terug; andere keren reed hij de brug over en wist hij niet meer waar hij heen moest, en eens, op weg gegaan voor een vermoedelijke koliek bij Driel, twijfelde hij op de rotonde voor de brug ineens of hij er al geweest was of nog naartoe moest: na vier keer rondrijden reed hij de stad weer in, rechtstreeks naar huis, en moest hij gaan liggen.

Hij had ook geen kracht meer. Waar hij voorheen zijn handen net zo kordaat en mannelijk had leren wassen als Beckers, wijdbeens boven de emmer hangend, daar boog hij zich nu omlaag alsof hij een bloem ging plukken, een bloem die hij niet goed kon zien. Waar hij de elementaire beginvragen vroeger net zo achteloos en opgeruimd aan de boer wist te stellen als Beckers, de koe kalmerend op flanken kloppend ('En, nog goed gegeten? Goed gegeven?'), daar klonk zijn hese, stamelende stem nu nauwelijks nog boven de stalgeluiden uit. En een keer, toen hij tot aan zijn elleboog naar een verkeerd gelegen kalf tastte, en een uteruscontractie zijn arm beklemde tussen het bekken en de baarmoeder, slaagde hij er niet in zich te bevrijden, had hij er niet eens de wil of het benul meer toe. Verweesd bleef hij achter de koe staan, tot de boer hem uiteindelijk lostrok en hij, duizelig van slapte opeens, alleen nog maar naar huis wilde om te gaan liggen. Met leedwezen gadegeslagen door de boerenfamilie en buurlui reed hij het volgende moment, gekleed in niets anders dan zijn mouwloze, rubberen overall, omdat hij die ook niet meer uit kreeg, traag hobbelend het erf af.

En zijn vroegere zachtheid had hij ook niet meer. Nog een paar maal was hij met Beckers en de keizerskist op weg geweest naar een bevalling. Zo soepel en zelfstandig hij vroeger assisteerde, nu waren zijn bewegingen hoekig en hortend, en had hij voor elke volgende fase van de operatie nieuwe aanwijzingen nodig om in beweging te komen. Na de laatste keer vond Beckers dat het niet meer ging, dat hij beter rust nam, dat hij alleen hoefde te komen als hij weer zin had, dat hij op vakantie moest.

Vakantie: maar waarheen? En met wie? Hij zou op dit moment met Tine op Fair Isle zijn geweest en voor het eerst in zijn leven gevlogen hebben, hoog boven de wolken, waar de zon altijd schijnt, halverwege de wereld en waar zij nu was.

Een paar weken later stond hij opnieuw stil op de brug waar hij vroeger zo vaak en zo veerkrachtig overheen gelopen was. Zonder de kunststudenten te zien, die met hun map onder de arm voorbijkwamen, zonder het geneurie van de muziekstudenten of het welluidende gelach van de toneelstudenten te horen, en zonder ook maar te merken dat iets verderop een ballerina haar been op de balustrade legde, staarde hij omlaag naar het roerloze water onder hem. Nog steeds had Diederik niets van zich laten horen. Was zijn verlies dan zoveel groter dan het zijne, dat hij zich te groot voelde om zich nog te verontschuldigen voor zijn afwezigheid op Tines begrafenis, of die zelfs maar te verklaren in een kort briefje? Maar ook zonder enig bericht, of juist daardoor, kon hij zijn stilzwijgen nu en wegblijven toen maar al te goed verklaren: nog aldoor hield hij Tine schuldig, net alsof zij, moedwillig...

Vooruitlopend op zijn oude woede, die hem uit het donker van zijn verdwaasd rondlopen zou optillen, balde Rebert zijn vuisten, maar in plaats van het stadslicht van die inmiddels tot verongelijktheid versleten gram straalde hem ineens, terwijl een nieuw begrip in hem baan brak, een nieuwe woede met groot licht tegemoet: het kon niet anders of Diederik verweet niet zozeer Tine het ongeluk, maar hém, omdat híj haar rijlessen had laten nemen en haar, toen zij er geen aanleg voor bleek te hebben, maar was blijven aanzetten om ermee door te gaan, tot het rijbewijs aan toe, en dan wist Diederik nog niet eens hoeveel druk hij op haar had moeten uitoefenen op de ochtend van de fatale dag... Maar die druk was toch precies dezelfde druk geweest die Diederik een uur daarvoor op hem had uitgeoefend, over de telefoon, met al die klaagredenen waarom ze opgehaald moesten worden, de regen, het gehoest van Lonnie, en dat ze al dagen niet hadden kunnen zeilen? Híj had toch niet gebeld? Diederik had gebeld, en alleen maar naar hen omdat Tine uiteindelijk dan toch haar rijbewijs had gehaald, wat hij, toen ze het in Haarhuis vierden, nog zo bijzonder had gevonden. En dan nu, terwijl hij heel goed wist dat Tine sinds het examen nauwelijks nog gereden had, haar verwijten dat ze het bestaan had om achter het stuur te gaan zitten? In feite had Diederik haar er zelf toe gedwongen...

Van woede sprongen de tranen hem weer in de ogen, en om ook de laatste druppels bittere alsem uit zijn ziel te knijpen balde hij zijn vuisten met nog meer kracht, knipperend tegen het verblindende licht van zijn voortschrijdende begrip: opeens begreep hij nu ook waarom Diederik al op de begrafenis van Josje en Lonnie net gedaan had alsof hij hem niet meer herkende, en waarom de vrienden van Tine de koffietafel hadden gemeden, en hem nooit meer op visite hadden gevraagd... ook hen had Diederik onder druk gezet, gedwongen te kiezen tussen hem als slachtoffer met het grote verlies en de vermeende dader met het kleine verlies, waarna ze allemaal gemeend hadden loyaal te moeten wegblijven... dezelfde vrienden, die op het huwelijksfeest nog zo vrolijk waren geweest, dezelfde man, die zijn eerste vriend zou zijn geworden... geen moeilijke keus, voor wie niet wist wie Tine uiteindelijk tot de rit had aangezet... Maar híj wist dat wel, híj herinnerde zich elk woord, iedere weeklacht uit dat telefoongesprek nog heel goed... en Diederik had toch zelf gewild dat hij die op Tine zou overbrengen, opdat zij maar zou rijden? Zo bezien was hij Tine veeleer kwijtgeraakt door toedoen van Diederik, dan dat Diederik zijn vrouw en kind verloren had door toedoen van Tine of hem... ja: Josje was niet gestorven door Tine, maar Tine door Diederik...

Hij zat op de bank. Het begon te schemeren. Hij nam de eerste slok van zijn versterkte wijn. Ineens stond hij op, liep hij naar de slaapkamer, haalde hij de doos met condooms onder het bed vandaan en gooide hij die buiten in de vuilnisbak. Ze waren aan de tweede verpakking van vijftig stuks bezig geweest toen Tine hem, een maand voor het ongeluk, met een blozende glimlach gevraagd had ze niet meer te gebruiken. De brochure van de NVSH had hij inmiddels gelezen. Er stond een stuk in over de Britse demograaf en econoom Malthus, die in 1798 voorspelde, in *An Essay on the Principle of Population*, dat de bevolkingsgroei de groei van de voedselproductie op rampzalige wijze zou inhalen. De bevolking nam immers meetkundig in aantal toe, terwijl de opbrengst van de landbouw slechts rekenkundig kon stijgen. Gezien het mathematische gegeven dat elke stijgende meetkundige reeks (1, 3, 9, 27, 81) uiteindelijk elke rekenkundige reeks overtreft (10, 20, 30, 40, 50), moest dat op den duur wel leiden tot een daling van de beschikbare hoeveelheid voedsel per persoon (en van ruimte, meende Rebert daaraan toe te kunnen voegen), waarna de almaar toenemende schaarste alleen nog maar kon uitmonden in een catastrofe op wereldschaal – de malthusiaanse catastrofe. Slechts zelfbedwang, en de 'ondeugden' van contraceptie en abortus, zouden die noodlottige afloop nog kunnen verhinderen. De neomalthusianen deelden de zienswijze en zorg van Malthus volledig, alleen hadden zij geen enkel moreel bezwaar tegen de toepassing van contraceptie en abortus – de bond was nu juist opgericht om die te bevorderen en het condoom voor iedereen beschikbaar te maken.

Terug in de kamer draaide hij het portret van Tine, dat in een lijstje op het dressoir stond, met het gezicht naar de muur, om haar afwezigheid minder te voelen; daarna draaide hij het weer terug, om haar dichter bij zich te hebben, en ging hij weer op de bank zitten. Het late licht kleurde de wijn zwart in het glas voor hem op het tafeltje, de fles ernaast glansde, de pipet en het stopflesje hypnine ook. Na de tweede slok liet hij zich achterover zakken tegen de leuning en keek hij door het raam de stille straat in, tot een heel ander uitzicht zich aan hem opdeed en zijn geest oplichtte in het halfdonker.

Waarom zou de mens moeten ophouden bij de door Malthus bepleite beheersing van de bevolkingsgroei? Waarom niet nog een stap verder gegaan door die om te buigen in een efficiënte afname van de bevolking? Waarom zouden sommige mensen het preservatief wel moeten gebruiken en anderen niet? Wat zou er gebeuren als vanaf vandaag, door iedereen, overal ter wereld, contraceptie werd toegepast?

Er zou geen enkele baby meer geboren worden.

Na vijfenveertig, vijftig jaar zou de laatste vruchtbare vrouw, zij die nu nog net ter wereld kwam, haar vruchtbaarheid verliezen.

Daarna zou er ook zonder contraceptie geen enkel kind

meer geboren kunnen worden.

De mensheid zou ten dode zijn opgeschreven – de mens zou uitsterven.

Zijn mond was open gezakt, gretig grijnzend staarde hij uit in het verbluffende verschiet van een mensvrije wereld. Waarom zou het niet kunnen? Wat maakte het eigenlijk uit? Nu ging toch ook al iedereen dood? Alleen zouden er dan steeds meer kinderloze mensen sterven. Nou en? Tine had ook geen kinderen gehad. Vijftig jaar contraceptie en het was gebeurd met de mens! Voorwaar een ontzaglijk resultaat, en dat zonder bom of wetenschap, puur op wilskracht – om die te stimuleren zouden de regeringen een bonus in kunnen stellen voor elke vrouw die kinderloos de vijftig haalde, ongeveer zoals sommige kinderen honderd gulden of autorijles beloofd kregen als ze op hun achttiende nog niet rookten. Zelfs bij een aanmerkelijke som zou die regeling per saldo niet eens erg veel geld hoeven kosten, want wat werd er tegelijkertijd wel niet op de overheidsuitgaven bespaard? De kraamzorg kon binnen een jaar worden opgeheven, over zes jaar konden alle kleuterscholen dicht, over twaalf jaar alle lagere scholen, over vijfentwintig jaar alle andere scholen, de universiteiten en het complete ministerie van Onderwijs, terwijl over vijftig jaar de regeling zelf afgeschaft kon worden en niets meer zou kosten – want daarna zou er nooit meer een vrouw vijftig worden, was ook de jongste al ouder en was het punt van onomkeerbaarheid bereikt – wanneer er nu met dit project begonnen werd zou hij dan drieëntachtig zijn; al had alle levenslust hem begeven, alleen om dat mee te maken zou hij nog wel zo lang willen leven.

Wat hij voor zich zag was niet meer neomalthusiaans, het was je reinste ultramalthusianisme, en joeg zijn adem op. In het dovende licht schonk hij zijn glas bij, zoog hij nieuwe hypnine in de pipet, telde hij de druppels die hij in de wijn liet vallen, nam hij een volle mond en liet hij zich slikkend terug tegen de leuning zakken. Zijn geest was een projector geworden; hunkerend naar het vervolg stelde hij die scherp; de voorstelling ging weer verder... eerst nog een korte samenvatting van het voorafgaande...

Vijftig jaar! Vijftig jaar van alleen maar condoomgebruik, verder niets! Er was geen onthouding nodig, men kon onbeperkt gemeenschap blijven houden, binnen de kortste keren wist men niet anders meer, en na vijftig jaar hoefde zelfs het condoom niet meer om en was alles weer zoals vroeger, met dit verschil dat, hoe verwoed men ook nog door paarde, er nooit meer een kind geboren zou worden. Vanaf dat moment werd er alleen nog gestorven, ieder voor zich, zoals altijd, maar op den duur ook gezamenlijk: dat was geen sterven meer, dat was uitsterven... Over vijftig jaar kon het beginnen! Dan was de dood niet meer hetzelfde, dan leidde die eindelijk ergens toe. Wat was vijftig jaar? Vijftig jaar waarin bijna niets hoefde te veranderen? Toch zou het gevolg van deze onderneming oneindig verstrekkender zijn dan dat van welke andere historische onderneming of gebeurtenis ook. De Franse Revolutie was er niets bij, de ruimtevaart zoiets als de uitvinding van de hamer, de ineenstorting van het Romeinse Rijk niet meer dan een lekke band... Als iedereen maar meedeed, dat was de enige voorwaarde... in dit project kon niemand gemist worden en waren alle mensen even belangrijk en volkomen gelijk aan elkaar – het zou de communistische wereld ook aanspreken! En dan, na het grote omslagpunt over vijftig jaar, of nee, ja, daarvoor vast ook al, misschien al over vijf of tien jaar, nee, vanaf het allereerste begin natuurlijk al, wanneer er immers geen kinderen meer werden geboren terwijl het sterven onverminderd doorging, vanaf morgen, wanneer er nu begonnen werd, zou de wereldbevolking onontkoombaar gaan teruglopen, misschien nog niet meetkundig maar in ieder geval rekenkundig, maar hoe dan ook... en steeds sneller naarmate de gemiddelde leeftijd toenam... op het laatst vermoedelijk toch wel meetkundig...

Algebraïsche twijfel bracht de film struikelend tot stilstand. Er werd even teruggespoeld, toen ging het alweer verder. Na nog een slok genomen te hebben schurkte Rebert zich tegen de leuning voor het laatste deel, keek hij met felle vreugde vooruit naar de helder oplichtende beelden van een steeds legere wereld.

Met de teruggang van het bevolkingsaantal sloeg de woningnood om in een woningoverschot; de arme mensen trokken in de villa's van de rijken. Tegelijk, bij gelijkblijvend landbouwareaal, werd de hoeveelheid beschikbaar voedsel per persoon steeds groter; het gebrek dat Malthus voorspelde liep uit in overvloed, zowel in spijs als in ruimte. Spoedig baadde men in een ongekende en al nog maar stijgende welvaart, waar nauwelijks voor gewerkt hoefde te worden: de aangelegde voorraden waren onuitputtelijk; wie zin had om te zeilen koos zich eenvoudig een boot uit van iemand die overleden was; arbeiderskinderen die indiaantje speelden draafden op de renpaarden van een dode miljonair door het park van diens verlaten landhuis; een vrouw die kinderloos vijftig was geworden vergat de bonus bij het gemeentehuis op te halen omdat ze net de dag ervoor het driedubbele bedrag bij de buren of de bank op de hoek had gevonden; mensen die nooit een tuin hadden gehad waren nu landeigenaar. Later waren alle tuinen en parken veranderd in bossen, waar de rijpaarden in wilde kuddes doorheen zwierven. Niemand kon zich nog voorstellen dat er kort na aanvang van de onderneming veel overbodig geworden wijken en wegen waren gesloopt, om meer natuurlijke ruimte te krijgen – die ruimte was er nu te over, net als kunstwerken en kostbaarheden, voor iedereen een oude meester of Mingvaas, het enige waaraan het begon te ontbreken was tijd...

Buiten en in de kamer was het helemaal donker nu. Rebert stak een kaars aan, bereidde zich bij de vlam een nieuw glas versterkte wijn, en weggedoken in de bank verbeidde hij huiverend de finale.

De mens was zeldzaam geworden, en kwam in sommige streken al niet meer voor. Ten slotte bleef er nog maar één over, de laatste mens op aarde. Alles wat de mensheid ooit in eigendom had gehad, tot hele landen, bergen en bossen aan toe, bezat hij nu, hij kon zich de eigenaar van de wereld noemen – niemand die hem nog tegensprak.

En toen stierf hij ook.

Met vertrokken gezicht, de mond halfopen, stuwde Rebert zijn blik over de rand van de beschaving, zweefde hij in zijn geest over de mensvrije, wilde wereld waarin de dieren geen naam meer hadden, omdat zij die ze verzonnen en toegekend hadden er niet meer waren, en de dieren nooit geweten hadden hoe ze heetten. Nooit was er iets gebeurd in die wereld, Rembrandt had nooit bestaan, al lag hij nog in zijn graf, niemand was ooit doodgegaan, Tine ook niet, zelfs nooit geboren – omdat er niemand meer was die het nog wist...

Nog weer een glas later zag hij de hoge kusten van Normandië en Schotland onder zich, versierd met kralensnoeren van duizenden, altijd nog maar op de golven doordansende stroomboeien. De boezems van complete continenten waren ermee omhangen, het succes van zijn uitvinding was enorm geweest, toen hij nog leefde had hij er onmetelijke rijkdommen mee vergaard, en roem ook: waar hij ging staarde men hem na; om aan al die blikken te ontkomen bleef hij meest binnen, net of er buiten een verschroeiende zon scheen, een zon die onderging als hij de deur achter zich dichttrok en weer opkwam zodra hij zich toch weer voor het een of ander moest vertonen...

Als een zojuist met een natte spons schoongeveegd schoolbord rees de duisternis voor hem op, glanzend aan het zwarte, ondoorzichtige raam. De fles was bijna leeg, hij zag niets meer, met zijn laatste krachten gaf hij zich over aan fanatieke, visionaire berekeningen aangaande het uitsterven van de mens en de opwekking van de stroom, de uitkomsten laadden hem op alsof hij een accu was, toen vergat hij ze ook weer, vergat hij zichzelf, en was het nacht.

Hij kwam aan op de brug. Urenlang had hij rondgelopen met de volle bepakking van zijn verdriet, dat hij dragen moest zelfs ook als hij lag. Hij plaatste zijn ellebogen op de balustrade, keek afgemat naar het zwarte, stilstaande water onder hem.

Nog altijd had Diederik niets van zich laten horen. Hoe lang zou hij nog volharden in zijn stilzwijgende verwijt dat Tine en hij schuldig waren aan zijn dubbele verlies, dat zoveel groter was dan zijn eigen verlies? Maar als Tine zwanger was geweest, had híj in feite toch ook vrouw en kind verloren? Waarom zou dat niet kunnen? Ze waren zo'n drie of vier weken voor het ongeluk opgehouden met contraceptie...

Zonder van houding te veranderen liet hij deze gedachte in zich opspelen, tot zijn geest nog weer een heel andere mogelijkheid naar voren bracht en zijn hoofd met een ruk omhoogschoot.

Misschien was Tine wel door Josje opgejut om in te halen! Waarom zou ze het anders hebben willen doen? Hij had haar toch juist gezegd dat dat helemaal niet hoefde? Het was de beste van zijn troostredenen geweest na de slinger van die mislukte inhaalpoging op de heenweg, toen ze niet meer verder durfde rijden, een aanmoediging en geruststelling tegelijkertijd voor de terugweg: het was nergens voor nodig om in te halen! Ze had alle tijd van de wereld! Zíj waren er voorlopig toch niet! Maar Josje had natuurlijk haast gehad, die moest pakken voor Italië, die werd gek van het gehoest van Lonnie achterin, en was ook nog eens gewend aan de ongetwijfeld snelle rijstijl van Diederik. Toen ze achter die trage caravan kwamen te zitten had ze het getreuzel niet meer uitgehouden en was ze begonnen: 'Je kunt wel inhalen, hoor... De andere auto's halen ook in...', net zo lang tot Tine er niet meer tegen kon en de manoeuvre inzette. Maar toen doemde ineens die tegenligger op, Josje moest hem vanaf haar plaats nog later gezien hebben dan Tine – misschien dat Tine wel weer heel beheerst achter die caravan terug dook, maar dat Josje toen van plotselinge schrik een ruk aan het stuur had gegeven en ze alleen maar daardoor waren doorgeschoten, de berm in... Waarom zou dat niet kunnen? Het zou heel wat verklaren! Maar dan waren de rollen wel ineens omgekeerd, dan was Diederik zijn vrouw en kind niet kwijtgeraakt door een fout van Tine, dan was híj Tine kwijtgeraakt door die ruk van Josje, en mogelijk nog een ongeboren kind daarenboven... Wie had er dan het meest te beschuldigen?

Bevend van woede balde hij zijn vuisten; blind staarde hij met vervaste blik voor zich uit; bitter verweet hij zich op Josjes begrafenis te zijn geweest; nooit zou hij Diederik nog in vertrouwen nemen inzake de stroomopwekking uit golven – die moest ook niet denken dat hij ooit nog kwam tennissen...

Na een halfuur stond hij nog op de brug, volledig verslapt door dezelfde gedachte die hem daarnet nog tot in al zijn spieren had doen verstijven – het was een gedachte die hij tegenover niemand uit zou kunnen spreken, die in zijn potdichte hoofd hing als rook, schrale rook, ijle rook, te ijl om ooit nog neer te slaan.

Zo verstreken de maanden, met rondlopen en stilstaan, en als hij niet buiten was dan zat hij binnen, 's avonds met zijn wijn op de bank, en overdag in de kliniek, dat laatste soms al voor het rondlopen, en anders erna, tot hij naar huis ging, zonder ook maar een enkele zelfstandige handeling aan een dier te hebben verricht, nog altijd niet in staat om zelfs maar de klachten aan te horen. Een paar keer per dag riep Heiman hem de operatiekamer binnen om even te assisteren, de rest van de tijd bracht hij door in de apotheek. Gekleed in zijn witte jas, en onder toezicht en op aanwijzing van diezelfde compagnon, stampte hij de poeders fijn in de marmeren mortier, vulde hij de ampullen en schreef hij etiketten, net zoals die eerste zomer bij Beckers, na zijn kandidaats, alleen dan zonder nog dierenarts te willen worden, dat eigenlijk nog te zijn, of zich ook maar te herinneren dat hij het was geweest – volkomen willoos en wezenloos nu, zo wezenloos als de stilte die inviel wanneer Beckers vanaf een boerderij had opgebeld en Heiman de deur achter zich dichttrok om hem te gaan helpen bij een keizersnede, en Rebert alleen nog maar kon wachten.

Toch nam Beckers hem nog wel eens mee op praktijk, voor de afwisseling, zonder dat hij iets anders mee hoefde te nemen dan zijn laarzen.

Eens liepen ze zo een kleine, vervallen stal binnen. De stank was zo indringend, en Rebert had die al zo lang niet meer geroken, dat hij een hand voor de neus sloeg.

Beckers zag het, en zei: 'Ik zal niet zeggen dat het lekker ruikt, maar vergis je niet, in pathogeen opzicht is het hier schoner dan in de kliniek. Die constante urinespoeling van ammoniak en zout, en die gisting van de mest, daar legt elke ziektekiem het tegen af. Er is niets zo aseptisch als een stinkende, oude potstal!'

Rebert glimlachte, omdat iemand iets tegen hem zei.

Een andere keer stonden ze buiten bij een merrie die haar achterbeen had opengehaald aan een roestige spijker. Beckers was er al eerder geweest, maar de wond bleef etteren – hij moest iets nieuws proberen, al was het maar voor de boer, die vanaf een afstandje argwanend toekeek.

'Let nu goed op, jongeman! Wel eens van physique amusante gehoord?'

Hij opende zijn tas, schudde wat jodiumkristallen uit op een schoteltje en goot er een weinig terpentine bij. Het mengsel begon onmiddellijk te sissen, en terwijl er een rode rook uit opsteeg zoog hij het op in een dot poetskatoen die hij walmend en wel tegen de wond drukte.

'Toverij, niet?' ging hij door, nadat hij zich had opgericht. Hij zwaaide even naar de boer verderop en sloeg met veel nadruk de rook bij zijn gezicht vandaan. 'Volgens de theorie moet de chemische reactie de jodium dieper het weefsel in drijven. Of het waar is betwijfel ik, maar het ziet er goed uit, je maakt er in ieder geval indruk mee... Bedenk altijd, beste collega: je moet dit vak met een zekere zwier uitoefenen, vooral als het tegenzit!'

Rebert glimlachte, alsof hij toch iets meende te begrijpen van wat hij niet verstaan had. Maar op de terugweg sprak Beckers geen woord meer, hoorde hij hem alleen nog maar af en toe diep hijgen. Het moest uitputtend zijn om zo monter te praten tegen iemand zoals hij.

De winter liep af, het werd lente, de staldeuren gingen open, de koeien kwamen naar buiten, de jaarlijkse golf kopziekte brak uit. De schielijke overgang van de donkere stal naar de wei verstoorde de stofwisseling op grote schaal, veroorzaakte acute hypomagnesaemie met heftige convulsies over het hele lichaam tot gevolg, en leidde zo elk voorjaar tot grote sterfte onder het melkvee en navenante drukte op de veterinaire praktijk. De behandeling bestond uit een calcium-magnesiuminfusie die, mits tijdig toegediend, het spastisch over de grond rollende dier binnen een halfuur weer op de been hielp, en zo routineus was dat ook Rebert kon meehelpen.

Eindelijk ging de tijd weer vanzelf voorbij. Om zes uur 's ochtends laadde hij zijn auto vol, om half zeven reed hij achter Beckers en Heiman aan de brug over, en daarna ging ieder zijns weegs, voortgejaagd door alle oproepen die binnen waren gekomen. Soms tot tien uur 's avonds, zonder middagbrood of koffie, spoedde hij zich dan heel de Over-Betuwe door, maar hoe snel hij ook reed, vaak kwam hij te laat, was er toch weer te laat gebeld, altijd pas op het laatst. Dan zag hij de dode koe al van verre onder een paar jutezakken liggen, tegen de vliegen, en schreef hij, zonder er nog heen te lopen, op de motorkap een briefje voor het veefonds. Na nog een korte notitie voor de afslachting en de keuring haastte hij zich dan weer verder, en zo ging het drie weken lang ononderbroken door, van genezing naar genezing, van het ene kadaver naar het andere.

Maar toen het ophield zat hij overdag toch weer met de mortier op schoot in de apotheek, lag hij op zondagen nog in bed als Vitesse had gescoord en hij het raam moest sluiten tegen het gejuich, en staarde hij 's avonds naar de fles wijn die hij vroeger had gedeeld en nu, versterkt, alleen opdronk, zonder Lou de kater ook, die bij zijn schoonouders was. Nadat hij de lijst op het dressoir vaak genoeg had omgekeerd en weer teruggedraaid leunde hij roerloos voorover, verdoofd en verdaan in de opkomende schemer, tot hij ineens weer aan de toedracht van het ongeluk dacht en zijn hoofd met een ruk omhoog zwiepte.

'Diederik wilde het zelf!' fluisterde hij dan, de ogen samenknijpend alsof de zon hem in het gezicht scheen. 'Hij had geen zin meer om op die boot te zitten, hij moest zo nodig naar Italië... En Josje... als Josje niet... dan... dan...'

De vlagen van woede en verontwaardiging legden gele en knalzwarte banen over zijn grauwe gemoed.

Zijn ziel was gestreept.

Aan andere dingen kon hij niet meer denken. Ieder opkomend gevoel legde het onmiddellijk af tegen zijn allesversmorende verdriet.

Zijn ziel was aseptisch.

Het leven omringde hem als een fout, wezensvreemd fluïdum. Alleen de tijd al deed hem pijn, en hij kwam er nauwelijks tegenin.

Hij was een zeevis in zoet water.

De dood van Tine had hem niet uitgeworpen maar juist teruggezogen in de duisternis van voor elk begin, toen hij nog niet begonnen was, en waaruit zij hem geboren had laten worden. Hij dreef in een baarmoeder van verdriet, in vruchtwater van tranen, en hij kon er niet uit.

Hij lag verkeerd.

Tegen de zomer begon zijn woede in kracht af te nemen, en toen die ten slotte geheel ging liggen, als wind, was er niets meer van hem over. Alles wat hem ooit gekleurd en bewogen, onderscheiden en getekend had, zelfs zijn middelmatigheid, was weg, opgehouden te bestaan, zomaar verdwenen, als een circus uit het land, een vervloeide golf op het strand, een vuur dat niet meer brandt.

Maar zijn zachtheid had hij weer terug. Na een jaar in de week van zijn verlies te hebben gelegen leken zijn tanden op stukjes kauwgum, zijn gezicht van deeg, en was zijn ziel niet meer geel en zwart gestreept maar helemaal effen, egaal beige, en zachter nog dan vroeger, zacht als zalf.

Inmiddels had hij zo vaak in de wilde wereld van zijn ultramalthusianisme geschouwd, waarin de mens geen enkele ruimte meer innam, dat hij een neiging ontwikkelde om ook zelf zo weinig mogelijk ruimte meer in te nemen en zich op te lossen in onzichtbaarheid. Maar overal waar hij kwam, op elke boerderij van de Over-Betuwe, in de buurt rond de kliniek en in zijn eigen wijk, wist men van zijn lot en staarde men hem juist vol bewondering aan, omdat hij het wist te dragen, en wie hem niet aankeek sloeg de ogen wel eerbiedig neer. Wanneer hij een winkel of de wachtkamer binnen kwam viel er prompt een stilte; als hij door zijn straat liep wuifden de bewegende gordijnen achter de ramen hem een vlaggenhulde toe, en gadegeslagen door zovelen kreeg hij allengs het gevoel alsof hij voortdurend op de televisie was, zonder dat hij iets bijzonders deed. Wie was hij, om zoveel aandacht te krijgen? Hij leed alleen maar – omdat hij niet anders kon.

Maar hoeveel opzien hij overal ook baarde, zelf bleef hij verscholen onder zijn verdriet, dat hem elke individualiteit ontnam en hem omhulde als een ambtsgewaad, een toga of kazuifel als dat niet te voornaam was, als het portiersuniform van toen hij nog voor Haarhuis stond, of nee, als iets nog veel eenvoudigers: hij droeg zijn verdriet als een ruwe, uit rouw geweven pij.

Een pij – nederiger kleed bestond niet.

Maar een opvallender, om niet te zeggen opzichtiger kleed evenmin: en daar liep hij mee over straat? Het moest lijken alsof hij het erom deed, alsof hij alleen maar naar buiten ging om iedereen te laten zien welk een zware last hij torste; ja, hij leek op een gewichtheffer die na het kampioenschap zijn huis niet meer uit kwam zonder zijn halter mee te nemen, die er achteloos een wandelingetje mee maakte, de stang over de schouder, en die even later, de halter weer hoog boven het hoofd geheven, een winkel binnen stapte: 'Goeiemiddag...'

Nu hij besefte welke indruk hij op zijn omgeving maakte, voelde hij zich in toenemende mate verlegen, daarna opgelaten met zijn eigen verschijning, die hem bezwaarde en beschaamde als een onbescheidenheid. Maar hoe wijd zijn pij ook viel, hij kon die niet uittrekken – hij zou alleen wel naar een andere omgeving kunnen gaan, waar niemand van zijn weedom wist, zijn rouwkleed onzichtbaar zou zijn, en hijzelf misschien weer zichtbaar.

De gedachte die zich in hem vastzette was de gedachte aan een ander huis, in een of ander dorp, een vrijstaand huis met een bord in de tuin: 'Te Koop'. Om het te vinden hoefde hij het maar te gaan zoeken. Omdat hij niets achterliet zou hij iemand zijn die uit het niets kwam. Het vooruitzicht beviel hem, trok hem aan, en bracht hem uiteindelijk in beweging. Geld was geen probleem: hij kon zijn huis verkopen, zijn vennootschap verzilveren, en had ook nog een aanzienlijk tegoed bij de bank – hij zou voorlopig niet eens hoeven te praktiseren. Wat lette hem nog? Wie was hij om nog meer leedwezen af te dwingen? Wie was hij om nog langer in Arnhem te blijven? Wie was hij nog?

Op de tweede sterfdag van Tine zette hij bloemen naast haar portret op het dressoir en was hij zover. Hij stapte in zijn auto en begon te rijden, niet de brug over, niet naar het zuiden of westen de Over-Betuwe in, maar juist de andere kant op, naar het oosten, in de richting van Zevenaar, Tolkamer, en al die andere dorpen daar aan de Rijn.

Eindelijk wilde hij weer iets, al was het dan ook alleen maar weg.

HOOFDSTUK 11

Jan de Loper bis

De oorlog was allang voorbij, maar niet voor Jan de Loper: de toestroom van bewonderaars was na de bevrijding nooit meer echt op gang gekomen, zomin als zijn correspondentie, en nog later zelfs weer helemaal gestagneerd, net als gedurende de bezetting en de crisisjaren daarvoor. Zo goed als hij die eerdere stilte nog had kunnen begrijpen, zo machteloos vroeg hij zich af wat de mensen nu nog van een bezoek of groet weerhield: hij was toch nog altijd dezelfde Jan de Loper?

Toch was de vrede nog veelbelovend begonnen.

De eerste groep die hij ontving was een delegatie van de Gelderse Post. Hij had ze uitgenodigd zoals hij ze voor de oorlog jaarlijks uitnodigde, als wapenbroeders in zijn buitensporige briefwisseling, al lag die voor het moment dan ook nog plat. De begroeting was allerhartelijkst, maar eenmaal rond de tafel in de tuin bleken de heren brieflopers geen huldelied bij zich te hebben. Jan loste het op door snel even de tekst van hun laatste bezoek op te duikelen, waarna hij uit volle borst met zijn gasten meezong en vervolgens, terwijl er nog nergens sigaren te krijgen waren, een beste bolknak presenteerde uit een eveneens mee naar buiten gebracht kistje, een echte Jan de Loper van Agio, voor de oorlog alleen al geliefd om de bandjes.

'Moet je kijken,' zei hij, wijzend naar zijn naam op het etiket, 'je kunt wel zeggen: een sigaar uit eigen doos! Ha, ha! Is-ie goed, of is-ie niet goed? En nu bedoel ik niet de grap, maar de sigaar!'

Hoofdschuddend schonk Ant de koffie in, en toen alle mannen hadden opgestoken begon hij, om ze nu ook zijnerzijds te huldigen, herinneringen op te halen aan al die merkwaardige poststukken waarvan ze de meest cryptische adresseringen toch hadden weten te ontcijferen, op het laatst zelfs een oude zool, waar helemaal niets op stond! Zakken vol hadden ze bij hem afgeleverd, en als hij die 's nachts dan beantwoord had liep hij de volgende dag met net zo'n zak naar de brievenbus om alles weer te posten.

'Zo hielden we elkaar wel bezig, nietwaar? Over werkverschaffing gesproken! Daar was het Amsterdamse Bos niets bij! Maar een keer was mijn zak zo zwaar dat ik niet lopend naar het dorp ging, maar op mijn ezeltje... Moet je je voorstellen hoe dat eruitzag, toen ik zo aan kwam rijden, in pyjama nog, en met die volle zak op mijn rug... Ik kan jullie verzekeren, dat baarde heel wat opzien! Nu ja, laten we nog maar even genieten van de rust, want straks gaat het natuurlijk weer beginnen!'

Onder de rook die zich over de tuin verspreidde ging het zo verder, van lach naar lach, net als vroeger, alleen was het alsof de postbodes nu minder hard lachten dan toen, alsof iets hen nog bedrukte. Zelf had hij tijdens de bezetting nauwelijks een Duitser gezien en geen glas minder gedronken, maar misschien dat zij toch ergens gebrek aan hadden gehad, of bepaalde ervaringen hadden opgedaan, oorlogservaringen... Wat kon hij eraan doen? Zou hij even in de vijver springen om ze op te vrolijken? Maar nog voordat hij zijn vestje ook maar uit had kunnen trekken stond de hele delegatie ineens op, namen ze afscheid en verdwenen ze op hun dienstfietsen over de dijk.

Iets later tuurde hij vanaf de speciale aanlegsteiger voor het huis peinzend uit over de lege rivier, staarde hij roerloos omlaag naar het stilstaande water tussen de kribben.

De rebus aan het hek stak weer fris in de verf, sinds een halfjaar al; in de stellige verwachting dat de oorlog ten einde liep en de eerste schepen met bezoekers niet lang meer op zich konden laten wachten had hij de drie panelen vanuit het wiebelende Amerikaanse roeibootje met helder rood, wit en blauw overgeschilderd. Maar er was nog helemaal geen scheepvaart op de Rijn, nog altijd niet; net als zijn correspondentie moest die weer helemaal op gang komen; er was niet eens diesel, zeker niet voor plezierverkeer.

Een maand na de postbestellers ontving hij een rijwielvereniging, die ook per fiets kwam. Nog weer een maand later kwam er een wandelclub langs, te voet. Daarna diende geen enkele groep zich meer aan en stond het fleurige balkon op palen nog steeds ongebruikt en versmaad onder aan de dijk, als een enorme, pralende bloem, die zich in geuren en kleuren, met nectar en zaad opensperde voor wie haar maar aan wilde doen. Maar er was alleen nog maar vrachtvaart toegestaan op de rivier.

Uiteindelijk was het geen schip met bewonderaars, maar de boot van Sinterklaas die voor het eerst afmeerde voor Angeldycke.

De vreugde van Jan de Loper was er niet minder om: als vanouds had hij de intocht georganiseerd; als vanouds speelde hij voor Zwarte Piet, en net als voor de oorlog ging het, na de ontvangst bij hem te huize, met volgesnoepte buikjes weer naar de burgemeester aan de andere kant van het dorp, in bonte stoet over de donkere dijk en door de kom, Sint en Piet in de Cadillac voetstaps voorop, daarachter de sliert van kinderen die sinterklaasliedjes zongen en zwaaiden met hun lampions.

De volgende zomer was het ook weer kinderfeest op Angeldycke: de slingers hingen in de bomen, het paard had zijn puntmuts op, en de biggetjes voor de vangwedstrijd had Jan ingesmeerd met reuzel, om het nog moeilijker te maken – na alle stilte en nu de pret kreeg hij ineens weer zin in de toekomst, en tegelijk ook in het verdere herstel van de goede, oude tijd:

– hij nam telefoon op zijn werkkamer;

– hij ging weer met zijn Mona Lisa op de dijk zitten;

– hij toverde weer cognac uit zijn holle wandelstok;

– hij nam met Pasen weer een dorpsjongen mee naar Londen;

– hij liet voor zijn verjaardag de poffertjeskraam weer komen;

– en hij haalde weer een nieuwe streek uit, eens, toen hij zag dat een rietsnijder zijn veldfles ter verkoeling in een sloot legde; hij sloop erheen, goot de veldfles leeg en vulde hem vervolgens met slootwater – zoals die man kéék bij de eerste slok! Jan kwam uit de dekking, legde het uit, en nadat ze er samen nog flink om hadden gelachen schreef hij er, weer thuis, prompt een smakelijk verslag van aan mr. Dirk Jager.

Aldus steeds verder oplevend begon hij ook weer aan een nieuwe duurloop te denken. Was hij zijn atletisme voor de oorlog steeds meer gaan relativeren en ten leste helemaal vergeten, net als de anderen, zijn gloriool van Jan de Loper had daar nooit onder geleden – maar na alle gebeurlijkheden kon het geen kwaad zijn roem nog eens tot aan zijn eerste oorsprong te herleiden en te bevestigen – de mensen waren kort van memorie.

Omdat Parijs niet te overtreffen viel besloot hij tot een binnenlands 'loopje'; om er toch iets bijzonders van te maken zou hij, zonder rustpauze, vrijwel direct na aankomst, aan een volgende voettocht beginnen, gewoon omdat hij daar nu eenmaal zin in had, en reeds vermeide hij zich in de verblufte gezichten die men zou trekken, schoten hem een paar aardige woorden voor de pers te binnen, en zag hij de krantenkoppen al voor zich: 'Dubbelloops loopje Jan de Loper', of: 'Jan de Loper kan het lopen niet laten'.

De verste bestemming binnen Nederland waar hij als bekende ontvangen zou worden was het Rotterdamse kantoor van de familiefirma. Van daar zou hij verder lopen naar Dordrecht, waar Gerrit hem dan met de wagen kon ophalen. Het moest in twee dagen kunnen.

Helaas kon mr. Jager zich niet zo lang vrijmaken, zodat hij, evengoed uitstekend gehumeurd, op een dinsdagochtend in alle vroegte, bij donker nog, afscheid nam van zijn huispersoneel en zich alleen op weg begaf. Met een Jan de Loper-sigaar in zijn borstzak en helemaal origineel uitgedost, met halsdoekje, strooien hoedje, paraplu over de rug en op zijn beroemde sloffen, liep hij door de Over-Betuwe, waar de Rijn aan zijn linkerhand de Waal heette, en daarna door de Neder-Betuwe en de Tielerwaard verder tot hij, tegen de avond, zijn intrek nam in een hotel te Gorinchem, waar de Rijn niet meer de Waal heette maar de Merwede.

De volgende dag bereikte hij op het middaguur de rand van Rotterdam. Met het adres van de firma in de hand, voortdurend de weg vragend, drong hij steeds dieper de gehavende stad binnen, langs half neergestuikte gebouwen, geblakerde muren en eindeloos hekwerk, waarachter de puinhopen nog hoog oprezen – natuurlijk, het bombardement, hij had er helemaal niet meer aan gedacht.

Juist toen hij begon te twijfelen of het kantoor niet verwoest was stond hij er ineens voor. Het was één uur, precies de geschatte aankomsttijd die hij schriftelijk had doorgegeven, en die de directie aan de krant had kunnen doorgeven – maar er was niemand buiten, de hele straat was leeg. Na nog een korte blik naar links en rechts en omhoog over de voorname gevel trad hij binnen.

De hal was schemerig, stil en koel. Hoge lambriseringen

glansden rondom. Achter de receptie zat een juffrouw die langzaam naar hem opkeek. Hij salueerde op zwierige wijze.

'Een hele goede middag! Van Zuylen Rothaar meldt zich! Na twee dagmarsen! Jawel juffrouw, ik ben komen lopen, oftewel lopend gekomen, en dat zowat vanaf Duitsland... en nu zou ik graag met de directie spreken!'

De juffrouw knikte bij het horen van de naam, maar zei hem niet te kunnen helpen.

'O nee? Maar ik heb mijn komst aangekondigd!'

De juffrouw glimlachte. 'De directie is momenteel in Indië, in verband met de politieke situatie ter plaatse, Soekarno nietwaar, het nationalisme enzovoorts... Java is al afgeschreven, de heren concentreren nu alles op Nieuw-Guinea.'

'Juist, dan zal ik maar niet op ze wachten.'

De juffrouw schudde even het hoofd. 'Nee, dat zou ik niet doen, want daarna gaan ze ook nog door naar Afrika, om daar nieuwe handelsmogelijkheden te onderzoeken.'

'Geeft niets! Ik ga zelf ook gelijk weer verder, nog even naar Dordrecht, nu meteen, ook weer lopend, gewoon, omdat ik er zin in heb... Ze noemen me ook wel Jan de Loper!'

De juffrouw glimlachte nog veel breder dan de eerste keer, maar zonder hem nog aan te kijken. 'Dat kan ik me heel goed voorstellen.'

'Een sigaar hebben ze ook naar me genoemd!' Hij haalde de bolknak uit zijn borstzak, hield haar het bandje voor. 'Ziet u wel? Jan de Loper! Tot genoegen! En... nog een heel goede middag!'

In dezelfde beweging waarmee hij zich afwendde zoog hij de brand in zijn sigaar, hij blies een grote wolk uit en liep toen, even zwierig als hij verschenen was, met geheven hoofd en roemend met zijn eigen rook naar de deur.

Maar eenmaal buiten begaf hem alle kracht. Aan Dordrecht viel niet meer te denken, met moeite haalde hij de hoek van de straat, en vanuit het eerste café dat hij zag belde hij naar huis om gehaald te worden. Het duurde drie volle uren aan het raam voordat de oude Gerrit kwam voorrijden, en nog eens drie uren van zwijgen op de achterbank voor hij thuis was. Hij kon niks meer zeggen, ook niet tegen Ant, die hem uit de wagen hielp en onder de arm mee naar binnen nam, maar wat viel er ook nog te zeggen of te vragen? Hij wist zo ook wel dat er weer geen post gekomen was, en dat er niemand voor hem gebeld had, ook na twee dagen afwezigheid niet.

Hij sleepte zich de trap op naar zijn kamer, deed het licht aan, sloot de deur. Hatelijk glansde de zwarte, bakelieten telefoon hem tegen vanaf de werktafel, die wel vol rommel lag, maar waaraan hij nooit meer werkte. Wat kon hij ook nog doen, zonder post, en als er nooit iemand voor hem belde? Hij wist zelf ook niet wie hij kon bellen, de enigen die zijn telefoon gebruikten waren de boeren uit de omgeving, om de veearts in Zevenaar op te roepen als er een kalf vastzat, of in het voorjaar voor kopzieke koeien – dan kon iedereen zich zijn gastvrij huis weer heel goed herinneren, dan stonden ze met sombere gezichten soms tot middernacht in de rij voor het toestel, en hij maar inschenken en grappen maken...

Met een vol glas whisky ging hij op de canapé liggen om zich verder over te geven aan de meest bittere en onbewimpelde overpeinzingen, terwijl Ant beneden naar bed ging, het helemaal stil werd, en alleen zijn raam nog verlicht was in de eindeloze nacht.

Waarom schreef niemand hem meer? Had hij nog wel bewonderaars? Het kon niet anders of er moesten nog honderdduizenden, mogelijk wel een miljoen mensen zijn die wisten wie Jan de Loper was, die zijn bijnaam kenden van de radio of iets over hem gelezen hadden in de krant, die een prentbriefkaart of ander poststuk van hem bezaten (gewilde verzamelstukken, net als zijn sigarenbandjes), die zijn lezing in Musis Sacrum hadden bijgewoond of langs de weg hadden gestaan toen hij, zwaaiend met zijn sloffen, langskwam in de auto, die hem misschien zelfs thuis bezocht hadden of anders anderen over zo'n bezoek hadden horen vertellen – maar hoe beroemd was hij, als tallozen zijn naam nog wel kenden maar niemand meer uit zichzelf aan hem dacht, zoals ze hem immers ook niet meer schreven of bezochten? Hoe beroemd is iemand met wie niemand meer bezig is, al weet iedereen nog wie hij is? En als zijn bijnaam uit ieders gedachten verdwenen was, wat betekende die dan nog? Was hij dan eigenlijk gezegd nog wel Jan de Loper? Maar hoe zou hij het ook niet kunnen zijn, met alles wat hij nog altijd vanuit die naam en hoedanigheid aan de mensen beschonk, al was het soms ook niet meer dan een lach?

Grijnzend van verbittering dacht hij aan de jaarlijkse sinterklaasintochten, de zomerfeesten voor de kinderen, de poffertjeskraam op zijn verjaardagen, de reizen naar Londen iedere Pasen met telkens een andere jongen uit het dorp... en ineens, de vuisten ballend, dacht hij ook weer aan de receptioniste in Rotterdam: wat had dat mens hem te beleren gehad over Indië, met haar Soekarno, de politieke situatie aldaar en het nationalisme nietwaar? Na al zijn tochten over Java en Celebes wist hij meer van Indië af dan de hele directie bij elkaar, hij had er een lezing over gehouden voor een uitverkocht Musis Sacrum, hij had een compleet museum over Indië, met een Indische jongen was hij heel de archipel doorgetrokken net alsof hijzelf een Indiër was: dan aten ze in de kampong, dan sliepen ze in de dessa, het was in feite het begin van Jan de Loper geweest, maar die frik had geen idee gehad, zelfs niet toen hij zich bij zijn naam had genoemd, sterker nog: zelfs nadat hij haar het sigarenbandje als tastbaar bewijs had getoond had ze nog geen flauw vermoeden gehad wie hij was...

Hij schonk zijn glas bij, stak bevend over heel zijn lichaam een nieuwe Jan de Loper op, de laatste voor vannacht. Honderd dozen had Agio hem er indertijd van meegegeven, omdat hij elke geldelijke vergoeding voor het gebruik van zijn naam geweigerd had; zo'n dertig dozen had hij er nog – hij moest er zuinig mee zijn; de eindigheid van de slinkende voorraad herinnerde hem aan de eindigheid van zijn leven, net als zijn retrograde klok.

'Memento mori...' fluisterde hij, een dunne rooksliert uitblazend voor zijn scheerspiegel, dezelfde spiegel die zijn gezicht verdubbeld had op zijn laatste prentbriefkaart, dezelfde kaart waarvan er nog een stapeltje tussen de rommel, naast de telefoon, op tafel lag, 'ergo: carpe diem...'

De ochtend gloorde aan het raam, het licht van de onveranderd doorbrandende lamp loste op in het sterkere licht van buiten, roerloos en met open mond lag hij op de bank, eindelijk in slaap.

Toen zijn moeder stierf ondertekende hij de overlijdensadvertentie met zijn volledige burgerlijke naam, met daarachter, in kleinere letter en tussen haakjes, zijn alias. Het moest aan die bescheiden toevoeging te danken zijn dat er de dagen daarna toch weer een volle postzak op Angeldycke afgeleverd werd, met condoleances uit het hele land. Dwars door zijn intense verdriet heen ontroerde het hem uitermate, en in het besef dat het getoonde medeleven van louter trouwe bewonderaars afkomstig moest zijn bedankte hij hen middels een advertentie in de stijl zoals zij die van hem kenden: *Vele blijken van deelneming ontvangen, meer dan ged8 – Jan de Loper.*

Ook de dood van Ant, nog datzelfde jaar, bracht zijn naam weer in de krant: *Heden overleed, te mijnen huize, na mij bijna dertig jaar met de grootste toewijding te hebben gediend, Mejuffrouw de Wed. A. Bertels, geb. De Groot – J.F. van Zuylen Rothaar alias Jan de Loper.*

De oude chauffeur Gerrit stierf twee jaar later. De kennisgeving in de krant was vrijwel gelijk aan die voor zijn betreurde huishoudster.

Nog weer een paar jaar later meldde het *Algemeen Dagblad* dat Delftse studenten waren gaan bijverdienen als kinderoppas. Zijn reactie volgde onmiddellijk. Het zou de laatste keer zijn dat hij in de krant kwam, zij het nog altijd niet met een interview of foto, zoals bij zijn terugkeer uit Amerika, of bij zijn aankomst, intocht, onthaal in Parijs, maar weer met een advertentie, al behelsde die na alle rouw nu wel weer een grap: *Biedt zich aan – Jan de Loper – om op de kleintjes te letten – Angeldycke.*

De respons bleef nihil. Vijf ochtenden achtereen zat hij op de veranda uit te kijken naar de postbode, die nietig in de verte op de dijk verscheen, zwaaiend dichterbij kwam, en dan zonder af te stappen voorbij fietste.

De zesde ochtend bleef hij op zijn canapé liggen, om zich de rest van de dag grimmig af te vragen waarom er niemand reageerde: vroeger kwam men van heinde en ver, met groepen tegelijk en schepen vol, om maar een paar uur in zijn nabijheid te zijn, en nu hij aanbood zelf te komen nodigde niemand hem uit – waren de mensen hem uiteindelijk dan toch vergeten? Of was het adres te summier, en wisten ze op de sorteerafdeling geen raad met alleen de naam van zijn huis? Maar vroeger was dat nooit een probleem geweest, toen ontving hij stukken die nog veel raadselachtiger waren geadresseerd!

Niemand van het oude personeel was nog over, maar nog steeds had hij een huishoudster en een tuinman, een meid en een chauffeur, net zoals het ene na het andere dier was doodgegaan maar er nog steeds een ezel en een pony, een hond en een paard door de tuin liepen, en ook de oude Cadillac vervangen was door een nieuwe, het allerlaatste model, een witte Cadillac Fleetwood met vinnen en een rode linnen kap.

Opzienbarend, zo'n Amerikaanse slee op het platteland?

Nogal – maar niet zo opzienbarend als de vuurrode Magirus-truck van de jonge Van Haren in het dorp.

Door de stilte van de telefoon, de doden en alle andere stilte kon het niet uitblijven dat Jan, bijna zestig nu, opnieuw last kreeg van de melancholieke klachten uit zijn jeugd en later de crisis. Terwijl de Rijn drukker werd bevaren dan ooit tevoren en iedereen werkte, lag hij soms dagen achtereen op zijn canapé, loodzwaar van hart, niet in staat om overeind te komen of gezelschap te verdragen, tot hij de eenzaamheid ook niet meer verdroeg, het binnen niet meer uithield, en hij naar buiten stormde om adem te halen. Wat later zat hij dan met zijn fietspomp of Mona Lisa op de dijk, of zag men hem in het Amerikaanse roeibootje tussen de kribben voor het huis drijven, weldadig meedobberend op de golven van de Animo of de Tilly, maar als de Cougar Ace of de Wasserbüffel langs voer wierp de machtige hekgolf van de moderne tijd hem bijna uit en moest hij zich vastgrijpen aan het boord, terwijl het bootje heftig heen en weer schommelde en de losgelaten riemen als lamme vlerken door het water streken.

Toen een nieuwe zenuwarts zich in Zevenaar vestigde zag hij daarin een gerede mogelijkheid. Hij nam de telefoon, maakte een afspraak, en een week later reed Klaas, zijn nieuwe chauffeur, hem er in de nieuwe Cadillac naartoe.

Dokter Bardie was nog jong, vijfendertig jaar hooguit. Na het consult en onderzoek hield hij het vooralsnog op depressiviteit, mits het bloed goed was.

'Depressiviteit? Geen melancholie?' verbaasde hij zich, niet beter wetend dan dat hij zijn hele leven door een melancholische aandoening was geplaagd. 'Maar dan leed ik tijdens de Depressie al aan depressiviteit! Ha, ha!'

Bardie keek hem onbewogen aan tot hij was uitgelachen, zei toen: 'Tegenwoordig spreken wij van depressiviteit. Veel bewegen kan helpen. Bent u goed ter been? Ik raad u aan om flinke wandelingen te maken.'

Hij had het niet meer, zijn gezicht begon te gloeien maar nog hield hij zijn lippen op elkaar geperst. 'Is Rotterdam ver genoeg?' begon hij eindelijk, zijn mond dadelijk weer zuinig sluitend als een portemonnee vol kostbaarheden. 'En daarna nog even door naar Dordrecht? Ik voel het nog in mijn benen! Of dacht u eerder aan Parijs? Kan ook, hoor, heb ik in '22 nog gedaan... Dat lijkt u onwaarschijnlijk? Maar laat ik me dan even bij mijn bijnaam voorstellen, misschien gelooft u het dan, misschien kent u die zelfs wel... Jan de Loper... aangenaam!'

Uitbarstend in een nieuwe lachbui nam hij afscheid van de dokter, die zo verbluft keek dat alleen al de herinnering aan dat gezicht hem heel de terugreis in gemoede deed doorlachen, tot hij thuiskwam en de stilte binnen hem toch weer benauwde, boven de stilte van de telefoon die niet ging. Hij schonk een glas whisky in, liet zich op de canapé zakken, nam een slok. Op de overvolle tafel, naast het toestel, omringd door vuile glazen, oud papier en een paar lege flessen, stonden de fotoportretten van zijn moeder, Ant en Gerrit, gevat in zilveren lijstjes – ook stil.

Maar toen ging de telefoon toch, midden in de nacht. Halfdronken schrok hij op uit zijn sluimer. Het licht was nog aan. Hoestend kwam hij overeind en ging hij aan de tafel zitten, de keel schrapend bracht hij de hoorn naar zijn oor, met schorre stem noemde hij zich bij de naam:

'Jan de Loper.'

Er zat ruis op de lijn. Pas na enige ogenblikken maakte zich daar een stem uit los van een jongeman, die zich voorstelde als bestuurslid van een Nijmeegs studentendispuut.

'Dus u belt namens een studentendispuut uit Nijmegen? Goeiemorgen! – dat zeiden die jongens toen ook de hele tijd, die waren ook van een dispuut. Met z'n allen zijn ze bij me geweest, de pont moest drie keer heen en weer varen! Tot drie uur 's nachts hebben we zitten poculeren!'

Weer klonk alleen maar die ruis, maar dat bleek nu geroezemoes te zijn: de jongeman was niet alleen, en alvorens het gesprek voort te zetten herhaalde hij eerst, nauwelijks hoorbaar, waarschijnlijk met de hand op de hoorn, ieder woord tegenover de anderen in zijn gezelschap – die wilden er zeker niets van missen! Dat hadden ze natuurlijk van tevoren al zo afgesproken! Ingespannen luisterend, en volkomen nuchter opeens, hoorde hij de ene na de andere lachgolf opklinken, waarna de student, nu weer goed verstaanbaar, terugkwam aan de lijn. Hij had een verzoek, als het daarvoor tenminste niet te laat was.

'Te laat? Jongeman, Jan de Loper ligt nooit voor drie uur 's nachts op bed! Of eigenlijk moet ik zeggen: op mijn canapé, want daar slaap ik altijd op! Gewoon in mijn kleren! Vroeger had ik wel een pyjama... Een keer had ik die nog aan toen ik 's ochtends mijn correspondentie ging posten... op mijn ezeltje!'

Weer werd alles woordelijk weergegeven, weer klonk er gelach op, misschien wel van het hele bestuur. Ademloos, de telefoon innig aan het oor gedrukt, hoorde hij hoe het vervolgens weer stil werd en de student zich opnieuw tot hem richtte, nu dan met het feitelijke verzoek: of hij genegen zou zijn om op de sociëteit een lezing te houden.

'Een lezing...' Hij moest iets wegslikken, geroerd kon hij even niets meer zeggen. 'Juist ja... en dan wilt u natuurlijk iets horen over mijn wandeltochten door Java en Celebes... Over Amerika kan ik ook het een en ander vertellen, als er tijd voor is, en dan heb ik ook nog een paar verhalen over de streken die ik heb uitgehaald, dat is misschien ook wel aardig... De heren houden er toch wel van om te lachen?'

De lachgolf die weer op de herhaling volgde klonk nog harder dan tevoren. Terwijl het geluid klaterend door hem heen tintelde boog hij met gesloten ogen naar voren, welzalig en dankbaar over de tafel heen, net alsof het applaus was dat hij hoorde en hij al op het podium stond, tot de student zich weer meldde en verklaarde dat ze helaas geen honorarium konden betalen – of dat een bezwaar was?

'Jongeman... allerminst! Integendeel! Mijn eer als heer van Angeldycke verbiedt mij hoe dan ook om geld aan te nemen! Toen ze een sigaar naar me wilden noemen wou ik er ook niks voor hebben! Daarom gaven ze me toen maar honderd dozen Jan de Loper mee! Dus voorlopig kan ik mezelf nog wel presenteren... Ha, ha! Wat?'

Hij had er niet op gerekend dat de ander, zonder nog de tijd voor een herhaling te nemen, te ongeduldig misschien nu de buit bijna binnen was, dadelijk zou doorpraten. Hij hield op met lachen; de student stelde zijn vraag opnieuw: mocht hij uit het gezegde inderdaad opmaken dat de uitnodiging was aangenomen?

'Welja... vooruit! Maar voor wanneer is het eigenlijk?'

Het antwoord kwam onmiddellijk: het was voor morgenavond tien uur.

'Dat is snel! Jullie hebben het zeker nog maar net bedacht, anders had je wel eerder gebeld! Niet dat het nu te laat is... Maar morgenavond is uitstekend! Alleen moet ik het adres nog opschrijven... wacht, ik pak even een papiertje... hier heb ik al iets... verdraaid, het is een rekening van de slijter...!'

De volgende dag verliep in een toestand van aangename opwinding. Vanaf het middaguur verzamelde hij van allerlei dat hij tijdens de lezing kon laten zien, zowel uit het huis als uit het museum, van de apenstaart in de hal tot aan het Mexicaanse dodenmasker op een stokje. Intussen had hij besloten in grote staat voor te komen rijden, opdat zijn sjofele plunje des te wonderlijker zou overkomen. Klaas moest het kapiteinsuniform aan dat hij ooit voor een van zijn paspoppen had aangeschaft, zelf zou hij, zeer tegen zijn gewoonte in, op de achterbank plaatsnemen, en bij aankomst pas uitstappen als eerst het portier voor hem was opengemaakt door Klaas, of anders een bestuurslid...

Tegen etenstijd spande zijn opwinding aan tot nervositeit—maar waarom eigenlijk? Hij had toch wel voor hetere vuren gestaan? Het was geen uitverkocht Musis Sacrum! En de jongens waren geen moeilijk publiek, ze hadden beslist gevoel voor humor—zoals ze gisteren al gelachen hadden! Dat kon na de lezing nog een aardige nazit worden, met het hele bestuur... natuurlijk moest hij daar een goede Jan de Loper-sigaar bij presenteren... ja, en er dan bij vertellen dat de Amerikaanse president bij hem thuis op Angeldycke ook wel eens zo'n sigaar rookte... Ze zouden denken dat hij gek was geworden, hem met grote ogen aanstaren, tot hij na een gespannen stilte eindelijk verklaarde dat hij het over een mechanisch beeld van de president had gehad, waarmee uitkwam dat hij geen woord gelogen had en de jongeheren weer eens flink in de maling nam... Nou ja, daar moesten ze maar tegen kunnen, sterker nog: voor zulke gekkigheid hadden ze hem nu juist uitgenodigd, ze verwachtten niet anders van hem, ze wisten precies wie hij was! Nee, het beeld had hij niet bij zich, hij had niet alles mee kunnen nemen... als ze het wilden zien moesten ze maar eens bij hem langskomen... het zou niet de eerste keer zijn dat hij een dispuut ontving!

De kofferbak was volgeladen, achter de bestuurdersstoel zat een paspop die verkleed was als Dajakker; gekleed in het kapiteinsuniform en met de bijbehorende pet op reed Klaas de Cadillac de tuin uit, draaide hij langzaam de dijk op, en stopte hij dadelijk ook weer voor de veranda. Enige tijd gebeurde er niets, tot de deur ineens openzwaaide en Jan de Loper energiek en gehaast naar buiten kwam, niet in sarong, zoals hij nog even had overwogen, maar helemaal in de originele uitdossing van zijn eerste prentbriefkaart, precies zoals hij door Indië was getrokken, in zijn oude jasje, strooien hoedje op, halsdoek om, geweer en paraplu op de rug, alleen nu niet met Boy en ook niet barrevoets, maar op de sloffen van Parijs. Na nog even de arm te hebben opgestoken naar het personeel in de deuropening trok hij het portier open, maakte hij zijn rug vrij, en dook hij naast de pop op de achterbank:

'Rijden maar.'

Het was half negen, schemeruur. Om kwart voor tien reden ze bij donker Nijmegen binnen, klokke tien stopten ze voor sociëteit Carolus. Er stond niemand buiten. Klaas opende het portier. Hij stapte uit, schouderde andermaal het geweer en de paraplu, keek naar links en rechts over de verlaten straat, liep toen naar de deur, belde aan, knipperend met zijn ogen in het licht van de buitenlamp.

Vanaf nu ging alles snel: er werd opengedaan; iets later, in de gang nog, schudde hij de hand van het bestuurslid dat hem gebeld had, een lange, bleke en ernstige figuur in donker pak, daarna stond hij weer buiten bij de Cadillac om de bagage uit te reiken aan de ijlings verzamelde jongemannen, die alles naar binnen droegen. Net als het bestuurslid droegen zij donkere pakken, en maakten zij een zeer ernstige indruk. Zelfs toen ze de verklede pop of de apenstaart aanpakten werd er niet gelachen; niemand zei ook iets van de auto. Toen die helemaal leeg was liep hij naast het zwijgende bestuurslid achter de laatste drager aan naar binnen, een steeds luider rumoer tegemoet, gevolgd slechts nog door Klaas met de sigarendoos.

Zoals hij eindelijk dan vanuit de gang de zaal betrad, stilzwijgend aangekondigd reeds door alle binnengebrachte curiosa, aziatica en overige rekwisieten, aan de zijde van het bestuurslid en met zijn geüniformeerde chauffeur achter zich, moest zijn binnenkomst bepaald opzienbarend zijn, het rumoer verdichtte zich onmiddellijk tot een gespannen geroezemoes, en gestreeld door aller blikken liet hij zich door die sluiers van aandacht heen naar voren geleiden.

Aangekomen bij het lage podium, waarop een staande schemerlamp stond en een lange tafel met zijn spullen, vroeg het bestuurslid wat hij wilde drinken.

'Een blonde rakker,' zei hij, ruggelings naar het publiek gekeerd nog waar hij zojuist doorheen gewaad was.

'Een biertje,' herhaalde het bestuurslid, waarop die zich met een lichte buiging verwijderde om het eigenhandig te gaan halen.

Alleen gelaten, ook door Klaas, die achteraan moest wachten, bleef hij nog even roerloos stilstaan, toen, van boven bestraald door de schemerlamp, van achteren door honderd ogen, draaide hij zich langzaam om.

Hij stond in een halve cirkel die, op een paar stoelen na, helemaal leeg was. Daarbuiten rees het publiek als een hoge, zwarte wand rond hem op. Iedereen was een stuk langer dan hij, en ook hierbinnen droeg iedereen een donker pak met een wit overhemd en een clubdas. Terwijl het geroezemoes overging in een gespannen afwachten bleef hij gulzig om zich heen kijken, tot zijn oog ineens viel op de paspop die op zijn zij naast de tafel was gelegd – hij pakte een stoel, stapte daarmee het podium op, zette de pop erop neer, legde hem nog een Javaanse kris over de knieën. Waar bleef het bestuurslid toch?

Vanaf de verhoging uitstarend over het publiek ervoer hij eerst goed hoe onconventioneel hij bij al die donkere pakken afstak, met zijn strooien hoedje op, zijn halsdoek, zijn morsige jasje en met zijn paraplu en geweer op de rug. Weer viel hem op hoe ernstig men keek, al zag hij nu ook dat sommige studenten hun das halverwege de borst hadden afgeknipt. Met zulke grappenmakers kon het nog een vrolijke nazit worden, als het ijs maar eenmaal gebroken was. Hij wist al hoe hij zou beginnen: met een grap!

Vanaf de bar klonk glasgerinkel, achteraan stak de uniformpet van Klaas boven de hoofden uit, dichterbij praatte men achter de hand in elkaars oor en deed men moeite hem niet aan te gapen, wierp men hem met korte hoofdbewegingen alleen nog besmuikte blikken toe. Het was of hij erdoor gefotografeerd werd, en glimlachend, half afgewend van de denkbeeldige camera's, zonder recht in de lens of het doorgaande flitslicht te kijken, verschikte hij wat op de tafel, streek hij met zijn vinger over het stokje van het Mexicaanse dodenmasker – zou hij het nu snel even tegen zijn gezicht houden, om de stemming er alvast in te brengen?

Juist wilde hij het doen of het bestuurslid verscheen vanuit de donkere haag van zwarte pakken in de open plek voor het podium. Zonder erop te stappen reikte hij hem een vol bierglas aan, daarna sprak hij een kort welkom uit, kondigde hij het optreden aan, en richtte hij zich nog eenmaal tot de spreker.

'Bent u er klaar voor?'

Hij knikte gretig.

'Succes dan.'

Iemand grinnikte; het bestuurslid verdween weer; het was begonnen, ineens.

Onder doodse stilte hief hij het glas, keek hij glunderend naar de witte gezichten tegenover hem, schraapte hij de keel.

'Goeiemorgen!'

Niemand lachte.

Hij aarzelde even, nam toen toch de voorgenomen slok en zette het glas op tafel. Zich steunend aan de rand begon hij vervolgens te vertellen over zijn eerste voettocht door Indië, hoe hij barrevoets met zijn Javaanse bediende van Batavia naar Soerabaja was gelopen, met zijn geweer en paraplu op de rug, net als nu.

'Af en toe schoot ik een vogel, die we 's avonds braadden, we sliepen in de dessa of bij een familie in de kampong, en zo ging dat wekenlang door,' werkte hij zich naar het eerstvolgende hoogtepunt toe, maar nog voor hij dat bereikte brak men opeens uit in een harde lachgolf.

Schichtig keek hij naar links en rechts, beduusd wachtend tot het onverhoedse gelach voorbij was. '...soms voor nog geen dubbeltje per dag!' riep hij toen.

Maar nu lachte niemand meer.

Bevangen door de stilte staarde hij roerloos voor zich uit, tot hij weer bewegen kon en zich naar de pop op de stoel draaide. Na iets te hebben verteld over het Dajakkergewaad nam hij de dolk op en liet hij die schitteren in het licht van de schemerlamp.

'En hier hebben we een antieke, bronzen kris uit Java, een pronkstuk voor menig museum, maar thuis laat ik...'

Hij kon niet verder; een nieuwe lachgolf overstemde hem, maar hield ook dadelijk weer op.

'Thuis laat ik er het vlees mee snijden!'

Weer bleef het helemaal stil. Een enkeling keek hem onbewogen aan, de anderen keken elkaar aan, zelfs ook nog toen hij de apenstaart van de tafel pakte en zich naar de volgende clou toe begon te praten, met onvaste, langzaam verzwakkende stem.

'En deze staart was van een rode aap die ik bij Jogja uit een boom heb geschoten... Ach ja, het arme dier zou toch wel zijn doodgegaan, dat is nu eenmaal het lot van al dat leeft, ook het onze... Daarom is mijn motto: memento mori, ergo: carpe diem!'

Zijn laatste woorden, uit alle macht uitgestoten, galmden na in zijn oren, tot die echo overstemd werd door een nieuwe, suizelende stilte. Duizelig greep hij zich met beide handen vast aan de tafel, vertwijfeld haakte hij zijn blik aan een van de strakke gezichten tegenover hem: had hij zijn motto nu al uitgesproken of nog niet? Hoorde men hem eigenlijk wel? Hoe lang was hij intussen bezig, en hoe lang moest hij nog?

Terwijl het zweet hem uitbrak schudde hij even het hoofd, als een bokser na een kaakslag, toen schakelde hij over van Java naar Parijs, verhaalde hij over de aankomst, het onthaal, de intocht op de Champs-Elysées, liet hij de pedometer zien, daarna, door achtereenvolgens zijn linker- en rechtervoet op te tillen, zijn sloffen, en bracht hij, ongestoord nog steeds, niet eens door gegrinnik, zich met opgestoken wijsvinger een van de krantenkoppen te binnen.

'Het *Handelsblad* schreef: "Jan de Loper op zijn sloffen naar Parijs!",' riep hij met overslaande stem.

De samengebalde stilte kaatste zijn woorden terug als een muur.

'Wie van jullie lust er een borrel?' ging hij onmiddellijk door.

Niemand bewoog, niemand zei iets; onder ademloos stilzwijgen strekte hij zijn hand uit naar de holle wandelstok op de tafel.

Toen lachte men ineens toch, zomaar, nog voor hij de dop eraf had geschroefd, en op slag was hij vergeten dat hij cognac had willen toveren.

Zo zette de lezing zich voort, van grap naar grap, van de ene stilte naar de andere, gedurig onderbroken door afgemeten gelach, tot het ten slotte geen onverwachte lachgolf was die hem onderbrak, maar een al even plotseling applaus, midden in een zin, dat aan het optreden een definitief einde maakte.

Volkomen afgemat stapte hij het podium af, met hangend hoofd ging hij op de rand zitten, de rug krom onder zijn paraplu en geweer. Door zijn verdoving heen hoorde hij achteraan bij de bar rumoer en glasgerinkel opklinken, dichterbij trad men een paar stappen van hem weg, draaide men hem de rug toe, en werd er zachter gepraat. Starend naar de vloer zag hij zwarte schimmen heen en weer schieten door de leegte om hem heen: zo snel als zijn spullen waren binnengedragen, zo snel bracht men die nu terug naar de auto.

Pas toen er iemand stil bleef staan in de kring voor zijn voeten hief hij het hoofd. Het was het bestuurslid. Schuin achter hem stond Klaas met de sigarendoos. De tafel was leeg, de paspop weg.

'Alles is ingeladen,' zei het bestuurslid met een uitnodigend gebaar, 'ik laat u uit.'

Werktuiglijk kwam hij overeind, dof grijnzend volgde hij de lange jongeman de zaal uit, tussen de zwarte ruggen door, te zwak haast om zijn sloffen nog los te trekken van de plakkende vloer. Ook in de lege, steeds stillere gang bleef de ander voor hem lopen, tot die bij de deur halt hield en hem met afgeslagen blik een slappe hand gaf. Heel even nog boog de bleke student zich naar hem toe en keek hij hem van dichtbij recht aan, zeer ernstig, onderzoekend haast, alsof hij een dokter was die hem behandeld had of hem iets had toegediend, en nu wilde zien hoe hij eraan toe was, toen sloeg hij opnieuw de ogen af, trad hij opzij, en opende hij de deur.

Met zijn laatste krachten stapte hij de drempel over, langs de jongeman heen naar buiten. Bij de auto, die Klaas al gestart had, kreeg hij zijn geweer en paraplu nauwelijks nog van zijn rug. De deur van de sociëteit was al dicht toen hij eindelijk het portier opende en naast de pop op de achterbank ging zitten – hij wilde niet meer praten, kon het ook niet meer, wist nog maar één woord uit te brengen, hees en hijgend:

'Rijden.'

Bij alles wat afliep kwam ten leste ook het gedurige over en weer van kaarten en briefjes tussen hem en mr. Jager. Tot een vriendschap had die uitwisseling zich misschien nooit verdiept, maar het was een uitwisseling, en toen hij een keer bij de melkfabriek Insulinde onderuitging op de spekglad beijzelde weg deed hij er dadelijk verslag van. Het antwoord kwam pas na drie weken, en bleek geen antwoord maar een mededeling: Jager had veertig kilometer gefietst. Per ommegaande liet hij weten die afstand nog makkelijk te lopen. Nu duurde het een maand voor Jager weer schreef: voor zijn huis was een vrouw op straat neergevallen. Met als enig commentaar erbij geschreven: 'Ik d8 aan Jan bij Insulinde', zond hij het kaartje prompt weer terug, maar met het verbitterde voornemen nu om de volgende keer Jager eens op antwoord te laten wachten. Maar omdat die niet meer schreef, bleef hijzelf de enige die wachtte. En omdat anderen hem ook niet meer schreven, was er niemand meer aan wie hij nog kon schrijven. Zijn speciaal voor de correspondentie ontwikkelde manier van spellen was even overbodig geworden als de balkonachtige aanlegsteiger voor zijn huis.

Blijer nog dan met zijn nieuwe auto was hij met zijn televisie. Elke zaterdagmiddag zat heel de woonkamer van Angeldycke vol met kinderen uit het dorp. Na de uitzending bleven ze nog spelen en tekenen, en als het mooi weer was liet hij ze in de tuin rondrijden op het paard, de pony en het ezeltje, net zo lang tot ze naar huis moesten. Had hij de televisie in eerste instantie alleen voor de kleintjes in huis gehaald, toen hij zag wie er allemaal op kwamen kreeg hij er zelf ook een speciale belangstelling voor: waarom zou hij, Jan de Loper, niet ook eens op de televisie kunnen komen? Hij was indertijd toch ook op de radio geweest? Hij had genoeg te vertellen, kon ook heel wat laten zien...

Drie jaar later had geen enkele omroep zijn brieven zelfs ook maar beantwoord en was hij nog steeds niet op de televisie geweest. Dof staarde hij naar een programma met andere mensen. Waarom zou hij nog in de vijver springen? Hij had dat al maanden niet meer gedaan, en grimmig besloot hij het voortaan te laten: hij had er geen zin meer in, hij had nergens meer zin in, alleen zijn voornemen om dit jaar met Pasen voor het eerst per vliegtuig naar Londen te gaan, in plaats van met de veerboot, deed hem nu toch even glimlachen. Dat moest voor zo'n dorpsjongen een machtige belevenis zijn, hij zou de zoon van de bakker mee kunnen nemen, die kreeg er de leeftijd voor. Juist overwoog hij om nu dadelijk even te bellen, of ene zich Opa Schram noemende grijsaard verscheen in beeld, die een voetreis naar Rome had gemaakt en verklaarde het volgende jaar naar Lourdes te zullen lopen – maar dan heen en terug.

Krachteloos opeens, net toen Berend Burg een lied begon te zingen, schakelde hij het toestel uit, sleepte hij zich de trap op naar zijn werkkamer, en het volgende moment, plat op de canapé, stelde hij zich handenwringend voor hoe de mensen in het dorp, in heel Nederland, morgen over de oude atleet met de lange baard zouden praten – iedereen had het gezien, bijna overal stond nu een televisie, die was al even algemeen geworden als eerder de telefoon. Waarom had hij die kwellende apparaten ooit in huis gehaald? Wie wilde nog iets van hem? Zelfs de kinderen kwamen niet meer, die keken nu in hun eigen straat of zelfs eigen huis naar de televisie. Paardrijden kon tegenwoordig ook bij manege Kromkamp, en de boeren hadden intussen allemaal zelf een telefoon om mee naar de dierenarts te bellen...

Vier dagen bleef hij liggen, neergedrukt door de vergankelijkheid van de roem, die slechts duurde tot die overwoekerd werd door de roem van een ander, toen stond hij op en ging hij weer naar buiten, bitter zinnend op nieuwe manieren om de mensen aan het lachen te maken.

Maar veel zwaarder nog dan met figuren als Opa Schram en Berend Burg had hij het te stellen met de sterren en berichten uit het buitenland, op de radio, in de krant, en bovenal op de televisie, die alles fnuikten wat hij ondernam:

– hij liep achterstevoren naar Tolkamer, maar Martin Luther King liep naar Washington;

– hij vloog met Donald Duk naar Londen, maar Audrey Hepburn landde op Schiphol;

– hij ging met een banjo voor de kerk zitten, maar The Beatles speelden in Blokker.

Alleen toen John F. Kennedy werd vermoord zag hij een mogelijkheid om het nieuws, dat hem gedurig tegenwerkte, nu eens voor zich te laten werken. Hij bestudeerde de krantenfoto's zorgvuldig, verkleedde een van zijn vrouwelijke paspoppen als Jackie Kennedy, stak de twee mannelijke alsook Klaas in strakke, donkere pakken, daarna klapte hij het linnen dak van de Cadillac neer en bevestigde hij twee Amerikaanse vlaggetjes op de hoeken van de enorme motorkap. Twee dagen na de moord, toen iedereen er nog over sprak, zag Angelen hem als de Amerikaanse president, in net zo'n open limousine, door het dorp rijden, wuivend naar links en rechts, Jackie met roodgestifte lippen naast hem op de achterbank, twee lijfwachten voorin. Het leek precies, toch lachte er niemand, alleen kinderen die de grap niet begrepen.

Later zat hij weer met zijn Mona Lisa op de dijk, maar het leek wel alsof de mensen niet meer wílden lachen, alsof ze al genoeg gelachen hadden, voor de televisie – maar hij kon toch ook op de televisie? Waarom kwamen ze hém niet filmen? De camera mocht de hele dag lopen, het zou zijn als vroeger, toen men hem ook van 's ochtends tot 's avonds kwam gadeslaan, alleen zou hij nu dan, omgekeerd, bij de mensen thuis komen – op de televisie! En na de eerste uitzending zou hij zeker ook weer bezoekers krijgen, dat kon dan ook gefilmd worden, hoe ze aankwamen met de boot, de rondleiding door het museum, en hoe hij ze aan tafel allerlei verhalen vertelde. En na afloop zou hij dan ook vast weer in de vijver springen, in zijn ondergoed voor de camera, gewoon omdat hij er zin in had!

Maar even snel als de hoop in hem uitbrak sloeg die ook weer om in verbittering, soms zo lang achtereen dat die op haar beurt omsloeg van een stemming in een toestand. Kromgebogen voor de scheerspiegel op zijn werktafel, terwijl buiten de rivier ononderbroken langsstroomde, staarde hij zich dan verstard in de ogen. Door de welstand van de moderne tijd had niemand zijn filantropie meer nodig, was die niet alleen overbodig geworden maar zelfs geheel vergeten, net als de vrolijkheid die hij altijd verspreid had, zijn bijnaam en bijna ook zijn bestaan. Na al zijn streken had het lot hem nu zelf ook een streek geleverd, door hem eerst op te tillen in het licht van de roem en hem vervolgens weer neer te laten in vergetelheid, terwijl hij nog leefde: hij was de enige die nog wist hoe beroemd hij was.

Toch moest zijn faam nog ergens smeulen, die kon niet helemaal gedoofd zijn door de televisie, die zou heel goed, en heel snel ook, door diezelfde moderne techniek, weer kunnen oplaaien – als hij maar eenmaal op de televisie was geweest! Eén uitzending, één chef bij de omroep zou volstaan, dan volgde de rest vanzelf. Ze mochten alles filmen, de kinderfeesten, de intocht van Sinterklaas, de poffertjeskraam, zelfs hoe hij zich schoor – dat had hij toch ook op zijn laatste prentbriefkaart laten zien? Een keer had hij zich zelfs geschoren toen er tien bezoekers om hem heen stonden, zomaar, in een opwelling...

Glimlachend opeens verloor hij zich met omfloerste blik nog even in zijn spiegelbeeld, toen knikte hij naar zijn moeder, Ant en Gerrit in de lijstjes, waarna hij een blocnote naar zich toe trok en begon te schrijven, steeds hoger op zijn stoel, terwijl het bereidwillige 'zend mij' van Jesaja zich in hem uitbreidde en vervulde tot een stralend dienstbare bede: 'Zend mij uit.'

Hij leek wel jong zoals hij iets later kaarsrecht, tenger en veerkrachtig naar de brievenbus in het dorp liep. Van vlakbij aangestaard door een jongetje met een grote step stak hij de brief in de gleuf.

'Kijk, Tonnie,' zei hij, 'een brief aan de televisie... van Jan de Loper!'

Even nog bleef de kleine vent roerloos naar hem opkijken, de beide handjes op borsthoogte aan het stuur geklemd, toen ging hij er ineens razendsnel vandoor, zo hard hij kon over de stoep steppend om het thuis te gaan vertellen.

Maar weer kwam er geen antwoord.

Een maand bleef hij binnen, toen pas ging hij weer met zijn Mona Lisa aan de dijk zitten. Versmaad door de televisie, maar nog altijd vol van verlangen om erop te komen spiedde hij intussen naar links en rechts uit of er iemand aankwam met wie hij, na de grap en de lach, tenminste dan een praatje kon maken, maar zelfs dat gebeurde nauwelijks nog: de mensen reden nu op een brommer of met de auto voorbij, veel te hard om te stoppen of zelfs maar naar zijn schilderij te kijken. Bij gebrek aan aanspraak liep hij in steeds nauwere kringen rond het dorp, soms ook erin, als een hongerige wolf. Maar de jongens bij de Gastronoom hadden al een transistorradio.

Zo bleven de veranderingen van de moderne tijd zich tegen hem keren. De nieuwbouwwijk vulde zich met mensen die nog nooit van hem gehoord hadden, de Magirustruck overschaduwde zijn Cadillac, de nieuwe speelplaats bond de kinderen aan de kom, en door de laatste verandering die zich in Angelen voltrok zou hij nooit meer met ze in feeërieke sinterklaasoptocht naar de burgemeester aan de andere kant van het dorp kunnen trekken.

Die verandering was van bestuurlijke aard: Angelen werd bij een andere gemeente gevoegd; de burgemeester verhuisde naar een naburig dorp; in de tuin van de burgemeesterswoning kwam een bord met daarop 'Te Koop' te staan. Gezien de omvang van het huis was de prijs niet hoog, al moest men er wel wat geld voor hebben.

Maar wie met geld zou in Angelen willen wonen?

HOOFDSTUK 12

Verschenen

De hete lucht hing wazig boven de rivier. Van rechts kwam er weer een vrachtschip aanzetten. Zonder besef meer hoe lang hij al op de dijk zat besloot hij op te staan zodra die gepasseerd was. Het geluid van kinderen die verderop bij een dode, kromme boom speelden klonk nu eens van dichtbij, dan weer van heel ver weg. Daar werd ook gezwommen.

Met twee handen boven de ogen staarde hij in alle richtingen uit over het verblindende water, naar de parlevinker van Tolkamer, naar het komen en keren van de pont, naar de schoorstenen in de verte en de jongen die onder het baken van de krib recht tegenover hem zat. Hij had die jongen wel eens achter de toonbank van de bakker gezien.

Ronkend, vlak onder de wal langs, schoof het schip voorbij, traag stroomopwaarts. De hekgolf sloeg op het strand; hij stond op, duizelig opeens, van de zon en al het licht dat hem tegemoet geblikkerd had. Het was zwaargaans door het hoge gras naar de trap tussen hem en de spelende kinderen. Hoe dichterbij hij kwam, hoe meer er naar hem omkeken, hoe stiller het werd. Op de bovenste trede hoorde hij ineens krekels, alleen nog maar krekels. Even nog bleef hij stilstaan, toen liep hij de trap af en het dorp, een andere stilte in.

Hij was op één enkele dag naar Angelen verhuisd, maar er heel geleidelijk verschenen. De kinderen hadden hem als eerste opgemerkt. Ze zagen hem op alle tijden van de dag naar buiten komen, rondlopen, en weer naar binnen gaan, altijd alleen. Nog steeds hing er geen naamplaatje naast de deur, maar zelfs de dapperste durfde niet te vragen hoe hij heette. In het begin vroegen ze zich ook af waarom hij geen vrouw en kinderen had en niet naar zijn werk ging. Later wenden ze eraan, vergaten ze het, zoals hij zichzelf ook vergeten was.

Overdag was hij de enige man op straat, de enige man ook tussen de moeders als hij boodschappen deed. Voor de vaders van Angelen bleef hij zo een onbekende, voor de kinderen nog altijd een vreemde zoals hij door het dorp waarde en helemaal alleen in het huis van de burgemeester woonde: wie was hij? Waarom was hij gekomen?

Na drie weken had hij nog met niemand gepraat, maar in de winkels begon men hem allengs te herkennen, daarna te groeten, en toen richtte de slager de vaste middenstandsgrap voor de eerste keer ook tot hem: 'Goedemorgen...' – een snelle blik op de klok – 'o nee: míddag!'

Wie was hij om er niet om te lachen? Met moeite trok hij een glimlach, maar het was of zijn gezicht van droog leer was en het pijn deed om het te vouwen.

Toch deed hij het nu voortaan zelf ook, altijd als hij rond het middaguur een winkel binnen stapte en er geen andere klanten waren: dan groette hij zelf als eerste; dan begon hij met een langgerekt 'Goede...'; dan zweeg hij om zijn horloge te raadplegen; dan maakte hij zijn groet af met een bevrijdend '-morgen!' ofwel '-middag!', al naar het voor twaalven was of erna, waarop er aan de andere kant van de toonbank een lach opklonk en hij even, uit alle macht, zijn gezicht vertrok. Het werd gewaardeerd, men mocht hem wel, al kende men hem niet. Niemand wist nog wie hij was, hij kon het zich zelf ook nauwelijks meer herinneren.

Voorbij het plein met de snackbar werd het weer rustig. Het was vier uur, theetijd, slechts een kinderstem schalde af en toe door de lege straten, korte uitroepen steeds, vaak alleen een naam, 'Ronnie!', 'Wim!', helder afgetekend tegen de stilte, als kleurige verfspatten op een wit vel papier.

Hij liep de kom uit, vervolgde zijn weg over de lichtere stoep van de nieuwbouw, zag zijn huis in de verte al uitsteken boven het schaarhout. Opeens, dichterbij, verscheen er een bedrijvig groepje meisjes met een hond uit een zijstraat. Halverwege het volgende blok maakten ze de lijn los, het dier holde van de een naar de ander, verhief zich op de achterpoten, likte de gillende kinderen in het gezicht. Geen van hen zag of hoorde de auto die nu de zijstraat uit kwam, de hoek om sloeg en het groepje al bijna passeerde. Op dat moment, met een uitgelaten draai door de lucht, sprong de hond de straat op. Het vrolijke kabaal verstierf op slag, er klonk geen enkel geluid meer, alleen nog een ontstelde kreet: 'Bobby!'

De stilte duurde suizelend voort, tot aan de doffe, bijna onhoorbare klap.

Niets bewoog nog, de kinderen niet, de auto niet, de hond niet, en Rebert ook niet. Pas toen hij weer adem kreeg brak hij uit zijn verstijving en spoedde hij zich voorwaarts, naar de kring die zich als vanzelf voor hem opende, maar zonder dat een van de meisjes hem werkelijk aankeek – ze keken strak omlaag naar de hond, een jonge, lichtbruine boxer, en slikkend zag hij wat hun blik gevangen hield: het oog was eruit, de bol hing aan een glanzende, witte streng spiertjes en zenuwen op de wang, de lege, bloederige kas leek, met de oogleden nu als lippen, op een open mond, die om hulp riep.

Terwijl hij neerhurkte werd een in lang niet meer gevoelde daadkracht over hem vaardig: werktuiglijk legde hij zijn hand aan het hart, bevoelde hij de schouders, de kaken, de poten en de rug, streek hij de op zijn zij uitgestrekte, schijnbaar dode hond geruststellend over de flank. Een rilling voer door de zachte vacht, de tong stulpte uit de stompe snuit, een straal urine vloeide over de lauwe stenen en bleef sterk riekend warm. Er klonk geen gelach, nog geen woord.

'Hij ademt, en hij heeft niets gebroken,' verklaarde hij, zonder nog op te staan of ook maar op te kijken. In plaats daarvan stak hij zijn armen onder het lichaam en verlegde hij het behoedzaam van de straat naar de stoep. 'Ik ga nu snel wat spullen halen, jullie blijven hier,' vervolgde hij, eindelijk overeind komend, terwijl hij de meisjes voor het eerst even in de ogen zag. 'Als hij probeert op te staan hou je hem stevig vast, verder niet aanraken... of alleen heel zachtjes aaien.'

In droomtoestand, volkomen helder, terwijl de bestuurster van de iets verderop geparkeerde auto hem vergeefs trachtte aan te spreken, ijlde hij voort over de nieuwe stoep, met rechts het laatste blok en links het boerenland, langs de speeltuin en verder over de klinkerweg naar zijn huis, naar binnen. Hij had geen idee waar de nooit uitgepakte dozen met zijn instrumenten, en de geneesmiddelen die Beckers hem nog had meegegeven, konden staan, toch vond hij ze zonder te hoeven zoeken op zolder; één enkele keer slechts had hij een oogrepositie meegemaakt, en dan nog als assistent van Heiman in de kliniek, toch pakte hij zijn tas in zonder zich te hoeven afvragen wat nodig was. In ongebroken voortgang waste hij daarna zijn handen, spoedde hij zich ijlhoofdig weer terug.

Vanaf een afstand al zag hij dat er meer kinderen bij gekomen waren, ook jongens, twee met een platte kar, terwijl er nog een meisje op grote rolschaatsen kwam aanwieken en de mevrouw die gereden had nog steeds naast haar Dafje op hem stond te wachten. Hij passeerde haar opnieuw zonder een woord, zette de laatste stappen en kwam zo dichtbij dat hij, omdat hij stond en de kinderen knielden of zich omlaag bogen, over hen heen in het brandpunt van hun aandacht kon kijken.

Onveranderd nog lag de hond roerloos op zijn zij, alleen was die nu, op zijn kop met het losse oog na, helemaal bedekt door kleine handen. De kinderen streelden de bruine vacht bijna zonder te bewegen, het was meer alleen maar aanraken, ieder zijn eigen stukje, tot hij dan werd opgemerkt en de een na de ander overeind kwam en iets terugweek. Enkel door de hond los te laten gaven ze die aan hem over; de kring opende zich nog verder voor hem; in het midden hurkte hij naast de boxer neer.

'Hij heet Bobby, hè?' vroeg hij, nog steeds omlaag kijkend, terwijl hij zijn tas uitpakte en met de fonendoscoop het hart beluisterde. Het was sterk genoeg voor een verdoving; onder ademloos stilzwijgen maakte hij de spuit gereed en stak hij die in de schouder. Vervolgens trok hij een stuk hechtzijde uit een groene fles, waarin het op een conisch klosje in alcohol werd bewaard, en keek hij, na het op lengte te hebben afgeknipt, de kring rond. 'En wie is het baasje van Bobby?'

Die was er niet; iedereen schudde het hoofd, op één meisje na, dat vuurrood werd.

'Hij logeert bij ons,' bracht ze eindelijk uit. 'Hij woont op de hoek, maar daar zijn ze naar een begrafenis. De hele dag al.'

Bobby logeerde bij haar; ze bloosde van schaamte. Om die niet nog te vergroten sloeg hij zijn blik weer af, stak hij de draad door het oog van een hechtnaald en begon hij die aan een van de oogleden vast te zetten, ondertussen heel kalm met het meisje verder pratend.

'Dus hij is vanochtend al gekomen? Jammer dat je naar school moest zeker...'

In zijn ooghoeken zag hij het meisje nadrukkelijk knikken.

'Maar wel fijn om dan thuis te komen, als er zo'n vriend bij je logeert...'

Aan het nog heftiger knikken zag hij wel dat ze geen betere vriend had. Ze moest een jaar of zes, zeven zijn. Zo zwaar als de onvolgroeide poten van Bobby, zo lang en mager waren haar benen.

'En toen ging je hem uitlaten... en dan wil hij het liefste vrij rondlopen natuurlijk, die wildebras... dat wilde je eens proberen, hè? Dat snap ik wel... dat begrijp ik heel goed...'

Weer knikte het meisje, de handen stijf op de rug, het gezicht onverminderd strak van schuld ondanks zijn voorspraak: het oog hing er nog uit.

Inmiddels was hij bezig om ook aan het andere ooglid een stukje draad te bevestigen. Vreemd hoe vlug zijn vingers nog waren: na twee, drie vaardige halen zat het al vast en begon de volgende fase van de operatie.

'Zo...' rondde hij eerst de eerste nog af, terwijl hij de fles en de naald terug stopte in zijn tas, er een pot boorzalf uit haalde, en het spichtige meisje voor het eerst recht aankeek. 'En wil je mij nu even helpen? Durf je dat? Ga maar tegenover mij zitten, hier. Hoe heet je?'

Ze heette Lieneke. Hun hoofden kwamen vlak bij elkaar toen ze aan de andere kant van de hondenkop neerhurkte en op zijn doorgaande aanwijzingen de beide stukken hechtdraad aannam, in elke hand één – nu waren het twee teugeltjes geworden waarmee zij de oogleden uit elkaar moest houden zodat ze niet mee naar binnen konden plooien als hij de oogbol straks terug in de kas zou werken.

Hij nam een lik zalf uit de pot en wreef er zijn handen mee in.

De stilte van de kinderen rondom verdiepte zich nog:

het losse oog ging aanstonds voor de eerste keer aangeraakt worden.

Hij nam nog een lik en smeerde er de holte mee in, toen daadwerkelijk het oog. Iemand kreunde.

De oogzenuw zag er onbeschadigd uit, de spiertjes waren niet gescheurd, en het oog voelde ook goed, had nog geen tijd gehad om te kunnen uitdrogen of opzwellen. Spoedig mengden de zalf en het bloed in de oogkas zich tot een vette, vleeskleurige pap, de bol was spekglad van de vaseline, de oogleden ook.

'Goed uit elkaar houden, zachtjes trekken...'

Hij begon het oog terug te masseren, de streng waaraan het gehangen had was al onzichtbaar – en toen, voor hij er erg in had, terwijl de oogleden open bleven, gleed de bol zomaar naar binnen.

'Heel goed, laat maar los nu...'

Hij sloot het oog met zijn vingers, nam de teugeltjes van Lieneke over en bond die, en daarmee de oogleden, boven op de bol met een hechtknoop samen, opdat die niet opnieuw naar buiten kon schieten. Na het afknippen van de uiteinden was het ineens of Bobby alleen maar sliep.

'Je hebt prima geholpen, en hij wordt weer helemaal beter,' zei hij, luid genoeg dat iedereen het kon horen. Lieneke sloeg haar blik even naar hem op, glimlachte, keek toen weer omlaag. Neerhurkend nog tegenover haar begon hij zijn tas in te pakken. 'Als ik morgen de hechting eruit haal heeft hij er niets aan overgehouden en zie je geen enkel verschil meer.'

Terwijl Lieneke de hond over zijn brede voorhoofd bleef aaien kwam hij eindelijk dan overeind, steeg hij vanuit de besloten diepte op, terug naar de werkelijkheid rondom. Alles bij elkaar had de ingreep nog geen kwartier geduurd, een dichte vouw in de tijd die nu openging en zich oploste als een volstromend vacuüm, een verbroken stilte.

In de verte ronkte een tractor, ergens koerde een duif, toen klonk er ook van heel dichtbij een geluid op, sprak een van de jongetjes uit de groep hem opgetogen en met heldere stem aan:

'Bent u dierenarts?'

Hij draaide zich naar de jongen toe en begon te knikken, eerst aarzelend, langzaam stelliger, als iemand die zich iets probeert te herinneren en het dan weer zeker weet: 'Ja, ik ben dierenarts.'

'Dan moet u een bord naast uw deur ophangen met daarop uw naam en dan "dierenarts"... dan hebben we een dierenarts!'

Hij zag de ogen van de jongen stralend oplichten, begreep ook dat hij met 'we' het hele dorp bedoelde, dat hij nu al trots was op Angelen en met een dierenarts erbij nog trotser zou zijn – zoekend nog naar een antwoord begon hij te glimlachen, heel zacht en volkomen moeiteloos, net alsof zijn gezicht van zijde was. Waarom zou hij niet toestemmen? Wie was hij om deze knaap en de andere kinderen een dierenarts te onthouden? Maar wie was hij ook om zijn beroep op een bord te vermelden als hij het niet uitoefende? Hij opende weifelend zijn mond, maar net voor hij iets kon zeggen klonk er vanaf de andere kant een stem op, geen klare kinderstem nu maar de schrapende stem van een man.

'Kijk aan, hebben we een dierenarts? Gelukkig wordt Bobby weer helemaal de oude! Dag Tonnie... Robbie... Wilma... Lieneke... Jennie...'

Vlakbij, net buiten de kring, stond een klein heertje met een strooien hoed op, een open kraag en een halsdoek om. Niemand had hem op zijn sloffen horen aankomen. Schalks lachend ging hij door met alle kinderen bij de naam te begroeten, sommige streek hij even over het hoofd, andere kregen een ondeugende knipoog vol verstandhouding van hem, maar niemand lachte terug: Bobby lag nog met zijn dichtgenaaide oog bewusteloos op de grond.

'Maar als u dierenarts bent, moet u ook eens naar mijn dieren komen kijken!' richtte het heertje zich nu tot hem. 'Er loopt van alles bij mij rond, kippen, een geit, zelfs een ezeltje! Op een keer, 's ochtends vroeg, toen ik mijn pyjama nog aanhad... Maar dat verhaal hebt u misschien al wel gehoord, daar schijnen ze hier nog altijd niet over uitgepraat te kunnen raken... ha, ha!'

Het gladde, gebruinde en ronde gezicht van de man leek op een platte noot. Met zijn tengere figuur, zwierige voorkomen en drukke, beweeglijke optreden maakte hij een bepaald jeugdige indruk, maar toch moest hij al een eind in de zestig zijn. Al pratend had hij een paar passen vooruit gezet, tussen de kinderen door, boven wie hij niet erg ver uitstak, en was hij hem tot op zo kleine afstand genaderd dat hij de adem, die samen met de schorre lach schuin naar boven toe werd uitgestoten, kon voelen aan zijn huid, toen ook ruiken in de windstille warmte. Zelf zonder de minste glimlach meer op zijn gezicht deinsde hij iets terug. De man had gedronken.

'En u, ik hoorde al iets over een nieuwe bewoner, u woont zeker in de voormalige burgemeesterswoning?' ging het heertje alweer verder. 'Maar dan ben ik al heel wat keren in uw huis geweest! Altijd met sinterklaas, om maar iets te noemen... en dan nam ik alle kinderen mee – zo is het toch, jongens? O ja, ik heb de burgemeester goed gekend, kwam regelmatig bij hem over de vloer, jammer dat hij weg is, hij was de enige in het dorp met een universitaire graad, ik praatte graag met hem, maar goed, nu hebben we u dan in zijn plaats... toch ook maar weer een gestudeerd man... we zullen het best samen kunnen vinden! Komt u maar eens langs, op Angeldycke, aan de andere kant van het dorp, ik kan u heel wat vertellen, over mijn reizen, of over wat er hier allemaal gebeurd is, ja, en dan roken we er een beste sigaar bij... een echte Jan de Loper... ooit van gehoord?'

De vraag trok een spoor van stilte. Glunderend nog steeds, maar opeens ook met een scherpe, onderzoekende blik, keek de man toe hoe hij het hoofd begon te schudden: hij was wel eens langs het buitenhuis gewandeld, kende de sigaar echter niet. De lach op het houten gezicht verstrakte kort, leefde toen alweer op.

'Nee? Dat komt dan nog wel... als u bij hem bent! Ja, dat is weer zo'n raadsel... Maar belt u van tevoren even op, Van Zuylen Rothaar is de naam – na alle keren dat ik in uw huis ben geweest wil ik natuurlijk wel thuis zijn! Goed, dan stoor ik niet langer... of wacht, één ding nog...'

Starlings zag hij het sjofele heerschap met de dubbele achternaam en het fraaie landhuis in de binnenzak van zijn morsige jasje zoeken; stralend als daarnet, maar ingehouden nu, sloeg die de ogen weer naar hem op.

'Hier heb ik het al... het is iets nieuws,' sprak hij geheimzinnig, zonder nog te laten zien wat hij had opgebracht. 'En nu wil ik heel precies van u horen wat u ervan denkt...'

De handen gingen van de borst, draaiden open. Wat te zien kwam was een uit zwart papier uitgeknipte mannenkop op een wit stukje karton.

'Een waarachtig kunstwerk, nietwaar?' De lippen glommen, het gezicht grijnsde, de blik sprong van het papier omhoog en weer terug. 'Maar waarom is zo'n silhouet nu juist een kunstwerk bij uitstek? Vertelt u mij dat eens...'

Hij wist het niet, opende weifelend zijn mond, maar nog voor hij iets kon zeggen kwam het antwoord al.

'Omdat het de schaduwzijde van de mens toont!' stiet de oude triomfantelijk uit. 'Een kunstenaar die de schaduwzijde van de mens wil tonen hoeft alleen maar een silhouet uit te knippen! Een silhouet toont toch niets anders dan de schaduwzijde van de mens? En dat is nu bij uitstek wat een waarachtig kunstwerk laat zien!'

Met open mond keek de man hem nog een ogenblik opgetogen aan, toen brak hij uit in een schel geschater, harder nog dan eerder, en langduriger ook, alsof hij ook de kinderen ermee wilde aansteken – maar die snapten het niet, hadden het silhouet helemaal niet gezien, en waren hoe dan ook niet in de stemming om mee te lachen: Bobby was nog altijd bewusteloos.

Alsof zijn lach terugkaatste op de ernst van de kinderen, en het kleine heertje aan die lach vastzat en erdoor werd meegesleurd, zo draaide hij zich op zijn hakken om en liep hij zonder een enkel woord weg, nog almaar doorlachend, zijn eigen echo achterna, over de lege stoep in de richting van de kom, steeds meer oplossend met elke stap die hij zette, al helemaal verdwenen toen iedereen hem nog kon zien maar niemand meer keek, verdwenen uit de aandacht waarin Bobby navenant snel was teruggekeerd, in het midden van de kring die zich weer rond hem gesloten had.

Onveranderd lag de bruine, mollige hond nog uitgestrekt op de tegels. Er was geen enkele reden hem daar nog langer te laten liggen, hij was klaar, kon naar huis, terug naar het huis van Lieneke – maar opeens besefte Rebert hoeveel bekijks hij zou hebben, en zelfs opzien zou baren, wanneer hij als reddende dierenarts, de enige man op straat bovendien, het slappe lichaam huistoe zou dragen; de gedachte stuitte hem tegen de borst; hulpeloos staarde hij naar de kinderen rond de hond, tot de beide jongens die met de kar gekomen waren een omtrekkende beweging inzetten en een nieuwe gedachte en een nieuwe daadvaardigheid in hem baan braken.

Hij vroeg de twee of ze de hond naar huis konden rijden.

Ze knikten heftig: 'Zeker weten!'

Hij vroeg Lieneke of ze in de nieuwbouw woonde.

Ook zij knikte: 'Swartenhondtstraat 25.'

Verder vragend begreep hij dat die straat pal achter dit blok liep, dat Bobby zijn mand had meegekregen, en dat die in de keuken stond.

'En kunnen jullie wel met de kar, achter door de paadjes, over het tuinpad, bij de keukendeur komen?' wendde hij zich weer tot de twee.

Opnieuw knikten ze: 'Zeker weten!'

'En is je moeder thuis?' draaide hij zich terug naar Lieneke.

Ze schudde het hoofd: 'Die is bij de paarden...'

Op geruststellende toon, vertrouwelijk, met de handen op de knieën, zei hij dat dat helemaal niet gaf, dat er vast wel een buurvrouw was die kon helpen om Bobby in zijn mand te leggen – wel was het zaak ervoor te zorgen dat hij, als hij straks bijkwam, zich niet aan zijn oog ging krabben, dan moest ze hem maar een beetje afleiden en wat aaien, of hem iets te knagen in zijn bek geven. Wilde ze dat ook tegen de mensen van de hoek zeggen, als die vanavond de hond kwamen ophalen? En dan moest ze er ook bij vertellen dat hij morgenmiddag even langskwam om de hechting te verwijderen, waarna Bobby weer helemaal de oude zou zijn. Het oog had alleen nog maar rust nodig, daarom was het ook wel goed om zo de gordijnen van de keuken dicht te doen.

Alles was gezegd en begrepen. Hij rechtte zich, en terwijl Lieneke de riem weer vastmaakte aan de halsband manoeuvreerden de twee jongens de kar vlak naast Bobby. Hij tilde hem erop, kwam opnieuw overeind, en deed een stap terug. Het lichaam was nog soepeler dan het bij bewustzijn was geweest – er kon niets meer gebeuren, hij wist ook niets meer te zeggen, had geen woorden meer over, kon zich niet herinneren dat hij ooit zoveel had gepraat.

De troep had zich zwijgend geformeerd en zette zich in beweging. Alle kinderen hielpen mee om Bobby op zijn plaats te houden en zo, als een gevallen soldaat, bedekt door kinderhanden, met kinderlijke eer, terwijl de troep een stoet werd en de kar een baar, werd hij langzaam weggevoerd, meter voor meter over de nieuwe tegels. De enige die hem niet aanraakte was Lieneke – zij liep iets ter zijde en hield de slappe riem vast.

Met één hand boven de ogen en zijn tas in de andere keek hij de drom na, die steeds kleiner werd op de lege stoep, toen de hoek om sloeg, toen verdween. Op dat moment, uit een voordeur iets dichterbij, kwam er een moeder naar buiten die zich, met de schort nog om, de rug naar hem toe draaiend, zeer snel maar in vreemde vertraging ook naar dezelfde hoek haastte, de groep achterna, alsof zij de klap nog maar net gehoord had en al het voorgevallene, het ongeluk, de operatie, de tussenkomst van de oude heer, niet echt in de tijd gebeurd was en alleen maar bestond tussen hem en de kinderen, als een verhaal.

Er viel niets meer te zien, iedereen was weg – hij draaide zich om, begon te lopen, en merkte pas op het laatst dat er toch nog iemand was overgebleven.

'Meneer! Ik vind het zo vreselijk... Hij rende ineens de weg op!'

Vlak voor hem, naast een half op de stoep geparkeerde Daf met open portier, stond een oudere mevrouw die hem smekend aankeek.

'Ik kon er niets aan doen... hij sprong zó voor me...'

Werktuiglijk, nog voor tot hem doordrong dat deze mevrouw de hond had aangereden, en al heel de tijd op hem moest hebben staan wachten, knikte hij ja en schudde hij nee.

'Maar hij wordt weer helemaal beter? O, dat oog... verschrikkelijk!'

Met hoofdbewegingen in alle richtingen en de allerlaatste woorden die hij nog had viel hij de dame bij, gaf hij haar in alles gelijk en stelde hij haar gerust: ja, met het oog kwam het zeker weer goed; nee, ze kon er niets aan doen, hij had zelf gezien hoe snel het ging: 'Hij sprong inderdaad vlak voor u de weg op, u hoeft zich niets te verwijten, toe, gaat u toch rustig naar huis...'

De vrouw zweeg.

Hij gebaarde dat ze in moest stappen.

Ze leek te gehoorzamen, daas en traag, draaide zich toen toch opeens weer om.

'Mevrouw Schouten!' riep ze uit. 'Als u mij nog nodig heeft: mevrouw Schouten!'

Hij maakte een lichte buiging, en terwijl hij verder liep hoorde hij achter zich het portier dichtslaan, toen de auto starten. Het volgende moment reed mevrouw Schouten hem heel langzaam voorbij. Ze toeterde even, misschien wel voor het eerst in haar leven. Nooit eerder had een claxon hem zo vertrouwelijk in de oren geklonken; hij stak zijn hand in de lucht bij wijze van antwoord en wist dat zij elkaar voortaan altijd zouden groeten.

De stoep golfde onder hem weg, de ramen van het laatste blok deinden langs, een groene schaduw omvaamde hem toen hij overstak, en om zich heen kijkend de klinkerstraat in sloeg. De rand van de nieuwbouw, de speeltuin en de kerktoren verderop bevreemdden hem opeens uitermate, alsof hij die nog niet eerder gezien had, alsof hij net wakker was geworden en nu pas begon te beseffen waar hij was.

Hij was in Angelen.

Hij was begonnen er te zijn.

Het tuinhek viel achter hem dicht, de voordeur ging open, binnen rook het nog heel licht naar behangsellijm en verf; nu hij geen enkele haast meer had, en zelfs ook niets meer te doen, drong de zweem weer tot hem door. Hij zette zijn tas op de bank, ging ernaast zitten, en zonder nog te weten hoe lang hij daar al zat, of de geur nog te kunnen ruiken, liet hij het voorbije uur aan zich voorbij stromen als de rivier van vanmiddag: het water blonk, af en toe steeg een gezicht uit de diepte op naar de oppervlakte en zag hij de jongens met de kar weer voor zich, de knaap die vond dat hij een bord naast de deur moest hangen, de goede kop van Bobby, mevrouw Schouten die haar naam riep en Lieneke – hij had hun schuld uitgewist als een schuttingwoord van een schoolbord; Tine had dat wel eens moeten doen...

Zo bleef hij zich verdromen in zijn caleidoscoop van nabeelden, tot hem, ten laatste, ook weer het zonderlinge heertje in de zin schoot. Op slag nuchter veerde hij overeind, alsof een ongewenste gast zijn feest was binnen gedrongen, en herinnerde hij zich weer die harde, overdreven lach en het flauwe gedoe met dat silhouet. En dan die opdringerigheid, dat pal naast hem komen staan en die dwingende uitnodiging: zou de man werkelijk denken dat hij hem kwam bezoeken? En had hij echt die klinkende naam of was die maar verzonnen?

Hij stond op, sloeg het telefoonboek open tussen het portret van Tine en de nooit gebruikte telefoon op het dressoir, begon te bladeren. Van Zuylen Rothaar stond erin, het adres klopte ook. Maar hij piekerde er niet over hem te bellen, hoe uitdrukkelijk het mannetje het hem ook verzocht had. In plaats daarvan liet hij zich met een weldadige zucht terugzakken op de bank, en dacht hij er niet meer aan.

Later dan anders, tegen zevenen pas, had hij het eten klaar. Hij zette het bord op tafel, ging zitten, schonk een glas rode wijn in, opende het kleine flesje aan de andere kant van het bord. Voorovergebogen, met een pipet in de mond, zoog hij er een kleine hoeveelheid uit op; zich rechtend zwaaide hij het buisje over de bonenschotel heen tot boven het glas. De klok tikte, de eerste druppel hypnine viel in de wijn, hij telde de tweede, de derde.

Op dat moment werd er aangebeld.

Volkomen verstijfd onderging hij het luide, onverhoedse geklingel, dat hij sinds de verhuizing niet meer gehoord had. Daarna was het helemaal stil, kon hij zelfs ook geen adem meer krijgen – maar ook nog niet opendoen: hij was nog niet klaar, moest doorgaan zijn wijn te versterken, kon dat niet onderbreken. Pas toen de laatste druppel gevallen was begon de klok weer te tikken en liep hij de gang in, de volgende verstijving tegemoet.

Voor de deur stond een jonge vrouw met blauwe ogen en vuurrode lippen. Glimlachend stelde zij zich voor als de moeder van Lieneke, mevrouw Banda – 'Maar u zit toch niet net aan tafel?'

Het duurde even voor de vraag tot hem doordrong, voor hij wist dat hij het hoofd moest schudden, en dat toen ook deed.

Met bredere glimlach nog begon zij hem heel rustig te bedanken voor zijn ingreep, Lieneke had haar alles over het ongeluk verteld, en ook dat Bobby weer helemaal beter zou worden. 'Ze zit nu bij hem in de keuken, met de gordijnen dicht, en hij beweegt alweer een beetje, maar ligt nog wel in zijn mand. Maar wat een geluk dat u net voorbijkwam, en dat u dierenarts bent, want anders... ik moet er niet aan denken!'

Haar gezicht leek wel een muziekinstrument waarmee zij nu, passend bij het onderwerp, een akkoord in mineur aansloeg, maar dadelijk na het donkere floers dat eroverheen trok keek zij hem weer in stralend majeur aan.

'En ik ben u vooral ook erg dankbaar dat u mijn dochter heeft laten helpen, want daar heeft ze het steeds over, en ik geloof dat ze zich er iets minder schuldig door voelt... Maar de werkelijke verantwoordelijkheid ligt natuurlijk bij mij, omdat Bobby immers aan mij was toevertrouwd, en dat is tegelijk ook de reden dat ik hier nu ben: om de doktersrekening te betalen!'

Hij had geen enkel benul van tijd meer, wist alleen nog maar dat hij haar, beleefdheidshalve, niet voortdurend moest blijven aankijken, maar hoe kon hij daarmee ophouden? Zij was even lang als hij, door de kleine afstand en gelijke hoogte leken hun ogen wel aan elkaar vast te zitten.

'Maar als u liever geen contanten ontvangt, kunt u de rekening natuurlijk ook opsturen – dan geef ik u gelijk het adres...'

Eindelijk dan, zij het met grote moeite, wist hij zijn blik los te maken van de hare, maar toen die prompt naar haar borsten afzakte stuwde hij hem uit alle macht weer omhoog en keek hij haar opnieuw recht in de ogen.

'Dokter, hoort u wat ik zeg? Ik sta erop dat u mij een rekening stuurt!'

Hoe lang stonden ze nu al tegenover elkaar? Het werd zo langzamerhand onbeleefd om haar niet binnen te vragen, maar het was ook ongepast om het wel te doen. In de spreekkamer, dat zou nog kunnen, maar hij had geen spreekkamer, hij had helemaal geen praktijk...

'Heus, u kunt mij geen groter genoegen doen dan een rekening te sturen; ik zal die met plezier betalen!'

Terwijl zij maar door glimlachte besefte hij ineens waar ze het over had, en langzaam schudde hij het hoofd, schraapte hij de keel: 'Ik stuur geen rekeningen.'

'U stuurt geen rekeningen?'

Er kwam een verbaasde, geamuseerde twinkeling in haar ogen, die hem trof als een flitslicht. Maar haar blik maakte niet alleen een foto van hem, die drong nu ook, zonder af te ketsen op zijn weduwnaarschap of te smoren in zijn rouw, vrijelijk bij hem naar binnen om tot aan zijn kruin en in zijn ziel door te tintelen – ze zag hem, omdat zij niets van hem wist, hij twijfelde niet of hij werd door haar gezien.

'Maar waarom zou u geen rekeningen sturen?' ging zij in dezelfde adem door. 'U bent dierenarts!'

'Jawel... maar ik praktiseer niet... ik bedoel: ik heb geen praktijk... voorlopig niet...'

Haar wenkbrauwen gingen even omhoog en weer omlaag, waarna alle verbazing van haar gezicht en uit haar stem verdwenen was. 'U bent dierenarts, u woont in dit grote huis, maar u heeft geen praktijk en stuurt geen rekeningen...' Met een kort stilzwijgen bevestigde zij de feiten in gerede aanvaarding, toen vernieuwde haar glimlach zich en vervolgde ze: 'Goed, maar dan moet u eens bij ons komen theedrinken... Zaterdag – schikt dat? Zaterdag om vier uur?'

Hij knikte, nu zelf ook glimlachend.

'Afgesproken!' zei ze kordaat, en na het adres genoemd te hebben dat hij al van Lieneke kende draaide zij zich om en liep ze op tikkende hakken het tuinpad af.

Om haar niet het gevoel te geven dat ze van achteren werd nagekeken sloot hij de deur met zoveel kracht dat zij het kon horen, waarna hij onmiddellijk zijn voorhoofd tegen het raampje drukte om haar na te kijken. Haar blonde haar deinde over haar blote schouders, haar heupen wiegden, haar billen golfden onder haar gestippelde zomerjurk, zij verdween om de hoek. Zich volzuigend met lucht bleef hij nog even op de mat staan, roerloos maar kaarsrecht.

Meer nog dan tevoren was hij in Angelen nu.

Hij had een afspraak.

Later die avond, zoals elke avond, staarde hij beurtelings uit naar de stroomopwekking en het uitsterven van de mens – onstuimig rukten de ballen weer aan hun kabels, maar hij kreeg de wereld van ultra-Malthus niet leeg, er bleef telkens één iemand over: mevrouw Banda...

HOOFDSTUK 13

Reclame

'Beste Marc,

je ziet, ik heb de handschoen opgenomen en een televisiecommercial geschreven voor dat Amerikaanse uitzendbureau, Kenny Connect. Het script gaat hierbij. De regieaanwijzingen staan tussen haakjes, en wat ze zeggen tussen aanhalingstekens, precies zoals je aangaf. Het gaat ook om iemand die toe is aan een andere baan. Daarom heeft mijn commercial als motto, of titel: "Tijd voor iets nieuws...?" ("Ready for something new...?" of: "Ready for a change?") Dat moet aan het begin van het filmpje worden ingesproken, en aan het einde nog een keer, maar dan met het antwoord er gelijk achteraan: "Kenny Connect!" Het moet echt Amerikaans klinken natuurlijk, en er allemaal ook heel Amerikaans uitzien, want in feite speelt het in Texas.

Ik hoop dat je het goed genoeg vindt om te laten vertalen, en dan voorlegt aan AdYourService.

Groet,'

Het was niet helemaal waar dat hij sinds de dood van Tine alleen nog maar onmachtig in zijn verdriet had neergelegen. Eén keer was hij eruit opgestaan, een halfjaar na de begrafenis, toen Beckers hem weer eens te eten had gevraagd en diens goede bedoelingen hem meer nog dan vorige keren verstikten, de pogingen hem met vrolijke verhalen over de praktijk wat afleiding te verschaffen al evenzeer als de gepaste ernst en het getoonde begrip met betrekking tot zijn situatie daartussendoor: midden onder de maaltijd, net toen mevrouw Beckers hem wilde bijscheppen, stond hij zomaar op, greep hij zijn jas, en liep hij zonder nog een woord de trap af. De vlucht uit het gezelschap luchtte hem op, maar eenmaal thuis, nog voor negenen, beving hem alweer een nieuwe behoefte aan gezelschap, maar dan ander gezelschap – en ineens, na zo lang niets gewild te hebben, wilde hij weer iets: hij wilde uit, zijn rouw uit, gewoon naar de kroeg met iemand die daar niets van wist en hem zonder deernis zien zou, zien kón.

Zittend op de bank dacht hij aan Marc.

Hij had Marc nooit een rouwkaart gestuurd.

Marc zou kunnen.

Hij had hem al zeker vijf jaar niet meer gezien.

Om met Marc nog eens naar Meijers te gaan...

Maar hem plompverloren opbellen en meevragen na al die tijd zou opdringerig zijn, dat moest hij anders plooien, ja: hij kon vertellen dat hij opnieuw aan *Dokter Vlimmen* was begonnen, dat hij toen aan zijn oude buurman had gedacht die het immers bij wijze van afscheidsgroet voor zijn deur had gelegd, dat hij hem er nooit meer voor had kunnen bedanken, ook niet voor de fles champagne die hij bij zijn huwelijk van hem gekregen had, en dat hij hem daarom graag eens wilde uitnodigen in een restaurant – en dat moest dan iets bijzonders zijn, welja, vooruit, waarom Haarhuis niet, hij was nu immers een gezeten dierenarts en voor Marc als voormalig kunststudent zou dat een hele traktatie zijn, en vast ook de eerste keer... ja, als ze maar eenmaal in Haarhuis hadden gegeten en hij de aanzienlijke rekening had betaald, dan volgde de rest vanzelf, dan kon Marc toch niet anders meer dan nog iets van zijn kant aan te bieden, en hem voor te stellen, zelfs uit te nodigen om nog even, ergens anders, ter afsluiting van de avond...

Hij stond op, pakte het telefoonboek, sloeg het open naast het portret van Tine op het dressoir, zag maar één Van Aldegonde staan, Van Aldegonde, M. – en draaide het nummer.

Marc nam zelf op.

Hij noemde zijn naam.

Zelfs door de telefoon klonken de verraste uitroepen van Marc nog groot en melodieus.

Hij begon zijn uitnodiging toe te lichten maar dat hoefde al niet meer: Marc vond het een enig voorstel, ze maakten een afspraak.

Twee weken nog, een week... Hij reserveerde een tafel voor twee personen: 'Om acht uur graag.'

De dag zelf begon nog heel gewoon. Het vroor, hij wandelde wat door de sneeuw, haalde geld van de bank, ging weer naar binnen. Maar toen verschoonde hij ineens zijn bed. Intussen wist hij al wat hij aan zou trekken: geen pak maar, heel informeel, een zwarte coltrui, om er niet gekleder uit te zien dan Marc, opdat die zich niet opgelaten zou voelen wanneer hij als enige in het deftige Haarhuis geen stropdas om had. En met het oog op Meijers was een zwarte trui natuurlijk ook beter, dat kwam er nog bij...

Om vier uur ging hij opnieuw naar de bank, voor meer geld.

Om vijf uur kleedde hij zich om. Het was al helemaal donker buiten. Onschuldig neuriënd kwam hij de trap af, maar toen hij het lijstje van Tine op het dressoir zag hield hij daar betrapt mee op en kon hij het zich niet meer ontveinzen: zijn bedoelingen voor vanavond waren allerminst onschuldig; behalve zijn zwarte coltrui had hij ook een schone onderbroek aangetrokken; het extra geld was voor allerlei onvoorziene taxiritten door nachtelijk Arnhem; hij dacht alleen nog maar aan de ballerina's in Meijers, een nieuwe lichting natuurlijk weer, jonge meisjes die van zijn oude studie en falen niets wisten en die, als Marc hem als dierenarts zou introduceren, misschien wel eens de geboorte van een kalfje wilden meemaken, of door een microscoop kijken; hij was in staat om het ze voor te stellen, hij was tot alles in staat nu, alleen de blik van Tine verdroeg hij niet: heel langzaam liep hij ertegenin naar het dressoir, met afgewend hoofd draaide hij het lijstje om, toen begon het wachten... twee uur nog... een uur...

Klokke acht passeerde hij de kleumende portier van Haarhuis en stapte hij het restaurant binnen. Een jonge dienkelner in onberispelijk zwart en wit nam dadelijk bij de kassa zijn jas aan en bracht hem naar de tafel. Marc was er nog niet, die wilde als zijn gast natuurlijk niet de eerste zijn en dan al iets voor zichzelf moeten bestellen op zijn rekening – zo begrepen getuigde de lege stoel waar hij tegenover ging zitten van evenveel tact jegens hem als de trui die hij voor Marc aanhad, en op dezelfde manier: door onverschillig te lijken maar fijngevoelig te zijn.

De kelner liep weg; met de eerste glimlach sinds een halfjaar begon hij gemoedereerd om zich heen te kijken, zich vermeiend nog in de reeds bewezen fijngevoeligheden over en weer, terwijl ze nog niet eens samen waren. En dan al die andere gevoelens die zijn gemoed maar bleven binnen stromen: zo vervuld was hij ervan dat hij achterover moest leunen om meer ruimte te maken, en als hij erbij had gekund zou hij zich wel even aan zijn ziel hebben willen krabben, die dor en dood was geweest als droog zand maar nu toch levend bleek en tintelend nog verder opbloeide, als een woestijn na de regen – hij liep uit, hij liep vol, voelde al nog maar meer gevoel in zich vrijkomen en zuchtte zalig uit op de jeuk.

Bijna alle tafels waren bezet. Er klonk een gedempt geroezemoes, het licht was ook gedempt, overal zaten heren in donkere pakken en dames met juwelen vrijwel bewegingloos tegenover elkaar te eten. Tegen die achtergrond van schemerige stemmigheid fonkelde hier en daar een oorbel op, tikte af en toe een mes op een bord, spoedde zich soms een kelner voorbij. Toen iemand zijn servet uitsloeg leek het of er een meeuw opvloog.

Zijn blik bleef enige tijd rusten op de tafel waaraan ze indertijd het rijbewijs hadden gevierd, gleed daarna weer verder. Fijne sneeuwvlokjes wervelden rond achter de zwarte ruiten, binnen baadde de zaal in gele gloed, Beckers en zijn vrouw waren er niet – maar wat zou dat ook? Die begrepen echt wel waarom hij het twee weken geleden ineens niet meer bij hen had uitgehouden en nu wel hier zat, zeker als Marc zo verscheen: wat was er normaler voor een jonge weduwnaar dan eens met een oude vriend te gaan eten?

De kelner vroeg of hij alvast iets wilde drinken, hij bestelde bier, begon zich toen af te vragen, daarna zich voor te stellen hoe het in Meijers gaan zou en hoe hij zich er straks tussen de kunstenaars en ballerina's gedragen kon. Een eigen manier van doen had hij niet meer, maar als hij voor zijn gedrag de barse zelfverzekerdheid van Beckers nu eens als basis nam, daar vervolgens het gemak van Diederik doorheen mengde, en er op het laatst nog wat charme van Marc aan toevoegde... dan hoefde hij nog helemaal niet zo onvoordelig bij hem af te steken, zeker niet wanneer Marc in de mode geen emplooi had kunnen vinden en misschien wel gewoon op een kantoor werkte – dat kon ook nog, het grote succes had hem in elk geval nog niet uit Arnhem weggevoerd... nu ja, als hij nog maar regelmatig in Meijers kwam en de nieuwe ballerina's kende...

Het bier werd gebracht, hij nam een slok, keek de kelner na die terug naar de kassa liep, toen op zijn horloge, toen weer naar de wervelende sneeuw rond de lantaarns achter de ruiten. Wat later zag hij alleen Meijers nog voor zich, nog later zelfs om zich heen, het gedrang, de rode muren, alsof hij er al was. Zou die neger uit Amerika er nog werken? Draaiden ze er nog jazz, of misschien ook al The Beatles? En al die zonnebrillen, droegen ze die ook 's avonds, binnen, en dat in de winter? In de verte begon iemand op een piano te spelen. Hij dronk zijn glas leeg.

Toen hij weer naar de ingang keek stond Marc daar ineens – hij had hem ook al gezien, wuifde, maar praatte nog even door met de jonge kelner alvorens hij eindelijk dan kwam aanlopen, soepel, rijzig, steeds groter, in een zeer lange, donkere jas die heen en weer zwaaide terwijl hij tussen de tafels en de etende mensen door dichterbij kwam, begon te lachen, en de armen spreidde.

Als vanzelf was Rebert opgestaan en opende ook hij de armen, de verstreken tijd ter ere die niets had uitgewist maar alles juist verinnigde, en zo, door alle jaren dat ze elkaar niet gezien hadden, werd het geen ontmoeting maar een weerzien, geen handdruk maar een omhelzing.

Marc moest voor zichzelf al een aperitief hebben besteld, want het werd al gebracht terwijl hij nog bezig was zijn jas uit te trekken. Hij droeg een roodgeruit, maar toch zeer gekleed pak, zeker niet zelf gemaakt, met een witte boord en clubdas – het was weer die fijngevoeligheid die hem ertoe gebracht had zich aan te passen aan het voorname restaurant waar hij was uitgenodigd, en aan hem, dierenarts immers, net zoals hij, omgekeerd, met zijn zwarte coltrui... maar hij kreeg geen tijd om zijn gedachte ten einde te denken: reeds hing de jas zorgvuldig geplooid over een stoel; reeds liet Marc zich tegenover hem neerzakken en hief hij stralend zijn kelkje.

'Cheers.'

Ze tikten aan, Rebert met zijn lege glas, waaruit hij toch nog een slok nam. Maar nu diende hij als gastheer het gesprek te openen; elke beleefdheid rond dokter Vlimmen of de fles champagne leek hem opeens ongepast; van pure haast, om de stilte voor te blijven, begon hij te hoesten.

'Zo, hoe is het ermee?' vroeg hij eindelijk, heel achteloos, net alsof ze oude vrienden waren. 'Zit je nog in de mode?'

Marc schudde het hoofd maar bleef glimlachen, eerst even meewarig, toen weer voluit.

'Nee, nee, mode is uit...' verklaarde hij even melodieus als beslist, 'ik zit nu in de reclame.'

'Reclame is nu in?' begreep Rebert gewillig.

Weer trok er een meewarige schaduw over Marcs glimlach, weer lichtte die daarna helder op.

'Niet die oubollige advertenties natuurlijk die je hier in de kranten ziet, nee, ik heb het over reclame op de televisie, in Amerika...'

'Is daar reclame op de televisie? En jij... maar je woont in Arnhem...!'

Rebert had nog nooit van televisiereclame gehoord, begreep ook niet hoe iemand daar vanuit Arnhem in werkzaam kon zijn, maar nog voor hij zich over een en ander kon verbazen bracht Marc hem alweer tot nieuwe verbazing: hij woonde niet meer in Arnhem maar in Amerika, had zijn huis onderverhuurd aan een vriend, was maar voor een paar weken over, vloog morgen weer terug.

'Naar New York!' lachte hij, hem opnieuw toedrinkend. 'Om de zoveel maanden ben ik weer even hier, dan logeer ik in mijn eigen huis, maar ik woon in New York!'

Op het verbluffende bericht kreeg de tafel even een enorme breedte, maar dadelijk versmalde die ook weer, toen het vleiende besef doorbrak dat Marc zijn laatste avond nu met hem doorbracht, en toen die zijn glas neerzette, zich naar hem toe boog, en vertrouwelijk over de al nog maar groeiende televisiereclame in Amerika begon te filosoferen, was er nauwelijks nog ruimte tussen hen over.

‘Maar het komt hier ook, hoor, dat voorspel ik je, in de politiek wordt er al over gepraat. Goed, de omroepen proberen het nog tegen te houden, en misschien moet er eerst een kabinet over vallen, maar dan, over twee of drie jaar...’

Rebert prees zich gelukkig met de spraakzame stemming waarin Marc verkeerde en het belang dat hij er als toehoorder door verkreeg. Maar hij wilde ook niets liever dan luisteren, Marc kon hem niet lang genoeg aan het woord blijven, want hoe meer hij vertelde, hoe dichterbij Meijers kwam. Bovendien zou hij niet weten wat hij zelf vertellen kon... het enige wat hij te vertellen had moest hij nu juist verzwijgen... om de avond niet te bederven...

‘Of laat het nog vijf jaar duren – het gaat er maar om dat zoiets gewoon niet gestopt kan worden, de combinatie is te sterk... televisie en reclame, dat zijn media, die zijn voor elkaar geschapen, als zulke krachten zich verbinden, dat is net zoiets als salpeter met kom, hoe heet die andere stof, nou ja, maar samen wordt het dan buskruit, of dynamiet... een explosief mengsel in elk geval!’

Als vanzelf was het gesprek op gang gekomen, ze waren al door de branding heen, en zonder zich de moeite van zijn eerste vraag nog te kunnen herinneren, zonder enige spanning meer zag Rebert de komende uren in Haarhuis als een gladde zee voor zich liggen, wegspiegelend naar de horizon, waar Meijers, door de afstand nog wat wazig maar onmiskenbaar toch, zich aftekende als een tropisch eiland: daar ging het naartoe, Marc sprak alweer verder, met die welluidende stem die zich uit het geroezemoes verhief zonder dat te verstoren, te overheersen of ermee te vloeken. Af en toe flonkerden zijn tanden, hij maakte een steeds wereldser indruk, en plotseling viel het Rebert ook op dat hij een grote zegelring droeg en hoe lang zijn zwarte, krullende haar nu was: van opzij viel het half over de oren, van voren reikte een lok tot bijna aan de wenkbrauw.

'Of twee moleculen, of atomen, de ene flink positief en de andere negatief, die hou je toch ook niet uit elkaar? Die vormen een verbintenis, altijd, zodra ze samenkomen, met of zonder toestemming van de Nederlandse omroep! Precies zo zijn de televisie en de reclame samengekomen in de moderne tijd, ik bedoel: wie televisiereclame wil tegenhouden zal de toekomst moeten tegenhouden!'

Het geroezemoes klonk luider; Marc zweeg dof voor zich uit; Rebert wist niet meer waar hij nou voor of tegen was en begon nadenkend te knikken, aanhoudend ook, tot er een nieuwe twinkeling in Marcs wegdraaiende ogen verscheen en hij met hem mee opzij keek.

De jonge kelner was er al haast, zette de laatste stappen, haalde de menukaarten van elkaar.

'Ik dacht al dat je me vergeten was...' begroette Marc hem, terwijl hij lachend zijn kaart aannam en openvouwde. 'Eens kijken wat de pot schaft vandaag... juist, ik zie het al... nu, laten we dan maar dadelijk bestellen... Haal je de wijnkaart nog even? En breng dan ook vast wat olijven mee...' Half omgedraaid keek hij de kelner na, toen ging hij weer rechtzitten en leunde hij voldaan achterover. 'Ja, Rebert, in restaurants zoals deze moet je er een beetje vaart achter zetten, want dat trage, omslachtige gedoe anders... ik kan er niet meer tegen... daarvoor woon ik al te lang in Amerika.'

De kelner kwam terug.

Marc wilde geen voorgerecht; ze bestelden alleen een hoofdgerecht, Rebert het bovenste vlees, Marc de zwezerik, waarna hij achter de wijnkaart verdween.

'Rood, toch?' klonk het over de rand.

'Uitstekend!' riep Rebert. 'Drink ik thuis ook altijd!'

Zonder problemen, zonder verder overleg ook, maakte Marc zijn keuze: hij koos de pomerol.

'Niet verrassend,' veroorloofde de kelner zich met uitgestreken gezicht op te merken.

'Niet verrassend? Heel goed, jongeman, dan hou je nog een verrassing van me te goed... ha!'

Glunderend liep de kelner weg; opzichtiger nog dan de eerste keer keek Marc hem weer na.

'Zo'n vlegel...' zei hij, teruggedraaid in zijn stoel en nagrijnzend nog, toen richtte hij zich ineens heel serieus tot hem. 'Maar nu jij, Rebert... ik praat te veel: hoe gaat het met jou? Gelukkig getrouwd nog steeds?'

De vraag trof hem als een elektrische schok. Hij kon niet hardop ja zeggen, maar zeker ook geen nee; de beide onmogelijkheden sloegen zo hard tegen elkaar dat er een vonk vanaf sprong die hem deed duizelen. Half verlamd sloeg hij de ogen af, en terwijl een felle blos over zijn wangen trok haalde hij met moeite de schouders op.

'Nou, nou, niet zo verlegen... ik vroeg echt niet naar je geslachtelijke leven, maar zie wel dat je op dat gebied heel wat te verbergen hebt! Een specialist! Maar hebben jullie al kinderen?'

Hij schudde het hoofd.

'Nog geen kinderen? Dus daar wachten jullie nog mee... Groot gelijk, alle tijd... want hoe oud is je vrouw eigenlijk, als ik vragen mag?'

Tine zou nu een jaar ouder zijn dan toen ze stierf; hij kon het niet zeggen, zweeg.

'Ik begrijp het, dat gaat mij ook niets aan... maar zij werkt ook, nu ze nog geen moeder is?'

'Onderwijzeres...'

'Onderwijzeres! Dus samen doen jullie de kinderen en de dieren... want jij bent natuurlijk al lang en breed dierenarts... Vertel daar eens over...'

Hij herademde, begon over de kliniek, vervolgde met de buitenpraktijk, en voelde bij elk woord zijn kracht en kalmte terugkeren, zijn gezicht afkoelen. Het was maar een kortstondige kortsluiting geweest, een klein golfje op de zee, die hij al sprekende verder tot bedaren bracht: om geen gesloten indruk te maken vertelde hij ook nog over dat meisje met haar kreupele lievelingspaard, hoe het dier dagen achter elkaar in de wei had gestaan zonder een stap te kunnen verzetten, hoe de aderlating het laatste redmiddel was geweest, en hoe het meisje toen aan was komen rennen vanuit de verte.

'Mooi verhaal,' zuchtte Marc. Ernstig stak hij een olijf in zijn mond, toen begon hij opnieuw te stralen: de kelner verscheen met de fles, liet hem het etiket zien, schonk hem een bodempje in – maar in plaats van voor te proeven stond hij erop dat de kelner het deed: die was toch zo'n grote kenner?

De proeverij werd een vrolijk intermezzo, en onderwijl dwaalde Rebert in gedachten weer terug naar Meijers. Hij twijfelde niet meer of hij zou er als dierenarts een veel betere figuur maken dan indertijd met de landbouw, zeker bij de meisjes. Misschien had er eentje wel zelf een huisdier, als hij daar zo eens naar vroeg, ja, een kat, of een konijn dat wat mankeerde... een bobbeltje, een rare hoest... nee, hij kon zo niet zeggen wat het was, dan moest hij het eerst toch zien... hij zou na sluiten gelijk even kunnen kijken – maar het was wel ver weg... helemaal daar en daar... een heel eind fietsen – Fietsen? Ben je mal... we nemen een taxi!

De wijn was goedgekeurd en ingeschonken, de kelner liep weg, Marc draaide zich naar hem terug, tilde zijn glas op, dronk hem andermaal toe.

'Een mooi verhaal,' hernam hij, net of er helemaal geen onderbreking was geweest, 'mooi vak ook.'

'O jawel,' beaamde Rebert na zijn eerste slok. 'Maar jij hebt toch ook een mooi vak? Jij werkt in de reclame!'

'Ach, eigenlijk kun je dat niet zo zeggen...'

'O nee?'

Opgelucht dat hij niet langer onderwerp van gesprek was keerde hij terug in zijn rol van luisteraar; om te voorkomen dat de belangstelling zich opnieuw op hem zou richten bleef hij de ene na de andere vraag stellen, en zo begreep hij geleidelijk aan dat Marc via vrienden in New York verzeild was geraakt, in en uit liep bij hun reclamebureau, maar er geen aanstelling had – bijna niemand trouwens, alleen op de administratie.

'Maar een businesscard heb ik wel, kijk maar...'

Marc haalde zijn portefeuille tevoorschijn, haalde het kaartje eruit, liet het zien. *AdYourService* stond er in grote letters op.

'AdYourService?'

De uitleg kwam onmiddellijk: 'ad' was een afkorting van *advertisement*, de naam stelde de klant centraal, en door de woorden aan elkaar te schrijven met die hoofdletter Y en S in het midden was het ook nog een logo.

'Logo?'

De bijzondere spelling gaf de naam het karakter van een beeld, iedereen kon het onmiddellijk herkennen, je las het niet maar je zag het gewoon, heel direct – een uitstekend visitekaartje kortom van een uitstekend reclamebureau.

'Maar weet je wat er nog het mooiste aan is?' vervolgde Marc, terwijl hij het kaartje weer zorgvuldig en met een vertederde glimlach opborg. 'Je komt er overal mee binnen! Het is een passe-partout voor het hele nachtleven van New York! Zelfs de Silver Factory is geen enkel probleem meer!'

'De Silver Factory?'

Dat was letterlijk een zilveren fabriek, de Silver Factory van Andy Warhol. De voormalige loods, thans studio annex dancing, was de meest exclusieve club van de stad, en alles lichtte er op met een zilveren glans: de met zilverpapier behangen wanden, de onmetelijke, zilverkleurige dansvloer, de metalen pilaren, het plastic op de banken en het geblondeerde haar van Warhol zelf. De sfeer was steriel en magisch tegelijkertijd, en de grootste sterren leken nog klein in die enorme ruimte, en verbleekten als het ware in de faam van de Factory zelf.

'Heel wat anders dan Meijers!' besloot Marc lachend.

'Toch zou ik best nog eens...' begon Rebert voorzichtig aan te stippen, maar hij kon niet uitpraten, Marc viel hem al in de rede.

'Jawel, natuurlijk, maar het is gewoon niet te vergelijken! En dan heb ik het niet eens alleen over de ruimte, maar vooral ook over het publiek, die hele scene die daar komt...'

'Scene?'

De meest schilderachtige types liepen er rond, iedereen die wat betekende in de pop-art natuurlijk, maar verder ook prinsen en pooiers, beatniks vol benzedrine en boeddhisten, miljonairsdochters en drugdealers, en op een keer had Marc zomaar ineens zitten praten met John Lennon, 'je weet wel, die van The Beatles – aardige vent.'

Rebert kende The Beatles wel, John, George, Ringo en Paul, had ze laatst nog op de televisie gezien. 'John Lennon ja – maar ik denk dat jouw haar al bijna net zo lang is als dat van hem...'

'Dat zal inderdaad niet veel schelen,' gaf Marc lachend toe. 'Maar zijn haar is natuurlijk lang niet zo donker als dat van mij, en niet zo krullend, en ook niet zo dik... maar weer wel heel zacht... Hij was van plan om het tot op zijn schouders te laten groeien... dat zei hij nog...' Dromerig schonk hij zich bij, staarde hij in de verte, tot er werd opgediend en de kwinkslagen weer over en weer gingen.

Slechts een bord warm eten en de wandeling scheidden

hen nu nog van Meijers; Rebert overwoog dat Marc misschien wel van een voorgerecht had afgezien om er niet te laat aan te komen – hij wilde ook al zo snel bestellen.

De kelner liep weg.

Marc draaide zich terug en rook aan zijn eten.

Rebert bracht het gesprek weer op gang: 'Maar nou weet ik nog steeds niet wat jouw vak precies inhoudt!'

Ook nu ze aten bleef Marc nog even spraakzaam; om te beginnen verklaarde hij dat televisiereclame helemaal geen vak was, je had er alleen een goede inval voor nodig, en wie had daar nu een vakmatige beheersing over? Goed, om een gelukkige familie in een nieuw model auto te laten stappen en ze dan nog gelukkiger te laten kijken, misschien was het nog wel een vak om dat soort filmpjes aan de lopende band te maken, maar zo werkten ze niet bij AdYourService, daar hadden ze een heel andere filosofie, de commercials die zij maakten leken nog het meest op ultrakorte speelfilms, al kon je eigenlijk niet zeggen dat zíj die commercials maakten.

'O nee?'

Nee, als er een opdracht binnen was vroegen zij alleen maar aan andere mensen of ze er geen goed idee voor hadden, en zodra iemand dan iets inleverde wat de klant goedkeurde lieten ze het maken in een studio, ook weer door andere mensen – daarom werkte er bijna niemand bij AdYourService.

'Maar... wat doe jij er dan?'

Marc depte zijn lippen af met zijn servet, nam een slok, vertelde toen dat hij in het begin niets deed, dat er pas een beroep op hem werd gedaan wanneer er uit de groep min of meer vaste schrijvers geen bevredigend voorstel kwam: dan was het zijn taak de opdracht verder te verspreiden, dan legde hij die voor aan mensen van buiten de eigen kring, en wanneer dat iets opleverde kreeg hij commissie.

Zo moest er nu een commercial komen voor Kenny Connect, een Amerikaans uitzendbureau – maar het zat vast, niemand was nog met de gouden ingeving gekomen, de artistieke types uit de Factory wel het minst, al had hij er al heel wat benaderd. Maar er artistiek uitzien en talent hebben waren ook volkomen verschillende dingen, daar was hijzelf nog wel het beste voorbeeld van: hij had toch ook helemaal geen talent?'

'Maar... je was aangenomen op de kunstacademie!'

'Jawel, vanwege mijn voorkomen, mijn vrije manieren, maar ik was de meest talentloze student van allemaal... Ik moest ieder jaar overdoen en toen kreeg ik nog geen diploma! Nee, een kunstzinnig uiterlijk zegt niets, daar ben ik inmiddels wel achter, daarom verwacht ik tegenwoordig het meeste van mensen die in niets op mij lijken, en die spreek ik ook aan, steeds vaker, heel gewone mensen die mijlenver van de reclame af staan, want waarom zouden zij niet met een goed idee kunnen komen, al was het maar één keer in hun leven? In principe kan iedereen toch een geweldige inval hebben buiten zijn eigen vakgebied om?'

Rebert knikte; hij dacht aan zijn stroomboeien.

'Nee, verkijk je er niet op als iemand misschien wat kleurloos lijkt: juist die teruggetrokken, onopvallende figuren kunnen soms heel verrassend uit de hoek komen – omdat ze autonoom zijn...'

'Autonoom?'

'Dat ben jij toch ook, Rebert: zelfstandig, onafhankelijk van anderen... precies het tegendeel van mij! Kijk, ik ga dood zonder gezelschap, ik kan niet zonder oppervlakkigheid, ik ben het zelf, ik overleef alleen in New York dankzij mijn kaartje van AdYourService, maar jij, vroeger, boven de kapsalon, toen we nog studeerden: jij hoefde niet zo nodig uit, je zat elke avond op je kamer, je had genoeg aan jezelf – dat geklets in de kroeg was toch niks voor jou?'

‘Toch zou ik best nog eens...’

‘Jawel, maar in principe! Ik bedoel alleen maar dat jij bij wijze van spreken ook de gouden inval voor Kenny Connect zou kunnen krijgen. Stuur maar op! Het uitzendbureau hoeft er helemaal niet in voor te komen, als het maar over iemand gaat die toe is aan een andere baan. Een halve minuut mag het duren – maak je script dus niet te lang, twee scènes hooguit.’

‘Script?’

Een script, legde Marc uit nadat hij opnieuw zijn lippen had afgeveegd, dat was het verhaal, maar dan iets anders opgeschreven: alles wat gezegd werd moest tussen aanhalingstekens, met de naam er steeds voor, en de rest, wat ze deden en wat er verder te zien viel, tussen haakjes – dat waren de regieaanwijzingen. Veel deed het er niet toe, maar zo werden films nu eenmaal gemaakt, en het belangrijkste in de commercials van AdYourService was toch het filmpje, dat zich vrij los verhield tot de reclameboodschap maar daardoor des te centraler stond: de naam van het product of de dienst kwam aan het begin en einde wel in beeld, en als de kijker om het filmpje gelachen had zou hij zich die naam voortaan met een lach herinneren. Waarom ze zo werkten? Omdat het kón, op televisie; waar andere bureaus meestal niet veel meer dan bewegende krantenadvertenties afleverden, daar maakten zij maximaal gebruik van het medium. De televisiereclame stond nog in de kinderschoenen, zelfs in Amerika, maar AdYourService liep voorop en genoot in bepaalde kringen een kunststatus – waarom zou anders de deur van de Factory openzwaaien zodra hij zijn kaartje liet zien? Andy Warhol was ronduit een bewonderaar: die had een commercial van AdYourService veertig keer achter elkaar opgenomen en speelde die elke nacht af.

Rebert geloofde geen ogenblik dat hem in ernst om

een commercial was gevraagd en Marc had het er ook al niet meer over, maar de tijd verstreek en de fles was bijna leeg.

'Dat gaat hier ook gebeuren hoor,' richtte Marc zich na de algemene uitleg weer met meer nadruk tot hem. 'De eerste televisiereclame in Nederland zal ook niet veel meer zijn dan een bewegende krantenadvertentie, let maar op, over een jaar of twee, drie, of voor mijn part vijf... Maar dan is het zover, dat houdt niemand meer tegen...'

Marc legde zijn bestek op zijn bord; net als de eerste keer bij deze voorspelling begon Rebert nadenkend te knikken. Wat viel er nog te zeggen? Ze waren terug bij het begin, het gesprek was afgerond, het eten op: het was klaar hier, wat hem betreft konden ze gaan, onmiddellijk – nu alleen de rekening nog, en dan de wandeling...

'Wil je nog iets na?' vroeg hij evengoed.

Marc schudde het hoofd, terwijl hij voor het laatst zijn lippen afveegde, toen op zijn horloge keek.

'Ook geen koffie?'

'Nee, nee, echt niet.'

Niets hield het vertrek meer tegen, en bevrijd, in een impuls, met een daadkracht die hij zonder Marc, Meijers of zijn eigen ongeduld nooit had opgebracht, brutaal bijna stak Rebert zijn arm omhoog naar de kelner een paar tafeltjes verder, wist hij daadwerkelijk even diens aandacht te trekken en maakte hij het gebaar van betalen.

'Heel goed!' prees Marc. 'Zo moet dat, zet er maar een beetje vaart achter!'

Nu de rekening was gevraagd konden ze alleen nog wachten. Marc vulde de resterende tijd met losse opmerkingen en beleefdheden:

– hij had heerlijk gegeten, alleen de truffelolie, die mocht nooit overheersen, daar was de kok misschien iets te kwistig mee geweest, maar dat had je wel vaker in dit soort restaurants. ‘Maar verder: nee, echt... uitstekend!’;

– en als Rebert nog eens in New York kwam moest hij hem zeker bellen. ‘Dan neem ik je mee naar de Factory!’;

– en hij was volkomen serieus over Kenny Connect: als Rebert iets bijzonders naar hem opstuurde zou hij het laten vertalen en inbrengen bij AdYourService. Wanneer het daar ook goed viel gingen zij ermee naar Kenny Connect, die dan uiteindelijk de beslissing nam. ‘De klant is immers koning, zeker in Amerika... daarom nemen wij ook altijd de telefoon op met “AdYourService”... Ha, ha!’

Rebert wist nu zeker dat Marc er geen moment rekening mee hield dat hij ooit naar New York zou komen of hem een script opsturen, anders zou hij hem wel zijn Amerikaanse adres en telefoonnummer geven – maar als hij daar in het geheel niet voor vreesde, kon hij het hem toch net zo goed wel geven? Dan maakte het toch niets uit?

Marc lachte door tot de kelner als een schim voorbijkwam en in het passeren een schoteltje met de opgevouwen rekening op tafel zette. Er lagen een paar pepermuntjes bovenop; Rebert bood er een aan; hij wilde niet.

‘Nee nee,’ zei hij, zeer ernstig ineens, terwijl hij opnieuw op zijn horloge keek. ‘Ik moet er nu trouwens ook echt vandoor...’

Een ijzige kou trok in Rebert omhoog.

‘Je moet ervandoor?’ vroeg hij, te verlamd al om zijn stem aan het einde nog omhoog te kunnen buigen, zodat zijn vraag klonk als een doffe constatering.

‘Ja, ik had er al een kwartier geleden moeten zijn!’

Marcs woorden vielen als zware druppels op hem neer; zo koud was hij nu dat ze bevroren op zijn huid.

‘Afspraak?’ Het was al geen vraag meer, zelfs geen veronderstelling, maar een feit dat stolde in de kou.

‘Ja, altijd op de laatste avond dat ik hier ben,’ ijzelde het op hem door. ‘Dat is een traditie geworden, dan neem ik afscheid van mijn oude vrienden en zitten we met z'n allen in Meijers!'

Vertraagd, pas na enige ogenblikken, produceerde zijn onderkoelde verstand het juiste begrip. In hetzelfde tempo sloot de verhoopte voortzetting van de avond zich als een hek voor zijn ogen, eerst langzaam, toen met een klap: Marc ging naar Meijers, dreunde het door hem heen, en het volgende moment, na een korte verdoving, zag hij de weg ernaartoe nog vollediger voor zich versperd dan wanneer Marc er niet heen ging.

'Meijers...' herhaalde hij domweg.

'Waarom niet? Ik kom er nog graag, al zit ik morgen weer in de Factory! Maar laat ik nu eerst van jou afscheid nemen, dan kun je ook in alle rust betalen... daar hoef ik niet bij te zijn, toch? Beter niet zelfs, daarom gaat een dame op een moment als dit altijd haar neus poederen! Dus...'

Marc nam zijn jas van de stoel en stond op. Tot een omhelzing kwam het ditmaal niet, misschien omdat ze dat al gedaan hadden, misschien ook omdat Rebert niet meer de kracht had om nog omhoog te komen en bleef zitten. De hand die schuin van boven naar hem werd uitgestoken kwam op hem af als een zwaard; hij drukte die zo slap alsof hij bang was zich te snijden.

'Nou, tabee dan....' zei Marc, afwezig al haast. 'Bedankt... en de groeten aan je vrouw!'

Zwierig, de lange jas los over de schouder, liep hij naar de uitgang.

Grijnzend van schaamte bleef Rebert omlaag naar de tafel staren, schaamte dat hij naar Meijers had gewild en niet mee kon. Hij kreeg het heet, de rolkraag jeukte onder zijn kin, de ijskorst smolt van zijn lichaam – hij kon weer bewegen, pakte zijn portefeuille, en haalde er behalve de biljetten voor de rekening ook een gulden uit, voor de portier die buiten naast de loper stond.

Maar hij kon nog niet betalen; de kelner bleef weg; toen hij naar de kassa keek zag hij dat Marc zich heel bedaard nog wat met hem onderhield.

Hij dwong zijn blik de andere kant op, de verte in, door het gedempte geroezemoes en over de hoofden heen naar de zwarte ruiten. Het sneeuwde nog steeds. Later staarde hij weer omlaag naar de tafel. Bijna alle olijven waren nog over. Om zich een houding te geven bestudeerde hij de rekening. De wijn was twee keer zo duur als al het eten bij elkaar.

Eindelijk was er beweging bij de kassa. Marc kreeg een bonnetje van de kelner, schreef er iets op, gaf het terug, en verdween toen, in grote haast ineens, door de deur, zijn zwaaiende jas los over beide schouders, als een cape.

Om vier uur die nacht draaide hij het laatste vel van de laatste versie uit de schrijfmachine en begon hij aan de begeleidende brief, uitgeput. Toen die ook klaar was nam hij het script voor zich om te klokken. Door de regieaanwijzingen leek het veel langer dan het was: hij las de gesproken zinnen hardop voor en bleef binnen de halve minuut. Het hoefde niet meer over, het voldeed aan de opdracht, en daar ging het om: dat hij een opdracht vervuld had en gewerkt had.

Script televisiereclame voor Kenny Connect

In beeld: de naam van Kenny Connect
Stem van de inspreker: 'Kenny Connect!' (of: 'Uitzendbureau Kenny Connect')
Even zwart

Eerste scène
(Beeld executieruimte: in het midden onder fel licht

staat een elektrische stoel. Daaromheen zitten mensen, vooraan de officier in uniform, verder nog wat publiek, bijvoorbeeld een miljonair met een dame in avondjurk, en achteraan staat nog iemand met een cowboyhoed op een sigaret te roken. De camera zwenkt rond, concentreert zich dan op de elektrische stoel. Die heeft metalen armleuningen met leren riemen en een opvallende rode schakelaar. Er klinkt geroezemoes, dan wordt het stil. De beul komt binnen met de ter dood veroordeelde. Beiden hebben een donkere kap met ooggaten op het hoofd. Ze lopen naar de elektrische stoel.)
Beul: 'Gaat u zitten.' ('Take a seat.')
(De ter dood veroordeelde gaat zitten.)
Beul: 'Armen op de leuning.'
Ter dood veroordeelde: 'Maar ik ken die stem!'
Beul: 'Ik ken jouw stem ook!'
(Om te kijken neemt de beul de kap van het hoofd van de ter dood veroordeelde. De ter dood veroordeelde draagt een bril. De glazen zijn beslagen van de wasem onder de kap. De beul herkent hem.)
Beul: 'Allemachtig! Johnny... Johnny Greenfield, toch?' (Desgewenst een andere Amerikaanse naam)
Ter dood veroordeelde: 'Ja, maar wie ben jij ook weer?'
(Lachend neemt de beul de kap van zijn hoofd om zijn gezicht te laten zien. De ter dood veroordeelde herkent hem nu ook en begint ook te lachen.)
Ter dood veroordeelde: 'Het is niet waar... Jack... Jacky Stevens!' (Desgewenst een andere Amerikaanse naam)
De beul: 'Mijn hemel, hoe lang is dat nu geleden? Dat moet de middelbare school (highschool) zijn geweest, de hoogste (zesde?) klas!'

Ter dood veroordeelde: 'O ja, met die knappe July, weet je nog? Die met die rode haren!'
De beul: 'Daar ben ik nu mee getrouwd.'
Ter dood veroordeelde: 'Echt waar? ('Really?') Man, ik was altijd smoor op haar... Jij boft!'
(Het gezicht van de beul betrekt een beetje.)
De beul: 'Nou ja... Maar hoe gaat het met jou?'
(Het gezicht van de ter dood veroordeelde betrekt ook.)
De ter dood veroordeelde: 'Niet zo best, eerlijk gezegd. Ik zit nogal in de problemen...'
(Nu komt heel kort de officier in beeld.)
Officier: 'Niet praten! Kappen op en doorgaan!'
De beul: 'Nu, je hoort het, ik moet weer aan het werk.'
De ter dood veroordeelde: 'Ik begrijp het...'
(De beul zet zijn kap weer op, zet ook de kap terug op het hoofd van de veroordeelde.)
De beul: 'Armen op de leuning dan maar.'
(De ter dood veroordeelde legt zijn armen op de ijzeren leuningen. De beul maakt ze vast met de riemen.)
De beul: 'Niet te strak?'
(De ter dood veroordeelde zegt niets meer, schudt alleen met zijn hoofd. Dan richt de camera zich van dichtbij op de rode schakelaar. De hand van de beul komt erbij, haalt hem over. Elektrisch gekraak. Einde eerste scène.)

Tweede scène
(De beul komt thuis. Aan zijn leren tas kun je zien dat hij heeft gewerkt. Hij loopt de zonnige achtertuin door, stapt de keuken in. Aan het fornuis staat een vrouw te koken met opvallend rood haar. Ieder-

een begrijpt dat het zijn echtgenote July is.)
De beul: 'Hello July.'
July: 'Hello Jack.'
De beul: 'Je raadt nooit wie ik vandaag ben tegengekomen.'
July: 'Wie dan?'
De beul: 'Johnny Greenfield, van de middelbare school!'
(July denkt na en begint te stralen.)
July: 'Ach, Johnny, die met die bril...! Wat leuk! Heb je hem niet uitgenodigd? Hoe gaat het met hem?'
('How is he doing?')
(Het gezicht van de beul in close-up. Hij zegt niets, kijkt beteuterd. Einde.)

(De naam van Kenny Connect komt in beeld. Eventueel logo)
Stem van de inspreker: 'Tijd voor iets nieuws? Kenny Connect!' (Of: 'Toe aan een nieuwe baan? Uitzendbureau Kenny Connect!')

Nu moest alleen nog de brief ondertekend worden. Met pen zette hij zijn naam eronder, daarna stopte hij alles in een grote enveloppe, waar hij het Arnhemse adres van Marc uit het telefoonboek op schreef. Volkomen afgemat liep hij ermee naar het dressoir, hij draaide het omgekeerde portret van Tine, die hij niet bedrogen had maar wel verloochend, met het gezicht terug naar de kamer, en legde zijn script ernaast.

'Voor jou,' fluisterde hij, en het was hem te moede alsof hij met al zijn kracht een wissel had omgezet, waardoor de avond alsnog, achteraf, een andere richting en een ander karakter had gekregen, en niet meer in het teken stond van wat hij had gewild maar alleen nog in het teken van werk – omdat hij een opdracht vervuld had en bekaf was.

Zonder zich een ogenblik te verbeelden dat een bureau als AdYourService een script van iemand zoals hij zou voorleggen aan een klant als Kenny Connect, of ook maar te willen dat het werd doorgestuurd naar Amerika, deed hij de enveloppe de volgende ochtend op de post – alleen maar om het helemaal af te maken.

Na drie weken kreeg hij een brief van Marc uit New York. Hij was enthousiast, had het script laten vertalen en voorgelegd aan AdYourService.

Weer drie weken later kwam er een schrijven van AdYourService zelf: Kenny Connect wilde zijn commercial hebben; of hij genoegen kon nemen met dertigduizend dollar voor de rechten en in dat geval het bijgesloten contract ondertekend wilde retourneren.

Binnen een maand ontving hij de cheque. Bevreemd keek hij naar het bedrag. Met één nacht werken in de reclame had hij meer geld verdiend dan in alle tijd die hij na zes jaar studie als dierenarts had gewerkt. Diederik moest het een mooie stunt vinden, maar hij zou het hem nooit vertellen, ook niet van de stroomboeien.

HOOFDSTUK 14

Bij Laura Banda

Toen hij die zaterdag zijn huis verliet hing er inmiddels een door hemzelf vervaardigd naambord naast de deur. Hij had in de kelder een stuk triplex gevonden, dat rood geschilderd, en er met witte verf, in volle penseelstreek, de letters op gezet: 'Dierenarts R. van Buyten'. Niemand kon zo denken dat hij werkelijk een praktijk wilde beginnen of zich op zijn beroep liet voorstaan, het was maar voor de kinderen, precies zoals dat jongetje gevraagd had, dat ze een dierenarts hadden, dat het dorp een dierenarts had – wie was hij om het ze te onthouden?

Het was nog steeds heet en heiig. De vuurrode vrachtwagen van Van Haren, die achteraan voor de nieuwbouw geparkeerd stond, op zaterdagen altijd wat vroeger, 's zondags de hele dag, vlamde telkens op tussen de bomen van de klinkerweg, maar minder rood toch dan anders, door het hete waas dat hem heel de middag had doen twijfelen of hij een jasje aan moest of niet: alleen een overhemd was te familiair, net alsof hij zich een huisvriend waande – maar wie droeg er bij dit weer op de vrije zaterdag nu een jasje?

Even lang had hij zich afgevraagd of hij iets mee moest nemen – hij wilde niet met lege handen verschijnen, maar als hij wel iets meenam kon dat ook opdringerig overkomen, net alsof hij een bijzonder gewicht aan zijn bezoek wilde geven en mevrouw Banda hem nu langer ontvangen moest. Maar hij hoefde toch niets mee te nemen? Ze had hem toch juist uitgenodigd om hém te bedanken, voor de behandeling van de hond? En wat zou haar man wel niet denken als die opendeed en hem in hemdsmouwen op de stoep zag staan met een ruikertje voor zijn vrouw?

Hij kwam de klinkerweg uit, passeerde de lege speeltuin. Het was te heet om te spelen, veel te heet ook voor het jasje dat hij droeg. Omdat hij niets bij zich had kon hij makkelijk zijn handen in zijn zakken steken, maar zelfs daarvoor was het te heet. Zwaaiend met zijn armen waadde hij verder door de warmte, langs het verdroogde boerenland rechts, de eerste blokken links, de rode truck met de witte letters voorbij. Of het aanmatigend was dat zijn naambord dezelfde kleurstelling had als de trots van het dorp vroeg hij zich niet meer af, hij was te dichtbij, en zonder de overeenkomst ook maar te zien sloeg hij de hoek om die de kinderen met Bobby ook om waren geslagen. Na de volgende hoek keek hij de Swartenhondtstraat in.

Er liep niemand buiten, iedereen zat binnen achter de vitrage. In de voortuinen groeiden lage planten. Een paar dagen geleden was hij nog bij het hoekhuis geweest, om de hechting te verwijderen, nu moest hij in het midden zijn. Voor de deur stond een auto in een grijze hoes. Een paar passen nog, een laatste blik op zijn horloge en over zijn schouders, toen belde hij aan bij nummer 25: Banda.

Ze deed zelf open en was er ineens helemaal, met gestifte lippen, die blauwe ogen, een zomerjurk aan, alles tegelijk, ook haar stem.

'Dokter! Wat vriendelijk dat u gekomen bent. Komt u verder... ik zit achter in de tuin...'

Toen ze zich omdraaide en ook nog haar achterkant liet zien zwol haar aanwezigheid nog verder aan, tot een overdruk die hem eerst een ogenblik deed terugdeinzen alvorens hij ertegenin kon komen, er juist door werd aangetrokken, en de drempel over stapte. Gewichtloos volgde hij haar door de schemerige gang naar achteren, één oog vastgeslagen op haar bewegende billen terwijl het andere alle kanten op schoot, van een leren jack aan de kapstok naar de trap naar boven, van de open kamerdeur waar muziek uit kwam naar de vaat op het aanrecht, tot het weer licht werd en hij, draaierig van het scheel kijken, vanuit de keuken de plaats op wankelde.

'Gaat u zitten! Thee?'

Drie klapstoelen stonden rond een tafel. Hij knikte, ging met zijn gezicht naar de tuin zitten, zag haar weer naar binnen gaan en kwam tot bedaren.

Een jonge berk stond in het midden van het gazon; de heg kwam nauwelijks boven het tuinhek uit; een bloeiende winde bedekte de zijkant van de schuur nog maar voor de helft – zo nieuw als het huis, zo jong was de tuin en waren ze allemaal hier. Het tuinpad bestond uit een spoor van losse flagstones, die in het gras lagen als de pootafdrukken van een olifant die in een bocht om de berk naar het tuinhek was gelopen.

De muziek werd uitgezet, Laura Banda kwam naar buiten met de theepot en twee mokken, schonk in en ging zitten, meer naast dan tegenover hem. Glimlachend keek ze met hem mee de tuin in. Achteraan op het gras, verdekt tegen de border, stond een gazen ren met daarin een konijn.

'Lieneke is er niet?' bracht hij eindelijk uit.

In plaats van dadelijk te antwoorden verbreedde ze eerst alleen maar haar glimlach, als bij een langzaam opkomende herinnering.

'Nee, die zit tegenwoordig altijd bij de mensen van de hoek, die is bij Bobby niet meer weg te slaan!'

Hij knikte. 'En... uw man?'

Dezelfde rust, dezelfde glimlach. 'Die is werktuigkundige op de wilde vaart en zit nu ergens tussen Hongkong en Singapore – ook maar niet op rekenen! Dus, meneer Van Buyten, als u het niet vervelend vindt, we zijn met zijn tweeën!'

De warmte werd inniger, een korte omhelzing, zo samen waren ze, en nu noemde ze hem ook nog bij de naam. Hij kon zich de laatste keer in Arnhem niet meer herinneren, in Angelen was het voor het eerst, hij had zich hier nog aan niemand bij zijn naam voorgesteld.

'Helemaal niet, maar hoe, als ik vragen mag –'

'Hoe ik uw naam weet? Sinds u dat prachtige naambord hebt opgehangen kent iedereen uw naam! Van de kinderen! U hebt ze niet achter de struiken zien zitten? De operatie heeft een enorme indruk op ze gemaakt, ik hoor ze er nog vaak over, de volwassenen ook trouwens, het hele dorp weet inmiddels wie u bent en dat u Bobby hebt gered... u bent beroemd, een held, echt waar!'

Bescheiden glunderend schudde hij het hoofd en trok hij de schouders op – al had hij wel gemerkt hoe de mensen de laatste dagen naar hem keken.

'En ik begrijp dat u toen ook onze andere beroemdheid hebt leren kennen, Jan de Loper?'

Ze moest de man met dat silhouet bedoelen. Het licht waarmee ze hem zojuist beschonken had verduisterde, de loftuitingen waren al voorbij, ineens ging het over iemand anders.

'Er kwam op een gegeven moment wel iemand bij, ja, maar die heette anders, dat was ene meneer Van Zuylen Rothaar...'

'Dat is hem! Maar iedereen noemt hem Jan de Loper, dat is zijn bijnaam! En, hoe vond u hem?'

Met tegenzin herinnerde hij zich het opdringerige, praatgrage mannetje, dat zo ongelegen gekomen was en zo dicht bij hem had gestaan, en dat zich ook nu weer opdrong – ze waren niet meer met zijn tweeën maar met zijn drieën, en om hem weg te krijgen, uit afweer en afkeer tegelijk, zei hij iets wat ongepast was:

'Ik kreeg de indruk dat hij gedronken had...'

'Dat kan kloppen! Als hij dorst heeft tovert hij de cognac zomaar tevoorschijn!'

Hij liet geen enkele verbazing blijken, vroeg niet naar uitleg, wilde eens kijken of het mannetje zich met zijn flauwiteit niet zelf uit het gesprek kon verwijderen.

'En hij liet een silhouet zien...'

'Een kunstwerk bij uitstek, omdat het de schaduwzijde van de mens toont!'

Ze proestte het even uit, verklaarde toen dat de Loper zijn hele leven al dergelijke streken uithaalde, daar was hij eigenlijk nog beroemder om dan om de lange voettochten waarmee hij in het begin zijn bijnaam had verworven.

'Dat is allemaal al lang geleden hoor, van ver voor de oorlog – ik weet het alleen van mijn ouders, dat waren grote bewonderaars van hem! Ze zijn ook wel eens bij hem thuis geweest, toen sprong hij zomaar in de vijver! Een andere keer had hij een stel aangeklede paspoppen aan tafeltjes op zijn veranda gezet. Een fietsend echtpaar trapte erin en dacht dat zijn huis een uitspanning was. Een tafel was nog vrij, ze gingen eraan zitten, Jan de Loper kwam zelf naar buiten om de bestelling op te nemen... als ober... de heer van Angeldycke!'

Rebert glimlachte beleefd, terwijl dezelfde geestdrift waarmee zij daarnet hem nog geprezen had nu die ander gold. Het was of ze overliep van hem naar de oude grappenmaker, die haar aandacht maar bleef vasthouden.

'En nu wilt u zeker weten hoe hij die cognac dan tevoorschijn tovert!'

Roerloos, met verstrakte glimlach en de armen over elkaar geslagen alsof hij het koud had, hoorde hij haar monter verder vertellen, almaar over Jan de Loper, zijn verre reizen, de aankomst/intocht in Parijs, zijn beroemde sloffen, de pedometer, zijn ontzaglijke correspondentie en aparte manier van spellen, met cijfers in de woorden waar dat maar kon (haar ouders bewaarden een kaart die ondertekend was met: 'Uw toegeg...'), de krantenartikelen, het Museum voor Land- en Volkenkunde, zijn onuitputtelijke erfenis, de Cadillac, de kinderfeesten en sinterklaasoptocht, de poffertjeskraam op zijn verjaardag, de liefdadigheid in de crisisjaren, het jaarlijkse bezoek aan Londen met een van de dorpsjongens, en voorts alle andere streken die hij nog had uitgehaald, verkleed als monnik, Dajakker en Kennedy, met zijn Mona Lisa, fietspomp en dodenmasker op een stokje – het silhouet was iets van de laatste tijd, hij kwam altijd weer met iets nieuws.

Rebert wist dat hij weinig humor had, net genoeg om mee te lachen als andere mensen vrolijk waren, maar nu meende hij er toch meer van te hebben dan de Loper. De doorgaande, neerdruilende, voortsuilende flauwiteiten begonnen zijn lichaam binnen te dringen, zijn spieren verloren kracht, hij moest zijn voorhoofd ondersteunen, en terwijl het hem steeds meer moeite kostte om zijn mondhoeken niet te laten zakken dwaalden zijn gedachten gedurig af, eerst naar de slaapkamer boven, met het bed en de kaptafel, toen naar de wc – zou zij net ook nog even zijn geweest, net als hij voor hij de deur uit ging, om onder de visite niet te hoeven?

'...geen dag gewerkt! Zijn hele leven niet! Ook nooit een vak geleerd!'

Zijn hoofd zwiepte omhoog als dat van een schouwburgbezoeker.

'O nee? Ik begreep dat hij gestudeerd had, net als de burgemeester... dat ze het daarom zo goed met elkaar hadden kunnen vinden...'

'Ja, nee, juist om maar niets te hoeven doen is hij gelijk

na zijn schooldiploma naar toenmalig Indië gegaan. Zo is het begonnen! Maar ook zonder titel behoort hij hier natuurlijk tot de eerste rang, net als u... Misschien dat hij daarom toenadering zocht...'

'Hij nodigde me al wel dadelijk uit, ja...'

'O, maar dan moet u hem echt eens bezoeken – hij zal u hartelijk ontvangen! Zijn gastvrijheid was ook legendarisch! Toen mijn ouders er waren zaten ze in een groep van dertig man, en voor iedereen was er te eten en te drinken! En voor 's middags werd er weer een andere groep verwacht! Een aanloop altijd...!'

Nu, na de opsomming van de daden, de eerste karaktereigenschap van de Loper benoemd was, zijn gastvrijheid, ging ze ermee door, afsluitend, leek het wel, met zijn filantropie, non-conformisme en jeugdigheid van geest, om de persoonlijkheid nog even helemaal te vatten. Handenwringend voorzag Rebert elke kwalificatie in gemoede van bedenkingen en hoon, als een minnaar de complimenten aan een rivaal, en zo rispte de ene glos na de andere in hem op:

– gastvrij? Hoe gastvrij is een toneelspeler als de zaal vol zit? Gastvrijer dan wanneer er niemand komt?;

– een ruimhartig filantroop toen de tijd erom vroeg? Natuurlijk, waarom niet, hij had er alles voor: het geld, de vrije tijd, en een onuitputtelijke behoefte zich bemind te maken;

– een vrijgevochten non-conformist met lak aan standsverplichtingen? Een vrijgestelde miljonair die maar al te goed weet hoe schitterend zijn non-conformisme contrasteert met de verplichtingen van zijn stand;

– geestelijk jong gebleven? Wel oud maar nooit volwassen geworden... een man van in de zestig die met poppen speelt, ze kleren aantrekt, en zichzelf ook verkleedt...

'Eigenlijk kun je je nu niet meer voorstellen hoe beroemd hij is geweest,' vervolgde ze, al nog maar glimlachend. 'Met bootladingen tegelijk kwamen de mensen naar hem toe, elke dag, en hij kreeg zakken vol brieven en kaarten uit het hele land... Op een nacht had hij er zoveel beantwoord dat hij ze de volgende ochtend op zijn ezeltje naar de brievenbus hier in het dorp bracht...'

Gelaten boog Rebert het hoofd: Jan de Loper had gelijk gehad, dat hij dit verhaal wel van een ander zou horen en hij het niet zelf hoefde te vertellen – maar het was nog niet klaar:

'...in zijn pyjama!'

Zijn mondhoeken werden nog zwaarder; met de laatste kracht van zijn verstijfde kaken en lachspieren bleef hij ze toch omhooghouden.

'Dat zal heel wat bekijks gegeven hebben...' grijnsde hij, zonder dat zijn kiezen nog van elkaar kwamen.

De poffertjeskraam was toen ook een heel spektakel, klonk het als door een muur. Wanneer Jan de Loper dan uiteindelijk ook zelf verscheen raakte iedereen opgewonden van zijn roem, terwijl tegenwoordig, zoals hij er op zijn laatste verjaardag maar wat bij had gestaan, zonder dat het iemand nog veel deed, zelfs de kinderen niet – nu ja, het was gewoon heel anders, moeilijk te zeggen...

'Als een lamp die niet meer schijnt?' schoot hij gedienstig te hulp.

Ze knikte, zweeg, keek glimlachend weg naar achteren. Ergens, in een andere tuin, begon iemand het gras te rollen. Hoe zou het zijn, vroeg ze zich toen hardop af, om eerst zo beroemd te zijn en dan niet meer?

Ofschoon de vraag niets grappigs inhield bleef ze glimlachen, misschien wel alleen omdat de Loper zijn roem nu eenmaal kwijt was en zij dat met haar glimlach aanvaardde; misschien had ze daarnet ook wel geen moment om zijn streken gelachen maar alleen om het feit dat hij ze nu eenmaal had uitgehaald, omdat hij niet anders kon, het niet laten kon, net zoals je glimlacht om een hond die achter een stok aan rent. Zeker was intussen wel dat het mannetje nog steeds beslag op haar legde.

'Volgens mij heeft hij ook nauwelijks vrienden,' ging ze met dezelfde glimlach door. 'Ik denk wel eens dat hij eenzaam is...'

Rebert kon het zich heel goed voorstellen: met zijn grappen had de Loper het daar ook wel naar gemaakt! Hij begon ook te glimlachen, niet zoals zij maar veel feller, uit puur verlangen dat het zo was.

'Soms zie je hem weken niet, en de enige die wel eens bij hem op bezoek gaat is Donald Duk...'

Hij kuchte – de naam was eerst op hem afgeketst, drong nu pas tot hem door.

'Donald Duck?'

'Ja, maar zonder c – u kent hem vast wel, de zoon van Bakker Duk, op zaterdagen helpt hij in de winkel, een jongen van een jaar of zeventien, beetje dik, bleek gezicht. Hij zit ook vaak op de krib. Een paar jaar geleden mocht hij met Jan de Loper mee naar Londen, en sindsdien is hij hem blijven opzoeken. Zielige jongen.'

In New York maakte Marc een praatje met John Lennon, in Angelen ging Donald Duk op bezoek bij Jan de Loper.

'Zielig?'

Op opgewekte toon volgde de geschiedenis van de onbedoeld komieke naam. Achteraf trokken de Duks zich de haren uit het hoofd dat ze hun zoon zo genoemd hadden, maar destijds was de *Donald Duck* er nog niet, die kwam pas een paar jaar later en toen viel er niets meer aan te doen. In zijn kleuterjaren had Donald het nog prachtig gevonden, tot de andere kinderen oud genoeg waren om hem om zijn naam uit te lachen, te pesten en met de nek aan te kijken. Vanaf de tekenfilms was het nog erger geworden, want toen konden ze ook zijn stem nadoen. Zelfs kinderen die veel kleiner waren dan hij snaterden hem na, zijn hele lagere school lang, en op de ulo in Zevenaar hield het niet op maar begon het opnieuw. Hoezeer hij de eerste les daar vreesde, het moment waarop de namen uit het klassenboek werden voorgelezen, iedereen in lachen zou uitbarsten en hem gezamenlijk buitensluiten, ontdekte mevrouw Duk de voorgaande avond.

'Als een kind lijdt dan lijdt de moeder ook, hoor – daarom heeft ze me alles verteld!'

Zoals zo vaak had Donald zich die avond in de bijkeuken teruggetrokken bij het enorme konijn dat daar werd vetgemest, maar ditmaal zat de deur niet helemaal dicht en kon ze hem afluisteren terwijl hij tegen de Vlaamse reus praatte. Toen hij de volgende dag asgrauw van zijn fiets stapte en zonder een woord in de bijkeuken verdween, hoefde ze hem niet meer te vragen hoe zijn eerste dag geweest was.

'Na twee keer zittenblijven zit hij nu nog op de ulo!'

Hij probeerde zich in te denken hoe het was als je je nooit kon voorstellen zonder dat mensen eerst ongelovig je naam herhaalden en dan in lachen uitbarstten.

'Dat konijn is trouwens nooit geslacht en leeft nog steeds.'

'Een ondraaglijke naam,' zei hij.

'Het handballen werd ook geen succes.'

'O nee?'

Toen hij te dik werd moest hij van zijn ouders bij een sportclub. Omdat de harde jongens op voetbal zaten koos hij handbal. Misschien vanwege zijn reactiesnelheid, of anders zijn postuur, werd hij keeper. Maar het duurde nooit lang voor de tegenstander erachter kwam hoe hij heette, en vanaf dat moment, alsof zijn naam diep verborgen krachten in hen vrijmaakte, gooiden ze de bal met dubbele snelheid op doel, alleen niet meer in de hoek maar juist recht op hem af, om hem zo hard mogelijk te raken. Al zijn reactiesnelheid had hij nu nodig om de schoten te ontwijken, en zo regen de doelpunten zich dan aaneen, net zo lang tot zijn eigen team maar helemaal ophield met verdedigen en het puur prijsschieten werd. Op het laatst deden zijn medespelers er ook aan mee, en soms wilde de scheidsrechter ook een keer. Pas toen zijn ouders een thuiswedstrijd in Hotel Oranje zagen mocht hij van handbal.

'En nu zit hij op de krib! Met Japie is het net zoiets, nog erger.'

'Japie?'

Japie zat bij Lieneke in de klas en had ook een konijn, Bink, maar die liep gewoon door de huiskamer. Waar Donald Duk heel goed wist dat hij zijn uren met de Vlaamse reus hoe dan ook moest verzwijgen om niet nog meer gepest te worden, lag Japie na schooltijd open en bloot bij Bink op de grond. De kinderen hadden het vaak genoeg door het raam gezien, en als zijn vader thuiskwam ging die er dadelijk bij liggen. Hoe ze de naam van dat konijn te weten waren gekomen? Eens toen ze stonden te kijken was Japie naar de winkel gestuurd en had zijn vader hem nageroepen: 'En ook nog bonen voor de Bink!'

Maar het gekste vonden ze de moeder van Japie, die uit Italië kwam, geen Nederlands sprak, en felgekleurde, zelfgemaakte kleren droeg. Eén keer maar had Japie zijn verjaardag met een kinderfeest gevierd. Overal hingen ballonnen, die ze met rare sprongen en uitroepen lek had geprikt. Geschrokken van het geknal, en misschien ook wel van de vreemde taal waarin Japie met zijn moeder bleek te praten (zijn vader had ooit een akte Italiaans gehaald; thuis praatten ze altijd Italiaans), gingen de meeste kinderen er halverwege het feest al vandoor, en sindsdien moesten ze hem hebben, laatst nog, toen zijn moeder een nieuw, rood jasje voor hem had gemaakt: na school namen ze hem mee naar een sloot en hebben ze hem met z'n allen door de modder gewenteld...

Hij haalde zijn neus op, kreeg het gevoel alsof die vol water liep, werd helemaal week, maar zelfs nu glimlachte ze nog – omdat kinderen nu eenmaal zo waren. Als hij het straks niet meer hield en zijn hand op haar been, of zijn hoofd op haar schouder legde, zou zij die met diezelfde omvattende glimlach wegduwen, omdat hij nu eenmaal niet anders had gekund.

'En toen hij thuiskwam was het nog niet voorbij,' ging ze verder, niet meer over de feiten maar vanuit inleving, '...moeder overstuur natuurlijk, wat heb je met je jas gedaan... dan moet je ook nog liegen, dat je gestoeid hebt... een uur later komt vader van zijn werk... ook kwaad... wat? Gestoeid? In je nieuwe jas? Die je moeder net gemaakt heeft? Nee, je zult Japie niet gauw meer op straat zien, die komt alleen nog buiten als zijn moeder hem boodschappen laat halen, omdat zij geen Nederlands spreekt en dat zelf niet kan... Het is vreselijk, maar kinderen zijn zo!'

Met alle verhalen had zij het dorp steeds verder voor hem opengedaan, als een deur; verwonderd dat hij er woonde kon hij naar binnen kijken nu, maar het was hem niet mogelijk nog iets te vragen over Japie of Donald Duk, hij zou volschieten, moest een andere kant op.

'Maar zie ik daar niet ook een konijn?' Hij knikte naar de ren achteraan, het water brandde boven in zijn neus.

'Van Lieneke.'

Hij vroeg hoe het konijn heette, maar het had helemaal geen naam, niet meer – toen Lieneke hem pas kreeg had ze hem nog wel een naam gegeven, maar die dadelijk ook weer veranderd en daarna nog een paar keer, en toen wist ze het niet meer, en deed het er ook niet meer toe, omdat ze het konijn vergat. Gelukkig kon hij hier wel lekker op het gras zitten, dat was dan nog iets, want hiervoor woonden ze op een bovenverdieping in Zevenaar.

'Dus het bevalt u goed, om hier te wonen? Want u woont hier natuurlijk ook nog niet zo lang!' Het was of hij aan het stuur bleef trekken om maar niet in de berm te raken.

Niet langer dan de nieuwbouw er stond, daar had hij gelijk in. Het huis zelf mocht dan niet zo bijzonder zijn, vergeleken met Zevenaar was het een hele vooruitgang, alleen door de tuin al, en voor Lieneke was het fijn dat er zoveel kinderen in de buurt woonden – voor haar als moeder trouwens ook, want als Lieneke ergens ging spelen had ze zelf de handen vrij, bijvoorbeeld om naar de manege te gaan. Ze had een eigen paard bij Kromkamp, en gaf er ponyrijles aan de kleintjes – toen Bobby werd aangereden was ze daar ook mee bezig. En als ze 's avonds nog wat over de dijk wilde wandelen was er altijd een al wat ouder buurmeisje dat even op kwam passen. Daarbij kwam nog dat haar ouders niet ver weg woonden, op een boerderij achter Zevenaar, zodat ze Lieneke altijd makkelijk naar opa en oma kon brengen, met de auto. Kortom, door al deze omstandigheden die haar nog wat vrijheid lieten, heel belangrijk toch als je grotendeels alleen voor de opvoeding stond en het moederschap ook makkelijk zou kunnen gaan benauwen – maar nu ze het erover had, waar kwam hij eigenlijk vandaan?

'Arnhem.'

'Arnhem! Dus u bent maar aan de Rijn blijven wonen, al is het daar in feite maar een zijtak en heet die hier eigenlijk het Bijlandsch Kanaal! Maar het blijft een prachtige rivier, vooral 's avonds – giftig, maar schitterend! U gaat ook wel eens kijken?'

Terwijl hij zijn blik op de berk gericht hield bewoog

haar rode mond alweer verder in zijn ooghoek, als een klaproos in de wind. Zoals ze nu hier met hem zat te praten, zonder anderen erbij, en zonder zich in het minst te bekreunen om de buren die hen vanuit de slaapkamerramen konden zien zitten, en vanachter de muurtjes konden horen, en vermoedelijk ook verstaan: hij vond haar veel non-conformistischer dan Jan de Loper; ze kwam van de boerderij maar kon zo naar Meijers.

Al met al beviel het voorlopig uitstekend, besloot ze, alleen voelde haar man zich hier niet thuis, wat natuurlijk ook kwam doordat hij de taal niet sprak – ze was met een Schot getrouwd.

'U bent met een Schot getrouwd?'

'Een echte, zuinige Schot, nou en of! Het eerste wat hij doet als hij van zee komt is zijn auto inspecteren. Misschien hebt u hem wel voor de deur zien staan, die in die hoes? Het is een Lancia en er mag níéts mee gebeuren! Ach ja, ik doe die hoes er graag voor hem om, het is een van de weinige dingen die ik voor hem kan doen als hij er niet is, en ik gebruik de wagen toch lang niet elke dag. Officieel heb ik dus een Schotse achternaam, maar om Lieneke niet nog meer tot een buitenbeentje te maken, met toch al een buitenlandse vader die er meestal niet is, houden we in het dagelijkse leven gewoon mijn meisjesnaam aan!'

'Maar uw man voelt zich hier dus niet zo thuis?'

O ja, nee, helemaal niet! Altijd als hij voor een paar weken over was liet hij zich zelden op straat zien, meed hij ieder contact met het dorp, en gingen ze zo snel mogelijk op vakantie, met zijn drieën als de school het toestond, en anders brachten ze Lieneke naar opa en oma en gingen ze samen. Ze hoopten ooit nog wel te verhuizen, zodra haar man ergens werk aan de wal had gevonden en ze voortaan samen konden zijn, maar tot die tijd moesten ze het goeddeels gescheiden leven maar voor lief nemen: 'Het houdt ons huwelijk in ieder geval fris!'

Door zijn eigen huwelijkservaring begreep Rebert precies wat ze bedoelde. Hij zei niets. Het grasrollen was opgehouden. Geen blad aan de berk bewoog.

'Maar nu hou ik op over mijzelf, ik praat te veel!'

'Helemaal niet...'

'Jawel, en ik heb u ook al verveeld met mijn verhalen over Jan de Loper, maar één ding wil ik nog over hem vertellen!'

Het ging weer over Jan de Loper. Groenige wolken begonnen zich af te tekenen tegen de witte lucht.

'Hij is zo informeel dat hij iedereen bij de voornaam noemt, zelfs tegen de burgemeester en Sinterklaas zegt hij gewoon je en jou, en nu wilde ik voorstellen om dat ook maar te doen!'

...Ze zaten in een kamer...

...Zij deed de gordijnen dicht...

Maar die fantasie werd onmiddellijk verdreven door de kordaatheid waarmee ze hem haar hand toestak, als een schaduw door licht.

'Laura,' zei ze, met een stevige kneep in die van hem.

'Rebert,' zei hij. Ze heette Laura Banda.

Ze lieten elkaar los; ze begon uit te leggen waarom ze het zo lang over Jan de Loper had gehad: alleen maar omdat ze hoopte dat hij hem toch bijzonder zou gaan vinden. Verder waren er geen bijzondere mensen in Angelen, hij zou er ook niemand treffen die, zoals hij, gestudeerd had, dus waarom zocht hij hem niet eens op? Nu kreeg de Loper alleen maar bezoek van die ongelukkige Donald Duk, waar hij toch niet erg vrolijk van kon worden.

'Ik vraag me wel eens af,' filosofeerde ze, 'wat iemand, die zo beroemd is geweest, nog wel blij kan maken – waarop zou hij zich nog echt kunnen verheugen?'

'Een standbeeld misschien,' opperde Rebert, 'of op de televisie komen... of een biografie...'

'Je spot, omdat ik te lang over hem heb gepraat, maar hij zou inderdaad dolgraag op de televisie komen: volgens Donald Duk heeft hij wel eens een brief naar de omroep geschreven! En wat betreft een biografie: een boekje over de eerste helft van zijn leven, zeg tot aan de oorlog, met foto's erin, zijn prentbriefkaarten, en een vraaggesprek over hoe hij het allemaal ervaren heeft – ik denk dat er nog heel veel mensen zijn die dat graag zouden lezen! Mijn ouders zeker; hij heeft toch veel voor ze betekend, met alle vrolijkheid die hij verspreidde, en later zijn liefdadigheid... je mag hem niet onderschatten, Rebert.'

De ene na de andere je had ze hem toe geblazen, en nu viel dan ook zijn voornaam. Het was of hij werd aangeraakt.

'Zul je eens bij hem op bezoek gaan? Jullie kunnen elkaar hier toch niet ontlopen!'

Een boek over Jan de Loper: het zou van klefheid aan zijn vingers blijven plakken; of Jan de Loper op de televisie: één vraag zou genoeg zijn voor een compleet interview; of zijn standbeeld: het kon praten door een bandrecorder in zijn mond: 'Op mijn ezeltje... in mijn pyjama! Op mijn ezeltje... in mijn pyjama!' Hij kreeg warempel zin om hem te bellen, om de telefoon één keer over te laten gaan en dan gelijk op te hangen...

'Ik zal hem wel eens bellen,' zei hij, 'daar vroeg hij al om.'

'Goed, genoeg over hem dan, nu wil ik het eens over jou hebben!'

Ze draaide zich helemaal naar hem toe, even zag hij alles recht van voren, haar ogen en mond, het blonde losse haar over haar schouders, haar borsten en bruine benen, tot hij zijn blik wist los te trekken en weer wegkeek in de tuin.

'Je huis lijkt me er heel geschikt voor, maar een praktijk, zei je, wil je nog niet?'

'Nee... voorlopig niet...'

Hij zou nu kunnen vertellen waarom hij het niet nodig had, dat hij een Amerikaanse televisiereclame geschreven had en daar veel geld mee had verdiend. Hoe hij daar als dierenarts in was gerold? Ach, zoals dat gaat, via vrienden... Maar toen Laura niet verder vroeg bedwong hij zich, hij wilde zich er niet op laten voorstaan, zou het later wel eens vertellen, een keer 's avonds op de dijk...

'En je woont er alleen? Dat zeggen de kinderen.'

De kinderen hadden gelijk – al hadden ze geen idee hoe gelijk ze hadden, hoe alleen hij er woonde, hoe alleen hij was. Hij knikte, wilde het Laura wel zeggen, maar het woord dat alles zei steeg zo langzaam in hem op dat hij alleen maar bleef knikken, terwijl zijn ogen vol sprongen: de heg werd wazig, het gras glansde.

'Maar Arnhem is natuurlijk vlakbij – een halfuurtje met de auto!'

Hij hoorde het niet meer, er gierde iets in zijn oren, zijn keel ging open.

'Weduwnaar!' stiet hij eindelijk met overslaande stem uit. Nu de verstopping voorbij was liepen de woorden even makkelijk over zijn lippen als het water uit zijn ogen en neus: 'We zijn twee keer in Parijs geweest... en vorig jaar zouden we naar Fair Isle gaan, een eilandje boven Schotland... we hadden de tickets al in huis, maar toen kwam dat ongeluk... vriendendienst... auto-ongeluk! Na het rijexamen had ze niet veel meer gereden... Ze was onderwijzeres... Tine! Op de bruiloft –'

De rode mond van Laura was vervloeid tot een roze vlek en verdween toen helemaal. Iets later kwam ze weer naar buiten met een wc-rol, die ze niet aangaf maar gewoon op de tafel zette. Hij trok een stuk los en veegde zijn wangen en ogen af met hetzelfde papier waarmee zij zichzelf ook altijd afveegde. Toen hij weer zien kon keek ze hem glimlachend aan. De lucht boven het blok was nu paars.

Hoe lang had hij gehuild? Hoeveel had hij verteld voor hij niet meer verder kon? Had hij eigenlijk wel gehuild? Hij herinnerde zich geen schokken, uithalen of geluid, er was alleen maar water uit hem gelopen toen hij verblind voor zich uit staarde en niet meer wist of hij nog praatte of niet. Het was over nu, het gieren ook, de stem van Laura klonk even opgeruimd als tevoren.

Ze vond het flink van Tine dat ze kon autorijden – zelf moest ze wel, vanwege Lieneke, maar zonder die dwang was ze er nooit aan begonnen. En ze vond het vak van onderwijzeres prachtig – ze had ook een paar jaar op de kweekschool gezeten, maar toen kwam ze op een vakantie haar latere man tegen en was ze zwanger geworden. En ze vond dat hij naar Fair Isle moest gaan.

'Maar waarom?'

'Ik denk vast dat je je vrouw er zult vinden!'

Hij zweeg, zuchtte, en op hetzelfde moment dat eindelijk dan de eerste druppels vielen sloeg het tuinhek dicht. Met haar hoofd omlaag kwam Lieneke aanhuppelen over de flagstones, tot ze het bezoek opmerkte en wijdbeens staan bleef, stokstijf, de ene voet op de ene, de andere op een andere schots. Afwisselend keek ze naar hem en Laura, die op slag veranderd was in mevrouw Banda, en hem toen ook veranderde.

'Kijk eens wie er op visite is! Jullie kennen elkaar toch al? Geef maar een hand... dag dokter!'

Met hangend hoofd, half verscholen achter haar haren, kwam ze dichterbij, kennelijk beschaamd nog om het ongeluk.

'Dag Lieneke,' zei hij, het dunne handje schuddend, 'alles goed met Bobby?'

Ze glimlachte even door haar schroom heen, liep toen zonder een woord of blik door naar haar moeder.

Na een aarzelend begin met zware, lauwe, losse druppels brak de bui nu met veel bedrijvigheid los. Laura liep druk heen en weer, zette de theeboel op het aanrecht, de klapstoelen in de schuur, dacht ineens aan het konijn, droeg Lieneke op het naar binnen te halen, en stond erop dat hij nog bleef tot het droog was.

Om niet met haar moeder alleen in de woonkamer te zijn als Lieneke binnenkwam wachtte hij in de keuken tot ze met het konijn langs hem heen liep. Het was een wildkleurig pooltje. Ze had hem onbeholpen vast, droeg hem niet op de arm maar hield hem met twee handen voor zich, als een druipend stuk wasgoed. Hij volgde haar de kamer in.

Laura was nog niet gaan zitten, maar verschikte wat op het dressoir. Het konijnenhok stond naast de bank. De voorkant van het traliewerk was dicht, de bovenkant was geopend, het voer- en drinkbakje op de krantensnippers gaven te denken dat het konijn er altijd in zat. Lieneke bracht hem boven de opening, liet hem al zakken, maar nu begon hij met heel zijn afhangende lijf wild te spartelen. Zijn achterpoten raakten de tralies, ze liet hem los, hij viel op het rooster, waarin hij wegzakte, toen werkte hij zich met schrapende nagels van het hok af en verdween hij onder de bank.

'Een kleine ramp, dokter,' klonk het monter vanaf het dressoir. 'Altijd als hij ontsnapt kost het uren voor we hem weer te pakken hebben. Zelfs met de bezemsteel krijg je hem niet onder de bank vandaan!'

Nu wist hij zeker dat het konijn nooit vrij rondliep.

'Misschien lukt het deze keer anders,' zei hij, en nog voor hij goed en wel de kamer had rondgekeken, voor hij wist wat hij deed ook, knielde hij neer voor de bank.

‘Lieneke, help je weer even mee?’

De schemerdonkere ruimte onder de zitting was ongeveer zo hoog als een halve fles melk, het konijn zat doodstil achteraan tegen de plint. Lieneke lag op haar knieën naast hem, haar haren op de grond, en schouder aan schouder, met de hoofden vlak naast elkaar, de kin op de handen, staarden ze in de donkere diepte.

‘En nu moeten we een beetje geduld hebben,’ zei hij, zachter. ‘Weet je trouwens waarom hij zo graag onder de bank zit?’

Alles wat hij van konijnen wist, wist hij van Heiman uit de kliniek: dat heel hun leven bepaald werd door angst, omdat ze prooidieren waren; dat je ze iets te doen moest geven, al was het maar de mogelijkheid zich te verschuilen; en dat het sociale dieren waren met een grote behoefte aan aandacht en liefst ook aanraking: keek er niemand naar ze om, dan kwijnden ze weg in hun hok en waren ze binnen drie jaar dood, anders konden ze wel negen worden, van geluk. Ze werden zwaar onderschat, vond Heiman: de mensen kenden ze niet!

‘Onder de bank voelt hij zich veilig. Dan kan hij niet van boven worden aangevallen door een roofvogel, die hem wil opeten... Een heleboel dieren in de natuur eten konijnen, vossen ook, daarom verstoppen ze zich zo graag en zijn ze altijd een beetje bang... maar nieuwsgierig zijn ze ook, hoor, en ze vinden het heerlijk om geaaid te worden, maar je moet ze nooit van bovenaf aaien, dan denken ze dat er een roofvogel op ze af komt en schieten ze weg... altijd van voren aaien, heel rustig... Kom, we kruipen iets achteruit... dan weet hij dat we niet op hem jagen en komt hij vast wel naar ons toe...’

Zijn omfloerste stem klonk even monotoon als het gedruis van de regen buiten, en met ieder woord wiste hij de schaamte van Lieneke, dat ze het konijn had laten vallen, verder uit.

Of hij brokjes kreeg?

Lieneke knikte.

Maar ze kon ook zelf iets voor hem maken. Als ze een snee bruinbrood op de vensterbank legde werd die zo droog en hard als een beschuit. 'Probeer maar eens of hij dat lekker vindt...'

Rebert lag plat op de grond nu, met een hand naar voren gestoken, tot vlak voor de bank. Naast hem hield Lieneke nog steeds haar kin op de handen. Samen tuurden ze in het donker, keken ze naar het konijn, dat niet meer stilzat maar allengs was gaan bewegen, eerst nog heen en weer achter langs de plint, maar daarna ook naar voren, steeds verder, steeds dichterbij, tot zijn kopje vanonder de bank ineens in het licht kwam en hij even aan Reberts wijsvinger rook.

'Hallo, dag meneertje... doe jij ook maar...'

Ook Lieneke strekte nu haar hand uit. Het konijn was alweer teruggeweken in de schemer, alsof het hem te veel werd, maar het volgende moment kwam hij opnieuw tevoorschijn en begon hij aan haar vingers te ruiken, daarna weer aan die van Rebert, druk snuffend met zijn snuit.

'Kijk eens even... zo... nou...!'

Het ruiken werd likken, tot Rebert zijn gekromde wijsvinger over het neusje haalde en het konijn zich opeens niet meer verroerde.

'Dit vind hij ook fijn, hoor, een vinger die van zijn neus over zijn voorhoofd strijkt... moet je zien, alleen maar met mijn wijsvinger, ik raak hem nauwelijks aan en toch blijft hij doodstil zitten, omdat hij wil dat het doorgaat... Nu jij...'

Hij trok zijn hand terug, het konijn draaide zich naar die van Lieneke, ze streek op dezelfde manier met haar wijsvinger over het neusje als hij had gedaan.

'Goed zo... van zijn neus omhoog over zijn voorhoofd en dan door de lucht weer terug, alleen maar met de haren mee... wat zijn die zacht, hè? O, en wat vindt hij het lekker...'

In volle overgave drukte het konijn zich roerloos tegen de grond. Af en toe bewoog zijn bolle lijf zich van de ene achterpoot naar de andere, alsof hij er beter voor ging zitten, of zich schrap zette tegen de rillingen die bij het aaien door hem heen voeren.

'Kijk hem eens genieten... moet je 'm zien snuffen... Hoe heet hij eigenlijk?'

Zwijgend bleef Lieneke maar over het voorhoofd strijken, heel zacht met haar vinger, net zo zacht als het vachtje, zijn stem, en het geluid van de regen.

'Snuf,' zei ze eindelijk, en na een diepe ademteug bevestigde ze het ook: 'Hij heet Snuf.'

Zonder een woord nam Rebert het aaien weer van haar over. Na een paar streken maakte Snuf zich los, maakte hij drie huppelsprongen en bleef hij weer stilzitten, half afgedraaid nu.

'Hij kijkt nog steeds naar ons, hoor. Met zijn ogen kan hij ook opzij kijken, bijna helemaal in het rond, of er geen vijanden aankomen... of naar het vrouwtje natuurlijk: hij is je echt niet vergeten... kijk, daar komt hij weer... wil zeker weer geaaid worden... over zijn wangen kan ook... met dat platte voorhoofd en die dikke wangen is het net een klein olifantje...'

Zoals ze het konijn beurtelings aaiden, naast elkaar liggend op de grond, het was zo vertrouwd alsof het niet de eerste keer was, alsof hij er een vage heugenis aan had en zelf als kind een konijn had leren aaien, thuis op de grond, met iemand erbij.

'Dit vindt hij ook fijn... met zijn koppie onder de hand...'

Het aaien was iets steviger geworden, met meer vingers tegelijk ook, en nu hield Rebert zijn hele hand over het kopje. De ogen waren verdwenen, de oren lagen plat in de nek, en heel het lichaampje huiverde in nog grotere overgave en bewegingloosheid – tot hij zijn hand langzaam een stukje terugtrok, de duim op de vloer, de pink omhoog, en Snuf naar voren sprong en zelf zijn kop met een opwaartse beweging, om de opening te vergroten, in de holte stak.

'Zie je dat? Doe ook maar...'

Behoedzaam deed Lieneke hem na. Roerloos onderging Snuf de bedekking van zijn kop door haar hele hand, en toen zij die iets terugtrok volgde hij de hand dadelijk om zijn kop weer in de kom te steken, opnieuw met een duikende, tegelijk oplichtende beweging, net of hij een tent binnen ging. Geluidloos lachend maakte zij er een spelletje van door haar hand telkens iets te verplaatsen, en elke keer weer volgde Snuf die en drukte hij zijn wigvormige schedeltje erin vast tot zijn ogen bedekt waren en hij opnieuw huiverend bleef stilzitten, als het ware vóór zijn eigen lichaam, dat rond en vol opbolde achter de hand, waarin zijn kopje binnen was terwijl zijn lijf buiten bleef.

'Bij jou doet hij het nog meer... hij denkt nu vast dat hij onzichtbaar is, omdat hij zelf niets meer ziet... net of hij in een donker konijnenhol zit... dat is voor hem natuurlijk het allerfijnste, om zich helemaal veilig te voelen... Hij wil het echt zelf, hè? Met zijn koppie onder de hand... Hij vindt het heerlijk om zich te verbergen en dan doodstil te blijven zitten, zodat niemand hem ziet... Als je hem los in de kamer laat lopen moet je maar een mooie schuilplaats voor hem maken... van een doos... als je die ondersteboven op de grond zet met één kant open heeft hij een eigen huis... of een krant, die je als een dak over een melkfles vouwt... dan heeft hij ook een tent... En als je dan uit school komt weet je niet of hij in zijn huis zit of in zijn tent... maar je hoeft maar te hurken of hij komt er aan, hoor... dan is het net of je bij hem op bezoek komt, omdat jij zo groot bent en hij op de grond woont... Je hoeft maar te hurken en je bent bij een konijn op visite...'

Wat later rolde Snuf zich op zijn zij. Zijn witte buik en de witte onderkant van zijn staart kwamen te zien. Ze keken ernaar, zagen ook zijn lichtgekleurde kin, de ademhaling in zijn flank, en hoe lang zijn achterpoten waren, nu hij die achter zich uitstrekte.

'Als hij nu weg wil rennen kan dat niet gelijk, moet hij eerst zijn poten onder zich trekken... Hij durft alleen maar zo te gaan liggen omdat hij je vertrouwt... ik denk dat je hem nou ook wel kunt optillen...'

Heel langzaam kroop Lieneke langs hem naar voren. Snuf ging rechtzitten maar liep niet weg toen ze haar hand op zijn kop legde. Terwijl de stilte zich verdiepte keek hij toe hoe zij vervolgens haar andere hand onder hem schoof, hem op de arm nam, en zich op haar knieën oprichtte – het meisje dat bij Bobby niet was weg te slaan had nu een eigen dier. Met het konijn tegen zich aan gedrukt verdween ze uit zijn blikveld.

Even nog bleef het volkomen stil, toen drong de regen weer tot hem door, en opeens ook hoe hij languit met zijn buik op de grond lag: hij lag op de grond alsof hij hier woonde.

Waar was Laura? Hij keek naar links en rechts over de vloer, zag niets, moest zich omdraaien om meer te kunnen zien. Stram draaide hij zich het volgende moment daadwerkelijk om en ging hij op zijn rug liggen.

Ze stond schuin voor hem. Ze glimlachte naar hem omlaag. Haar blik viel op hem neer zoals buiten de regen op de verdroogde aarde.

Een paar dagen later leerde hij Japie kennen. Hij had naar de rivier gekeken en liep tegen zessen de dijk af, het dorp in. Er was bijna niemand buiten, alleen een jongetje met een brood onder de arm kwam hem tegemoet. Slechts een zijstraat scheidde hen nog toen daaruit een andere jongen verscheen.

'Vriendjes worden?' zei die. 'Spelen? Kom, gaan we spelen!'

Het jongetje bleef stilstaan, kon zijn oren kennelijk niet geloven, moest vast ook naar huis met het brood. Rebert kon het allemaal horen en zien vanachter een boom.

'Kom,' zei de ander weer, 'dan worden we vriendjes!'

De verleiding was te groot: eerst nog aarzelend, toen in vol vertrouwen liep het jongetje toe op de ander, die hem gebaarde te volgen. Ze verdwenen in de zijstraat.

Met een paar passen was Rebert bij de hoek. De twee liepen in het midden van het smalle straatje, alleen links stonden auto's geparkeerd, hij wist niet of ze nog praatten, hoorde niets meer, tot er in de stilte opeens een veelstemmig gekrijs opklonk. Vanachter de auto's sprong een troep kinderen tevoorschijn, waarvoor de twee onmiddellijk op de vlucht sloegen, terug naar de hoek.

Maar het was alleen het jongetje met het brood dat echt vluchtte. De ander was opgegaan in de groep joelende achtervolgers, onder wie ook meisjes. Ze waren nu zo dichtbij dat Rebert hun gezichten kon zien. Ondanks de schrille kreten lachten ze allemaal, het was een spel, het plannetje was volkomen geslaagd.

Maar het jongetje dat werd opgejaagd zag niet dat ze lachten, en voor hem was het geen spel. Het moest Japie zijn. Zo hard als hij kon kwam hij aanrennen, vlak voor de hoek viel het brood uit zijn handen en nog durfde hij zijn pas niet in te houden. Hij passeerde Rebert op een paar meter afstand en rende in volle vaart door in de richting waar hij vandaan gekomen was.

Op het moment dat het brood viel ging het gekrijs over in hard gelach, een van de achtervolgers gaf er een schop tegen, de zak scheurde open, een paar sneden vlogen over de straat. Tot aan de hoek ging de jacht nog door, toen bleven ze allemaal staan, draaiden ze zich om, en liepen ze terug. In het voorbijgaan zette een van de jongens zijn voet nog op een snee, alsof hij een sigaret uittrapte, maar de rest lette er al niet meer op.

Japie was weg. De kinderen waren ook verdwenen. De kapotte broodzak lag nog op grond terwijl de kerktoren met galmende tussenpozen zessen sloeg. Op de laatste slag zag Rebert iets bewegen in zijn ooghoek.

Het was Japie. Van auto tot auto sloop hij dichterbij, hij spiedde de zijstraat in of alles veilig was, hurkte vervolgens neer bij het brood. Op hetzelfde ogenblik dat hij de losse sneden terug in de zak begon te stoppen trad Rebert op hem toe, nam hij hem bij de hand, nam hij hem mee naar de bakker.

De deur zat op slot. Mevrouw Duk was aan het schoonmaken. Hij tikte tegen het raam, ze deed open. Ze gingen voor de toonbank staan. Hij kocht een brood.

HOOFDSTUK 15

Vrienden

Dadelijk na het openschuiven van het gordijn ging hij weer op de canapé liggen. Wat moest hij anders doen? Het stof van de telefoon blazen? De lege fles die hij had omgeschopt rechtzetten? Opstaan? Hij ging op de canapé liggen.

De lucht stond wit aan het raam, de leegte drong naar binnen, het was zondagochtend. Hij trok de deken over zijn hoofd, luisterde naar het loeien van de koeien, dacht toen ineens aan Boy, de enige vriend die hij ooit had gehad.

De herinnering vervaagde, de zondag zette weer op, als een vloed die hem niet meenam maar uitwierp, een vloed van privéleven, het privéleven van de anderen, waar zij zich vandaag in zouden onderdompelen terwijl hij daarbuiten stond: overal zaten de mensen nu in bad of aan het ontbijt, en straks gingen ze bij vrienden op bezoek. Maar hij zou niet weten wie hij bezoeken kon, hij had geen vrienden, was altijd genoegzaam omringd geweest door bewonderaars, die hij als vrienden ontving, en door zijn bedienden, al was hij met het latere huispersoneel nooit meer zo innig geworden als indertijd met de goede Ant en Gerrit.

Scherper nog dan op de ingelijste foto's zag hij ze weer voor zich, in die ongebonden menagerie van het begin. Alles hadden ze met hem meegemaakt, ze waren een onderdeel van het tableau geweest, waarin Gerrit rond de vijver de Cadillac leerde besturen terwijl Ant op het terras de koffie inschonk – en zoals ze dan het hoofd kon schudden als hij tegenover het bezoek weer eens een van zijn snakerijen ophaalde...

Toen ook die herinnering vervaagde bleef alleen de leegte over. Beneden sloeg een deur dicht, daarna klonk er geen enkel geluid meer. De stilte bekroop hem als een kou, de zondag lag als een dorre vlakte voor hem. Wat kon hij doen? Kon hij niet tóch iemand bezoeken?

Bij de gedachte alleen al sprong zijn hart op, en koortsachtig begon hij na te gaan wie er in aanmerking kwamen, waar hij ooit eerder binnen was geweest.

Mr. Jager? Uitgesloten, die vriendschap was voorbij, bovendien had die hem nog nooit uitgenodigd. En hoe oud was die inmiddels wel niet?

De burgemeester, in zijn nieuwe ambtswoning? Bij hem was hij wel vele malen op bezoek geweest, altijd na de sinterklaasintocht en dat al tientallen jaren tot aan de verhuizing aan toe, maar dan ging het om de kinderen en was hij als Zwarte Piet toch eigenlijk niet zijn gast. Als die hem nu eens individueel had uitgenodigd was het anders geweest...

Van puur verlangen op visite te gaan wierp hij zich op zijn andere zij, al nog maar peinzend waar hij heen kon.

Naar die nieuwe, jonge dierenarts dan, R. van Buyten, zoals hij van de kinderen vernomen had dat hij heette? Het was mogelijk, lag in zekere zin ook voor de hand, hij was immers vaak genoeg in zijn huis geweest. Hij zou hem zo kunnen bellen, had het nummer al bij de inlichtingendienst opgevraagd – maar dadelijk verwierp hij die gedachte ook weer: Van Buyten zou hém opbellen, en bij hém langskomen; het was al anderhalve week geleden dat hij hem bij die aangereden hond aan het lachen had gemaakt met zijn silhouet en vervolgens uitgenodigd: waarom belde die man niet?

De stilte van de telefoon hing als een gas in de kamer, alles doordringend, onontkoombaar, verlammend. Bitter verbeet hij zich dat er nooit iemand belde, dat niemand hem ooit uitnodigde: duizenden mensen waren bij hem te gast geweest, maar de laatste keer dat hij zelf ontvangen werd was nog altijd die keer toen in Rotterdam, onder werktijd, in het kantoor van de firma, door de juffrouw van de receptie. Of nee: daarna was hij nog een keer ontvangen, bij dat dispuut in Nijmegen...

Zijn hart kromp ineen, sprong toen toch weer op: waarom ging hij niet eens nader kennismaken met de nieuwe zenuwarts in Zevenaar, dokter Bardie? Die was nog jonger dan Van Buyten, en die ene keer dat hij bij hem geweest was hadden ze al flink gelachen. Hij trok de deken van zich af, veerde half overeind, en herinnerde zich ineens ook weer hoe verbluft Bardie had gekeken toen hij hem vertelde dat hij Jan de Loper was. Maar als hij die naam kende, hoorden daar natuurlijk ook bepaalde verwachtingen bij – nou, maar dan wist hij al hoe hij zijn komst zou inkleden...!

Hij liep de keuken binnen, gaf zijn instructies, en ging weer naar boven. Het was iets over tienen, ze zouden het koffie-uur nog makkelijk halen. Gehaast begon hij zijn oudste kloffie aan te trekken, van zijn beroemde sloffen en morsige jasje tot een rode halsdoek met witte stippen aan toe.

Op hetzelfde moment dat Klaas de Cadillac vanuit het koetshuis de dijk op draaide kwam hij de voordeur uit, helemaal origineel uitgedost nu met ook nog een strooien hoedje op, maar over zijn linkerarm droeg hij een donker pak met wit overhemd en zijden das, en in zijn rechterhand een paar zwarte schoenen. Hij gooide het nette goed op de achterbank, ging ernaast zitten, schraapte de keel:

'Rijden maar!'

Dichter bij Zevenaar was er al vrij wat verkeer op de weg. In alle auto's zaten mensen die onderweg waren naar andere mensen – nou en? Zijn stemming was uitstekend, tot een plotselinge twijfel hem beving: had hij zijn dodenmasker niet mee moeten nemen?

Hij stelde zich voor hoe hij het op het stokje voor zijn gezicht zou houden als er werd opengedaan: even nog bleef hij zo stokstijf stilstaan, daarna trok hij het weg en keek hij degene die verbluft in de deuropening stond stralend aan... goeiemorgen! Maar het zou te veel zijn voor zo'n eerste visite, hij mocht vooral ook niet te lang blijven, een uurtje hooguit... Nee, hij moest nu echt naar huis, niet dat het niet gezellig was, maar hij wilde de plannen die ze ongetwijfeld nog hadden niet in de war schoppen... maar als ze eens op tegenbezoek wilden komen: bij dezen uitgenodigd! Wanneer het maar schikte... ze konden altijd bellen, zijn nummer stond in de administratie... of wilden ze misschien al meteen een afspraak maken?

Ze reden de bebouwde kom binnen, de lege straat van Bardie in, stapvoets langs het huis. Hij liet om de hoek parkeren, liep terug naar de dokterswoning – de Cadillac was niet meer te zien, het leek of er een zwerver aanbelde.

Bardie deed zelf open. Nog voor die een woord kon uitbrengen zei hij, glunder naar hem opkijkend, dat hij zomaar eens op bezoek kwam, maar dadelijk ook liet hij zijn gezicht betrekken, gleed zijn blik omlaag over zijn eigen lichaam, en verklaarde hij op beteuterde toon, net alsof hij zich nu pas van zijn kledij bewust werd, dat hij de doktersvrouw in deze sjofele plunje onmogelijk onder ogen kon komen. Even nog schudde hij het hoofd, toen draaide hij zich zonder complimenten of zelfs maar zijn hoedje te lichten om en sjokte hij mismoedig weg – de verblufte blik waarmee Bardie hem ongetwijfeld nakeek brandde op zijn rug; het nadenkende geluid waarmee vervolgens de deur gesloten werd klonk hem als muziek in de oren.

Maar eenmaal om de hoek hield hij zich niet langer in en veranderde zijn manier van bewegen even volledig als, spoedig, ook zijn algehele voorkomen: hij sprong in de auto, schoot razendsnel, kronkelend op de achterbank, het witte overhemd en donkere pak aan, strikte zijn das in de binnenspiegel, gaf Klaas drie kwartier verlof, en binnen de minuut liep hij piekfijn gekloft en op krakende schoenen terug naar het huis en belde hij opnieuw aan.

Weer was het Bardie zelf die opendeed. Stralender nog dan de eerste keer keek hij naar hem op, vroeg hij of het er zo beter mee door kon, maar de jonge dokter lachte niet terug, toonde ook geen enkele verbazing, zei alleen maar dat het werkelijk niet gelegen kwam: het speet hem zeer, ze gingen zelf op visite, waren al aan de late kant.

In doffe duizeling bleef hij staan, roerloos en met opengezakte mond, tot een jongetje met nat, pas gekamd haar zijn hoofd vanachter Bardie tevoorschijn stak, hem nieuwsgierig aankeek, en hij langzaam begon te begrijpen dat hij weg moest. Toen hij zich eindelijk omkeerde gloeide zijn hoofd alsof hij een draai om de oren had gekregen.

Halverwege de hoek keerde hij zich opnieuw om. Hij had Klaas drie kwartier vrij gegeven, maar misschien zat die nog steeds in de auto. Om niets uit te hoeven leggen en hem niet tegen te komen zou hij even lang rond moeten blijven lopen, het eerst de andere kant op.

Hij kwam weer langs het huis. Bardie stond achter het raam.

Aan het einde van de straat realiseerde hij zich dat hij Klaas voortdurend en overal zou kunnen tegenkomen, ook gelijk hier om deze hoek.

De volgende zondag was het nog steeds mooi nazomerweer. Voldaan zat hij buiten op het terras aan het middagbrood. Het gloednieuwe tuinameublement van wit polyester, gisteren gebracht, glansde in de zon. Acht stoelen en een tafel telde het. Niemand had nog zulke meubels, bezoek zou ervan opkijken, op de veranda aan de straatzijde had hij ook een paar polyester stoelen neergezet.

Maar niet alleen deze aanwinst gaf hem voldoening. Hij was sinds een paar dagen ook weer aan iets nieuws bezig, had het bijna af – twee banen moest hij nog aan elkaar naaien, een zwarte en een witte, dan kon hij er met een opgerold zebrapad onder de arm op uit.

Overal op het gras liepen kippen, het paard dronk uit de vijver, de geit stond aan de tuier, de hond lag in het hooi van de ezel, en intussen stelde hij zich voor hoe het de eerste keer gaan zou: hij stond aan de kant van de weg, er kwam een auto aan, op het laatste moment rolde hij zijn zebrapad uit, hij ging erop staan, de bestuurder trapte op de rem, hij liep naar hem toe, het raampje werd opengedraaid: zoals die man keek! Even later stonden ze er smakelijk om te lachen...

Grinnikend verbaasde hij zich erover dat hij met zo weinig middelen, uiteindelijk niet meer dan een coupon zwarte vloerbedekking en een coupon witte, overal het verkeer tot stilstand zou kunnen brengen: zo alom bekend was het zebrapad nu dat elke automobilist wist dat hij moest stoppen als iemand er wilde oversteken; welbeschouwd was de tijd er precies rijp voor. Misschien, met een beetje hulp – heel de ochtend was hij al aan het naaien geweest, met zijn trillende handen en de kromnaald die telkens weggleed tussen zijn vochtige vingers – ja, als Donald straks even hielp zaten die laatste twee banen er ook zo aan, en konden ze samen de straat op. Hij verwachtte hem rond enen; het draagbare zebrapad was nog een verrassing voor hem, het nieuwe tuinameublement had hij ook nog niet gezien.

Er werd afgeruimd, de meid bracht de koffie, hij stak

een sigaar op en verzonk in zorgelijk gepeins. Donald had gisteravond een schoolfeest gehad en zou daarover komen vertellen. Aanvankelijk had hij er niet heen willen gaan, hij ging vanaf de eerste keer al niet meer, om het getreiter te ontlopen, maar ditmaal betrof het een gecombineerd feest waarvoor, naast de gemengde scholieren van de hoogste ulo-klassen, ook de oudere meisjes van de huishoudschool en de oudere jongens van de technische school waren uitgenodigd.

'En die weten toch niet hoe jij heet?'

Zo had hij hem aangemoedigd om toch te gaan. Sinds de gezamenlijke reis naar Londen was hij volledig op de hoogte van de treiterijen, een onderwerp waarover ze meest zwegen maar soms toch ook praatten, zij het van Donalds kant altijd nog in korte woorden, moeizaam. Maar welk onderwerp kon vertrouwelijker zijn? Vermoedelijk liet de jongen hem als enige delen in zijn eenzame geheim, welke vertrouwelijkheid hij zijnerzijds beantwoordde door hem in gedachten of tegenover derden alleen bij zijn voornaam te noemen – waarschijnlijk ook als enige.

'En daar in Zevenaar hebben ze toch nog nooit van Europacupgebakstukjes gehoord?'

Dat hij ook daarmee gepest werd wist hij uit eigen aanschouwing, wanneer hij wel eens op zaterdagen naar de bakker ging en Donald in de winkel hielp. Nooit waren er dan Europacupwedstrijden, maar evengoed, of juist daarom, kreeg hij als hij een jongen geholpen had en vroeg of die nog iets anders wilde, steevast het antwoord: 'Een Europacupgebakstukje.'

Een knaap op een zilvergrijze Zündapp scheurde langs over de dijk, achtervolgd door een tweede op een rode Kreidler. Donald had een heel andere brommer, een zwarte, van zijn opa afkomstige Sparta. Op zulke brommers reden verder alleen oudere mannen op weg naar hun werk, mannen die nooit meer een rijbewijs zouden halen, zich misschien ook wel geen auto konden veroorloven, maar wel een leren jas en witte helm hadden voor op de brommer. Zo ver was Donald nog niet.

De herrie ging over, de geit graasde door, en kijkend naar de dieren luisterde hij of hij hem niet hoorde aankomen. Hij was laat, hopelijk omdat het vannacht zo laat geworden was – maar in zijn bezorgdheid twijfelde hij daar nu sterk aan, twijfelde hij ook of hij hem wel had moeten aanmoedigen om toch naar het feest te gaan. Gelukkig kon hij hem straks zijn verhaal laten doen, aan die uitnodiging had hij wél goed gedaan, en moest dat negatief zijn, dan konden ze in ieder geval nog het zebrapad afmaken en daarmee plezier hebben: zullen we het eerst hier op de dijk proberen, of maar gelijk in het dorp?

De bomen ritselden in een windvlaag, toen klonk eindelijk dan het vertrouwde geknor van de oude Sparta. Afgetekend tegen de blauwe lucht kwam Donald aanrijden over de hoge weg, en aan het strakke gezicht waarmee die het volgende moment langzaam omlaag deinde de tuin in zag hij al dat het mis was. Hoe zou hij het niet kunnen zien? Eigenlijk was dat bleke, volle gezicht veel te deegachtig om zo strak te staan – de loutere aanblik sneed hem al door de ziel, en het kwam niet eens meer in hem op om nog iets over zijn nieuwe stoelen te zeggen toen de motor werd uitgeschakeld en hij toch iets zeggen moest.

'Zo, kijk aan, pak een stoel... koffie?'

Donald trok de brommer op de standaard, ging zwijgend en zonder hem aan te kijken schuin tegenover hem zitten, schudde het hoofd: hij wilde geen koffie. Er hing een zware stilte om hem heen, die hij verspreidde als een geur. Van dichtbij viel nu te zien dat zijn gezicht vertrokken werd door twee grimmig gebogen groeven in zijn anders zo gladde, nog baardeloze wangen – hij grijnsde.

'En, vertel eens, hoe was het?'

Zo slap en zwaar Donald onderuitgezakt op zijn stoel zat, dof uitstarend in de verte, toch kreeg hij hem na enige tijd aan het praten, hortend en stotend weliswaar, in onwillige, beschaamde antwoorden op zijn vragen en telkens onderbroken door de taaie stilte, maar het verbrokkelde beeld dat zo bij stukjes en beetjes ontstond was voldoende: met zijn gerede kennis uit eerdere verhalen kon hij de gaten gemakkelijk invullen, en uiteindelijk, toen hij alles in zijn geest verbonden had, zag hij het verloop van het feest voor zich alsof hij erbij was geweest – wás hij er maar bij geweest, hij zou voor hem zijn blijven staan, hoeveel kleiner en lichter hij ook was dan Donald zelf...

De beatgroep speelde, er werd al een beetje gedanst, maar de meeste leerlingen stonden nog in groepjes te praten. Vanaf de zijkant zag Donald een groepje dat behalve uit klasgenoten ook uit een paar vreemde meisjes van de huishoudschool bestond. Een van zijn klasgenoten wenkte hem; hij liep erheen; alsof ze volwassen heren waren werd hij aan de meisjes voorgesteld, eerst alleen bij zijn voornaam, maar toen ook bij zijn volledige naam: 'Dit is Donald... Donald Duk!' Men brak in geschater uit, van het lachen zette iedereen een stap naar links of rechts, een aantal draaide zich ook dubbelvouwend om, heel het groepje viel even uit elkaar – en zodra het zich weer herstelde stond hij erbuiten, kon hij alleen nog maar terug naar de muur lopen. Dat herhaalde zich keer op keer, net zo lang tot er geen hoop meer in hem opwelde wanneer er weer een uitnodigende arm naar hem werd opgestoken, en hij zich verstoutte het verder te negeren, alsof hij het niet meer zag. Maar dat was ook niet zonder gevaar: hij was Donald Duk, en als Donald Duk gewenkt werd diende die wel te komen. Hij deed maar beter zich wat terug te trekken...

Later, toen het dansen goed aan de gang was, stond hij achteraan bij de conciërgerie een gevulde koek te eten. Overal rond de vloer en ook dichterbij zag hij zijn medeleerlingen nu praten met die van de huishoudschool, en opeens maakte zich uit zo'n gemengde kring een vreemd meisje los. Ze kwam recht op hem af, zei dat ze wel met hem wilde dansen, maar eerst iets moest eten. Dat kon, hij zou het wel even halen, wat mocht het zijn? Ze boog zich naar hem toe, zette de hand aan de mond, en nooit was er een meisje zo dicht bij hem geweest toen ze het in zijn oor riep: 'Een Europacupgebakstukje!' Door een waas zag hij haar terugrennen naar haar groepje; ze stonden al te kijken.

Er kwam niets meer, het was zijn beurt nu, hij begreep hem als geen ander, kreeg het er zelfs benauwd van – maar hoe kon hij hem troosten? Zoekend naar woorden zag hij dat de plooien in Donalds wangen nog strakker stonden. De linker leek op een haakje openen, de rechter op een haakje sluiten, en tezamen gaven ze aan hoezeer de jongen was uitgezonderd van het lopende leven om hem heen, alles door die naam, die een lot was om te dragen – zelfs in zijn overlijdensadvertentie zou hij de lachers er nog mee op zijn hand hebben. Zijn naam was een feestneus die niet af kon.

'Ach ja,' begon hij, zo opgeruimd mogelijk, 'ik weet hoe het is om zo'n bekende naam te hebben... ik ben ook beroemd geweest, iedereen kende mijn naam, als mensen mij zagen of alleen maar aan mij dachten begonnen ze ook gelijk te lachen... dat was precies hetzelfde!'

Maar dat was heel anders, hij wist dat zelf ook, en het verbaasde hem dan ook niet dat het gezicht van Donald vertrokken bleef door dat ene, bittere wilsbesluit dat hij kennelijk genomen had: nooit zou hij zich nog bij zijn naam laten voorstellen, die lol gunde hij niemand meer.

'En je moet maar denken, over een jaartje ben je van die school af – niet eens meer!' ging hij door, tegen de stilte in. 'Weet je eigenlijk al wat je daarna gaat doen?'

Het antwoord op deze al vaker gestelde vraag was altijd uitgebleven, nu kwam het zonder aarzelen:

'Dan ga ik naar het buitenland.'

Hij knikte, omdat hij niet wist wat hij moest zeggen. Donald moest er al lang over hebben nagedacht hoe zijn lot te ontvluchten, en had niets anders kunnen verzinnen dan weggaan. Maar wat moest een jongen zoals hij in het buitenland? En welk buitenland viel er te bedenken waar de *Donald Duck* nog onbekend was?

'Naar Afrika,' ging Donald door, voor het eerst uit eigen beweging, maar nog altijd zonder hem aan te kijken. 'En dan ga ik voor mezelf beginnen, in de handel.'

De erbarmelijke onuitvoerbaarheid van het plan sloeg hem op de borst, en enige ogenblikken kreeg hij geen lucht meer – maar waarom kon het eigenlijk niet uitgevoerd worden? Zou het geen schitterende oplossing kunnen zijn? Afrika was in ieder geval ver genoeg weg, en Donald kon daar best de handel in, als hij maar eenmaal begonnen was – en wie kon hem daar beter bij helpen dan hij?

'Een uitstekend idee!' riep hij, terwijl zijn gemoed zich opende, hij diep ademhaalde, en alle benauwdheid van hem afliet. 'Mijn familie heeft eeuwenlang specerijen en suiker uit Indië geïmporteerd, maar uit Afrika valt natuurlijk ook genoeg te importeren!'

Maar Donald wilde niet importeren, vlakaf verklaarde hij dat hij ging exporteren – vermoedelijk meende hij dàt hij als importeur toch in Nederland zou moeten blijven, terwijl hij nou juist naar Afrika wilde, waar niemand de *Donald Duck* nog las, om daar als zelfstandig handelaar zo weinig mogelijk van anderen afhankelijk te zijn, de anderen die zijn leven vergalden dan wel tussen haakjes zetten... In zijn vertwijfelde overwegingen had hij toch overal aan gedacht...

'Nog beter!' viel hij hem bij. 'Want wie heeft het recht om voor een schijntje de rijkdommen uit een land weg te voeren en alle winst voor zichzelf te behouden? Daarom heb ik me ook altijd verre gehouden van de familiefirma! Maar nu komt die toch wel goed van pas, en dan denk ik vooral aan het kantoor in Rotterdam... Een hele poos geleden waren ze daar al bezig om een vestiging in Afrika op te zetten, dus die kunnen je zeker op weg helpen!'

Zelf overlopend van enthousiasme nu goot hij het kwistig over Donald uit, als water over een kwijnende plant, maar de jongen zei niets meer, keek alleen nog maar uitdrukkingsloos voor zich uit.

'Goed, de export dus,' resumeerde hij na een korte stilte. 'Jij gaat niets uit Afrika weghalen, geen goud, ivoor, diamanten of, zoals vroeger, zelfs mensen, jij brengt er juist wat naartoe – maar weet je al wat?'

Donald schudde niet eens meer zijn hoofd.

'Je wilt natuurlijk iets moderns, iets dat toekomst heeft en in Afrika goed op zijn plaats is, zonder dat ze het daar al hebben...'

Hij keek zoekend om zich heen, sloeg de handen tegen elkaar, begon te stralen: 'Maar wacht, neem deze polyester stoelen dan!'

Met beide armen wees hij naar zijn nieuwe tuinameublement, daarna bekeek en beklopte hij de stoel waar hij op zat alsof hij die voor het eerst zag, en brak hij uit in argumenten, de ene aanprijzing na de andere: om te beginnen was het klimaat in Afrika ideaal om buiten te zitten, iedereen zat daar de hele dag buiten, en in plaats van op de hurken, op een boomstronk of rotsblok wilde de Afrikaan ook wel eens modern zitten. Maar datzelfde weer dat zo uitnodigde tot buiten zitten bracht alles ook razendsnel aan het rotten – alleen polyester niet, dat was volkomen bestand tegen de afwisseling van zon en tropische regenbuien, zelfs de termieten hadden er geen vat op, kortom: welk artikel was meer geëigend voor Afrika dan de polyester tuinstoel? Daar zou nog heel wat vraag naar kunnen ontstaan!

'Moet je je voorstellen, zo'n ameublement als dit in Afrika... je kiest een mooi plekje uit, zet de stoelen in een kring, de tafel in het midden, een rieten schuttinkje eromheen... dan kun je al bijna wonen, dat is al zowat een huis daar! Na een regenbui haal je er even een doekje over en zitten maar weer!'

Hoe vurig hij ook sprak en wat hij ook prees, Donald zat nog even slap onderuitgezakt op zijn stoel als aan het begin – het was of hij een lekke band oppompte.

Er reed een auto voorbij, daarna, voor het eerst sinds hij was gaan zitten, kwam Donald in beweging, al was het maar om voorover te leunen, met zijn ellebogen op zijn knieën, het hoofd in de nek nu, nog aldoor dof in de verte starend. Verkeerde hij in gedachten toch weer bij het schoolfeest? Of wist hij misschien niet hoe hij beginnen moest en maakte hij zich daar zorgen over?

'Het begin straks lijkt moeilijker dan het is, hoor,' zei hij op geruststellende toon. 'Je koopt gewoon een partij van deze stoelen bij de groothandel of fabrikant, verscheept ze via het kantoor in Rotterdam naar de vestiging in Afrika, en dan vlieg je erachteraan... ik schiet het wel voor, een beetje zakenman begint met een lening! En ik weet zeker dat ze je in Rotterdam graag willen helpen, we moeten er binnenkort maar eens heen gaan, op een werkdag, ja, straks in de herfstvakantie, dan maken we er een fijn dagje met de auto van... de laatste keer dat ik ze bezocht was ik trouwens gaan lopen!'

Nog geen zweem van een glimlach – hoorde Donald hem eigenlijk wel? Hij wist niet hoe hij hem nog opbeuren kon, ook niet wat er nog meer over de export te zeggen viel. Zwijgend keek hij enige tijd met hem mee, terwijl het grazen van de geit steeds harder klonk, er een eend in de vijver snaterde, de pony zich aan het steigertje schurkte, en hij de opkomende neiging om over het zebrapad te beginnen nog bleef onderdrukken.

'Hoe is het eigenlijk in het dorp?' vroeg hij eindelijk, om maar iets te vragen.

Donald bleek hem wel degelijk te horen. Na even zijn schouders te hebben opgetrokken zei hij dat de kinderen met dieren liepen.

'De kinderen lopen met dieren?'

'De dierenarts is bij Lieneke geweest, en zij is begonnen. Nu lopen ze allemaal met dieren.'

'Wat voor dieren?'

'Hun eigen dieren.'

'En wat doen ze dan?'

'Gewoon, spelen.'

Hij kon zich geen voorstelling maken van wat Donald bedoelde, noch van wat Van Buyten ermee te maken had, toch trof het hem onaangenaam.

'Vroeger kwamen de kinderen altijd hier om met de dieren te spelen,' zei hij bitter, de sigarenpeuk in het gras gooiend. 'Zijn er hier geen dieren genoeg? Moet je kijken...'

Juist wilde hij ze gaan opsommen, het paard en de ezel, de hond en de geit, of Donald bracht hem tot zwijgen door langzaam overeind te komen; zijn voorover leunen was al onderdeel geweest van een wezenloos vertraagd opstaan, en terwijl hij werktuiglijk ook zelf opstond zag hij hem, zonder dat ze ook maar een blik gewisseld hadden, naar zijn brommer lopen en die omkeren. Met moeite, stijf van het feest nog, zwaaide hij zijn been over het zadel en ging hij zitten. Er ging iets ontzaglijks van hem uit – wie doorstond wat hij moest doorstaan?

Zoals zijn aankomst hem al door de ziel had gesneden, zo deed zijn vertrek dat nu weer: eerst kreeg hij de motor niet aan, en toen die eindelijk liep moest hij meetrappen om tegen de helling op te komen, de ellebogen uitgestoken, de bolle rug gekromd boven de al even mollige Sparta. Eenmaal boven aan de dijk sloeg hij niet af in de richting van het dorp maar reed hij de andere kant op, zomaar ergens heen, naar een nieuwe krib om op te zitten.

HOOFDSTUK 16

Fair Isle

Boven de wolken scheen de zon. Wat hij Tine toen al voorspeld had zag hij nu voor het eerst, zoals alles nieuw voor hem was op weg naar Fair Isle: het vliegen, de luchthavens, de vreemde talen om zich heen, de tickets, het geld, en de bevestiging van het vogelobservatorium, waar hij voor een week logies had geboekt.

De reis bestond uit vier vluchten, waarbij de vliegtuigen steeds kleiner werden, zijn gemoed steeds lichter, en Tine hem steeds nader kwam. Na de eerste overstap in Londen, 's ochtends vroeg nog, vloog hij naar Aberdeen, en van daar verder noord naar het hoofdeiland van de Shetlands, ten noorden van Fair Isle nog – toen ze het op een paar kilometer afstand passeerden kon hij het zien liggen. Het leek op een jagershoedje dat daar in het water dreef.

Het vliegtuigje voor de laatste vlucht, weer in zuidelijke richting, telde niet meer dan tien stoelen, bezet door overwegend oudere echtparen in sportieve kleding. Rebert was nog maar juist gaan zitten of de man voor hem draaide zich naar hem om en gaf hem een hand.

'Harrie Helman, from Holland. Ach, u komt ook uit Nederland? Ik dacht, ik stel me maar dadelijk even voor, want op Fair Isle kom je elkaar toch overal tegen. U gaat er voor het eerst heen? Voor ons wordt het de achtste keer, ja toch, moeder?'

Nog voor ze opstegen liet Harrie zich al bij de voornaam noemen – op Fair Isle deden ze niet aan achternamen. Hij moest ongeveer vijftig zijn, droeg een bril met lichtbruin montuur, en was in het gezelschap van zijn oude moeder en zijn vrouw Marlies. Rebert schudde de dames ook de hand, toen klonk er een aanzwellend geronk op en begon het toestel te trillen, te rijden, en kantelde het opeens achterover – ze vlogen.

'Twintig minuten hooguit!' riep Harrie over zijn schouder.

In de diepte veranderde het land in water; het water veranderde in mist, en kwam toen opnieuw te zien – ze daalden alweer.

'Kijk, moeder, een jan-van-gent!' Harrie wees naar een zeer witte vogel vlak boven de zee. Anderen keken door een verrekijker naar buiten.

Het vliegveld van Fair Isle was een landingsbaan van gravel. Er stond een busje gereed, en na een kilometer rijden stopte ranger Rory van het vogelobservatorium aan de achterzijde van het onopvallende, grijze gebouw. Het was vier uur en het regende.

'Geeft niks,' zei Harrie bij het uitladen van de bagage. 'Straks schijnt de zon weer. Het weer verandert hier vier keer per dag.'

Mevrouw Helman en Marlies gingen dadelijk naar boven, de anderen luisterden naar het welkomstwoord in de schemerige eetzaal. Iets lichter was het in het half afgescheiden zitgedeelte meer naar voren, door de glazen deur daar in de hoek. Er stonden wat oude fauteuils, een bank en een keukentafel, en een kast met boeken en bordspelen. Overal hingen vogelplaten.

Rory noemde de tijdstippen van de gemeenschappelijke maaltijden en legde de 'bar van vertrouwen' uit: je nam eruit wat je wilde, schreef het onder kamernummer op in het kassaboek, en rekende het totaal af bij vertrek. Harrie wist dat allemaal al en stond door de glazen deur naar buiten te kijken. Toen hij hem wenkte liep Rebert naar hem toe.

'Moet je kijken wat een uitzicht!'

Het gras voor het observatorium liep af naar een baai met een loodrechte, zwarte rotswand aan de overkant. Lager, en meer naar links, was een kade te zien met een betonnen steiger en een loods, ook aan de overkant – geen schepen. Ergens blaatte een schaap.

'Heel wat interessanter dan de huisregels, toch? Dit is het favoriete hoekje van mijn moeder. Ze is niet meer zo goed ter been, maar als ze hier met haar telescoop zit heeft ze genoeg te zien, en kunnen Marlies en ik haar rustig een paar uur alleen laten... Dit is trouwens de noordhaven, aan het andere uiteinde van het eiland is nog een haven, maar die wordt niet meer gebruikt, die verklaart alleen nog waarom daar de huizen staan, zo'n dertig verspreid over het dal, een dorp kun je het eigenlijk niet noemen... Nou, maar eens kijken of de dames al in aantocht zijn!'

Rory was bijna klaar. Twee uur nog voor het avondeten; wie er nu op uit trok wenste hij een mooie wandeling toe.

'Eén vraag nog,' zei Harrie, net of hij heel de tijd aandachtig had staan luisteren. 'Hoe gaat het met Albert Ross?'

Met de glimlach waarmee de ene kenner de andere herkent verklaarde Rory dat die het uitstekend maakte, daarna was het afgelopen en ging iedereen met de bagage naar boven. De oude mevrouw Helman kwam juist naar beneden, heel langzaam, aan de arm van Marlies. Harrie wachtte haar onder aan de trap op, en was nog bezig haar in haar hoek te installeren toen Rebert een kwartier later aan zijn eerste wandeling begon, als enige van het gezelschap zonder wandelschoenen of laarzen, zonder kijker of veldgids – en alleen.

Het landschap bestond uit niets dan merkwaardig gladde, groene bollingen, waar af en toe een rij schapen doorheen trok. Ook al wist hij het van tevoren, toch was het uiterst bevreemdend om het nu zelf te zien: er groeide inderdaad nergens een boom of zelfs maar struik op het eiland, alleen maar gras, dat door de begrazing zeer kort was, zodat de ongerepte natuur hem spoedig voorkwam als een enorme, angstvallig goed verzorgde golfbaan, want er viel geen takje of blaadje op te bekennen. Onwerkelijk kaal en frugaal deed het intense groen zich zo aan hem op, met als enige onderbreking hier en daar een stapelmuur, en in de dalen een stukje bruine hei, dat zo laag en stug was dat hij er gewoon overheen kon lopen, als over een verende mat verroeste ijzerwol. Vreemd: er waren ook geen paden, alleen maar de handbrede schapensporen die zich met een iets donkerder vleug over de hellingen slingerden. Omdat hij werkelijk overal kon lopen begon hij zelf ook te slingeren, ijlhoofdig van vrijheid, terwijl de zon doorbrak, er weer een groep schapen over een heuvelkam kwam, en hij steeds meer konijnen in de verte zag.

Bij zijn terugkeer zaten de meesten van de ongeveer twintig gasten al aan de lange tafel. Hij liet zich opscheppen bij de balie van de keuken, zag Harrie wenken, en ging naast hem zitten, tegenover Marlies en mevrouw Helman.

'En, heb je de papegaaiduikers al gezien?'

Rebert zei dat hij niets van vogels af wist, en nog nooit van papegaaiduikers gehoord had.

Er trok een schaduw over het opgetogen gezicht van Harrie, daarna klaarde het weer op: 'Nee, werkelijk niet? Heel bijzonder... de meeste mensen komen juist voor de papegaaiduiker, verreweg de beroemdste vogel hier, al blijft voor mij Albert Ross toch de wonderlijkste bezienswaardigheid van het eiland – o ja, moeder, dat ben ik nog vergeten te vertellen: Albert Ross maakt het uitstekend!'

Mevrouw Helman keek verheugd, vroeg Rebert toen of hij wel begreep over wie het ging.

'Albert Ross,' richtte Harrie zich ogenblikkelijk tot hem, '(en nu moet ik het in het Engels zeggen), Albert Ross... is an albatross! Begrijp je wel? Zo hebben ze hem hier genoemd! Albatrossen komen normaal alleen op het zuidelijk halfrond voor, hij moet dus wel door een storm hier zijn aangeland, of door zich bij een verkeerde groep trekkers aan te sluiten, en dat maakt hem zo bijzonder. Hij woont op kaap Gunnawark in een kolonie van grote mantelmeeuwen, waarschijnlijk omdat die het meest op hem lijken. We moeten hem binnenkort maar eens gaan spotten, die oude Albert Ross. Twintig jaar leeft hij al op het eiland, elke lente probeert hij vrouwtje mantelmeeuw te verleiden, en iedere keer wordt hij afgewezen... Waarom? Gebrek aan zelfkennis!'

Ze lachten, Rebert ook, daarna gingen ze het nagerecht halen en wees Marlies hem een afbeelding van een papegaaiduiker aan. Het kleurrijke, toch zeer droevig kijkende vogeltje had een aal in zijn grote snavel.

Voor de koffie verplaatsten ze zich naar de hoek van mevrouw Helman. De lage zon legde een gouden glans over het gras voor het observatorium, links in de haven verderop lag nu een mollig, in helder wit en blauw geschilderd schip.

'Hé, een boot,' merkte Rebert op.

'De veerpont,' zei Harrie. 'Elke dag omstreeks half zes legt die daar aan, voor de eilanders het hoogtepunt van de dag. Zonder alle goederen die hij aanvoert zou het leven hier onmogelijk zijn – maar moeder wil iets zeggen.'

Met de wijsvinger die mevrouw Helman tegen haar lippen had gelegd wees ze naar een vogeltje in het gras.

'Kijk, Rebert, een tapuit. Je herkent ze het gemakkelijkst van achteren, als ze wegvliegen, aan de omgekeerde, zwarte T op hun staart... en ze vliegen altijd pas op het allerlaatst voor je weg...'

'Tamelijk brutale rakkers,' vond Harrie.

'En nu ga ik iets doen dat je als vogelkijker nooit moet doen,' vervolgde mevrouw Helman met een ondeugende klank in haar oude stem. 'Goed kijken, Rebert!'

Ze tikte met haar ring tegen het raam; het vogeltje vloog weg; Rebert zag de omgekeerde T en had zijn eerste les vogelkijken gehad.

Iets later zette Harrie een scrabbledoos op de keukentafel.

'Scrabbel je mee? Wij scrabbelen hier altijd elke avond.'

Ze scrabbelden tot de Helmans om tien uur naar boven gingen. Rebert bleef nog even in de verlaten ruimte zitten en ging toen ook naar zijn kamer, met een fles rode wijn uit de bar van vertrouwen. Hij kon nauwelijks geloven hoeveel vriendelijkheid hem geworden was.

Bij het ontbijt de volgende ochtend liet mevrouw Helman hem weer een nieuwe vogel zien, daarna ging hij lopen tot aan het warme middagmaal, waarna Harrie hem meenam naar kaap Gunnawark. Door diens verrekijker kreeg hij daadwerkelijk Albert Ross te zien, maar hij moest van Harrie ook de zee af turen, want daar zaten walvissen – iedere golf kon elk moment in een walvis veranderen, het verschil was kleiner dan tussen een albatros en een grote mantelmeeuw.

'En zie je die twee rotsen daar vlak naast elkaar uit de zee steken?'

De verwaaide stem van Harrie achter hem kwam nauwelijks boven de bulderende branding in de diepte uit.

'Die met die witte vogels is een kolonie jan-van-gents, die met de zwarte een kolonie aalscholvers! Ze zijn op hetzelfde voedsel aangewezen, en toch laten ze elkaar helemaal met rust!'

Eindelijk kreeg hij de twee rotsen in beeld, en inderdaad leken beide vogelvolken op voorbeeldige wijze vredig langs elkaar heen te leven. Telkens als een witte vogel zonder omkijken langs de zwarte kolonie vloog of omgekeerd moest hij even glimlachen: de mensen zouden er iets van kunnen leren.

Harrie moest terug naar het observatorium, Rebert dwaalde verder naar het zuiden, almaar tussen die kale, toch zachte heuvels door. Het moest prachtig zijn om hier paard te rijden, maar nergens zag hij een paard, nergens een koe ook, alleen maar schapen en konijnen, en de vogels in de lucht. Na anderhalf uur opende het dal met de bebouwing zich voor zijn ogen. De verspreide huizen hadden allemaal een andere kleur, hier en daar wapperde witte was aan de lijn, in een wolgoedwinkeltje kocht hij een traditioneel Schots vest in alle kleuren bij elkaar.

Voor het eten ging hij naar het aanleggen van de veerpont kijken, daarna richtte hij zijn aandacht op een naderend zeiljacht dat ook afmeerde, vlak voor hem. Het was een houten boot, net als de Otter van Diederik, en in een flits zag hij zich weer zitten op dat voordek, met de ankerlijn in zijn handen, zich uit alle macht schrap zettend tegen de preekstoel terwijl de ene na de andere golf de boot optilde, hij kort daarna zijn stroomboeien uitvond, het ongeluk plaatsvond, en Diederik het hem verweet. Woedend was hij geweest, tot hij voor die woede geen kracht meer had, nauwelijks nog voor zijn verdriet.

Het jacht kwam niet goed uit de draai, de boeg schoot door tot onder de steiger, iemand schreeuwde, en toen de boot het volgende moment werd teruggeduwd zag en begreep Rebert wat er gebeurd was: het als een kaak vooruitstekende deel van de preekstoel kromde vanaf de voorste scepters duidelijk omlaag; de vlakke deining in de haven moest het jacht met zoveel kracht tegen de betonnen ligger hebben opgetild dat de ijzeren pijp erdoor verbogen was. Twee bemanningsleden probeerden die weer recht te buigen. Het lukte niet, zoals ze de pijp omgekeerd ook niet met hun blote handen krom hadden kunnen krijgen, nog niet in een dag – en deze ene golf presteerde het in een oogwenk: hoeveel arbeid had die wel niet geleverd? En hoeveel golven waren er wel niet, veel hogere nog dan de verzwakte uitlopers hier in de haven, alleen al rond Fair Isle? Miljarden, en over vijf seconden weer miljarden andere, en daarna weer, tot in het oneindige...

Het geloof in zijn stroomboeien en de ontzaglijke potentie van energiewinning uit golven was bij het zien van de verbogen buis weer in hem aangesprongen als een lamp. Natuurlijk bestond er allang energie uit de kracht van bewegend water – men liet bassins vollopen bij vloed en leeg bij eb, men won witte stroom uit bergbeken, men liet schoepen draaien op omlaag stromende rivieren – maar altijd had men het in de kracht van vallend water gezocht, nooit in de kracht van stijgend water, de ongehoorde hefkracht van golven; elke golf barstte van de energie en wilde werken voor de wereld, je moest er alleen iets op laten drijven wat opgetild kon worden, en met welk een dienstwillig geweld en vermogen gebeurde dat dan niet: een enkele golf kon een ijzeren pijp verbuigen...

Die avond deed hij weer mee met scrabbelen, waarna de dagen zich aaneenregen zonder dat de indeling nog veranderde: iedere ochtend liet mevrouw Helman hem weer een nieuwe vogel zien vanuit haar hoek, een drieteenmeeuw in de lucht, de noordse stormvogels op het klif aan de overkant van de baai, de alken een niveau lager, daarna ging hij lopen tot aan het middageten, en daarna weer tot aan het diner, zo lang achter elkaar elke dag dat zijn lopen steeds lichter en losser werd. Soms rende hij ook zomaar in volle vaart een helling af, waarna hij zich ruggelings op de verende hei liet neervallen om naar de wolken te kijken, en naar de vogels die net zo vlogen als hij liep – en aangezien er toch nergens een obstakel was waarover hij kon struikelen begon hij op den duur ook hele stukken achteruit te lopen, of met de ogen dicht, in looppas zelfs, vrijwel gewichtloos dan over het zachte gras.

'Dag tapuit!' Onwillekeurig was hij de kleine vogeltjes gaan groeten die telkens op het laatst voor hem opvlogen. Alken, noordse stormvogels en tapuiten: hoeveel vogels had hij inmiddels al niet leren kennen? Maar de beroemdste vogel van Fair Isle kende hij alleen nog maar van de afbeelding, tot hij op een middag een helling op liep, merkte dat het eiland daarachter ophield, en op zijn borst verder schoof tot helemaal aan de rand.

De diepte zoog zijn blik onweerstaanbaar omlaag naar het schuimende, woeste water dat tegen de voet van de loodrechte rotswand beukte en toen pas, veel dichterbij, op nog geen meter onder hem, zag hij zijn eerste papegaaiduikertjes in het echt. Aan de droeve clownsgezichten herkende hij ze op slag, maar nu vielen hem ook de bijzonder grote en kleurige poten op – het was of ze rode waterlaarzen droegen, die ze als kind zelf hadden mogen uitkiezen in de winkel: ja ma, die rode...!

In het voortdurende komen en gaan kwam er weer een volgende papegaaiduiker aanvliegen, maar de richel zat zo vol dat er nergens plaats voor hem was om te landen. Gedragen door de vlagende wind, die hem telkens tot vlak voor Rebert optilde, vloog hij bijna zonder vleugelslag heen en weer, beurtelings over zijn linker- en rechterschouder naar de rij kijkend, zijn poten nadrukkelijk uitgestoken al, als een landingsgestel – maar voor Rebert was het of het vogeltje hem zijn nieuwe laarzen liet zien.

'Mooi hoor!' lachte hij tegen de wind in. 'Dát zijn mooie laarzen!'

Een paar keer nog vloog de papegaaiduiker voorbij, deinend op de trampoline van thermiek, tot iemand op de richel een stap opzij deed en hij eindelijk dan, met een behendige zwenking en nog een laatste zwiep, kon inparkeren en zich op de vrijgemaakte plaats neerzette, waarna hij prompt en zonder een bedankje of zelfs maar een blik naar de vriendelijke buurman, die trouwens zelf ook alweer een andere kant uit keek, zijn veren begon te schikken.

Wat later, toen hij weer verder liep en in alle onschuld zijn hoofd boven een heuvelrand uit stak, brak hij opnieuw in lachen uit, ditmaal om de overdreven manier waarop een van de konijnen ver weg in het dal voor hem op de vlucht sloeg, net of hij vlak achter hem aan zat; het laatste wat hij van hem zag voordat hij in zijn hol verdween was zijn witte staartje, dat als een pingpongbal naar binnen stuiterde.

'Nou, nou... dat ging maar net goed...!'

Eigenlijk glimlachte hij voortdurend nu, wanneer hij de dieren begroette en prees, wanneer een schaap hem van vlakbij onbeschaamd in het gezicht blaatte en hij met hetzelfde geluid terugblaatte, of wanneer hij alleen maar dacht aan al die eigenaardigheden van het eiland, het observatorium, en zijn verblijf: de bar van vertrouwen, Albert Ross in zijn kolonie, de zoute boter bij het brood, en de avonden met de Helmans – hij kreeg de glimlach gewoon niet meer van zijn gezicht; Tine zou het ook heerlijk gevonden hebben.

Op de avond van zijn laatste dag zou er in het observatorium een feest met open podium plaatsvinden, waarvoor zowel de gasten alsook alle eilanders uitgenodigd waren. Ter bevordering van de onderlinge verstandhouding werd er elke week zo'n feest gehouden; als Rebert naar het welkomstwoord van Rory had geluisterd zou hij het van hem hebben gehoord, nu begon Harrie er onder het middagmaal over: 'Vanavond feest! Iedereen die een instrument bespeelt kan optreden, en spelen kúnnen ze hier hoor, die Schotten, en zingen ook... je zult het wel horen!'

In ernstige stemming begon hij aan zijn laatste tocht over het eiland. Wanneer Tine hem nog verschijnen zou, zoals Laura voorspeld had, moest het nu gebeuren, maar eigenlijk geloofde hij helemaal niet dat zij hier was; hij stelde zich haar altijd in de eeuwigheid voor, al kon hij zich de eeuwigheid niet voorstellen.

Urenlang golfden de kale, groene heuvels van alle kanten op hem af, toen kwam hij bij een kring van witte stenen die hij nog niet eerder had gezien. Hij hurkte neer aan de rand, raapte er een op.

De glad gepolijste kei was zo schoon en pril als een pas gepeld ei, en zag er veel nieuwer uit dan de vergeelde krant van vorige week – maar hoeveel tijd was er wel niet nodig geweest om deze vorm te krijgen?

Hij wierp de steen een stukje van zich af – en hoe lang zou het nog duren voordat iemand hem weer op zijn oude plaats zou terugleggen, tot op de millimeter precies?

De in een flits opgekomen vraag bracht een antwoord voort dat hem deed duizelen van lange duur: onmogelijk dat het gebeuren zou was het niet, maar er viel niet op te wachten, en wanneer het toch nooit gebeurde zou het een oneindigheid duren. Enkel door een steen weg te gooien had hij eonen wachttijd vrijgemaakt...

Hij raapte een volgende steen op, en zo kort als het boogje waarmee hij die weer van zich wegwierp, zo lang was de tijdslijn die zich daarmee langs de hemel spande, zo oneindig lang als het ging duren voordat iemand anders precies zo'n zelfde steen met precies hetzelfde boogje, precies even laat op de dag en onder precies dezelfde wolken, en met precies evenveel grasprieten onder de schoenen als hij nu, weggooien zou. Denkend aan dat moment dat nooit zou aanbreken werd hij de onvoorstelbare eeuwigheid nu dan toch gewaar als een schim in de verte.

Twee stenen had hij nog maar weggegooid – maar hij zou ook een handvol zand door de lucht kunnen gooien...

De schim had hem gezien, draaide zich naar hem toe.

Nooit zouden al die korrels meer op hun oude plaats terechtkomen... nooit... nooit was het alledaagse pak van de eeuwigheid, die zich in dat woord verschool als een heilige in zijn habijt.

De schim kwam dichterbij.

En hoeveel zaken waren er wel niet die zich nooit meer op dezelfde wijze zouden voordoen? Alleen een glas schuimend bier al, moleculair beschouwd, of de vlucht van een vogel, of het ruisen van een boom in een windvlaag of een scheut melk in de koffie: nooit, nooit meer...

De schim stond vlak voor hem nu, spreidde zijn armen, en terwijl het hem opnieuw duizelde van al die eeuwigheid overal onderging hij de omhelzing. Toen hij weer kon bewegen greep hij in het gruis onder de stenen, bracht hij een volle hand omhoog, en terwijl hij die kantelde spande zich bij elke korrel die op de grond viel weer een nieuwe, uit tijd gesponnen draad langs de hemel, zoveel dat ze verweven raakten tot een web, een net, en uiteindelijk tot dichte stof.

Hij zat in een tent, en Tine kwam bij hem. Zij was de lucht, hij ademde haar in, zoog haar binnen, snoof haar op als een geur, terwijl zijn huid zich opende en niet langer de afgrenzing van zijn lichaam was maar de overgang naar de ruimte rondom, naar de lucht waaruit Tine hem verscheen. Ze zag er goed uit, ze lachte, maar keek ook bezorgd.

Het was het geluid van scheurend gras dat hem terugtrok in de tegenwoordigheid. Een kring van schapen stond rond de stenen om hem heen. Toen ze zagen dat alles goed was glimlachten ze hem toe, daarna wendden ze zich af en gingen ze door met grazen.

Die avond, na het diner, wachtte Rebert op zijn kamer tot het feest begon. Buiten begon het te schemeren, af en toe sloeg er een portier dicht, beneden klonk een aanzwellend geroezemoes op dat nog harder werd toen hij om negen uur, gekleed in zijn Schotse vest, de trap af liep.

Het was zo druk in de schaars verlichte eetzaal dat de overgang naar het zitgedeelte niet meer te zien viel. Kinderen renden heen en weer, achteraan werd een viool gestemd, en overal stonden mensen in groepen te praten, de eilanders veel netter gekleed dan de observatoriumgasten. Hij bestelde een biertje bij Rory, die de bar bediende, hoorde de viool nu als een jubelende leeuwerik boven het rumoer uit klimmen, en liep onwillekeurig in de richting van het geluid.

Het podium was geen verhoog maar de lichtkring van twee staande schemerlampen voor de achterwand, afgeboord door het donker en de mensen in een halve cirkel eromheen. Zeker tien muzikanten hielden er bivak, neergezeten op stoelen en kisten. Rebert stond er vlak naast, in de hoek van mevrouw Helman. Hij zag gitaren, violen, een accordeon en een klarinet – maar het programma begon met een oude heer die een gedicht voordroeg. Na de slotregel werd er eerst gelachen, daarna geklapt, toen nam de muziek het over, ineens, overdonderend, en in gedurig wisselende samenstellingen.

Na een paar nummers, die allemaal wel traditioneel waren, maar beslist niet ouderwets, eigenlijk net als zijn vest, merkte hij dat Harrie naast hem was komen staan.

'Altijd druk, deze avonden, voor mijn moeder te druk. Ik heb haar telescoop maar in de laarzenkamer gezet! Goed vest, trouwens...'

Rebert knikte, glimlachte, en keek weer voor zich, intens vergenoegd. Dat hij hier heel gewoon met iemand naar een band stond te kijken, allebei een biertje in de hand, hij kon het nauwelijks bevatten.

Een vrouw zong alleen met gitaarbegeleiding een lied, toen betrad Harrie opeens het podium. Hij zette zijn bril af, haalde een mondharmonica uit zijn broekzak, daarna draaide hij zich naar voren en veranderde zijn gezicht nog meer: terwijl er een diepe stilte inviel begon hij met dichtgeknepen ogen en bolle wangen 'The Last Post' te spelen, zo ijl, leeg en langzaam dat het bijna niet te herkennen was. Aan het einde bleef het eerst nog even stil, toen werd er geklapt, zette Harrie zijn bril weer op, en kwam hij glimmend van het zweet het podium af.

'Goed gespeeld!' riep Rebert, terwijl hij zijn duim naar hem opstak. 'Biertje?'

'Graag!'

Ze dronken een biertje aan de bar, daarna ging Harrie naar boven en liep Rebert terug naar het podium van licht. Door de stralende, doorgaande, alles vermurwende muziek werd het daar nog lichter, en terwijl hij zonder enig besef van tijd meer de gelaatsuitdrukkingen van de muzikanten gadesloeg, hun ernst en plezier, leken zij zich omgekeerd in hun intense contact nauwelijks nog bewust van het publiek: ze traden wel op, maar zonder een rol te spelen, alleen maar die muziek, net of ze thuis waren en hij bij ze naar binnen keek. Een van de zangeressen nam onder het zingen haar kennelijke dochter op schoot en vlocht haar haren, een andere liep al zingend weg naar de bar en kwam nog aldoor zingend terug met een blad vol bier voor de rest.

Om middernacht was het afgelopen en nam Rebert voor de laatste keer een fles wijn mee naar zijn kamer. Staand voor het raam schonk hij zich in, en toen pas besefte hij dat hij zijn hypnine vergeten was – maar wat zou hij de wereld nog leeg willen denken nu hij overliep van volheid?

De Helmans bleven nog een paar dagen, toch ging Harrie mee naar het vliegveld. Vlak voor het instappen vroeg hij, bij wijze van afscheid, of om nog iets aardigs te zeggen, zijn telefoonnummer. Rebert kon het niet geven, kende het niet uit zijn hoofd. In plaats daarvan gaf hij een hand, die zo hartelijk werd gedrukt dat hij het bij het opstijgen nog voelde.

Twee uur later, tijdens de vlucht van het Shetlandse hoofdeiland naar Aberdeen, kon hij Fair Isle bij het passeren weer zien liggen in de diepte, net als op de heenreis, maar nu hij wist hoe zacht het was kwam het hem niet meer voor als een jagershoedje dat daar in zee dreef, maar als een groene, fluwelen baret.

'Fare well Fair Isle,' fluisterde hij met een glimlach door het raampje, en die avond, na nog twee vluchten weer thuis, stak hij de tickets van de reis bij zijn trouwboekje in het dressoir.

HOOFDSTUK 17

Bevriende dieren

Wat Donald Duk tegen Jan de Loper had gezegd was waar, en had zich gedurende de reis van Rebert en sinds zijn terugkomst in Angelen alleen nog maar uitgebreid: de kinderen liepen met dieren.

En Lieneke was ermee begonnen.

Nadat Rebert bij haar thuis had voorgedaan hoe zij Snuf doodstil kon laten genieten door zijn koppie onder haar hand te nemen, deed zij aan andere kinderen voor wat zij van de dierenarts geleerd had, de beroemde dierenarts die ze allemaal nog heel goed kenden, die Bobby gered had en daarna een rood-wit geschilderd naambord naast zijn deur had gehangen: 'Dierenarts R. van Buyten'.

Maar niet alleen het aaien, ook alles wat Rebert daarbij verteld had gaf zij door aan andere kinderen, dat konijnen prooidieren waren, dat ze altijd verscheurd werden tussen angst en nieuwsgierigheid, dat je ze rustig door de kamer kon laten lopen en maar bij ze neer hoefde te hurken om bij ze op visite te zijn, dat een doos of een over een melkfles gevouwen krant al een mooie schuilplaats voor ze was, een tent, en dat je zelf eten voor ze kon maken door een snee bruinbrood in de vensterbank te drogen te leggen.

Met zijn snackbar en vooral de nieuwbouw, waar de kinderen dit alles nu daadwerkelijk begonnen te doen, was Angelen even modern als alle andere dorpen aan de Rijn, maar in de oude kom liepen er nog altijd kippen achter de huizen, soms een varken, en zaten in elke schuur wel een paar naamloze konijnen opgehokt. Maar ook die dieren kon je aaien en een naam geven, en het duurde niet lang meer of ook hier gingen de hokken open, liepen de eerste konijnen door de woonkamer, en knielden de kinderen aandachtig bij ze neer.

En nadat de konijnen in huis waren genomen, namen de kinderen, meisjes meest, ze weer mee naar buiten, eerst op de arm, om een stukje te wandelen, en spoedig ook in poppenwagens. Moederlijk bogen ze zich er voortdurend overheen, om even te aaien, iets te verschikken aan het dekentje, of om in de poppenwagen van een ander te kijken, waarna de wandeling weer verderging.

Zo was de dierenliefde in Angelen opgestoken als een wind, en had die zich vanuit de nieuwbouw over heel het dorp verspreid, als een glimlach over een gezicht. Maar het brandpunt dat zich begon af te tekenen lag toch in de nieuwbouw, aan het eind van de lange stoep, aan het begin van de klinkerweg naar de voormalige burgemeesterswoning, waar het speeltuintje allengs de vaste verzamelplaats werd voor alle kinderen die met dieren liepen. Dan lieten ze die vrij in de zandbak lopen en gingen ze zelf op de rond opgemetselde rand zitten, die net hoog genoeg was om de konijnen binnen te houden, en wanneer er toch wel eens een overheen sprong kon die, in eendrachtige samenwerking, gemakkelijk weer gevangen en teruggezet worden dankzij het omsluitende hek van gaas, dat oorspronkelijk bedoeld was om de honden buiten te sluiten en nu de konijnen daartegen beschermde, alsook hun ontsnapping naar de straat verhinderde – was de zandbak al ideaal als gemeenschappelijke ren, met dat heuphoge hek eromheen leek heel de speelplaats er wel speciaal voor ontworpen.

De drukte elke dag na schooltijd nam al nog maar toe: geen kind dat zijn konijn of cavia nog niet gebracht had;

geen moeder die nog nooit was wezen kijken. Na verloop van tijd kleurde het zand donker van de keutels. Nog later zeefden de kinderen die er uit zichzelf uit en werd het weer wit. De moeders rond het hek keken elkaar met opgetrokken wenkbrauwen aan.

Maar het drukst was het op de vrije woensdagmiddagen. Dan kwamen er ook wel kinderen uit de kom aanlopen met een kip aan een touwtje; dan stonden de poppenwagens kriskras tussen de rozenperkjes geparkeerd; dan werd er maïs en gras in het zand gegooid door de meisjes die met ernstige blik op de rand zaten te kijken naar het gehuppel, gepik en gegraaf in het midden, almaar pratend, in moederlijk gesprek, met soms een vermanende uitroep naar hun kleine deugniet ertussendoor, wanneer die te diep groef, begon te vechten, of zich tegen de muur op de achterpoten verhief voor een snode sprong naar buiten:

'Niet doen!'

'Hou daar 's mee op!'

'Denk erom, hoor!'

Voor Japie betekende de zandbak een totale ommekeer. Het duurde enige tijd voordat hij er zich onder de andere kinderen dorst begeven, maar toen ze hem erom bleven vragen had hij zijn Binkie in een boodschappentas gestopt en was hij dan toch gekomen. En zoals dat gevlekte konijn achter hem aan huppelde als hij aan de overkant ging zitten, of in de boodschappentas sprong zodra hij die voor hem openhield, of prompt op zijn rug klom als hij in het zand ging liggen: het succes was groot; iedereen wilde wel dat zijn konijn dat ook deed; Japie moest vertellen hoe hij dat thuis voor elkaar had gekregen.

En toen, als laatste, en veruit de oudste, kwam ook Donald Duk naar de zandbak, met zijn enorme Vlaamse reus in een kruiwagen. Niemand lachte toen hij het dier naar de rand reed, eroverheen tilde, en er zelf op ging zitten, de meisjes niet, de moeders rond het hek ook niet. Zonder verder nog te bewegen stak hij met zijn zware, grote lichaam net zo af bij de kinderen als de roerloze Vlaamse reus tegen de andere dieren, en de kruiwagen tegen de poppenwagentjes.

Twee weken na zijn terugkomst had Rebert nog niets van de uitslaande dierenliefde bemerkt. Omdat hij wel wist hoe beroemd de operatie van Bobby hem bij de kinderen had gemaakt, en hij zich daar niet op wilde laten voorstaan, vertoonde hij zich vrijwel nooit buiten schooltijd in het dorp, en wanneer hij in de kom, waar de huizen geen voortuin hadden, wel eens een snee brood op de vensterbank zag liggen, dacht hij dat het voor wentelteefjes was.

En Laura had hij sinds zijn terugkomst, en feitelijk sinds zijn bezoek aan haar, ook niet meer gezien. 's Avonds was hij nog wel een paar keer naar de dijk gegaan, gedachtig haar opmerking dat zij daar na het eten regelmatig liep, maar telkens zonder haar tegen te komen. Alleen toen hij een keer langs manege Kromkamp wandelde zag hij haar vanuit de verte in de wei – ze had een strakke, zwarte broek en hoge laarzen aan, en was bezig met een groepje kinderen op pony's. Verscholen achter een boom bleef hij staan kijken tot ze allemaal in een stal verdwenen, en langer nog, want ze moest toch ook weer naar huis. Maar toen ze eindelijk tevoorschijn kwam zat ze op een groot, bruinwit paard, ongetwijfeld dat van haarzelf: in stap kwam ze de stal uit; in draf reed ze het terrein af, en in wilde galop, de haren wapperend op haar rug, deinde ze vervolgens weg tot achter gindse opstand.

Die avond, net als alle andere avonden vanaf zijn terugkomst, versterkte hij zijn wijn met hypnine, dezelfde hypnine waarvan hij op Fair Isle zelfs vergeten was dat hij die vergeten had, en zittend op de bank staarde hij iets later uit naar zijn stroomboeien die woest aan hun ankers rukten en ijzeren pijpen verbogen, daarna begaf hij zich weer in felle actuariële berekeningen aangaande het uitsterven van de mens, tot hij ten slotte zichzelf verloor in de leegte en stilte die hij uitademde en weer naar binnen zoog.

Zo zonk hij geleidelijk aan terug in zijn leven van vóór Fair Isle, al herinnerde hij zich er niet veel meer van dan de operatie van Bobby en zijn bezoek aan Laura, en leek het op den duur of ook dat allemaal niet echt gebeurd was en hij nergens meer woonde, ofschoon wonen nu juist het enige was wat hij nog deed, tot hij op een dinsdagnamiddag tegen vijven zijn huis uit liep en alles hem tegelijk en verhevigd tegenkwam.

Het was een prachtige, lichtbewolkte herfstdag, met een zwoele wind die door de bomen in de berm ruiste. In plaats van een jasje had hij zijn nieuwe Schotse vest over zijn overhemd aangetrokken. De zonneschijn viel van boven door de bladeren, zette de gele, groene en rode vlekken op zijn borst in gloed, lag als nieuwe stuivers op de klinkers voor hem.

Achteraan, in het volle licht bij de speeltuin, waren mensen. Dichterbij komend hoorde hij een gekwinkeleer van kinderstemmen, zag hij de moeders rond het hek en toen plotseling ook, recht van voren, en fel en helder alsof er ineens een lamp in zijn gezicht scheen, Laura tussen de vrouwen aan de overzijde. Ze had hem al gezien, lachte hem met vuurrode mond toe, en zonder nog te kunnen stoppen liep hij om iedereen heen, in wijde kring op haar af. Ze had haar haren in een staart gebonden, en toen ze zich op het laatst naar hem omdraaide prijkte er een zonnebril als een diadeem boven op haar hoofd. Ze leek op een filmster.

'Dag meneer Van Buyten!'

Om hem zo bij zijn achternaam te noemen – het kon niet anders nu er anderen bij waren, maar tegelijk was het ook een grap, of een blijk van heimelijke verstandhouding, in elk geval een spel dat een nieuwe, stralende glimlach op haar gezicht bracht, en hem deed slikken.

'Mevrouw Banda...'

Ze draaide zich terug naar het hek, hij ging naast haar staan en toen pas werd hij gewaar wat het geval was en zag hij voor het eerst de dieren in de zandbak, de huppelende konijnen, drie of vier kippen, de cavia's en een Vlaamse reus, alles omsloten door een roze strik van meisjes op de rand. Lieneke zwaaide even naar hem, daarna herkende hij ook Japie, die met een gevlekt konijn – o ja, Binkie heette zijn konijn, 'ook nog bonen voor de Bink' –, die voorover in het zand lag met zijn bonte konijn op de rug terwijl een paar andere konijnen hun kopjes onder allebei zijn handen drukten. Het tafereel, heel het schouwspel van de kinderen en de dieren deed alle geluid voor een ogenblik verstommen, toen klonk het constante geklets en gekakel weer op en hoorde hij ook weer Laura's stem.

'Prachtig, hè?'

Hij knikte, starend nog naar het jongetje met wie hij toen een brood had gehaald, daarna gleed zijn blik weer verder, langs de poppenwagentjes tussen de perken, langs een meisje dat met haar vinger naar een konijn zwaaide, langs alles wat hem deed zuchten in zijn ziel. Vreemd: Donald Duk was er ook, bewegingloos uittorenend boven de anderen; het leek wel of hij glimlachte.

'En allemaal door u!'

Hij schudde het hoofd. 'Nee, eigenlijk was Japie er het eerste mee.'

Een groepje dat gras was gaan plukken aan de slootkant kwam terug met een poppenwagen vol; verderop speelden een paar jongetjes met Bobby aan de riem; een meisje hurkte neer naast Japie en keek aandachtig naar diens magische handoplegging; een vader kwam aanlopen met een grote pleister op zijn neus en vertelde lachend hoe dat gekomen was: voor hij naar zijn werk moest ging hij altijd nog even op zijn knieën voor het hok liggen, om zijn gezicht te laten likken, maar toen hij vanochtend zijn neus door de spijlen stak had die kleine schurk er ineens zijn tandjes in gezet, alsof het een wortel was; o, maar dan had zij ook een mooi verhaal, begon nu een van de moeders, want gisteren, konijn weg – zoeken, boven, beneden, nergens, tot ze uren later haar naaidoos terug in het dressoir zette: zat-ie daar, was hij in de kast gesprongen toen ze het deurtje even had opengelaten; doen ze altijd, viel een andere moeder bij, ze hoeven maar een prullenbak te zien of ze springen erin, die van hen ook, laatst nog, en zonder eruit te kunnen, hè? En voordat iemand die oren dan boven de rand uit ziet steken... O, o...!

Afwisselend zwollen de konijnenverhalen aan en zwakten ze weer af, zonder dat Rebert er iets anders in hoorde dan louter geluid, muziek, de filmmuziek die elk van Japies handelingen moest begeleiden – nog steeds had de jongen hem niet aangekeken, zijn blik misschien wel heel de tijd gemeden, uit schaamte, terwijl hij het liefst voor hem zou applaudisseren – maar toen Lieneke op wenken van Laura naar het hek kwam verstond hij ieder woord van wat haar werd gezegd: ze moest om zes uur thuiskomen; dan aten ze patat van de Gastronoom; of ze er een slaatje, knakworst of kroket bij wilde. Ze koos een slaatje en hinkelde terug.

'Ja, ik hoef niet te koken vanavond,' zei Laura, 'dus ik kan nog even naar de rivier.'

Als een pit in een kers zat er in de mededeling een uitnodiging verborgen, de tweede nu al die zij hem deed, en dat dan nog dadelijk de eerste keer dat zij elkaar weer zagen:

ze had hem werkelijk niet eerder kunnen uitnodigen! Met een gerede hoofdbeweging gaf hij aan dat hij meeging, maar juist toen ze wegliep en hij haar wilde volgen kwam er van opzij een meisje met vlechten op hem af. Ze hield een dwergkonijn op de arm, dat ze vasthield met haar vrije hand.

'Dokter... Pukkie hoest...'

'Pukkie hoest?' Hij was herkend.

Het meisje zei niets meer, knikte alleen nog maar met omlaag hangend hoofd. Haar vlechten gleden over het konijn, een vriendinnetje was naast haar komen staan.

'Dus Pukkie hoest...'

Allebei de meisjes stonden nu met hangend hoofd bevestigend voor hem te knikken. Met kromme wijsvinger aaide hij het konijn even over de neus, en na een schielijke blik over de schouder nog eens. Laura was doorgelopen; wat moest hij doen? Vermoedelijk was Pukkie kerngezond, wilden de meisjes alleen maar dat hij hem onderzocht – maar nu, en hier?

'Kom morgenmiddag maar even met hem langs, dan hebben jullie vrij, laten we zeggen om een uur of twee. Je weet waar ik woon?'

Na nog een paar diepe knikken liepen de meisjes weg, en draaide ook Rebert zich om. Laura liep al langs de kopse kant van het laatste blok. Overlopend van energie en praatlust ineens zette hij haar na, met een pas zo licht en snel als op Fair Isle, en toen ze zag dat hij aan kwam hollen begon zij ook te rennen, uitdagend, net of ze twee jongens waren, of zij een nimf en hij een sater.

Beneden aan de dijk haalde hij haar in.

Boven op de dijk rook het naar de rivier.

Hijgend keken ze uit over het water, dat pikzwart onderlangs stroomde en rechts in de verte, bij de vertakking om de Kop van Pannerden, verblindend weg schitterde onder de lage zon. De ruimte was immens, de wind zacht, en van de vervuiling die elke dag in de krant stond en op de televisie kwam, het gif dat bovenstrooms geloosd werd door de Duitse industrie, viel niets te zien dan de dode vis die hier en daar voorbijdreef en die de volle, heumige lichaamsgeur van de Rijn met een exquise toets doorzweemde. Hoog in de lucht schreeuwde een meeuw, rechts op de dijk waren twee jongetjes bezig bij de lage, kale speelboom, iets daarachter stak de stompe kerktoren als een duim omhoog uit de kom.

'Mooi, hè?'

'Mooi.'

Terwijl Laura al doorliep naar beneden wierp hij nog een laatste blik in het rond, toen, met de borst volgezogen voor alles wat hij haar te vertellen had, voegde hij zich bij haar op het strandje tussen de kribben.

'Zo, lang niet gezien, Rebert!'

De vertrouwelijkheid waarmee ze hem nu bij de voornaam noemde joeg zijn spraakzaamheid nog verder op.

'Klopt! Ik ben op Fair Isle geweest, dat Schotse eilandje!'

'Voor je vrouw, nu weet ik het weer... En, was ze er?'

'O ja, in de tijd...' Hij bukte zich, raapte een steen op, gooide die in het water, '...want ga maar na, hoe lang duurt het wel niet, en helemaal als je het water en de lucht er ook bij neemt – hoe lang duurt het dan wel niet voordat die steen die ik net weggooide, of laat ik het anders zeggen: hoe klein is de kans dan dat die steen ooit, door een duiker, hier op precies dezelfde manier wordt teruggelegd, met precies dezelfde wolken aan de hemel en dezelfde golven op het water als daarnet? En dat dan tot in de moleculen toe? Roer je koffie maar om! Of onze voetstappen in het zand!'

Laura's lippen waren iets uiteen geweken, er kwam een floers voor haar ogen, een bijna pijnlijke trek op haar gezicht, alsof ze nauwelijks verdragen kon wat hij haar liet ervaren en ondergaan, maar in plaats van ermee op te houden ging hij er onverbiddelijk mee door, heviger en versnellend nog.

'Wacht, nog een voorbeeld...!'

Hij bukte opnieuw, kwam omhoog met een hand vol zand, wierp het van zich weg.

'Zie je wel? En wanneer denk je nu dat er hier, op deze plaats, ooit weer precies zo'n zelfde hoeveelheid zand door de lucht vliegt, waarbij elke korrel met exact hetzelfde boogje op exact dezelfde plaats neervalt als die van daarnet? Hoe lang gaat dat wel niet duren?'

De oneindige spannen tijds die hij haar voorhield daalden als even lange stroken serpentine op haar neer; ze krulden om haar heen, versierden haar.

'Ik weet niet,' kreunde, steunde ze onder de aanraking, 'vast wel een eeuwigheid...'

'Dat bedoel ik! En zo ging het ook!'

Enkele seconden verstreken, elk eeuwig vol, omdat de golven bleven bewegen, hun harten klopten, de stemmen van de spelende jongetjes opklonken in de stilte, er twee schepen vanaf Millingen kwamen aanzetten, de voorste met wapperend wasgoed aan de lijn boven het dekhuis, en niets van dat alles zich ooit nog zo zou voordoen, laat staan al die dingen tegelijk.

'Een prachtig eiland trouwens, Fair Isle...' vervolgde hij na een diepe zucht, 'prachtig, maar kaal: ik heb er geen enkele boom gezien, koeien of paarden trouwens ook niet, alleen maar schapen en konijnen, en gras natuurlijk, glooiend gras zonder paden, je kunt overal komen... Ja, kaal maar prachtig, ik kan niet anders zeggen, een prachtig eiland, prachtig ook om er paard te rijden, of te wonen, waarom niet? Alles is er, ruimte, een school, een winkel en werk voor iedereen!'

Dromerig keek Laura weg naar de naderende schepen. ‘Daar heb je de Fortuna, en die daarachter, die met die hoge boeg en kleine ramen, dat is de Cougar Ace, een coaster, die komt van zee. Ach ja, na een poosje leer je al die schepen wel kennen... En dat vest heb je zeker ook uit Schotland?’

Hij knikte, haalde adem om verder te vertellen, maar Laura had zich al omgedraaid en liep verder langs de waterlijn. De schepen kwamen ronkend voorbij, daarna klonken de kinderstemmen weer op, steeds luider toen Laura bij de volgende krib schuins de dijk weer op ging en hij haar zwijgend volgde. Dat zij coasters en Schotse vesten kon herkennen moest zij aan haar zeevarende man te danken hebben, een Schot immers, die misschien zelf ook wel zulk wolgoed droeg.

Ze kwamen vlak bij de speelboom boven. De jongetjes, een grotere en een kleine, waren opgehouden met spelen en keken hen met open mond aan, tot ze beurtelings en in toenemende opwinding begonnen te vertellen wat ze speelden en het spel zo weer verderging.

Ze hadden een nijlpaard, maar die was niet zo erg groot, zei de grootste.

‘Best wel klein, eigenlijk,’ ging de kleine nog iets verder.

Ze gingen hem verkopen voor honderd gulden.

‘Of een miljoen!’ deed de kleine er weer gedienstig een schepje bovenop.

Ze hadden hem getemd, en nu konden ze op zijn rug rijden.

‘Verder niemand!’

Een oorlogsschip bracht ze naar het circus.

‘Naar de directeur!’

Ze waren er al bijna.

De kleine knikte, maakte het toen helemaal af: ‘Dit is de overkant!’

Laura had de beurtpraat ernstig en met de handen in de zij aangehoord, en omdat er niets meer volgde begon ze glimlachend en vol begrip naar de jongetjes terug te knikken, terwijl Rebert, die nog maar net begreep dat de lage takken zoiets als een aanhangwagen voor het nijlpaard moesten zijn, of het nijlpaard zelf, nu juist ieder begrip verloor: als dit de overkant was, moest de overkant deze kant zijn, terwijl hij toch hier stond, aan deze kant, niet de overkant – heel even zakte hij weg in de diepte, tot de opgeruimde stem van Laura hem weer terugtrok naar het licht:

'Ja hoor jongens, dit is de overkant!' zei ze, en toen, zich stralend ineens tot hem richtend: 'Toch, dokter?'

Zonder op antwoord te wachten liep ze weer door, mee met het water dat olieachtig om de kribben kolkte en verderop in fel blinkend kwik veranderde. Toen hij haar inhaalde had ze haar zonnebril van haar hoofd op haar neus gezet en kon hij haar ogen niet meer zien; toen ze ter hoogte van de kerk kwamen had ze nog steeds niets gezegd en kreeg hij het benauwd van het zwijgend naast elkaar lopen.

Waarom vroeg ze niet verder naar zijn reis? Hij wilde er niet uit zichzelf over beginnen, ook niet over zijn stroomopwekking uit golven, hoe sterk de lust daartoe ineens ook werd, vooral toen hij de rode en groene boeien van de vaargeul zag liggen – het zou te opdringerig zijn, hij wilde er niet mee snoeven, zou het later wel eens aan haar uitleggen, als het een keer harder woei en de golven hoger waren – maar hoe de stilte dan te doorbreken, de almaar langere stilte die Laura overigens in het geheel niet leek te beklemmen? Ze glimlachte nog steeds, net of het uitzicht een bekende van haar was op wie zij toeliep. Met half toegeknepen ogen keek hij met haar mee, zag hij de Kop van Pannerden uit het spiegelende water oprijzen, en ontwaarde hij nu ook het grote huis dat er, vervagend in de verte, aan deze zijde tegenover lag. Dat moest Angeldycke zijn.

'En, is er nog iets in het dorp gebeurd?' vroeg hij eindelijk, om maar iets te vragen.

'Nou, dat gedoe met de dieren natuurlijk, dat is gewoon schitterend! Het zijn allemaal bevriende dieren geworden!'

Zijn gezicht ontspande; bescheiden glimlachend boog hij het hoofd.

Maar verder niets nee, of ja, toch: Jan de Loper had weer een streek uitgehaald, of twee eigenlijk, een met een zebrapad en een andere met een dameszadel!

Zijn gezicht verstrakte; met een ruk schoot zijn hoofd weer omhoog.

Op montere toon begon Laura de eerste streek na te vertellen, en terwijl de flauwigheid zijn oren verstopte herinnerde hij zich met tegenzin hoe de oude snaak zich ook al de vorige keer tussen hen had opgedrongen.

'...compleet tot stilstand!'

Na een korte schaterlach ging ze onmiddellijk door met de tweede streek, ook een goeie, daar was ze toevallig zelf bij geweest, maar dan moest ze eerst vertellen dat elke zaterdag de pastoor uit Millingen op bezoek kwam hier bij de dominee – of wist hij dat al?

Gelaten schudde hij het hoofd, en zonder nog iets te horen van de grap met het dameszadel staarde hij grimmig uit naar Angeldycke, dat als een dier aan de dijk lag te knagen en zich bij elk woord dat aan zijn bewoner werd gewijd groter en scherper aftekende tegen de lucht, net of het dichterbij kwam.

'...o, zoals die man kéék!'

Andermaal proestte ze het uit.

Handenwringend verbeet Rebert zich dat het mannetje

haar met zijn malle fratsen aan het lachen maakte en alle aandacht weer voor zich opeiste, terwijl hijzelf nauwelijks nog iets over zijn reis had kunnen vertellen, niets over de golven rond het eiland, de walvissen die er zaten, of de vier vluchten die hij nodig had gehad om er te komen.

Ja, nee, Jan de Loper was weer helemaal in vorm, verzekerde Laura hem, nalachend nog: geen van zijn nieuwe streken deed onder voor die van vroeger!

Met een grijns van afkeer herinnerde Rebert ze zich weer, die met de Mona Lisa, die met de cognac uit de wandelstok, de keer dat hij, in zijn pyjama nog, in alle vroegte op zijn ezeltje was komen aanzetten met een zak beantwoorde post op de rug, de keer dat hij voor ober speelde – het was te veel om tegen in te gaan... maar hij kon er toch ook in meegaan? Zijn grijns werd nog breder.

'De krant zal er wel over geschreven hebben dan, als ze echt even goed waren...'

Het bleef stil.

'O nee? Nou, dan moeten ze ook maar in zijn biografie worden opgenomen – daar komen die oude streken toch ook in?'

Nu was het Laura's gezicht dat verstrakte. Ze wilde niet dat hij zich vrolijk maakte over de biografie van Jan de Loper.

'Maar dat boek is er toch juist voor om mensen vrolijk te maken?' ging hij zoetsappig door.

'Alsjeblieft, hou nou op over die biografie... Die bestaat helemaal niet!'

'Maar de vorige keer begon je er zelf over!'

'Jawel, maar niet omdat het mijn eigen idee is... Jan de Loper heeft het er zelf ook wel eens over gehad, met de burgemeester...'

'O, dus iedereen heeft het over die biografie, alleen ik mag er niets van zeggen!'

In plaats van te antwoorden hield Laura de pas in. Ze draaide zich naar hem toe, zette de handen in de zij zoals eerder bij de jongetjes, en keek hem hoofdschuddend aan door de donkere glazen. Enige ogenblikken stonden ze zo recht tegenover elkaar, gescheiden door een kloof van stilzwijgen die nog dieper werd toen Laura weer verder sprak.

'Je onderschat hem, Rebert. Het is niet alleen een grappenmaker, hij helpt de mensen ook, heeft hij altijd gedaan. En nu gaat hij Donald Duk helpen.'

'Donald Duk?' Was zijn stem van verongelijktheid al steeds hoger gaan klinken, nu sloeg die in de korte achternaam zelfs over.

'Ja, die wil in zaken, export naar Afrika.'

Afrika – hij had een televisiecommercial in Amerika maar nu ging het ineens over Afrika. Hij slikte, en terwijl zijn keel even afgesloten werd brak het gezicht van Laura omgekeerd juist open in een nieuwe lach.

'Dat zou toch een prachtige oplossing zijn? In Afrika zal niemand hem uitlachen!'

Dat zij haar goede humeur alweer terug had bedierf het zijne nog meer, maar omdat alles wat hij niet had kunnen zeggen zijn luchtpijp van binnenuit bleef dichtdrukken kon hij niets meer zeggen, alleen nog maar denken: in de zandbak werd Donald Duk toch ook al niet meer uitgelachen? Daar kon hij toch rustig op de rand zitten tussen de kinderen en de dieren? Dat was toch al schitterend gewoon, zoals ze zelf had gezegd? En dat kwam toch allemaal door hem?

'Het is nog maar een plan natuurlijk, maar mevrouw Duk vertelde dat ze in de herfstvakantie naar Rotterdam gaan voor een bespreking, dus laten we hopen dat het gaat lukken met de export – polyester tuinmeubelen trouwens, ideaal voor Afrika, Jan de Loper heeft ze zelf ook voor zijn huis staan, je moet er maar eens langs rijden. Of ga eens bij hem op bezoek!'

Hij bewoog zijn hoofd alsof zijn stropdas knelde.

Vlakbij dreunde een bronzen slag van de kerktoren.

Laura schrok vrolijk.

'Oeps, kwart voor zes al, ik moet gaan!' riep ze, en, half omgedraaid: 'Byebye!'

Zoals ze ijlings doorliep naar de afrit iets verderop, heupwiegend van haast: hij wist dat ze patat ging halen bij de Gastronoom, toch was het of ze van hem overliep naar Jan de Loper. Bewegingloos bleef hij haar nakijken, zag hij haar verdwijnen om een hoek, en toen hij daarna weer voor zich uit keek leek Angeldycke nog weer dichterbij te zijn gekomen.

Hij kwam op hem af, de oude man, met huis en al kwam hij op hem af.

HOOFDSTUK 18

Eenmaal tweemaal

Jan de Loper wist dat de zandbak de verzamelplaats geworden was voor de kinderen met hun dieren. Nu eens voelde hij de verleiding om erheen te gaan op zijn ezeltje, dan weer zette hij die gedachte bitter van zich af: hij zou wel de laatste zijn om mee te doen aan de gril waarmee de dierenarts ze allemaal in de ban hield, Van Buyten moest hem eerst maar eens bellen. Maar wanneer hij zich het volgende moment voorstelde hoe hij zijn ezeltje in de zandbak liet stappen en zelf doodgemoedereerd tussen de kinderen op de rand ging zitten, terwijl iedereen toekeek en hij misschien wel zijn pyjama aanhad, dan bekroop hem toch weer de verleiding: het zou weer een mooie streek zijn...

Maar hij had toch al een andere streek in voorbereiding?

En hij hoefde toch niet op Donald te blijven wachten?

Even nog bleef hij op de canapé liggen, toen zette hij zijn glas neer en stond hij op uit de klemmende, klamme omhelzing van de woensdagmiddag. Anderhalve week had hij Donald nu al niet gezien; als die na het relaas over het schoolfeest niet zo snel vertrokken was hadden ze het toen al kunnen doen, samen – maar hij kon het ook alleen.

Bedrijvig ineens hurkte hij met naald en draad neer bij de rol. Binnen een uur zat de laatste baan vast en was het zebrapad klaar. Het liefst wilde hij er dadelijk mee naar het dorp, maar beter nog zou zijn om het uit te stellen tot zaterdag, wanneer het er het drukst was, het allerdrukst midden op de middag: ja, zaterdag was goed, zaterdagmiddag twee uur. Hij schonk zijn glas bij en ging weer liggen.

Omdat hij niets anders meer te doen had dan wachten streek de tijd tergend traag en in onafzienbare overvloed voorbij, tot het eindelijk zaterdag werd en hij toch nog tijdgebrek kreeg: pas om elf uur werd hij wakker; pas om twaalf uur had hij zijn koffie, sigaar en boterham op, en toen pas, terug op zijn kamer, nog steeds ongeschoren en in zijn kamerjas, bedacht hij ineens dat Donald, wiens aanwezigheid hij als vanzelfsprekend had aangenomen, op zaterdagen altijd in de winkel moest helpen...

In plotselinge haast belde hij naar de bakkerij.

Mevrouw Duk nam op.

Mocht hij iets vragen met betrekking tot een zebrapad?

Uit de gerede inwilliging van zijn verzoek bleek wel dat zij iets gehoord had over de Afrikaanse plannen en zij zijn bemoeienis ten gunste van haar zoon hogelijk waardeerde: natuurlijk kon Donald straks vrij krijgen, de hele middag als het moest, geen enkel probleem!

Hij hing op, en met een opgeluchte zucht dat Donald erbij kon zijn veegde hij het stof dat van de hoorn aan zijn hand bleef kleven af aan zijn mouw – maar de krant, schoot het opeens door hem heen, die mocht toch eigenlijk ook niet ontbreken vanmiddag? Die was hij ook helemaal vergeten te bellen! Maar gelijk even doen, nu hij toch aan het bellen was...

Opnieuw gehaast belde hij *De Gelderlander*.

Een telefoniste nam op. Nee, ze kon hem op dit moment niet doorverbinden met de redactie, eventueel wel een boodschap doorgeven.

Hij beet op zijn lippen, keek op de klok, zette door:

– het betrof een actie van Jan de Loper;

'Jan de Loper?'

– die ging de boel op stelten zetten in Angelen;

'Angelen?'
– het begon om twee uur;
'Maar wat dan?'
– iets met een zebrapad.
'Zebrapad?'
Van haast en inmiddels ook ergernis kon hij niet meer antwoorden. Vlakaf verklaarde hij nog dat er wel eens een aardig plaatje in kon zitten, zodat de verslaggever er wellicht goed aan deed een fotograaf mee te nemen, toen hing hij opnieuw op. Het was kwart over twaalf, anderhalf uur nog voor vertrek. In plaats van haast had hij ineens weer tijd te over.

Hij deed zijn kamerjas uit, ging met de lampetkan en zijn scheergerei aan de overvolle tafel zitten, zeepte zich in. De spiegel stond op een stapel kranten; de ingelijste portretten van zijn moeder, Ant en de goede Gerrit staken als scheve, verzakte grafstenen uit de troep omhoog; een vuil, halfvol glas was tegen de vliegen afgedekt door die oude prentbriefkaart waarop hij zich ook in zijn ondergoed zat te scheren. Voor de aardigheid, om de tijd te doden, zette hij die rechtop tegen de rand van de spiegel, nam hij dezelfde pose aan als op de foto, en trok hij met het mes eenzelfde baan door het schuim op zijn wang, almaar heen en weer blikkend tussen de spiegel en het voorbeeld van de kaart, en toen hij onwillekeurig begon te glimlachen door de overeenkomst maakte diezelfde glimlach de gelijkenis helemaal compleet, tot de verschillen zich toch begonnen op te dringen: toen was hij getaand door het buitenleven, nu van de drank; toen had hij vol haar, nu glom zijn schedel erdoorheen; toen was hij nog geen dertig, nu vijfenzestig; toen was er een fotograaf bij, nu niet – maar straks, in het dorp, dan misschien weer wel...

Om één uur had hij zich van zijn oude sloffen tot aan zijn strooien hoedje in zijn bekende plunje gestoken en begon het wachten opnieuw, vijftig minuten nog, een halfuur. Hij dronk een glas whisky, stak een paar sigaren in zijn borstzak, echte Jan de Lopers, ofschoon hij daar nog maar twee dozen van had en hij er zuinig op moest zijn, en liep om kwart voor twee de trap af. Klaas reed voor met open kap, en na een ritje van nog geen vijf minuten deinde de Cadillac de afrit van de dijk af, de kom in, snel vaart minderend vanwege de drukte.

Donald stond al te wachten voor de zijdeur van de bakkerij. In plaats van hem te laten instappen stapte hij zelf uit, de rol onder de arm.

'Zebrapad, je zult het zo wel zien,' begroette hij hem met een knipoog, en na een korte parkeerinstructie aan Klaas wenkte hij hem mee.

Het was nog drukker op straat dan hij gehoopt had. Nu iedereen net een auto had gingen ze er op zaterdagmiddag boodschappen mee doen ook, al waren de winkels vlakbij. Gelijk bij de eerste hoek moesten ze even wachten voor ze konden oversteken. Groot en zwaar stond Donald naast hem, het volle, romige gezicht vertrokken alsof hij in de zon keek.

'Als je haast hebt rol ik hem nu meteen uit, hoor!'

Zonder te lachen volhardde Donald in zijn uitdrukkingsloze grijns naar de overkant.

Zij aan zij ging het weer verder, waarbij hij telkens even de pas moest inhouden omdat Donald hem nauwelijks bij scheen te kunnen houden. Soms ook, als het te druk op de stoep was om naast elkaar te lopen, ging hij even voorop, waarna hij nog meer moest vertragen voordat ze weer naast elkaar liepen. Intussen zag hij wel hoe sommige vrouwen al bij voorbaat lachten zoals ze er aankwamen, Jan de Loper en Donald Duk, maar niemand wist nog wat hij onder zijn arm had, ze dachten natuurlijk dat het een rol vloerbedekking was.

Zoals hij verwacht had was de drukte het grootst op het plein voor de kerk. Drie straten kwamen erop uit; hij koos de drukste, en terwijl hij die in liep zag hij nog juist hoe de pastoor van Millingen zijn fiets tegen de pastorie zette voor zijn wekelijkse bezoek aan de dominee.

'Hier dan maar?' vroeg hij bij de eerste lantaarnpaal.

Donald trok zijn schouders op.

Hij legde de rol klaar op de stoeprand, zette er in kromgebogen houding zijn hand tegen, keek over zijn schouders naar de auto's die in aaneengesloten opeenvolging van links en rechts voorbijreden door de smalle straat.

'Ik heb hem nog niet eerder geprobeerd, hoor... Het wordt de eerste keer!'

Bij het eerste gat in de stroom greep hij zijn kans. Met een krachtige duw rolde hij het zebrapad uit naar de overkant, en zich half oprichtend nog stapte hij er zelf onmiddellijk achteraan, tot midden op de weg, waar hij een arm omhoogstak naar de eerstvolgende auto, maar dat was al niet meer nodig: de Renault 4 remde zo sterk dat de neus erdoor naar beneden veerde, en nog voordat die helemaal stilstond draaide hij zich om en stak hij zijn arm opnieuw omhoog, ditmaal naar de Opel Kadett die er van de andere kant aankwam en al even plotseling stopte, ook met een reverence.

'Zie je wel? Niks aan!' riep hij naar Donald, en veilig nu tussen de stilstaande auto's (steeds meer, aan beide zijden vormde zich een almaar langere rij) stak hij doodgemoedereerd een sigaar op, schopte hij achteloos het nog onuitgerolde deel van het zebrapad verder uit tot tegen de stoeprand aan de overkant, en liep hij weer terug naar het midden, aangekeken door alle mensen die op de stoep bleven stilstaan en door anderen die net op de drukte af kwamen.

Inmiddels had de verblufte bestuurder van de Renault

het raampje opengedraaid, die van de Opel ook; lachend, terwijl er van achteren werd geclaxonneerd, maakte hij met beiden een praatje, legde hij uit hoe het zat, dat hij Jan de Loper was. Een paar keer nog liep hij vrijmoedig heen en weer over het zebrapad, toen liet hij Donald, en daarna de kinderen uit het publiek, de kleintjes samen met hun moeder. Veiligheidshalve bleef hij midden op de weg staan, de hand naar beide kanten opgeheven als een klaar-over, tot het claxonneren te hevig werd en het lang genoeg had geduurd. Hij stuurde iedereen naar de kant, rolde het zebrapad op, en met diezelfde hand die daarnet de auto's had tegengehouden gebaarde hij nu dat ze door konden rijden en vaart moesten maken, zwaaiend als een verkeersagent, ja, met zijn hele arm wiekend als een dirigent voor een crescendo.

Hier was het voorbij.

Maar ergens anders kon het nog beginnen...

'Kom, we doen het nog een keer aan de andere kant van de kerk!' riep hij tegen Donald, en daarna, tegen de omstanders: 'Naar de andere kant van de kerk!'

Omstuwd en gevolgd door tientallen mensen liep hij het portaal voorbij, vastberaden voortstappend met de rol onder de arm en met Donald weer aan zijn zijde, terwijl de drom om hem heen nog meer nieuwsgierigen aantrok en men zich van alle kanten aansloot bij de groep die nu voorbij de pastorie de hoek om sloeg.

Weer hield hij halt bij de eerste lantaarnpaal, en weer voerde hij dezelfde handelingen uit in dezelfde volgorde, maar bij alle overeenkomst was het succes nu nog groter:

– toen hij het zebrapad uitrolde klonk er applaus;

– bij het stremmen van het verkeer werd er gelachen;

– toen hij Donald liet klapte men opnieuw;

– de kinderen die daarna mochten hielden elkaar bij de hand en dansten in een rij tussen de gestopte auto's door;

– nog wat later begonnen ook de volwassenen mee te doen; misschien hadden sommigen nog nooit een zebrapad gezien, of alleen op de televisie, en nu hadden ze er zelf een, in Angelen... lachend waagden ze de oversteek...

Het was niet meer nodig om voor klaar-over te spelen, het verkeer zat muurvast. Ontspannen leunend tegen de lantaarnpaal zag hij het aantal toeschouwers al nog maar toenemen – zoveel als bij zijn aankomst/intocht/onthaal op de Champs-Elysées in Parijs waren het er natuurlijk niet, maar de gezichten straalden er niet minder om, het plezier was even groot. Innig vergenoegd bleef hij kijken hoe iedereen nu tegelijk overstak, jong en oud door elkaar... mevrouw Schouten stapte uit haar Dafje om het ook eens te proberen, daarna rende Tonnie weer over, achternagezeten door Wilma en Jenneke en een hond aan een riem... de kleine Marianneke duwde een poppenwagen naar de overkant... een moeder hurkte neer naast haar kleuter om het zebrapad uit te leggen... Robbie was er ook...

De eerste auto's begonnen te toeteren, de spanning nam toe, maar het werkelijke hoogtepunt brak pas aan toen de enorme, vuurrode Magirus-truck van Van Haren vanaf het plein de hoek om kwam en onmiddellijk moest stoppen. Driemaal dreunde de machtige claxon als een scheepshoorn door de straat, het portier zwaaide open, met het ongeduld van de ware ondernemer hing de jonge Van Haren het volgende moment uit de hoge cabine.

Ook hier had het nu lang genoeg geduurd: net als de eerste keer rolde hij het zebrapad op en bracht hij het verkeer weer in beweging. De ene na de andere auto trok op, reed voorbij, en tegelijkertijd begonnen ook de mensen weg te lopen. Sommigen knikten nog naar hem, alsof ze bij hem op visite waren geweest, toen loste het publiek zich op, reed als laatste de Magirus voorbij, en bleef hij alleen over met Donald, buitengewoon content nog – het enige wat hem speet was dat Van Buyten niet was geweest: grootmoedig door het succes zou hij zich voor het oog van iedereen met hem hebben verzoend, hem misschien wel hebben voorgesteld om iets te gaan drinken. En de krant natuurlijk, die was ook niet geweest, de dubbele contour van verslaggever en fotograaf zou hij onmiddellijk herkend hebben: hoe vaak was zo'n tweetal niet op hem af gekomen, de een met een opschrijfboekje, de ander met een camera? Maar als de krant niet naar hem gekomen was, kon hij toch naar de krant? Waarom zou wat een succes was in Angelen niet ook kunnen slagen in Arnhem?

'Kom mee, we doen het nog een keer...' glunderde hij tegen Donald, en met een schalkse knipoog wenkte hij hem mee, 'maar dan voor *De Gelderlander*!'

Klaas stond pal om de hoek van de bakkerij geparkeerd.

'Naar Arnhem!' gebood hij nog voor het instappen.

De portieren sloegen dicht, de motor loeide op, daarna was het de wind die spreken onmogelijk maakte: in volle vaart gleed de open slee het dorp uit; op de rijksweg langs Zevenaar en Duiven ging het nog harder, en terwijl de bomen maar voorbij bleven flitsen zaten ze zwijgend naast elkaar op de achterbank, de rol tussen hen in, Donald met wapperend haar, hij met zijn hoedje diep over de ogen getrokken tegen het afwaaien, zich steeds lichter voelend op weg naar het volgende podium. Roem is als een lekke emmer, dacht hij dichterlijk, als je die niet af en toe bijvult raakt hij leeg.

Bij Westervoort, na de brug over de IJssel, reden ze de stad in. Met korte aanwijzingen, zonder enige aarzeling, loodste hij Klaas verder in de richting van het krantenkantoor aan het Gele Rijdersplein: hoe vaak was hij er niet al geweest, vroeger, met de goede Gerrit nog, ter redactie op de tweede verdieping? Na zijn wereldreis had de krant hem van daaruit laten optreden voor een uitverkocht Musis Sacrum; na zijn terugkomst uit Parijs was hij er weer ontvangen, toen om gezeten op een gouden leeuw bij de ingang van Sonsbeek gefotografeerd te worden... aansluitend had hij, staand in de vorige Cadillac, een rondrit door de stad gemaakt en met zijn sloffen naar de mensen aan de kant gezwaaid...

Zo druk als het dadelijk al was, naarmate ze de binnenstad naderden nam de drukte nog verder toe, de snelheid navenant af. Op het Velperplein kwamen ze zelfs helemaal stil te staan voor stoplichten en een echt zebrapad, terwijl ze door diezelfde drukte, toen ze het brede Gele Rijdersplein op draaiden en hij het grote gebouw op slag herkende, nu juist nauwelijks konden stoppen: voor de deur stapten ze haastig uit, waarna Klaas om de hoek ging parkeren en hij tegen Donald zei dat hij even moest wachten. Na nog een korte blik omhoog naar de twee spiegelende ramen van de redactie liep hij met de rol onder de arm geklemd naar binnen.

De telefoniste achter de balie was vermoedelijk dezelfde die hij vanmiddag al aan de lijn had gehad, want nee, ze kon hem niet doorlaten naar de redactie, eventueel wel een boodschap doorgeven.

'Nu, zeg dan maar boven dat ze zo even uit het raam moeten kijken. Een foto maken daarvandaan kan ook... van bovenaf is juist goed... eigenlijk nog beter... Jan de Loper is de naam!'

'Jan de Loper?'

Mismoedig het hoofd schuddend draaide hij zich om; opgetogen glunderend alweer kwam hij het volgende moment naar buiten.

Donald stond naar de auto's te kijken die in vier banen voorbijreden.

'Lekker druk, hè?' riep hij hem boven het geraas uit in het oor.

Hij legde de rol op de stoeprand, zette zijn hand ertegen, besloot ze boven nog wat meer tijd te geven en richtte zich weer op.

'Een nieuw zebrapad is hier wel nodig!'

Hij wachtte een minuut, toen boog hij zich opnieuw over de rol, zette hij opnieuw zijn hand ertegen. Maar weer rolde hij die niet dadelijk uit – het was domweg te druk, de stroom auto's van links en rechts was zo dicht dat hij de overkant soms niet eens meer kon zien, tot er eindelijk dan toch een kleine onderbreking in viel: hij gaf de rol een krachtige zet, stapte er zelf onmiddellijk achteraan – maar nog voor hij zijn arm op kon steken als een klaarover toeterde de eerstvolgende wagen hem al zonder af te remmen aan de kant, en sneller nog dan hij het zebrapad betreden had sprong hij er weer vanaf, met hoog opgetrokken benen terug de stoep op.

'Goeiemorgen!'

Rechts van hem staarde Donald uitdrukkingsloos naar voren, van achteren blikten de ramen van de redactie op hem neer, van links bleef het verkeer maar aankomen en langs razen, de ene auto na de andere, waarbij elke tussenruimte die wat groter leek hem een prompt door een claxonstoot beantwoorde schijnbeweging ontlokte: het was of hij in de wind stond te twisten, maar niemand die ernaar keek, het wandelende publiek wandelde onverstoorbaar door.

Toen kwam er een brommer aan.

Onmiddellijk stak hij zijn arm in een stopgebaar omhoog.

Maar aan de witte helm en handschoenen, en de witte gordel en bandelier om de zwarte leren jas, viel nu te zien dat het een agent op een brommer was.

Hij liet zijn arm weer zakken.

Toch stopte de agent, vlak voor het zebrapad, langs de

stoep, maar hij stapte niet af. In plaats daarvan zette hij zijn voeten wijd uit elkaar op de grond, vouwde hij de armen, en keek hij een paar keer peinzend naar hem en naar de zwart-wit gestreepte loper. Het was onmiskenbaar een zebrapad, maar waar het vandaan kwam? Alleen omdat hij een helm op had krabde hij zich niet achter de oren.

Nog steeds brandden de ramen hem van achteren in de rug en suisde het verkeer voorbij – wat moest hij doen? Zo bedaard en roerloos als de brigadier op zijn brommer bleef zitten: uit alles bleek wel dat hij niet te verbidden was – of was het juist zaak om door te gaan en over te steken, nu zelfs de politie voor zijn zebrapad was gestopt? Eerst een grap maken misschien? Zijn hoedje met een zwaai afnemen en even buigen? En dan een Jan de Loper-sigaar aanbieden? Misschien dat ze dan wel samen, naast elkaar... terwijl de fotograaf achter de ramen...

Maar nu, nog voor hij iets kon doen, scheen eindelijk dan het juiste begrip tot de agent door te dringen en kwam hij in beweging, zij het ook maar met alleen zijn rechter-, wit geschoeide hand. Eerst wees hij ermee naar hem, toen naar het zebrapad, toen zwaaide hij zijn opgestoken wijsvinger heen en weer ten teken dat het daar niet liggen mocht. Vervolgens draaide hij zijn pols naar boven en kromde hij een paar keer diezelfde wijsvinger, net of hij iemand bij zich wenkte, of iets hebben wilde. Daarna keek hij hem weer recht aan en tikte hij tot besluit nog eens tegen zijn voorhoofd, weer met diezelfde wijsvinger.

Het laatste gebaar van de agent trof hem alsof hij zelf werd aangetikt, met een stroomstaaf tegen de slapen. De elektrische schok verslapte zijn spieren, veroorzaakte kortsluiting in zijn hersens, en verschroeide alles wat hij in de zin had gehad. Aan oversteken of grappen maken viel niet meer te denken, het was duidelijk dat hij onverwijld het zebrapad moest inhalen, maar toen hij er met een tintelend hoofd bij neerhurkte en het met beide handen beetgreep viel dat nog niet mee: er reden voortdurend auto's over, de wielen drukten de stof telkens vast op het wegdek zodat hij het, rukkend en sjorrend, terwijl Donald zich afwendde in zijn ooghoek, slechts stukje bij beetje, hortend en stotend binnen kreeg. Pas toen hij de laatste baan voor het brommervoorwiel wegtrok schakelde de agent naar de één en reed hij, zonder nog een blik opzij, heel kalm verder, mee met het verkeer waarin hij een stip werd, en toen oploste.

In een wanordelijke, onhanteerbare hoop lag het tapijt op de grond; om het te kunnen oprollen liet hij het Donald rechttrekken over de stoep; toen hij zich ten slotte afgemat en duizelig oprichtte keken de blinkende ramen van de redactie met een schittering van pret op hem neer. Alles was veel zwaarder nu dan eerder, de rol onder zijn arm, zijn gemoed, en toen hij naar de hoek begon te lopen ook zijn voeten: hij had nauwelijks nog de kracht ze op te tillen, bij elke stap vielen zijn sloffen, waarop hij onderweg naar Parijs een miljoen vederlichte passen had gezet, met een zware dreun op de tegels.

Klaas zat de krant te lezen achter het stuur, had niet de moeite genomen om vanaf een afstand toe te kijken, keek pas op toen hij het portier opende – maar wat gaf het? Hij legde de rol in het midden op de achterbank, ging ernaast zitten, en opende het portier voor Donald aan de andere kant. Omdat hij geen zin meer had om zich nog in een open auto door de stad te laten rijden liet hij de kap sluiten.

Zo was het niet de wind die ervoor zorgde dat de terugweg weer zwijgend verliep, maar het fiasco. Terwijl ieder door zijn eigen raam naar buiten keek reden ze de IJsselbrug over, schoven Duiven en Zevenaar voorbij, sloegen ze bij Hotel Oranje de rijksweg af, kwam de toren van Angelen in zicht. Roem is rook, dacht hij onmachtig, als je... als je niet...

Het was niet meer zo druk in het dorp. Langzaam draaide de Cadillac het kerkplein op, waar de priester van Millingen juist de pastorie uit kwam en op zijn zwarte damesfiets stapte. Alles bij elkaar waren ze dus niet langer weggeweest dan een bezoek, en het plezier dat ze hier zo kort geleden nog maar hadden gehad bracht hem weer in een beter humeur.

'Weet je nog, vanmiddag?' zei hij tegen Donald, bij de herinnering onwillekeurig even op de rol kloppend alsof die een brave hond was, en het volgende moment, toen de auto stopte naast de bakkerij: 'Ga anders nog even mee, platen draaien, of een potje schaken... Klaas brengt je wel terug!'

Donald trok zijn schouders op.

'Van je moeder mag je de hele middag wegblijven, dus tijd genoeg, het is pas half vijf... Ik zou trouwens best iets lusten, een plakje kokosbrood of zo... ja, en dan maken we er een lekkere spoetnik bij!'

Maar Donald schudde het hoofd, hij moest huiswerk leren, proefwerk maandag; hij stapte uit, sloot het portier achter zich, en nog voor hij in de zijdeur verdween, zonder het commando af te wachten, puur op het teken van de dichtvallende deur, trok Klaas weer op.

'Rijden maar,' hijgde hij, achteruit gedrukt in de kussens, 'naar huis...'

Hoe groot het fiasco ook was, de krant haalde het niet: heel de week, tot en met vrijdag, sloeg hij als eerste pagina het stadsnieuws op, en toen er telkens niets over in stond liet hij op zaterdag *De Gelderlander* maar helemaal ongelezen.

Om twee uur 's middags lag hij nog onder de deken op zijn canapé.

Vorige week om deze tijd rolde ik voor de eerste keer het zebrapad uit, dacht hij, wist ik maar een nieuwe streek...

Maar die wist hij niet.

Wel wist hij dat een grap de eerste keer altijd het beste uitpakte, zoals hij ook wist dat de speeltuin de verzamelplaats voor de kinderen met hun dieren was geworden, of ook dat het damesfietszadel de nieuwste mode was, het ovale zadel dat voorkwam dat dames kreukels in hun jurk of rok kregen.

Dames?

Rok?

Maar nu moest hij opeens denken aan een heer die bij zo'n zadel evenveel baat zou hebben, en daarmee, tegelijkertijd, terwijl een weldadige glimlach, spoedig een grijns, doorbrak op zijn gezicht, schoot hem ook een gerede streek te binnen – ja, nee, opeens wist hij wél iets nieuws...

Hij veerde overeind, keek op zijn horloge: half drie – als hij voortmaakte moest het vandaag nog kunnen. Donald zou vast wel weer vrij krijgen, maar hoe laat was die zwartrok vorige week ook weer de pastorie uit gekomen?

Zo lusteloos als hij op de canapé had gelegen, zo energiek wierp hij de deken van zich af en begon hij zich in een uitbarsting van haast en daadkracht aan te kleden. Op blote voeten nog, in zijn hemd, koortsig de knopen van zijn gulp dichtmakend, riep hij vanaf de overloop omlaag het trapgat in dat ze koffie en warm water naar boven moesten brengen, en nog geen halfuur later, klokke drie, sprong hij geschoren en gekloft, en met een zojuist op zijn eigen fiets gepaste steeksleutel in de hand, de inmiddels voorgereden Cadillac in.

'Naar Zevenaar!'

De dijk kwispelde onder de wagen, de wind suisde om de kap.

'Sneller!'

Maar binnen de bebouwing ging het weer langzamer, moest hij naast een voetganger zelfs even helemaal laten stoppen – door het open raam, met de urgentie of hij naar de eerste hulp moest, vroeg hij waar de rijwielhandel was. Zonder verder tijdverlies kocht hij er een dameszadel in Schotse ruit, uit het aanbod uitgekozen omdat die hem nog vrouwelijker voorkwam dan een effen exemplaar, misschien door de mode van de Schotse rok, en binnen tien minuten reden ze de plaats alweer uit.

'Naar Angelen!'

Vastgedrukt tegen de rugleuning klemde hij zijn ene hand om het ovale kussentje en de andere om de steeksleutel, terwijl de bomen strepen werden, als een traliehek voorbij schoven, en de paarden terugdeinsden in de wei.

'Sneller!'

Om kwart over vier reden ze het dorp binnen. Net als vorige week rond deze tijd was het niet meer zo druk op straat, ook niet in de bakkerij toen hij zijn gezicht met de hand boven de ogen tegen de etalageruit drukte: Donald stond afgewend aan de snijmachine, schort aan, strik op de rug, maar mevrouw Duk zag hem dadelijk, en hij hoefde het dameszadel maar even omhoog te steken of ze tikte Donald al met een begrijpende lach op de schouder, liet hem naar buiten kijken, waar hij nu ook de steeksleutel omhoogstak, en maakte het gebaar dat hij gaan kon.

Terug in de auto keek hij beurtelings en met toenemende haast op zijn horloge en naar de zijdeur van de bakkerij: de pastoor was de vorige keer om half vijf op zijn fiets gestapt; spoedshalve moesten ze zich zo maar laten rijden, dat scheelde weer een minuut.

Eindelijk kwam Donald naar buiten. Hij had zijn schort uitgetrokken, zeker eerst de strik op zijn rug niet losgekregen, er een knoop in getrokken, er hulp bij nodig gehad

– maar nu zette hij zich dan naast hem neer op de achterbank.

'Weet je nog, die pastoor vorige week, hoe die op zijn fiets stapte?' begroette hij hem onmiddellijk. 'Nou ja, je ziet het zo wel... Naar de kerk, Klaas!'

Ze waren nog op tijd: er stond een zwarte damesfiets met een buitengewoon mannelijk, leren puntzadel voor de pastorie, ongetwijfeld de fiets van de pastoor uit Millingen. Grijnzend, terwijl ze het laatste stuk over de stoep liepen, legde hij uit dat die wel op een damesfiets móést rijden, omdat hij anders in zijn soutane niet eens op zou kunnen stappen – maar waarom dan toch dat herenzadel? Dat gaf toch kreukels in die jurk? Dat vroeg toch gewoon om vervanging?

De plotselinge verschijning van Jan de Loper en Donald Duk trok al dadelijk de aandacht. Zonder erop te letten liep hij door naar de fiets, alleen zwaaide hij even met het geruite dameszadel in het rond voor hij onverwijld aan het werk toog.

'Snel nou, hij kan ieder moment naar buiten komen... hou jij het stuur vast!'

De eerste slag met de sleutel ging moeilijk, de tweede makkelijk, en na de derde liet het leren zadel zich al van de pen wrikken. Wrikkend ook zette hij het dameszadel ervoor in de plaats, na twee, drie slagen zat het vast, en toen de fiets weer op de standaard stond liep hij er met hoge passen een eindje bij vandaan.

Inmiddels had zich een kring van omstanders gevormd. Iedereen begreep wat er aan de hand was en aanstonds te gebeuren stond, en wie nieuw kwam aanlopen, zoals nu ook mevrouw Banda met Lieneke, die een poppenwagentje bij zich had, kreeg het prompt in de oren verteld. Sommigen schudden het hoofd, anderen sloegen een hand voor de mond, en terwijl de blikken heen en weer schoten tussen de deur van de pastorie, het zadel en Jan de Loper, stelde men zich allengs wat verspreider en minder opvallend op, zodat de fiets vrij te zien kwam en het leek of die een hitte uitstraalde waar niemand zich aan wilde branden.

Vanaf een afstand sloeg hij het alles met een uitgestrekken gezicht gade, de handen op de rug, roerloos – alleen als iemand naar hem keek legde hij even een vinger tegen de lippen, daarna blikte hij weer doodonschuldig in het rond, zag hij hoe de ene na de andere vrouw de boodschappentas op de grond zette, de pastorie gesloten bleef, en het later werd op de kerkklok. Heel goed, ze hadden toch alle tijd? Hoeveel tijd was er wel niet?

'De pastoor heeft zeker veel plezier binnen,' glunderde hij Donald in het oor, zich naast hem uitstrekkend op zijn tenen, 'maar als hij zo naar buiten komt begint het plezier pas goed! Wacht, ja... daar is-ie!'

De deur was een gat geworden, een tot op de enkels in wapperend zwart gehulde gestalte kwam eruit tevoorschijn, liep op de fiets toe, stak zijn hand uit, verstijfde.

Onder de neerdalende stilte wendde een enkeling zich half af, verder bewoog niemand meer, alleen de pastoor nog, die nu weer wel.

Op de manier van een vogel stak hij zijn hoofd een paar keer naar het kleurige zadeltje, daarna keek hij links en rechts langs de gevel met de weer gesloten deur, en ziende dat daar geen andere fiets stond die de zijne kon zijn boog hij zich opnieuw naar voren, deed hij een stap naar achteren om het nog eens goed te bekijken: ja, nee, dit was toch echt zijn fiets, alleen zat er nu een ander zadel op, een dameszadel...

Om het niet uit te proesten schraapte iemand de keel; op het geluid draaide de pastoor zich om en toen pas, eerst met verbaasde, toen met achterdochtige blik, zag hij hoeveel mensen er in groepjes stonden te kijken.

Jan de Loper voelde de steeksleutel gloeien in de hand achter zijn rug. Het was een corpus delicti geworden, het herenzadel in zijn andere hand een bewijs; met moeite slikte hij een giechel weg en bleef hij zich in de plooi houden, net zoals alle andere omstanders dat nog steeds deden, zodat het voor de pastoor niet uit te maken viel wie hem deze streek geleverd had – maar uit diens verstrakkende gezicht viel wel op te maken dat hij de grap begon te begrijpen en iedereen medeplichtig achtte. Helemaal aanlopend nu, van woede of schaamte, greep hij het stuur beet, klapte hij de standaard in, en zwierde hij de fiets de straat op.

Het waren stevige bewegingen geweest.

Maar nu stokten die ook weer, stond hij stil voor het hoogtepunt.

Hij ging opstappen.

Omlaag kijkend tussen zijn armen door, terwijl de stilte zich nog verdiepte, plaatste hij zijn linkervoet, die hij onder de zoom van zijn toog uit draaide als een ballerina, op de linkertrapper, daarna zette hij een paar keer af met zijn rechtervoet, als een kind op een step, daarna reed hij, in kaarsrechte houding, zo stoer als hij kon, staand op de trappers, met een vuurrood hoofd weg. Maar na een paar slagen moest hij toch gaan zitten, en op hetzelfde moment dat de bejurkte mannenkont het dameszadel raakte klonk de eerste onderdrukte lach.

Het was voorbij, de boodschappentassen werden opgetild, het publiek loste zich in alle richtingen op. Dat het minder talrijk, en ook minder uitgelaten was dan vorige week bij het zebrapad, gaf niets, hoorde juist bij het meer kritische karakter van deze streek. Voldaan knikte hij terug naar iedereen die hem onder het weglopen nog even aankeek, naar Lieneke met haar poppenwagentje, naar haar moeder die stralend een duim naar hem opstak, en zeer voldaan ook naar alle anderen die zich hoofdschuddend of zelfs met de hand voor de mond verwijderden.

'Ach ja, ze zullen straks wel weer vinden dat ik te ver ben gegaan,' zei hij toen ze ook zelf wegliepen en in de auto stapten, 'maar het gaat om het idee, en daar sta ik nog steeds achter: waarom zou je de clerus niet af en toe aan de kaak mogen stellen? Het zijn toch geen heiligen, ook al hebben ze ervoor gestudeerd? Nee, ik mag die lui gewoon niet, uit naam van de lol heb ik ze altijd bestreden, onze eigen predikant niet uitgezonderd, alle autoriteiten feitelijk... noem mij maar een vrijdenker...'

De wagen stopte naast de bakkerij. Hij keek op zijn horloge.

'Waarom ga je trouwens niet nog even mee, platen draaien? Het is pas vijf uur! Of heb je weer huiswerk?'

Donald schokschouderde, leek te twijfelen, stapte toen toch uit – waarom wilde hij nu weer niet? Als hij nog in de winkel had moeten werken, had hij toch ook geen huiswerk kunnen maken? Vorige week ging het al niet anders...

Het portier sloeg dicht, Klaas trok op, maar dadelijk om de hoek liet hij hem ook weer stoppen, opende hij zijn eigen portier.

'Ik moet nog even wat doen...' verklaarde hij, half uitgestapt al, 'maar ga maar, ik loop zo wel!'

Hij wachtte tot de auto verdwenen was, liep terug de lege straat in, kreeg de zijdeur van de bakkerij weer in het oog. Dat die dicht was betekende niet dat die ook dicht moest blijven. Met de steeksleutel nog in de hand ging hij achter een boom staan kijken.

Al na enige ogenblikken, precies zoals hij verwacht had, kwam Donald weer naar buiten, maar, tot zijn verrassing, nu achterstevoren: kromgebogen trok hij een kruiwagen over de drempel, en zijn verrassing werd nog groter toen hij zag dat er in die kruiwagen een reusachtig konijn zat. Nooit had Donald, die de deur sloot en de kruiwagen voor zich uit begon te duwen, iets over een konijn gezegd.

Behoedzaam, van boom tot boom, volgde hij hem de straat uit – maar waarom zou hij zich nog verbergen? Donald keek geen enkele keer om, liep doelgericht door, en sloeg voorbij de kerk de richting van de nieuwbouw in. Zonder enige dekking meer, zij het nog wel op dezelfde afstand, deed hij het volgende moment hetzelfde, zwaaiend met de steeksleutel die steeds zwaarder werd. Het kostte hem moeite om hem bij te houden. Het vermoeden van de eindbestemming maakte zijn benen slap. Hij versnelde.

Eenmaal op de lange stoep lag hij nog maar een half blok achter. Terwijl hij de eerste zijstraat overstak naderde Donald de geparkeerde Magirus-truck. Waar die naar op weg was, er al zo dichtbij, viel niet meer te betwijfelen, hij kon het ook al horen aan de kinderstemmen achteraan, kreeg het bovendien bevestigd door mevrouw Schouten die opeens de hoek om kwam, hem van vlakbij toelachte, en even zijwaarts naar Donald knikte.

'Ja hoor, die gaat weer naar de zandbak!' verklaarde ze. 'Daar zit-ie altijd!'

De vrouw verdween, werktuiglijk liep hij door, de ogen vastgeschroeid op Donalds bolle rug – maar bij de truck kon hij niet meer verder, bleef hij stilstaan, draaide hij zich langzaam om. De zandbak – het geheim dat hen gescheiden had maakte de band alleen maar sterker nu hij het kende; alleen was Donald er veel te oud voor, en te groot, eigenlijk al te groot voor de krib, al bijna groot genoeg voor Afrika...

Van achteren kwam het gekwetter, voor hem lag de terugweg, en zichzelf overwinnend, uit de kracht van een plotselinge discretie, zette hij zich in beweging: hij wilde

Donald niet op de rand tussen de kleine kinderen zien zitten, de aanblik kwam hem niet toe, hij wilde hem ook niet met zijn kijken beschamen.

HOOFDSTUK 19

Praktijk

Zoals afgesproken belde het meisje met de vlechten de volgende dag om twee uur aan. Het konijn had ze in een poppenwagen bij zich; het vriendinnetje was ook meegekomen.

'Zo, kom maar binnen,' zei Rebert, terwijl hij opzij stapte op de mat.

Zwijgend reden de meisjes de poppenwagen langs hem heen de gang in. De deur van het eerste vertrek rechts had hij al opengezet. Het was een oningerichte ruimte waar hij nooit kwam, maar nu, sinds vanochtend, stond zijn keukentafel er. In de vensterbank had hij pen en papier klaargelegd.

'Ja hoor, die deur,' leidde hij ze verder, 'en zet hem maar op de tafel, dan zullen we eens naar hem kijken.'

Hij liep achter de twee aan, nam zijn fonendoscoop van de kapstok, stapte als laatste de provisorische behandelkamer binnen en sloot de deur. Het konijn werd uit de poppenwagen getild, schraapte met zijn nagels over het tafelzeil, bleef toen, door de gladheid, roerloos zitten onder de aaiende kinderhanden.

'Puk heet hij toch, hè?'

De meisjes knikten, nog aldoor zwijgend.

'En Pukkie hoest?'

De meisjes bleven zwijgen, maar hielden op met knikken. Zeker wetend nu dat het konijn niets mankeerde, dat het hoesten alleen maar een voorwendsel was geweest om hem te laten onderzoeken, zette hij het oorstuk op zijn hoofd, kwam hij dichterbij, drukte hij de geluidsontvanger in de vacht en beluisterde hij luchtwegen en hart: geen longgeruis te horen, de pols was ook goed, snel en krachtig – ten overvloede controleerde hij Pukkie nog even op snot, maar het dier was kerngezond. Toch wilden de meisjes iets van hem horen, liefst een aanwijzing, een taak krijgen.

'Verkouden is hij gelukkig niet,' zei hij, terwijl hij de fonendoscoop los om de hals hing, 'maar het kan door het stof zijn gekomen, hij mag niet te veel stof binnenkrijgen... Zijn hok staat in de kamer?'

Geknik.

'En in dat hok zit stro?'

Geknik.

'Droog stro kan heel stoffig zijn... hebben jullie een plantenspuit?'

Geknik.

'Goed, spuit dan elke dag een beetje water over het stro... één keer knijpen, heel weinig, het mag niet nat worden... Kunnen jullie dat onthouden?'

Opnieuw knikten de meisjes, maar omdat hij het Beckers ineens weer hoorde zeggen – 'Altijd iets meegeven... Je bent geen dokter als je niets meegeeft!' – schreef hij het toch op, gebogen over de blocnote in de vensterbank: eenmaal daags stro spuiten (1 x knijpen).

'Zo, hier staat het al,' zei hij, terwijl hij het blaadje losscheurde en zich terug naar de tafel draaide. 'En goed stofzuigen natuurlijk, help je moeder maar flink... Is alles duidelijk?'

Ditmaal knikten de meisjes voor het laatst. Die met de vlechten tilde Pukkie terug de poppenwagen in, het vriendinnetje kreeg het voorschrift in bewaring, ernstig zwijgend liepen ze voor Rebert uit de gang door.

'Nu dag hoor!' zei hij.

Maar toen hij de deur voor ze opendeed stonden er buiten weer andere kinderen met poppenwagens op de stoep.

Laura was in de herfstvakantie met Lieneke naar Londen geweest.

En Donald Duk was met Jan de Loper naar Rotterdam geweest.

Rebert hoorde ervan toen hij, een paar weken nadien alweer, op het middaguur brood ging halen. Hij stapte de bakkerij binnen, meende de enige klant te zijn, liep toe op mevrouw Duk achter de toonbank. Waarom zou hij niet als eerste groeten, wie was hij om zich boven de aloude middenstandsgrap te stellen?

'Goeie...' begon hij, de laatste lettergreep lang aanhoudend terwijl hij zijn arm kromde en op zijn horloge keek, maar nog voor hij zijn groet kon afmaken deed een ander het:

'...míddag!'

Met een ruk draaide hij zich om. Het was Laura, ze stond verdekt opgesteld achter de deur. Misschien had ze hem al zien aankomen door de etalageruit en was ze juist daarom daar gaan staan, om hem voor de gek te houden. Ze lachte hem in elk geval toe alsof ze hem ergens op betrapt had, stralend.

'Klopt toch, of is het nog ochtend?' ging ze onbarmhartig door, nu ook zelf op haar horloge kijkend.

Grijnzend bestelde hij een half bruin.

'We hadden het net over Donald,' vervolgde Laura opgewekt, 'hij is in de herfstvakantie met Jan de Loper naar Rotterdam geweest!'

'Met de Cadillac,' bevestigde mevrouw Duk. Half omgedraaid nam ze een brood van het schap.

Laura liep terug naar het uiteinde van de toonbank, waar de dames vermoedelijk al heel de tijd stonden te praten, en vertelde dat het bezoek aan het handelskantoor een groot succes was geweest: Jan de Loper had zijn komst aangekondigd onder zijn aldaar overbekende familienaam Van Zuylen Rothaar, de directie had daarop een heel uur voor ze vrijgemaakt, met veel belangstelling naar de exportplannen geluisterd, en toen ook nog een lunch aangeboden.

'In de Euromast!' bevestigde mevrouw Duk. Ze sneed het brood doormidden.

Van opzij lachte Laura hem nog even stralend toe als daarnet, maar triomfantelijk nu, knikkend met opgetrokken wenkbrauwen: ze had toch altijd al gezegd dat Jan de Loper niet alleen een grappenmaker was, maar ook mensen hielp?

'De jongen is er helemaal vol van, het is maar Afrika dit en Afrika dat,' ging mevrouw Duk hoofdschuddend door, terwijl ze een zakje pakte, maar ineens was het of alle aandacht voor Donald haar te veel werd en begon ze over Laura, dat die ook op reis was geweest in de herfstvakantie, maar dan naar Londen, met Lieneke, per vliegtuig.

'Mijn man lag daar met zijn schip,' verklaarde Laura, net of zij aangeven wilde dat alleen die omstandigheid tot vliegen genoopt had en het verder niets bijzonders was. 'We hadden maar een weekje, vandaar...'

Rebert haalde zijn portefeuille tevoorschijn en knikte begrijpend. Wat hij vooral ook begreep was dat haar man, die hij nog nooit anders dan in de gedaante van zijn dure Lancia had gezien – dat meneer Banda, of hoe hij in werkelijkheid ook heette, behoorlijk verdienen moest op de wilde vaart, misschien door de vele overuren, en zich zo in ieder geval weer niet in Angelen had hoeven vertonen; en dat Laura ongetwijfeld weer vrouw was geweest in zijn armen: hun huwelijk bleef toch zo fris, op deze manier, zoals zij hem zelf verteld had toen tijdens de theevisite?

'En Lieneke vindt het ook altijd leuk om te vliegen...'

Wat klonk als een verdere poging om de vliegreis tot een kleinigheid terug te brengen bewees eens te meer hoe goed haar man verdiende: ze hadden al veel vaker gevlogen.

'Deze keer dacht ze ineens dat er een walvis in de Noordzee zwom... maar het was de schaduw van het vliegtuig op het water!'

De vrouwen lachten.

Rebert legde geld neer, nam zijn ingepakte halfje van de toonbank, dacht er toen pas aan om beleefd mee te glimlachen.

'Maar een heerlijke stad, hoor, Londen...' vervolgde Laura met een zucht alsof ze op dit moment weer als vrouw werd aangeraakt, 'al die muziekwinkels, ik heb allemaal bluesplaten gekocht die je hier helemaal niet kunt krijgen. En omdat het hotel een oppasdienst had konden we ook nog een keer samen naar een nachtclub... o ja, Annie's Room... En weet je wie daar optrad?'

Rebert voelde zijn mondhoeken zwaar worden, duwde ze terug omhoog, en had geen idee – hij wist alleen zeker dat ze na afloop, zij en haar man, terug in het hotel, dat ze toen weer... Lieneke had natuurlijk een eigen kamer gehad, juist daarom, om maar...

'Nina Simone!'

Hij presteerde een laatste glimlach, draaide zich om, en liep zonder nog te groeten naar buiten. Nadat de winkeldeur rinkelend was dichtgevallen wachtte hij nog even, of Laura niet achter hem aan kwam, maar ze bleef met mevrouw Duk staan praten, misschien wel over hem nu, dat hij weduwnaar was en op Fair Isle was geweest. Verder wist ze immers nog niets van hem, niets over zijn stroomuitvinding, en ook niets over zijn televisiecommercial in Amerika.

Intussen bleven de kinderen komen. Bijna elke dag na schooltijd werd er wel aangebeld, stonden ze met hun dieren voor de deur. Werktuiglijk gehoorzamend aan de vraag, meer dienstbaar dan dienstwillig, bijna willoos, begon hij zijn huis te verbouwen, omdat hij nou eenmaal hun dierenarts was – juist daarom had hij toch ook dat zelfgeschilderde naambord opgehangen? 'Dan hebben we een dierenarts!'

Sinds zijn verhuizing naar de voormalige burgemeesterswoning had hij alleen de woonkamer aan de achterzijde in gebruik genomen, de overige vertrekken op de begane grond, die misschien ooit als secretariaat of kabinet hadden gediend, stonden leeg en loos klaar voor een nieuwe bestemming. Het waren er minder dan alle praktijkruimtes die hij zich van de kliniek in Arnhem herinnerde, maar een apotheek of kantoor zou hij niet nodig hebben en sommige waren groot genoeg om door een scheidingswand in tweeën gedeeld te worden.

Hij bestelde planken, hardboard en gipsplaat. Na een week waren de raamwerken bevestigd, twee weken later had hij ze gedicht, binnen een maand was alles geschilderd en opgeruimd en beschikte hij over een spreekkamer, een behandelkamer en een wachtkamer met een balie. Wat gaf het dat het allemaal niet gemetseld was maar getimmerd, net als een decor? Op deze manier had niemand hem hoeven helpen, alleen voor de stalen spoelbak in de behandelkamer was de loodgieter geweest.

Hij hing schappen op, kocht stoelen en een tafel, versleepte zijn bureau naar de spreekkamer en ging door met inrichten.

Voor Bobby had hij indertijd een tas met boorzalf, hechtzijde, een spuit en zijn ook voor Puk gebruikte fonendoscoop ingepakt, de rest van zijn medische instrumenten, thermometers, scalpels, scharen en zijn Olympus-microscoop, alsook zijn witte doktersjas, studieboeken en de door Beckers meegegeven geneesmiddelen lagen nog in verhuisdozen op zolder. Hij haalde het allemaal naar beneden, verspreidde het over de kliniek, dacht toen aan wat er nog meer bij kwam kijken om het compleet te maken.

De kinderen wilden natuurlijk dat hij de dieren net zo inschreef als ze zelf bij de dokter waren ingeschreven, misschien wilden ze ook wel dat hij af en toe een dier opnam, in elk geval dat hij medicijnen meegaf. Om alles te doen zoals zij het van hem verwachtten droeg hij nu al zijn witte jas, elke dag als er weer werd aangebeld en ze hem hun dieren voordroegen, maar opnameruimte had hij niet meer, en wat zou hij kunnen voorschrijven? De geneesmiddelen van Beckers kwamen wel als laatste in aanmerking, de dieren waren immers kerngezond, het moest iets heel onschuldigs zijn, zoiets als kalkpoeder... ja, hij wist het al, en het volgende moment bedacht hij ook dat zijn kelder, pas ontdekt omdat hij nog maar pas met zijn huis bezig was, dat zijn diepe, droge kelder, door een van de vroegere burgemeesters vermoedelijk aangelegd als wijnkelder – dat zijn kelder een ideale opnameruimte was.

Hij reed naar Zevenaar, kocht bij de dierenwinkel een paar hokken, en bij de kantoorboekhandel al het andere: een foliant die als patiëntenboek kon dienen, een kassaboek met doorslagen voor de opnames, zakjes, etiketten, en rood en wit krijt. Weer thuis bracht hij de hokken naar de kelder, daarna maalde hij het krijt in de wandkoffiemolen in de keuken, deed hij het poeder in zakjes, en was alles gedaan. Roerloos luisterde hij naar de stilte van het huis. Toen ging de bel.

Voortaan, vanaf deze eerste keer dat hij opendeed en een dier kon inschrijven – er stond een meisje met een schoenendoos voor de deur; hij boog zich eroverheen, zag een cavia, vroeg: 'Zo, en wie hebben we hier?', zei: 'Juist, Knabbel,' en ging voor naar de balie, waar hij de naam van het dier, die van het meisje en hun beider adres ('En waar wonen jullie?') noteerde in het patiëntenboek –, vanaf deze eerste keer begon elk bezoek voortaan met de inschrijving. Het aansluitende onderzoek in de behandelkamer, waarbij hij het baasje altijd liet helpen vasthouden, bestond uit eenvoudig ausculteren en palperen. Op dokterswijze, in zichzelf gekeerd, terwijl hij het hart beluisterde en botten en gewrichten bevoelde, mompelde hij dan wat, tot hij zijn fonendoscoop afzette, zijn witte jas open knoopte, en zijn handen waste. Onder de gespannen blik van het kind, dat zijn dier nu alleen vasthield, zette hij zich vervolgens neer aan het bureau, pakte hij zijn pen, en schoof hij een zakje met gemalen krijt naar zich toe.

'Dagelijks, een week lang, één theelepeltje over het voer,' besloot hij al deze bezoeken, nadat hij eerst nog, overeenkomstig de kleur, de naam van het medicijn op het etiket had geschreven, calciogeen als het wit was, rubicon bij rood.

Zo dan, heel geleidelijk aan, had hij een eigen praktijk gekregen. Het was een zachte praktijk, waaraan hij nauwelijks deel had: zoals de dierenliefde was opgestoken als een wind, zo bewoog hij erop mee als riet, buigzaam maar zonder eigen kracht, zonder de kracht ook maar om het niet te doen, wuivend als wier in de kinderstroom die maar aanhield.

Eens toen hij opendeed stonden er vier meisjes met een pony voor de deur, één in het zadel, drie eromheen, allemaal met een cap op. Omdat hij het dier niet kon binnenlaten haalde hij zijn fonendoscoop en onderzocht hij het buiten. Hij tilde een hoef op, keek het nog even in de bek, en bevond alles in orde – trots en tevreden klopten de ruitertjes het paardje op de hals, waarna ze klikkend over de klinkerweg weer verdwenen, terug in de richting van manege Kromkamp.

En dan was er nog een klein meisje dat nooit zelf aanbelde, ook nooit binnenkwam, maar soms met een boodschappentas op de stoep stond als hij voor anderen opendeed. Grijnzend, waarbij te zien kwam dat ze wisselde en een paar melktanden miste, haalde ze dan een schildpad uit de tas, liet die even zien, en stopte hem dadelijk weer terug.

En dan was er een nog kleiner meisje. Zij had geen dier bij zich, alleen maar een zelfgemaakte tekening van een dier. Het had vier poten, een romp en een kop, was vermoedelijk een beer, maar kon evengoed een varken, een hond of een koe zijn. Elke keer dat hij ernaar keek knikte hij goedkeurend, waarna het kind zich, net als het meisje met de schildpad, uiterst voldaan omdraaide en zonder een woord wegliep.

Toen hij ook dieren begon op te nemen, blakende patiënten steeds die de volgende dag altijd weer naar huis mochten, en door hun baasjes al even graag waren achtergelaten als werden opgehaald, was de praktijk van 'Dierenarts R. van Buyten' klaar. Omdat hij nooit genas, het geld ook niet nodig had, en alleen maar gezondheid cureerde met kalk, schreef hij nooit rekeningen uit; om dat niet uit te hoeven leggen en nergens mee te roemen, liet hij zich nog even weinig in het dorp zien als voorheen. Zo bleef hij een vreemde voor de volwassenen, die nauwelijks wisten wat hij deed, en kon geen enkele buurtcollega in hem een concurrent zien. Al met al was zijn kliniek op precies dezelfde manier echt als het houten, rood-wit geschilderde naambord naast zijn deur – echt voor de kinderen.

Behalve in zijn werkzaamheden was hij intussen ook nog op een andere manier beweeglijk geworden. Sinds zijn terugkeer van Fair Isle, waar het hem zo goed bevallen was, begon hij elke dag met een lange wandeling, daarna, ook net als op Fair Isle, liep hij soms zomaar ineens een stuk in looppas, steeds vaker, tot hij op het laatst nooit meer wandelde, alleen nog maar hardliep.

Allengs veranderde het hardlopen van een gewoonte in een behoefte, de behoefte niet alleen om hard te lopen maar ook om zichzelf erin te overtreffen. Daarbij ging het hem niet om zijn snelheid, ook niet om de afgelegde afstand, maar hield hij bij hoe lang hij het achter elkaar kon volhouden: eerst een kwartier, toen twintig minuten, een paar weken later een halfuur, waarna hij vijf minuten wandelde en nog eens een halfuur hardliep.

Toen het op sport begon te lijken haalde hij zijn tenniskleding uit een verhuisdoos en trok hij die aan, zijn tennisschoenen, een lange, flanellen broek, indertijd gekocht omdat hij met de vrienden van Diederik ook 's winters speelde, en een shirt. Nog geen halfjaar geleden had hij zijn pij van rouw te opzichtig gevonden om zich er nog langer mee in Arnhem te vertonen, nu ging hij helemaal in het wit naar buiten, en dan niet de afgesloten tennisbaan op, waar iedereen zo gekleed was, maar over de openbare weg de velden in, van verre zichtbaar, als enige die zo bewoog en zulke kleding droeg. Uit verlegenheid met zijn opvallende voorkomen zette hij ook nog, diep over de ogen getrokken, om niet herkend te worden, zijn witte zonneklep op, wat hem alleen nog maar meer deed opvallen. Maar wat gaf het eigenlijk als iemand hem zo zag? Hij was van zichzelf zo onopvallend, niemand zou denken dat hij het was.

Uiteindelijk liep hij anderhalf uur achter elkaar elke ochtend dezelfde ronde, langs donkere, gerooide akkers, waar hij zich tegen aftekende als een witte stip in de verte, een verdwaalde, dwarrelende sneeuwvlok die uitbeeldde hoe koud het hem als jong bestorven weduwnaar nog te harte was. Maar het lopen nam de kou weg, en nam vervolgens ook al het andere van hem over: na drie kwartier verloor hij zijn gewicht, na een uur begon hij doorschijnend te worden, en op het laatst was hij zo onzichtbaar als zuiver vuur. Het enige waarmee hij dan thuiskwam, zonder iets van de omgeving gezien te hebben, was zijn vermoeidheid, die de rest van de dag bij hem bleef, waardoor hij zich minder alleen voelde.

Tintelend spoelde hij dan zijn doorweekte shirt uit, las hij de krant, deed hij het huishouden, boodschappen, en maalde hij krijt. Na schooltijd begon de praktijk, daarna kookte hij, en na het eten zat hij zich met zijn versterkte wijn op de bank te vergeten in de uitsterving van de mens en de onmetelijke mogelijkheden van zijn stroomboeien op de golven, altijd hetzelfde, tot daar een nieuw onderwerp bij kwam.

Steeds vaker gebeurde het 's avonds dat hij opeens bezocht werd door voorstellingen van Laura, of beter: dat hij haar bezocht in zijn gedachten. Volkomen geluidloos, zonder dat zij het merkte, drong hij dan haar huis binnen, zocht hij haar op in haar meest intieme momenten, zag hij hoe zij zich vol verlangen naar haar man over de scheepsberichten in de krant boog, hem een brief schreef, of in haar babydoll, step-in of duster aan haar toilettafel zat en haar lippen stiftte. Het waren beelden die hem niet toekwamen maar die hij toch opriep en tot zich nam, omdat hij het niet kon laten. Wezenloos keek hij van achteren naar haar billen, net als de eerste keer bij haar thuis, daarna verdiepte hij zich in haar geslachtelijke leven, net als de laatste keer bij de bakker. Het kon niet anders, met zulke onderbrekingen in haar huwelijk, dat zij soms zichzelf aanraakte: zij was toch een gezonde, jonge vrouw met natuurlijke behoeftes, al praatte ze altijd op een toon alsof ze nog nooit gemeenschap had gehad, nergens van wist, en helemaal geen geslachtsorgaan bezat? Maar als ze zo onschuldig was, waarom stak ze nu haar hand dan tussen haar benen? Eerder had ze haar bh al uitgedaan, en zich rondgedraaid onder de douche, maar dit ging verder...

Rusteloos schuivend op de bank trachtte hij terug te keren in de lege wereld van Malthus, zich te wiegen op de golven van zijn stroom, maar eenmaal voorbij dat punt hield Laura niet meer op en liet ze zich almaar meer gaan voor zijn ogen. Tegen de tijd dat zij hem haar blote kont toestak, lachend over haar schouder, durfde hij niet meer naar het portret van Tine op het dressoir te kijken. Knipperend met zijn ogen, de lippen op elkaar geperst, schudde hij het hoofd om zijn gedachten te bedwingen, maar ze trokken zich niets van hem aan, bleven maar naar Laura uitgaan, zwermden om haar heen en zetten zich overal op haar lichaam neer, net als vliegen. Het bezoedelde gevoel waarmee hij ten slotte ging slapen raakte hij pas de volgende ochtend kwijt, als zijn zweet het vuil oploste dat in water zitten bleef: spierwit tussen de velden liep hij zich dan hijgend schoon.

Het werd kouder, vroeger donker ook, en terwijl het blad van de bomen viel bleven de kinderen maar komen, ook toen ze bijna allemaal al geweest waren, voor een tweede of derde keer nu, met hun kippen aan een touwtje, met hun poppenwagens vanuit de zandbak. De laatsten die aanbelden stonden in het licht van de buitenlamp voor de deur.

Het was niet meer nodig de dieren nog in te schrijven, ze stonden al in het patiëntenboek, en geleidelijk aan kreeg Rebert de indruk dat het navolgende onderzoek ook niet meer zo nodig was. De kinderen leken hun dieren alleen nog maar aan hem te willen laten zien, hoe goed ze ervoor zorgden en hoeveel ze ervan hielden, zodat hij steeds vaker volstond met enkel kijken en knikken in de deuropening, net zoals hij altijd ook deed tegenover het meisje met de schildpad en dat met de tekening – ja, wanneer er gebeld werd hoefde hij eigenlijk alleen nog maar open te doen en zijn witte jas aan te hebben.

De enige twee die nog niet aan de deur waren geweest, waren Donald Duk en Japie. Donald Duk voelde zich er natuurlijk te groot voor, begreep Rebert wel, en de innigheid die nieuw was voor de andere kinderen, was tussen Japie en zijn Bink al jaren de gewoonste zaak van de wereld – niets om mee naar de dokter te gaan.

Toen het nog kouder werd kregen de kinderen mutsen op en sjaals om, en begonnen ze die ook te breien voor hun dieren.

Het eerste konijn met een das dat hij in zijn leven zag was Snuf, van Lieneke. Ze tilde hem uit haar poppenwagen, hield hem even op de arm, en zette hem terug. Het was intussen haar vierde of vijfde bezoek, terwijl hij toch ook al eens bij haar thuis was geweest, maar nog altijd toonde ze nauwelijks een teken van herkenning: zonder een woord te zeggen of hem ook maar aan te kijken keerde ze om en liep ze op haar lange, dunne benen het tuinpad weer af. De verlegenheid die zij voor haar komst overwonnen had moest enorm zijn; haar wil toch te komen navenant.

De dieren die na Snuf kwamen hadden ook allemaal iets warms aan, Puk, Knabbel en Bobby, en eens dat er werd aangebeld stond er een pony voor de deur met een badlaken om de nek. Voor elk brei-, haak- of borduurwerkje, voor alle ruitertjes en baasjes – Bobby was met wel vier jongens gekomen – had hij een paar vriendelijke woorden gereed, maar wat kon hij zeggen toen het kleine meisje met de tekening weer kwam? Ze hield hem het bekende papier voor, hij boog zich ernaartoe, en pas op het laatst zag hij dat de vermoedelijke beer nu een jas aanhad – iemand, een volwassene, haar vader of moeder, had met krachtige hand een jas over zijn romp getekend en die vervolgens met gele en rode vierkanten ingekleurd, omdat beren nou eenmaal geruite jassen droegen.

'Mooi hoor...' bracht hij eindelijk uit, terwijl het meisje nog voldaner dan anders begon te stralen, 'lekker warm!'

De drukte bij de zandbak nog steeds, zoals de kinderen er op de rand zaten, heel het aanhoudende dierengedoe met de poppenwagens, het brood in de vensterbanken en nu ook die konijnenkleren met openingen voor de oren, de staartjes en de poten: het was zich gaan rond spreken van dorp naar dorp, van Zevenaar tot Westervoort, en moest toen ook de stad en de krant hebben bereikt – Angelen was geen dorp meer als alle andere aan de Rijn.

Maar Rebert wist daar nog niets van toen hij op een middag naar buiten ging om boodschappen te doen.

De bomen waren helemaal kaal; het rottende blad bedekte de klinkerweg; hij liep over een koperen loper. Reeds klonken er opgewonden kinderstemmen vanaf de speeltuin achteraan, zoveel door elkaar dat het wel woensdagmiddag moest zijn, hij had er helemaal niet aan gedacht. Maar als het woensdagmiddag was, waarom had niemand dan nog aangebeld?

Iets later kreeg hij het gedrom rond de zandbak ook te zien, de moeders die rond het hek stonden, op woensdagmiddagen alleen maar moeders. Hij kon er niet langs zonder de aandacht naar zich toe te trekken, wilde die allerminst opeisen, maar moest wel boodschappen doen – terwijl een ijle bescheidenheid hem naar het hoofd steeg vertraagde hij onwillekeurig zijn pas, tot hij tussen de vrouwen nu ook twee mannen ontwaarde, een met een opschrijfboekje en een met een camera, hij ineens alles begreep, en toen helemaal bleef stilstaan: de krant was gekomen, er werden vragen gesteld, foto's gemaakt, geen wonder dat geen enkel kind zich daarvan had kunnen losmaken om naar de kliniek te gaan.

Aan doorlopen viel niet meer te denken – roerloos, door niemand opgemerkt, bleef hij van afstand staan kijken naar de opwinding verderop. De moeders lachten naar de fotograaf, lieten het ene dierenverhaal na het andere uit hun mond optekenen, maakten toen een opening waar Japie opeens uit tevoorschijn kwam. Met de Bink op de arm werd hij vanuit de zandbak door de andere kinderen, zijn vroegere kwelgeesten, als hun held en voorganger naar voren geduwd, tot vlak voor de verslaggever, die prompt neerhurkte, hem iets vroeg, en begon te schrijven.

Het vertrapte brood nog maar een paar maanden geleden en nu dit: in Reberts hoofd werd alles even vloeibaar. Hij haalde zijn neus op, knipperde slikkend het waas voor zijn ogen weg, kon daarna alleen nog maar glimlachen – maar die glimlach verstrakte tot een grijns toen zijn blik het volgende moment naar rechts afdwaalde en hij in de verte, tussen de stammen door, afgetekend tegen de nieuwbouw, halverwege de lange stoep, een schrale, vale figuur met een hoedje op zag staan: Jan de Loper; hij was niet de enige die op afstand stond toe te kijken, Jan de Loper deed precies hetzelfde...

De vuisten ballend stelde hij zich voor hoe het opdringerige mannetje in een winkel toevallig gehoord had dat de krant was gekomen, zich als beroemdheid onmiddellijk aangesproken had gevoeld en zich onverwijld naar zijn natuurlijke wederpartij had gespoed, om wat er ook maar gaande mocht zijn met zijn aanwezigheid op te luisteren en te vervolmaken – maar waarom, nu hij er bijna was, liep hij niet door om alle aandacht voor zichzelf op te eisen? Het was merkwaardig zoals hij draalde, het leek of hij niets liever wilde dan dichterbij komen, maar zich tegelijk ook uit alle macht daarvan weerhield – misschien begreep hij wel hoe onnodig, hoe alleen hij was...

Nog eens balde hij zijn vuisten, ditmaal van voldoening, toen keek hij weer recht voor zich uit. De verandering bij de zandbak was volledig.

Twee, drie kinderen wezen zijn kant op; de nog aldoor neerhurkende verslaggever draaide zijn gezicht naar hem toe, richtte zich op, hief een arm.

Maar Rebert had zich al omgedraaid en begon aan de terugweg.

Ze kwamen allemaal achter hem aan, de verslaggever en de fotograaf, de vrouwen en de kinderen.

Hij versnelde zijn pas.

Een mannenstem: 'Meneer... Dokter!'

In draf bereikte hij zijn voordeur. Hij ging naar binnen, twijfelde niet of er zou dra en dwingend aangebeld worden, en om dan niet open te hoeven doen, niet thuis te zijn, liep hij dadelijk, langs alle deuren van zijn praktijk, door naar de keuken en weer naar buiten, de achtertuin in en verder door de velden.

De volgende dag stond het artikel in de krant. Onder de kop 'Angelen dierendorp' vulde het de halve streekpagina; de foto ernaast toonde de zandbak met de kinderen op de rand, de dieren in het midden, en een klein jongetje dat een gevlekt konijn over een stokje liet springen – Japie en Binkie, Rebert herkende ze onmiddellijk toen hij na het hardlopen de krant opensloeg en eerst alleen maar de foto bekeek, blij voor Japie, dat die er met zijn kunststukje zo goed op stond. Nog nooit was de jongen bij hem geweest, hij zou ook wel niet meer komen, maar nu zag hij hem dan toch van dichtbij voor zich en kreeg hij zijn ogen maar moeilijk van hem los. Het stuk deed hem vervolgens weinig, hij voelde zich alleen wat opgelaten bij de passage waarin hijzelf voorkwam: '...het vuur van die dierenliefde, aangestoken en onderhouden door dierenarts R. van Buyten aldaar...' Waarom deze vermelding, wat had hij nou helemaal gedaan? Goed, hij had een keer uitgebreid een konijn geaaid, maar Japie deed dat al jaren, de kinderen hadden het ook van hem kunnen leren, als ze hem er maar niet altijd om hadden gepest – hij stond op, legde de krant bij de andere op de stapel, begon aan de huishouding.

Daags daarna werd er voor het eerst sinds hij in Angelen woonde onder schooltijd aangebeld. Voor de deur stond een keurig geklede heer van ongeveer vijftig jaar oud met een wijnkistje en een krant onder de arm. Ondanks het gure, regenachtige weer droeg hij geen overjas, zodat hij wel net uit de glanzende, grote auto moest zijn gestapt die naast de stoep stond. Achter het stuur zat een man met een pet op.

De bezoeker stak zijn hand uit, stelde zich voor als de burgemeester – of hij hem een ogenblik spreken kon?

Rebert ging hem voor naar de spreekkamer, liet hem op de stoel voor zijn bureau plaatsnemen, ging er zelf achter zitten, en vroeg zich ineens af of dit de burgemeester was die vroeger in zijn huis had gewoond of een andere – maar de gesoigneerde heer gaf van geen enkele herkenning blijk en begon dadelijk de reden van zijn komst uiteen te zetten: het artikel in de krant had B & W buitengewoon verheugd, en daarom, uit erkentelijkheid voor de verkregen publiciteit, had hij de vrijheid genomen om persoonlijk zijn dank te komen overbrengen.

'Dus... alstublieft!' besloot hij, terwijl hij de wijn met een hoorbare klap op het bureaublad plaatste. 'Volkomen verdiend!'

Als ik een vrouw was geweest, of niet gestudeerd had,

zou hij mij het kistje vast in handen hebben gegeven, dacht Rebert, en hij verheugde zich: de man ging met hem om als met een oude studiegenoot.

'Want dat is waar het tegenwoordig allemaal om draait...' vervolgde de burgemeester, tikkend met zijn wijsvinger tegen de krant: 'Publiciteit!'

Het was de krant van gisteren, speciaal meegenomen om er nu tegenaan te kunnen tikken, om te laten zien hoe oprecht zijn geestdrift was.

'Zonder publiciteit red je het straks niet meer!'

Rebert rechtte zijn rug. Als het onderwerp straks versprong van publiciteit naar reclame, een kleine stap toch maar, zou hij daar wel iets over kunnen vertellen. Hij had een televisiecommercial in Amerika.

'Zelfs voor een kleine gemeente als de onze wordt publiciteit steeds belangrijker... ik heb me wel eens afgevraagd: moeten we geen publiciteitsafdeling hebben?'

De vraag behoefde geen antwoord, maar het was een vraag, ja: een vraag zoals mensen die aan elkaar stellen als ze een gesprek beginnen.

'Een afdeling... die zich uitsluitend bezighoudt met publiciteit?'

Idem.

'Maar dan nog, voor een dorp als Angelen zal het altijd moeilijk blijven om de krant te halen,' verzuchtte de burgemeester, zachter nu, bijna vertrouwelijk, 'al lag dat vroeger wel wat anders, met een man als Jan de Loper binnen de grenzen... die zette Angelen bijna iedere dag wel op de kaart! U kent Jan de Loper?'

Die naam, twee keer, vlak achter elkaar, terwijl het gesprek nog maar net aan de gang was: Rebert had het gevoel of hij in een optrekkende auto zat die door pompend remmen snel vaart minderde om van de rechte weg af een onverhoedse afslag te nemen. Als vanzelf boog hij het hoofd: ja, hij kende Jan de Loper wel – toch begon de burgemeester hem uit te leggen wie dat precies was en hoe het in diens hoogtijdagen toeging.

'...een miljoen passen naar Parijs!'

Het was of de burgemeester hem eerst had opgepompt en nu weer liet leeglopen; van slapte zakte zijn hoofd nog verder omlaag.

'...en maar zwaaien naar de mensen, met zijn sloffen in de hand!'

Machteloos wrong hij zijn handen: weer was het mannetje erin geslaagd zich in een beginnend gesprek op te dringen en alle aandacht voor zich op te eisen, net als die keer bij Laura.

'...als ober... de heer van Angeldycke!'

Hij vertrok zijn gezicht als iemand die tegen de zon in kijkt, of bijna moet huilen.

'...uit zijn wandelstok... proost!'

Gelaten onderging hij alle grappen die de burgemeester onbarmhartig aaneen bleef rijgen, die met de Mona Lisa, die met het dodenmasker op een stokje, nog een andere, en bij elke klodder humor die op hem neer droop voelde hij zich verder verweken.

'...op zijn ezeltje!'

'En nog in zijn pyjama...' voegde Rebert er met zijn laatste kracht aan toe, als laatste verweer ook, om aan te geven dat hij het allemaal al wist en niet nog eens verteld hoefde te krijgen. Maar het werkte averechts uit:

'In zijn pyjama? Werkelijk? Dat wist ik niet... Dus in zijn pyjama op zijn ezeltje, in alle vroegte, met die zak op zijn rug... Ha, ha!'

De burgemeester scheen het kostelijk te vinden; als hij inderdaad in dit huis had gewoond en altijd de sinterklaasoptocht van Jan de Loper met kinderen ontving, zou dat zijn welwillende lach verklaren.

'Maar aan liefdadigheid deed hij ook,' vervolgde hij, volkomen ernstig opeens, 'en het enige museum in de gemeente is van hem – we doen hem tekort als we ons alleen zijn vrolijke streken zouden herinneren, al is hij daar natuurlijk wel het meest bekend om geworden, ik durf wel te stellen: nog bekender dan Angelen zelf, want gaat u maar na, stelt u zich eens voor...'

Op gedempte toon werd nu de immense bekendheid van Jan de Loper geschetst, de bootladingen bezoekers elke dag, het onthaal op de Champs-Elysées, en de volle zakken inkomende en uitgaande post, waardoor hij op den duur zo bekend werd bij de posterij dat ook de meest merkwaardige en cryptisch geadresseerde poststukken, waar ook in Nederland op de bus gegooid, de volgende dag feilloos op Angeldycke werden besteld.

'...een keer zelfs een oude zool waar helemaal niets op stond!'

Rebert hoorde het allemaal als door een dichte deur, maar die ging open, zodat ze weer in direct contact tegenover elkaar kwamen te zitten, toen de uiteenzetting overging in hardop nadenken, en ten slotte een vraag:

'Iedereen had op de een of andere manier wel van Jan de Loper gehoord, maar ook nu nog moeten er tienduizenden, misschien wel honderdduizenden mensen zijn die zijn naam kennen, die roem verdwijnt niet zomaar, die goodwill bestaat nog steeds, zonde toch om die braak te laten liggen, eigenlijk zouden we er iets mee moeten doen, die op de een of andere manier weer tot leven wekken... maar hoe?'

De burgemeester had de krant opgerold en sloeg zich er nu, voorovergebogen, op het ritme van een druppelende kraan, met zijn rechterhand mee in de linker, peinzend en daadkrachtig tegelijk, net alsof hij zich al geruime tijd met deze kwestie bezighield, die absoluut wilde oplossen, maar er domweg niet uit kwam. Elke suggestie was welkom.

Er welden er drie in Rebert op, tegelijk met een glimlach die hij maar nauwelijks onderdrukte.

'Hem op televisie laten optreden?'

De burgemeester schudde het hoofd, keek somber naar een hoek van het plafond, noemde het bezwaar: zijn invloed reikte niet tot in Hilversum.

'Een standbeeld?'

Kon ook niet, daarvoor zou Jan toch eerst, want bij leven...

'Een biografie dan?' bracht Rebert zijn laatste en beste suggestie naar voren, met een precisie alsof hij een naald in een ader stak.

De burgemeester hield op met slaan, stak de krant even goedkeurend naar hem toe, sloeg er toen weer mee verder op zijn handpalm: een biografie zou uitstekend zijn, maar ook daar zat toch wel een probleem aan vast.

'Probleem?'

Een vermoeide zucht, toen de uitleg: ze hadden het er al wel eens over gehad, Jan en hij, en de gemeente zou een dergelijke uitgave beslist toejuichen en op alle mogelijke manieren ondersteunen, via de bibliotheek of de historische kring: 'Als we Jan zo weer terug in de publiciteit kunnen brengen, betekent dat immers ook weer publiciteit voor Angelen – maar wie moet het schrijven?'

Rebert wist het niet. Openlijk glimlachend nu trok hij de schouders op.

'Jan wil het niet zelf doen, hij zegt altijd dat hij voor een autobiografie te bescheiden is, maar aan een biografie wil hij alle medewerking verlenen. Het materiaal ligt klaar.'

'Materiaal?'

'Foto's, brieven, kaarten van zijn reizen en voettochten... Het zou een verdraaid aardig boekje kunnen worden, hoor, niet te dik, een pagina of zeventig, en met deze illustraties zou het al voor de helft gevuld zijn. Jan is bereid om zich te laten interviewen, zodat de rest ook zo geschreven is: de voornaamste levensgevallen, wat anekdotes en nog een beetje vraag en antwoord – klaar. Prachtig, toch? Desnoods geven we het zelf uit, als we maar een schrijver hadden, als iemand zich maar aanbood...'

Maar waarom zou iemand zich aanbieden om Jan de Loper te interviewen? Rebert lachte nu bijna hardop.

'Veel werk lijkt het me niet, en het hoeft ook helemaal geen literator te zijn, maar enige vertrouwdheid met het geschreven woord, alsook een oprechte liefde, althans belangstelling voor het onderwerp, is natuurlijk wel een vereiste, en daar wringt nu juist de schoen: de bewonderaars van Jan de Loper behoren immers niet bepaald tot het meest geletterde deel van de bevolking... Begrijpt u wel hoe moeilijk het is om in dezen tot een oplossing te komen?'

Hij begreep het maar al te goed; het leek hem zelfs uitgesloten. Ook de burgemeester trok inmiddels een gezicht alsof hij alle hoop verloren had. Wat kon hij ook anders, wat viel er voor hem nog te regeren? De scepter in zijn hand was een opgerolde krant.

'En dan het museum van Jan, ons enige museum, het Museum voor Land- en Volkenkunde,' ging hij al even zorgelijk door – hij zweeg even, keek besmuikt op zijn horloge – '...daar is de loop ook helemaal uit, daar komt niemand meer... ik vraag me wel eens af: kunnen we niet, als gemeente, zou het niet goed zijn... Maar kom, ik mag u niet langer met mijn problemen storen!'

Rebert verbaasde zich erover hoe veerkrachtig de man tegenover hem opstond uit alle eerdere mismoedigheid. Werktuiglijk volgde hij hem naar de deur en drukte hij de uitgestoken hand. Aan de lichte tred waarmee de burgemeester vervolgens naar de auto liep zag hij wel dat alle moeilijkheden opeens van hem waren afgevallen en geen enkel probleem hem nog bedrukte, of zelfs maar bedrukt had ook, de publiciteit niet, het lege museum niet, en de biografie ook niet.

En toen kwam Japie toch, bij donker, een paar dagen later tegen zessen.

Rebert zat juist zijn wijn te versterken toen de bel ging. Hij kon niet gelijk opendoen, moest doorgaan met tellen; pas nadat de laatste druppel was gevallen stond hij op en liep hij door de gang naar voren.

Met een boodschappentas in de hand stond Japie voor de deur. Eerst had hij recht over hem heen gekeken, de duisternis in, maar toen hij hem zag herkende hij hem onmiddellijk, ook al hield hij zijn hoofd gebogen – maar nu hief hij zijn gezicht toch naar hem op, heel kort, niet om zelf te kijken maar alleen om het hem even te laten zien. Het was zo wit en strak in het schijnsel van de buitenlamp dat er iets mis moest zijn. Hij knikte, slikte, ging voor naar de behandelkamer en knipte het licht aan. Toen hij zich omdraaide schoof Japie geluidloos langs hem heen.

De jongen was zo klein, de tas zo groot, dat hij zijn arm moest krommen om te voorkomen dat die over de vloer sleepte. Met een merkwaardige, ingekeerde zelfstandigheid, zonder aanwijzing van buitenaf of zelfs maar acht te slaan op hem, de dokter en enige volwassene in het vertrek, liep hij dadelijk door naar de stalen tafel in het midden. Hij tilde de tas op het blad en haalde eruit wat hij had meegenomen.

Het was Binkie.

De Bink was dood.

Japie legde hem goed neer, op zijn zij, aaide hem, en verdween toen in de mist die plotseling opzette.

Uit alle macht knipperde Rebert zijn ogen schoon. Japie stond nog steeds aan de tafel, iets teruggetreden nu. Hij keek niet naar hem om, ook niet meer naar het konijn, hij liet zijn hoofd weer hangen en keek naar de grond, zijn handen gevouwen voor zijn schoot, als een groot mens aan een graf. Het was helemaal stil.

Rebert kon niets zeggen, wist ook niet wat hij moest doen. Het was absurd om het konijn te onderzoeken, maar als hij het naliet zou het lijken of hij de dood zonder meer bevestigde, niet eens de moeite nam om die te constateren, of vies was van een Bink die niet meer leefde – en dat kon hij niet, hij kon het onderzoek niet nalaten.

Hij zette zijn fonendoscoop op, kwam dichterbij, drukte de ontvanger tegen de borst van de Bink. Omdat er verder niets te doen viel bleef hij maar in gebogen houding staan luisteren naar de stilte die zelfs ook door de fonendoscoop volkomen was, tot hij niet anders meer kon dan ermee ophouden; hij rechtte zich en schudde het hoofd, niet meer in staat nog iets te zeggen, en in het volle besef ineens hoe onnodig zijn handelen was geweest: Japie wist heel goed dat zijn konijn dood was, hij was helemaal niet gekomen om hem te laten onderzoeken, alleen maar om hem aan hem te laten zien, dat hij dood was, het liefste wat hij bezat – ze hadden samen toen toch dat brood gehaald, daarom mocht hij de Bink nog een keer zien...

Het moest zo wel zijn, en Japie vond dat het lang genoeg had geduurd, want opeens deed hij een stap naar de tafel, zette hij de tas op de grond en strekte hij zijn handen naar Binkie uit op hem weer in te pakken, maar op dat moment werd eindelijk de spraak weer over Rebert vaardig en zei hij:

'Nee, doe maar niet... hij moet opgenomen worden, hij kan nog niet naar huis, het is heel ernstig...'

Japie stokte in zijn beweging, boog zich toen naar de grond.

'Nee, laat de tas ook maar hier...'

Zijn stem klonk vreemd, en de woorden kwamen zonder door een gedachte van hem vooraf te zijn gegaan: het was of iemand anders sprak, een vreemde die hem het goede liet doen: hij mocht Japie eenvoudig niet met zijn dode konijn weer naar huis laten gaan, ook niet met een lege tas, het was een duldeloze gedachte, en juist om het te voorkomen was de spraak in hem uitgebarsten, net op tijd.

'Kom morgenmiddag maar langs, ik zal kijken wat ik kan doen... morgen tussen de middag, om kwart over twaalf, gelijk uit school...'

Het was klaar; hij liet Japie uit, zag hem verdwijnen in het donker, sloot de deur. Wat later had hij zijn eerste glas versterkte wijn op en was zijn avond begonnen.

HOOFDSTUK 20

Tempo doeloe

Hoe lang zou het nog duren voor zijn laatste Jan de Lopersigaar in rook opging? Hij had nog driekwart doos, zo'n dertig stuks; als hij nog tien jaar te leven had, en er zijn sterfbed mee wilde halen, moest hij zich op een rantsoen van één per kwartaal stellen. Rokend op de canapé zou hij dan met zijn laatste adem zijn eigen naam uitblazen. De gedachte beviel hem: hij zette de retrograde klok beneden in de gang op tien en het aftellen begon. Het onaandoenlijke, niet-aflatende getik was krachtiger dan zijn hartslag.

Toen zijn oog vasthaakte aan de naam van de dierenarts kon hij het artikel niet meer uitlezen, zag hij alleen nog maar hoe zijn eigen naam werd uitgewist en vervangen door een andere. De canapé gleed onder hem weg, de kamer kantelde, hij voelde zich verijlen in leegte: nu Van Buyten in de krant stond was het opeens of hij zelf niet meer bestond. Maar hij had zijn sigaren toch nog, met zijn naam erop? En zijn museum? Sinds de laatste bezoeker twintig jaar geleden was hij er niet meer geweest, maar waar kon hij zijn bestaan krachtiger bevestigd vinden dan juist daar? Het was of hem ineens een oude, open uitnodiging te binnen schoot...

De duizeling was opgelost, het gewicht in hem teruggekeerd. Met een milde glimlach vouwde hij de krant dicht; met een Jan de Loper in zijn borstzak liep hij de trap af, de keuken uit en over het gras verder naar het paviljoen. Zonder iets te merken van het weer, de tuin of de dieren zag hij de dichte deur recht voor zich steeds groter worden, tot hij er was en zijn handen ertegenaan zette.

De scharnieren kraakten.

De kier werd breder.

Hij ging binnen.

Hij had de deur niet achter zich dichtgedaan, toch liep hij na een paar passen al vast in het donker. De ramen waren zo vuil dat ze bijna geen licht meer doorlieten. Vanbuiten werden ze regelmatig gelapt, maar aan de binnenkant niet, omdat er nooit iemand binnenkwam. Een klamme, muffe lucht van oneindige vermoeidheid zette op.

Om zijn ogen aan het donker te laten wennen bleef hij stilstaan.

Om de uitgeputte geur te verdrijven stak hij zijn sigaar op.

Om de drukkende stilte te doorbreken stelde hij zich voor hoe het zijn zou als hij zijn huisbedienden hier binnenkort eens een rondleiding gaf: ze zouden weer weten wie hij was.

Het zwart rondom begon te verbleken, de eerste voorwerpen doemden eruit op: een glanzend schild, een rechtopstaande kano met een peddel, een blaasroer in een paraplubak. Hij stond nog vlak bij de loge waarin Boy conciërge was geweest. Hij had makkelijk een lamp aan kunnen doen, nu was het niet meer nodig. Hij liep weer verder.

Toch klonk er geen enkel geluid; zijn adem en voetstap smoorden in de onverbrekelijke stilte. Onveranderd, terwijl al het andere eruit tevoorschijn kwam, bleef hij verborgen in het licht, dat niet meer sterker werd en precies dezelfde, grauwe kleur aanhield als zijn plunje; hij was nog even onzichtbaar als eerder in het donker – alleen was er niemand om onzichtbaar voor te zijn; hij was alleen.

Na de wapens kwam het textiel. Tapijten en inlandse

gewaden lagen uitgespreid over de tafels aan weerszijden van het pad, zijn hand gleed over zijden sarongs, gebatikte kaïns, bleef toen ineens stilliggen op de kabaai die Boy bij zijn werk gedragen had. De zachte glimlach van zijn Javaanse bediende zweefde hem voor ogen, hij deed die onwillekeurig na, ging net zo staan als hij altijd stond, in diezelfde houding waarin hij hem weer voor zich zag, probeerde hem zo in zich tot aanzijn te roepen, hem nader te komen, maar bleef alleen: de afstand was te groot, Boy te ver en te lang al weg – zou hij eigenlijk nog leven? Als hij bij zijn dood nog bij hem had gewoond zou hij zeker een overlijdensadvertentie voor hem hebben geplaatst, hij had dat toch ook gedaan voor Gerrit, en de goede Ant? Hij boog het hoofd, voelde zijn ogen branden, zag de laatste regel al voor zich: *Lieve vriend, rust z8...*

Terwijl er af en toe een spinnenweb of herfstdraad door zijn gezicht streek waarde hij verder naar achteren, als een schim, een schaduw door de schemer. Van de meeste stukken op de stellingen herinnerde hij zich de aanschaf nog, maar als hij ze glimlachend voorbij ging leken ze hem niet meer te herkennen, de coulissen van zijn wereldreis gleden gesloten voorbij, net of iemand anders die gemaakt had en er beroemd mee was geworden. Wat stelde zijn roem ook nog voor? De streken waar iedereen het over had, de vrolijkheid die hij verspreidde – wie er nog van wist dacht er niet meer aan, de anderen waren het vergeten.

Het glimlachen was hem vergaan, zijn ontroering afgekoeld, met een beklemming op de borst naderde hij een stelling met koperen pannen. Het nasi-recept dat hij hier placht voor te lezen hing slap aan zijn spijker, en bij elke stap zakte hij dieper weg in de vergetelheid die het alles uitwasemde. Hoe lang was het niet geleden dat hij al dit keukengerei, de hele collectie naar huis had verscheept? Indonesië heette toen nog Indië, Djakarta Batavia, Sulawesi Celebes – het was de tijd dat hij zijn geluk vond en Jan de Loper werd.

Het grote voorbij moest de zuurstof uit de lucht hebben gehaald: hijgend van benauwdheid liet hij zich aan het eind van het pad ruggelings tegen de muur vallen; om bij adem te komen bleef hij stil naar voren kijken, en langzaam drong het besef tot hem door waarom hij hier al die jaren niet meer was geweest: het had hem aan moed ontbroken, de moed om de rouwkamer van een dierbare te betreden – zonder bezoekers was zijn museum een tombe geworden, de tentoonstelling een rekwisietenopslag van een stuk dat niet meer speelde. Nergens had hij zijn geliefde verleden doder kunnen aantreffen dan juist hier, waar het in leven gehouden werd.

Achteraan scheen de deur als een rechthoekige maan door de stellingen. Met een gevoel of hij niet langer welkom was, uit discretie haast, begon hij er door het andere pad naartoe te lopen, huiverend onder de kilte van de uitstalling die hem niet opnam maar bleef buitensluiten. Zijn oren suisden, zijn benauwdheid nam nog toe, uit alle macht versnellend werkte hij zich op precies dezelfde wijze naar het licht als vroeger, wanneer hij een duik had genomen in de bevroren vijver, en onder het ijs door terug naar het wak zwom. Alleen was hij toen niet alleen, hij kwam altijd boven in een kring van lachende gezichten. De lucht was blauw, een camera klikte, iemand wierp een handdoek over zijn schouders, Ant schudde bezorgd het hoofd...

Tien meter nog – hij passeerde een zelf nagebouwde Javaanse hut, zijn dekenkist, werd toen ineens van vlakbij aangestaard door een paar maskers, daarna door de opgezette aap, daarna door de bleke, naakte paspoppen. Toen hij herademend over de drempel wankelde was het of zijn eigen roemrijke verleden hem eruit gooide, omdat hij het verlaten en in de steek gelaten had, en onwaardig geworden was.

Zijn sigaar brandde niet meer, gesmoord zeker in de arme lucht binnen. Hij stak hem dadelijk opnieuw aan, en keek toen pas om zich heen, knipperend met zijn ogen tegen de egaal witte lucht. Op de zwemtrap in de vijver zaten een paar eenden, Klaas waste de Cadillac, de meid nam het polyester tuinameublement af. Hij liet het ze iedere week een keer doen, zodat het nooit nodig was, maar zonder werk zouden ze weggaan en hij had geen ander werk; er ging gewoon te weinig om op Angeldycke, het enige wat ze nog deden was het huishouden.

Hij stak het gras over naar het huis, maar wat moest hij binnen doen? De trap op klimmen naar zijn kamer, waar de lucht net zo uitgeput was als in het museum, even arm als zijn adem? En dan op de canapé gaan liggen, de dun geworden deken en het zure laken over het hoofd trekken, en zich rondwentelen in de vodden van zijn vergane roem?

Rokend liep hij omhoog naar de weg, aan de andere kant van de dijk weer naar beneden, toen de verbleekte aanlegsteiger op. De Rijn stroomde, het was windstil, steunend met zijn ellebogen op het beschot zag hij een schip aankomen vanaf Millingen.

Over twee weken kwam de boot van Sinterklaas.

Het schip voer voorbij, het was de Cougar Ace. Hij keek het na tot voor Tolkamer, toen gooide hij zijn sigaar in het water en ging hij toch naar binnen.

HOOFDSTUK 21

Contact

Een elastieken slang!

Zijn humeur was uitstekend. Heel de ochtend had hij door de Over-Betuwe gereden, van de ene boerderij naar de andere, deinend over de modderige wegen en karrensporen, alle adressen van Beckers langs, met de dode Bink achterin op zoek naar een levend evenbeeld, en overal hadden ze hem onmiddellijk herkend, vervolgens, na al die tijd alsnog, in onbeholpen maar welgemeende woorden gecondoleerd, soms ook laten beloven de praktijk weer op te vatten, en daarna, zodra hij de reden van zijn komst had genoemd, prompt mee naar de konijnenhokken genomen. Uiteindelijk was hij eerder geslaagd dan verwacht. De margarinedoos, waarin hij de nieuwe Bink had meegekregen zonder te mogen betalen, stond op de achterbank, de oude lag er in zijn boodschappentas naast, de gelijkenis tussen beide stemde hem meer dan tevreden en nu, terwijl hij de Rijnbrug op reed, schoot hem opeens ook nog de oplossing te binnen voor een schijnbaar eenvoudig, maar bij nader doordenken steeds hopelozer wordend probleem inzake de energieopwekking uit golven: een elastieken slang!

Het basismodel bestond nog steeds uit een boei op het water en een kabel die vanaf een ring aan de onderkant van die boei omlaag liep naar de behuizing voor de mechanica op de zeebodem, vastgeschroefd aan een onwrikbaar blok beton. Met elke golf en iedere ruk van de kabel werd er in die behuizing onder grote weerstand een vliegwiel, dynamo of wat dan ook aan het draaien gebracht, waarna de aldus opgewekte stroom door een elektriciteitsleiding over de zeebodem naar een centrale op de wal werd geleid, niet groter dan een schuur waarschijnlijk, en van daar verder gedistribueerd over het land. De technische bijzonderheden omtrent de generator liet hij uiteraard over aan de ingenieurs en natuurkundigen, als uitvinder beperkte hij zich tot het grondidee, dat feitelijk klaar was, maar de laatste tijd kon hij er niet meer aan denken zonder dat hem telkens één laatste moeilijkheid voor ogen kwam: hoe kon de mechanica droog blijven? De kabel liep door een opening de behuizing binnen, hoe dan ook, dat kon niet anders, en hoe nauw die opening ook was, waterdicht werd die nooit: de kabel moest er immers vrijelijk door heen en weer kunnen bewegen...

Vanaf het hoogste punt van de brug kreeg hij het centrum van Arnhem recht voor zich, maar hij hield rechts aan, reed spoedig door een nieuwbouwwijk, daarna de IJsselbrug over, Westervoort uit, en bevond zich weer tussen de weilanden.

Smeervet volstond niet; de rukkende kabel trok het uit elkaar, het water stroomde binnen – maar niet als er geen water was, als het al eerder werd tegengehouden, en ineens zag hij voor zich hoe alles, de kabel en de behuizing, totaal droog kon blijven: een rekbare, waterdichte slang van rubber of kunststof, hetzelfde materiaal waarmee in zijn nieuwe voorstelling ook de stroomboei bekleed was, en daar ondeelbaar en volkomen waterdicht uit voortkomend, omhulde de kabel tot op de bodem, waar deze smalle broekspijp zich dan verbreedde om als een soort slobkous ook om de behuizing te stulpen. Zonder enig contact met het water werd de kabel langer en korter in de holle slurf, die op dezelfde golfslag mee rekte en dezelfde, gedurig wisselende lengte behield; de weerstand van die rek zou miniem zijn vergeleken bij de enorme kracht waarmee de kabel aan de generator rukte.

Terwijl de bomen aan weerszijden van de rijksweg voorbij streepten klopte hij opgetogen op het stuur. In deze tijd van ruimtevaart, plastic en kernfusie kon de ontwikkeling van een voldoende elastisch, waterdicht materiaal toch geen probleem meer zijn. En wanneer, zo bedacht hij nog, de koker in holle, bamboe-achtige vorm gehouden werd door horizontale, slijtvaste ringen aan de binnenkant, zouden die de aanraking met de kabel opvangen en kon er ook niets doorslijten – nog een probleem opgelost! Maar waarom moest het omhulsel eigenlijk elastisch zijn? Uitgaande van de hoepels kon die waterdichte broekspijp toch ook op de manier van een lampion van lengte wisselen? Daalde de boei, dan plooide die zich met het korter worden van de kabel in elkaar, en bij het stijgen kwam die weer uit de kreukels tot aan het hoogste punt: eenvoudiger kon niet; misschien, als hij Laura weer tegenkwam, dat hij haar toch eens wat over zijn uitvinding vertellen moest... Wat zou ze trouwens aan het doen zijn, nu, onder schooltijd, alleen thuis?

Duiven lag achter hem, Zevenaar voor hem, en het was pas elf uur. Gelukkig maar dat hij zo vroeg, bij donker nog, vertrokken was, en niet al te lang had hoeven zoeken, anders zou hij zich vast moeten haasten, nu had hij alle tijd; Japie kwam om kwart over twaalf. Het snelste was uiteraard om zo lang mogelijk, tot bij Hotel Oranje, de rijksweg te volgen, maar hij kon ook een afslag eerder nemen en langs het huis van Jan de Loper rijden – dat had hij hem toch beloofd, en Laura ook, om er eens langs te gaan?

Hij nam de eerste afslag.

Boerderijen, opstallen en struiken beperkten het zicht rondom. Nergens liepen mensen, het vee stond op stal, de verlatenheid werd alleen doorbroken wanneer een enkele erfhond hem in het voorbijgaan plichtsgetrouw toeblafte. Vriendelijk knikte hij dan terug – de nieuwe Bink op de achterbank, de wisseltruc straks die niet mislukken kon, de kou buiten en de warmte binnen, en daarbij nog zijn nu geheel doordachte stroomboeien en het voornemen Laura in vertrouwen te nemen, het deed hem alles zuchten van voldoening, tot hij linksom de dijk op draaide en Angeldycke op nog geen vijftig meter voor zich had.

Net als de vorige keer dat hij ernaar gekeken had, toen vanuit het dorp, en van veel grotere afstand, zag hij het van opzij; het beeld was gespiegeld hetzelfde; hij herkende het in een flits: de aanwezigheid van het huis was onmiddellijk, totaal, en bijna verlammend, maar na een korte aarzeling van zijn voet reed hij er toch naartoe – hij moest wel, kon niet meer terug, de dijk was te smal om te keren.

Op zijn naderen kreeg hij Angeldycke geleidelijk aan van voren te zien. Stapvoets passeerde hij de veranda met de witte, polyester tuinstoelen die Donald Duk naar Afrika ging exporteren. Achter de ramen was niemand te zien, ook niet in de tuin die nu tevoorschijn draaide. Ook hier die witte meubels, verder een vijver, een Amerikaanse slee, en een los gebouw dat het museum moest zijn. Een laatste blik achterom nog: hij was Angeldycke voorbij.

Herademend keek hij weer voor zich, hij wilde versnellen, maar op hetzelfde moment dat hij het gaspedaal dieper indrukte zag hij iets dwars over de dijk liggen en doemde er tegelijkertijd een merkwaardig gekleed figuur op vanachter een bord links in de berm. Zonder nog te begrijpen wat het geval was minderde hij vaart, toen kon hij het van dichtbij zien en begreep hij alles.

Er lag een zebrapad op de weg.

Het bord in de berm was een schildersezel.

Degene die erachter vandaan was gekomen was Jan de Loper. Hij had een paarse baret op, droeg een duffelse jas die tot zijn enkels reikte, en daaronder zeer grote, groene klompen, waar hooi uit stak. Hij stapte lachend het zebrapad op en gaf het stopteken.

Een doffe gelatenheid maakte zich van Rebert meester. Kon hij al niet meer terug, nu kon hij ook niet meer verder. Hij haalde zijn voet van het gas, reed tot het laatst door, trapte op de rem, kwam tot stilstand.

Jan de Loper liet zijn arm zakken, en herkende hem toen pas door de voorruit. Hij begon te stralen, trok blij verrast, of ook olijk, even de wenkbrauwen op, liep vervolgens om de motorkap naar de chauffeursdeur en tikte tegen het raampje.

Wat kon hij anders doen dan het opendraaien?

Hij draaide het open.

'Goeiemórgen...!'

Was het een begroeting, of alleen maar een uitroep van verbazing over de onverwachte vangst?

'...de dierendokter!'

Hij hield het op het laatste; in plaats van te antwoorden glimlachte hij kort en werktuiglijk, uit beleefdheid.

'De boer op geweest? Je wagen zit helemaal onder de modder! En toen dacht je zeker: ik ga eens bij Jan de Loper langs, kijken of hij thuis is... Nu begrijp ik waarom je zo langzaam voorbijreed!'

De jas van de Loper zat onder de verfvlekken – er opzettelijk opgesmeerd ongetwijfeld, als onderdeel van zijn schildersuitdossing, om andere mensen aan het lachen te maken. Daarom was zijn jas ook veel te lang, waren zijn klompen veel te groot, stak dat hooi eruit, droeg hij die baret, en klonk zijn schorre stem weer even schalks en overdreven opgewekt als de eerste en enige andere keer dat hij die gehoord had, toen met dat silhouet.

'Nou, je hebt geluk... Maar even koffiedrinken dan, binnen?'

Hij schudde het hoofd, schoof zijn mouw wat terug, tikte op zijn horloge. Van zijn goede zin was niets meer over; een oude stilte zette in hem op, tegelijk met een lichte haast: het was al over half twaalf, over minder dan een halfuur ging de school uit en kwam Japie.

'Geen tijd! Nee, ik begrijp het, een dierenarts heeft het altijd druk natuurlijk... Dat kan ik niet zeggen! Nooit een vak geleerd, in mijn hele leven nog geen dag gewerkt! Eerlijk niet! Ik heb de tijd! Maar goed, kom dan maar een andere keer op bezoek, dan zal ik je ook mijn museum laten zien en krijg je een rondleiding... door tempo doeloe...'

Het mannetje ging in een makkelijke houding staan, met een hand op het dak en de andere in zijn zij. Rebert kon zijn gezicht niet meer zien, maar nu weer wel de schildersezel. Die stond met de achterkant naar hem toe, maar hij twijfelde niet of de Mona Lisa zou tevoorschijn komen als de Loper die straks omdraaide en zich als Leonardo da Vinci kwam voorstellen... Daarna ging hij misschien wel cognac toveren... De ostentatieve manier waarop hij hem tutoyeerde irriteerde hem intussen uitermate, net als de zorgeloosheid waarmee hij hem ophield terwijl hij net toch had aangegeven geen tijd te hebben, en te vrezen viel dat het nog wel even doorging: in de binnenspiegel zag hij geen verkeer achter zich, op de weg voor hem tot aan het dorp toe ook niet – bij deze stilte was het niet ondenkbaar dat de Loper nu pas, voor het eerst vandaag beethad en er het maximale uit wilde halen...

'En na afloop drinken we een borrel met een fijne sigaar erbij, een echte Jan de Loper... die rook ik alleen met goede vrienden, meer uit voorzorg dan uit zuinigheid, want anders heb ik er straks op mijn sterfbed geen meer... Memento mori, nietwaar? Ergo: carpe diem! Maar bel dan wel even op van tevoren, want ik ben natuurlijk niet altijd thuis!'

Rebert knikte, de duffelse jas week terug van het raampje, en in de plotseling oplaaiende hoop dat het al voorbij was greep hij naar de versnellingspook. Maar in plaats van hem vrij baan te geven stelde de Loper zich weer ijlings op voor de auto. Hij moest gezien hebben dat hij wilde doorrijden, want hij stak een vinger omhoog en bewoog die grijnzend heen en weer.

'Zolang ik hier sta moet je wachten... zebrapad!'

Zich verbijtend kneep Rebert met beide handen in het stuur. Om het ronde, platte gezicht voor hem niet te hoeven zien keek hij opzij naar de rivier, zelfs over zijn schouder schuin naar achteren. De pont van Millingen stak over, tussen de kribben voor Angeldycke stond een vervallen aanlegsteiger, op het strandje ernaast lag een merkwaardig roeibootje, omhooggetrokken tot aan het gras. Toen hij pijn in zijn nek kreeg richtte hij zijn blik op de snelheidsmeter voor zich.

De laatste woorden waren de Loper als damp uit de mond gekomen; daarna had hij met kinderlijke vastberadenheid de armen over elkaar geslagen, en zo stond hij nog steeds roerloos voor de auto, als een boze meester voor de klas – maar nu scheen er iets in hem op te komen en kwam hij weer in beweging, ging hij opzij.

Radeloos van irritatie staarde Rebert uit over de lege weg. Achter hem schraapte het konijn met zijn nagels over de bodem van de doos.

Glimlachend liep de Loper in een boogje naar het linker voorwiel. Hij schopte er een paar keer tegenaan, trok een misprijzend gezicht, en schudde uiteindelijk het hoofd.

'Band oppompen?' vroeg hij, met moeite een nieuwe glimlach onderdrukkend, waarna hij zonder op antwoord te wachten naar de schildersezel kloste, iets uit het gras opraapte, en voluit glunderend een kartonnen bordje liet zien. 'Band oppompen 5 cents' stond erop.

Rebert vertrok geen spier.

De Loper kwam nu goed los. In dezelfde beweging waarmee hij het bordje teruglegde raapte hij iets anders op, ruggelings naar de auto gekeerd, en toen hij zich omdraaide hield hij ineens een masker op een stokje voor zijn gezicht. Hij trok het weg, keek hem even stralend aan, legde het weer neer en begon de schildersezel om te draaien.

Vrijwel verdoofd nu zag Rebert de in de hoeken wit gemaakte afbeelding van de Mona Lisa verschijnen, daarna de Loper met uitgestoken hand op zich af komen.

'Aangenaam... Leonardo da Vinci!'

De hand kwam door het raampje naar binnen.

Hij bleef het stuur vasthouden.

De hand verdween weer, kwam toen samen met de andere terug: de Loper had een nog gemakkelijker houding aangenomen dan eerder; voorovergebogen leunde hij met zijn onderarmen op het portier, zijn gezicht zo dicht voor de opening dat Rebert verstijfde – ja werkelijk, de man die zich te bescheiden noemde voor een autobiografie bestond het om zich nu zelfs ook lichamelijk aan hem op te dringen.

'Ach ja, die met de Mona Lisa blijft mijn favoriet...'

Door de warmte binnen was de adem van de Loper niet meer zichtbaar, maar juist wel te ruiken. Bij de eerste gewaarwording van de zure lucht ademde Rebert alleen nog door de mond; om niet aangeraakt te worden door de opvallend kleine handen, die zich gemoedereerd voor zijn borst in elkaar sloegen, drukte hij zich achteruit tegen de rugleuning.

'Maar veel mensen hier snappen hem niet, omdat ze het schilderij niet kennen...'

De Loper bewoog niet meer, toch leek hij nog dichterbij te komen. Rebert zag de aderen in zijn oogwit, het speeksel tussen zijn bruine tanden, voelde de bedorven adem weer over zijn gezicht strijken.

'En als ze de Mona Lisa al kennen, dan weten ze weer niet dat die van Leonardo da Vinci is...'

Toen de Loper even zweeg bleek zijn adem ook hoorbaar: er klonk een droog, vegend geluid in mee, als van fijn schuurpapier; door de fonendoscoop moest het longgeruis oorverdovend zijn.

'Voor grappen over kunst ontbreekt het bij de meesten gewoon aan culturele ontwikkeling... om die reden ben ik ook gestopt met het silhouet... die doe ik niet meer, al een hele tijd niet... jij bent de laatste die er nog om gelachen heeft... als je langskomt zal ik hem nog wel eens laten zien...'

De schorre stem had een melancholieke toon gekregen. Zo ernstig en gemeenzaam als de man nu sprak, het was of hij in hem een vakgenoot, een collega-koopman zag, en hem vertrouwelijk de slapte van zijn handel bekende. Maar wat kon hij eraan doen? Hij wist het ook niet!

'Kom, wat zei ik er ook altijd bij? Een waarachtig kunstwerk, zoiets... o ja: omdat het de schaduwzijde van de mens toont! Ha!'

Rebert kreeg een nieuwe stoot zure adem in het gezicht, maar dadelijk hoorde hij ook hoe het geschater omsloeg in een aanhoudend kuchen, zo hevig dat de man zich oprichtte en zich met werktuiglijke beleefdheid van de auto afdraaide.

De Loper lachte niet meer, hij hoestte.

En Rebert wachtte niet meer, hij gaf gas.

Snel, zo snel als hij reed, werd Jan de Loper kleiner in de binnenspiegel. Nog steeds stond hij op en neer te veren op de golven van wat nu, zonder geluid meer, evengoed een onbedaarlijke lachbui kon zijn als een hoestaanval. Het leek ook wel alsof hij met een onzichtbare fietspomp verwoed een band oppompte.

Zelf kon hij weer vrij ademen, maar zijn goede zin kwam niet meer terug – hij was zijn vertrouwen in de wisseltruc ook kwijt. Japie kende de Bink zo innig, en al jarenlang, het kleinste verschil in tekening of ook gedrag zou hem onmiddellijk opvallen. Maar als hij het nu eens op een bepaalde manier inkleedde, en er ook wat bij zei? Hij perste zijn lippen op elkaar, schakelde vastberaden door naar de drie.

De lege weg verdween kronkelend als een paling in de motorkap. Bij de afrit voor de kerk minderde hij vaart en draaide hij omlaag de kom in. De klok sloeg twaalf, de school was net uit, overal dromden groepjes kinderen. Terwijl hij door de nauwe straatjes stuurde spiedde hij rondom uit naar Japie, maar hij kreeg hem pas in het oog toen hij de drukte achter zich liet en bij de nieuwbouw kwam. Met gebogen hoofd liep hij aan het begin van de lange stoep in de richting van de speelplaats, alleen. Versnellend weer, in elkaar gedoken achter het stuur, reed hij hem voorbij. In de binnenspiegel zag hij dat zijn jas openhing – natuurlijk, de jongen wist heel goed dat zijn konijn dood was en voelde van verdriet geen kou meer.

Bij de zandbak was niemand en zou voorlopig ook wel niemand meer komen, door het ineens ingetreden winterweer. Overhellend maakte hij de bocht, een laatste versnelling nog op de klinkerweg, hij was er.

Het volgende moment liep hij met de doos en daarop de boodschappentas het huis in en dadelijk door naar de keuken. In één, ononderbroken handeling, met de helderheid van de haast, en de onstuitbare zekerheid van een slaapwandelaar, deed hij de rest: hij pakte zijn hypnine en pipet uit de kast, zette de doos op het aanrecht, tilde het spartelende konijn eruit, bakerde hem in een handdoek die hij vastzette met veiligheidsspelden, legde hem op zijn rug tussen twee pannen, slaagde er vervolgens in om met de duim en wijsvinger van één hand de kaken van het weerloze diertje vaneen te krijgen, en liet vervolgens met zijn andere hand vier druppels vanuit de volgezogen pipet in de helderrode mondholte vallen – door de onverdunde toediening moest dat voldoende zijn om hem snel suf te maken, c.q. zijn kerngezonde conditie te camoufleren.

Het voornaamste was gedaan. Zonder haast meer maakte hij de handdoek los en zette hij het konijn terug in de doos. Even bleef het helemaal stil, toen ging de bel.

Japie keek niet naar hem op toen hij opendeed.

'Kom maar binnen... hij heeft het gehaald, hoor... wacht hier maar even, dan haal ik hem uit de opname...'

Hij liet Japie de behandelkamer binnen, liep door naar de keuken, haalde de dode Bink uit de boodschappentas, stopte de nieuwe, die nauwelijks nog spartelde, erin, en ging ermee terug naar de behandelkamer.

Andermaal keek Japie niet op bij zijn verschijnen. Hij stond met zijn zij naar de deur gekeerd voor de operatietafel en liet zijn hoofd nog even diep hangen als eerder onder het lopen, en daarnet voor de deur: hij geloofde er niets van dat Binkie het had gehaald, dacht misschien wel dat hij voor de gek werd gehouden, vanaf gisteravond al...

'Kijk eens, hier is hij,' zei hij, terwijl hij de tas vlak voor hem op het metalen blad zette, 'maar je zult straks wel merken, thuis, dat hij nog heel zwak is. Hij is in coma geweest, en heeft een zwaar medicijn gekregen. Het kan zijn dat zijn vlekken daar iets door zijn veranderd... bijwerking...'

Heel langzaam kwam het hoofd van Japie iets omhoog. Hij zoog zijn lippen naar binnen, verder verried zijn gezicht geen enkel gevoel.

'En hij weet niets meer; alles wat je hem geleerd hebt is hij vergeten. Maar hij kan het weer leren...'

Japie deed een stap naar voren, keek strak naar de tas nu.

'Toen je hem gisteravond bracht dacht ik dat hij dood was, echt waar, maar het was een coma. Mensen kunnen dat ook krijgen, dan ben je helemaal bewusteloos... geheugenverlies is vaak het gevolg, amnesie...

Als zijn aanspraak een medicijn was tegen het ongeloof, dan waren de medische termen de werkzame bestanddelen daarin. Bij elk woord dat Japie niet kende leek zijn verzet minder te worden, er kwam leven in zijn ogen, zijn mond zakte open.

'Ik denk trouwens wel dat hij klinisch dood is geweest, dat wel...' ging hij door, maar het hoefde al niet meer, het pleit was beslecht, Japie gaf zich over: hij strekte zijn armen uit naar de tas, trok die naar zich toe, ging op zijn tenen staan en stak zijn hand tussen de hengsels door naar binnen. Bij zijn aaien maakte hij opeens een hoog, kermend geluidje.

Pas na enig kuchen hervond Rebert zijn stem. 'Goed, dan mag hij nu mee naar huis. Het kan best zijn dat hij gelijk in een diepe slaap valt, anders dan normaal, maar dat geeft niets, dat komt dan nog door de medicatie...'

Ter afronding, en bespoediging van het herstel, gaf hij nog een zakje calciogeen mee – 'eenmaal daags een theelepeltje over het voer' –, daarna reikte hij Japie de boodschappentas aan en ging hij hem voor naar de deur. Zonder een woord gezegd te hebben of ook maar één enkele blikwisseling glipte de jongen langs hem heen naar buiten. Hij hield de tas niet in zijn hand, maar drukte die met twee armen tegen zijn borst.

Nooit eerder had iemand met een gelukkiger gevoel een huisdier begraven dan Rebert, toen hij iets later in zijn achtertuin een kuil groef en de oude Bink erin legde.

'Je hebt het goed gedaan,' zei hij, alvorens hem onder de aarde te bedekken.

Daarna trok hij zijn witte kleren aan en ging hij hardlopen.

Die avond, zittend op de bank met zijn versterkte wijn, dwaalde hij ouder gewoonte door de lege wereld van ultra-Malthus, dansten zijn stroomboeien weer op de golven, en bracht hij zijn vaste bezoek aan Laura in haar intimiteit. De televisie stond aan zonder geluid, de klok sloeg negen keer en tikte door, alles in hem en rondom was net zoals anders.

Maar toen dacht hij ineens ook aan Jan de Loper – hij zakte loodzwaar weg uit zijn geplogenheden, steeg daar vervolgens echter vederlicht bovenuit: waarom belde hij hem niet even op, gewoon, voor de grap – het toestel aan de andere kant één keer laten overgaan en dan gelijk ophangen? Na alle grappen die het mannetje hem vanmiddag had laten ondergaan, die hele humorbehandeling waardoor hij bijna te laat voor Japie was gekomen, mocht hij toch wel iets terugdoen? Bovendien had hij het min of meer beloofd, dat hij eens bellen zou...

Zwevend kwam hij overeind, hij legde het telefoonboek op het dressoir, sloeg het open, liet zijn vinger over de Z glijden, hield stil bij Van Zuylen Rothaar, J.F. Gebogen over het toestel ernaast, met de hoorn tegen zijn oor gedrukt en het stellige voornemen die weer neer te leggen nog voor de verbinding tot stand was gekomen, draaide hij het nummer.

IJle leegte, onwezenlijk gesuis, toen ging het toestel op Angeldycke over. Geluidloos lachend luisterde hij naar de eerste toon, maar nog voor die ten einde kwam en hij kon ophangen, ging die over in gekraak en klonk er opeens een stem, de vervormde, metalen, maar onmiskenbare stem van Jan de Loper, die razendsnel zijn naam noemde – het mannetje had al opgenomen, moest pal naast de telefoon hebben gezeten.

Tintelend alsof hij een elektrische schok had gekregen trok hij in een reflex de hoorn van zijn oor, maar die bleef voor zijn gezicht op en neer deinen, hij kreeg hem niet omlaag, de lucht was te dik.

'...hallo?'

Het was alsof iemand van heel ver om hulp riep.

'...hallo?'

Eindelijk dan wist hij op te hangen; hij drukte de hoorn goed vast op de haak, als een stop, zodat er niets meer uit kon komen, en wankelde beduusd terug naar de bank. Pas toen hij zat, naar voren leunend met zijn ellebogen op de knieën, liet de schrik van hem af. Wat was er ook helemaal gebeurd? De lijn had dan wel even opengestaan, maar hij had toch niets gezegd? Hij slaakte een korte giechel, schudde het hoofd, strekte zijn hand uit naar het glas voor hem.

Op dat moment ging de telefoon.

Het geluid sloeg als een zweep door de kamer, dwingend, hard, en aanhoudend. Hij had het nooit eerder gehoord, het was voor het eerst dat hij in dit huis werd gebeld, en met een huivering besefte hij onmiddellijk dat het Jan de Loper moest zijn. Toch sprong hij werktuiglijk overeind en liep hij, in de stilte na de eerste rinkel, langzaam naar de telefoon, steeds langzamer, tot de stilte zo lang aanhield dat de volgende rinkel nadrukkelijk begon uit te blijven en hij, halverwege de bank en het dressoir, verstijfde van begrip: Jan de Loper had opgehangen; om hem te laten merken dat hij hem doorzag had ook hij de telefoon maar één keer laten overgaan – die ene rinkel daarnet was een teken geweest, een teken van verstandhouding...

Even nog bleef hij bevangen naar het toestel kijken, toen draaide hij zich om – en ging de telefoon opnieuw.

Het was of de Loper gezien had dat hij wilde gaan zitten en hem van afstand bestuurde: ineenkrimpend draaide hij zich weer terug, willoos, gehoorzaam, maar toen ineens ook vol verzet en zonder nog een stap te verzetten: hij hoefde toch niet op te nemen? Hij moest dat nu juist nalaten! Als hij niet opnam zou de Loper denken dat hij niet thuis was, en hem dus ook niet gebeld kon hebben... dan was er niets aan de hand!

De rinkel hield op; herademend zag hij voor zich hoe Jan de Loper de telefoon weer had laten overgaan: de hoorn tegen zijn oor leek enorm in zijn kleine hand, in zijn andere hand hield hij een glas whisky of een sigaar, en ondertussen grijnsde hij wellustig, alsof hij vol gas gaf...

Het beeld werd in tweeën gereten door de volgende rinkel die door de stilte sneed. Hij kon niet opnemen, maar ook niet gaan zitten; hij bleef stilstaan. Hoe was het eigenlijk mogelijk dat de Loper hem zo snel terugbelde? Hij stond nog niet in het telefoonboek; het kon niet anders of de man had eerder al zijn nummer opgevraagd.

Bij de vijfde rinkel stond hij nog steeds roerloos stil tussen de bank en het dressoir.

Toen hij na zes keer nog niet had opgenomen ging de telefoon voor de zevende keer.

De Loper had de tijd.

Rebert wrong zijn handen.

HOOFDSTUK 22

Annex – De lopende mens

Veel dieren zijn sneller, maar geen daarvan kan langer achtereen hardlopen dan de mens. Door zijn onbehaarde huid is hij in staat om over heel zijn lichaam te zweten, waardoor hij grote afstanden rennend kan afleggen zonder oververhit te raken. Wanneer die aanleg zich aan oefening paart ontstaat een loopvermogen dat, ofschoon uniek voor de mens, in zijn extremiteit bijna niet meer menselijk is. In culturen door de eeuwen heen vond het velerlei toepassing. De renjacht, vroeger beoefend door de Navajo-indianen, en bij de Bosjesmannen nog steeds in gebruik, is daar een van. Wie langer kan hardlopen dan een dier, kan jagen zonder wapen.

In de wazige verte van de woestijn staat een kudde antilopen. Een groep van vier of vijf man, onder wie een goede spoorzoeker, maakt zich los uit de dekking en gaat erop af. De kudde stuift weg; de mannen zetten de achtervolging in; de renjacht is begonnen. Nu gaat het erom de uitgekozen prooi geen rust meer te gunnen. Keer op keer verdwijnt de snelle antilope uit zicht, maar op geleide van de spoorzoeker vinden ze hem telkens weer terug en moet hij opnieuw vluchten. Zo blijven ze hem onvermoeibaar en hardnekkig opjagen, vijf, zes uur lang, een dag, tot de antilope oververhit raakt en uiteindelijk van uitputting niet meer verder kan. De Navajo zal hem ritueel doden door zijn neusgaten dicht te stoppen met maïsstuifmeel, want de aldus verkregen, ongeschonden vacht beschouwt hij als heilig, en in het stuifmeel woont een god.

De Inca-heersers gebruikten hardlopers als koerier. In estafetteloop doorkruisten die met inkomende en uitgaande berichten het steeds grotere rijk, dat door dit boodschappersysteem toch bestuurbaar bleef. Het noodzakelijke en goed onderhouden wegennet, voorzien van hangbruggen in het hooggebergte, was op het hoogtepunt in de vijftiende eeuw meer dan drieduizend kilometer lang. Om de drie kilometer stond een wachthuisje waarin een getrainde estafetteloper ofwel wisselaar zich gereed hield om de boodschap van een aankomende loper over te nemen en in één lange sprint naar de volgende post over te brengen. Het woord legde zo 220 kilometer per dag af, door de meest onherbergzame gebieden van Noord-Ecuador tot Zuid-Chili aan toe.

Ook de heerser van het Ottomaanse rijk bediende zich van ijlbodes. De Sultan liet ze tot de zeventiende eeuw op blote voeten lopen in een zo buitenissige uitdossing dat ze in het voorbij ijlen door iedereen verbaasd werden nagestaard. Sommigen meenden dat hun voetzolen met hoefijzers beslagen waren, anderen zagen in de onwaarschijnlijke afstanden die ze aflegden een half dierlijke geaardheid. Ze droegen kleurige uniformen met banden om het middel en vlak onder de knie, waaraan bellen hingen die rinkelden bij elke stap. Op hun hoofd stond een zeer hoge fez, van voren versierd met een parelmoeren palmet en gepluimd met een struisvogelveer bovenop. Hun opengesperde monden waren ijzingwekkend om te zien en konden niet dicht: tijdens het rennen moesten ze er een zilveren, van gaten voorziene bal in dragen, waar ze op sabbelden als een paard op het bit.

De voetknechten in Europa deden ook spoedeisende boodschappen, maar dienden tevens om de koets van hun meester te begeleiden. Ze maakten de weg vrij, gaven als voorlopers een vorstelijk cachet aan het passerende rijtuig, en renden vooruit om het hoge bezoek aan te kondigen bij de eerstvolgende pleisterplaats, zodat de herbergier tijdig zijn maatregelen kon treffen voor een passende ontvangst. Bij het allengs beter worden van de wegen in de achttiende eeuw, en de navenant toenemende rijsnelheid, moest een voetknecht zo'n twaalf kilometer per uur lopen om niet achterop te raken, en dat drie uur achter elkaar, tot de volgende, korte rustpauze. Tegen de avond had hij op deze manier honderd kilometer afgelegd, zodat hij meer dan twee marathons per etmaal liep, elke dag zolang de reis duurde, en dat gekleed in een felgekleurde livrei om de waardigheid en luister van zijn heer te belichamen. Hun uitzonderlijke loopgedrag en opvallende voorkomen werden nog extremer en opvallender door de twee meter lange staf die ze meekregen: door die als polsstok te gebruiken ontstegen ze het wegenstelsel waar gewone mensen aan gehouden waren en vlogen ze in volmaakte vrijheid door de velden, over beken, heggen en hagen, zwevend als bonte gazelles, en even excentriek nu als de Turkse koerier, dankzij die staf, die een koperen knop aan het boveneinde had en een glazen buis binnenin. In die knop zat een gekookt ei, in die buis witte wijn.

Ook de Inca-hardloper bezat een excentriek element in zijn voorkomen, dat overeenkwam met de excentriciteit van zijn lopen. Door de hoge vederbos die hij op het hoofd droeg stak hij boven iedereen uit; de wachtende wisselaar in het hokje zag hem al van verre komen, holde hem tegemoet, nam de boodschap over die werd uitgeschreeuwd of aangereikt in de vorm van een gevlochten matje, waarin knopen en kleuren een code bevatten, en rende daarmee naar de volgende post om de boodschap op zijn beurt door te geven. De Azteken gebruikten een vergelijkbaar systeem; binnen vierentwintig uur vernam Montezuma dat Cortés was geland op de kust van San Juan de Ulloa, driehonderdvijftig kilometer verderop.

HOOFDSTUK 23

Nader contact

Vreemd: de Lancia stond wel voor het huis, ingepakt in de hoes, maar er brandde geen licht. Waar kon Laura zonder auto zijn heen gegaan?

Rebert draaide zich om, en zo weifelend en onwillekeurig als hij daarnet de Swartenhondtstraat was in gelopen, zo gehaast liep hij die met vastberaden pas nu weer uit, weggedoken in zijn jas. Door de kou van eind november en het donker rond etenstijd was er niemand buiten, maar vanuit elke verlichte woonkamer die hij passeerde kon hij waargenomen worden. Hij trok zijn kraag nog hoger op, en ontspande pas toen hij de hoek om sloeg en zich niet meer in overtreding, maar weer op zijn oorspronkelijke route bevond: hij ging nog even naar de Rijn – mocht het?

Voorbij de kopse kant van de nieuwbouw rees de dijk op als een muur. Hij klom naar boven, staarde enige tijd uit over de glinsterende stroom, vervolgde zijn wandeling rechts over de kruin, net als de vorige en enige keer met Laura.

Bij de speelboom bleef hij opnieuw stilstaan om naar de rivier te kijken. Een schip met een rood boordlicht voer stroomopwaarts, een ander met een groen licht stroomaf, terwijl de boeien die overdag in diezelfde kleuren de vaargeul markeerden nu als gitten de golven tooiden. Stilaan nam hij meer in zich op: de kribben, de bakens aan het uiteinde, de hoge, van onderen aangelichte kranen links bij Tolkamer, de lichtjes in de verte, de schreeuw van een meeuw, toen ook de zwakke, maar onmiskenbare rivierlucht, vol zwemen vis, olie, grond en wier, vrouwelijk en mannelijk, plantaardig en dierlijk tegelijk. Een flauwe wind woei hem in het gezicht, het water kolkte traag voorbij, de duisternis erboven was enorm – en ineens herinnerde hij zich de twee jongetjes die hier de vorige keer aan het spelen waren geweest: ze hadden een nijlpaard; 'Dit is de overkant!' had de kleinste geroepen; hij zag de lach van Laura weer voor zich, lachte zelf ook even, en liep weer door over het zwarte gras.

Verderop, bij de kerk, in het schijnsel van een eenzame straatlantaarn, boog de dijkweg omlaag het dorp in. Vooruit spiedend tot waar die zowel uit de duisternis opdoemde alsook erin verdween zag hij opeens, nog verder weg, twee koplampen oplichten. Die stonden zo ver uit elkaar dat er vermoedelijk een overigens nog onzichtbare vrachtwagen aankwam, misschien wel die rode, die omstreeks deze tijd altijd langs de lange stoep werd geparkeerd. Om die zo aanstonds de kom te zien in draaien vertraagde hij zijn pas.

Maar het naderende voertuig reed ook merkwaardig langzaam. Rebert stond al enige tijd te wachten bij de lantaarnpaal toen het eindelijk dan vanuit het donker tevoorschijn kwam en onder een ijl opklinkend gezang de lichtkring binnen schoof, glanzend, wit, zeer laag en bijna zo breed als de dijk: het was geen truck maar een Amerikaanse slee met open kap. Sinterklaas en Zwarte Piet zaten op de achterbank, de chauffeur droeg een uniform, en nu kwamen ook de zingende kinderen te zien die met lampionnen aan stokjes achter de wagen aan liepen, gevolgd door ouders in donkere jassen. De glanzende staf van Sinterklaas stak in de hoogte als een baken van licht, aan deze kant van hem hield Zwarte Piet zijn elleboog doodgemoedereerd op de rand van het portier, de kinderen beschenen hun gezichtjes zonder het zelf te merken – na de verbluffende verschijning maakte de kleine stoet vooral een vredige, bijna feeërieke indruk op Rebert, tot Zwarte Piet opeens naar hem omkeek en hem dadelijk ook toeriep – uit het doorgaande, verwaaiende gezang maakte zich een schorre stem los die van blije verbazing hikkend oversloeg.

'Maar kijk dáár eens even... de dokter!'

Zijn hart kromp ineen: Jan de Loper, natuurlijk, de stoet kwam van het jaarlijkse sinterklaasfeest op Angeldycke en dan speelde die altijd voor Zwarte Piet, hij wist het van Laura...

'Even stoppen, Klaas!'

Nu hij gezien was viel aan weglopen niet meer te denken. In plaats daarvan deinsde hij onwillekeurig iets terug en greep hij zich vast aan de lantaarnpaal. Inmiddels begreep hij ook waarom bij Laura het licht uit was geweest terwijl de Lancia voor de deur stond: met Lieneke was ze vanmiddag al naar het feest gegaan, te voet, met het oog op deze traditionele optocht terug; hij zag haar niet, maar wist wel zeker dat zij ergens tussen de donkere gestalten achteraan liep en hem nu wel zag...

De wagen kwam op nog geen twee meter voor hem tot stilstand, daarachter de kinderen, daarachter de ouders. Dwars door de schoensmeer heen straalden de glundere trekken van Jan de Loper hem tegemoet.

'Zo, dus nou sta je me weer híér te beloeren! Dat is nou al de tweede keer in korte tijd!'

Nu niets meer verderging was ook het zingen opgehouden. De krassende stem klonk in de stilte nog harder dan daarnet. Wat moesten de mensen denken? Het bloed steeg hem naar het hoofd

'Geeft niks hoor, ik heb niets te verbergen...'

Godzijdank ging de Loper niet door over de vorige keer, toen hij zo langzaam langs zijn huis was gereden, die verschutting bleef hem bespaard, terwijl de beschuldiging van daarnet feitelijk ook al was ingetrokken. Zich hernemend bekeek hij hem nu pas goed.

'...en als je me niet gelooft moet je maar eens langskomen, dan kun je het zelf zien...'

De Loper had ook zijn handen zwart gemaakt, en leek in de grote auto nog kleiner dan gewoon. De mouw van zijn fluwelen jasje zat opgestroopt, zo hoog had hij zijn elleboog opgetild om die op het portier te kunnen leggen, zo hoog als zijn schouder. Aan de vingers van zijn rechterhand, die buitenboord hing, glommen gouden ringen, in zijn linker hield hij de roe.

'Maar wat sta je hier nou aan de weg? Wou je soms meerijden? Stap maar in! Slim hoor, om onder die lantaarnpaal te gaan staan liften!'

Opnieuw voelde hij een hete veeg over zijn gezicht, bonsde het bloed hem aan de slapen. Ja, zoals hij hier stond, met zijn armen om de lantaarnpaal geslagen, moest het wel lijken alsof hij zich er niet aan steunde, maar hem integendeel uit alle macht rechtop stond te houden, als een enorme, staande schemerlamp, die hij van huis had meegenomen om zich er nu, hier, vanuit de hoogte mee aan te lichten en te presenteren, hunkerend naar opname in de stoet. Het ijzer gloeide door zijn jas, maar als hij zou loslaten moest het weer lijken of hij de lift aannam...

'We zijn trouwens net bezig, de Sint en ik, om de kinderen terug naar het dorp te brengen. Ze zijn heel lief geweest, allemaal, het hele jaar, en vooral ook vanmiddag! Zo is het toch, Sinterklaas?'

Sinterklaas knikte, stak een duim omhoog, en zette in diezelfde beweging zijn mijter recht, terwijl Rebert, bevrijd door het nieuwe onderwerp, de paal losliet, een stap opzij deed, en de armen voor de borst vouwde.

'En wat vind je van die mooie lampionnen?'

Hij glimlachte even naar de kinderen, keek de Loper toen weer strak in het zwarte gezicht. Zijn ogen leken helder wit nu en glinsterden, net of ze vol stonden, vol van verlangen naar een biografie, of om op de televisie te komen...

'Ach ja, jammer dat het alweer bijna voorbij is... vroeger gingen we met zijn allen altijd nog wat drinken in de burgemeesterswoning, die ken je wel...'

Wat viel er nog te duchten nu de Loper terugviel in zijn oude neiging zichzelf op te dringen, zelfs uit te nodigen? Hij begreep heel goed waar hij op uit was, en omdat hij zijn armen al voor de borst gevouwen had hoefde hij alleen nog maar het hoofd te schudden om aan te geven dat het niet doorging; hij perste zijn lippen op elkaar en schudde het hoofd, spijtig alsof hij heel de stoet graag had uitgenodigd maar niets in huis had.

'Nee?' begreep de Loper na een korte stilte van zijn kant. 'Niets in huis? Nou, kom dan binnenkort maar eens bij mij langs... je moet trouwens wel, want er is iets met een van mijn dieren... de tijd van de vrije keuze is voorbij... als dierenarts ben je immers verplicht om een ziek dier te helpen als je een oproep krijgt, en die heb je bij dezen gekregen... ik verwacht je morgen...'

Alle luim was opeens verdwenen, en weer viel er een stilte, vol dwang en dreiging nu, tot de Loper begon te grijnzen en opnieuw uitbrak in scherts.

'O ja, en dan weet ik al hoe we het doen... dan zeg ik niet welk dier iets mankeert en moet je ze allemaal onderzoeken, het paard, de geit, de kippen... en als je uiteindelijk niets vindt heb je misschien toch goed gezocht... Dan heb ik je weer in de maling genomen, net als de vorige keer, toen ik me als Leonardo da Vinci verkleed had... aangenaam!'

Een tinteling trok door zijn lichaam, zijn gezicht verstrakte, zijn hart sloeg over.

'Dat weet je toch nog wel? Twee of drie weken geleden... je reed heel langzaam langs mijn huis, met je hoofd driekwart slag gedraaid om naar binnen te kijken... Je had alleen niet door dat ik iets verderop langs de weg zat! Ha, ha! Je schrok je dood... op heterdaad betrapt!'

Voor de derde keer gloeiden zijn kaken op, heter nog dan eerder nu hij dan toch voor schut was gezet en hij het niet meer verwachtte. Zijn benen begonnen te trillen, de blik van Laura brandde vanuit het donker op zijn wang.

'Maar wat sta je nou bedremmeld te kijken? Zo erg is dat toch niet? Of wacht, ik begrijp het al, jij wilt natuurlijk ook wat...'

Duizelig van schaamte zag hij hoe de Loper zich bukte, tussen zijn knieën greep, en met een volle, tot vuist gebalde hand weer omhoogkwam. Op hetzelfde moment dat die lachend uithaalde voor de gooi hief Rebert zijn linkerarm beschermend op tot voor zijn gezicht en wendde hij zich in een reflex, zonder zijn voeten te verplaatsen, af naar rechts.

'Alsjeblieft... grabbelen maar!'

Het strooigoed trof hem op de gekromde rug alsof hij bespuugd werd. Volkomen ontsteld, zonder nog te kunnen bewegen, onderging hij de vernedering, en zag hij, onder zijn geheven arm door, hoe de Loper opnieuw een greep deed in de zak.

'Grabbelen... ha, ha! Grabbelen!'

Andermaal ketsten de pepernoten af van zijn rug, en het was alleen een schiftend opzettende razernij die hem de kracht gaf om te blijven staan onder de bekogeling – maar het was al de laatste worp: de Loper ging rechtzitten, keek niet meer naar hem, sloeg de chauffeur met de roe op de pet.

'Doorrijden, Klaas!' riep hij, daarna, tegen de kinderen: 'En zingen maar weer, jongens!' en krassend als een kraai in de nacht zette hij zelf vervolgens in: 'Zachtjes gaan de paardenvoetjes...'

De stoet zette zich in beweging, het kinderkoor klonk op, een ontroostbaar droevig koraal vulde de lucht; het was een klacht, een rouwbeklag om Jan de Loper, een klaaglied om zijn verdwenen roem, en de biografie die nooit zou komen.

Nog steeds stond Rebert half afgewend onder de lantaarnpaal. De langzaam de dijk afdalende Cadillac schoof als eerste zijn ooghoek in, daarna de kinderen, daarna de donkere ruggen van de ouders. Het laatste wat hij zag was de blonde paardenstaart van Laura – ze hield haar hoofd schuin naar degene naast haar, liep ongetwijfeld te praten, en verdween zonder nog om te kijken om de hoek.

Net als anders brandden de lampen, stond de televisie aan zonder geluid, en tikte de klok. Alleen was het nu drie uur in de nacht, en stond er niet één maar een tweetal wijnflessen op de tafel, waarvan er een nog halfvol was.

Hij wreef de slaap uit zijn ogen, gaapte, en onmiddellijk steeg de woede weer in hem op. Zoals hij in zijn eer was aangetast en aangerand, en zelfs lijfelijk was aangeraakt, door de pepernoten die hij nog kon voelen op zijn huid, net of de Loper op afstand zijn vingertjes kriebelend in zijn rug had gedrukt – alles schoot hem weer te binnen, de verschutting lag nog als een bedorven vis te schuimen in zijn maag, toen hij thuiskwam al. Omdat hij niets kon eten was hij dadelijk gaan drinken, en had hij na de eerste fles nog een tweede opengemaakt. Zo moest hij in slaap gevallen zijn op de bank.

Hij schonk bij, nam een slok, en proefde nog steeds de vieze smaak van dat tergende getutoyeer, het misselijke gemanipuleer met die eis dat hij naar een ziek dier moest komen kijken, en die malle grap waarmee hij vervolgens gekleineerd en geridiculiseerd zou worden. Hij moest iets doen, terugdoen, was tot alles gerechtigd: de Loper was door het dolle heen geweest, en uiteindelijk te ver gegaan...

Hij had het glas teruggezet en staarde, de ellebogen op de knieën, het hoofd tussen de schouders, naar het sneeuwende testbeeld op de televisie. Onmachtig zinnend op wraak slaakte hij af en toe een diepe zucht, verder klonk er geen enkel geluid en bewoog er niets meer, tot zijn mondhoeken omhoog krulden, hij overeind veerde, en het wist.

De voorbereidingen werden getroffen zonder verdere bedenkingen, snel, geruisloos, en met de ijle zekerheid van een slaapwandelaar. Reeds lag het telefoonboek opengeslagen op het dressoir, om ruimte te maken voor de radiogids schoof hij het lijstje met het fotoportret van Tine iets opzij, en voor de zekerheid haalde hij een zakje pinda's uit de keuken dat hij er ook bij legde. Ten laatste beproefde hij hoe en in hoeverre hij zijn stem kon verdraaien: hij zei een paar woorden met dichtgeknepen keel, en ontdekte dat hij nog alle klanken kon voortbrengen als hij onder het praten zijn kiezen op elkaar hield – het klonk wel vreemd, maar dat was nu juist de bedoeling...

Zwevend in de stilte nam hij de hoorn op, stak hij de vinger van zijn andere hand in de kiesschijf, draaide hij het nummer. Het toestel op Angeldycke ging over, nog een keer, toen klonk er gekraak, daarna gekuch – de lijn stond open. Het was niet zo razendsnel gegaan als de vorige keer, maar erg lang had het toch ook niet geduurd – natuurlijk niet: de man sliep immers op zijn canapé in zijn werkkamer, vlak bij de telefoon? Misschien was hij nog wel gewoon wakker geweest: hij werkte toch altijd tot drie uur 's nachts aan zijn enorme correspondentie... vroeger? Rebert likte zijn lippen van pret.

‘Met Jan de Loper,’ klonk het eindelijk, vlak, blikkerig, en zonder veel humor nog.

Hij had zijn keel al dichtgeknepen en kaken op elkaar geklemd; met onherkenbaar vervormde stem viel hij er vol in; prompt en plompverloren verklaarde hij een biografie over hem te willen schrijven.

‘Een biografie?’ Even bleef het stil, de Loper moest het verwerken. ‘Goeiemórgen...!’

De stemming scheen aan de andere kant snel op te klaren. ‘En zou u daar uw toestemming, hopelijk zelfs uw medewerking aan willen verlenen?’ ging hij onmiddellijk door.

‘Nou ja... ik sta er niet afwijzend tegenover... en ik stik natuurlijk in het materiaal, dat ligt allemaal al klaar...’

‘Werkelijk? Maar... stoor ik trouwens?’

‘Storen? Helemaal niet! Ik zat nog aan m’n correspondentie te werken!’

Rebert had het niet meer. Ternauwernood slikte hij een opstijgende giechel terug, toen klemde hij zijn kiezen opnieuw op elkaar.

‘O, gelukkig. Maar wat u net zei, over dat materiaal, mag ik daaruit opmaken...’

‘Natuurlijk! Vooruit maar... Kom maar eens kijken!’

De Loper kon het werkelijk niet laten hem uit te nodigen – dit was nou al de tweede keer vanavond!

‘Heel graag... is het dan goed, als ik binnenkort... maar wacht, er zit ruis op de lijn... hoort u mij nog?’

Zonder op antwoord te wachten nam hij de hoorn van zijn oor en legde hij die heel kalm naast de radiogids neer op het dressoir; zonder enige haast ook – de Loper hing toch niet op – scheurde hij vervolgens het omslag los en verfrommelde hij het met zo veel mogelijk gekraak voor het spreekgedeelte tot een prop, waarna hij de hoorn weer opnam om te horen hoe het aan de andere kant nu gesteld was.

'Hallo?' riep de Loper.

'Kunt u mij verstaan?' riep hij terug, en weer wachtte hij niet op antwoord, weer legde hij de hoorn heel rustig terug op het dressoir, en weer zorgde hij voor ruis op de lijn, nu met het zakje pinda's, dat nog harder kraakte dan het papier. Hij kneep er uitvoerig in, drukte er nog een paar keer op met zijn vlakke hand, net alsof hij claxonneerde, en tilde de hoorn weer op, niet naar zijn oor ditmaal maar tot voor zijn gezicht, als een pop. Hij wilde niets meer zeggen, alleen nog maar even kijken.

'Hallo?... Hallo?' ging het blikken stemmetje al nog maar door, smekend, in lichte paniek nu, met kort gehoest ertussendoor; ja werkelijk, de Loper klonk als een drenkeling die om hulp riep, en toen hij eindelijk dan de hoorn op de haak drukte was het of hij hem voorgoed onder water duwde.

Er viel een volkomen stilte in.

Maar de Loper kon ieder moment terugbellen.

Het gerinkel zou oorverdovend zijn.

Bevangen opeens, zonder zijn blik nog van de telefoon af te kunnen wenden, deed hij een stap achteruit, terwijl het steeds langer stil bleef, de spanning allengs week, de klok weer begon te tikken en hij ten leste dan toch in lachen uitbrak, snuivend, bevrijd, tot Tine hem plotseling aankeek vanuit haar lijst en hij betrapt verstijfde. Ze had een donkerder floers voor ogen, lachte niet mee, en vermaande hem met haar grote, in de hemel alomvattend geworden liefde.

HOOFDSTUK 24

Winter, lente

Kort na sinterklaas ging het vriezen. De kou maakte het dorp stil en leeg. Er werd niet meer met dieren gelopen, de speelplaats lag er verlaten bij, heel Angelen leek wel uitgestorven nu de kinderen binnenspeelden en er voor de Gastronoom geen jongens met brommers meer stonden. De enigen die nog buitenkwamen waren moeders, voor de boodschappen.

Half december viel de eerste sneeuw. Het bracht een kortstondige opleving teweeg. Onder opgewonden kindergeroep werden er overal sneeuwmannen gemaakt en vlogen de sneeuwballen door de lucht, maar toen het nieuwe eraf was hield dat op en daalde een nog diepere stilte over het dorp neer.

Drie passen inademen, vier passen uitademen: hij liep in zevenkwartsmaat, en telkens op de vierde tel kwam de adem als stoom uit zijn mond, wit als de rookpluimen van de boerderijen tegen de blauwe lucht, wit als het maagdelijk besneeuwde land rondom, wit als zijn tennisshirt waaronder hij een borstrok droeg – ook wit. Het ritme werd een cadans, zijn lopen een deining, roes, leegte. Was hij het nog wel zelf die liep, en niet iemand anders? Hij kon Angelen niet meer zien, zag niets meer wat bij zijn leven hoorde, alleen nog maar die witheid die hem opnam, wiegde, en verder droeg.

Hij was een uur geleden begonnen en voelde nog geen

enkele vermoeidheid, ook geen kou meer. De sneeuw knisperde onder zijn schoenen, de zon scheen, de witte velden rondom leken op lakens, elke kavel tussen de hekken een gedekt bed onder de heldere hemel. Hij kreeg zin om te gaan liggen, liep door, bleef toen toch bij een bruggetje stilstaan om een hap sneeuw te nemen, glimlachend met zijn losgelopen mond. In zijn witte tennistenue moest hij vrijwel onzichtbaar zijn.

Nu hij geen aanloop meer had en de praktijk stillag deed hij niets anders meer dan het huishouden en hardlopen. Hij kon het inmiddels twee uur achter elkaar volhouden zonder werkelijk buiten adem te raken of spierpijn achteraf, en wanneer hij dan vijf minuten wandelde deed hij er moeiteloos nog een kwartier bovenop. Verbazingwekkend? Niet meer voor hem – hij was eraan gewend, en wist bovendien dat er nog veel meer mogelijk was, dat het menselijke loopvermogen tot onvoorstelbare hoogte kon worden opgevoerd: de Navajo liepen zo nodig een volle dag achter een antilope aan, net zo lang tot die omviel; Engelse voetknechten renden een paar maal daags drie uur achtereen, bij elkaar meer dan twee marathons per dag; en dan Pheidippides, de oermarathonloper, die van Marathon naar Athene tweeënveertig kilometer verderop was gerend met het bericht dat de Perzen bij eerstgenoemde plaats waren verslagen – het stond allemaal in een boek dat hij had gekocht, over de kunst van het hardlopen door de eeuwen heen.

Hij was na het bruggetje alweer een kwartier aan het lopen toen de aarde begon te dreunen en er achter hem een snel aanzwellend hoefgetrappel opklonk. De sneeuw moest het geluid tot het laatst gedempt hebben; geschrokken door de plotselinge nabijheid week hij onmiddellijk naar rechts uit, en het volgende moment al stoof het bruinwitte paard briesend voorbij. De ruiter droeg een geruite trui, een strakke, zwarte broek, en een pet waar een blonde, wapperende staart onderuit kwam – Laura. Een verlammende steek flitste door hem heen, krachteloos liep hij uit, wankelend kwam hij tot stilstand. Had ze hem herkend? Kon ze vermoeden dat hij het was, in deze zonderlinge uitdossing, bij deze merkwaardige bezigheid? Hád ze hem eigenlijk wel gezien? Even slaagde hij erin zijn uitslaande schaamte te blussen met vragen, toen laaide die weer op, daarna veranderde alles.

Onwezenlijk vertraagd, na drie, vier zwevende galopsprongen, stak Laura haar rechterarm zijwaarts uit, heel achteloos, de hand op schouderhoogte, met de wijsvinger omhoog – het was een groet, naar hem: ze zwaaide. Op de volgende sprong verdween de hand weer, maar ze had hem onmiskenbaar gegroet, en dat zonder om te kijken of zelfs maar vaart te minderen, zo laconiek als alleen vrienden elkaar kunnen groeten, zonder plichtplegingen, heel terloops, jongensachtig.

De vertroebeling na de eerste keer op de dijk, toen hij zich vrolijk had gemaakt om Jan de Loper en Laura hem verdedigde, of die blamage bij de sinterklaasoptocht, toen de Loper hem voor haar ogen in zijn schuld had gezet en uitgelachen: het was weg opeens, uitgewist door dat eenvoudige handgebaar, en volledig gedechargeerd verheugde hij zich erover dat alles weer goed was tussen hen, en Laura eindelijk dan toch iets over hem te weten was gekomen, hem beter had leren kennen, want al had hij haar nog niet over zijn uitvinding of televisiecommercial kunnen vertellen, nu wist zij ten minste dan toch dat, en hoe, hij hardliep – ze had het hem in zijn opzichtige kledij zien doen en daarbij gegroet alsof het de normaalste zaak van de wereld was, zoals zij alles aanvaardde wat nu eenmaal het geval was...

Het gedreun doofde uit, Laura deinde weg, de ontmoeting loste op in de heldere vrieslucht. Even nog bleef hij haar nakijken, uithijgend met een lach op zijn gezicht, de handen op de knieën, de voeten wijd uiteen, toen rechtte hij zijn rug en begon hij weer te lopen, niet meer leeg maar volmoeds nu, in vederlichte zevenkwartsmaat over de poedersuiker op het pad, zuchtend in zijn ziel, spierwit door de glinsterende, geglaceerde vlakte.

Op Duitsland was nu ook televisiereclame. Rebert zag het voor het eerst op tweede kerstdag. Een man drukte zijn neus in een stapel wasgoed, snoof, en keek lachend zijn vrouw aan. Die keek eerst wat bezorgd maar begon ook te lachen: haar was rook lekker fris. Maar hoe kwam dat eigenlijk? De man trok opeens een vragend gezicht. Dat kwam door Persil. De vrouw pakte de doos erbij, de man deed of hij het niet kon geloven, maar toen ze aanhoudend bleef knikken geloofde hij het uiteindelijk toch en braken ze samen opnieuw in lachen uit. Persil. Andere wasmiddelen hadden ook zulke reclames die je zonder geluid kon begrijpen. Hoe zou het zijn met zijn Amerikaanse commercial? En met Marc? Laura was met Lieneke in Napels voor de kerstvakantie, dat wist hij wel. Toen hij het hoorde bij de bakker scheen Angelen hem volkomen vreemd toe, net of hij er niet woonde en zelf een vreemde was.

De vorst hield aan. De sneeuw werd groezig in het dorp, bleef wit op de velden, groene korenspruiten kwamen erdoor omhoog. Eind januari begon het werkelijk hard te vriezen, en in februari bevroor de rivier. In het midden wrong de scheepvaart zich door de nauwe, opengehouden geul; tussen de kribben, ook aan de overkant, in Duitsland, scheurden jongens met brommers over de schotsen. De ingevroren en daardoor opgetilde boeien lagen zo hoog op het ijs dat het leek of ze daar zomaar waren neergelegd.

In maart viel eindelijk dan de dooi in. De sneeuw verdween, het gras begon te groeien, ineens was het lente. Overal gingen de ramen en deuren open, hingen er gordijnen en tapijten over de waslijn, werd er geklopt en gelapt. Angelen ontwaakte, iedereen kwam weer naar buiten, en rond het dorp de koeien ook, met dwaze sprongen door het licht na een winter schemering op stal. Het was de tijd van de kopziekte; Beckers moest het druk hebben.

En de kinderen liepen weer met hun dieren. De drukte bij de zandbak was als vanouds, het heen en weer over de klinkerweg naar de kliniek hernam zich, Rebert kreeg weer praktijk. Na schooltijd trok hij zijn witte jas aan om open te doen telkens als er werd aangebeld, daarvoor deed hij het huishouden en liep hij hard. Het gras kwam aan snee en lag te drogen; onder het lopen rook hij het hooi.

Met Pasen vloog Laura met Lieneke naar New York, waar het schip van haar man in dok lag.

Jan de Loper ging voor het eerst niet met een van de dorpsjongens naar Londen. Wel stuurde hij Donald Duk met het vliegtuig naar Afrika, om zich alvast voor te stellen op de vestiging aldaar. In de winkels raakte men er niet over uitgepraat: nog nooit was er iemand uit Angelen in Afrika geweest.

Nog groter nieuws werd het toen hij niet terugkwam. Hij belde zowel naar huis als naar Angeldycke om te zeggen dat het hem te goed beviel, dat hij een aanstelling als kantoorbediende had gekregen en geen ulo-diploma meer nodig had. Mevrouw Duk vertelde het lachend en huilend tegelijk aan de klanten; Jan de Loper liet vanuit Rotterdam een partij polyester tuinmeubelen naar Afrika verschepen, en lachte en huilde ook. Maar niemand die dat zag, niemand die hem de afgelopen maanden überhaupt nog gezien had, terwijl hij zich rond sinterklaas juist nog zo bijzonder vaak had vertoond en zelf boodschappen deed.

Bij de slager, de groenteboer, de kruidenier en de bakker, aan iedereen die het maar wilde horen gaf hij opgetogen verslag van hoe hij was opgebeld door iemand die een biografie over hem wilde schrijven. 'Een echte kenner, hoor...' verzekerde hij zijn toehoorders dan, glimmend om zich heen kijkend, '...hij belde me om drie uur 's nachts... wist zeker dat ik dan altijd nog zit te werken!' Maar langzaamaan was dat boodschappen doen minder geworden, toen hield het helemaal op en zag men hem nergens meer, ook niet aan de dijk.

'Zo, en wie hebben we hier?'

Sinds de hervatting van de praktijk was bijna iedereen wel weer een paar keer geweest, het kleine meisje met de schildpad, het nog kleinere meisje met de tekening van vermoedelijk een beer, Bobby, die intussen volgroeid was maar nog even onstuimig aan de riem trok en zich door zijn vier begeleiders nauwelijks liet bedwingen, groepen ruitertjes met een pony van Kromkamp, het bazinnetje van Puk – en nu dan, tussen de middag, half één, stond Lieneke voor de deur, met Snuf in de poppenwagen en een vriendin die misschien niet langer, maar wel wat dikker was dan zij.

'Ach, ik zie het al,' vervolgde hij, zich over de poppenwagen heen buigend. 'Dat is Snuffie... dag Snuf!'

Het konijn zag er bepaald ruig uit. Zijn wildkleurige pels was doorschoten van doffe, uitstekende plukken grijs haar en een zwarte tikkeling van de zichtbaar geworden ondervacht – hij was in de rui; misschien waren de meisjes wel daarom dadelijk uit school naar hem toe gekomen.

'En Snuf is aan het verharen, dat zie ik nu ook...'

Hij kriebelde het konijn even achter de oren, trok toen een plukje grijs uit de vacht, daarna nog een. Snuf bleef doodstil zitten.

‘Al die grijze haren moet hij kwijt, die zitten al los, als je die voorzichtig wegtrekt help je hem... Hij is in de rui, dat is heel normaal, en hij vindt het fijn als je hem daar een beetje bij helpt... zie je hoe stil hij blijft zitten? Doe maar...’

Terwijl hij de haren van zijn hand wreef boog Lieneke zich over de poppenwagen, kriebelde zij Snuf achter de oren, en trok zij een paar plukjes grijs uit zijn vacht, precies zoals hij het had voorgedaan.

‘Kijk hem eens stilzitten... hij geniet!’

Lieneke ging er nog even mee door. Telkens bracht ze het losse haar over naar haar andere hand, waarin ze het verzamelde, net of ze bloemen plukte. Toen blies ze het weg en ging ze weer rechtop staan, maar met hangend hoofd, zonder hem aan te kijken.

‘Goed gedaan hoor... nu kun jij het ook...’

Het meisje zei niets terug, bleef met afgeslagen ogen zwijgen. Wat moest hij doen? Hoe verder? Hij zou het konijn voor een nachtje kunnen opnemen, had op dit moment drie andere kerngezonde konijnen in opname, maar als hij het deed zou het lijken of Snuf toch iets mankeerde. De stilte vulde zich met gezoem van insecten, een vlaagje wind in de bomen, vogelenzang.

‘Morgen is ze jarig,’ verklaarde de vriendin opeens.

Zijn blik sprong van de een naar de ander en weer terug; om zijn belangstelling te tonen trok hij zijn wenkbrauwen vragend op.

‘Morgen? Jarig? Dus... 8 mei?’

Lieneke knikte, waardoor haar gezicht nu helemaal schuilging achter haar sluike, naar voren gevallen haar – de verlegenheid sloeg van haar af. De vriendin intussen had daar geen enkele last van en staarde hem recht aan.

‘Zo...’ ging hij door, terwijl hij zo zacht mogelijk probeerde te kijken – hij moest iets vragen, als hij nog iets vroeg zou Lieneke het gesprek met geheven hoofd kunnen verlaten – '...en heb je nog iets voor je verjaardag gevraagd?'

Het antwoord was nauwelijks verstaanbaar: 'Een poes...'

De insecten begonnen weer te zoemen.

'Of een hond,' vulde de vriendin op stellige, corrigerende toon aan; het was duidelijk dat zij een sterke voorkeur had voor de hond, en misschien Lieneke er wel toe gebracht had om die ook te vragen.

'Juist... een poes of een hond...' Goedkeurend knikkend zon hij op een vervolgvraag, maar het hoefde niet meer: Lieneke keerde de poppenwagen zoals moeders dat doen, op de achterwielen, en het volgende moment zag hij haar het pad af lopen naar de straat, ter rechterzijde begeleid door de vriendin, die iets in haar oor fluisterde en daarna kort naar hem omkeek.

Een uur later, net nadat de school weer begonnen was, ging hij boodschappen doen. De zandbak was verlaten, er liep niemand buiten, wel kwam halverwege de lange stoep een blauwe auto aanrijden uit een zijstraat. Hij bleef rustig wachten, ongeveer op het punt waar hij Bobby indertijd had geopereerd, en zag Laura pas op het allerlaatst. Zij moest hem al eerder gezien hebben: in het voorbijgaan lachte ze hem van vlakbij toe, daarna draaide ze de hoek om, versnelde ze, en drukte ze nog even op de claxon, kort, laconiek, maar jongensachtig brutaal ook, toch wel hard in de stilte van de middag.

Het was een groet, laaide het door hem heen; wegrijdend in de Lancia die hij nog nooit zonder hoes had gezien groette ze hem zoals eerder in de winter te paard, als een vriend – misschien had ze toen ook wel gelachen, kon hij het van achteren alleen niet zien. Zelf ook lachend nu keek hij haar met opgestoken hand na, hoorde hij hoe ze pittig doorschakelde naar de drie, liet hij langzaam zijn arm weer zakken. Een poes of een hond, dacht hij, en het was een gedachte die hem blij maakte.

Maar het werd een goudvis. Ranja. Die dreef dood in de kom die Lieneke voor haar buik hield. Het verjaardagspartijtje moest nog maar net voorbij zijn: het was iets na zessen, hij zat juist zijn wijn te versterken toen er werd aangebeld. Bij het opendoen zag hij eerst alleen Laura, daarna Lieneke pas, en veranderde Laura voor zijn ogen in mevrouw Banda, omdat zij haar kind bij zich had.

'We storen toch niet, zo onder etenstijd?'

Ze stoorden helemaal niet.

In de spreekkamer hoorde hij de toedracht aan. Terwijl Lieneke over de kom gebogen zat begon haar moeder ermee dat boven aan het verlanglijstje een hond of een poes had gestaan – Rebert wist dat al, van gisteren, maar liet niets merken; als Lieneke nu opkeek zou hij even naar haar knipogen, vol verstandhouding – maar dat zou voor Snuf natuurlijk wel wat gevaarlijk zijn, en nogal bindend bovendien, reden waarom het uiteindelijk een goudvis was geworden – gisteren gekocht in Zevenaar, begreep Rebert; toen ze langs hem reed was ze ongetwijfeld op weg geweest naar de dierenwinkel – en dat was vanochtend een buitengewoon groot succes geweest; Lieneke had Ranja zelfs uit het water gehaald om hem te aaien.

'...toch, Lien?'

Onder het gewicht van haar schaamte kromde het meisje zich nog dieper over de kom. Er zat nog maar een bodempje water in, de rest had haar moeder er natuurlijk uit gehaald, dat het niet onder het lopen over de rand klotste, of te zwaar was.

Natuurlijk had ze de vis dadelijk moeten terugzetten, en plechtig moeten beloven het nooit meer te doen, ging het relaas op montere toon door, maar vanavond na het partijtje, alleen op haar kamer, had ze het toch weer niet kunnen laten en Ranja opnieuw op de hand genomen.

'En nu is dit het resultaat, dokter,' besloot Laura zonder enig verwijt in haar stem, maar zonder troost ook, even opgeruimd als gelijkmoedig. 'De toestand lijkt mij hopeloos, of beter: maar al te duidelijk, maar toch wilde Lieneke hoe dan ook naar de dierenarts.'

'Heel verstandig,' zei Rebert. 'Maar laten we Ranja eerst maar eens inschrijven. Lopen jullie mee?'

Na de inschrijving in de wachtkamer trok hij zich met de kom enige ogenblikken terug in de behandelkamer, voor een voorlopig onderzoek, daarna liep hij de wachtkamer weer in, verklaarde hij dat Ranja opgenomen moest worden, en verdween hij opnieuw met de kom de gang op, spoedig nagezet door Laura, die hem bij de tweede deur inhaalde, staande hield, en uitbrak in protest: zo maakte hij het alleen maar erger, vond ze, hem gemeenzaam bij de voornaam noemend opeens, nu haar dochter er niet meer bij was; en wat was er helemaal aan de hand? Er was een vis doodgegaan, Lieneke moest leren dat zoiets gebeuren kon – maar alles wat ze zei ketste af op het besluit dat hij in gemoede al genomen had en waar niets hem nog van kon afbrengen: zijn vastberadenheid was te groot; voor Japie had hij het toch ook gedaan?

'Ik moet het proberen,' sprak hij eenvoudig, waarna hij zich omdraaide en de kom de keldertrap af droeg. Weer boven nam hij de twee mee terug naar de spreekkamer, waar ze begonnen waren. Nu hoefde alleen nog het opnameformulier te worden ingevuld. Hij ging achter zijn bureau zitten, noteerde een en ander hardop pratend in het kassaboek, vroeg de datum tot slot aan Lieneke.

Pas na enig aandringen zijnerzijds, en aangemoedigd, gesouffleerd door haar moeder, die zijn toeleg eindelijk scheen te begrijpen en waarderen, gaf ze het antwoord: '8 mei 1966...'

‘8 mei 1966,’ herhaalde hij in hetzelfde langzame tempo waarmee hij het opschreef. Mocht Ranja het halen, dan zou Lieneke door het noemen van de datum toch een eigen aandeel in de goede afloop hebben gehad. ‘Alsjeblieft,’ zei hij, terwijl hij haar de losgescheurde doorslag aanreikte, ‘morgen tussen de middag kunnen jullie terugkomen voor de uitslag.’

De volgende dag om zeven uur zette hij zich uiterst voldaan met zijn versterkte wijn neer op de bank. Behalve een nieuwe goudvis had hij vanochtend in Zevenaar ook een veldfles gekocht en een klein rugzakje van canvas, crèmewit, opdat het zo weinig mogelijk afstak tegen zijn tennisshirt – nu hij zo lang achter elkaar hard kon lopen, en het bovendien zacht lenteweer was geworden, moest hij onderweg iets kunnen drinken om het vol te houden. Dadelijk nadat Lieneke en Laura vanmiddag de goudvis hadden opgehaald was hij er met zijn nieuwe aanwinst op uitgegaan, tweeënhalf uur ononderbroken door de stormachtige wind. De vermoeidheid zat nog steeds in hem, maakte zijn lichaam aanwezig naast zijn bewustzijn, en gaf hem het gevoel alsof het hem gezelschap hield.

Het woei nog steeds hard. Hij nam een slok, luisterde naar het geraas door de bomen rond het huis, het suizen in de koude kachel, en verheugde zich in de lach die door Lienekes schaamte was heen gebroken toen hij Ranja ontsloeg en in de kom aan haar overgaf. Vervolgens zag hij ook weer Laura voor zich zoals zij met haar dochter het tuinpad was af gelopen terwijl de onstuimige wind haar rok van achteren tegen, ja zelfs tussen haar billen duwde. Als zij na kinderbedtijd straks alleen was, zou zij dan ook aan hem denken? Natuurlijk, met Pasen, in New York, was zij ongetwijfeld bemind en als vrouw opgebloeid, maar dat was alweer een poosje geleden... misschien stelde zij zich wel voor hoe hij, gezien het verbluffende herstel van de goudvis, ook haar weer zou kunnen laten bloeien in haar broekje... want als hij toch een dode vis levend kon maken, wat zou hij met zijn geneeskunst dan wel niet kunnen bereiken wanneer hij die werkstellig maakte op haar vermoedelijk wel kwijnende, maar zeker nog niet afgestorven geslacht? Ja waarlijk, ze had gelijk: Ranja wás immers boven elke verwachting genezen; na de wonderbaarlijke genezing leek ze vanmiddag zelfs nog wel iets groter dan daarvoor, toen ze nog dood was...!

Hij lachte even, likte zijn lippen af, staarde uit naar Laura's slipje dat zij nu, terwijl zij misschien de afwas deed, gewoon aanhad onder haar rok. De stof was zeer dun, maar toch kostte het hem moeite om erdoorheen te kijken, zag hij alleen haar schaamlippen nog maar uitbollen aan weerszijden van de naad. Hij schurkte zich tegen de rugleuning, kneep zijn ogen half dicht, maar verloor het steeds scherpere beeld op slag toen opeens de telefoon ging.

Heel rustig keek hij over zijn schouder. Gedempt door het gieren in de schoorsteen joeg het gerinkel hem ditmaal geen enkele schrik aan, het leek hem bovendien uitgesloten dat het Jan de Loper was, die had nu toch wel afgedaan. Beckers dan? Zou kunnen, die had met Kerstmis nog opgebeld. Marc kon eventueel ook, als hij weer even over was uit New York – misschien wilde hij iets terugdoen na het etentje in Haarhuis en had hij bij Beckers zijn nummer opgevraagd... nou goed, als hij het voorstelde... het zou best aardig zijn om weer eens met hem naar Meijers te gaan... waarom niet?

Het toestel ging opnieuw over. Hij kwam overeind, liep langzaam naar het dressoir, nam heel kalm op. Maar toen hij de hoorn tegen zijn oor drukte voer er toch een schok door hem heen.

Het was Laura.

Nauwelijks nog had haar naam zich verbonden met haar stem of ze stelde al voor om samen naar de rivier te gaan kijken.

Nauwelijks nog had Rebert zijn keel open geslikt of hij stemde al toe.

Verheugd legde ze uit dat ze bij zulke harde wind altijd graag naar de rivier ging kijken; dat ze oppas had voor een uur; dat ze alleen nog even thee moest zetten voor het buurmeisje en dan naar de dijk kon.

Al even verheugd begreep Rebert dat ze iets terug wilde doen voor de nieuwe goudvis; dat ze hem ervoor wilde bedanken in de munt van haar gezelschap, net als toen hij Bobby had geopereerd en zij hem uitnodigde op de thee; dat ze zichzelf ook nu weer in zekere zin aanbood bij wijze van betaling; ja: dat ze zich aan hem ging geven...

'Over een kwartier dan?' vroeg, opperde hij met dikke keel.

'Over een kwartier!'

'Bij de speelboom?'

'Bij de speelboom!'

Het was afgesproken; hij hing op; ze hadden een afspraak. Met drie treden tegelijk rende hij de trap op om zijn tanden te poetsen. Daarna trok hij zijn zwarte coltrui aan en keek hij uit zijn hoge slaapkamerraam nog even naar buiten. De storm vlaagde over het staande koren.

HOOFDSTUK 25

De storm

Pas boven op de dijk raakte de wind hem vol. De tranen sprongen in zijn ogen maar werden er dadelijk ook weer uit geblazen. Laura was er al, rechts bij de speelboom, en ze had hem ook al gezien: lachend keek ze hoe hij kromgebogen naar haar toe liep; de laatste stappen lachte hij ook; ze lachten gewoon omdat het zo hard woei en ze toch een afspraak hadden.

'Lekker windje!' riep ze toen hij naast haar ging staan.

'Storm!' deed hij er grif bovenop.

De wind joeg vanaf de Kop van Pannerden recht over het water, met vlagen die loeiden in de lucht. Ze draaiden hun rug ernaartoe, het geraas nam prompt af, en ineens leek het wel of ze binnen waren en niet meer hoefden te schreeuwen om elkaar te kunnen verstaan. Schouder aan schouder, zonder elkaar nog aan te kijken, keken ze uit over de rivier. Er stond een zeer hoge, maar korte golfslag: de boeien dansten wild op en neer; een diepliggend vrachtschip kwam merkwaardig onbewogen aanvaren; een golf sloeg tegen de onverzettelijke boeg en spatte als een enorme sneeuwbal uit elkaar. Nergens liepen mensen, ze waren de enigen op de dijk, helemaal alleen, samen in de storm en het late, vale licht.

'Gekke hoge golven, hè?'

Laura lachte nog steeds. Vuurrood bewoog haar mond in zijn ooghoek. Ze had haar lippen na het eten vast nog even bijgestift, ongeveer zoals hij thuis zijn tanden nog had gepoetst. Haar rok wapperde om haar benen, haar haren om zijn schouder.

'Dat komt omdat de wind recht tegen de stroom in waait!' ging ze door.

Hij knikte begrijpend, begreep toen ook dat zij dit van haar man moest weten. Als die Lieneke nog gebeld had voor haar verjaardag had zij hem gisteren nog gesproken, in het Engels ongetwijfeld; misschien sprak Lieneke ook wel Engels.

'Dan heb je altijd van die steile golven!'

Moest hij nog een keer knikken, om haar te bedanken voor de kennis van haar man? Maar zij zou hém toch bedanken? Opeens leek het wel of ze met z'n drieën waren in plaats van...

'Wind tegen stroom!'

Hij hield zijn nek stijf, verstijfde ook in zijn hart, tot de dank eindelijk dan afkwam en alle spanning hem op slag begaf.

'Je hebt Lieneke trouwens heel gelukkig gemaakt!'

Het beeld van de echtgenoot loste op, hij was weer met Laura samen en hoefde niets meer te doen, alleen nog maar te genieten van haar gezelschap, waarvoor zij hem immers uitgenodigd had.

'O fijn!'

'Ze loopt weer de hele tijd met Ranja rond, maar nu met kom en al, wiegend voor haar buik!'

'Dat is mooi!'

Een warme kalmte daalde over hem neer, hij was volledig op zijn plaats, en terwijl hij welgerust meelachte met Laura's eeuwige glimlach, en meekeek met haar ogen, viel hem op hoe de boeien vergrijsden in de schemering, hoe hun rood en groen werd overgenomen door de pinkelende boordlichtjes in de verte, en hoeveel meer rood er nu in het licht zat dan 's ochtends vroeg. Lichtblauwe en zachtgele glanzen vloeiden uit over de donkere rivier, de tederste pasteltinten mengden zich in het walsende geweld van het ijzerachtige water – zijn gemoed liep kortom over van kunstzin en dichterlijke indrukken, hij popelde om ze Laura voor te dragen maar bedwong zich: wie was hij om te praten als een schilder? Het enige artistieke aan hem was dat hij Wim Sonneveld wel eens aan de telefoon had gehad, zij het niet voor hemzelf, en wist hoe het in Meijers toeging, en in de Factory van Andy Warhol, en in de wereld van de Amerikaanse televisiereclame...

Laura zei niets meer, was welbeschouwd gaan zwijgen, maar glimlachte nog wel. Het kostte hem steeds meer moeite om hetzelfde te doen, hield het vol tot het diepliggende schip voorbij was gegleden, toen niet meer.

'Hoe was het eigenlijk in New York?'

De glimlach van Laura verlevendigde, die van hem verstrakte navenant zodra hij het zag: met zijn vraag moest hij haar de verrukkingen van de huwelijkse hereniging weer voor ogen hebben gebracht; het kon niet anders of zij dacht nu terug aan alles wat zij met haar man daar in de paasvakantie gedaan had en zelf ook had gewild, misschien wel uitgelokt – nog voor het antwoord kwam verweet hij zich de vraag gesteld te hebben; zij had hém iets moeten vragen...

'Heerlijk!' zei ze eindelijk.

'Vertel eens?'

Nu ja, ze hadden het Empire State Building beklommen ('Hóóg!'). En ze hadden platen gekocht ('Sam and Dave, Bo Diddley, hier nog nergens te krijgen!'). En ze waren op Broadway naar Laurel & Hardy geweest ('Láchen!').

Onder het kosmopolitische verslag ging hij steeds krommer staan. De glimlichten op de rivier doofden uit; bij Tolkamer sprongen de straatlantaarns aan, flakkerend, eerst rood, dan geel, dan wit.

'En weet je wat ook heel leuk was, maar dan gewoon op de hotelkamer?'

Rebert schudde het hoofd; hij wist het niet, al had hij wel een bepaald vermoeden...

'De televisiereclame!'

'Televisiereclame?' Zijn hoofd zwiepte omhoog.

'Ja, dat zijn soms net kleine speelfilmpjes daar, geen man die verrukt aan een stapeltje schone was snuift en dan aan zijn vrouw vraagt hoe ze dat zo fris gekregen heeft, zoals op Duitsland, maar heel anders! Omdat we televisie op de kamer hadden hebben we er heel wat gezien... eentje voor cornflakes... maar de beste vonden we die voor een of ander uitzendbureau...'

Hij rechtte zijn rug. Kenny Connect, hoopte, smeekte, bad hij in zijn ziel.

'Ik weet niet meer hoe dat uitzendbureau heette, maar in ieder geval ging het om iemand die op het laatst wel toe is aan ander werk, een beul...'

Het was Kenny Connect – de wind leek te gaan liggen; tegen de onwerkelijke stilte klonk het vervolg zo vertrouwd dat het was of Laura het hem heel zacht in het oor fluisterde.

'Want die beul moet iemand executeren, op de elektrische stoel. Donkere ruimte, een kale peer, flarden rook. Ze hebben allebei een kap op, maar dan zegt de beul iets en herkent die ander hem aan zijn stem: hé Jack, ben jij dat? Hij neemt de moordenaar zijn kap af en herkent hem dan ook: hé Toby, ben jij het! Wat blijkt? Het zijn oude schoolvrienden, en net of ze elkaar op straat zijn tegengekomen beginnen ze een praatje. De beul vertelt dat hij met die roodharige uit de hoogste klas is getrouwd, de moordenaar weet nog precies wie hij bedoelt: Mary! Klopt! roept de beul, maar Toby, kerel, hoe gaat het met jou? Nou, niet zo best, zegt die dan, ik zit nogal in de problemen. Problemen? vraagt de beul, maar dan krijgt hij opdracht om door te gaan en zet hij Toby de kap weer op: sorry, ik moet weer aan het werk; natuurlijk, ga je gang, zegt Toby. Dan: rode knop, geknetter, gesis – dood. Daarna krijg je een overgang...'

'Naar de tweede scène,' liet Rebert zich ontvallen, net of hij een oud liedje opnieuw hoorde en onwillekeurig even meezong.

'Ja, dan komt de beul thuis van zijn werk: gewone kleren aan nu, koffertje in de hand, de zon schijnt, tuinpad. In de keuken krijgt hij een kusje van zijn ongelooflijk roodharige vrouw, die trouwens gespeeld wordt door Lucy Ball. Lucy Ball! Ze vraagt hoe zijn dag was. Nou, zegt hij, je raadt nooit wie ik vandaag gezien heb: Toby, van highschool! Toby? zegt zijn vrouw. Wat leuk zeg! Hoe gaat het met hem? Die zou ik wel weer eens willen zien! Heb je hem niet uitgenodigd? Beteuterde blik van de beul in de camera; die is nou wel toe aan een andere baan, en ja hoor, dat kan: het laatste beeld is de naam van dat uitzendbureau, kom, hoe heette het toch ook weer...'

'Kenny Connect?' Hij durfde het bijna niet te zeggen.

Na het telkens lachen onder het navertellen begon Laura nog meer te stralen. 'Ja! Kenny Connect!'

'En daar vlak voor krijg je toch ook die vraag nog te zien: tijd voor iets nieuws, ready for something new, of zo?'

'O ja... even denken... time for a change, geloof ik, ja, zo eindigde het: "Time for a change?" "Kenny Connect!" Maar...' – plotseling trok er een donker floers over Laura's gezicht, alsof zij door haar eigen schaduw werd ingehaald – '...maar hoe weet jij dat eigenlijk?'

Hij zat te vol om dadelijk te kunnen antwoorden: nog nooit had Laura zoveel achter elkaar tegen hem gezegd, en het waren nog zijn eigen woorden ook!

'Was jij soms ook in Amerika...?'

Glunder schudde hij het hoofd.

'Ken je dan iemand die...'

Hij bleef zijn hoofd schudden, gaf toen eindelijk bescheid: 'Nee... ik heb het geschreven!'

'Jij hebt het geschreven?'

In plaats van nee te schudden knikte hij nu ja, al even glunderend.

'Dus... jij hebt het geschreven.' Zo droog was de constatering dat de vlam er gelijk insloeg: 'Maar dat is ongelooflijk! Echt waar?'

Rebert knikte weer ja, al kon hij het zelf ook nauwelijks geloven: Lucy Ball... behalve een daadwerkelijk uitgezonden Amerikaanse televisiecommercial had hij dus ook een rol voor filmster Lucy Ball geschreven; als de mensen het wisten zou hij beroemd zijn...

'Maar... hoe ging dat dan?'

Laura kon er nauwelijks nog bij, had duidelijk behoefte aan meer bewijs, althans aanwijzingen, of tenminste enige overtuigende details. Nu, die kon hij haar wel verschaffen.

'Hoe dat ging? Gewoon, via een vriend, of eigenlijk een Amerikaans reclamebureau, want daar werkt die vriend, en toen hij mij onder een etentje een keer vroeg of ik geen commercial kon schrijven heb ik dat gedaan en is hij met mijn scenario naar dat bureau gegaan, AdYourService...'

'Maar dat het ook zo echt Amerikaans is,' bleef Laura zich bijna achterdochtig nog verbazen, 'niet alleen die elektrische stoel zelf, maar ook al die mensen eromheen...'

'Je bedoelt die miljonair met die dame in avondjurk? Of hebben ze die eruit gehaald?'

'Nee hoor! O ja, die minnares!' Weer die lach bij de herinnering; weer dat niet-begrijpende, vragende floers. 'Maar... heb jij de commercial dan zelf nooit gezien?'

'Nee, ik ben nog nooit in Amerika geweest! Ik hoor nu

ook voor het eerst dat Lucy Ball de vrouw van de beul speelt! In mijn script heette die nog July. De andere namen zijn trouwens ook allemaal veranderd. Toby, zei je, dat de moordenaar heet? Toby – nooit van gehoord...'

Het geloof in het ongelooflijke brak nu zichtbaar in Laura baan: ze sloeg haar hand voor de mond, hemelde even met de ogen, en slaakte een verblufte lach.

'Mijn god, Rebert, je hebt het écht geschreven, hè?'

Hij hoefde niets meer te zeggen, het pleit was beslecht, en zonder nog een woord, verontschuldigend bijna, in een definitieve bevestiging, draaide hij zijn handen eenvoudig met de palmen naar boven: ja, hij had het geschreven, hij kon het ook niet helpen, het was gewoon zo gegaan.

'Maar nou begrijp ik ineens ook waarom je nooit rekeningen uitschrijft,' produceerde Laura zelf nu het laatste argument, 'want voor zo'n commercial in Amerika, voor miljoenen kijkers... O, ik kan er gewoon niet over uit!'

De wind suisde om zijn hoofd; in zijn borst bruiste een feest; zijn schrijverschap was een hoed die Laura hem met haar erkenning had opgezet, en zuchtend onder zijn toegenomen aanwezigheid voelde hij zich steeds zwaarder worden: ja, hij had waarlijk een lichaam nu, pas gekregen, het zat in zijn kleren en gaf hem deel aan het grote bestaan overal om hem heen, niet meer onzichtbaar als lucht, smakeloos als water, maar als iemand die je kon aanraken, ruiken, proeven en zien – hij bestond.

'Dat ik hier sta te praten met de bedenker van "Time for a change"! Zonder jou was Lucy Ball nooit Mary of zo geweest! Alles wat ze zegt komt uit jouw pen! Je bent een kunstenaar, Rebert, en in die zwarte coltrui zie je er ook zo uit!'

Hij keek omlaag, streek goedmoedig over zijn buik, en realiseerde zich nu pas dat hij deze trui ook aan had gehad in de nacht dat hij het script schreef, en de avond daarvoor, in Haarhuis, om naar Meijers te gaan... daarna niet meer, vanwege Tine...

'Het is echt ongelooflijk... een televisiecommercial in Amerika...'

'Ik heb nog iets bedacht...'

'Wat dan?'

'Zie je die boei daar?'

Nog voor hij er erg in had was de overgang al gemaakt, volkomen natuurlijk, net of ze aan het dansen waren en vanzelf verder dansten op een volgend nummer. Hij wees naar de dichtstbijzijnde boei, en terwijl Laura haar blik erop gevestigd hield begon hij haar zijn energieopwekking uit golven uiteen te zetten, richtte hij haar aandacht langs de onzichtbare kabel omlaag naar het betonblok op de bodem, en doordrong hij haar van de enorme kracht waarmee de ton daar telkens bij het omhoogkomen een ruk aan gaf. Maar met diezelfde kracht en beweging kon onder water ook iets aan het draaien worden gebracht, een as met een veer, zodat de kabel na elke golf, als de boei omlaag komt, wordt opgerold, en bij het stijgen de as in tegenovergestelde beweging weer aan het draaien brengt – ongeveer zoals een buitenboordmotor wordt aangetrokken, maar dan honderdmaal krachtiger, en zonder ophouden.

'En als er iets draait, is stroomopwekking niet ver meer, toch?'

Laura verbreedde haar glimlach; ze begreep het principe; ze zag het voor haar ogen.

'Uiteraard is het aan de ingenieurs om het juiste mechaniek te bepalen: een dynamo? Een generator? Een vliegwiel? Maar als het eenmaal functioneert kent deze stroomopwekking geen maat meer, want zo'n boei aan een as, dat is een reus, een onvermoeibare waterreus, en als je honderd of duizend van die boeien bij elkaar legt is er een compleet leger van die reuzen dag en nacht, jaar in jaar uit voor je aan het werk, zwoegend op elke golf om de energie er met een enorm vermogen uit te halen... Zie je hoe die boei daar weer omhoogkomt? Nog geen tien man kunnen die tegenhouden, de hefkracht van die ene golf is te groot, en hoeveel golven heb je wel niet, hier, en op zee, steeds weer miljoenen nieuwe golven, voor de kust van bijna elke wereldstad? En hoeveel van die reuzen kun je er niet op laten werken? Water te over, ruimte genoeg, neem maar in aanbouw...'

Nog steeds keek Laura naar de boei, roerloos, toen begon ze te knikken en draaide ze haar lachende gezicht naar hem toe.

'Hoe vind je het?' vroeg hij.

'Mooi,' zei ze, 'mooie stroom,' en toen, met een twinkeling in de ogen, 'golfstroom.'

Hij slaakte een verbluftte lach. 'Golfstroom,' herhaalde hij, en het was of Laura zijn stroom had ingelijst met die heerlijke naam, waarin hij tegelijk ook haar onvoorwaardelijke geloof proefde – anders had zij die toch niet gegeven? 'Maar hou er wel rekening mee dat het allemaal vertrouwelijk is, ik heb er nog nooit iemand over verteld...'

Laura drukte haar wijsvinger tegen de lippen: 'Geen woord! Als het graf! Maar je moet er wel een keer met een deskundige over praten, bijvoorbeeld een natuurkundeleraar van de hbs, anders is het zonde!'

'Dat komt wel.'

'Maar hoe heb je dit nu weer bedacht?'

'Ach, puur toeval eigenlijk weer... ik was met een vriend op het IJsselmeer aan het zeilen, en toen we moesten ankeren in de storm heb ik zelf aan de ankerlijn gevoeld met hoeveel kracht de boot telkens werd opgetild, anders was ik er nooit op gekomen...'

'Weer een vriend! Ik heb me wel eens afgevraagd hoe je

de avonden hier in Angelen toch doorbrengt, zo alleen in dat grote huis, maar je hebt natuurlijk nog allemaal vrienden!'

Hij trok relativerend zijn schouders op, en begreep tegelijk dat Laura over zijn golfstroom was uitgepraat. Het zou onbescheiden zijn er na alle bijval over door te gaan, hij moest het onderwerp laten rusten, ja: het hier nu maar dadelijk achterlaten.

'Nog een stukje lopen?' vroeg hij.

'Goed!'

Ze draaiden zich om, en met de gierende wind weer in de oren waadden ze er zwaar tegenin, over het rillende gras het licht tegemoet, het tegenlicht waarin de rivier zilverig opblonk terwijl Angeldycke zich er verderop juist donker en doods tegen aftekende. Er liepen nergens mensen op de dijk; de lantaarn bij de afrit brandde bleek in de schemering; vanaf de Kop van Pannerden naderde een enkel schip – toen het aan de schuine oversteek begon en recht hun kant op kwam wees Laura ernaar.

'De Cougar Ace, toch?' riep Rebert boven het geraas uit. Hij herkende de coaster aan de hoge boeg, had het van haar geleerd, maar net toen hij dat wilde zeggen knikte zij goedkeurend en kon hij alleen nog maar lachen, geluidloos tegen de storm in, die uitgelaten teruglachte en de rok van Laura vlak onder haar buik tussen haar dijen drukte.

Bij de overgang van gras naar asfalt, iets voorbij de lantaarnpaal, boven aan de afrit, bleven ze staan en keerden ze werktuiglijk de rug terug naar de wind. Net als eerder bij de speelboom werd het op slag rustiger, en kreeg Rebert weer het gevoel of hij bij Laura binnenkwam. De rivier was opnieuw zwart nu, tot een felle windvlaag de bovenlaag afschraapte en domweg uit het water blies; het losse schuim joeg als driftsneeuw over het donkere oppervlak.

'"Zee geheel wit,"' zei Laura – 'dat schrijven ze nu in het logboek, buitengaats.'

Hij tilde zijn kin op, wist niet wat hij moest zeggen.

Laura zei ook niets meer.

Schouder aan schouder keken ze naar de Cougar Ace, die zonder de minste schommeling door de uiteenspattende golven brak – elke golf een schot voor de boeg – volkomen onaangedaan langs schoof – de zijkant zonderling wit uitgeslagen door het zout van de zee – en toen voorbij was.

'Weet jij trouwens hoe het met Jan de Loper gaat?' verbrak hij met een achterwaarts knikje eindelijk het stilzwijgen. Waarom zou hij de oude grappenmaker niet even ter sprake brengen? Zoveel aandacht kreeg die niet meer... Wat kon er ook misgaan? De vorige keer hier met Laura had zij zich nog tegenover hem opgesteld om de oude te verdedigen, maar nu stond ze pal naast hem, met de rug naar Angeldycke, en schatte ze hem oneindig veel hoger in: ze was perplex van zijn commercial; ze geloofde in zijn golfstroom; en ze dacht dat hij vrienden had.

'Niet zo goed, geloof ik.'

'Niet zo goed?' Er begon iets in hem te tintelen, een onbedwingbare neiging tot roekeloosheid, de behoefte om dun ijs te betreden, en heel verbaasd trok hij zijn wenkbrauwen op. 'Maar hij was toch door een biograaf gebeld? Zoiets hoorde ik tenminste in de winkel... dat hij daar zo blij mee was!'

'Dat was van de winter! Ja, toen deed hij zelf de boodschappen, om het aan iedereen rond te vertellen. Maar dat gesprek werd afgebroken omdat het een slechte lijn was, en sindsdien heeft die biograaf niets meer van zich laten horen.'

'Maar waarom heeft hij in al die tijd dan niet zelf even teruggebeld, om te vragen hoe het zit?'

'Hij zou niets liever willen, maar hij had geen naam of telefoonnummer, en kon dus alleen maar afwachten.'

'Tot die biograaf weer zou opbellen!' begreep hij volijverig.

Laura glimlachte nog steeds, maar ernstig nu, met een pijnlijke trek om de mond. 'Arme man... toen hij de onzekerheid niet meer kon verdragen is hij nog naar de burgemeester geweest...'

Even duizelde het hem: op zoek naar zijn biograaf was de Loper naar de burgemeester gegaan, terwijl dezelfde burgemeester eerder al, na dat krantenartikel, naar hém was gekomen en óók een biograaf voor de Loper zocht! Door het werk als een kleinigheid voor te stellen – zeventig pagina's waren genoeg, met alle illustraties was het al voor de helft gevuld, het materiaal lag klaar – had hij zelfs getracht hem ertoe over te halen...

'Maar die kon zeker ook niet helpen?' ried hij – hij moest echt raden nu; hij hoorde het voor het eerst!

'Nee, volgens de huisbediende, die nu weer de boodschappen voor Angeldycke doet en dit allemaal aan mevrouw Duk vertelde, wist de burgemeester er ook niets van!'

Om niet in lachen uit te barsten perste hij zijn lippen op elkaar; om het gesprek goed aan de gang te houden schudde hij meelevend het hoofd.

'Dus toen moest hij onverrichter zake weer naar huis...'

'Ja, en daar zit hij nog steeds, binnen, altijd maar binnen...'

'Komt hij dan niet meer buiten?'

'Nee, nooit, terwijl het zo'n buitenman is! Je ziet hem toch nergens meer? Zelfs toen de poffertjeskraam laatst weer in het dorp stond heeft hij zich niet laten zien!'

'Nu ja, zijn aanwezigheid daar had toch wel iets aan glans ingeboet, zei je ooit, sinds het verdwijnen van zijn roem?' Nooit eerder had hij een troostreden zo fijntjes naar voren gebracht.

'Daar gaat het niet om! Ik bedoel alleen maar dat hij zich steeds meer is gaan terugtrekken – volgens de laatste berichten komt hij tegenwoordig zelfs zijn kamer niet meer uit! Het gaat echt niet goed met hem, hoor!'

Rebert probeerde het zich voor te stellen: de bedompte ruimte, de enorme troep, de Loper die omringd door al het materiaal op een levensteken van zijn biograaf zat te wachten – het beeld beviel hem wel.

'Nee, maar die biograaf hoeft maar terug te bellen of hij is gelijk weer de oude,' zei hij op geruststellende toon. 'Ik verbaas me alleen dat dat niet al veel eerder is gebeurd. Goed, ruis op de lijn, een slechte verbinding: dat kan. Maar dan probeer je het de volgende dag toch opnieuw, desnoods vanaf een ander toestel?' De tinteling in hem werd jeuk.

'Ach Rebert, hou toch op... die biograaf bestaat helemaal niet!'

Hij wankelde even, hervond zijn evenwicht, hernam zich.

'Maar het was toch een echte kenner?' riep hij uit, terwijl hij zijn wenkbrauwen nog verbaasder dan de eerste keer optrok. 'Hij belde om drie uur 's nachts op, omdat hij wist dat de Loper dan altijd nog zit te werken! Tenminste, zoiets hoorde ik in de winkel...'

'Jawel, maar er zijn zoveel mensen die dat weten... jij ook: ik heb je dat zelf verteld! Dus iedereen kan de Loper 's nachts opbellen en zich als biograaf voordoen, maar dat betekent dan toch niet dat zo iemand ook werkelijk zijn biografie wil schrijven?'

De grond golfde als dun ijs onder zijn voeten. 'Dus jij denkt dat hij gebeld is door een grappenmaker?'

'Ja natuurlijk!'

'Maar wie zou zoiets nou doen?'

'Nou, iemand die weet hoe belangrijk een biografie voor hem is en hem daar eens goed mee in de maling wil nemen!'

Het ijs begon te kraken. 'Het zou kunnen... maar voor hetzelfde geld wordt hij morgen toch nog teruggebeld...'

'Geloof jij het? Dat telefoontje van die zogenaamde biograaf is al zowat een halfjaar geleden! Ja, die belde op in de nacht na de sinterklaasoptocht, weet je nog wel? Toen stond jij hier opeens op de dijk en gooide Jan voor de grap pepernoten naar je toe!'

Hij verschoot: zoals Laura daarnet liet merken dat hij alles wist wat de beller over Jan de Loper weten moest, en nu het tijdstip van het nachtelijke telefoontje verbond met hun laatste confrontatie – vermoedde ze iets? Verdacht ze hem?

'Nou goed, maar waar hebben we het helemaal over? Láát hem dan in de maling zijn genomen, hij deed dat zelf toch ook altijd?'

'Jawel, maar heel anders, Rebert, altijd goedmoedig: dat kun je niet vergelijken!'

'En een biografie die niet doorgaat: andere mensen krijgen toch ook geen biografie? Waarom is dat nou allemaal zo erg?'

'Jij kunt dat makkelijk zeggen, maar voor de Loper was het alles, Rebert, hij heeft geen vrienden zoals jij, nauwelijks nog bezigheden, alleen maar die biografie om zich op te verheugen... O, om een oude man zó voor de gek te houden, het is gewoon gemeen!'

Hij had nu werkelijk het gevoel of hij door het ijs was gezakt en de wal op moest kruipen, maar alles wat hij zei werd afgewezen, hij kreeg geen houvast, gleed telkens terug.

'En waarschijnlijk heeft die zogenaamde biograaf geen idee wat hij met dat geintje heeft aangericht,' ging Laura bitter door, ‘anders zou hij het toch nooit zo lang hebben laten duren? Als hij een beetje lef had zou hij alsnog moeten terugbellen om het ongedaan te maken!’

‘O ja, en als hij zich dan voordoet als televisieregisseur, en hem uitnodigt voor een televisieprogramma, dan is de Loper in één klap weer helemaal in orde,’ probeerde hij zich nu, terwijl er een wilde giechel in hem opwelde, aan de andere kant omhoog te werken: ja verdraaid, dat had hij ook kunnen doen, hij was er alleen niet op gekomen, hij had er gewoon niet aan gedacht! ‘Want reken maar dat hij dan weer naar buiten komt, hoor, dan gaat hij lopend naar Hilversum en is hij bij de studio niet meer weg te slaan! Hij wil toch ook altijd zo graag op de televisie? Ik zie het al helemaal voor me, hoe hij zich aan de deurknop vastklampt als de ordedienst hem na drie weken probeert weg te krijgen: “Nee, laat me los, ik ben uitgenodigd voor een televisieprogramma!” Als ze dat zouden filmen komt hij misschien toch nog op de televisie!’ Hij slaakte een korte lach, en nog een – uitnodigend.

Maar Laura lachte niet mee. In plaats van nog naast hem te staan stond ze nu tegenover hem, en zonder zelfs maar een zweem van een glimlach sloeg ze haar ogen naar hem op, heel stil en vermanend, zo vol en omvattend dat hij zijn hoofd afwendde en een blik rondom wierp: ze keek hem precies zo aan als Tine hem vanuit haar lijst had aangekeken, toen in die nacht dat hij de Loper had gebeld...

In de zwarte kap van Angeldycke was licht gaan branden; recht vooruit kleurde de lucht boven Duitsland donker; de Cougar Ace voer langs Tolkamer. Waar kon hij nog meer naar kijken? Met een diepe zucht draaide hij zich terug naar Laura – en opeens was het of er niets gebeurd was: ze lachte hem stralend toe, knipoogde zelfs naar hem.

‘Daar komt-ie al aan!’ riep ze, met een knikje over haar schouder.

Terwijl zijn hart oversloeg keek hij, tegen de wind in, langs haar heen, in de aangegeven richting uit over de dijk. Maar het was niet Jan de Loper die er aankwam, Laura had hem voor de gek gehouden: vlakbij, maar ongetwijfeld afkomstig van Angeldycke, stond een polyester tuinstoel op de weg. Het merkwaardig mollige, melkwitte meubel blaakte van leven, want voortbewogen door de wind kwam het met kleine rukjes nog dichterbij, draailings, schokkerig schrapend over het asfalt, net als een kleine, van afstand bestuurde robot. Toen de poten het gras raakten en de stoel tot stilstand kwam leek het of die zelf ging zitten en hij op zijn schoot kon plaatsnemen.

'Mooie stoelen, toch?' zei Laura. 'Ondanks alles heeft Jan pas nog een tweede partij naar Afrika gestuurd – de import, of export, van Donald Duk schijnt prima te lopen; straks kan hij zijn kantoorbaan opzeggen en zit hij daar helemaal in de handel!'

Alle spanning liet van hem af, zijn beschaming ook – door haar goede humeur was het of Laura hem de hand reikte, hem omhoogtrok uit de diepte, en zijn kleren afklopte; van alle verdenking vrijgepleit stond hij met haar onder de lantaarnpaal, in een kolom van licht die zich vanuit Angeldycke gezien nu duidelijk moest aftekenen tegen de donkerblauw stervende lucht achter hen, in het oosten – maar wat gaf het, als Jan de Loper door een verrekijker zag hoe ze hier stonden? Wat hem betreft kon het niet lang genoeg duren...

Maar Laura had geen tijd meer; tikkend op haar horloge zei ze dat ze moest gaan, ze wilde ook nog even langs de Gastronoom, om wat mee te nemen voor de oppas, en voor Lieneke, als die nog niet sliep.

'Misschien heeft ze ook vanavond wel weer rondgelopen met Ranja in de kom – je hebt haar zo blij gemaakt vanmiddag, Rebert, daar wilde ik je nog voor bedanken...'

Hij trok zijn schouders op.

Laura streek haar haren uit haar gezicht.

'Het was een heel bijzondere genezing, toch?' ging ze door. 'Echt iets voor die bijzondere praktijk van je! Een praktijk hors concours! Maar het bijzonderste vind ik nog je golfstroom... én die commercial natuurlijk! Time for a change! O, als ik daar weer aan denk! Maar nu moet ik echt gaan, hoor... aju!'

Zich badend in zijn volledige decharge zag hij haar de afrit af lopen en verdwijnen om de hoek. Om haar niet te volgen bleef hij nog even staan. De stoel kantelde in het gras, de rivier kolkte pikzwart om de kribben, de kerkklok begon te slaan in het loeien van de lucht. Als de Loper vanavond in het donker naar hem toe kwam en zijn achtertuin binnen drong, zou hij hem niet kunnen horen; misschien had hij dat al eerder gedaan, en hem voor de televisie zien zitten – nou en?

Toen hij wat later terugliep over de dijk duwde de wind hem in de rug als een grote, zachte hand, elke vlaag een vinger – het was de uitloper van de storm die eerder op de dag met orkaankracht boven de Noordzee had gewoed, een slingerend schip uit Canada tegen de metershoge golven in liet keren, en Moby Dick bevrijd had uit het bassin op de geheel door wit, wild water overspoelde boeg.

Deel II

De witte walvis

HOOFDSTUK 26

Onder de mensen

Toen de zee hem terugnam en hij overboord glipte, was hij niet meer van het Engelse dolfinarium dat hem had laten vangen. Misschien, zonder dat iemand het merkte, was hij nog wel even eigendom geweest van de Britse Kroon – krachtens een statuut uit 1324 mag die zich de formele eigenaar noemen van alle walvissen binnen de eigen territoriale wateren – maar toen hij in de richting van de Nederlandse kust zwom ging die eigendom ook weer ongemerkt voorbij en was hij een vrije, naamloze vis. Hoe kon hij nog Moby Dick heten als niemand hem meer zo noemde?

De ontsnapping uit het klotsende bassin moet heerlijk zijn geweest: onder de golven was het opeens rustig, en na zeventien etmalen ronddraaien om de as kon hij zijn vier meter lange lichaam eindelijk weer strekken. Zijn kracht keerde terug, zijn misselijkheid verdween, en zolang de storm duurde kwam hij alleen nog boven om adem te halen. Ja, hij was vrij nu, maar ook alleen, door vierduizend zeemijl gescheiden van zijn familie in de Noordelijke IJszee. En hij deed iets onbegrijpelijks – uit nieuwsgierigheid? Eenzaamheid? Om onder de mensen te zijn? Omdat hij voor het eerst in zijn leven zoet water rook, en de geur van gif? Hij zwom de Rijnmond binnen, en later de Rijn op, aangetrokken als een kind door een donkere grot.

Maar de Rijn heet in Nederland nergens de Rijn, alleen andere rivieren, aftakkingen en oude waterlopen hebben die naam nog in zich, zoals de Leidse Rijn, de Kromme

Rijn en de Oude Rijn. In het buitenland zou men er niet over piekeren rivieren als de Donau of de Mississippi na elke waterbouwkundige ingreep een naam van eigen makelij op te leggen, reden waarom de rest van de wereld er nog altijd van uitgaat dat de rivier die als de Rijn Nederland binnen komt er aan de kust ook als de Rijn weer uit stroomt: hoe zou het ook anders?

Door de Nieuwe Waterweg zwom hij de Rijn op. Het geluid van scheepsmotoren werd steeds harder en kwam van alle kanten toen hij de Rotterdamse Havens binnen drong. Zo groot en wit als hij was wist hij zich enige tijd schuil te houden in het labyrint van pieren en dokken, kranen en kettingen, daarna vervolgde hij zijn weg stroomopwaarts. De kades werden dijken, de pieren kribben, de hemel opende zich helderblauw boven het groene land – de tocht, die een hongertocht zou worden, was nu werkelijk begonnen, al zag niemand nog hoe hij zich omhoogwerkte door het water waarin hij geen voedsel vond: de meeste vis in de Rijn dreef dood voorbij, opblikkerend als rijksdaalders om het geld uit te beelden dat bovenstrooms in het Ruhrgebied ten koste van de vervuiling werd verdiend, maar hij at geen rottend aas, en de vis die nog wel leefde kon hij niet zien door het slib dat de scheepvaart omwoelde en het water ondoorzichtig maakte.

Pas voorbij Nijmegen, op 15 mei, een week na zijn ontsnapping, werd hij voor het eerst opgemerkt, door een boot van de rivierpolitie; adjudant Kievit zou later op zijn waarneming terugblikken. De vis was toen al door vier of vijf namen gezwommen maar bevond zich nog steeds in de Rijn, al heette die hier dan ook de Waal.

Adjudant Kievit: 'Dan moet ik diep in mijn geheugen tasten, want het is zo... Op een zonnige lentedag is dat ooit gebeurd, we hadden dienst, patrouilledienst, we waren uitgevaren voor een gekapseisd zeilbootje iets boven Nijmegen en daar, ik stond aan het roer, daar zie ik iets wits verschijnen, voor mij uit, een grote, witte dolfijn... Voor ons was het bijna onbegrijpelijk: wat bezielde die vis, om daar, heel vrolijk, stroomopwaarts te zwemmen? Niemand had hier ooit een walvis verwacht... En toen zagen we hem ineens niet meer!'

Hij was weer verdwenen, maar zwom toch door, de Kop van Pannerden voorbij, het Bijlandsch Kanaal op, langs Angelen en toen, waar de Rijn zijn natuurlijke naam kreeg, bij Tolkamer de grens over en Duitsland in, almaar verder, zonder dat iemand hem nog zag, tot hij op 18 mei Duisburg bereikte en hij opnieuw werd opgemerkt, ditmaal om niet meer uit het nieuws te verdwijnen. In de komedie, later tragedie, die zich nu begon te ontvouwen, werd Doktor Gewalt zijn tegenspeler, en ook hij, zoals zoveel anderen die met de witte walvis te maken kregen, zou achteraf van zijn ervaringen verslag doen.

Duisburg was niet alleen de grootste, maar ook de smerigste binnenhaven van Europa. Het Wirtschaftswunder, geleid door bondskanselier Erhard in regeringsstad Bonn, nog weer verder aan de Rijn, manifesteerde zich nergens sterker dan hier, in het hart van het Ruhrgebied. Elke dag daalde uit de rokende schoorstenen honderdzestig ton kleverige stof op de stad neer, terwijl het afval dat niet de lucht in wilde op het oppervlaktewater werd geloosd. Bij een zo florerende economie kwam er ook steeds meer geld en tijd vrij voor ontspanning, en zo gebeurde het dat de Duisburgse dierentuin erin slaagde om het eerste dolfinarium van Duitsland te openen. De jonge zoöloog Herr Doktor Wolfgang Gewalt was er nog maar twee maanden directeur toen hij een telefoontje kreeg van de havendienst: er was een walvis gezien.

Doktor Gewalt: 'Zulke telefoontjes zijn normaal niet zo serieus: dan zit er een rat in een kelder die op een luipaard lijkt, of tegenwoordig meldt men, in dit jaargetijde, jonge adelaars – dat zijn dan gierzwaluwen. Maar nu zou het om een walvis gaan. Ik dacht eerst dat er een verdronken varken in het water zou liggen, of een witte plastic tas. Maar we gingen erheen, het was een van de middenhavens, de Kaiserhafen, er lag al een boot op ons te wachten en na een paar honderd meter zagen we een echte walvis, een jonge, misschien nog niet eens volgroeide beloegadolfijn, spierwit. Dat was natuurlijk wel een gek gezicht, met dat autokerkhof en al die stapels ijzer en schoorstenen op de achtergrond – en dan moet je wat doen, nietwaar? Als er hier in de stad ineens een neushoorn opduikt, dan denk je ook niet: och, die loopt vanzelf wel weer terug naar Indië of Afrika – nee, dan moet je wat doen.'

Dadelijk de volgende ochtend meldde de krant al dat er een witte walvis in de Kaiserhafen zat. Net als eerder de zeelui noemde de verslaggever hem prompt Moby Dick, en toen dat algemeen werd overgenomen had hij aan de Duitse kant van de grens zijn oude naam weer terug, samen met de Rijn. En wie wilde Moby Dick niet in de Rijn zien zwemmen?

Terwijl het publiek de kade overspoelde was Doktor Gewalt nog druk doende met de voorbereidingen. Hij moest aan een groot net zien te komen, maar omdat er vanuit Duisburg niet op zee werd gevist bleek dat lastig. Uiteindelijk verscheen hij – goed gekapt, zonnebril, ringbaardje, regelmatige trekken – met vier aan elkaar geknoopte tennisnetten aan de Kaiserhafen, waar de opgetrommelde waterpolitie en brandweer reeds met een kleine vloot aanwezig waren. Het net werd tussen een politieboot en een brandweerboot gespannen, het leek een kwestie van tijd voor Moby gevangen was, en lachend in zijn vrijetijdskleding hurkte Gewalt neer op het voordek van de politieboot. Maar toen de vis na vier uur heen en weer varen voor de zoveelste keer onderdook was het lachen hem helemaal vergaan en lachten alleen de toeschouwers nog.

De volgende ochtend opende de krant met een verslag. 'Moby nicht gefangen!' stond er boven de foto van de vis.

Maar hij zat nog wel in de haven.

Gewalt dacht niet aan opgeven, had al een nieuw idee. Het net was te ondiep geweest, de dolfijn dook er telkens onderdoor; om het grondiger aan te pakken informeerde hij hoeveel meter diep de haven was, bestelde hij dertig palen van die lengte, bond hij ze boven en onder met een voetbreedte afstand aan elkaar, en verzwaarde hij ze aan een uiteinde met een baksteen – eenmaal te water gelaten zou het geheel een rechtstandig drijvend hekwerk zijn, een kraal waar hij de vis eerst in zou drijven en dan, met het net van de vorige keer, uit op zou hijsen.

Pas tegen de avond kwam het gevaarte klaar en werd het naar de haven vervoerd. Moby was er nog, omringd door nog meer boten dan de eerste keer, ook van particulieren en de pers nu. Gadegeslagen door het opnieuw toestromende publiek liet Gewalt de palenbundel in het water zakken. De meest linkse paal werd met een lijn aan een politieboot bevestigd, de meest rechtse aan een brandweerboot; de vaartuigen weken uiteen, de palissade ging open – het was begonnen.

Ditmaal stond Gewalt op het voordek van de brandweerboot en liet hij zich assisteren door vier met lange staken gewapende medewerkers in een speedboot: zij moesten Moby in een hoek drijven, waren daar reeds mee bezig, maar het trage hekwerk was nog niet halverwege of hij zwom al naar een andere hoek. Zonder nog vooruit te komen dreef het span van de twee schepen midden op het water, hulpeloos als een stier in de arena; het keren ging zo moeizaam dat het leek of het gewond was. Toen Moby eindelijk dan ingesloten was en het hek zich om hem sloot, dook hij er even later toch weer achter op en begon alles weer opnieuw. Steeds grimmiger staarde Gewalt de telkens ontsnapte vis na; de brandspuiten links en rechts van hem namen allengs de gedaante aan van harpoenkanonnen, en zo werd het donker – de zoeklichten gingen aan, het hek werd nog een keer naar de overkant getrokken, toen was het voorbij.

'Moby Dick-Dr. Gewalt: 2-0!' kopte de krant de volgende ochtend. Dat was leuk bedoeld, vooral ook het contrast met het verbolgen, zo niet verbitterde gezicht van Gewalt op de foto eronder – maar niemand die het nog grappig vond, want tijdens het monotone heen en weer met het hek, toen er niets meer leek te veranderen, was er toch iets veranderd, zowel in het bewustzijn als in het gevoel van de mensen op de kade: ze hadden Moby in de ogen gekeken, zijn vriendelijke gezicht gezien, en één keer, toen hij vlakbij ineens opdook en het even helemaal stil werd, ook zijn stem gehoord – eerst piepte hij als een kuiken, daarna kermde hij als een baby. De aanwezigheid van zijn witte, wonderlijke lichaam kreeg iets onbevattelijks nu: wat wilde hij toch? Waarom was hij gekomen? En terwijl zijn vreemde verschijning de mensen steeds meer beving drong geleidelijk ook het besef door dat hij waarschijnlijk niets meer gegeten had sinds hij uit zee de Rijn op was gezwommen – twee weken geleden nu? Drie? Zo mollig als hij eruitzag, na honderden kilometers tegen de stroom in te hebben gezwommen moest hij wel uitgehongerd en uitgeput zijn – hij had hulp nodig, verkeerde in nood, moest welbeschouwd gered worden. Intussen begon de publieke opinie zich tegen Gewalt te keren en vonden velen dat hij zich meer als een jager gedroeg dan als een dierenbeschermer.

Doktor Gewalt: 'Moby was ons weer te snel af, en de kranten kregen er steeds meer lol in... Ze hoopten dat we hem niet te pakken zouden krijgen, schreven ook dat ik hem alleen maar wilde vangen voor het dolfinarium, en dat ik hem met rust moest laten... Maar stelt u zich eens voor wat ze geschreven zouden hebben als we die arctische vis inderdaad in de haven van Duisburg aan zijn lot hadden overgelaten!'

Dezelfde dag nog bracht Gewalt een nieuw wapen in; na het echec met het net en het hek moest nu de moderne techniek uitkomst bieden: tegen drieën verscheen hij met een narcosepistool in de Kaiserhafen, en terwijl Moby verderop heen en weer zwom posteerde hij zich daarmee pontificaal op het voordek van een politiepatrouillevaartuig. De kade liep weer vol, pers en particulieren stieten af, en ditmaal was ook de televisie met een boot op het water. De zon scheen, er werd druk gepraat, maar toen het verhaal rondging dat Moby, eigenlijk gezegd geen vis toch maar een zoogdier, door de verdoving zou kunnen verdrinken, klonk er alleen nog een dof, bezorgd geroezemoes, tot de jacht daadwerkelijk begon en iemand snijdend op zijn vingers blies.

Schijnbaar immuun voor alle negatieve aandacht wees Gewalt naar de witte dolfijn aan de overkant en stuurde hij zijn medewerkers in de speedboot erop af. Kaarsrecht op de voorplecht, zonder om te kijken, gaf hij de roerganger achter zich met handgebaren aan hoe die varen moest, wat harder of langzamer, iets meer naar links of naar rechts, de blik vastgeslagen op de pogingen recht vooruit om Moby met de staken in een hoek te drijven.

Weer ging het niet goed: Moby verdween een poos, dook toen ineens heel ergens anders op, in het Vincke Kanal, op welke melding heel de flottielje van dienstvaartuigen en volgbootjes derwaarts voer, en pas tegen de schemering slaagden de medewerkers van Gewalt in hun opdracht en dreven ze hem heel behoedzaam naar een hoek van de Nordhafen.

Nu was het zaak om hem niet meer te verschrikken en het veld te klaren: Gewalt ging de kajuit in, en het volgende moment werden alle boten die niet bij de operatie betrokken waren door een luidsprekerstem gesommeerd zich terug te trekken. De hemel kleurde rood in het westen, het water werd leeg en glad als een dansvloer, en toen Gewalt weer aan dek verscheen had hij het narcosepistool in de hand en was hij alleen met de witte vis een stuk verderop tegenover hem.

Het meegelopen publiek hield de adem in. Gewalt hurkte neer op de voorplecht, laadde het wapen, en gebaarde de stuurman nog iets door te varen. Wie een verrekijker bij zich had kon zien hoe de laatste met een strak gezicht de tranen verdrong en gehoorzaamde.

Niets bewoog nog, alleen het traag voortglijdende patrouilleschip van Gewalt en Moby, die er van tien meter afstand even traag naartoe zwom; langzaam als twee hoofden bij de eerste kus naderden ze elkaar, terwijl Gewalt nu met beide handen het pistool vasthield en richtte – maar hij wilde Moby niet in het gezicht schieten, wachtte tot die zich eindelijk afwendde en hem de wang toekeerde, en drukte toen pas af. Het wapen veerde omhoog, Moby dook onder, daarna bleef iedereen staan kijken, vervolgens wachten, en werd het alleen nog maar later, en langzaam donker.

Dokter Gewalt: 'Ik heb toen een fout gemaakt. Ik heb op deze Moby Dick geschoten met een van de eerste narcosewapens, een pistool. Het zag er vreselijk uit, net een gangsterfilm...'

De uren verstreken. De maan verscheen, de zoeklichten gingen aan, de televisielampen van de Westdeutsche Rundfunk ook. Op de wal was de stille samenkomst een nachtwake, op het water ging het zoeken door, tot in het Vincke Kanal en terug in de Kaiserhafen aan toe. Toen Moby om middernacht nog niet gevonden was werd de operatie afgeblazen en kwam er, met het huistoe gaan van het aangeslagen publiek, dan toch een einde aan de vigilie voor de vastende, nu verdronken vis.

Het late journaal opende met het van afstand gefilmde schot.

'Moby erschossen!' kopte de krant de volgende ochtend.

Maar hij was niet dood, hij leefde nog, en zwom ongezien de Rijn af. Nu hij de stroom mee had vorderde hij veel sneller dan op de heenweg: het licht van de stad en de zware industrie verdween achter hem in de nacht, en toen hij in alle vroegte de Nederlandse grens overstak lag Angelen nog te slapen achter de dijk. Bij de Kop van Pannerden hield hij rechts aan, bij de volgende aftakking ook, en zo gebeurde het dat hij eindelijk dan, voor het eerst sinds zijn ontsnapping, voor Westervoort in de IJssel werd gesignaleerd.

Het nieuws verspreidde zich snel, journalisten stroomden toe, en op geleide van volgende waarnemingen volgden zij de witte dolfijn, die de vorige avond nog op de Duitse televisie was geweest, op zijn verdere tocht de IJssel af. Moby werd nu ook in Nederland beroemd, kreeg zelfs een escorte van de waterpolitie, alleen gaf men hem hier, ingevolge de nationale, onbedwingbare zucht naar humor en originaliteit, de naam Wietse de Walvis.

Hij bereikte Kampen, pleisterde wat in de haven, zwom toen het IJsselmeer op en vervolgde zijn reis in noordelijke richting, langs Staveren en Hindeloopen op de Friese kust en verder nog, almaar verder naar het noorden, naar huis – hoe kon hij ook weten dat de Afsluitdijk hem aanstonds de weg zou versperren? Toen die opdoemde lag zijn enige kans in de sluis van Kornwerderzand recht vooruit: om hem vrije doorgang te bieden lieten de Nederlandse autoriteiten de sluisdeuren aan beide zijden openzetten en werd de scheepvaart stilgelegd.

Moby naderde tot op nog geen honderd meter, moest het zoute water aan de andere kant van de dijk nu kunnen ruiken – maar hij aarzelde, en begon heen en weer te zwemmen. De verzamelde journalisten huurden een vissersboot bij de familie Malsen vlakbij, het steeds talrijkere publiek laadde de auto uit en ging op klapstoelen aan de dijk zitten. Tegen de avond smeerde iedereen een boterham en werd het een grote picknick.

De heer Malsen: 'In die tijd gebeurde er hier niet veel, maar toen leek het wel een parkeerplaats! Sommige gezinnen zetten een tent op en bleven ook 's nachts.'

De tweede dag werd het nog drukker toen er een bont beschilderd Volkswagenbusje vol hippies in spe arriveerde. Vanuit een wereldwarse afkeer van werk, winst, en de werkelijkheid in het algemeen, lieten zij hun haar groeien, koesterden ze een kinderlijke hang naar mystiek, rookten ze marihuanasigaretten, wisten ze alle mannelijkheid in zichzelf te overwinnen, giechelden ze in plaats van te lachen, schreden ze in plaats van te lopen, en had er altijd wel één een gitaar bij zich. Hadden ze gisteren nog naar de regen geroepen dat die moest ophouden, nu waren ze gekomen om de walvis uit te zwaaien als die door de sluis zwom. In de dierentuin zwaaiden kinderen toch ook naar dieren? Ze stapten uit, maakten met wijs- en middelvinger het vredesteken naar de kamperende gezinnen – en gingen op de grond zitten.

Mevrouw Malsen: 'Eerst schrok ik wel, natuurlijk, maar heel aardige jongens, hoor... Om hem te lokken hebben ze 's nachts nog op de pier staan zingen – poedelnaakt!'

Maar hij zwom niet door de sluis, hij bleef op afstand, ook de volgende dag, toen het *Algemeen Dagblad* kopte met: 'Duitse aanspraak op Wietse'. De onderkop luidde: 'Het dier draagt mijn eigendomsmerk', waarna de kolom begon met: '"Volgens het internationaal zeerecht is de witte walvis van ons" – dat zegt de 38-jarige dr. Wolfgang Gewalt, directeur van de Duisburgse dierentuin, in een artikel in de Duitse krant *Rheinische Post.*'

De heer Malsen: 'Zelfs uit Duitsland kwamen ze om de walvis te zien, die dokter Gewalt ook, en die claimde hem hier nog, hoor! Maar wij vonden het een vrije vis.'

Zo duurde de picknick voort, tot Moby op de vierde dag iets deed wat niemand verwacht had: hij draaide zich om en begon de andere kant op te zwemmen, terug naar waar hij vandaan gekomen was – het leek of hij zich ineens iets herinnerde, en nog wat doen moest.

Mevrouw Malsen: 'We waren allemaal van hem gaan houden en vonden het vreselijk dat hij de verkeerde kant op ging – de sluis stond open, de zee was vlakbij, we gunden hem de vrijheid zo... Maar aan de manier waarop hij wegzwom zag ik gelijk dat hij ergens naar op weg was en niet terug zou komen... Later heb ik hem natuurlijk op de televisie gevolgd, dan moest ik altijd huilen, maar was ik ook trots op hem, dat hij zo alleen was en toch doorging in dat vieze water...'

Nu Moby een missie had was zijn dwaaltocht een queeste geworden, en toen hij de IJssel weer op zwom naar de Rijn twijfelde niemand meer of hij zou opnieuw Duitsland binnen gaan. De Nederlandse radio en televisie sloten zich aan bij de afvaardiging van de kranten, buitenlandse verslaggevers en cameraploegen voegden zich bij hen; de waterpolitie die vrij baan maakte was een heraut, de meerijdende perskaravaan links en rechts op de dijk een processie.

HOOFDSTUK 27

Annex – Witte dieren

Door de eeuwen heen hebben witte dieren altijd de verbeelding geprikkeld en een bijzondere rol gespeeld in fabels, het volksgeloof en de mythologie: de zwaan wordt beschreven als het dier van liefde, dat Venus en Amor begeleidt; het witte paard verleent met zijn onnatuurlijke kleur een bovennatuurlijke allure aan prinsen en bisschoppen; en de ontembare eenhoorn, wit fabeldier bij uitstek, moet wel wit zijn omdat hij zich slechts laat vangen in de schoot van een reine maagd en zo de kuisheid symboliseert. Volgens het katholieke volksgeloof kan hij vergiftigde bronnen zuiveren door er met zijn hoorn een kruisteken boven te maken; apothekers en drogisten voeren zijn beeld als uithangteken omdat het poeder van de hoorn als universeel medicijn geldt.

Moby Dick was een witte potvis. Oud-walvisvaarder Herman Melville wist heel goed dat potvissen niet wit maar overwegend donker zijn. Toch maakte hij zijn Moby wit – om hem en het verhaal een mythische dimensie te geven.

Konijnen en duiven zijn van nature ook niet wit, maar het konijn van de goochelaar en de vredesduif wel. Net als Moby Dick moeten ze wel wit zijn, wonderlijk wit – ze zijn wit om op iets onbestaanbaars te duiden, om aan te geven dat het eigenlijk niet kan, het tevoorschijn komen uit de hoed niet, en de vrede ook niet.

Waar een wit dier verschijnt begint de mythe.

Nooit eerder zwom er een witte walvis in de Rijn, wel is er lang geleden nog eens een zo ver naar het zuiden op drift geraakt. Die werd op 7 juli 1711 gevangen en gedood voor de Vlaamse kust ter hoogte van het Schoor van Grimbergen. De vissers stelden hem tegen betaling tentoon in Dendermonde, later ook in andere steden. Toen hij begon te bederven liet de magistraat hem opzetten en nam die de exploitatie over. Maar was zijn raadselachtige verschijning geen voorteken geweest? Had men de verdwaalde gast geen beter onthaal moeten geven? Zou hij zijn wonderkracht niet aanwenden om zijn lot te wreken? Spoedig verbond het volksgeloof de dood van het witte dier aan de voorspelling dat de hemel geel zou kleuren en het water zwart, en om dat onheil af te wenden, bij wijze van eerbetoon, dan wel uit deemoedige boetedoening, werd zijn beeltenis geschilderd op hout, met bloed uit de wonden, tranen uit de ogen, en pijn in het gezicht. Die zomer nog droeg men het paneel mee in de sinds 1393 gehouden ommegang van Dendermonde. Deze bonte optocht van godsdienstige gezindten, gilden en ambachten, elk met hun eigen praalwagen, heet thans de Rosbeiaardommegang en vindt om de tien jaar nog altijd plaats. Het is een eer en een plechtige aangelegenheid om met het oude schild in de stoet te lopen: gekleed in achttiende-eeuwse livrei, naar de tijd van zijn verschijning en dood, schrijden de dragers met het passiebeeld van de huilende walvis voorbij; het publiek kijkt ernstig toe; wat later volgt de met lelies versierde wagen van de zwaan – ook een vast element in de ommegang, en eveneens wit.

Beloega's zijn zeer sociale dieren die in groepen van wisselende omvang de arctische tot subarctische wateren rond de Noordpool bewonen. De moeder-jongbinding is zo sterk dat de vrouwtjes vaak niet alleen hun laatstgeboren kalf bij zich hebben maar nog een of twee oudere. Ze baren om de drie jaar en blijven hun jongen verzorgen en verdedigen tot ze wel zes jaar oud zijn. Op hun achtste worden ze geslachtsrijp, en eenmaal volwassen kunnen ze bij een lengte van ruim vijf meter een gewicht tot vijftienhonderd kilo bereiken.

Maar ook kuddedieren zijn niet allemaal hetzelfde en moeten zich onderling kunnen onderscheiden en kenbaar maken als individu. Vrijwel alle tandwalvissen doen dat middels unieke klankuitstotingen oftewel identificatiefluitjes, die voor een deel door het menselijke gehoor waargenomen kunnen worden, maar geen enkele soort kan een zo breed spectrum aan klanken produceren als de beloega, die vanwege dat verbazingwekkende repertoire door walvisvaarders ook wel zeekanarie werd genoemd. Er zijn meldingen geweest van geluiden die leken op vogelgekwetter, geloei, gesteun en tandenknarsen, terwijl anderen weer moesten denken aan het geluid van schuddende kopjes op een dienblad, of een natte vinger over een schoolbord.

Overeenkomstig hun wat gedrongen lichaam zijn het rustige, gestage zwemmers, krachtig maar niet al te snel. Die gedrongenheid wordt nog versterkt doordat de meloen, het zachte, bolvormige orgaan in de bovenschedel van veel tandwalvissen, bij de beloega wat uitstulpt en goed zichtbaar is. Zo hebben zij, met hun korte snuit, geen spitse, gestroomlijnde kop, maar een rond, relatief hoog voorhoofd, net als kinderen. Daarbij beschikken ze over het zeldzame vermogen hun mond te vervormen en de lippen te tuiten, wat hun gezicht nog menselijker maakt. Sinds het ontstaan van de eerste dolfinaria midden jaren zestig zijn deze zachtaardige dieren dan ook zeer geliefd bij het publiek: wie een beloega aankijkt zal zijn gezichtsuitdrukking nooit vergeten; zijn mimiek, gevoegd bij heel dat ronde en wonderbaarlijk witte lichaam, maakt hem onweerstaanbaar.

Minder bekend is het dat beloega's niet altijd helderwit zijn. Bij het vervellen elke zomer neemt de huid een gele kleur aan. Om die af te schuren zwemmen ze dan ondiepe kustwateren en riviermondingen binnen, zulks tot genoegen van de jagers op de kusten.

En als ze geboren worden zijn ze ook niet wit, maar grijs tot donkerbruin. Het witte stadium bereiken ze eerst na de geslachtsrijpheid. Het bij het volwassen worden geleidelijk aan wit kleuren heeft de beloega gemeen met de zwaan, met de schimmel, en misschien ook wel met de eenhoorn, al die andere lieve dieren uit de witte galerij.

HOOFDSTUK 28

Op Angeldycke

Maandenlang had hij in zijn verduisterde kamer neergelegen op de canapé, maar nu zou hij opstaan: de televisie kwam er aan, hij had het net op de radio gehoord, met zijn hand om de antenne geklemd om het nieuws beter te kunnen verstaan. De witte walvis naderde Deventer, en als hij bij gelijke voortgang stroomopwaarts bleef zwemmen zou hij morgennamiddag reeds de grens kunnen bereiken. Zijn gevolg van pers en publiek zwol intussen al nog maar aan: spoedig had elke Nederlandse omroep een eigen wagen op de dijk, uit de omliggende landen kwamen ze ook, en zelfs de Engelse BBC reed vanaf Zwolle mee in de stoet.

Hij liet de antenne los, opende met moeite zijn hand, kon toen pas de transistorradio uitzetten. Het was nog ochtend, elf uur, de zon scheen achter het gordijn. Buiten zong een vogel, beneden sloeg een deur dicht, in zijn hoofd begon het te bruisen: wanneer de walvis morgen voorbij zwom hoefde hij zijn zebrapad maar over de dijk te rollen en erop te springen, of heel die internationale televisiekaravaan kwam pal voor zijn huis tot stilstand – misschien lustten de heren wel een glaasje? Er werden handen geschud, beleefdheidshalve noemde hij zijn naam tegenover de BBC in het Engels – maar verdraaid, dat werd dan Johnnie Walker! Dat hij daar nooit eerder iets mee gedaan had, hij dronk het elke dag! Zou het niet aardig zijn als hij een fles Johnnie Walker in reuzenformaat op de veranda neerzette?

Een lang niet gevoelde energie stroomde zijn lichaam binnen; hij moest opstaan, aan het werk – en hij stond op. Pas nu merkte hij hoe verzwakt zijn benen waren van het lange liggen, maar hij was opgestaan, en knipperend tegen het licht schoof hij het gordijn open. Het volgende moment poetste hij voor het eerst sinds weken zijn tanden, daarna liep hij zijn kamer uit en de trap af.

Maar ook over het water zou de vis door vele verslaggevers gevolgd worden, en nog voor hij beneden was wist hij al hoe hij ze aan het lachen kon maken. In Duitsland had ene doctor Gewalt geprobeerd hem met een net, toen met een hek, en toen met een narcosepistool te vangen, maar een vis ving je toch met een hengel? In een flits zag hij het voor zich: een enorme hengel die vanaf de krib voor zijn huis de Rijn in stak, met een vrolijk beschilderde ton als dobber, en een van zijn paspoppen er als visser achter, met laarzen aan, een pet op, en een emmertje naast zich; vanaf de volgboten zou ernaar gewezen worden, ook naar zijn aanlegsteiger er vlak naast, waar hij lachend op stond terug te zwaaien – de eerste schepen wendden de steven, de boot van *De Gelderlander* kwam er ook aan, nu goed: hij zou de rode loper voor ze uitrollen, maar dan moest hij wel in allerijl zijn steiger nog laten opschilderen, vooral de rebus op het hek met de visser en de rode loper, dan wist iedereen gelijk bij wie ze afmeerden – visser? Rode loper? Daar dacht hij net ook al aan! Verbluft door de coïncidentie greep hij zich even vast aan de leuning, toen ging hij in grote haast verder de trap af: die rode loper moest ook nog gemaakt worden voor Wietse morgen voorbij zwom – waar sloeg die naam eigenlijk op? Nog voor de onderste tree wist hij een betere, feitelijk een achternaam: Feith. Van zijn huisonderwijs lang geleden herinnerde hij zich een schrijver uit de achttiende of negentiende eeuw die Rhijnvis Feith heette, en nu die dolfijn in de Rijn zwom was hij toch dé 'Rhijnvis' bij uitstek geworden? En Rhijnvis heette Feith van achteren! Maar hij had geen tijd om zich nog met de naam bezig te houden; om die de wereld in te krijgen zou hij trouwens eerst geïnterviewd moeten worden, morgen, en dan was het eigenlijk toch al te laat...

Hij zette zijn rechtervoet op het vloerkleed van de hal, toen zijn linkervoet, en vervolgde zijn weg naar de keuken zonder zich nog ergens aan vast te houden. De retrograde klok tikte, de apenstaart gleed voorbij, van voren klonk een dof gepraat. Bij het openduwen van de keukendeur zwol dat eerst helder aan, maar dadelijk verbrokkelde het ook en werd het helemaal stil.

Klaas zat op het aanrecht koffie te drinken, de dienstmeid poetste het zilver op de keukentafel en draaide zich heel langzaam om. Toen hij haar in het gezicht keek wist hij niet meer hoe ze heette.

'Bent u... u bent weer beter?' bracht ze hevig blozend uit.

Hij glimlachte een poosje naar haar, moest na het lopen ook weer leren zijn stem te gebruiken. 'Helemaal,' zei hij eindelijk, 'ik ben weer terug, en we hebben heel wat te doen voor de walvis morgen komt!'

De meid kreeg vochtige ogen; Klaas wist ook niet hoe hij moest kijken en grijnsde maar wat.

Na een blik rondom verklaarde hij kortbondig dat de keukendeur uit de scharnieren moest. Klaas was al van het aanrecht gekomen en ging een hamer en schroevendraaier halen.

'En hoekijzers!' riep hij hem na. 'Acht! En schroeven!'

De meid schonk koffie in, Klaas kwam terug, en toen de keukendeur op de vloer lag liet hij ook de deur van de woonkamer lichten, daarna die van de bijkeuken, en tot slot die van de knechtskamer.

'Dit worden de zijkanten van een enorme whiskyfles,' verklaarde hij. 'Vooruit, we zetten hem gelijk maar even in elkaar... Of nee, dat kan later nog, eerst naar de smid! En naar Zevenaar! Hoe laat is het nu? Klaas, rij de wagen voor! En jij,' richtte hij zich tot de meid, 'haal jij bij de slijter vast een voorraadje whisky, mijn vaste merk, Johnnie Walker Red Label, doe maar tien flessen... en neem ook wat mee om erbij te eten, kaas, worst... zie maar!'

Klaas sprong in de Cadillac, de meid op de fiets, en zo dan, na jaren sluimeren en maanden zieltogen, zinderde Angeldycke ineens weer van levenslust, stond heel het huis in laaie gloed.

In de smidse legde hij uit wat het worden moest: een reusachtige hengel van onder een zekere hoek aan elkaar gelaste, steeds dunner wordende pijpen. 'Zo ongeveer,' zei hij, terwijl hij zijn wijsvinger licht kromde en er met zijn andere wijsvinger overheen streek, 'dat het van afstand precies een ouderwetse bamboehengel is, maar dan in het groot... zie je het voor je?'

Nadat de smid beloofd had er dadelijk mee te beginnen en het tegen zessen te brengen, ging het onverwijld door naar de behangzaak in Zevenaar, waar hij nieuwe kwasten en penselen kocht, een rol behang, een pot lijm, een rode traploper, en voorts rode verf, goudverf en zwarte verf, alle kleuren van het Johnnie Walker-etiket, en ook nog een blik blauw voor de dobber en de rebus.

Bij hun terugkeer kwam de meid onmiddellijk naar buiten om te helpen uitladen.

'Is het gelukt, met de drank?' vroeg hij met een knipoog.

Ze knikte, lachte, en leek wel gelukkig.

'Maar wat voor dag is het morgen eigenlijk?' ging hij door. 'Woensdag? Juist... woensdag... Nou, een perfecte dag voor walvissen, toch?'

Weer lachte ze, weer knipoogde hij; daarna ging het werk door, begon het pas echt.

Op de vloer van de keuken zetten ze gezamenlijk de

deuren in elkaar: vasthouden, voorboren, schroeven, kantelen, en dat net zo vaak tot het geheel rechtop gezet kon worden in de hal. Vooralsnog leek het naar maat en vorm nog het meest op een linnenkast, maar het hoekige van de Johnnie Walker-fles had het alvast, en als hij er straks alleen aan doorwerkte zou het wel goed komen – ja, want nu konden ze zich opsplitsen en aan meerdere taken tegelijk werken.

Klaas kreeg opdracht de rebus van de aanlegsteiger op te schilderen. Dat moest van buitenaf, vanuit het Amerikaanse roeibootje, waarin ook de meid plaatsnam, met schuurpapier en ammonia voor het voorwerk. Zelf wees hij, omdat de panelen zo afgebladderd en verbleekt waren, de oorspronkelijke kleuren aan, leunend over de balustrade, waarna de twee met een hoop geschommel en gegiechel aan de slag gingen en hij ze alleen liet om in de hal verder te gaan met de fles.

Het was een secuur werk dat maar langzaam vlotte. Als een stilleven prijkte een van de Johnnie Walker-flessen op een hoge kruk; als een kunstschilder liet hij zijn blik gedurig verspringen van het voorbeeld naar het werk onder zijn handen – tot zijn gedachten even afdwaalden en er net zo'n duizeling door hem heen sloeg als eerder op de trap: de rode loper die Klaas nu misschien aan het inkleuren was had hij in feite net in huis!

Nadat hij het behang had opgemeten en afgetekend, het in de vorm van het etiket had geknipt en op de fles geplakt, begon het schilderen. Maar de onderkleur was rood; met een schone pan liep hij naar buiten om wat rode verf bij Klaas te halen; ook daar schoot het werk niet erg op: toen de Wasserbüffel met vier bakken voorbijkwam waren ze bijna gekapseisd; van schrik had Klaas een sigaretje moeten roken...

Terug in de hal was het weer een kwartier later. De retrograde klok tikte, met de lichte haast van het scheppen bracht hij de ondergrond aan, en ondertussen kon hij er nog steeds niet bij dat zijn naam in het Engels Johnnie Walker was: toen hij zich Jan de Loper ging noemen wist hij nog helemaal niet dat Johnnie Walker bestond! Het deed hem denken aan vroeger, toen hij nog regelmatig landschappen schilderde naar waarneming, in de openlucht; dan begon hij zomaar ergens, zonder een enkele gedachte over de indeling, en als het dan bijna af was kon hij soms toch nog net die boerderij of schoorsteen kwijt in de hoek, precies zoals het in werkelijkheid was – puur toeval in feite, of geluk... kunstenaarsgeluk!

Van goede zin zette hij zijn paarse baret op, en toen hij aan de gouden belettering begon ook zijn leesbril. Maar na een uur dansten alle letters hem voor ogen en besloot hij om verder te gaan met het egale deel van de fles dat niet door het etiket werd bedekt, en waar het heldere glas de kleur van whisky had. Op zoek naar verfresten om die kleur te mengen liep hij de kelder in, waar zijn oog prompt viel op een ijzeren ton die heel goed kon dienen als dobber – die moest ook nog geschilderd worden, en bovendien naar boven gehaald; omdat hij daar zelf na al het liggen de kracht niet voor had moest hij weer naar Klaas, daarna de kelder weer in om de ton aan te wijzen, en daarna de trap weer op – maar wat gaf het?

Established 1890 – 40% Vol. Met zwarte verf penseelde hij het in de onderrand; het etiket zelf was bijna klaar nu, alleen de lopende figuur nog, Johnnie Walker in eigen persoon. Maar om weer even van het gepriegel af te zijn schilderde hij eerst de ton in helder rood, wit en blauw – dat kon wel een aardig plaatje worden, als de vis morgen Duitsland in zwom, want met die kleuren symboliseerde de dobber als het ware de Nederlandse grens iets verderop.

Tegen vijven begon hij dan toch aan Johnnie Walker,

het echte schilderwerk, nominaal gezien zelfs een zelfportret ten voeten uit. Maar veel meer dan een lijntekening was het niet, zodat hij hem spoedig had staan en voldaan een paar stappen achteruit deed. Johnnie Walker leek goed, de letters leken ook, en de kast begon echt op een fles te lijken – maar moest hij die eigenlijk wel voor zijn huis zetten, morgen? Was het dorp niet beter? Opeens bedacht hij dat de pers waarschijnlijk niet alleen over de dijk zou komen, maar wellicht ook vanaf de rijksweg en Angelen: natuurlijk, hij kende de journalisten inmiddels goed genoeg om te weten dat ze van goed eten en drinken hielden, en zoveel accommodatie was er natuurlijk niet aan de Rijn – en die walvis hoefde je toch ook niet van uur tot uur te volgen? Je kon toch best een stukje vooruitrijden, dan wat eten, eventueel zelfs een kamer nemen, en hem vervolgens rustig opwachten? Maar als dat waar was, dan zou het nu misschien al veel drukker in Hotel Oranje zijn dan normaal – waarom belde hij niet even op om te informeren?

Hij belde op.

Ze zaten voor vannacht helemaal vol. Ja, veel buitenlandse gasten ook. Nu al, een uur voor het diner, was er op de parkeerplaats geen plekje meer te vinden – borreltijd.

Hij legde de hoorn neer en wachtte tot hij zijn stramme hand weer kon strekken. Morgen zou hij de fles in het dorp neerzetten, bij wijze van wegwijzer – maar die moest er dan ook nog op, een wegwijzer, net als de hals, en de dop!

Klokke zes verscheen de smid met zijn knecht. De ijzeren hengel stond rechtop in een aanhangwagen, getuid door vier touwen – ze hadden niemand willen spietsen. Onder vrolijk gelach werd de vracht onttakeld, uitgeladen, en de krib op gedragen. Omdat de plaatsing nogal wat voeten in aarde had, en er met de koevoet zeker vier basaltblokken losgewrikt moesten worden, liet hij Klaas ook helpen. Zelf ging hij weer naar binnen: de dobber was nog nat, maar hij had een föhn, gekocht in de tijd dat hij nog van elektrische apparaten hield, en daarmee kreeg hij de verf net droog voor Klaas kwam met de boodschap dat de dobber nu aan het uiteinde van de hengel vastgebonden moest worden, want het plaatsen ging beginnen en anders konden ze er niet meer bij. Hij knikte, gaf de dobber vrij, zond ook de meid alvast mee met een polyester tuinstoel, maar bleef zelf weer binnen. Toen hij eindelijk dan op de kop van de krib verscheen had hij een etalagepop in visserskleding onder zijn rechterarm en bungelde er een rood plastic strandemmertje aan zijn andere hand. Terwijl de anderen de hengel in het gat staken en met de losse basaltblokken onder de goede hoek brachten en verankerden, zette hij de pop er op de stoel achter, vlak onder het baken, voorovergebogen als een visser. Toen tot slot de dobber te water werd gelaten en een stukje afdreef was alles klaar en gingen ze kijken vanaf de steiger. Opnieuw werd er gelachen: hoe groot het smeedwerk ook, en hoe klein het strandemmertje, het leek werkelijk of daar iemand met een bamboehengel op walvis zat te vissen! Toch kon het nog wel iets hebben, vond hij zelf.

Voor het eerst sinds maanden gebruikte hij het avondmaal beneden bij zijn bedienden in de keuken. De meid had nasi gemaakt, zijn lievelingsgerecht, en na het eten ging de verwennerij nog door: ze schepte slagroom in zijn koffie en deed er nog een flinke tic bij, Johnnie Walker Red Label.

'Heerlijk, echte Irish coffee!' zei hij vergenoegd – wat maakte het uit dat zijn whisky Schots was en zij dat niet wist?

Om acht uur keken ze gezamenlijk naar het televisiejournaal. Het opende met de vis, die nu tot voorbij Zutphen gevorderd was; in de verte, van achteren gefilmd, dook zijn witte lichaam even op uit het water, daarna zwenkte de camera naar de drukte op de dijk en kwam in close-up de volgstoet te zien van fietsers met een klapstoeltje aan het stuur, zonderling uitgedoste jongeren met kralen en gitaren in het gras, en vervolgens ook radioreporters met een koptelefoon op en journalisten die met een notitieboekje in de hand en een sigaret achter het oor iemand interviewden. Zijn hoofd begon te gloeien, hij perste zijn lippen op elkaar, en toen de camera opeens een andere camera in beeld nam, alsook het overige materieel van de omroepen, sloeg zijn hart over: de televisie was nu zelf op de televisie; uit de open raampjes van de omroepwagens staken boomdikke telelenzen, talloze lange hengels met microfoons zwiepten als takken door de lucht, stroken film woekerden er op de manier van lianen doorheen – ja, de televisie was onderweg, hij zag het met eigen ogen, en ze kwam er aan als een bewegend bos...

'En dit is nog lang niet alles, morgen komt de vooruit gereisde pers er ook nog eens bij,' verklaarde hij na een diepe zucht, 'Hotel Oranje zit al helemaal vol!'

Het volgende onderwerp ging ook over de televisie: de regering was vorig jaar over de al dan niet toe te laten televisiereclame gevallen, maar nu diende er toch een nieuwe omroepwet te komen.

Zonder het weerbericht nog af te wachten ging hij in de hal verder met de zijkanten en de achterkant. Hulp had hij niet meer nodig; Klaas en de meid kregen vrij. Wat later knipte hij met de hegschaar een stuk van de nieuwe, rode traploper af, zodanig dat er een rol overbleef ter lengte van zijn zebrapad. Nog later werd het stil in de keuken en tikte alleen de klok nog door.

Het was helemaal donker buiten toen de voordeur van Angeldycke openzwaaide en hij stommelend de veranda op kwam, weer met een etalagepop onder de arm, maar deze had hij in kapiteinsuniform gestoken, en in plaats van eerder het rode emmertje had hij nu de bijbehorende pet in zijn vrije hand. Het licht van de buitenlamp achter zich latend liep hij de dijk af, de krib op, en over de onregelmatige basaltblokken door naar het einde. De maan scheen, de rivier ging kalm zijn gang, het was een zachte avond zonder wind. De geüniformeerde pop kwam vlak naast de visser te staan, kaarsrecht op zijn kistjes, met de linkerarm om het baken geklemd en de rechter zo ver gebogen dat hij salueerde, met de vingertoppen tegen de slaap en de handpalm naar voren: militaire eer voor de walvis als die morgen voorbij zwom. Behalve de pet, waarvan hij de klep met zorg over de ogen trok, zette hij de pop ook nog een zonnebril op, toen was de kapitein klaar, het werk gedaan, en kon hij het van afstand in ogenschouw gaan nemen – maar eerst schoof hij het gebreide mutsje van de visser een beetje schuin, voor de nonchalance, en vulde hij diens strandemmertje met water, dat het niet wegwoei als het vannacht toch nog ging waaien.

Het zand schuimde onder zijn schoenen, de treden kraakten, hij greep het beschot van de steiger beet en draaide zich naar de krib links. Bestorven in het maanlicht kwamen de twee roerloze figuren op de kop steeds meer voor hem tot leven, net of ze zich alleen maar zo stil hielden omdat ze, ieder op eigen wijze, met volle aandacht ergens mee bezig waren, de kapitein streng, strak en voornaam, en de visser juist met volkse onverstoorbaarheid in volkomen natuurlijke houding. Door die tegenstelling in voorkomen, maar tegelijk ook overeenkomst in concentratie, vond hij dat ze op een interessante manier bij elkaar hoorden – samen waren ze een beeldengroep.

De hengel glansde, de middelste baan van de dobber blonk spierwit op in de maneschijn, en pas nu, voldaan en ontspannen, rook hij de rivier, met daarin ook een zweem verflucht van de pas geschilderde rebus onder zich. Af en toe maakte het water een slurpend geluid, verder was het stil: er was geen scheepvaart meer, ook geen verkeer op de weg.

Toen hij genoeg naar links had gekeken keek hij een poos naar de donkere overkant, daarna gleed zijn blik verder naar rechts en staarde hij over een zilveren baan vol vonkende diamanten uit naar de Kop van Pannerden met de Nederrijn nog verder naar rechts: daarvandaan zou de walvis morgen komen, misschien voer een deel van de pers wel een stuk voor hem uit, ja, in zijn fantasie zag hij de eerste scheepjes al naderen, er werd naar de enorme hengel met de beeldengroep gewezen, naar de kleurige rebus, en op zijn terugzwaaien kwamen ze lachend dichterbij... de vis kon nog wel een uur op zich laten wachten, riepen ze, en heel graag, ze lusten zeker wel iets te drinken, ze waren van *De Gelderlander*... Lijnen vlogen door de lucht, er werd afgemeerd, hij ging ze voor, over de rode loper de dijk over, de veranda op, en door het huis de tuin in, waar het al behoorlijk druk was met pers die over de weg vooruit was gereisd, of uit Hotel Oranje kwam... De BBC en de AVRO zaten naast elkaar aan de polyester tuintafel, daar konden ze nog wel bij, en terwijl de meid de glazen volschonk presenteerde hij een fijne sigaar... wel ja, zijn eigen Jan de Lopers... hij had er wel niet zoveel meer, maar er zwom niet elke dag een walvis voorbij, en hij kreeg ook niet iedere dag de televisie op bezoek... *De Gelderlander* wees de BBC op het bandje en legde uit dat de naam die daarop stond dezelfde was als die van de gastheer, Jan de Loper... het wekte grote verbazing: meneer had een eigen sigaar? Maar bij welke beroemdheid waren ze dan wel niet terechtgekomen? Wat? Johnnie Walker? *De Gelderlander* legde het weer uit, dat het een vertaling was, maar de verbazing bleef: in Engeland kenden ze niemand die een eigen sigaar had, in heel het Gemenebest niet... zelfs Churchill niet... Maar waar was hij dan precies zo beroemd mee geworden? Hij kreeg geen kans het zelf te vertellen, een Nederlandse journalist begon al over zijn meerdaagse mars naar Parijs... Hadden de heren wel eens van de Champs-Elysées gehoord? Een intocht was het, een onthaal... één miljoen passen... De interesse van de BBC was nu echt gewekt, er werd achter de hand gepraat en besmuikt overlegd, niet uit onbeleefdheid, het kon niet anders, en toen richtten ze zich weer tot hem: of hij er bezwaar tegen had als ze wat opnamen maakten... nu ze deze bijzondere Rijnbewoner ontmoet hadden wilden ze die buitenkans niet onbenut laten, en ze konden toch ook niet de hele tijd alleen maar die walvis filmen... Hij vond het best, trok eigenlijk alleen maar zijn schouders even op, en terwijl een assistent de spullen uit de auto ging halen verbaasde men zich opeens over zijn polyester tuinameublement; er werd op geklopt, niemand had zoiets ooit eerder gezien – en of het hier vaak zo druk was? Daar lag immers een zebrapad in het gras! Nu begon iemand te vertellen dat hij daar het hele dorp mee in rep en roer had gebracht, een ander herinnerde zich hoe hij eens, in alle vroegte, op zijn ezeltje, in zijn pyjama nog, met een volle zak correspondentie op de rug... De ene na de andere lachgolf klonk op, het werd een vrolijke boel, hij kreeg gewoon weer zin om in de vijver te springen... maar daar kwam de camera al aan, tussen de glazen op de tafel stond ineens een microfoon, en na een korte inleiding van de presentator (Parijs, Champs-Elysées, intocht, één miljoen passen) vroeg die of hij de Engelse kijker kon vertellen hoe hij nu eigenlijk met dat langeafstandslopen zo beroemd geworden was... 'Ach ja, dat was in Indië, waar ik indertijd mijn wereldreis begon... en tevens een begin maakte met de collectie van het Azië-museum, dat u daar op de achtergrond ziet... Ik liep er van de ene kust naar de andere, dagen achtereen zonder ophouden, maar dat lopen was eigenlijk niet eens het belangrijkste, het ging er meer om dat ik mij als Europese heer nooit boven mijn Javaanse bediende heb gesteld... Voor mij de normaalste zaak van de wereld, maar toen vond men dat bijzonder, daar wilde de krant wel over schrijven, hoe we als gelijken met elkaar omgingen... Na verloop van tijd begon het verschil tussen ons steeds meer te vervagen... ik trok mijn schoenen uit... onze voeten werden rood van het stof... we sliepen in de dessa! Na afloop van de reis heeft hij nog een jaar of wat hier in huis gewoond, maar dat ging op den duur niet goed...' – zijn keel werd dik, hij haperde, zijn verhaal kreeg een andere ondertoon – '...hij kon niet aarden, en raakte ontheemd...' – niemand lachte nog, men luisterde gespannen en zag hoe hij moest slikken om zijn stem terug te krijgen – '...hoe vaak hij ook als conciërge in het Aziëmuseum stond, hoe vaak we ook nasi aten, en hoe vaak ik hem ook een sarong liet dragen, zijn heimwee werd steeds groter, en op het laatst heb ik hem moeten laten gaan...' – zijn ogen begonnen te branden, de camera zoomde erop in – '...met de allereerste vlucht van de Fokker F7 heb ik hem terug naar Batavia gestuurd, als een prins, te midden van louter industriëlen en ministers... De krant...' Hij kon niet meer verder, vocht manmoedig tegen de tranen, tot hij ze de vrije loop liet. Het enige dat hij nog voor zich zag was de foto van *De Telegraaf*, waarop hij met natte wangen naar de zilveren vogel in de lucht zwaaide: vaarwel, lieve vriend...

In het echt, op de steiger, was hij ook volgeschoten. Hij haalde zijn neus op, knipperde met zijn ogen, en toen hij weer kon zien brandde er aan de overkant op het strand een vuur. IJle, vernevelde gitaarklanken dreven aan over het gladde water, iemand begon te dansen, verdween in het donker, en tekende zich opnieuw als een flakkerend, zwart vlammetje af tegen de oranje gloed. Hij twijfelde niet of er zat daar een hele groep jongelui om het vuur, vrienden allemaal, heel gezellig, maar de pont voer niet meer, en hij moest ook maar naar binnen gaan.

Pas toen hij het steigerbeschot losliet merkte hij hoe hard hij erin geknepen moest hebben: zijn vingers bleven krom staan, en om ze weer recht te krijgen duwde hij ze zachtjes met de toppen tegen elkaar. Zo, in de houding van iemand die bidt, draaide hij zich van de rivier af en bleef hij enige tijd naar de lamp op de veranda kijken. Wat gaf het dat zijn stramme handen pijn deden, wat zou hij erom klagen nu hij was opgestaan en de vis er aankwam? Als hij straks nog even naar de radio luisterde en de antenne losliet, zou zijn hand ook wel weer opengaan, heel langzaam, als een bloem in de ochtend, dat hij morgen de dag kon plukken.

HOOFDSTUK 29

In Angelen

'Nu moet u weten dat ik al geruime tijd weduwe ben, en als dan ook nog de kinderen uit huis zijn...'

Ze stonden vlak voor de bakkerij, Rebert met een brood in de hand, mevrouw Schouten met een brief. Toen hij daarnet de winkel uit kwam was ze recht over het plein op hem toe geschoten en er dadelijk over begonnen dat ze nu ook een dier had – misschien schaamde ze zich nog wel voor de aanrijding van Bobby, en wilde ze daarom dat hij het wist.

'Nu ja, dan is het wel eens stil om je heen, dat begrijpt u!'

Hij knikte dat hij die stilte kende, en om mevrouw Schouten niet heel de tijd aan te kijken keek hij links en rechts langs haar heen. Nergens liepen nog mensen – de vaders waren aan het werk, de moeders zaten aan de koffie, de kinderen op school – maar het was een stralende ochtend met een diepblauwe hemel.

'Dus toen die huurder weer vertrok en zijn kat achterliet, toen dacht mijn zoon: die geef ik aan mijn moeder, dan zit dat beest niet de hele dag alleen en heeft zij er ook gezelschap aan!'

Hij knikte opnieuw – zo ongeveer had hij Kloris indertijd ook gekregen, achtergelaten door een huurder. Als dat niet gebeurd was zou hij nooit bij Beckers terecht zijn gekomen, had hij nooit diergeneeskunde gestudeerd, en was hij nooit met Tine getrouwd. Waarschijnlijk leefde ze dan nog. Hoe zou het met Marc zijn?

'En ik moet zeggen: het ís ook gezellig hoor, echt wel, het is een aardig dier. Alleen dat miauwen elke dag, hè?'

Ze had er al iets over verteld, dus hij knikte nog een keer, om aan te geven dat hij het nog wist. Aan de overkant gloeide de brievenbus vuurrood op in de zon; uit de open deur van de bakkerij achter hem dreef de geur van versgebakken brood.

'Er staan altijd droge brokken voor hem, dus honger kan het niet zijn, geen echte honger... maar hij vindt het blikvlees gewoon lekkerder! Dus wat ik zeg, elke namiddag om vijf uur gaat hij voor de koelkast staan en dan begint het... en niet te weinig, hoor! Het gaat door merg en been! Terwijl hij wéét dat zes uur zijn etenstijd is, al vanaf de eerste dag...'

In plaats van te knikken schudde hij nu het hoofd, afkeurend, of uit medeleven.

'Maar ik geef natuurlijk niet toe, geen minuut, dus ik laat hem maar piepen tot het zes uur is en ik zelf ook ga eten. Zo moet hij leren dat hij met dat gejank niets opschiet, maar het wordt maar niet minder, hij gaat er maar mee door, terwijl ik hem al vier maanden heb! Hij begrijpt het gewoon niet! Maar weet u wat ik me laatst ineens bedacht?'

Andermaal schudde hij het hoofd; hij wist het niet.

'Nou, ik kan hem wel dom vinden, dat hij maar doorgaat met dat zinloze gezeur, maar misschien vindt hij mij óók wel dom; misschien denkt hij wel elke dag om zes uur: hè, hè, eindelijk snapt ze het, het vrouwtje is wel een beetje traag van begrip, zo moeilijk is het toch niet om te begrijpen wat ik wil? Maar goed dat ik al om vijf uur begonnen ben met janken, anders had ik nu nog niks! Dus in plaats van hem zijn gedram af te leren, door me er iedere dag doof voor te houden, moedig ik hem er misschien wel juist in aan, en ziet hij de noodzaak ervan elke keer bevestigd als ik hem klokke zes zijn schoteltje geef – een eeuwig misverstand! Wat denkt u, dokter? Zou het kunnen?'

Mevrouw Schouten stak haar handen in een vertwijfeld gebaar omhoog, de brief zweefde naast haar hoofd, maar hij kon geen antwoord meer geven, was haar vraag al vergeten, zag haar niet eens meer, alleen Laura nog, die links uit een zijstraat was gekomen en zijn aandacht onmiddellijk en volledig in beslag nam. Na haar eerste verschijning in zijn ooghoek draaide hij zijn gezicht werktuiglijk naar haar toe en kwam zij recht op hem af, op en neer deinend in een soepel zomerjurkje en met haar haren in vlechten over haar borsten; haar mond werd steeds groter en roder; haar hakken tikten tegen de klinkers; ze begon te lachen en liet het lege boodschappennetje, dat ze ter hoogte van haar heup in de hand hield, rondzwiepen alsof ze touwtje sprong.

'Dag mevrouw Schouten, goedemorgen dokter!' klaterde haar stem als een helder bergbeekje over het stille plein. 'Hebben jullie het ook gehoord, op de radio? De walvis is al bij Doesburg!' Een paar passen nog, toen bleef ze stilstaan en sloeg ze amicaal de armen over elkaar.

Rebert opende zijn mond, zwijgend nog, maar verheugd dat Laura hem zo formeel aansprak nu mevrouw Schouten erbij was en ze niet alleen waren: het was of zij er zo op zinspeelde, per contrast, in heimelijke verstandhouding, hoe alleen, samen, en gemeenzaam ze eerder wel geweest waren...

'Wat toevallig trouwens dat ik u nu hier tegenkom, dokter,' richtte zij zich vervolgens zelfs uitsluitend tot hem, 'want ik heb u net opgebeld om iets te vragen! Maar ik stoor toch niet?'

Zijn keel schrapend wendde hij zich nu helemaal naar haar toe. 'Nee nee, allerminst – gaat u verder, mevrouw

Banda!' deed hij met nauw onderdrukte glimlach mee aan het spel. Zei ze dat ze hem had opgebeld?

'Nou, wat ik vragen wilde...'

Ze stelde haar vraag niet onmiddellijk, onderbrak haar zin om eerst te vertellen dat de walvis, als hij stroomopwaarts bleef gaan, volgens de laatste prognose vanmiddag ergens tussen drie en vijf uur de grens over zou zwemmen, en dat de kinderen er ontzettend mee bezig waren: ze wilden alles over hem weten, maakten tekeningen van hem, en als hij straks voorbijkwam gingen ze natuurlijk ook allemaal kijken, want school hadden ze niet op woensdagmiddag.

'En nu lijkt het mij zo leuk als u dan een lezing zou willen geven! Over de walvis! Wat hij eet en zo, niet te ingewikkeld, niet te lang, en ook niet op het moment van passeren zelf, want dan is het vast veel te druk, maar bijvoorbeeld een uurtje daarvoor...'

Vroeg ze of hij een lezing wilde geven? Zijn glimlach werd breder, van gevleidheid begon hij te blozen, om zijn blos te verbergen keek hij even opzij, naar mevrouw Schouten – haar net nog zo levendige gezicht was uitgedoofd; de brief zakte langzaam omlaag.

'Erg veel voorbereiding hoeft het u niet te kosten...'

Uit vrees te gretig te lijken stemde hij nog niet dadelijk toe; in plaats daarvan trok hij zijn mondhoeken naar beneden en fronste hij bedenkelijk het voorhoofd.

'Het zou iets heel bijzonders voor Angelen zijn... en ik vraag het natuurlijk alleen maar omdat we nu een dierenarts hebben...'

Een lezing – wie was hij om een lezing te geven? Hij had het nog nooit gedaan! Maar wie was hij ook om voor de eer te bedanken? Zijn frons verdween, zijn glimlach kwam terug, hij kon zijn toestemming bijna niet meer onderdrukken.

'Toe, doet u het, dokter?'

Voluit glimlachend nu voelde hij het bevrijdende antwoord onstuitbaar in zich opstijgen, maar juist toen hij het wilde geven werd de aandacht afgeleid door de witte Cadillac van Jan de Loper, die vanuit een zijstraat rechts de hoek om draaide en vrijwel geruisloos dichterbij kwam. De kap was open, een langwerpig, overwegend oranje gevaarte ter grootte van een lijkkist stak vanaf de achterbank schuin omhoog over de kofferbak, Jan de Loper zat voorin naast de chauffeur, klein, stralend, en met een alpinopetje op. Toen de wagen vlakbij stopte knikte zijn roze, bijna paars geworden hoofd even naar voren, net of hij groette.

'Meneer de Loper!' riep Laura, zo blij verrast dat het leek of zij haar vraag al helemaal vergeten was. 'Wat fijn om u weer eens in het dorp te zien! Maar wat heeft u dáár nu bij u?'

'Als hij zo staat zie je het vanzelf,' zei de Loper, terwijl hij met een geheimzinnig glimlachje het portier opende en uitstapte. 'Vooruit, even helpen, Klaas!'

Zelf zonder een zweem van een glimlach meer zag Rebert hoe de kist werd uitgeladen en rechtop neergezet, en inderdaad: op slag was duidelijk wat die voorstelde; ineens stond er een manshoge, hoekige fles op het plein. Ging de Loper weer een streek uithalen? Maar hij had zijn fietspomp toch al lang geleden aan de wilgen gehangen, volgens Laura?

'Het is een fles!' klonk weer haar verraste stem, en geïnteresseerd bestudeerde ze het etiket, dat van dichtbij niet meer egaal oranje was maar geel en rood, met zwarte en witte letters erop. 'Een fles Johnnie Walker! Lekker, hoor! Maar waarom...'

'Voor de buitenlandse pers ben ik vandaag Johnnie Walker,' legde de Loper glunderend uit, 'want Jan de Loper is in het Engels nu eenmaal Johnnie Walker, toch? Ik kan er niks anders van maken!'

Laura slaakte een korte lach, deed een stap achteruit, en liet haar blik omhoog glijden. Volkomen onbewogen keek Rebert met haar mee. De zijkanten van de fles moesten deuren zijn, de hals een stuk kachelpijp, en uit die hals stak een gefiguurzaagde wegwijzer in de vorm van een wijzende hand de lucht in. Jan de Loper/Johnnie Walker, stond er in witte letters op, daaronder: Welkom/Welcome, en op de uitgestoken wijsvinger: Huize Wat 1 Lol/Villa Fun – de Loper nodigde iedereen uit voor een borrel, begreep hij, en opeens begreep hij ook hoe de man aan die oudroze gelaatskleur was gekomen: van het aldoor binnen liggen kon hij die niet gekregen hebben, het moest de drank wel zijn – 'beroepsrisico nummer één, beste vriend,' welden de woorden van Beckers uit een peilloos diep verleden in hem op, 'vroeg of laat krijgt iedere alcoholist een varkenskop, dus kijk maar uit!' Mogelijk dat zijn dagelijkse fles wijn ook zijn gezicht verkleurde, onzichtbaar onder zijn teint van het hardlopen.

Mevrouw Duk kwam nu ook even kijken: ze schudde het hoofd om zoveel gekkigheid, zei dat het prachtig was, en ging weer naar binnen. Daarna mompelde mevrouw Schouten een compliment en verdween ook zij, maar dan de andere kant op, schielijk – toen ze langs hem schoot zag Rebert dat ze hevig bloosde, misschien wel van schaamte, nu niet om de aanrijding van Bobby maar omdat haar vraag onbeantwoord was gebleven, en zij er niet meer toe deed.

'Van een afstandje lijkt hij nog beter!' vond Laura, en om het gesprek maar gaande te houden vroeg ze omstandig naar de bekende weg: dus Jan de Loper gaf een borrel vanmiddag? En de fles duidde aan waar iedereen terecht kon?

Terwijl de Loper begon te knikken keek Rebert diep inademend weg over zijn schouder. Hij kreeg steeds minder zin in de lezing.

'Eerst wilde ik hem voor mijn huis zetten,' klonk het nu van opzij, 'maar daar heb ik al een grote hengel, en mijn steiger met de rebus, en mijn zebrapad, en bovendien ben ik daar zelf vanmiddag ook, dus ik dacht: ik zet hem hier neer, voor de journalisten die straks vanaf de rijksweg het dorp in komen, en vanuit Hotel Oranje natuurlijk... Daar zit het al helemaal vol!'

Aan de overkant van het plein stak mevrouw Schouten de brief in de brievenbus. Rebert zag haar hand omlaag zakken, daarna, heel langzaam, alsof ze weer aan hem dacht, draaide ze haar gezicht naar hem toe. Toen hij met een ruk weer voor zich keek hurkte Laura net neer voor de fles om tot besluit de onderrand te bewonderen. Haar knieën gingen uit elkaar, haar billen staken naar achteren, en opeens, glimlachend omkijkend, wierp ze hem schuin van onderen een schalkse blik toe.

'Veertig procent!' verzuchtte ze veelbetekenend.

Met kromme lippen glimlachte hij terug: als Laura, bedacht hij, en hij liet zijn gedachte vrijelijk en zonder enig verzet in zich opspelen – zij deed toch ook precies waar ze zin in had? –, als Laura wel eens zo neerhurkte in het bos, om een plas te doen, terwijl haar man erbij was en zij elkaar aankeken, dan deed ze nu feitelijk aan hem voor hoe dat eruitzag...

'Ja, het is stevig spul,' sprak de Loper, terwijl hij haar heel galant overeind hielp, 'en we hebben tien van deze flessen klaarstaan, dus dat kan nog een lollige boel worden vanmiddag!' Met gespreide armen wrikte en draaide hij nog wat aan de fles, om die beter neer te zetten, met de voorkant naar de rijksweg en de wegwijzer naar Angeldycke gekeerd. 'Nu ja, als ze maar eenmaal op de dijk zijn, dan zien ze het verder vanzelf...' Een laatste rukje nog, toen stapte hij achteruit en veegde hij zijn handen voldaan aan elkaar af. 'Zo, klaar! En dan ga ik nu gebak halen voor de lieve mensen thuis die zo goed geholpen hebben! Zoek voor jezelf maar vast iets lekkers uit, Klaas, ik kom zo!'

De chauffeur stapte de bakkerij binnen, Jan de Loper liep naar de wagen, dook in de kofferbak, en kwam terug met een rode rol tapijt tegen de borst geklemd. Zijn ogen twinkelden, hij trok zijn wenkbrauwen geheimzinnig omhoog en fronsend weer naar beneden.

'Jawel vrienden, jullie zien het goed: een rode loper... voor de wereldberoemde Johnnie Walker... dat mag toch wel, vandaag? En zelf ben ik natuurlijk ook een loper... Ján de Loper, om precies te zijn... aangenaam!'

Onmachtig en radeloos, terwijl zijn hart samenkromp en een lichte flauwte hem beving, wrong Rebert zijn handen: het was met de fles nog niet voorbij of de oude guit begon al aan een tweede grap. Omdat hij niet meer wist waar hij moest kijken keek hij alle kanten uit. Mevrouw Schouten was nergens meer te zien, een nieuwe lach verscheen op Laura's gezicht, en onderwijl ging Jan de Loper maar door: op een paar meter voor de bakkerij boog hij door de knieën, hij liet de rol met een soepele zwaai uitrollen over de blauwstenen stoepplaat tot precies voor de drempel, en richtte zich weer op.

'Mevrouw, na u!' zei hij, buitengewoon hoffelijk weer, en tegelijk sloeg hij een zwierig manuaal in de lucht dat eindigde in een uitnodigend gebaar naar Laura.

Ze twijfelde. 'Ik? Op de rode loper? Als een filmster? Wacht... een ogenblik!'

Alsof ze van een podium stapte en naar hem afdaalde, zo zag Rebert haar op zich af komen, volkomen zelfverzekerd alweer, zij het ook enigszins gehaast.

'Heb je er nog over nagedacht, Rebert, over de lezing?'

Ze was zo dicht voor hem gaan staan, als hij het reukvermogen van een hond had gehad liet zij hem nu haar geslacht ruiken.

'Ik overviel je er natuurlijk wel een beetje mee, daarnet...'

Opeens waren ze weer samen, weggezakt in een plooi van de tijd, in een ander bedrijf, een heel ander stuk, maar het was maar een intermezzo, want aanstonds moest ze terug naar de oppervlakte en het spel van de Loper daar.

'Toe, doe je het... alsjeblieft...?'

Wat kon hij anders doen dan toestemmen, nu hij te verweekt was om nog te weigeren? Met een enkel woord stemde hij toe, en voor hij het besefte had Laura alles met hem afgesproken: zodra de radio aangaf dat het tijd werd zou ze hem vanmiddag opbellen, waarschijnlijk ergens rond half drie, en over de plaats moest ze nog even nadenken, dat hoorde hij dan wel. Een kneepje in zijn arm nog, toen liep ze weer van hem weg en betrad zij, eindelijk dan, heel voorzichtig, eerst met de ene voet, daarna met de andere, alsof ze erdoorheen zou kunnen zakken, de rode loper.

'Ik heb dit nog nooit eerder gedaan, hoor!' riep ze over haar schouder naar de Loper.

Rebert haalde diep adem. Misschien, dacht hij, heeft zij deze zin, op dezelfde montere, onschuldige toon, ook wel tegen haar man gezegd, toen ze voor de eerste keer met hem naar bed ging. Alleen achterblijvend nu zag hij de twee in de winkel verdwijnen, Laura overdreven heupwiegend, Jan de Loper in ganzenpas achter haar aan, en toen hij zich omdraaide was het of het opklinkende gelach daarbinnen hem terug naar huis duwde.

Om half drie, na uren voorbereiding, had hij nog maar twee onderwerpen. In zijn met toenemende haast doorgebladerde studieboeken stond niets over dolfijnen, hij wist er zelf ook niets van, en uiteindelijk was het de encyclopedie die hem aan zijn eerste punt hielp: hij zou wat gaan zeggen over de veelbesproken, op radio en televisie voortdurend benadrukte witte kleur van de beloega, hoe merkwaardig die inderdaad was, veel merkwaardiger dan iedereen die er de mond vol van had kon vermoeden, want ja, beloega's waren wel wit, maar zulks na een grijze of donkerbruine jeugd pas vanaf een jaar of zes, terwijl het hier toch, volgens de Duitse expert doctor Gewalt en allen die hem napraatten in de pers, met stelligheid een jong dier betrof – zou het niet aardig zijn als hij die tegenstelling eerst opriep en vervolgens, zonder het al te ingewikkeld te maken, ook weer ophief met de stelling dat deze beloega een albino was? Zijn tweede punt, niet uit de encyclopedie maar van eigen makelij, richtte zich op, of meer nog tegen de al even veelbesproken honger van de vis: natuurlijk was het waar dat hij al die weken in de Rijn waarschijnlijk niets gegeten had, maar als het waar was dat walvissen hun vocht door hun voedsel binnen kregen, moest uitdroging na al dat vasten een nog veel nijpender probleem voor hem zijn. De gedachte was hem nog geen minuut geleden te binnen geschoten, en eigenlijk geloofde hij nu al niet meer in de juistheid ervan – waarom zou een zoogdier als een dolfijn geen slokje water tegen de dorst kunnen nemen? Koeien moesten ook drinken, dertig tot zestig liter per dag, paarden iets minder, ongeacht hoe mals het gras was – maar de stelling zou volkomen onverwacht komen, de originaliteit bleef verlokkelijk: hij zag de monden al verbluft voor zich open zakken, de ogen vragend naar hem opgeslagen worden... en wie zou er aan de woorden van de dierenarts durven twijfelen?

Laura belde om kwart voor drie. Ze verwachtte aardig wat publiek en had ook al een podium geregeld, op de dijk bij de afrit – of hij er over een half uur kon zijn? Op vlakke toon zei hij dat hij er aankwam, en zonder iets te laten merken van zijn plotselinge opwinding, zonder nog een groet zelfs, hing hij op. Podium? Publiek? Even overwoog hij om zijn zwarte coltrui aan te trekken, maar omdat Laura dan zou merken dat hij zich speciaal voor de lezing verkleed had schoot hij hetzelfde jasje aan als vanochtend, en heel rustig, hij had alle tijd, ging hij het volgende moment de deur uit. Geen blad bewoog, gehuld in een stil, windstil groen waas strekte de klinkerweg zich leeg voor hem uit, en pas nu realiseerde hij zich dat er vandaag helemaal geen kinderen bij hem geweest waren, hoewel het toch woensdagmiddag was en ze vrij hadden van school.

Bij de zandbak waren evenmin kinderen, er was helemaal niemand, in heel de speeltuin niet – stond iedereen al op de dijk? Bevangen door de stilte vervolgde hij zijn weg, niet meer onder de bomen nu maar door het volle licht, langs de al even verlaten nieuwbouw, en om te kalmeren boog hij zijn gedachten wat af: over een paar weken was het grote vakantie, dan zou het ongetwijfeld ook stil zijn in het dorp, al kon hij zich die stilte van vorig jaar, toen hij hier net woonde, niet meer herinneren, misschien omdat hij het verschil nog niet kende met Angelen in gewone doen en hem niets was opgevallen, of anders omdat de stilte in zijn ziel toen te groot was voor de stilte rondom om er nog in door te kunnen dringen. Zou Laura al vakantieplannen hebben gemaakt, met haar man? Gedurende haar afwezigheid zou het dorp nog stiller voor hem zijn, maar niet als hijzelf ook ergens heen ging – naar Fair Isle, nog een keer?

De lange stoep lag achter hem, hij liep de kom in. Ook hier zag hij nergens kinderen of winkelende moeders, alleen maar de oranje fles van Jan de Loper, die als een beteuterde clown op het uitgestorven plein stond en zich afvroeg waar alle mensen toch gebleven waren die hij met zijn grappen had weggejaagd. Bij het passeren van de bakkerij werd hij lachend toegezwaaid door mevrouw Duk achter de toonbank, die ongetwijfeld precies wist wat hij ging doen; ze leek hem veeleer succes toe te wensen dan dat ze hem groette, en had zeker een duim naar hem opgestoken als zij een man was geweest. Hij zwaaide terug, sloeg de hoek om, en verstijfde toen ineens met een steek in het hart: hij wist zijn punten niet meer! Ineengekrompen bleef hij stilstaan, tot beide punten hem weer te binnen schoten en hij zijn loop hervatte, maar veel langzamer nu, met ingehouden pas, slenterend haast op de laatste hoek aan, dat hij niet te vroeg kwam: Laura moest niet denken dat hij er nog zin in had, hij deed het alleen voor háár, door de telefoon had hij dat ook al duidelijk laten merken.

Eerst zag hij alleen maar de immense, vuurrode truck van Van Haren boven op de dijk staan, met de voorkant naar links, vlak tegen de lantaarnpaal, en daarna pas de in verhouding minuscule mensen die zich erachter aftekenden tegen de lucht. Terwijl de druk op zijn borst bij elke stap toenam liep hij verder, de helling op; de stilte vulde zich met geroezemoes, kinderstemmen kwetterden erdoorheen, en plotseling werd hij ook Laura gewaar, aan de rand van de drukte uiterst rechts – ze had hem al gezien, maakte zich los van haar gezelschap, en wachtte hem met een stralende glimlach op.

'En, hoe vind je het podium?' begroette ze hem zonder complimenten.

Hij keek om zich heen, zag geen podium, vroeg waar het was.

'Nou, daar natuurlijk!' Ze knikte naar de truck. 'De vrachtwagen is het podium!'

Bij de druk op zijn borst voelde hij nu ook een steen in zijn maag: moest hij zijn lezing vanuit een vrachtwagen geven? Intussen had hij het publiek al razendsnel in zich opgenomen: zo'n twintig vrouwen, schatte hij, en misschien dertig kinderen, van wie de meeste hun dier hadden meegenomen, en een aantal ook een tekening van een walvis – her en der stonden poppenwagentjes; Japie liep rond met de nieuwe Bink op zijn schouder; verderop lieten een paar meisjes een pony van Kromkamp grazen in de berm – welbeschouwd was alles hetzelfde als anders rond de zandbak of in zijn praktijk, volkomen vertrouwd, maar toch liet de spanning niet van hem af: het werd straks toch zijn eerste optreden als dierenarts, in die hoedanigheid kenden alleen de kinderen hem nog, en Laura dan, van toen hij de goudvis van Lieneke opnam.

Opgetogen vertelde ze dat de jonge Van Haren gelijk mee wilde doen toen ze hem opbelde met het idee. 'Een echte ondernemer hoor, hij rook natuurlijk de publiciteit... onder de firmanaam op de zijkant van de truck heeft hij met kalk gauw nog even het telefoonnummer erbij geschilderd... voor als de televisie straks voorbijkomt, dat heel Nederland weet waar ze Van Haren Expedities kunnen bereiken... Televisiereclame! Kom, dan stel ik je even aan hem voor...'

Langzaam liepen ze tussen de groepjes pratende mensen door naar de achterkant van de truck, Laura voorop, Rebert, omdat er van alle kanten naar hem werd gekeken, met hangend hoofd, maar zonder dat iets hem ontging, op een elastische meter achter haar aan. Mevrouw Schouten was er niet, verder kon hij zich geen betere opkomst wensen, al speet het hem wel dat er geen mannen aanwezig waren, maar toen er naast hem een kring van vrouwen openging kwam daar toch een man uit tevoorschijn die door zijn geringe lengte nu pas zichtbaar, en tegelijk ook hoorbaar werd: Jan de Loper. Vanochtend in het dorp hadden zij geen blik gewisseld, nu keek de man hem vrijmoedig, bijna vriendelijk aan en hief hij zelfs zijn bierfles naar hem op, terwijl hij gewoon doorpraatte tegen de dames om hem heen: hij had zijn zebrapad al uitgerold over de dijk, verzekerde hij hen met schorre stem – in een flits zag Rebert hoe klein 's mans voeten eigenlijk waren; hij had oude, geruite pantoffels aan, misschien wel die beroemde sloffen waarop hij naar Parijs was gelopen en waarmee hij later naar de mensen aan de kant had gezwaaid – en als de pers straks langskwam ging hij er zonder mankeren op staan om die hele karavaan tot stilstand te brengen: televisie of niet, verkeersregels waren verkeersregels!

Terwijl het gelach achter hem verstierf doemde het podium vrij voor hem op. Het viel hem alleszins mee: van hieraf viel nauwelijks nog te zien dat het een vrachtwagen was; de laaddeuren stonden open als de luiken van een raam en zouden straks, op de manier van twee handen aan een mond, zijn stem nog wel eens iets kunnen versterken; de diepte was zwart als een achtergordijn, en de dubbele treeplank rechts had wel iets van een toneeltrap.

'Meneer Van Haren,' zei Laura tegen de man die op het achterlicht zat, 'mag ik u voorstellen...'

Rebert schudde de jonge Van Haren de hand, liet zich voordoen hoe hij naar de buikhoge vloer moest klimmen, en zag toen het kleine meisje op zich af komen dat hem altijd haar schildpad liet zien en ook nu weer, zonder een woord, haar boodschappentas voor hem opende. Hij keek er even in en knikte goedkeurend, waarop het meisje met een vergenoegde grijns wegliep, Laura begon te lachen, en Lieneke wenkte: die moest hem ook iets laten zien, haar tekening. Goedkeurend knikkend weer zag hij dat zij geen walvis had getekend, zoals de andere kinderen, maar, met oranje krijt, haar goudvis. Laura legde het uit: als de walvis straks deze tekening zag begreep die wel dat Lieneke zelf thuis ook een vis had, Ranja. 'Zo is het toch, hè Lien? En dankzij de dokter!'

Lieneke werd vuurrood en draaide zich om; Laura keek op haar horloge en stelde voor om nog even naast de vrachtwagen te gaan staan, dat hij niet zoveel bekijks had voor het begon.

Zo hoog op de dijk voelde hij toch wel wat wind. De zon ging schuil achter een wolk, af en toe trok een ruwe vleug over het gladde, zwarte water, vanaf de overkant klonk het geluid van een claxon. Zo druk als het ook daar inmiddels was, met overal geparkeerde auto's en mensen op het strand tussen de kribben, zo bevreemdend stil was het op de rivier. Alleen vanuit Duitsland, stroomafwaarts, voeren een paar schepen van links naar rechts voorbij, opgaand verkeer was er niet. Werd dat al tegengehouden door de waterpolitie, voor de vis? En waarom vroeg Laura niet naar zijn lezing?

'Een paar minuten nog,' zei ze, na weer een blik op haar horloge. 'Ik heb tegen iedereen gezegd dat het om half vier begint. Mevrouw Duk komt ook nog.'

Hij trok onverschillig zijn schouders op. Als hij werkelijk wilde laten merken hoe licht hij het alles opnam zou hij eigenlijk over iets heel anders moeten beginnen. Half vier, had ze tegen iedereen gezegd? Maar waarom had ze hém dan al om kwart over drie laten komen?

'Weet je al wat jullie met de grote vakantie gaan doen?' vroeg hij opeens, plompverloren, omdat Laura niets meer zei. Maar ze bleef zwijgen, hij kreeg niet eens antwoord; terwijl een lichte, maar onmiskenbare blos over haar gezicht gleed keek ze strak voor zich uit. Had hij het niet mogen vragen? Maar zo onbeschaamd was zijn vraag toch niet? In de winkel begon ze er altijd zelf over, waar ze allemaal geweest was: Londen, New York...

'Gek idee toch, dat er straks een walvis voorbijkomt,' zei ze eindelijk, volkomen welgemoed weer, net of ze zijn vraag helemaal niet gehoord had. 'Daarom wilde ik het ook hier op de dijk doen, want dan kunnen we onder het luisteren naar de rivier kijken, en komen we alvast in de stemming!' Voor de laatste keer keek ze op haar horloge. 'Nou, laten we maar beginnen... ben je klaar?'

Na een diepe knik, een buiging bijna, liep hij achter haar aan, terug naar de mensen en het geroezemoes. Hij had allebei zijn punten paraat, maar twijfelde ineens of hij het tweede punt, dat van de dorst, wel te berde zou brengen; misschien, als hij het heel rustig uiteenzette, zou hij met het eerste punt kunnen volstaan – hij moest het niet te lang maken.

Ze betraden de leegte vlak voor het podium, en terwijl hij in ononderbroken beweging naar boven klom hoorde hij hoe Laura hem vanaf de grond aankondigde: 'Dames en heren, uw aandacht voor dokter Van Buyten!'

Onder een aarzelend applaus, dat dadelijk ook weer ophield, draaide hij zich op de laadvloer om, van het donker naar het licht. Er viel een diepe stilte, iedereen staarde hem aan, en hoog over al die hoofden heen kijkend zag hij de dijkweg kronkelen naar Angeldycke, de Kop van Pannerden nog verder weg, de ontzaglijke lucht over alles heen, en toen ook, heel kort, het gezicht van Tine dat door de wolkensluiers heen schimmerde – het duizelde hem, zijn handen veegden rond maar er was niets waar hij zich aan vast kon houden, wankelend deinsde hij een stap terug van de rand.

'Begin maar, hoor,' klonk Jan de Loper heel bedaard.

Onmiddellijk terug in de tegenwoordigheid zag hij de man recht voor zich staan, met de armen gevouwen en de bruine beugelfles voor de borst. Laura stond verder naar links, helemaal opzij eigenlijk, in de berm, maar ook vooraan, en ook zij vond dat hij moest beginnen, knikte hem in ieder geval aanmoedigend toe. Ze hadden gelijk, als hij nog langer wachtte zou de stilte ondoordringbaar zijn, en met het eerste punt voor in het hoofd schraapte hij de keel.

'De vis...' begon hij, maar hij had al geen lucht meer, moest weer inademen, '...de vis is wit.' Hij haalde opnieuw adem om toe te lichten hoe merkwaardig dat was voor een jonge beloega, maar kreeg de kans niet.

'Is hij wit?' riep de Loper. 'Dat wisten we nog niet! Nou, goed opletten mensen: als er straks een zwarte walvis voorbij zwemt is het de verkeerde, hoor! Hij moet wit zijn! Ha, ha! De vis is wit! Nou, volgende punt dan maar!'

Hier en daar klonk wat onderdrukt gegiechel, toen werd het weer stil. Laura had een hand voor de mond geslagen; Jan de Loper nam een slok bier en knipoogde naar links en rechts; Rebert voelde het bloed naar zijn hoofd stijgen en zag hoe het mannetje hem nu weer recht in de ogen keek, wachtend op zijn tweede punt; wat kon hij anders dan daarmee doorgaan?

'En de vis...' vervolgde hij, en weer onderbrak hij zich om adem te halen, '...de vis heeft dorst.'

De mededeling viel als een ei op de grond. Na een ogenblik van totale stagnatie krulden overal de mondhoeken omhoog, terwijl de blikken heen en weer flitsten, Laura langzaam haar hand naar haar voorhoofd bracht, en het eerste geproest opklonk.

'De vis heeft dorst?' riep Jan de Loper, ten uiterste geprikkeld nu. 'Maar daar weet ik wel iets op! Dat heb ik ook altijd!' Met verrassend snelle passen liep hij de dijk af naar het water, hij hield de fles erboven, draaide zijn gezicht terug naar de mensen, en het bier achter zich uitgietend in de rivier zei hij: 'Zo, dat zal hem smaken... een slokje bier tegen de dorst!' Onder algeheel gelach nam hij zijn oude plaats weer in, vouwde hij zijn armen weer voor de borst, en richtte hij zich weer tot de spreker op het podium: 'Goed, volgende punt maar weer!'

De vuisten ballend zon Rebert vertwijfeld op een manier om door te gaan, vroeg hij zich koortsachtig af of hij zijn eerste punt nog zou kunnen hernemen en dan voltooien, maar het hoefde al niet meer, iedereen keek de andere kant uit, en meekijkend met de anderen, over al die afgewende hoofden heen, zag hij, vlakbij al, een jonge vrouw komen aanfietsen in witte schort, kennelijk de dienstmeid van Angeldycke, want ze reed regelrecht door naar Jan de Loper en fluisterde hem iets in het oor, een bericht dat zich razendsnel verspreidde en overal met luide uitroepen werd herhaald: de walvis was de Kop van Pannerden voorbij! Hij zwom nog steeds stroomopwaarts! Hij kwam er werkelijk aan nu!

De verandering was volledig: om op zijn zebrapad te gaan staan sprong de Loper onverwijld achterop bij zijn dienstmeid, die de fiets al had gekeerd en slingerend vaart maakte; alle anderen draaiden zich naar de rivier en spiedden in een lange rij uit over het water; Rebert spande zijn ogen tot het uiterste aan en zag, heel in de verte, iets wazigs op de dijk, een grijze massa onder een wirwar van heen en weer bewegende staken – als dat de mediakaravaan was kwam die er aan als een reusachtig, kruipend insect, een rups met talloze voelsprieten.

Iets later, nog steeds op het podium, staarde hij roerloos terug naar Laura, de enige die zich nog niet had omgekeerd; met een pijnlijk vertrokken gezicht bleef ze hem opnemen, onderzoekend, alsof ze probeerde te begrijpen hoe zijn lezing toch zo ver ten achter had kunnen blijven bij zijn golfstroom en Amerikaanse televisiecommercial. Toen ook zij hem uiteindelijk de rug toekeerde greep hij de stang beet waaraan hij zich nog geen vijf minuten geleden omhoog had gehesen, en volkomen uitgeput opeens liet hij zich naar de grond zakken.

HOOFDSTUK 30

Passage

Als een wonderlijke grondzee, die maar af en toe wit schuimend boven het oppervlak uitkomt om dan weer in de diepte te verdwijnen, zo bewoog de walvis zich met kalme, koninklijke slag tegen de stroom in, op gepaste afstand gevolgd door een boot van de rivierpolitie, en daarachter weer een lint van vrachtschepen, die in linie dicht langs de kant voeren, zodat de vis, mocht hij willen omkeren en terugzwemmen, daartoe alle ruimte had en niet werd opgejaagd.

Maar hij keerde niet om, hij zwom door, in gematigd fietstempo, met altijd ook nog die volgstoet op de dijk achter zich aan. Lange microfoonhengels staken uit de omroepwagens op kop, en terwijl Angeldycke steeds dichterbij kwam gleed onder aan het water de ene na de andere picknick voorbij, bleven de hipsters daar achter, zwaaiden zij de vis nog na met het vredesteken, en ging het gerucht onder hen dat John Lennon er ook was, met haar tot op zijn schouders en helemaal in het wit, maar niemand wist of hij zich aan deze kant of aan de overkant bevond, of wellicht alweer terug was naar Londen, Liverpool of New York.

De televisie was vlakbij nu: vanaf de veranda zag Jan de Loper de uitgestoken microfoons al als rijp fruit aan de verchroomde takken hangen, en toen hij ook de camera in de voorste wagen kon zien stapte hij het zebrapad op en stak hij lachend zijn arm omhoog. Maar het volgende moment sprong hij alweer terug de veranda op: zonder te claxonneren of zelfs maar vaart te minderen, en zonder dat iemand zijn naar de rivier afgewende gezicht ook maar even zijn kant op draaide, reed de met grote letters beplakte auto gewoon door, gevolgd door een tweede, een derde. Terwijl zijn hoofd begon te gloeien en alle kracht hem begaf trokken de omroepwagens zo in blinde, gesloten colonne aan hem voorbij, daarna kwamen de particuliere auto's, daarna de fietsers, en ten slotte, helemaal achteraan, toen hij weer vrij zicht kreeg op zijn lege aanlegsteiger, een gebloemd Volkswagenbusje. Niemand lachte, niet om zijn hengel, niet om zijn poppen, en ook niet om zijn zebrapad, alleen vanuit het busje maakte iemand nog met een verzaligde glimlach het vredesteken naar hem, maar toen kon hij zelf niet meer lachen. Daas neergezakt op een van zijn polyester tuinstoelen, volkomen verslapt nu, keek hij de stoet na, tot die halverwege Angelen was en een plotselinge drang om ook naar het dorp te gaan hem toch weer deed opstaan – hij wankelde de veranda af, grijnsde even verdwaasd naar de verte, waaruit niemand hem tegemoetkwam, en begon toen met kleine, haastige passen te lopen.

Hoewel de winkels dicht waren en heel het dorp op de dijk stond, met inbegrip nu ook van de mannen, die eerder waren weggegaan van hun werk bij Bodewes, De Hoop Lobith of de douane, en thuis snel nog hun fototoestel hadden opgehaald, ontstond er toch nog grote drukte in de kom: Van Haren had al gezien dat hij plaats moest maken en reed de Magirus de afrit af; het gemotoriseerde deel van de karavaan volgde hem en liep op het plein voor de bakkerij vast in een andere verkeersstroom, die uit de richting van Hotel Oranje en de rijksweg. Portieren zwaaiden open en dicht, mensen gingen te voet verder, uit een Belgische bestelwagen kwamen zes historisch uitgedoste mannen tevoorschijn met een houten paneel, waar een huilende walvis op geschilderd was. In de algehele opwinding besteedde niemand enige aandacht aan de grote Johnnie Walker-fles, maar dat veranderde toen die ineens begon te bewegen en het volgende moment zomaar, zonder dat iemand ertegenaan liep, gewoon omdat de hoekstukken het niet meer hielden, uit elkaar barstte en in vier stukken op de grond viel. De kachelpijp rolde over de straatstenen, het stokje met de wegwijzer in de vorm van een hand brak af, de zijkanten klapten neer met de Johnnie Walker-schildering naar beneden en bleken ineens deuren te zijn, iemands deuren uit iemands huis. Verrast door de beweging uit het niets en die onverhoedse intimiteit slaakte iedereen een korte lach, toen haastte men zich weer verder, bleven de deuren onaangeraakt en in slordige wanorde achter, en had Jan de Loper toch nog even de lachers op zijn hand gehad.

Op de dijk werd intussen helemaal niet meer gelachen: de noordse vis was te dichtbij nu, zijn aanwezigheid te ongerijmd, zijn nood te kennelijk. Waarom putte hij zich zo uit met almaar tegen dat zware water op te zwemmen? Wat wilde hij? Welke boodschap ging hij brengen? En hoe diep zou hij nog verder doordringen in de donkere, smalle en stinkende tunnel die de rivier voor hem zijn moest?

Bevangen, met toenemende sprakeloosheid, man bij vrouw bij kind, sloeg het dorp zijn naderen gade, en toen hij dan daadwerkelijk voorbij zwom, in volle, vredige majesteit, blank glanzend alsof hij met zalf was ingesmeerd, daalde er een gewogen stilte over de mensen neer. Zijn grote lichaam, zo wit, glad en rond, wekte telkens als hij bovenkwam een nieuwe golf van bevreemding en medelijden op: hij leek wel van zeep, of zuivel, of van zacht plastic, en dan die weke kleur, elke keer dat hij opdook om adem te halen: om zo wit te zijn in zulk zwart, giftig water – het was of hij chemisch werd gereinigd.

Laura stond naast Lieneke in de buurt van de lantaarnpaal bij de afrit. Op het moment dat de walvis vlak voor haar met zijn bolle, glimlachende gezicht door het water sneed, veranderde haar glimlach in een wezenloze grimas. Haar hand zweefde door de lucht en zakte zoekend neer op het hoofd van Lieneke, die nu met gestrekte armen haar tekening van Banja omhoogstak, opdat de vis zien zou en begreep dat zij thuis ook een vis had. Andere kinderen hielden hun tekening van de walvis voor de borst, als accreditaties, ten teken dat ze erbij hoorden, en nog weer andere kinderen stonden met hun dier op de arm te kijken, Japie met de Bink, zodat het in Angelen niet de hipsters maar de konijnen waren die een vredesteken naar de vis maakten – met hun oren.

Meneer en mevrouw Duk stonden meer naar links in de rij, hij met zijn fototoestel tegen het gezicht, zij met tranen in de ogen, niet zozeer vanwege de vis zelf, maar meer omdat Donald er niet bij kon zijn; ze wist zeker dat hij helemaal naar het einde van de krib zou zijn gelopen, zag weer voor zich hoe hij daar altijd zat onder het baken. Meneer Duk troostte haar ermee dat Donald nu toch zijn leeuwen en olifanten had, waarop zij pas echt in huilen uitbrak, hij een arm om haar heen sloeg, en daarna weer een volgende foto maakte, om op te sturen naar Afrika.

Rebert stond nog verder naar links, bij de speelboom, en ook hij voelde zijn ogen branden: zoals de vis daar voorbij zwom, in doffe drang voorwaarts, en helemaal alleen, het deed hem denken aan zijn tijd als spoorstudent, in Wageningen en Utrecht, toen hij ook in volledig isolement verder moest en eenzaam was, tot hij werd opgenomen in de praktijk van Beckers, en later in de liefde van Tine.

Om dichter bij de vis te zijn haalden sommige mensen hem naar zich toe met een verrekijker, anderen liepen op het moment van passeren in vervoering het water in, om hem op die manier nader te zijn, in zijn eigen element, en onderwijl droegen die zonderling geklede mannen hun paneel met de huilende walvis maar heen en weer over de dijk, net alsof ze de vis wilden steunen met zijn beeltenis, of ergens reclame voor maakten.

Toen de vis voorbij was, was alles voorbij, de ban, de stilte, en spoedig ook de drukte: om zijn laatste ogenblikken op Nederlands grondgebied mee te maken verdween de volgstoet met al die kriskras geparkeerde auto's in de richting van Tolkamer; wie nog in het water stond kwam eruit en merkte dat hij zijn schoenen nog aanhad; wie in Angelen woonde ging naar huis en naar binnen. Maar een gewone dag werd het niet meer: de winkels bleven dicht, de mensen bleven binnen, en toen ook de laatste auto het plein voor de bakkerij af reed bleef er een vreemde, verslagen matheid in het dorp achter.

Als een van de laatst overgeblevenen op de dijk stond Rebert de vis nog na te kijken. Wanneer die nu opdook was hij niet groter meer dan een pingpongballetje, en ook zijn manier van voortbewegen had wel iets van een pingpongballetje, net als de konijnen van Fair Isle, als die met hun witte staartjes hun holen in stuiterden, maar dan onwezenlijk vertraagd – roerloos peinzend in de stilte staarde hij zo uit over de rivier, weg naar de kranen van De Hoop Lobith, de lucht boven Duitsland in, naar de Animo en de

Tilly in de volgvloot van vrachtschepen en pleziervaartuigen, tot er achter hem mannenstemmen opklonken en hij een blik over zijn schouder wierp.

Het waren Marc en de burgemeester die er aankwamen. Het gesprek dat ze voerden moest een radio-interview zijn: Marc had een bandrecorder om zijn schouder hangen en hield de burgemeester een microfoon voor de mond.

In een flits had Rebert zijn oude buurman herkend, aan zijn donkere, lange krullen, zijn rijzige gestalte, en zijn altijd opvallende, nu blauw-geel gestreepte pak – en mét dat hij hem herkende, vóórdat de ander hem zag, keerde hij hem in een verbitterde reflex zijn rug toe en begon hij met haastige pas voor hem uit te lopen: hij had helemaal geen zin om met hem te praten; het chique etentje in Hotel Haarhuis was altijd onbeantwoord gebleven, nooit had Marc iets teruggedaan en hem van zijn kant een keer uitgenodigd, niet eens voor een bezoek aan Meijers, zelfs niet na het succes van zijn commercial; om aan zijn telefoonnummer te komen had hij de kliniek van Beckers maar even hoeven bellen, hij wist heel goed dat hij daar gewerkt had...

Zijn voorsprong nam toe, het gepraat van de twee achter hem werd zachter, en intussen verbaasde het hem niets meer dat Marc radioreporter geworden was: met die buitengewoon melodieuze stem van hem, zo'n stem die je verder alleen op de radio hoorde, was hij ervoor geboren, en dat de burgemeester zich door hem liet interviewen viel al helemaal niet te verbazen: niemand begreep het belang van publiciteit immers beter dan hij...

Aan het einde van de nieuwbouw links, waar hij de dijk af daalde, waren de stemmen helemaal onhoorbaar geworden en was ook zijn verbittering verdwenen. Met langzamer pas ging hij verder op huis aan, en toen hij de lege speelplaats passeerde en de klinkerweg op liep dacht hij alleen nog maar aan de vis, en hoeveel ze op elkaar leken.

Op dat moment bereikte Jan de Loper het dorp. Nergens zag hij mensen, ook niet toen hij na de laatste stille straat het plein voor de bakkerij betrad. De winkels waren gesloten, niets bewoog, de leegte benam hem de adem, en werd nog ijler toen tot hem doordrong dat zijn fles er niet meer was. Behoedzaam, in kromgebogen houding, bewoog hij zich voort naar de plaats waar die gestaan had, en pas op het laatst – hij was er al bijna bij maar had er steeds overheen gekeken – zag hij de deuren op de grond liggen, ordeloos naast elkaar, met de blanke kant naar boven, in dezelfde kleur als thuis, en even persoonlijk alsof er hier een hoopje ondergoed van hem lag. De tranen sprongen hem in de ogen, zijn hart kromp ineen, door zijn knieën zakkend strekte hij zijn handen uit naar de vervloeiende vlekken peilloos diep onder hem: waarom moest zijn fles kapot? Hij had er toch geen kwaad mee gedaan? Het was toch maar een onschuldige, vrolijke uitnodiging geweest? Iedereen had mogen komen...

De deuren waren te zwaar om mee te nemen, maar hij kon ze hier ook niet onverzorgd achterlaten – telkens zijn ogen uitvegend begon hij ze daarom op elkaar te leggen, met de aandacht en bewegingen van iemand die een bed opmaakt, daarna zette hij de kachelpijp ernaast en raapte hij de wegwijzer bij het stokje op van de grond. Die als een wichelroede voor zich houdend liep hij even later het plein af, de dijk op, en verder terug naar Angeldycke, zodat het leek of alleen die gefiguurzaagde hand hem nog door zijn tranen heen aanwees waar hij heen moest, en hem dan ook weer leek voort te helpen om er te komen. Eenmaal thuis viel hij gebroken neer op de canapé, en had hij voor de laatste keer in zijn leven zo lang achter elkaar gelopen.

Ook Rebert was thuis op de bank gaan liggen, maar anders dan Jan de Loper, zelfs in volmaakte tegenstelling tot hem, sprong hij even later vederlicht weer overeind en begon hij zich in allerijl voor te bereiden op wat de langste loop uit zijn leven zou worden: verblind en bewogen opeens door het beeld, het doel en het verlangen om de vis achterna te rennen, in te halen, en bij te blijven, en zo zijn voorloper en heraut te worden, trok hij zijn tenniskleding aan, pakte hij zijn paspoort, bankpapieren, volle veldfles en nog wat ondergoed in, en wierp hij, met zijn rugzak al om, vlak voor hij de deur achter zich dichttrok, zoals altijd als hij ging lopen, nog een laatste blik op zijn horloge.

Het was 30 mei 1966 om half zes dat Rebert helemaal in het wit naar buiten kwam en terug naar de dijk rende, de vis achterna die nu de grens naderde, een fontein omhoog blies, en aanstonds vanuit het Bijlandsch Kanaal Duitsland in zou zwemmen, waar de rivier zijn grote naam terugkreeg en weer, of nog, de Rijn mocht heten, hijzelf ook weer bij zijn natuurlijke naam Moby Dick genoemd zou worden, en hij werd opgewacht door Doktor Gewalt op het voordek van een Duitse politieboot.

HOOFDSTUK 31

Door Duitsland

Het was in die dagen dat waspoederfabrikant Pril een reclamefilmpje uitzond op de Duitse televisie. Scène 1: een wit eendje spartelt rond in een teil met Rijnwater. Scène 2: twee huisvrouwen doen er een handje Pril bij. Scène 3: de huisvrouwen halen de eend uit het sopje en drogen hem met een föhn. Scène 4: ze kunnen hun ogen niet geloven, want het eendje is weer helemaal wit. Moraal: Pril reinigt niet alleen zeer krachtig (geen spoor meer van het Rijnwater), maar ook buitengewoon zacht en mild (het eendje leeft nog). Sommige mensen vonden het een leuke televisiecommercial, anderen vonden dat de watervervuiling niet treffender uitgebeeld had kunnen worden en dat de politiek daar nu hoognodig iets aan moest doen: Moby wilde dat toch ook? Met welke boodschap zou hij anders de zieke, zo niet al dode rivier op zwemmen?

Moby was er weer, pers en publiek stroomden toe, BILD-*Zeitung* huurde zelfs een zeppelin en bracht dagelijks verslag uit. 'Aus dem Luftschiff fotografiert: der weisse Wal im Rhein', stond er onder de foto bij het eerste voorpagina-artikel; 'Ist Moby Dick am Ende seiner Kraft?' kopte het blad een paar dagen later.

Zo gebeurde het dat Moby nu ook door de lucht werd gevolgd, terwijl men zich steeds meer zorgen om hem maakte, hij gestaag verder zwom, en zijn aanwezigheid in de Rijn, omdat de verkiezingscampagnes net begonnen waren, zoveel lading kreeg dat de politiek de kans aangreep, dan wel zich genoopt zag, om aan die publieke bezorgdheid tegemoet te komen: partijleider Heinz Kühn van de SPD verklaarde vanuit regeringscentrum Bonn dat de walvis uit de rivier moest worden bevrijd en teruggebracht naar de zee.

Doktor Gewalt was daar al mee bezig. Na de debacles met het net, de kraal en het narcosepistool in de haven van Duisburg dacht hij nu aan een handboog. Hij benaderde regionaal kampioen boogschieten Friedrich Hofmann en verzekerde zich van zijn medewerking.

Hofmann, terugblikkend: 'Het was mijn taak om een pijl in de walvis te schieten, waar een vislijn aan vastzat met aan het einde een kleine boei. Gewalt had aan de hand van de omvang en geschatte leeftijd van de walvis de dikte van zijn vetlaag uitgerekend. Om te voorkomen dat de spieren van het dier letsel zouden oplopen hebben we in de dierentuin geoefend op paardenvlees, waarmee de roofdieren werden gevoerd. Tegelijkertijd moest de punt natuurlijk wel in de walvis blijven steken. Daarom zou ik geen gewone pijl gebruiken, maar een drietandige visspeer met kleine weerhaken, die onmogelijk kon losschieten.'

Doktor Gewalt, terugblikkend: 'Ik dacht, als we de walvis niet zien in dat bruine water, moet je 'm met een soort boei kenmerken, zodat je hem kan blijven volgen en écht, zoals de kranten schreven, "genadeloos" kunt opjagen. Natuurlijk was iedereen erop tegen dat die pijl werd afgeschoten, maar ja, om de vis uit de Rijn te bevrijden moesten we hem toch eerst vangen, nietwaar?'

Gaande de voorbereidingen bereikte Moby voor de tweede keer het Ruhrgebied. Opnieuw omringd door een decor van koeltorens, kolenbergen en schoorstenen groeide hij in zijn stille rol uit tot een tragische held; bij elke gif lozende pijp waar de camera op inzoomde voelde men zijn pijn, en toen zijn aloude vijand in beeld kwam, nota bene met een visspeer in de hand, voer er een rilling van afschuw en vrees door het land.

Het was op de vooravond van de voorgenomen actie dat Gewalt die kwam uitleggen in een televisie-interview, misschien om de publieke opinie toch nog voor zich te winnen, misschien ook juist om die te tarten, of misschien ook wel alleen om volledige openheid te bieden: hij liet zijn gerei zien, legde uit dat de vis niets van de pijl zou voelen (speklaag te dik), dat de lengte van de lijn vijf meter was (ongeveer de diepte van de rivier), en waarom de boei de grootte en de kleur van een sinaasappel had (groter kon de pijl niet trekken; oranje tekende zich zowel tegen donker als tegen licht scherp af). Op de laatste vraag, of Moby kans had om te overleven in het vuile water als hij met rust gelaten werd, schudde hij eerst het hoofd, toen draaide hij zich recht naar de camera en zei hij: ‘Als hij in de Rijn blijft is er geen andere mogelijkheid dan dat hij doodgaat. Dan sterft hij, dan moet hij sterven.’

Door de aankondiging stond er al een goed getal mensen op de gezette plaats te kijken toen Moby kwam aanzwemmen vanuit de verte. Telkens als hij onderdook bleef zijn positie zichtbaar aan de zeppelin boven hem. Zoals altijd voer er een politieboot achter hem aan, maar nu werd hij ook opgewacht door een andere politieboot, recht tegenover de roerige menigte, midden op de rivier. Op het voordek stonden Gewalt en Hofmann, beiden in een wit overhemd en met een zonnebril op. Het was nog steeds mooi weer.

De afstand tussen de politieboten werd kleiner. Hofmann nam zijn boog en legde aan; Gewalt maakte de lijn vrij en pakte het oranje balletje beet. Weer dook Moby onder, terwijl op de wal een paar historisch uitgedoste mannen een paneel met een huilende walvis uitlaadden en een ander helemaal in het wit kwam aanlopen, maar niemand die daar nog op lette, de walvis was te dichtbij nu, als hij weer bovenkwam zou het ruim binnen schootsafstand zijn.

Hofmann spande de boog.

Het geroezemoes verstomde, iemand floot op zijn vingers, toen verscheen er een stip in de lucht, werd de stilte door een snel aanzwellend geronk verstoord – en kwam Moby weer boven.

Op hetzelfde moment dat Hofmann schoot gooide Gewalt het oranje balletje omhoog, dat net als de pijl onmiddellijk onzichtbaar werd door de snelheid. Ook Moby was niet meer te zien, alleen het schuim nog waarin hij met een klap van zijn staart was verdwenen. Ademloos staarde men ernaar, Gewalt met een hand boven de ogen, tot het almaar luidere, op het laatst oorverdovende geratel iedereen omhoog deed kijken. De stip was een helikopter geworden waaruit, vlakbij nu, pal boven de plek van Moby's laatste duik, een paar kisten sinaasappelen werden leeggegooid. Wie snel van begrip was begon te lachen, anderen keken het overscherende toestel met pijnlijk vertrokken gezicht na en begrepen nog niets.

Ook Gewalt keek de helikopter na zoals die met een zwenking om de zeppelin wegvloog, daarna spiedde hij opnieuw het wateroppervlak af, op zoek naar het oranje balletje dat de plaats van Moby moest markeren – maar welke was het tussen al die andere oranje bollen die opeens overal op de rivier dreven? Terwijl het geraas verstierf kwamen ze traag op de stroom voorbij, geen enkele kreeg een ruk uit de diepte, en toen de laatste zo zonder enige eigen beweging gepasseerd was begonnen ook zij die net nog lachten te vrezen voor het leven van Moby.

Doktor Gewalt: 'Uiteraard was het een sabotageactie, zonder enige twijfel, dat geklets later in de krant dat hij vitamines nodig had was maar een voorwendsel, of misschien wel ludiek bedoeld... Maar intussen, de haat van die mensen... en waarom? Weet u, die dierenbeschermers zullen het zich niet voor kunnen stellen, maar ook ik had medelijden met de walvis, zoals hij snuivend almaar verder zwom, en ook ik vreesde dat hij verdronken was, niet door de pijl natuurlijk, daar heeft hij niets van gevoeld, maar door dat mitrailleurgeratel van die helikopter; gegeven zijn buitengewoon gevoelige gehoor, en waarschijnlijk toch al overspannen, in ieder geval zeer verzwakte toestand, had hij daar best een hartaanval van kunnen krijgen. In dat geval zouden de dierenbeschermers zijn dood hebben veroorzaakt, en mij daarvan beschuldigd...'

Maar Moby was niet dood, hij leefde nog, en werd een paar uur later, vlak voor Duisburg, opnieuw waargenomen, vreemd genoeg zonder pijl in zijn lichaam, voor zover dat te zien viel althans. De opluchting was groot, maar tegelijkertijd bleven de gemoederen verhit.

Een toeschouwer: 'Ze hadden hem ook kunnen voeren, maar dat is niet gebeurd!'

'Helft dem Wal!' kopte BILD-*Zeitung* de volgende dag.

'Verhaften Sie Dr. Gewalt!' kopte de NRZ.

'Moby brutal gequält!' kopte de *Kölnische Post.*

De sfeer was veranderd; vanuit de aanvankelijke, collectieve en nog gelaten bezorgdheid sloeg er nu een golf van verontwaardiging, verwijt, zelfs woede jegens de overheid door het land. Heinz Kühn van de SPD moest aan de verkiezingen denken en riep niet langer op tot het vangen van de walvis; Gewalt dacht aan zijn bittere ervaringen en had er na het vierde fiasco ook geen zin meer in.

Rebert kon de walvis steeds beter bijhouden, misschien omdat die langzaam aan het eind van zijn krachten kwam, misschien ook omdat hijzelf elke dag sterker werd door het vrijwel ononderbroken lopen tot aan de avond toe. Dan werd het donker, dan brandden overal vuren langs het water, en nam hij zijn intrek in een pension of hotel, waar hij zijn doorzwete tenue uitspoelde en de volgende ochtend droogde met een föhn.

Ook Moby sliep elke nacht enkele uren, ergens buiten de stroom, in de keerkolk achter een krib. Wanneer Rebert in alle vroegte buitenkwam was zijn achterstand soms al zo groot dat hij de bus nam of meereed op een hooiwagen om hem ter zijde te komen. Daarna rende hij weer vrij en vederlicht voor hem uit, over de dijk en door de uiterwaard, als zijn voorloper en heraut, of ook als een Incaboodschapper, zonder enig begrip van het gecodeerde bericht dat hij bij zich droeg. Eenmaal in het Ruhrgebied, waar fabriekscomplexen en industriehavens hem de doorgang beletten, moest hij ook wel stukken binnendijks afleggen, over omwegen vanwaar hij geen zicht meer had op de rivier, maar dan nog verloor hij de walvis niet uit het oog, omdat de zeppelin zoveel op hem leek, en hem met diezelfde rompvorm en staart voortdurend uitbeeldde en tegenwoordig stelde in de lucht.

Zelf moest hij, vanuit de zeppelin gezien, wel op een sneeuwvlokje lijken, dat met Moby mee dwarrelde en even onverklaarbaar uit het noorden kwam als hij. Het was de laatste gedachte die Rebert over zichzelf nog had, daarna dacht hij nergens meer aan, vergat hij zijn eenzaamheid, en liep hij zich al nog maar verder weg, tevreden met het gezelschap van zijn vermoeidheid.

Wijs geworden door de vorige keer had Moby de havens van Duisburg gemeden, zwom hij nog verder het binnenland in, en liet hij het Ruhrgebied geleidelijk aan achter zich. De strandjes tussen de kribben werden kiezelstranden, de ruimte ging open en kreeg reliëf, gemoedelijk glooide het land van de ene stad naar de andere, terwijl de vuren en fakkels bleven branden in de nacht, en bij Leverkusen het kruislogo van Bayer daar nog bij kwam, in reusachtige neonletters gloeiend tegen de zwarte hemel.

Nu de jacht was gestaakt verdween de volkswoede en wekte de walvis bovenal weer warmte op waar hij kwam. Bij Büderich naderde hij een dijkrestaurant waar juist een trouwreceptie plaatsvond. Op het bericht van zijn komst rende heel het gezelschap naar buiten, de bruid wachtte hem op aan de waterkant, en toen hij proestend en snuivend voor haar opdook wierp zij hem haar bruidsboeket toe, uitbrekend in tranen van geluk en ontroering tegelijk: haar huwelijk was gezegend.

'Zur Hochzeit grüsste schnaufend Moby Dick', schreef de NRZ.

Mevrouw Schmidt, nu schipperse van de walvisboot Moby Dick, en indertijd twintig jaar oud, had zelfs haar huwelijk aan hem te danken:

'Ik werkte toen als telegrafiste en moest elke dag de rivier over met de pont, waarop mijn latere man kapitein was. Toen Moby er aankwam werden we helemaal zacht vanbinnen, ik begrijp het nu nog niet, maar ineens gaven we elkaar een kus. Toen we getrouwd waren wilden we voor onszelf beginnen, en hebben we deze walvisboot gebouwd, dat vonden we gewoon leuk. De staart was enorm zwaar, men verklaarde ons voor gek, maar tot op de dag van vandaag is onze walvisboot geliefd bij jong en oud, en houden we nog altijd van elkaar... alles door die kleine Moby...'

Zijn sneeuwwitte huid zat onder de vlekken nu, zijn ruggengraat stak erdoorheen; hij moest ernstig verzwakt zijn, uitgehongerd, afgemat, of misschien zelfs ziek door een gebrek aan zout, een teveel aan sulfaat. Toch zwom hij door, ingekeerd en innig, almaar verder op de maat van zijn slagen en alles wat voorbijkwam, ja: hij zwom alsof hij bad, zijn reis werd een gebed, en de mensen baden met hem mee.

Zo kwam hij aan bij Keulen, en daar kreeg hij een vriend. Dat was het kleine, witte passagiersschip Stromer. Als het vaart minderde zwom hij er rondjes omheen, en soms nestelde hij zich zelfs even tegen de wand, alsof hij zich thuis bij zijn moeder waande. Sommige moeders op de kant vonden het een aardig gezicht, en zwaaiden lachend met het armpje van hun kind: 'Zeg maar dag... dág grote vis!' Andere vrouwen konden het niet aanzien en gooiden emmers vol rolmopsen in het water, om hem te voeren, om iets goed te maken, zoals je een bedelmonnik een aalmoes geeft.

Het werd een korte vriendschap: de witte walvis zwom weer verder – waarheen? De volgende stad was Bonn...

Het ongelooflijke, dat niemand kon begrijpen, gebeurde daadwerkelijk, toen hij daar op 13 juni niet alleen aankwam, maar tot verbijstering van iedereen ook stopte, vlak voor de ministeries, de Bundestag, en het Bundeskanzleramt aan de kade: *Moby was naar de regering gezwommen*, nu hij het gedaan had viel het eenvoudig niet te ontkennen; als een waarachtig gezant uit het noorden maakte hij zijn opwachting bij bondskanselier Erhard, en de boodschap die hij bracht kon volgens velen geen andere meer zijn dan een politieke, de oproep om iets aan de watervervuiling te doen, die hij met zijn lijden en lichaam in de Rijn zo aanschouwelijk had gemaakt.

Op het bericht van zijn aankomst werd de juist begonnen NAVO-conferentie abrupt afgebroken en haastten de staatslieden zich achter de cameramannen aan naar buiten, de voortuin in tot aan het hoge spijlenhek langs de rivier. Niemand zei iets, de gezichten stonden strak, vanaf de rivier gezien leken de politici wel op gevangenen achter tralies, of gevangenen in eigen geest. In de stilzwijgende menigte aan de overkant droegen een paar livreiers een paneel rond met daarop een huilende walvis; iemand anders daar leek zich wel speciaal voor de walvis in allerijl te hebben omgekleed en was helemaal in het wit.

'Moby ist am Ende', kopte de *Express* de volgende dag. Van alle krantenkoppen over het onderwerp was het de meest treffende, omdat deze niet alleen de uitgeputte, kritieke toestand van de walvis beschreef, maar ook aangaf dat hij ten slotte dan zijn einddoel en bestemming bereikt had. De kop stond bovendien in toepasselijk fotonegatief, zodat de kapitalen zich net zo wit aftekenden tegen het zwarte fond als Moby zich aftekende tegen het donkere water.

Associated Press berichtte: 'Voor het eerst in de geschiedenis is de politieke agenda gewijzigd vanwege een dier.'

De aanvankelijk verstomde politiek vond haar stem weer terug, maar waagde het niet om het met Moby oneens te zijn. Regeringswoordvoerder Haasse: 'Dat de natuur zichzelf met de witte walvis tegen de vervuiling te weer stelt, maakt vooral veel indruk.'

Moby bleef een vol etmaal in Bonn, toen maakte hij rechtsomkeert en zwom hij terug, nagestaard door duizenden die getuige waren geweest van een apotheose, die zijn glimlachende, beweeglijke, en louter goedheid uitdrukkende gezicht nooit meer zouden vergeten, en die zelf wel konden huilen zonder precies te weten waarom.

Vier weken had de witte walvis in de Rijn gezwommen, gedurig tegen de rivier op, zwaargaans, maar met de stroom mee was zijn snelheid veel groter, zodat hij voor de terugtocht slechts twee dagen nodig had en al binnen een dag de Nederlandse grens passeerde, waarna het al nog maar sneller ging naarmate hij dichter bij de Noordzee kwam, al die namen behalve die van de Rijn weer door, de

Waal uit en de Merwede in, van de Scheur naar de Nieuwe Waterweg, tot hij op de avond van 16 juni ten slotte de open zee bij Hoek van Holland bereikte, koers naar het noordwesten zette, en verdween zonder dat iemand hem ooit nog Moby zou noemen. Misschien dat hij in de Britse territoriale wateren nog even eigendom van de Engelse koningin is geweest, maar daarna, boven Schotland, was hij van niemand meer, alleen nog maar een vrije, naamloze vis, op zoek naar zijn moeder, familie en kudde. Doktor Gewalt sloot niet uit dat hij die daadwerkelijk terug zou vinden.

Deel III

Mannen alleen

HOOFDSTUK 32

Poste restante

Voor Rebert duurde de terugtocht juist veel langer. Moby was zo snel weggezwommen dat hij spoedig moest lossen, daarna was er niets meer wat hem nog voortstuwde, meenam of aantrok, en wandelde hij meer dan dat hij nog hardliep. Waarom zou hij zich ook nog haasten? Laura was inmiddels vast op vakantie, al had zij bij zijn lezing niet willen zeggen waarheen. Naarmate de dagen verstreken werd het wonderlijke wit van de walvis steeds grauwer voor zijn ogen; tien kilometer voor de grens sliep hij twee keer achter elkaar in hetzelfde pension, om zijn voetreis nog wat te verlengen.

Pas op 9 juli kwam hij terug. Vanaf de eerste keer dat hij boodschappen ging doen beving hem de doodse rust van de grote vakantie, al speelden er overal nog kinderen, ook bij de zandbak. Maar ze hadden geen dieren meer bij zich, keken niet naar hem om als hij voorbijkwam en belden ook niet meer bij hem aan. Na een week wist hij dat hij geen praktijk meer had: de dierenliefde was voorbij; de passage van Moby moest te veel zijn geweest; zonder die glimlach meer staarde het dorp hem uitdrukkingsloos aan, ook de volwassenen, alsof ze hem nauwelijks nog herkenden. In de winkels betrok niemand hem nog bij een praatje, en mevrouw Duk scheen zijn blik zelfs te mijden.

Gedurende heel zijn afwezigheid van vijf weken had hij het niet gemist, er niet eens aan gedacht, nu dronk hij elke dag weer zijn versterkte wijn, anderhalve fles per avond, voor de flakkerende televisie met het geluid uit, zich telkens afvragend waarom hij toch van dat voetstuk af moest waar men hem eerst op had getild: hij was geen dierendokter meer, Angelen geen dierendorp, maar misschien, hoopte hij soms, misschien, als straks de vakantie voorbij was, dat hij dan toch weer praktijk kreeg – de kinderen waren toch altijd gelijk uit school naar hem toe gekomen? Als eerst de school maar weer begon, dan volgde de rest vanzelf.

De dagen draalden voorbij, de zomer sleepte zich voort, het werd augustus. Zou Laura al terug zijn? Als hij een keer bij donker haar straat in liep kon hij het zo zien, of er licht bij haar brandde...

Op een regenachtige avond, na zijn tweede glas, net toen de lantaarns aansprongen, bedwong hij zich niet meer om te gaan kijken. Hij trok zijn jas aan, zette zijn kraag op, en voor hij er erg in had sloeg hij, gejaagd en behoedzaam tegelijk, de hoek van de Swartenhondtstraat om.

Er brandde geen licht bij Laura. Wel stond er iets in de voortuin wat hij niet eerder gezien had. Hij liep er dichter naartoe, en zag toen pas wat het was: een bordje met 'Te Koop'. De aanblik sneed hem door de ziel, benam hem een ogenblik de adem, daarna, te krachteloos om nog te stoppen, ging hij helemaal door tot het einde, het tuinpad op. Er hingen geen gordijnen meer voor de ramen. De woonkamer was leeg. Het naambordje naast de deur was weg.

Zonder zijn blik nog los te kunnen maken van het huis waar hij maar één keer binnen was geweest, maar dat hij zo vaak bezocht had in gedachten, wankelde hij achterwaarts terug naar de stoep. Terwijl zijn hoofd begon te gloeien alsof hij een draai om de oren had gekregen proestte hij het opeens uit van schaamte: Laura was niet op vakantie, maar verhuisd – en had hem niet eens een verhuisbericht gestuurd. Hinnikend probeerde hij zich voor te stellen hoe pover zijn rol in haar leven geweest moest zijn, tot plotseling mevrouw Schouten opdoemde in zijn ooghoek. Ze had een doorschijnend, plastic regenkapje op, haar ogen begonnen te fonkelen, van vlakbij zag hij haar mond lachend opengaan.

'Ja, hoor!' zei ze, hard en triomfantelijk. 'Ze is weg!'

De eerste schooldag brak aan. Rebert zorgde ervoor tussen de middag en vanaf kwart voor vier thuis te zijn. Toen er niet werd aangebeld wist hij dat hij nooit meer praktijk zou krijgen, en dat de in het voorjaar nog winterhard gebleken dierenliefde definitief was uitgebloeid. Om vijf uur haalde hij zijn zelfgeschilderde, rood-witte naambord met de kinderlijke letters van de muur, om half zes ging hij boodschappen doen, en toen hij terugliep zag hij Japie in een stille straat omhoog staan kijken onder een boom. Over de onderste tak, maar ver boven zijn bereik, hing een felrood kledingstuk, ongetwijfeld het door zijn moeder zelfgemaakte jasje waar Laura hem ooit over verteld had. Nu de kinderen niet meer met dieren liepen hadden ze het weer op hun oude mikpunt voorzien.

Pas op het laatst merkte Japie hem op. Rebert kon er ook niet bij, belde ergens aan, en haalde de jas naar beneden met een geleende trapleer. Toen hij die had teruggebracht bukte Japie, de jas weer aan, juist neer naast een auto, waar hij een brood onder vandaan haalde. Om dat daar nog in veiligheid te brengen, vlak voor hij gegrepen werd, en wist wat er ging gebeuren: een splijtende mengeling van medelijden, bewondering, afschuw en woede schoot Rebert door het hart. Hoeveel moed bezat dit jongetje wel niet? Hoeveel kinderhanden waren er nodig geweest om hem zijn jas uit te trekken? Met hoeveel geschreeuw en gejoel was het gepaard gegaan? En hoe vaak hadden ze moeten gooien voor de jas goed over de tak hing?

'Zo, en hoe gaat het met Binkie?' vroeg hij toen Japie weer rechtop stond, met het brood tegen de borst; hij probeerde zo opgeruimd mogelijk te klinken, maar zijn stem sloeg over.

Japie zei niets, bewoog niet, en leek zich alleen maar te schamen. Maar hij bleef voor hem staan en liep niet weg.

'Juist, ja,' zei hij, net alsof hij toch antwoord had gekregen. Wat kon hij nog meer vragen, om nog wat bij de jongen te blijven? Hij vroeg: 'En weet je al wat je later wilt worden?'

Hij had het niet moeten vragen: Japie werd vuurrood, liet het hoofd zakken, maar wat het ook was waardoor hij zich opeens nog meer leek te schamen, hij brak erdoorheen en begon te knikken.

'Dierenarts,' zei hij, heel zacht.

Rebert voelde zijn neus prikken, zijn ogen branden, en zo bitter als hij zich zijn vraag net nog verweet, zo uitzinnig blij was hij nu met het antwoord.

'Je wordt een hele goeie,' zei hij na een paar keer slikken, toen hij weer kon praten, 'want als ik zie hoe je nu al met de Bink omgaat...'

Zijn stem beefde, maar wat gaf het? En waarom zou het niet kunnen? Alsof zijn geest een spier was, zo hoopte hij uit alle macht dat Japie dierenarts werd, en als enige van heel het dorp naar de universiteit ging – dat kon toch heel goed? Hij was toch ook anders dan de andere kinderen, als hun mikpunt, en met Binkie, en zijn Italiaanse moeder?

'En weet je wat we dan afspreken?' ging hij door, werkelijk geestdriftig opeens: 'Als jij voor dierenarts gaat leren, dan krijg je mijn microscoop!'

Weer knikte Japie, maar anders nu, meer tot besluit, of bij wijze van instemming: ze hadden een afspraak, en om die later gestand te kunnen doen liep Rebert het volgende moment met hem mee naar zijn huis, zodat hij wist waar hij over tien jaar moest aanbellen.

Leeg zonder Laura kwam het dorp hem vreemder voor dan wanneer hij er nooit gewoond had, net als zijn huis, met de ongebruikte behandelkamer, spreekkamer, wachtkamer en opname achter al die gesloten deuren. Omdat er niets meer gebeurde of ook maar gebeuren kon suilde, druilde de tijd tergend traag voorbij, tot er eind augustus toch iets gebeurde wat zijn toenemende benauwdheid op slag doorbrak: op een ochtend vond hij twee brieven bij de post, een van Laura, en een van Marc.

Met kloppend hart liep hij ermee naar de bank; als eerste opende hij de brief van Laura. Er zat een buitenlandse postzegel op, achter op de enveloppe stond 'Laura Macauly, Fair Isle, Schotland', en daar begon de brief ook mee: dat ze nu op Fair Isle woonde.

Het beviel uitstekend, het eiland was nog mooier dan ze uit zijn relaas indertijd had opgemaakt. Lieneke had al een vriendinnetje, haar man Paul (die moest Macauly heten, begreep Rebert; pas nu ze weg was kende hij haar bij haar officiële naam), Paul werkte als machinist op de veerboot en was elke avond thuis, en zelf had ze een paard naar Fair Isle gehaald, het eerste van het eiland. Het was een jonge tinker, zwart-wit dus, zo'n indianenpaard, bijna zadelmak. Ze ging rijles aan de kinderen geven, en als er onder de gasten van het observatorium een geoefende ruiter was, kon die het paard ook huren voor een rit over het eiland – dat moest prachtig zijn.

Volgende alinea, nieuw onderwerp: de reden waarom ze hem nu pas van de verhuizing op de hoogte stelde. Tijdens de lezing over de walvis, toen hij naar haar vakantieplannen had gevraagd, wist ze al dat Paul hier werk kon krijgen, en dat ze naar Fair Isle zouden verhuizen. 'Maar ik wilde daar toen niet met je over praten, ik kon het niet, want toen jij naar Fair Isle ging was het omdat je alleen was en je vrouw ging zoeken, terwijl het voor ons nu juist de kans was om samen te zijn. Daarom heb ik mevrouw Duk ook verboden om je op de hoogte te stellen, ik dacht, ik moet het hem zelf vertellen, want zonder jouw verhaal over Fair Isle had ik het er nooit met Paul over gehad, en daar is het natuurlijk allemaal mee begonnen: als Schot en zeeman kende hij het eiland wel, en bij zijn navraag bleek dat er een nieuwe machinist werd gezocht. Maar ik kwam je niet meer tegen, en op het laatst kreeg ik het ook te druk met alles om je nog een kaartje te sturen, zo gaat dat altijd, dan komt het er gewoon niet meer van!'

De laatste alinea stond op de achterkant. Onderwerp: Jan de Loper. Of hij die nog gezien had. Ze hoopte maar dat hij niet meer op zijn biograaf zat te wachten en weer buitenkwam. Ze dacht nog regelmatig aan hem, dat hij eigenlijk toch een held was, zeker nu Donald wel niet meer uit Afrika zou terugkomen omdat het hem daar zo goed ging. 'Eigenlijk heeft hij Donald dus tegen zijn eigenbelang in geholpen ergens anders te beginnen, want dat was zijn enige vriend en nu is hij alleen. Om jezelf zo te overwinnen, hoeveel moed is daar niet voor nodig? Je moet echt eens bij hem langsgaan!'

De slotregel en ondertekening waren buitengewoon bondig: 'Het ga je goed.' 'Laura.'

Zijn kloppende hart was stilaan bedaard, en vertraagde nog meer door het einde, als een kar in de modder. Diep voorover gezakt liet hij zijn blik nog eens over de regels glijden. Langsgaan bij Jan de Loper: als hij het deed zou dat ook van hem heel wat moed vergen, en niets minder dan een zelfoverwinning betekenen. Maar waarom die moeite opgebracht? Hij kon de man niet helpen, niemand kon hem geven wat hij nodig had. Hij sloot zijn ogen, maar bleef de slotzin voor zich zien: 'Het ga je goed' – het was niet de bedoeling dat hij terugschreef; ze had hem ook niets gevraagd waarop hij kon antwoorden, niets over zijn hardlopen, of hoe het met hem ging – ze vroeg nooit zoveel. Wel wist hij nu waarom ze hem nooit een verhuisbericht had gestuurd: het was er eenvoudig niet meer van gekomen.

Te verslapt om nog te zitten ging hij plat op de bank liggen. De kamer kwam hem voor als een logeerkamer bij onbekenden, en allengs kreeg hij het gevoel of hij zelf een brief was, die ergens op een vreemd postkantoor poste restante was aangekomen en maar liggen bleef – niemand die hem nog zou afhalen en openmaken; Laura had hem met haar brief niet benaderd maar juist voorgoed verlaten.

Pas 's avonds na het eten las hij de brief van Marc. Die schreef dat hij zijn adres bij Beckers had opgevraagd, en vroeg of hij hem terug wilde bellen: hij wilde graag iets met hem bespreken.

Hij belde hem op, werd dadelijk voor morgenavond acht uur in Hotel Haarhuis uitgenodigd, en herinnerde zich weer hoe hij daar de vorige keer onverhoeds was achtergebleven, alleen, omdat Marc opeens naar Meijers moest, hem niet meevroeg, en met de jas over de schouder verdween. Die had hij natuurlijk bij zich gehouden omdat hij bij binnenkomst al wist dat het afscheid gehaast zou zijn: hij had immers nog een andere afspraak, met vrienden.

Hij nam de uitnodiging aan en hing zonder nog een woord op, vastberaden om te laat te komen, net als Marc de vorige keer, en eigenlijk ook nu, met deze tegenuitnodiging, waar hij hem anderhalf jaar op had laten wachten – en dan moest hij opeens op tijd zijn? Wat het ook was dat hij van hem wilde, hij kreeg steeds minder zin om het te geven.

HOOFDSTUK 33

De brief en de brommer

De meid had hem de brief met vochtige ogen overhandigd, misschien omdat er iemand aan hem dacht. En nu, na het lezen, moest hij zelf ook huilen. Het was een brief van Donald, uit Afrika; hij schreef dat alles goed ging, het werk op kantoor, de verkoop van de stoelen – en dat hij verkering had. 'Het enige wat ik hier nog mis is mijn brommer', luidde de laatste zin.

Met de brief tegen de borst gedrukt bleef hij op de canapé liggen, snikkend om telkens weer een andere reden: omdat Donald wel nooit meer terugkwam; omdat hij eindelijk gelukkig was en zelfs verkering had; en ook omdat hij hem daar nu deelgenoot van maakte, zo ronduit, vertrouwelijk en volwassen als hij hem nooit had gekend, ja: echt als een vriend.

Zijn ademhaling bedaarde, zijn tranen droogden, en na de laatste snik begreep hij opeens dat Donald een grapje had gemaakt, zijn eerste grap ooit, van geluk, want dat van die brommer meende hij natuurlijk niet echt, dat was maar bedoeld om hem aan het lachen te maken, ook weer zoals vrienden dat onderling doen – maar zou het niet grappig zijn als hij het toch letterlijk nam, en er iets aan deed? Hij kon de brommer vanuit de vestiging in Rotterdam zo naar Afrika laten verschepen...

Hij kwam overeind, wankelde naar de wasbak, keek in de spiegel. Zijn ogen waren nog roder dan anders – hij bette ze met koud water; de donkere pigmentvlekken die hij sinds enige tijd op zijn gezicht had leken weer gegroeid – hij smeerde er een beige, dekkende crème over, en ging naar beneden.

'Voorrijden, Klaas... met open kap!'

Het was voor het eerst sinds weken dat hij zijn krachteloos geworden stembanden en benen weer aanspande, en buitenkwam. Het licht verblindde hem even, daarna voelde hij alleen nog maar het deinen van de wagen, het tintelen van zijn spieren, de wind aan zijn huid, en de brief in zijn binnenzak.

Ze stopten op dezelfde plaats als toen met de Johnnie Walker-fles, pal voor de bakkerij; wapperend met de brief liep hij naar binnen. Er waren geen klanten, vanachter de toonbank staarde mevrouw Duk hem verbaasd aan.

'Een brief van Donald!' riep hij lachend. 'Maar ik kan niet zeggen wat erin staat, want dat is vertrouwelijk... Hij heeft namelijk een vriendin!'

De onderkaak van mevrouw Duk zakte omlaag, ze sperde haar ogen wijd open, sloeg een hand voor de mond. 'Donald?' bracht ze eindelijk uit. 'Een vriendin?'

Ze kon het niet geloven, en ineens vond hij het zelf ook bijna ongelooflijk: Donald Duk met een vriendin, waar hij ook nog eens zo openhartig over was – één keer eerder maar had hij hem over een meisje verteld, toen na dat schoolfeest...

'Ja, een vriendin! Lees zelf maar!'

Mevrouw Duk nam de brief aan, riep haar man, en begon pas te lezen toen die van achteren tevoorschijn kwam. Zonder nog op te kijken zei ze dat het een brief van Donald was; de bakker knikte en sloeg een arm om haar schouder.

Het was wonderlijk hoe de brief iedereen aan het huilen maakte, eerst de meid, dadelijk bij het overhandigen al, daarna hemzelf, en nu ook mevrouw Duk. Snikkend en snuivend kromde ze zich steeds dieper over het blaadje, toen, half afgewend, gaf ze het aan haar man, rechtte ze de rug, en keek ze hem met natte ogen weer aan over de toonbank.

'Hij is gelukkig...' stamelde ze. 'Wat is hij gelukkig in Afrika...'

Haar gebroken stem was vol dankbaarheid, maar hij deed of hij het niet merkte en slikte glimlachend de brok in zijn keel door.

'Ja, alleen die brommer, hè? Die ontbreekt er nog aan, en dat is ook de reden van mijn komst: als ik die nu kan meenemen, breng ik hem meteen naar de firma in Rotterdam, om hem van daar verder te laten verschepen... Donald verwacht dat natuurlijk nooit, die maakte maar een grapje, maar ik meen het echt... Ik zie nu al voor me hoe hij straks door Afrika rijdt... op zijn brommer... met zijn meisje achterop!'

Hij kreeg de brief terug van meneer Duk, die zonder nog een woord, maar ook met vochtige ogen, de brommer ging halen. Iets later, buiten, zag hij hem ermee uit de zijdeur komen – de zwarte, mollige Sparta werd ingeladen, achterin, met het voorwiel over de kofferbak, zelf zat hij al voorin, mevrouw Duk stond na zijn afscheid nog onbeweeglijk achter de toonbank, maar juist toen Klaas schakelde en de wagen begon te rijden kwam ze in allerijl de winkel uit zetten met een tompoes in een doosje.

'Alstublieft... een Europacupgebakstukje... voor vanavond onder het voetballen!'

'Dat zal smaken! Nu, rijden maar, Klaas... Rotterdam!'

Een laatste groet nog, de laatste straat, toen draaide de Cadillac de dijk op en schitterde het water hem tegen. Als ze de pont van Millingen namen hoefden ze alleen maar aan de overkant de rivier verder te volgen, maar de gedachte om nog uren naast Klaas in de auto te zitten benauwde hem opeens uitermate: hij was niet in staat om te praten, kon ook niet al die tijd zwijgen, en daarbij kromp zijn hart weer samen alsof de brief c.q. het plan met de brommer een pijnstiller was die uitgewerkt raakte. Hij kon geen gezelschap meer verdragen, hij moest alleen zijn en gaan liggen, het verlangen naar zijn canapé en een borrel deed hem hijgen van haast.

Voor de veranda van Angeldycke liet hij stoppen. 'Ik kan toch niet mee, Klaas, je moet alleen. Ik geef je een brief mee voor de directie, dat ze weten wat de bedoeling is. Het adres schrijf ik op de enveloppe, maar je bent er al eens geweest, toen Donald daar kennis ging maken, en als je het toch niet meer kunt vinden vraag je het maar...'

Hij schreef de brief aan de keukentafel en ondertekende met zijn volledige naam: Jan Florian van Zuylen Rothaar. Jan de Loper kenden ze niet in Rotterdam. Niemand kende hem nog.

'Breng maar naar Klaas,' zei hij tegen de meid. Hij wilde niet meer naar buiten, nooit meer, alleen nog maar naar boven, en toen hij zich eindelijk op de canapé liet neervallen kon hij het geluid van de wagen nog net horen wegsterven in de verte.

HOOFDSTUK 34

Reclame bis

Om vijf voor half negen, na eerst nog een kwartier in de auto te hebben gewacht, liep Rebert het restaurant binnen, net als Marc de vorige keer ruim te laat, en net als die toen gewoon met de jas over de arm: misschien was hij straks wel degene die opeens snel weg wilde. En zo bijzonder was het toch niet voor een dierenarts om in Haarhuis te eten? Beckers at hier elke maand.

Met grimmig toegeknepen ogen spiedde hij door de gele gloed. Bijna alle tafels waren bezet, er klonk een gedempt geroezemoes, het publiek was stemmig gekleed en bewoog zich nauwelijks. Marc was er al – uiteraard; hij zat halverwege het middenpad en zag hem onmiddellijk. Op zijn naderen begon hij te lachen, stond hij op, en spreidde hij de armen. Zonder een spier te vertrekken stak hij hem een hand toe.

'Rebert! Long time no see...' Onder het schudden kneep Marc hem ook in de bovenarm, zodat hij zijn armen toch niet voor niets had gespreid en beide handen nodig had. 'Zo, ga zitten, of nee, wacht, je jas... Ober!'

Op de welluidende roep kwam er prompt iemand aan, maar Rebert schudde het hoofd en hing zijn jas over een stoel.

'Nee? Iets drinken dan? Een biertje? Uitstekend: een biertje voor meneer, en nog een wodka voor mij...'

Zonder de ober na te kijken wachtte Marc tot hij zat, toen ging hij ook zitten en pakte hij zijn bijna lege glas beet. Maar de laatste slok nam hij niet, in plaats daarvan boog hij zich met een ernstig gezicht naar hem toe en begon hij zich te verontschuldigen – zijn manieren waren werkelijk uitmuntend, die had hij nog, net als die melodieuze, volle stem, zijn lange, zwarte krullen, en dat opvallende raffinement in zijn kleding: hij had een zijden sjaaltje om en droeg een beige, fluwelen zomerkostuum, de ene stof nog zachter dan de andere, misschien wel zo zacht als het haar van John Lennon...

'Ik had je natuurlijk al veel eerder moeten uitnodigen, maar het kwam er steeds niet van, ik zat zoveel in Amerika... maar nu woon ik weer gewoon hier in Arnhem, al zit ik wel regelmatig in Hilversum, voor de radio. En een maand of drie geleden, toen met de walvis, ben ik ook nog voor de radio in Angelen geweest, waar jij nu woont! Een echt dierendorp, alle kinderen liepen met dieren, allemaal door jou, vertelde de burgemeester... Schitterend!'

Hij weet niet dat het voorbij is, dacht Rebert. Alles was voorbij. Na de excuses voelde hij zelfs geen wrok meer: ook al voorbij.

'Dus je werkt nu voor de radio?' vroeg hij zo verbaasd als hij kon.

'Ach ja, de radio... ik doe wel eens wat voor de radio, ja...' Toegeeflijk glimlachend liet Marc zijn blik even wegdwalen, daarna keek hij hem weer recht aan. 'Maar het gaat nog steeds om de televisie, Rebert, en dan met name de reclame op tv! Want die komt hier ook, hoor, we zijn er al mee bezig... Maar laat ik niet te veel over mijzelf praten: hoe gaat het met jou?'

Hij trok zijn schouders op, had niets te vertellen, ook niets om te verzwijgen, zoals de vorige keer de dood van Tine.

'Comme ci, comme ça?' Marc maakte een kantelend gebaar met de hand. 'Maar het is natuurlijk ook een zwaar beroep, dierenarts... zeker met een eigen praktijk!'

Grijnzend staarde Rebert weg naar de ramen. Buiten werd het donker, binnen zwol het geroezemoes iets aan. Het was gespikkeld door het getik van het bestek en hing als regen om hem heen.

'En met je vrouw? Onderwijzeres toch?'

Naar lucht happend keek hij de andere kant op, nauwelijks nog in staat zijn schouders op te trekken. De kelner kwam aanlopen met de drankjes en de menukaarten.

'Ook een zwaar vak, hoor, het onderwijs!'

De glazen werden neergezet, de kaarten uitgereikt, de kelner wilde iets uitleggen maar Marc weerde het af en begon te stralen.

'Ik heb een idee: laten we precies hetzelfde nemen als de vorige keer, for old time's sake! Dat was toch heerlijk, die zwezerik? Even kijken of ze die nog hebben... ja hoor!' Hij bestelde tweemaal de zwezerik en gaf zijn kaart terug. 'En een flesje rode wijn erbij... de pomerol is er ook nog? Uitstekend!' De kelner liep weg, Marc tilde zijn glas op. 'Cheers!' Een slok, een zucht, stilte. Toen: 'Zo... waar hadden we het ook alweer over?'

Rebert dacht: over Tine; hij zei: 'Over televisiereclame in Nederland.'

'Juist ja, de televisiereclame waar de regering vorig jaar nog over viel, maar die nu dan eindelijk, vanaf begin volgend jaar, zal worden toegestaan door de nieuwe omroepwet: op de nu al historische datum van 2 januari 1967 gaat het eerste Ster-blok de lucht in!'

Waarom zou hij zich voor de omroepwet interesseren als hij straks toch weer naar huis moest? Heel langzaam nam hij een slok, terwijl zijn hoofd steeds doffer werd, zijn hart steeds kouder en leger. Wat kon hij nog doen, thuis, morgen, overmorgen? De tijd kwam van voren en rook naar gas; de stem van Marc kwam door een muur en rook naar parfum.

'Je begrijpt, achter de schermen woedt een ware veldslag, natuurlijk: vier maanden nog maar... dat is niets! En in die strijd gaat het om de adverteerders, om de zendtijd, en uiteindelijk om het geld – het is een heel nieuwe markt! Jumbo-spellen gaat misschien meedoen, Kwatta schijnt al ergens mee bezig te zijn, Syntraciet-kolen zit op de wip...'

Tot het eten werd gebracht vertelde Marc verder over alles wat er in het roerige Hilversum omging, toen proefde hij de wijn voor ('Uitstekend!'), schepte hij de bijspijzen op de borden ('Bon appetit, Rebert!'), en praatte hij weer door. Wat het ook was dat hij van hem wilde, hij wilde er niet te snel over beginnen – uit beleefdheid.

'Maar over één potentiële adverteerder heb ik het nog niet gehad, en dat is schoenenfabriek Bata. Die wil in principe ook wel, maar alleen als ze iets bijzonders kunnen laten maken, dus niet zo'n flauw spotje als op Duitsland maar meer een minispeelfilm, eigenlijk precies volgens de filosofie van AdYourService... Hoe ik dat weet? Ik ben met ze in gesprek! Ik heb ze zelf van die filosofie overtuigd! Ja, ik zit ook in die business: samen met een paar vrienden heb ik een reclamebureau opgericht dat uitsluitend voor de televisie gaat werken, het eerste in Nederland, we gaan zelf produceren...'

Bijna, dacht Rebert – hij is er bijna. Hij nam weer een hap en keek de ander met opgetrokken wenkbrauwen aan.

'Maar dan moeten we de Bata eerst over de streep trekken met een goed idee, want anders doen ze het niet... Dat is een van de redenen waarom ik je voor vanavond heb uitgenodigd, behalve om weer eens bij te praten: jouw commercial voor Kenny Connect was een groot succes, kun je niet ook zoiets voor de Bata bedenken? Het zou ons eerste filmpje worden, andere opdrachtgevers hebben we nog niet...'

Hoeveel stembuigingen hij van Marc ook kende, deze

hulpeloze, onderdanige, bijna smekende toon had hij nog niet eerder van hem gehoord. Dat eerste filmpje moest wel heel belangrijk zijn, natuurlijk: zonder eerste filmpje kon er immers nooit een tweede komen, en dan deed Marc helemaal niet mee in die strijd om de adverteerders, de zendtijd, en het geld.

'De Bata brengt in de herfst een nieuwe herenschoen op de markt, een lichte, soepele wandelschoen van juchtleer met spekzolen... Het zou dus over lopen kunnen gaan, maar verder zijn we nog niet gekomen... we zitten vast.'

Lopen, dacht Rebert, toen dacht hij aan Jan de Loper, toen aan een commercial over Jan de Loper. De man wilde niets liever dan op de televisie komen – en nu kon hij daarvoor zorgen? Het zou tenminste een tegenwicht zijn voor dat nachtelijke, anonieme telefoontje, waarin hij zich als biograaf had voorgedaan. Hoe pijnlijk het voor de Loper was geweest om niet meer teruggebeld te worden, hoe lang en verbitterd hij zich nadien in zijn huis teruggetrokken had, kortom: hoe pijnlijk fout die grap van hem geweest was, hij wist het allemaal van Laura, die heel goed begreep dat hij de beller moest zijn geweest, en misschien daarom wel altijd op het laatst over Jan de Loper was begonnen, tot gisteren in haar brief aan toe – om hem aan zijn schuld te herinneren. En nu zou hij die kunnen boeten?

'Weet je iets?'

Zijn lege gemoed stroomde vol, een nieuwe geest werd over hem vaardig. 'Jan de Loper,' zei hij. 'Ken je Jan de Loper?'

Marc wist precies wie Jan de Loper was, en zelfs waar hij woonde: de burgemeester had hem tijdens het interview langs Angeldycke gereden en alles over hem verteld. 'Een kleurrijk type!'

Rebert knikte. 'Er moeten nog honderdduizenden mensen zijn die hem kennen, allemaal goodwill...'

'Dat zei de burgemeester ook!'

'...en daarom wordt Jan de Loper de hoofdpersoon...'

'Wat een goed idee!'

'Het gaat over zijn voettocht naar Parijs... het begint met het vertrek...'

'Wacht, ik pak even iets om te schrijven!'

Terwijl Marc een schrijfblok uit zijn tas haalde, voor zich neerlegde en zich eroverheen boog, wrong Rebert zijn hersens uit als een vochtige doek; de eerste beelden sprongen eruit tevoorschijn als druppels; hij begon ze te beschrijven.

'Jan de Loper staat aan de start... in zijn oude plunje... hoedje op... sloffen aan... koffertje in de hand. Een man of vijftien doet hem uitgeleide. Aan de spandoeken kun je zien hoe hij heet, hoe beroemd hij is, en wat hij gaat doen... "Hup Jan de Loper!" en "Op je sloffen naar Parijs!" Geen commentaarstem... helemaal geen stemmen... de mensen praten wel, maar je hoort ze niet, alleen maar een vrolijk, bedrijvig muziekje...'

'Leuk! Een stomme film!'

Rebert verstond het niet, hij concentreerde zich met te veel kracht op wat hem voor ogen kwam. Die kleine menigte, Jan de Loper die wel wat op een stripfiguur leek, het zag er allemaal heel onwerkelijk uit en zou in de studio opgenomen moeten worden, niet buiten – het was een fantasiewereld.

'Een laatste zwaai nog, dan begint hij te lopen... langs een decor... een decor van beschilderd doek... het wordt achter hem uitgerold en de ene na de andere voorstelling komt te zien... eerst het dorp van vertrek, dan platteland, koeien, een kerktoren in de verte – plaatjes allemaal, het enige echte zijn de mensen langs de weg... een agent met een fiets tikt tegen de pet... lachend salueert hij terug... en af en toe komt er een kilometerbord voorbij in de vorm van een wijzende hand... Parijs vijfhonderd kilometer... Parijs vierhonderd kilometer... De nacht valt, de maan schijnt, Jan de Loper wordt wakker in een hooiberg en loopt weer verder... Parijs honderd kilometer... het gaat net zo snel als in een stripverhaal.'

Marc zei niets meer, schreef alleen nog maar, en zelf zweeg hij nu ook, even, tot hij de volgende beelden gewaarwerd en hij weer verder kon.

'Glooiende korenvelden... een kasteel in de verte... langs de weg een man met een alpinopet op... Jan de Loper krijgt een stuk van zijn stokbrood... een meisje geeft hem een tros druiven... Lachend gaat hij verder, tot hij opeens een pijnlijke uitdrukking op zijn gezicht krijgt en een slof uittrekt... er zit een gat in de zool, hij steekt zijn vinger erdoorheen, trekt de slof toch maar weer aan en loopt door... maar dan drukt een vrouw hem een schoenendoos in handen... er staat Bata op, dat komt even in close-up, en het nieuwe model herenschoen zit erin. Zittend op zijn koffertje trekt hij ze aan... als hij er een paar stappen mee zet zie je dat ze vier maten te groot zijn en lijkt hij nog meer op een stripfiguur... Toch zitten ze prima: hij steekt een duim op, geeft de vrouw als dank een van zijn oude sloffen, stopt de andere in zijn borstzak, en loopt weer verder... Parijs vijf kilometer... Op de achtergrond steekt de Eiffeltoren al boven de heuvels uit...'

Het praten ging in horten en stoten; Marc gebruikte de laatste stilte om door te schrijven en bij te komen; met de vingers tegen de slapen gedrukt wachtte Rebert op het einde.

'Een bord: Parijs... de eerste huizen... dan een boulevard met een straatbord: Champs-Elysées... Vijftien of twintig landgenoten wachten hem op, net zo'n onwerkelijk kleine menigte weer als bij het vertrek... er staat een open,

Amerikaanse slee klaar voor de ereronde... hij stapt in... haalt zijn oude slof uit zijn borstzak... zwaait ermee naar de mensen... en eindelijk dan breekt het geluid van stemmen door de muziek heen, die wordt weggedraaid... iedereen juicht, het gejuich gaat over in scanderen: "Jan-de-Loper! Jan-de-Lo-per!" Maar nu bedenkt hij opeens waar hij dit onthaal aan te danken heeft... hij gaat zitten, buigt zich omlaag, en als hij weer opstaat heeft hij een van zijn nieuwe schoenen in de hand. Hij laat die zien, het publiek doet er heel even verbluft het zwijgen toe, en in die korte stilte roept hij, met zijn schorre, kraaiende stem: "Van de Bata!" Het publiek begrijpt het en begint de naam van de schoen te scanderen, luider nog dan tevoren, terwijl hij, zwaaiend met diezelfde schoen, de maat voor ze slaat... "Ba-ta! Ba-ta! Ba-ta!" Tot slot komt het merk in beeld, en klinkt toch de stem van een commentator: "Tijd voor nieuwe schoenen? De Bata!"'

'La fin.'

Pas nu hij zijn ogen opende merkte hij dat hij ze had dichtgedaan. Marc legde juist de pen neer en lachte hem met fonkelende tanden toe.

'Schitterend! Dit gaat het worden!'

Zijn hoofd bonsde van de inspanning, hij voelde zich moe en mat, maar vervolgens ook op een strakke manier sterk. Zonder terug te lachen zei hij: 'Maar ik wil wel dat Jan de Loper zelf de hoofdrol speelt.'

'Geen enkel probleem... het is altijd goed om een bekendheid te gebruiken: in Amerika hadden we Lucy Ball!'

'En wacht niet te lang met de opnames, want hij is oud en gaat achteruit. Hij heeft ook ouderdomsvlekken op zijn gezicht.'

'We schminken hem, geven hem een borrel, en dan komt het allemaal in orde!'

'Dus het gaat zeker door?'

Marc hield op met lachen en temperde zijn stem. 'Ik moet het natuurlijk eerst voorleggen aan de mensen van de Bata; zij beslissen.'

'Bel ze op, leg het ze voor, en laat ze beslissen. Ik wil het nu weten.'

'Opbellen? Nu?' Marc keek op zijn horloge. 'Het is bijna tien uur!'

'Ja... nu. Anders trek ik mijn idee terug.' Nooit eerder had hij een dreigement uitgesproken, maar hij kon niet anders, hij moest wel – het was te belangrijk.

Met een niet-begrijpende blik, waaruit bleek dat hij het dreigement toch heel goed begreep, haalde Marc zijn adressenboekje uit zijn tas, stond hij op, en liep hij naar de uitgang. Ook hij kon niet anders en moest wel – het was te belangrijk.

Alleen aan tafel schonk Rebert zich bij. Zijn Amerikaanse commercial leek hem beter dan deze voor de Bata, wat niet te verwonderen viel: toen had hij het voor Tine bedacht, om zich tegenover haar te verschonen, nu was het voor Laura en Jan de Loper, eigenlijk ook ter verschoning – maar voor de Nederlandse televisie was het misschien toch wel goed genoeg. Deerlijk hoopte hij dat zijn denkwerk van hooguit tien minuten dat resultaat mocht hebben, al zou hij pas werkelijk verschoond zijn – en bij de plotselinge gedachte perste hij de lippen op elkaar – als hij nog een ander en veel langduriger werk op zich nam, en zichzelf wist te overwinnen...

Hij nam een slok, keek wat rond, en zag toen opeens Beckers zitten, van achteren, ook aan het middenpad maar dichter bij de ramen. Zijn vrouw zat tegenover hem; om niet door haar herkend te worden draaide hij langzaam zijn hoofd de andere kant op – maar diende hij zich niet ook tegenover Beckers te verschonen? Dat hij hem ooit in gemoede had uitgelachen, en daarom dierenarts was geworden: een ijl verlangen het te vertellen brak in hem baan.

Marc was niet doorgelopen naar de telefooncel in de hal maar stond gewoon achter de bar te bellen, net of hij een reservering aannam. Hij praatte, lachte, hing op, en bracht de hoorn opnieuw naar zijn oor. Na tien minuten en drie gesprekken keerde hij met gebalde vuisten terug bij de tafel.

'Geregeld! Fantastisch!' Hij ging zitten en hief zijn glas. 'Rebert, gefeliciteerd, dit is geweldig... ik heb net ook een compagnon gebeld, en die kon het nauwelijks geloven... Ons eerste filmpje... Ik neem morgen meteen contact op met Jan de Loper, via de burgemeester... Proost!'

Maar Rebert dronk niet mee.

'Heerlijk!' Lachend zette Marc zijn glas neer. 'Drink jij niet? Wacht, ik weet al iets beters... Straks gaan we naar Meijers en dan bestel ik een fles champagne!'

Hij lachte ook niet mee, schudde alleen maar het hoofd, met de vastberadenheid van iemand die een onomkeerbaar besluit heeft genomen – het besluit dat als een man in hem was opgestaan, en dat hij volgde en tot uitdrukking bracht door nu zelf ook op te staan. Hij was klaar hier, hij had geen tijd meer voor Marc.

'Ga je weg?' Ontdaan keek Marc naar hem op. Zijn bord was nog halfvol. 'Moet je ergens heen?'

Hij greep zijn jas, knikte, en was al onderweg naar de deur toen hij zich op zijn hakken omdraaide en de andere kant op liep, met haastige tred over het middenpad. De rug van Beckers bolde steeds breder op, zijn vrouw zag hem al, toen, op geleide van haar blik, keek Beckers over zijn schouder, zag die hem ook, en wendde hij zich vol naar hem toe – er verscheen een brede grijns op zijn getaande gezicht; hij leek wel blij hem te zien.

'Rebert, mijn beste!'

Vlak voor hem sperde hij zijn mond open, maar er kwam geen geluid uit, hij wist niet meer wat hij moest zeggen.

'Spoedgeval zeker?' Beckers wees naar de jas in zijn hand. 'Ja, we lazen in de krant dat je een eigen praktijk bent begonnen – alleen huisdieren, toch? Prachtig, die hebben de toekomst, Heiman was jaloers – maar rustig eten gaat niet meer; ik word ook wel eens hier gebeld.'

Opnieuw opende hij zijn mond; weer kwam er geen woord uit.

'Heel goed trouwens dat je je jas bij je hebt gehouden: als dierenarts moet je altijd snel weg kunnen! Dus, jonge vriend, laat je niet langer ophouden... dieren gaan voor!'

Hij boog, ontslagen door Beckers, en spoedde zich terug naar de uitgang. Zonder de pas in te houden passeerde hij Marc, die net een hap nam; zonder de portier ook maar te zien liep hij over de rode loper naar buiten, naar de auto. Hij gooide zijn jas over de passagiersstoel, startte, en trok op.

Iets later reed hij in de hoogste versnelling de IJsselbrug over. Er was nauwelijks nog verkeer. In het licht van de koplampen flitsten de bomen voorbij als de spijlen van een reusachtig hek, recht, evenmatig, en tot in de zwarte hemel zo hoog. Terugschakelend nam hij een afslag eerder dan normaal, de afslag die hij ook genomen had toen hij met het nieuwe konijn voor Japie langs Angeldycke was gereden. De meeste boerderijen waren al donker, de smalle weg draaide de dijk op, en opeens herinnerde hij zich weer hoe Jan de Loper hem die keer had opgehouden, met zijn zebrapad en de Mona Lisa, met zijn fietspomp en het bordje, met zijn baret en zijn klompen, met zijn grappen en het masker op een stokje – het beeld sloeg hem als een dikke walm in het gezicht; om geen vaart te minderen en erdoorheen te komen drukte hij het gaspedaal dieper in.

HOOFDSTUK 35

Verschoning

Het was kwart voor elf toen hij aanbelde bij Angeldycke. Een zwerm muggen danste om de brandende buitenlamp, de deur bleef dicht. Juist wilde hij opnieuw aanbellen of de meid deed open. Ze had een jas aan, vast over haar nachtpon, en luisterde roerloos naar zijn verontschuldigingen voor het late uur en de onaangekondigde komst. Of hij toch nog ontvangen kon worden? Toen ze hem binnenliet stapte hij van het gonzende licht in het stille halfduister van de hal. Hij voelde iets langs zijn gezicht strijken – het was een apenstaart; er leek iemand in de donkere hoek te staan – het was een nauwelijks zichtbare pendule.

'Wacht u hier even, ik zal zeggen dat u er bent.'

De trap kraakte onder haar voeten, daarna begon de pendule te tikken, metalig en indringend, wreef hij zich over zijn wangen, en kwam de meid weer terug.

'Meneer verwacht u,' zei ze, glimlachend, en met een knik naar het trapgat. 'Gaat u maar, ik heb de deur open laten staan...'

Nu kraakten de treden onder zijn voeten, steeds harder, omdat de steen in zijn maag steeds zwaarder werd. Op de overloop gaf een streep licht aan welke deur hij hebben moest. Hij duwde die verder open, haalde diep adem – en stapte binnen.

'Goeiemórgen!'

De krassende stem van Jan de Loper trof hem als eerste, daarna zag hij hem pas. Vanuit de verre hoek links keek hij hem recht aan, liggend op zijn canapé, het hoofd rechtop tegen een wit kussen, onder een deken, met zijn armen eroverheen en een glas op de borst. In het vale schijnsel leken de donkere vlekken op zijn gezicht wel gaten, net of hij al in ontbinding verkeerde. Maar hij lachte, had zijn eerste grap al gemaakt.

Opnieuw verontschuldigde Rebert zich voor het late uur en zijn onaangekondigde komst. 'Maar ik heb een belangrijke vraag.'

'Dat komt zo wel... alle tijd... je bent helemaal niet laat... iets drinken? Spoel zelf even een glas om, als je wil... daar... op het bureau...'

Rebert pakte het glas van het overvolle schrijfblad, liep ermee naar de wasbak, liet het water lopen. Zoals hij in feite huishoudelijk werk stond te doen, zomaar, in de kamer van Jan de Loper, terwijl die achter hem onder een deken lag, het was van een intimiteit die een rilling over zijn rug joeg, net als het scheergerei pal voor zijn neus, de opzettende lichaamsgeur in zijn neus, en alles wat hij zag in de spiegel boven het planchet: de rondslingerende kleren overal, hier en daar wat vuile vaat, en ook weer het inmiddels verstrakte gezicht van de Loper – het leek wel geblakerd, door de perskaravaan die als een vlammenwerper langs hem moest zijn gekomen. Hij draaide de kraan dicht en trad aan de canapé.

'Ga zitten... whisky?'

Op de aangewezen stoel lag een onderhemd. Voor hij plaatsnam en zich liet inschenken legde hij het heel discreet, zonder een spier te vertrekken, op de grond.

'Zo, proost... en nu die vraag.'

'Eigenlijk is het een vraag namens een vriend van mij. Hij werkt in de wereld van de televisiereclame, die zoals u weet ook in Nederland gaat komen, en heeft voor de Bata een commercial bedacht...' – om niet te roemen, en de ander niet tot dankbaarheid te dwingen, moest hij wel ontveinzen dat hijzelf de bedenker was; het ging als vanzelf, was al gebeurd voor hij er erg in had – '...een klein speelfilmpje, waarin u de hoofdrol speelt, als Jan de Loper...'

Het leugentje om bestwil kon de Loper onmogelijk doorzien hebben, toch keek hij hem ongelovig aan. Zijn mond zakte open, maar hij bracht geen woord uit, alleen maar het geluid van zijn gruizige ademhaling – maar de vraag moest ook nog komen, hij had hem alleen nog maar wat verteld, iets ongelooflijks...

'De Bata is vanavond akkoord gegaan,' ging hij door, '...en nu laat mijn vriend vragen of u aan het filmpje wilt meewerken.'

Het was of Jan de Loper een sedatief had gekregen. Alle spanning, ongeloof en oude pijn trok weg uit zijn gezicht, dromerig en verzaligd dwaalde zijn blik weg naar een hoek van het plafond.

'In principe wel,' zei hij eindelijk, schor van een vreugde die naar binnen moest zijn geslagen, zonder een zweem van trots of zelfs maar te glimlachen. 'In principe wel...'

Ook Rebert bleef volkomen ernstig, hij temperde zijn stem zelfs tot een zorgelijke toon. De waarschuwing die hem te binnen was geschoten diende uitsluitend om de vreugde nog te verhogen; zijn mond werd zoet.

'U moet wel bedenken dat zo'n commercial zeer regelmatig, en over een langere periode uitgezonden wordt. U komt dus voortdurend op de televisie, overal zullen de mensen u herkennen... Dat is niet bezwaarlijk?'

Jan de Loper schudde het hoofd. 'Nee hoor, dat ben ik wel gewend... laat die grappenmaker maar bellen!'

'Hij neemt morgen meteen contact met u op.'

'Prima! Potverdrie zeg... een televisiereclame!'

Terwijl de Loper zijn nu dan toch opengebroken vreugde verder zwijgend verwerkte, verzamelde Rebert moed voor het volgende onderdeel. De commercial was slechts een pijnstiller geweest, de biografie zou pas het werkelijke medicijn gaan bieden, en werd een langdurige kuur – voor hemzelf, ter verschoning. Om de kracht te vinden erover te beginnen balde hij zijn vuisten; om niet meer terug te kunnen schraapte hij de keel.

'En dan wilde ik zelf ook nog iets vragen...' Het duizelde hem, alsof hij op het einde van de hoge stond – de plank bewoog onder zijn voeten; de afstand tot het blikkerende water viel niet te schatten.

'Voor de draad ermee!'

Hij zette af, kantelde voorover, en viel in de diepte, terwijl zijn vraag zich hoog boven hem ontvouwde als een parachute.

'Zou ik uw biografie mogen schrijven?'

'Mijn biografie?'

Zo zacht kwam hij neer dat het leek of hij nog zweefde. Nu al was hij uitgeput, van het omvormen van zijn aanbod tot een verzoek. Om het niet dadelijk toe te stemmen zei de Loper niets meer; om het zich nader te laten toelichten keek hij hem vragend aan.

'Ja, uw biografie,' vermande hij zich. 'Ik heb het er al met de burgemeester over gehad, die zorgt ervoor dat het wordt uitgegeven. We denken aan een niet al te dik boek, met illustraties... prentbriefkaarten van uzelf, krantenartikelen, dat soort dingen...'

Behaaglijk koesterde de Loper zich in de toelichting: hij trok zijn knieën op, sloeg zijn armen eromheen, en leek op een meisje.

'Een kaart van een voettocht kan ook, of foto's, een flinke rekening van de slijter misschien...' deed hij er royaal nog wat bij. 'U heeft dergelijk materiaal beschikbaar?'

De Loper bleek even weggezonken in gedachten: 'Ach ja, de burgemeester... die wilde altijd al dat mijn biografie geschreven werd... Nou, vooruit maar! En of ik materiaal heb? Jongeman, kijk even achterom... zie je die bergen papier daar op het bureau? Niets dan materiaal! Alles hier is materiaal! Ik heb een museum vol!'

'Dus u bent bereid...? Prachtig, dank u...' Hij knipperde een paar keer krachtig met de ogen, presteerde een glimlach – en wist weer een zoet bezwaar: 'Maar het is wel zo dat ik ter voorbereiding een reeks vraaggesprekken met u zal moeten voeren, om aantekeningen te maken... Dat vindt u niet vervelend?'

De Loper glunderde hem toe. 'Je bedoelt dat je me elke keer gaat interviewen? Nou, dat moet dan maar... Weet je wat? We beginnen gelijk! Ga maar achter mijn bureau zitten. Daar ligt wel ergens een pen en schrijfblok. En knip het lampje aan!'

Daarnet had hij heel huiselijk een glas omgespoeld, en nu moest hij zelfs achter het bureau van Jan de Loper gaan zitten? Terwijl er een nieuwe rilling over zijn rug liep hees hij zich overeind, ijlhoofdig van schroom ging hij achter het bureau zitten, met stijve vingers knipte hij de lamp aan en legde hij het schrijfgerei klaar. In het groene licht rezen vijf of zes ingelijste foto's vlak voor zijn gezicht op uit de rommel, op de ouderwetse, bakelieten telefoon lag een dikke laag stof. De Loper was achter hem verdwenen, toch zag hij hem scherp voor zich zoals hij hier al die tijd op bericht van zijn biograaf had gewacht, aanvankelijk nog zittend, net als hij nu, daarna liggend op de canapé, zonder nog te bewegen – het kon niet anders of zijn spieren waren vrijwel geatrofieerd; zijn benen moesten op stokken lijken...

'Zit je? Goed, eerste vraag!'

Hij kromde zich over het papier, zette de pen aan, toen zijn stem.

'Laat ik bij het begin beginnen: u staat bekend als een onconventioneel persoon – is het waar dat u als kind al over een bepaalde eigenzinnigheid beschikte?'

Een korte, vertederde lach. 'Dat kun je wel zeggen, ja! (...) Op mijn tiende ben ik een keer dwars op de dijk gaan liggen, gewoon, omdat ik er zin in had! (...) Er kon geen auto meer door!'

Krommer nog onder het antwoord begon hij te schrijven. Hij lag al dadelijk achter; sommige punten hoorde hij niet door de inspanning en het gedurig slikken; toen de Loper zweeg schreef hij nog even door en klonk er geen ander geluid dan het krassen van de pen en de raspende ademhaling achter hem.

'En klopt het dat u ooit, in alle vroegte, op uw ezeltje, met een zak correspondentie op de rug, in uw pyjama...?'

'Jazeker... ik had de hele nacht doorgewerkt! (...) Dat baarde heel wat opzien!'

Weer het schrijven en zwijgen. Rebert kreunde in zijn ziel.

'En uw voettocht naar Parijs, kunt u uw aankomst daar beschrijven... ik meen na een miljoen passen, op uw oude sloffen?'

'Machtig mooi was dat... de Champs-Elysées... een intocht, wat zeg ik: een onthaal! (...) Pers erbij natuurlijk... televisie had je toen nog niet...'

Idem. Rebert klemde de kiezen op elkaar.

'Maar hoe bent u als Jan de Loper eigenlijk beroemd geworden? Vertelt u dat eens!'

'Dan moet ik teruggaan naar mijn wereldreis. (...) Ik had een Indische bediende, en samen liepen we dwars over Celebes, op blote voeten allebei, als gelijken. (...) We sliepen in de dessa!'

Idem. Rebert grijnsde.

'Voor een belangrijk deel is uw roem natuurlijk ook gebaseerd op de streken die u heeft uitgehaald – u hebt zich ooit als ober voorgedaan?'

'O ja, lang geleden... Een fietsend echtpaar dacht dat het hier een uitspanning was, dus toen ik ze op de veranda zag zitten ben ik ze maar gaan bedienen. (...) Achteraf hebben we er met z'n allen nog smakelijk om gelachen!'

Idem. Rebert wreef zich over de nek.

'Maar u haalt nog steeds streken uit... Die met het zebrapad is algemeen bekend, maar hoe ging die met het dameszadel precies? Ik heb er wel over gehoord, maar was er zelf helaas niet bij... Ik wil het graag uit uw eigen mond horen...'

'O ja! Maar dan moet ik eerst vertellen dat de pastoor van Millingen elke zaterdag bij onze dominee op bezoek gaat. (...) Vanwege die soutane rijdt hij op een damesfiets, dat was het uitgangspunt. (...) Zoals die man kéék!'

Idem. Rebert krabde op zijn hoofd.

'En dan houdt u er ook nogal onalledaagse gewoontes op na. Het klopt toch dat u geregeld in de vijver springt?'

'Zeker wel, in mijn ondergoed, of er nu mensen bij zijn of niet. (...) Ook in de winter, dan laat ik een bijt in het ijs hakken en spring ik erin! (...) Gewoon, omdat ik er zin in heb!'

Idem. Rebert hapte naar lucht.

'Maar nu over uw aparte manier van spellen. U gebruikt vaak cijfers in woorden. Waarom bent u daarmee begonnen? En hoe heeft u dat verder ontwikkeld? Kunt u mij een paar voorbeelden geven?'

'Je weet er heel wat vanaf! Ik kan me geen betere biograaf wensen! Maar terug naar de vraag: uit tijdgebrek... en ruimtegebrek! Zoveel plaats heb je niet als je een rekening van de slijter als briefpapier gebruikt! (...) Nou, en toen ik eenmaal *goeden8* had, was het maar een kleine stap naar *rust z8*... dat heb ik ook gebruikt in de rouwadvertentie voor de goede Gerrit... sommigen vonden het ongepast...'

‘Te onconventioneel?’ ried Rebert. Zijn mond werd bijna zuur van zoetigheid.

‘Ik denk het... Ik denk het... Met de negen kun je trouwens ook wel wat, *uw toegeg* bijvoorbeeld, maar de drie is weer moeilijk... pótver, wat is die moeilijk... potverrr...’

‘...drie!’ maakte hij het met overslaande stem af – hij moest wel, wilde de uitgestoken hand niet weigeren. ‘Potverdrie,’ drukte hij die met alle kracht die hij nog bezat.

‘Heel goed! Zo, nu heb je wel een sigaar verdiend! Geef die doos daar even aan, dan nemen we een echte Jan de Loper... Je weet dat er een sigaar naar me is genoemd? Dat is ook een verhaal hoor, dat vertel ik straks wel...’

Ze staken op, de kamer vulde zich met rook, het verhaal werd verteld, het vraaggesprek voortgezet. Bij elke vraag kwam er nieuw leven in de Loper, maar tegen enen begon hij toch zachter en vlakker te spreken, haperde hij steeds vaker–en kondigde Rebert zijn vertrek aan. Hij kon zelf ook niet meer verder, hij kon eenvoudig niet meer, was compleet murw geslagen door alle antwoorden die hij zonder zich te verweren, nu eens gelaten, dan zelfs ook weer met verbeten gretigheid had ondergaan.

‘Ik mag u niet langer vermoeien,’ zei hij, terwijl hij de pen neerlegde en zich omdraaide. De Loper lag weer met gestrekte benen plat onder de deken. ‘Maar zou het schikken als ik u morgenavond verder interview?’

‘Kom maar weer om een uur of elf,’ zei de Loper, misschien wel uit wellevendheid, om hem te laten merken dat hij werkelijk niet te laat gekomen was. ‘En neem zo het schrijfblok maar mee, dan kun je thuis je aantekeningen alvast uitwerken.’

Hij stond op, en moest zich even aan het bureau steunen om zijn evenwicht niet te verliezen. De Loper keek strak voor zich uit en zei niets meer, leek weer volledig teruggezakt in zijn oude marasme. Hij knikte hem ten afscheid toe, liep met het schrijfblok tegen de borst gedrukt naar de deur, opende die, en hoorde toen toch weer zijn krassende stem.

'Weet je trouwens dat ik al eens eerder door een biograaf ben benaderd? Die belde om drie uur 's nachts...'

Rebert verstijfde in de deuropening. Zijn hoofd begon te bonzen, zijn wangen werden heet, de ogen van de Loper brandden hem in de rug.

'Een kenner...' bracht hij zonder om te kijken uit; zijn mond was mierzoet nu. 'Iemand die weet dat u dan altijd nog zit te werken...'

'Ja, maar dat was jij toch? Ik bedenk het me net... ik zou niet weten wie anders... je had me toen goed te pakken! Ha, ha!'

Alsof hij een elleboog tussen de schouderbladen kreeg en naar buiten werd gestoten, zo struikelde Rebert de drempel over en de trap af – de apenstaart streek langs zijn gezicht, de meid doemde op uit de donkere hoek van de pendule – maar hij was nog niet beneden of hij wilde het liefst alweer terug naar boven, om door te gaan met de biografie, en zich verder te verschonen.

Maar de meid liet hem al uit. Haar ogen glansden, en toen hij langs haar stapte fluisterde ze, nauwelijks hoorbaar, uiterst verlegen en vrijmoedig tegelijk, ja, verlegen met haar eigen, onbedwingbare vrijmoedigheid: 'Wat fijn dat u meneer bent komen opzoeken...'

'Morgen ben ik er weer,' zei hij, en bevend van wilskracht boorde hij zijn blik in de duisternis. Het was de enige kracht die hij nog had.

HOOFDSTUK 36

Transito

Zijn dagen zagen er voortaan zo uit: 's ochtends een paar uur hardlopen, 's middags de aantekeningen uitwerken, en 's avonds laat naar Angeldycke, tweemaal per week – de overige avonden dronk hij zijn versterkte wijn en keek hij naar de televisie, met het geluid uit. In het dorp liet hij zich niet meer zien, hij deed zijn boodschappen nu met de auto in Zevenaar.

Het was in de vierde week dat Jan de Loper zijn eerste draaidag had. Hij vertelde over de studio in Amsterdam, het script en de camera's, de best boy en de gaffer, de schmink en de regie. Het ging over zijn voettocht naar Parijs, de aankomst op de Champs-Elysées, het onthaal. Veel tekst had hij niet, alleen maar: 'Van de Bata.' Verder was het een stomme film, een beetje slapstickachtig, beslist heel aardig – aardige jongens ook.

De week daarna stond er een nieuw fotolijstje op het bureau, met een foto van Donald Duk. Hij zat wijdbeens op zijn brommer en had een zwart meisje achterop. Ze lachten naar de lens. Op de achtergrond verhief zich een berg. 'Hij is gelukkig,' zei de Loper. 'Eerder stuurde hij ook al een brief.'

De laatste opnames werden gemaakt in de herfst, toen de bomen begonnen te ruzelen en het eerste blad viel. De film moest nog afgemonteerd worden, maar de rushes had de Loper al gezien. Het beviel hem uitermate, hij kon niet wachten op januari – drie maanden nog. 'Het ziet er nogal onwerkelijk uit, als in een droom, maar dat is juist de bedoeling...'

Na het afhandelen van alle malligheid kwamen er andere zaken aan de orde, en werden de nachtelijke vraaggesprekken voor Rebert minder zwaar. Hij bracht het onderwerp van de liefdadigheid ter sprake ('want een weldoener bent u ook'), hij bekeek de houtskooltekeningen die de Loper in Indië had gemaakt ('om uw artistieke kant naar voren te brengen moeten we er beslist een opnemen'), en liet zich een beeld schetsen van de onophoudelijke stroom van bewonderaars vroeger, hoe die met scheepsladingen tegelijk op bezoek kwamen ('uw gastvrijheid was legendarisch, ik wil u ook als gastheer laten zien').

Half oktober, na tweeënhalve maand en tien interviews, had hij genoeg en ging hij voor het laatst naar Angeldycke, nu om het illustratiemateriaal te selecteren en van bijschriften te voorzien. Voor het omslag koos de Loper de prentbriefkaart waarop hij zichzelf scheert, en hij wilde ook dat de nieuwe foto van Donald erin kwam. 'Dat is leuk voor die jongen, zijn meisje zal trots op hem zijn! Maar dan niet die achternaam in het bijschrift, gewoon, even denken: "Donald, een vriend van Jan de Loper – met zijn vriendin in Afrika."' Inmiddels had Rebert ook een titel bedacht; hij legde die voor: *Jan Florian van Zuylen Rothaar, alias Jan de Loper*, met als ondertitel: *Een veelzijdig en buitenissig heer*. Maar de Loper wenste zichzelf niet als heer aan te duiden, en maakte ervan: *Een veelzijdig nonconformist.* Twee Jan de Loper-sigaren waren er nog; toen alle illustraties in een grote enveloppe zaten rookten ze die ernstig en zwijgend op, tot de Loper opeens vroeg hoe hij dierenarts was geworden, of hij altijd al van dieren had gehouden, als kind. Nooit eerder had de man hem iets gevraagd, zoals het ook voor het eerst was dat hij hem iets later een hand gaf; ze zouden elkaar voorlopig niet meer zien, pas weer als het boek er was.

Begin november had hij de uitgetypte tekst klaar en bracht hij alles naar de burgemeester. Die herkende hem aanvankelijk niet, en kon zich ook geen belofte aangaande een publicatie meer herinneren, maar na enige hulp en aandrang wist hij het weer: hij had toen inderdaad met een zekere gedachte gespeeld, meer niet, maar als daarbij de indruk van een belofte was gewekt, zou hij die graag en prompt gestand doen – een slechte gedachte was het immers niet, integendeel.

Eind november belde de postbode aan met een pakket waarin tien exemplaren zaten. Staand aan het dressoir nam hij er een in de hand, en liet de tweeënzeventig pagina's langs zijn duim glijden. De uitvoering was bepaald luxueus, met een harde kaft en een leeslint – maar het ging over Jan de Loper. Hij keek voorin, zag nergens de naam van een uitgeverij staan, begreep dat het boek in geen enkele boekhandel te koop zou zijn – maar het bestond. Hij deed het weer dicht en staarde enige tijd bevreemd naar de auteursnaam – hij had een boek geschreven, al was het een boek over Jan de Loper.

Hij ging op de bank liggen, kon niet meer staan door de herinnering aan de sinterklaasoptocht precies een jaar geleden, toen de Loper hem een handvol pepernoten in het gezicht had gegooid en hij hem om drie uur 's nachts als biograaf had opgebeld. Zijn lachbui was uiteindelijk gesmoord in de vermanende blik van Tine vanuit haar lijst – maar nu had hij die biografie toch geschreven?

Hij stond weer op, liep terug naar het dressoir, hield Tine het omslag voor. Daarna reed hij met twee exemplaren naar Zevenaar, waarvan hij er een op het postkantoor liet inpakken en frankeren. 'Laura Macauly, Fair Isle, Schotland', schreef hij op het etiket. Het moest genoeg zijn; Jan de Loper had wel poststukken ontvangen die nog onvollediger geadresseerd waren – het stond in de biografie.

Nu moest hij met het andere exemplaar naar hem toe. Maar hij maakte een omweg, volgde de rijksweg naar Arnhem, reed daar traag langs zijn oude kamer boven de kapperszaak, door de straat van de dierenkliniek, en rond Sonsbeek, alles om nog maar wat respijt te verkrijgen, want hij had de biografie wel geschreven, maar misschien was het niet genoeg.

Terug op de IJsselbrug voelde hij toch een zekere opwinding. Hij schakelde naar de hoogste versnelling, kreeg zelfs haast, en keek op zijn horloge: drie uur. Twintig minuten later stopte hij voor Angeldycke en belde hij met het boek onder de arm aan – te laat, veel te laat.

De meid deed open. Anders dan gewoon glimlachte ze niet, maar staarde ze hem met een grauw gelaat verdwaasd aan. Zijn inmiddels tot opgetogenheid aangezwollen opwinding smoorde onmiddellijk in de aanblik, en nog voor de woorden uit haar langzaam open zakkende mond kwamen wist hij al wat ze ging zeggen.

'Meneer is dood,' klonk het eindelijk. 'Hij ligt in de salon... als u nog afscheid wilt nemen...' Zonder op antwoord te wachten draaide ze zich om en ging ze hem voor.

De kist stond op twee schragen bij het raam, met het voeteneinde naar de deur gekeerd. Beklemd zette hij de laatste passen, samen met de meid keek hij erin, als in een wieg op kraamvisite.

De Loper had een zwart kostuum aan, met een wit overhemd, een grijze stropdas, zwarte, glimmende schoenen, en een witte bloem in de revers. De ouderdomsvlekken waren verdwenen onder een laag lichtbruine zalf, hij had een rustige, serieuze uitdrukking op het gezicht, leek met zijn dichte ogen en op de borst gevouwen handen wel te bidden, en zag er waarlijk uit als de heer van Angeldycke.

Maar er was ook recht gedaan aan zijn publieke persoonlijkheid, want in de vrije ruimte onder zijn korte benen waren zijn beroemde sloffen neergelegd, en naast hem lag een wandelstok, die dikke, holle, waaruit hij cognac kon toveren – stond ook in de biografie.

Om niet nieuwsgierig te zijn maakte Rebert zijn blik van hem los, hij weerhield zich er zelfs van om de kamer in zich op te nemen, keek in plaats daarvan strak door het raam naar buiten, de achtertuin in. Het paard knabbelde aan een baal hooi, een geit stond aan de tuier, een kat zat naar de witte parkeend in de vijver te kijken. Verder opzij was Klaas de Cadillac aan het wassen.

In de stilte begon de meid nu met verstikte stem de toedracht te vertellen. Het was vanochtend in alle vroegte gebeurd. Om acht uur hadden ze boven een klap gehoord, en toen ze gingen kijken lag meneer op de grond – dood. Ze hadden onmiddellijk de dokter gebeld, daarna de begrafenisondernemer, en de notaris was ook al geweest, voor het testament. Het was een goed testament: ze mochten hier blijven wonen, om voor de dieren en het museum te zorgen; en de poffertjeskraam zou op zijn verjaardag altijd naar het dorp blijven komen, voor de kinderen. 'En nu zijn we bezig met de rouwadvertentie. De begrafenisondernemer heeft wel een paar voorbeelden achtergelaten, maar we willen er iets bijzonders van maken, iets wat echt bij hem past, misschien iets met een cijfer in een woord...'

Toen het stil bleef knikte Rebert een paar keer. Hij had het gevoel alsof hij een feestneus op had, door het boek achter zijn rug, de biografie die wel gemaakt was, maar niet uitgegeven. Toch liet hij het nu zien aan de meid. Ze wist onmiddellijk wat het was en sloeg een hand voor de mond.

'De biografie...!' fluisterde ze, en toen, lezend: '*Een veel-*

zijdig non-conformist... ja, dat was hij zeker... Wat zal hij er blij mee zijn...'

Ze nam het boek van hem over en legde het zonder de minste schroom bij de Loper op de borst. De rigor mortis moest intussen volledig zijn, zeker in het gezicht, toch leek hij even te glimlachen. Na nog een zachte streek over zijn haren richtte ze zich weer op – ze hield van hem, zoals de Loper toch ook van iemand had gehouden, van zijn Indische bediende Boy, de latere conciërge van het museum – ook dat stond in de biografie; de illustratie ernaast was een krantenfoto waarop hij met vochtige ogen naar een vliegtuig in de lucht keek: 'Vaarwel, lieve vriend.'

Rebert maakte een buiging naar Jan de Loper en liet zich uitlaten. De pendule in de hal was stilgezet, de meid deed de deur voor hem open, op de drempel hield hij de pas in omdat ze snikkend nog iets zei.

'Ik had nooit gedacht dat hij dood zou gaan... hij was juist zo opgeleefd de laatste tijd, en kwam ook weer beneden... dan had hij het altijd maar over het boek... U hebt een mens gelukkig gemaakt!'

Opnieuw knikte hij een paar keer, wegstarend naar de plotseling nevelige rivier, toen viel de deur achter hem dicht en brak hij zelf ook in huilen uit.

Die avond, bij zijn derde glas versterkte wijn, was Afrika op de televisie. Hongersnood. Bestorven in de stilte van het huis zag hij een volk wegtrekken over een heuvelkam. De mensen droegen hun huisraad met zich mee. Iemand had een witte, plastic stoel op het hoofd, misschien wel een stoel van Donald Duk. Het land dat ze achterlieten was leeg als de wereld van ultra-Malthus.

De volgende ochtend had het gesneeuwd. De zon scheen, de hemel was egaal blauw, op het besuikerde kruis van Binkie in de achtertuin zat een roodborst. Er was niets meer wat hij nog kon doen, niets meer om nog op te wachten. Hij trok zijn witte hardloopkleren aan, pakte zijn rugzak in, deed het lijstje van Tine erbij, en keek nog eenmaal in alle kamers. Daarna sloot hij de deur achter zich en begon hij te rennen, eerst over de klinkerweg, toen dwars door de velden. De ongerepte sneeuw knarste onder zijn schoenen, voor wie hem nakeek loste hij op in de uitgestrekte witheid rondom. Niemand zou hem nog bij de naam noemen, maar als hij maar bleef lopen werd hij vanzelf een loper.

Verantwoording

De romanfiguur Jan de Loper is geënt op de persoon Kees de Tippelaar en zijn biografie *Een veelzijdig en buitenissig heer – L.C. Dudok de Wit/Kees de Tippelaar/1843-1913*, door Arie A. Manten en Ties Verkuil Sr (Hilversum, 1993).

Een belangrijke inspiratiebron was de documentaire *De witte walvis* van Stephan Koester, 2001. Verdere inspiratie ontleende ik aan de Doctor Vlimmen Trilogie en de tv-serie over James Herriot, *All Creatures Great and Small.*

De nodige informatie voor hoofdstuk 22 vond ik in Dirk van Weelden, *Looptijd* (Amsterdam, 2003).

Hoofdstuk 3, 'Overgang', heeft in een andere vorm en als kort verhaal in *De Revisor* gestaan (1987, nummer 4) en in de bundel *Hoog aan de wind* (Amsterdam, 2006).

Ten slotte gaat mijn dank uit naar het Netherlands Institute for Advanced Study te Wassenaar, waar ik onder optimale omstandigheden de eerste hoofdstukken heb geschreven.

T.R.

Uitgeverij Querido stelt alles in het werk om op milieuvriendelijke en duurzame wijze met natuurlijke bronnen om te gaan. Bij de productie van dit boek is gebruikgemaakt van papier dat het keurmerk van de Forest Stewardship Council (FSC) mag dragen. Bij dit papier is het zeker dat de productie niet tot bosvernietiging heeft geleid.

FSC
Mixed Sources
Productgroep uit goed beheerde bossen en andere gecontroleerde bronnen
www.fsc.org Cert no. SCS-COC-001256
© 1996 Forest Stewardship Council